Hallgrímur Helgason

Vom zweifelhaften Vergnügen, tot zu sein

Roman

aus dem Isländischen übersetzt
von Karl-Ludwig Wetzig

Klett-Cotta

[1]

So entstehen die Berge. Mit diesem Satz im Kopf wache ich auf. So und nur so entstehen die Berge. Ich fühle, wie mir jemand im Mundwinkel herumstochert. Wer, zum Teufel …! Irgend jemand stochert in mir rum. Also! Ich öffne die Augen. Es ist ein kleiner Junge. Was zum Teufel!

»Hast du geschlafen?«

»Was?«

»Hast du geschlafen?«

So ein Unfug! Wer ist dieser Lümmel? Wieder bohrt er mir einen Finger in die Backe.

»Wirst du wohl damit aufhören, Bürschchen!«

Das zieht – und er den Finger zurück, verlegen. Blond über einem dicken Wollpullover kauert er geduckt im Gras und zupft ein paar Halme aus. Ich war wohl etwas grob zu ihm. Aber er kann auch nicht einfach in einem herumstochern. Hat keine Achtung mehr vor alten Menschen. Nein, heutzutage macht das junge Gemüse, was es will. Meist macht es gar nichts. Braucht nicht einmal mehr zu arbeiten. Alle Disziplin im Eimer. Die Kinder aufzuziehen hat man vergessen, statt dessen zieht man Lachs. Und die Brut dieser wilden Generationen, Kindsköpfe bis zum jüngsten Tag, hören aknepustelige Musik bis zum ersten Herzinfarkt. Mit Teenager-Sekret im Blut bis ins hohe Rentenalter. Kein Wunder, wenn sie einen Hirnschlag kriegen. Menschen, die es nie gelernt haben, das eigene Blut zu zügeln. Noch immer kindisch, ziehen sie am Ende ins Altersheim und tanzen um den Weihnachtsbaum wie andere kritische Sozialfälle. Grauhaarige Säuglinge!

Oh, das arme Bürschlein! Fängt es jetzt etwa an zu flennen? Wie alt mag er sein? Sieben? Oder erst vier und wird bald fünf? Die Kindheit ist mir zu fern gerückt. Ich sehe sie aus dem Abstand eines langen Lebens, erkenne gerade noch Linien, keine einzelnen Jahre. Das Alter sitzt in einem Boot weit ab vom Land. Es kennt seine Berge nicht mit Namen. Zwischen mir und dem Knaben liegt ein ganzes Lebenswerk, ein Ringen um Worte, oft neu beschriebene Linien, die das Leben erst noch in sein Gesicht graben wird.

»Du bist aber alt«, sagt er unter seiner hellen Stirn hervor. Seine Stimme ist kräftig, aber noch kindlich und klingt dabei doch irgendwie ältlich.

»Äh … was?«

»Du bist so alt.«

»Ja«, sage ich ein bißchen verärgert. »Wo ist … wo ist die Bryndís? Und warum sitze ich nicht im Stuhl?«

»Du kannst trotzdem noch Unterricht geben, oder?«

»Wie? Unterricht geben?«

»Ja. Bist du nicht der Lehrer?«

Doch, ich habe einmal einen Winter lang unterrichtet. Die, die mit der Schule fertig sind, läßt man auf die Schüler los. Bei mir ist mehr von ihnen hängengeblieben als umgekehrt. Eine hängte mir ein Kind an.

»Wo ist dein Vater?« frage ich.

Was ist aus jenem Kind geworden? Na ja, aus dem Kind wurde eine Frau. Und diese Frau bediente mich an einem naßkalten Wintertag in einem Geschäft auf dem Laugavegur. Jónína? Jóhanna? »Ich dürfte vermutlich Ihr Vater sein?« Dann nahm ich ihre Hand und sah, daß ihre Hand meine Hand war. Unser Händedruck war das Ineinandergreifen zweier Glieder derselben Kette. Die Hände hatte sie von mir, aber auf dem Weg von dort zum Kopf mußte etwas verlorengegangen sein: Verkäuferin in einem Geschäft! Immerhin hatte sie eine praktische Veranlagung und konnte Hemden äußerst geschickt zusammenlegen. »Entschuldigen Sie, aber ich glaube, ich bin Ihr Vater. Ich wünsche Ihnen noch einen schönen Abend.« Dann der Hut, die Tür. Was ist das Leben?

»Er ist unterwegs. Papi sagt, du würdest mir Lesen beibringen.«

Bodenloser Unsinn das alles. Wer ist dieser Junge? Und wo bin ich überhaupt? Auf einem Hang. Ich liege recht weit oben auf einem Hang, von Vorjahresgras umgeben. Es raschelt in den trockenen Halmen, als ich mich auf die Ellbogen stütze, wie in einem Ansteckmikrophon im Fernsehen, wenn der Betreffende einer Frage ausweichen will. Es ist Herbst. Andererseits auch wieder nicht. Es liegt ein Hauch von Grün über dem Gras, und auf der Hofwiese stehen gebündelte Heugarben, ein weißes Haus, dahinter ein See mit zwei Schwänen darauf. Scheint mir. Ich habe keine Brille auf. Kann das Heim nirgends sehen. Ich kenne mich hier nicht aus. Vor mir liegt ein Tal, eins von diesen isländischen Tälern, die kaum mehr als eine Delle im Gelände darstellen. Sind »Tal« und »Delle« nicht sogar miteinander verwandt? Ich taste nach dem Füllfederhalter. Er ist an seinem Platz in der Innentasche. Aber die auf der anderen Seite enthält mir mein Notizbuch vor. Merken also: Delle kommt von Tal.

»Ich möchte so gern lesen lernen.«

»Was? Lesen?«

Ich konnte auch nie lesen. Statt dessen schrieb ich. Schrieb Bücher. Der Himmel ist weiß wie ein Laken. Keine Wolke zu sehen und doch bewölkt. *Couvert,* wie die Franzmänner sagen. Sehr merkwürdige Gegend hier, und es liegt irgendwie etwas Ausgemergeltes über ihr. Die Umgebung wirkt so ungefähr und unbestimmt, als hätte sie ein unfertiger Schriftsteller in einem Hotelzimmer im Ausland entworfen. Nicht ein Vogel ist zu hören. Was habe ich hier eigentlich verloren?

»Wo ist Bryndís?« frage ich den Jungen.

»Bryndís?«

»Ja, die Krankenschwester. Und wo ist der Stuhl?«

»Der Stuhl? Welcher Stuhl?«

»Na, der Rollstuhl … Was soll die blöde Frage?«

»Rollstuhl?« fragt der Knirps erstaunt, als hätte er das Wort noch nie gehört. »Was ist das, ein Rollstuhl? Ein Stuhl, der rollen kann?«

Das Gras. Diese Stengel! Rascheln laut wie Papier und sind grob zurechtgeschnippelt wie die auf der Bühne eines höchst dubiosen Theaters. Erinnern an Federkiele ohne Tinte. Hier tropft Dummheit von jedem Halm.*

Ich lasse den Kopf ins Papiergras sinken. Was ist nur aus meiner Bryndís geworden? Es ist doch sonst nicht ihre Art, mich so weit vom Heim wegzuschieben. Oder hat mich jemand abgeholt? Befinde ich mich etwa auf einem dieser albernen Ausflüge aufs Land? Kaffeefahrt ins Grüne! Und wo sind die anderen? Wo ist … die …? Wie heißt sie denn noch, zum Kuckuck!

»Hast du so einen Roll … stuhl?«

Sieh mal an, ich erinnere mich nicht, wie meine Frau heißt. Mir ist kühl an den Knöcheln und verflucht kalt am Kopf. Mir ist immer kalt gewesen in Island. Allerdings nie so kalt wie den einen Winter in Sizilien, wo sie nicht mal Heizung kennen. Und nachdem ich mir den Primus-Heizofen von zu Hause hatte schicken lassen, war es mit der Arbeitsruhe vorbei. Neugierige Italiener! Warum habe ich keinen Mantel an? Und wo ist der Hut?

»Bist du hierher gerollt?«

Heiliger Strohsack!

»Wo wohnst du denn?« frage ich, mehr um meinen Ohren eine Pause zu gönnen als aus Interesse.

»Ich wohne hier. Bei Papa und Großmutter. Wie heißt du?«

»Ich … ich, äh …«

Tja, jetzt wird's bitter. Hol' mich doch … Ich weiß nicht, wie ich heiße! Das gibt's doch nicht! Trage ich etwa keine Socken in den Schuhen?

* Erläuterungen zu den mit * gekennzeichneten Stellen im Nachwort des Übersetzers.

»Und wohnst du nicht auch bei deiner Mutter?«

»Nein. Sie ist tot.«

»So? Das tut mir leid.«

»Ich war nicht traurig, weil ich noch so dumm war. Meine Schwester Vísa war traurig. Und Großmutter. Papa war wütend.«

»So? Wütend?«

»Ja. Er sagte, er hätte diese andauernden Beerdigungen satt.«

»So? Und woran ist sie gestorben?«

»Sie hat so viele tote Kinder geboren. Sie mußte bei ihnen sein.«

»Ach so …«

Was für ein kluges Köpfchen. Ein schreckliches Tal. Ich streiche mir über den fast haarlosen Schädel und seufze. Namenlos und die Socken los. Ein müder, alter Mann unter dem Laken des Himmels. Bald wird alles vorbei sein. Der Himmel über mir hört auf, sich zu drehen, und irgendwo über ihm macht jemand ein Kreuzchen. Wenn man stirbt, stirbt alles mit einem. Berge werden zu Tälern, Täler zu Fjorden, und die laufen aus. Die Welt, die Sterne, siebenhundert Sonnen werden ausgewischt, wie bei Pastor Jakob, als er uns das Weltall auf die grüne Tafel malte. Am Ende der Stunde waren die Planeten zu Kreidestaub im Tafelschwamm in seiner Hand geworden. Oh, das habe ich doch früher schon mal gesagt. In meiner ersten Kurzgeschichte. Ja, in der ersten Kurzgeschichte. Aber die haben nur sieben Menschen gelesen. Trotzdem war es verdammt gut. Wie lange ist das her! Ich richte mich wieder auf die Arme auf. Seltsam, wie leicht mein Kopf ist, als wäre alles darin ausgelöscht.

»Gerða auf Mýri hat ein Rad«, sagt er, rupft eine Pusteblume aus und pustet kräftig. Sie erinnert an meinen Kopf. »Jói hat es für sie erfunden.«

Der Junge hat etwas Herzerfrischendes. Das muß ich zugeben, trotz seines Gestochers und unablässigen Geplappers. Ich stecke den Füller wieder in die Innentasche und hole statt dessen die Brille heraus. Ja, meine lieben Spekuliergläser. Ich setze sie auf. Sehe sein Gesicht jetzt deutlicher. Taste es in Gedanken wie mit Tasthaaren ab. Es muß aber windstill sein. Ein blondes Kerlchen mit leuchtend blauen Augen, roten Bäckchen und einem Mund, der sich ständig unter seinem Näschen kräuselt wie ein Wurm, ein Wurm in erdigem Gesicht. Ein Junge vom Land.

»Jói?«

»Ja, er ist Erfinger … Erfinder. Er hat Strom erfunden und will auch für Papa eine neue Frau erfinden. Er hat siebzehn Autos. Er schläft unter ihnen.«

»So? Na ja …«, sage ich und versuche, allein aufzustehen. Es geht aber ebensowenig wie gestern.

»Trýna kommt.«

Eifriges Hecheln kommt in fliegender Eile den Hang heraufgewetzt und springt um uns herum, besonders um mich. Was soll das denn? Eine sabbernde Zunge fährt wie ein Waschlappen über die Brillengläser. Immer viel zu aufgedreht, diese Hunde. Haben zuviel Spaß am Leben. Es ist ein dunkler Mischling mit langer Schnauze und multikulturellem Stammbaum, die Freude aber ist ganz reinrassig: Endlich ein neuer Geruch im Tal! Er nimmt eine zu starke Prise davon, wie ein Jugendlicher, der zum ersten Mal Schnupftabak probiert, und hopst niesend durch die Gegend, wälzt sich im vertrockneten Gras wie früher die verlausten Tölen, steht wieder auf, kratzt sich hinter dem Ohr und bellt in Richtung des Gehöfts, will uns melden, daß der Hausherr im Anmarsch ist. Von hier aus ist er nicht mehr als ein schwarzer Punkt im Tal. Ein Kopf auf zwei Schultern, stapft er über die Hauswiese heran. Der Junge dreht sich um.

»Papa kommt«, sagt er enttäuscht und sieht zu, wie sich sein Finger in den dunklen Boden wühlt.

»Wie heißt er?«

»Hrólfur.«

Die Hündin kommt mit raschelndem Schnuppern wieder zu uns und legt sich neben mich, schiebt mir die Schnauze unter den Rockschoß und wedelt zweimal mit dem Schwanz. Zweimal. Es ist, als würden meine Augen Zündfunken schlagen bei diesem Anblick. Zweimal.

»Wie?«

»Hrólfur. Papi heißt Hrólfur.«

Hrólfur. Hrólfur? Über Zäune zu steigen, läßt Männer unvorteilhaft aussehen. Für einen Moment sieht dieser vierschrötige Kerl richtig weibisch aus, als er sich über den Draht hebt, doch dann findet er seine Bodenhaftung wieder und müht sich wie ein Geländewagen in niedriger Übersetzung den Hang herauf. Vom Hof steigt heller Rauch auf. Und in mir steigt helle Furcht vor diesem sich nähernden Kerl auf. Unerklärliche Furcht. Ich versuche, auf die Beine zu kommen. Warum überhaupt? Was soll das alles? Haben sie mich vergessen? So ein verdammter Busausflug mit dem ganzen Heim, und sie haben mich einfach auf einer nicht weiter bekannten Anhöhe liegengelassen. Ja, so schlimm kann's kommen. Und warum habe ich keine Socken an? So weit ich kann, ziehe ich die Hosenaufschläge in die Höhe. Doch, kein Zweifel: ICH HABE KEINE SOCKEN AN! Was soll das?

»Du bist fast genauso alt wie Großmutter. Ihr fehlt ein neuer Großvater«, sagt das Bürschlein mit kindlicher Offenherzigkeit. »Sie ist seit fünfzig Jahren nicht mehr besprungen worden.«

Ach was.

Die Hündin springt auf und spitzt die Ohren, diese großen Lauscher, die die ganze Gegend zum Orchester machen, und trottet dann den Hang hinab ihrem Herrchen entgegen. Er kommt näher. Ein gedrungener, o-beiniger Klotz, Haare hinter den Ohren und ein Bart vom einen zum andern. Auf einmal möchte ich gar keine Hilfe mehr von diesem Mann. Nein, dieser Mann wird mich umbringen. Warum habe ich solche Angst vor ihm? Die alte Angst vor dem Landmann? Ich bin schon früh von Bauern geduckt worden, und seitdem fürchte ich kaum etwas mehr als den isländischen Bauern. Gestapo auf Gummischuhen. Wie ein krähender Hahn jeden Morgen um sechs: Los Junge, auf mit dir! Und gleich an den Ohren gezogen. Ich hatte mich um die Kühe zu kümmern und bekam zum Lohn alles angekreidet, was mit ihnen nicht in Ordnung war. Der Junge läuft seinem Vater entgegen.

»Papa, Papa, ich habe ihn gefunden. Er ist steinalt.«

Hrólfur. Er zieht die Schottenmütze, und der Schädel darunter ist bleich wie der Tod. Weiter trägt er einen Pullover, der einmal dunkelblau war, jetzt aber nur noch dunkel ist, und die abgetragene Hose glänzt speckig. Er ist der Bauer. Mit bestimmtem Artikel. Der Schädel. Die Nase. Die Augenbrauen. Und der Bart. Obwohl die spärlichen Haarreste auf seinem Schädel und die Büschel hinter den Ohren komplett farblos sind, ist der dichte Bart rot. Und dann dieser graue Ton seiner Haut, wie so oft bei rötlichen Typen.

Mein Herz stampft wie ein Mähdrescher. Teufel auch! Ich mag es überhaupt nicht, auf diesen Kerl angewiesen zu sein.

»So was!« sagt er zu dem Jungen, bevor er die letzten Schritte auf mich zu macht. Gestapo auf Gummischuhen. Er bleibt stehen, schnauft einmal tief durch und sieht mir fest in die Augen. Sein linkes Auge ist wie gefroren.

[2]

Oh ja, es wird schön, wenigstens wieder Socken an die Füße zu bekommen. Selbst die Windstille ist kalt. Aber wie kann es überhaupt sein, daß ich keine Socken trage? Da komme ich einfach nicht drüber. Herrgottnochmal! Und was soll das Ganze eigentlich? Wo bin ich hier gelandet? In den Händen eines Einödbauern! Der gute Mann hob mich auf wie eine Feder. Ich bin so gut wie nichts mehr. Schäme mich wie ein Schulmädchen für meine dürren, nackten Schienbeine, die von seinen Armen baumeln wie knochenbleiche Treibholzstengel. Er hält mich wie ein Kleinkind. Die kriegen noch was von mir zu hören, einen alten Mann mitten in der Einöde zurückzulassen! Ohne Socken. Lieber hätte mich der Tod einsammeln sollen, als in diesen Pranken zu landen. Vielleicht ist er es ja. Finster genug guckt er. Dieser Hrólfur kam mit einem Augenausdruck auf mich zu, als würde es ihn vor meinem Tweedanzug ekeln, und sagte: »Guten Tag.«

»Tag«, erwiderte ich.

»Und wohin sollte die Reise gehen?«

»Ich … es war ein Gruppenausflug … sie haben mich anscheinend … man scheint mich vergessen zu haben.«

»Soso, Gruppenausflug. Unten aus Fjörður?«

»Ist er nicht der Lehrer, Papi?« plärrte der Kleine dazwischen.

»Nein, ich bin … Wo … Wie heißt dieses Tal?«

»Heljardalur heißt es hier«, antwortete der Bauer und ließ keinen Zweifel daran, wer der Eigentümer dieses Tales war. Er räusperte sich und spuckte einen schwarzen Priem aus. Dann ließ er sich mit dem Rücken zu mir schwer auf einen Grashökker nieder, ein halbes Jahrhundert auf dem Buckel, und schaute über sein Land. Die Hündin hockte sich neben ihn und spitzte die Ohren, sie hörte etwas von dem Berg jenseits des Sees – sicher stöberte ein Fuchs dort im Geröll herum –, und bellend machte sie uns darauf aufmerksam, dann hob sie die Schnauze und wartete auf die Witterung.

»Er hat ein Rad … Er hat seinen Rollstuhl verloren«, sagte der Junge von einer nahen Erhebung.

»Ach was«, schnaubte der Bauer.

»Und wo … wo liegt Heljardalur, mit Verlaub?«

Hrólfur riß einen Grashalm aus, wandte mir sein Profil zu – Felsblock mit Tabaksfaden – und sagte zu einer Schotterhalde zu seiner Linken: »Bist du aus dem Altersheim?«

»Öh, ja«, antwortete ich. Ich traute mir keine langen Erklärungen über mein Pflegeheim zu, wußte kaum, wie es hieß und wo es lag.

»Jau, jau«, sagte er zu sich selbst und richtete die Augen zum Himmel, saß eine ganze Weile absolut still und nachdenklich da. Der Bauer. Der letzte Mensch auf Erden, der sich noch dafür interessiert, was Gott so treibt. Der Wolkendeckel hatte begonnen, sich über die Berggrate rechts herabzusenken.

»Na ja, Zeitverschwendung, hier oben herumzusitzen, wie«, seufzte er dann und erhob sich, trat zu mir. Zu seinen Füßen liegend wurde ich endgültig zu einem klapprigen Gerippe im Dreiteiler und mit kreisrunder Brille, als mir wie Luft aus einem Ballon entwischte: »Es ist alles in Ordnung, alles in Ordnung. Ich werde bestimmt abgeholt.«

»Na, das wollen wir doch hoffen«, sagte er und beugte sich in seiner ganzen Heu-Tabak-und-Pullover-Wolke über mich, schob seine Arme unter mich und hob mich ohne jede Kraftanstrengung auf und schritt mit mir den Hang hinab. Das alles tat er mit der größten Selbstverständlichkeit, als wäre er nichts mehr gewöhnt, als um diese Tageszeit auf den Berghängen liegengebliebene Invalide aufzusammeln. Ich tat desgleichen und stellte keine Fragen.

Die Hündin kam uns nach, der Knirps ebenfalls, dem das

Mundwerk nicht stillstand: »Wo soll er denn schlafen, Papi? Bei Großmutter? Oma braucht doch einen neuen Opa. Vielleicht kann er mir aber auch nebenbei das Lesen beibringen, Papi.«

Es liegt nicht mehr das gleiche Selbstvertrauen in seiner Stimme wie vorhin, er hat Manschetten vor seinem Vater, und trotzdem kann er seinen Triumph nicht verhehlen; den Triumph, auf seinem Land einen Menschen gefunden zu haben. Es hört sich fast an, als wäre man im Tal auf heißes Wasser gestoßen. Ich bin nicht sicher, ob sich sein Vater genauso freut. Ich habe sogar meine Zweifel, ob er sich über heißes Wasser freuen würde. Er erinnert mich an die kühlen Männer in meiner Kindheit, die nichts zum Auftauen brachte als eine saftige Zote oder ein Schluck aus der Branntweinflasche. Er schweigt und schnauft durch die Nase. Ich atme flach, wie ein schwacher Patient in seinen Armen schaukelnd. Wir nähern uns der Hauswiese und dem Zaun. Meine Brille sitzt schief auf der Nase. Durch die schräg stehenden Gläser taucht der Hof vor mir auf: Ein weiß gestrichenes Steinhaus auf schmutzigem Sockel, das Dach rostrot mit einem Schornstein, aus dem durchsichtig-bläulicher Rauch aufsteigt. Keine Maschinen, scheint mir, im Hinterhof ein paar niedrige Nebengebäude, ein Schuppen an einen Strommast gelehnt, und ein abgedeckter Heuschober auf der nahen Wiese. Der Hof steht auf einer Wurt, die noch recht frisch aussieht. Ein Neusiedlerhof? Als wenn mich das auch nur im geringsten interessierte. Der See hinter dem Haus ist außer Sicht. Darauf habe ich vorhin ein Paar Schwäne gesehen, aber sonst ist es, als hätte jemand vergessen, Vögel in dieses Tal zu setzen. Vielleicht sind sie weggeflogen. Ich könnte es gut verstehen.

Der Hund fegt unter dem Zaun hindurch wie der Blitz und jagt dann zum Heuschober, umkreist ihn einmal, natürlich um nachzusehen, ob dahinter ein Heckenschütze im Anschlag liegt. Dann kommt er mit Gebell zurück.

Ich vermeide es, diesem Mann ins Gesicht zu sehen. Ich

lausche nur auf das Schnaufen aus seiner Nase und werfe ab und zu einen scheelen Blick darauf. Habe zunehmende Befürchtungen hinsichtlich eines Schnupftabaktropfens, der sich nach und nach an ihrer Spitze sammelt. Schöne Bescherung, den auf die Jacke oder die Weste zu kriegen. Überhaupt eine schöne Bescherung das Ganze hier! Kreuzdonnerwetter! Die müssen mich doch vermissen. Doch, ich werde bestimmt abgeholt. Heljardalur – Höllental? Ich kann mich nicht erinnern, den Namen schon einmal gehört zu haben, außer vielleicht in ein paar Fegefeuer-Gesängen. Ich werde doch wohl nicht tot sein? Vom Engel des Todes niedergestreckt und jetzt von einem Sendboten Satans hinab in die Hölle getragen? »Bist du aus dem Altersheim?« hat er genauso unbeteiligt gefragt, wie sich ein Bote nach dem Inhalt eines Pakets erkundigt, das er irgendwo abholt. Und wenn das keine Höllenglut in seinen Augen ist! Seltsam, diese Eishaut über seinem mir zugewandten Auge. Ich mustere das Gesicht des Mannes, als er mich die letzten Schritte zur Umzäunung trägt. In diesem dichten roten Bart lassen sich verschiedene Wuchsformen unterscheiden: Frischgemähtes, Grünfutter und Silageheu. An den Spitzen sind die Barthaare grau, aber sie schaffen es noch, gründlich zu erröten, ehe sie in die dicke, nebelgraue Haut eindringen, wo sie in blauen Adern Wurzeln schlagen. Aus Kälte bist du gekommen. Keine warmen Öfen in diesen Augen. Doch, doch, es ist ganz deutlich: Ich bin auf dem Weg in die Unterwelt.

Ich schätze, er ist ungefähr fünfzig.

»Papa, ich drücke den Zaun für dich runter. Kann er nicht selbst laufen? Er kann nicht laufen, weil er so alt ist. Papa, ich halte den Zaun für dich. Ich halte ihn.«

Der Junge kriegt sich nicht mehr ein vor Freude. Wahrscheinlich kommen hier nicht oft Besucher vorbei. Er biegt den Zaun für seinen Vater nach unten, der mit seiner Last auf den Armen ein wenig wankt, ehe er wieder mit beiden Beinen innerhalb der Umzäunung steht. Ich fixiere den Tabakstropfen, der … nein, er hält. Der Hund folgt einem komplizierten Muster über die Wiese zum Hof. Von oben betrachtet, ist es natürlich höchst aufschlußreich für die verstorbenen Mystiker, die noch Anteil am Erdenleben nehmen. Sicher könnte man daraus eine deutliche Erklärung meines Hierseins lesen. Jaja, aber noch hält sie sich bedeckt. Man hört, wie spröde die Grashalme unter den Stiefeln des Bauern sind.

Die Helligkeit nimmt ab.

Jetzt kommt der Geruch. Der Duft. Der wunderbare Gestank von Viehscheiße. Er erinnert mich an Paris. Jawohl, an Paris. An die Ställe hinter dem Krankenhaus in der Rue de Dieu, wo abends die laufmüden Polizeipferde standen. Da fand ich den Duft meiner Kindheit wieder. In einer fremden Großstadt, in einer göttlichen Straße fand ich den Schlüssel zu dem Romanstoff, mit dem ich damals umging. Hm, wie hieß er noch? Der Misthaufen der Kindheit öffnete sich. Der Geruch nach Scheiße war international! Oh, dieser isländische Minderwertigkeitskomplex! Ich mußte erst nach Paris reisen, um den Stallgeruch in mir wiederzufinden. Dann saß ich sechs Wochen in einem Drei-Sterne-Hotel in Barcelona und schrieb, den Kopf voller Stallduft. Je weiter man reist, desto näher kommt man sich. Erst mußten wir über den Bach, ehe wir über das welke Gras vor der Haustür schreiben konnten.

Paris, jawohl. Ich habe angefangen, mich zu erinnern. Barcelona. Oder war es Bologna? Ich schreibe, ich schrieb Bücher, ja. Es kommt alles zurück. Es öffnet sich mir wieder. Bald fällt mir vielleicht sogar der Name meiner Frau Gemahlin ein und der Grund, weshalb ich im Alter ausgesetzt wurde, noch dazu während »eines der größten Konjunkturaufschwünge in der Geschichte Islands«. Ausgerechnet!

»Papa, soll ich Großmutter sagen, Pfannkuchen zu machen? Ja, Papa? Ich laufe und sage ihr, sie soll Pfannkuchen backen.«

Wir haben den Hofplatz erreicht, und da ist er, der Misthaufen, vor einem miserabel in Zement gegossenen Kuhstall.

Isländische Hofhügel sind nichts als tausend Jahre getrockneter Stallmist. Wir errichten unsere Häuser auf Scheiße. Wie hieß der Hof noch mal? Er trägt mich weiter zum Wohnhaus – Rabengekrächz, na klar – und um die Ecke: Da steht ein Vorbau mit abgenagten Knochen vor der Tür, Fischgräten, der Schenkelknochen eines Lamms und bald sicher auch mein Schienbein. Die Hündin geht ihre Knochensammlung durch und vergewissert sich, daß noch alle da sind. Trotzdem jault sie die glänzenden Hosenbeine ihres Herrn um Nachschub an, den sie benagen darf. Das beziehe ich auf mich. Einer Hundeschnauze werde ich wohl noch schmecken, oder? Außer sie ist verwöhnt und frißt kein gehfaules Fleisch.

Bauer Hrólfur läßt mich wortlos in ein hölzernes Ding plumpsen, das ich für eine selbstgebastelte Schubkarre halte, und geht dann zu dem Schuppen hinüber, der sich an einen einzelstehenden Strommast auf dem Hofplatz lehnt. Der Hund kommt und schnüffelt an meinen Füßen, ich fühle die kalte und nasse Schnauze an meinen bloßen Knöcheln. Doch, wahrscheinlich mag er lahmes Fleisch. Ich gäbe mein gesamtes Werk für ein paar Socken. Was für ein komplett lächerlicher Anblick, einen betagten älteren Herrn in einem englischen Dreiteiler aus weicher, brauner Schurwolle in einer Mistkarre auf einem unbekannten Bauernhof zu erblicken, noch dazu barfuß in blitzblanken Schuhen aus London! Glücklicherweise ist der Hund der einzige Augenzeuge, und jetzt verschwindet er ebenfalls im Schuppen.

Dahinter glänzt der See, und außer Rufweite zur Linken steht eine Schießbude auf wackligen Füßen. Der Berg hinter dem See ist das einzige, was in dieser Mißgeburt von einem Tal seinen Namen verdient. Sein Schädel ist ergraut. Auch der Himmel abendgrau. Rabengekrächz.

»Sein Schädel ist ergraut«, na ja. Hier liege ich, gehe auf die neunzig zu und habe mir noch immer nicht dieses Gekünstel abgewöhnt. Die äußere Realität in Romanen wurde stets überschätzt. Nur die, die keine wirklichen Schicksale zu erzählen haben, schleppen die Leser hinaus ins Moor und wälzen sie da im Morast herum, bis sie vollständig verdreckt und schwindlig im Kopf sind vor lauter »Naturschilderung«. In den Isländersagas wird nicht ein Sonnenuntergang beschrieben, und auf den eintausendsechshundert Pergamentblättern wird es höchstens viermal jemandem kalt. Die Einfallslosigkeit geht hinaus in die Wüste, wahre Dichtkunst zu den Menschen. Sie handelt von ihnen. Es ist eine höchst neumodische Idee, daß Kunst von etwas anderem als Menschen handeln könnte. Malerei, die sich um Farbflächen dreht, Dramen, die von der »Leere« handeln, und Kompositionen, die »den systematischen Möglichkeiten der Tonleiter« gewidmet sind! Gedichte, die von der Druckerpresse gemacht zu sein scheinen, und Romane, die sich in einem einzigen Raum zutragen! Das hätte vielleicht funktioniert, wenn sich darin jemand aufhalten würde. Jede Epoche hat ihre fixen Ideen. Unsere ist die Abstraktion. Die boshafte Witwe des Faschismus. Sie erlaubte sich alles, was ihr der alte Satan verboten hatte – vor allem, etwas anderes als gegenständliche Kunst zu kaufen, und das mit dem gleichen Totalitarismus, den sie bei ihm gelernt hatte. Das Abstrakte war eine menschenfeindliche künstlerische Orthodoxie, die keine Abweichung erlaubte. Ich bin Humanist. Was ist los? Will mich der dämliche Kerl bis in die Nacht hier liegen lassen? Was, zum Teufel, hat er die ganze Zeit in dem Schuppen zu schaffen? Hier auf dem Hof ist es völlig windstill.

Ach, ich sage mir immer noch, was ich ohnehin weiß.

Geht sparsam mit den Naturschilderungen um, sie sind das Gewürz! Niemand ißt zum Abendessen nur Gewürze. Sagte Borges. Oder war es nicht Borges? Doch. In einer Vorlesung in Princeton. Außer zwei anderen war ich der einzige erwachsene Mensch im steilen Hörsaal mitten unter den anmaßenden, nervtötenden jungen Leuten, die wild entschlossen waren, den alten Mann in die revolutionär angehauchte Pfanne zu hauen.

Doch der blinde Meister bot ihnen Paroli in seinem Anzug mit zehn Taschen – in jeder ein Jahrhundert –, und er thronte ebenso hoch aufgerichtet wie sein Stock mit dem silbernen Knauf hinter dem Pult wie der Papst. Und der Papst streckt seine zitternde Hand aus und sagt mit leiser, brüchiger Stimme, ein Schriftsteller sollte Bescheidenheit zeigen. Er solle nicht mit ausgefallenen Wörtern und anderen stilistischen Preziosen um sich werfen, um seinen Lesern zu imponieren. Das bezog ich auf mich. Ich nahm es mir wirklich zu Herzen. Aber wer war schon Borges? Ein zusammengepuzzelter Bücherwurm, der sich durch die Buchdeckel der Literaturgeschichte fraß und in den Pausen Tinte ausschied. Kleine Kleckschen. Schrieb nie etwas anderes als Gedichte und Kurzgeschichten. Gedichte und Kurzgeschichten. Ha! Hausaufgaben für Schulkinder! Sprach aber andauernd über die großen Werke, Shakespeare, die Isländersagas … Der Autor ist blind gegenüber dem eigenen Werk.

Er gewann sie, der alte Papst. Nach der Vorlesung drängten sich die Studenten um ihn, doch ich folgte meinem Hut hinaus auf die Straße. Ich machte es mir bald zum Vorsatz, gewichtige Leute nicht zu grüßen. Das ist wohl der Grund dafür, weshalb ich die letzten Jahre nur noch mit Leichtgewichten dasaß. Nur talentlose Menschen beugen sich vor Kapazitäten. Der Stolz läßt die anderen so lange gegen sie angehen, bis der Thron wackelt.

Und mein Thron ist jetzt eine Schubkarre in der Pampa. Ich werde wohl erst morgen abgeholt werden. Es scheint, als würde überhaupt keine Straße hierher führen. Oder doch. Da läuft ein schmaler Weg über die Wiese, in der gleichen Richtung, aus der wir gekommen sind, nur näher am Wasser. Der dunkelgraue Himmel rutscht die Hänge herab. Bald sinkt er vor der Dunkelheit, die am Ende immer gewinnt, ins Gras. Die Erde nimmt seine Tränen auf: Regen ist die Beerdigung des Himmels. Genau. Ich glaube, es gibt bald Sprühregen. Aus dem

Schuppen dringt irgendwelcher Lärm, und ich liege einfach hier, ein klapperdürrer Dandy in gewienerten Schuhen und mit zwei zusammengesetzten Monokeln: Wie James Joyce, den man an die falsche Adresse verschickt hat.

Mit jedem Krächzen wird es dunkler. Der gute Rabe. Mein lieber, alter Vogel. Immer voller Dunkelheit. Tja, und dann ging ich auf die Straße hinaus, und die Straße war eine Avenue. New York '67. Immer hatte ich Angst in dieser Stadt. Aus irgendeinem Grund sah ich es stets vor mir: Von jedem Hochhaus war mal jemand gesprungen, und irgendwann würde mir einer auf den Kopf fallen. Die Vereinigten Staaten waren das Land der Privatinitiative. Man brachte sich selbst um oder heuerte jemanden dafür an. Anders als in der Alten Welt, wo der Staat dafür sorgte, Menschen auf planmäßige und zivilisierte Art vom Leben zum Tod zu befördern, beschränkte sich die staatliche Einmischung in den USA darin auf ein Minimum. Allerdings war man in diesem Triebdschungel nie sicher vor dem Tod. Auch nicht an jenem Tag, fällt mir jetzt wieder ein. Es war ein katholischer Feiertag: Allerheiligen. Ein Marienbild wurde die Neunte Avenue hinabgetragen, und im Nu war alles voller Menschen. Eine Blaskapelle marschierte schmetternd vorbei, kleine Kinder mit Totenschädelmasken und Latinas mit Schönheitsfleck auf der Wange. Rabenschöpfe in Flamenco-Kleidern. Die Rosen von Harlem. Wie schön sie waren! In roten Röcken tanzten sie zu Kastagnetten, und eine schaute mir tief in die Augen mit ihren schwarzen Olivenaugen, die zu sagen schienen: Denk an mich nach dem Tod! »Denk an mich nach dem Tod!« mit spanischem Akzent. Viele Jahre zuvor hatte ich sie in einem kleinen Dorf im Südosten Spaniens gesehen, eine junge Frau mit anderem Namen, aber den gleichen Augen und auf dem gleichen Fest: Die schönste Frau meines Lebens. Mit rabenschwarzem Haar, sahneheller Haut und Johannisbeerlippen. Den ganzen Tag war sie durchs Dorf getanzt. Ich folgte ihr, der schönsten Frau meines Lebens, an diesem einen Tag, an dem mein Herz an das Wort »Liebe« glaubte. Ich konnte mit diesem merkwürdigen Phänomen letztlich nie wirklich etwas anfangen, benützte es aber fleißig in meinen Büchern. Einfach nur deshalb, weil mir die Leute diesen Quatsch aus den Händen fraßen. Alles nur Lüge, mein gesamtes Werk. Ich phantasierte mir die Hirngespinste zusammen, die mir die treibenden Kräfte im Leben der Menschen zu sein schienen. Ich entzündete ein Feuer in Tausenden von Herzen und versteckte mein eigenes an einem kühlen Ort.

Möglicherweise war das die glücklichste Stunde meines Lebens: Dort auf dem Bürgersteig zu stehen und der schönsten Frau der Welt auf ihrem Tanz durch den Karneval in Cuevas (ja, ich weiß es wieder) zu folgen. Was hätte ich sonst tun können? Ein Mittvierziger aus Blaßland. Ich sah ihr nach, wie sie in die Abenddämmerung tanzte, und blickte dann auf. Mir blieb der Mund offen stehen: Zwischen den Häusern sah ich, wie sich die sandigen Berge langsam vor den vollen Mond schoben, und hatte den schrecklichen Einfall, unser ganzes Leben, unsere Epoche, die ganze Weltgeschichte währte nicht länger als diesen einen Sekundenbruchteil, den ein halbgebackener Pfannkuchen in der Luft steht, ehe er in die Pfanne zurückfällt. Diese kaum wahrnehmbare Bewegung der Berge vor dem Mond. Sie war die langsame Bewegung des Pfannkuchens, der sich in der Luft dreht. Dann kam ich wieder zu mir, und mein halbgebackenes Leben klatschte zurück in die Pfanne. Ja, wahrscheinlich war das der Höhepunkt meines Lebens. Eine Frau in Cuevas.

Ein weißes Lamm steht auf einmal auf dem gestampften Mist des Hofplatzes vor mir. Ich glaube, es will mir guten Abend wünschen.

»'n A-a-a-bend!«

»Guten Abend«, grüße ich zurück.

Das Lamm starrt mich an, als sei es solche Höflichkeit nicht gewöhnt, kaut eine Weile auf seinem Priem und tritt einen

Schritt näher. Das aufgeregt wedelnde Schwänzchen verrät einen Notfall in tiefster Seele. Der kaum einen Sommer alte Flaschenzögling kennt ein tiefes Geheimnis. Etwas, das mich betrifft. Er kann nicht mit beiden Augen lügen. Eins von ihnen sagt: Nein, jetzt reden wir besser nicht darüber. Dann springt das Lamm um die Ecke des Anbaus. Der Hund kommt auf federnden Beinen aus dem Schuppen. Es krächzt zweimal. Dann springt der Stromgenerator an.

[3]

Friðþjófur steckt dahinter. Ich weiß es. Dieser vermaledeite Friðþjófur! Er hat seine Leute. Nach dem Schließen haben sie sich ins Heim eingeschlichen und sind in mein Zimmer eingedrungen, haben mir eine Betäubungsspritze verpaßt wie einem Krokodil, mich in einem Sack auf dem Landweg in eine fremde Gegend gebracht und bei voller Fahrt aus dem Auto geworfen. Ich rollte über die Böschung, den Hang hinab in dieses Tal und kam erst zehn Stunden später wieder zu Bewußtsein, ohne Gedächtnis und zerschunden, ja, sogar bis zu den Armen hinauf gelähmt. Soll's der Teufel holen! Bis dahin hatte ich immer noch Gefühl in meinen Beinen, auch wenn ich alle Wege im Rollstuhl zurücklegen mußte. Aber jetzt bin ich komplett gelähmt! Vielleicht auf Lebenszeit. Verdammte Schweine! Und deshalb trage ich auch keine Socken: Sie haben vergessen, mir welche anzuziehen. Natürlich! Es durfte eben nicht zu lange dauern, mich in den Sack zu stopfen. Rücksichtsvoll immerhin, mir überhaupt etwas anzuziehen. Wäre doch reizend gewesen, hier im Nachthemd herumzuliegen wie ein Irrer aus der Klapsmühle. Es reicht aber auch, barfuß zu sein.

Die Alte hat mir ein Paar alte, abgetragene Wollstrümpfe überlassen.

Ich schätze, ich liege jetzt seit einer Woche hier. Oben auf dem Schlafboden, in der hintersten Ecke, unter einem Fenster, das in der Morgenfrühe und manchmal bis zum Mittag Frostrosen trägt. Eisblumen! Es ist Jahre her, seit ich zuletzt solchen Zierat gesehen habe. Nach meinen üblichen Bedienungsanleitungen müßte ich längst Fieber haben. Mein Körper funktioniert einfach so und hat es immer getan. Aus irgendwelchen uneinsichtigen Gründen geht es mir aber recht erträglich, obwohl mich die Kälte allmählich bei lebendigem Leib ausstopft und die Monotonie noch größer ist als im Heim. Das muß der isolierteste Hof im ganzen Land sein. Es gibt hier kein Telephon, und als ich nach einem Faxgerät fragte, haben sie mich angesehen wie einen senilen Trottel, der nicht mehr ganz von dieser Welt ist. Sie hatten noch nie von einem Fax gehört! Nicht einmal Fernsehen gibt es hier, geschweige denn anderes. Ehrlich gesagt, hätte ich mir nicht träumen lassen, daß es auf unserem großartigen High-Tech-Eiland noch ein so rückständiges Loch gibt. Ich habe alle Hoffnung aufgegeben, hier jemals abgeholt zu werden. Unten in der Küche gibt es wohl einen alten Radioapparat; ich höre ihn morgens und abends murmeln, aber nach Aussage des Jungen wird nicht nach einem älteren Verfasser gesucht. Keine Rettungsmannschaften ausgeschickt, und nicht einmal eine Vermißtenmeldung durchgegeben. Tja, obwohl ich das Gehör wiedererlangt habe – woher auch immer, und wem ich es zu danken haben mag –, kann ich mich noch immer nicht an meinen eigenen Namen erinnern, und das hemmt natürlich meine Nachforschungen hier. Wer achtet schon auf einen Namenlosen? Offen gestanden verstehe ich das alles nicht. Die einzig plausible Erklärung ist Entführung. Es mag sich absurd anhören, aber was ist in diesem Land in letzter Zeit nicht alles passiert! Irgendwann habe ich von einem alkoholkranken amerikanischen Schriftsteller gelesen, den eine liebeskranke Kritikerin weiblichen Geschlechts in eine Berghütte verschleppte, um ihn zu einem »Meisterwerk« zu zwingen. Vierzehn Wochen mußte er in dieser Lektoratshölle schmachten, und das Ergebnis war bestimmt ein sehr nüchterner Text. Was für eine Geschichte soll ich wohl hier schreiben? Nein, die einzige Erklärung ist Friðþjófur. Er will mich fertigmachen. Seine letzte Rache üben. Manchmal kommt mir der Gedanke, die Leute hier auf dem Hof seien in die Verschwörung eingeweiht. Bauer Hrólfur springt nicht gerade im Dreieck vor Vergnügen über meine Anwesenheit, aber mit seiner bekannten Sturheit hat Friðþjófur mich ihm sicher aufgenötigt. Der Rotbart läßt sich nichts weiter anmerken, grinst sich nur eins, wenn er am Abend heraufkommt. »Oh, wieder nicht abgeholt worden«, höre ich ihn vorn auf dem Boden murmeln. Und: »Es ist doch nichts trauriger als ein armer Hund auf dem Sterbebett, den keiner vermißt.« Immerhin hat er versprochen, der Sache nachzugehen, wenn er das nächste Mal im Ort zu tun hat. Gott weiß, wann das sein wird. Zuerst kommt der Abtrieb, sagt er. Hier hat alles seine Zeit. Keiner hat es eilig.

Den Ort nennen sie entweder Fjörður oder Tangi. Natürlich so eine erst vor kurzem zusammengelegte Kommune. Was weiß ich. War doch die letzten Jahre taub, bis jetzt auf einmal, und längst nicht mehr mit Karten vertraut. Heljardalur soll im »Ostfjord-Bezirk« liegen. Auf Grund dieser vereinten Informationen scheine ich mich also irgendwo im Osten der Insel zu befinden, ziemlich hoch gelegen und weit vom Meer, nehme ich an. Die Vegetation hier oben ist recht kärglich, soweit ich das in dem kurzen Tagesabschnitt sehen konnte, den ich mich im Freien aufgehalten habe. Überwiegend knöchelhohes Buschwerk, Grün- und Grauweiden. Selbst die Zwergbirke scheint schon weit unten an den meist ziemlich sandigen Hängen aufzugeben. Eine recht karge Wirtschaft hier.

Ich habe all meine Tricks als Autor eingesetzt, um etwas aus den Leuten herauszubekommen, was ein Licht auf mein Hiersein werfen könnte, doch ohne großen Erfolg. Die meisten Antworten erfolgten völlig sinnlos oder in einem aberwitzigen Hinterwäldler-Dialekt. »Gesegnet sei der Herr«, begrüßte mich die Alte, als wäre ich der aus dem Berg gekreißte Christus. Verflucht sei der ganze Quatsch! Der Junge ist zwar ein unermüdliches Plappermaul, hat aber von nichts eine Ahnung. Lediglich Kindergeschwätz. Wird Ponsi gerufen. Nein, nein, ich liege hier einfach wie ein Gemeindepflegling unter zu dünner Bettdecke und einem nicht tapezierten Schrägdach.

Und wie lange soll das so weitergehen?

Bis mittags drehe ich Däumchen. Nicht einmal das geht flott. Die armen Kerle liegen oben auf dem Strohsack. Zehn hochbetagte Schwimmer mit Nagelmützchen liegen da und ruhen sich aus. Sie ruhen vor dem Start. Zuweilen aber recken und strecken sie sich und trippeln um den Rand. Sie haben sich auf zwei deutlich unterscheidbare Mannschaften verteilt. Die besten Schwimmer starten auf der dritten Bahn. Alles ganz wie nach den olympischen Regeln hier. Auf der ersten Bahn von unten schwimmt ein kleiner Italiener, ein etwas kurz gewachsenes Kerlchen, dem das Wasser nicht recht zu liegen scheint ... Albernheiten! Der Knabe hat mir von unten etwas zu lesen heraufgebracht: Alte Jahrgänge der Jahresschrift des Schafzüchterverbands. Sehr unterhaltsam! Manchmal hockt sich der Rabe auf den Firstbalken über mir. Ich höre seine Krallen über das Wellblech kratzen und versuche den schwarzen Geheimcode zu entziffern. Einmal habe ich geglaubt, hinter jeder Bewegung der Welt gäbe es eine Ursache, jedes Ding habe eine Seele und sogar Augen, und die Welt wäre wie ein Buch nach einem einheitlichen Prinzip aufgebaut, einer Regel, der ich jedenfalls in meinen Romanen folgte. Da war nichts dem Zufall überlassen. Selbst die Nummernschilder der Autos waren Geburtstage oder Stellen aus der Schrift: schwarze Autos rollten in die Geschichte wie heilige Abschnitte aus der Bibel. Ich stelle mir vor, dieser abendselige Rabe führt ein freies und gutes Leben und hat einen guten und eingebildeten Freund unten in Fjörður, den er ab und zu besucht. Wir sind zum Mond geflogen, haben aber keine Ahnung von dem, was auf Erden fliegt.

Das ist der ganze Zeitvertreib: Zehn Finger auf der Bettdecke und Krallen auf dem Dach. Ach ja, der Junge noch, der quatscht wie ein Radio, und der Dieselgenerator mit seinem minimalistischen Abendgesang. Das muß man sich vorstellen: Ein Generator! Nicht einmal Strom ist bis hierher verlegt worden. Und damit knausert der Kerl auch noch. Wirft ihn gerade mal in letzter Dämmerung an, damit die Alte etwas Wärme in den Fischschwanz zaubern kann. Das ist wirklich nichts als eine Bruchbude hier! Aus einer Bruchbude bist du gekommen, und in eine Bruchbude sollst du wieder verschwinden. Ich will verdammt sein, wenn es nicht das gescheiteste von mir wäre, hier einfach abzukratzen. Das geschähe ihnen recht. Dann würden sie vielleicht etwas unternehmen.

Ich vergesse, die Tochter des Hauses zu erwähnen. Die Schwester des Bürschleins. Ab und zu kommt sie hier auf den Dachboden herauf. Peilt in den Nachttopf und bringt mir Grütze. Obwohl ich mir bis auf Kaffee jede Nahrung verbeten habe. ICH HABE VERDAMMT NOCH MAL KEINEN HUNGER! Wieso auch immer. Dem hübschen Backfisch zuliebe stochere ich ein bißchen mit dem Löffel darin herum. Ihr ist ja nichts vorzuwerfen. Ein ausgesprochen hübsches Mädel ist sie, vielleicht zwölf oder dreizehn, entsprechend schüchtern und nicht mehr weit davon entfernt, richtig attraktiv zu werden. Sie weht hier umher wie Rauch bei Windstille, junges Hüftkraut in Rock und dicken Strümpfen. Sagt fast nie etwas. Sieht mich nur mit diesen bildschönen Augen an. Welche Überraschung, in diesem vergessenen Tal auf eine solche Wunderblume zu treffen.

Jetzt kommt dieses arme Jüngferchen schon wieder. Mit noch mehr Kaffee. Der Körper saugt ihn auf wie Holz die Beize. Verholze ich allmählich? Ich will verdammt sein, wenn sie die Tochter des Bauern ist! Kann er wirklich derart schöne Brauen in sich gehabt haben? Unter diesen dunklen und verläßlichen Augenbrauen eine dünnhäutige, gestupste Nase, weich aussehende Wangen, die Haut rein und weiß und scheint doch zu glühen. Wenn sie diesen kleinen, monalisahaften Mund verzieht, bilden sich kleine Grübchen. Im Vergleich zu diesem aparten Gesicht wirken die Hände seltsam kräftig und passen gut zum Nachtgeschirr. Leider habe ich wenig hineinzutun. Seit meiner Ankunft hier habe ich keine Ausscheidung mehr gehabt. Der Körper reagiert so. Das ist nur natürlich. Ich habe gehört, daß Verdauung und Stuhlgang in den ersten Tagen einer Geiselnahme ihren Dienst einstellen. Sie wirft einen Blick in den Topf und schiebt ihn wieder unter das Bett, mit großen Augen und verwundert über diese Harnlosigkeit. Ich würde ihr so gern mit einem gelben Tropfen eine Freude machen, aber es ist leider keiner in Aussicht.

»Entschuldige«, sage ich behutsam.

»Was?« fragt sie mit einer Hand in ihren Haaren.

»Du weißt nicht, ob man hier Kleider in die Reinigung geben kann?«

»Was? Reinigung?«

»Ja. Eine Textilreinigung.«

»Textilreinigung? So etwas muß unten in Fjörður sein.«

Sie redet klar und deutlich, und doch hört man, daß die Stimme wenig gebraucht wird.

»Ja, meinst du, es gebe eine Möglichkeit? Ich habe nämlich einen häßlichen Fleck auf die Weste bekommen. Sieh mal …!«

So unschuldig, wie es mir nur möglich ist, schlage ich die Decke zurück und zeige ihr den Tabakfleck, eine schwarze Widerlichkeit auf dem wollbraunen Stoff gegenüber dem mittleren Westenknopf. Das Miststück ist wahrscheinlich daraufgefallen, als mich der Bauer unsanft in die Mistkarre legte oder auf das Sofa in der Stube, oder als er mich die Stiege hinauftrug. Ich habe es nicht bemerkt.

»Hier. Siehst du. Du mußt entschuldigen, aber ich finde das ziemlich peinlich.«

»Ja. Ich werde Oma fragen.«

Dann trollt sie sich. Ein Backfisch im Wollpullover. Beeilt euch, meine Schwimmer! Rettet die jungfräuliche Nichtschwimmerin aus Seenot.

Ich hätte es besser gelassen. Jetzt glaubt sie sicher, es sei meine Absicht, nach und nach unter der Bettdecke zu strippen. Erst verschwindet der Anzug Stück für Stück, und dann bitte ich sie, mir die Unterhose auszuziehen. Am Ende verlange ich dann, daß sie mich badet. Au weia! Jetzt hält sie mich bestimmt für den Perversling, der ich im Leben nicht gewesen bin. Ich muß aufpassen. Wie die Dinge liegen, kann ich mir solche Eitelkeiten momentan nicht erlauben. Schon lachhaft genug, hier in einem dreiteiligen Anzug im Bett zu liegen, ein abhanden gekommener Greis.

»Wie heißt deine Schwester?« frage ich den kleinen Meister, als er am Abend bei mir kniet und zuhören darf, wie der Rabe über uns auf dem Dach scharrt und sich die Dunkelheit herauskrächzt.

»Eivís.«

»Wie?«

»Sie heißt Eivís. Ich hatte noch andere Schwestern, die hießen Sigga und … Ich habe vergessen, wie die eine hieß.«

Er hat es mir sicher schon erzählt. Und ihre Mutter ist nach ihnen gegangen. In diesem Pfühl sind drei Frauen gestorben. Ein »dreisterbiges« Totenbett, wie wir zu Hause in Grímsnes sagten. Der hat mich in der Hoffnung hier abgeladen, diese Bretter würden sich als Sarg um mich schließen! Und ich darf jetzt hier meinem Tod entgegensehen. Dabei bin ich doch wirklich kein überzähliger Esser für diese Leute. Ein Esser, der nicht mehr ißt.

Eivís. Merkwürdiger Name. Der Junge meint, er sei aus der Bibel. Nicht soweit ich weiß. Ich frage nach Postzustellung.

»Du schickst einfach einen Brief, und dann kommt Jói damit.«

»Jói kommt damit?«

»Ja, Jói kommt mit der Post.«

Ein echter Tausendsassa, dieser Jói. Der Junge stützt die Ellbogen auf meinen Bettrahmen und wackelt mit dem Hinterteil wie ein junger Hund. Mit großen Augen sieht er mich an.

»Hast du einen Brief geschrieben?«

Ja, Scheiße, einen Brief geschrieben! In einem papierlosen Tal! Ich habe die Alte nach Briefpapier gefragt, nach einem leeren Blatt, was auch immer. »Hier sind alle Blätter beschrieben«, hat sie geantwortet. Eine Replik wie aus einem Roman. Meine Güte, was geht mir dieser grinsende Besserwisserton auf die Nerven, den man von solchen bildungsresistenten Waldschraten kennt! Das alles ist ausgesprochen merkwürdig. Natürlich gibt es eine Anordnung von Friðþjófur, mir kein Papier zu geben.

»Aber der Jói kommt nur selten. Er muß erst viele Tage unter seinem Auto schlafen, bevor er damit fahren kann.«

Schönes Postwesen hier. Jetzt kommt die Alte, ein seltener Gast hier oben auf dem Boden. Sie ist kaum größer als ein Heranwachsender, völlig krumm und glasäugig, mit einem Kochlöffel in der Kitteltasche. Sämtliche Runzeln in ihrem Gesicht gehen von der großen, klobigen Nase aus, die die ledrige Haut noch immer zu spannen scheint wie ein männliches Glied die Hose. Ja, doch. Offen gesagt, erinnert sie mich vor allem an ein grauhaariges Känguruh. Die Füße sind viel zu groß und wirken noch größer in diesen ehemaligen Schaflederschlappen, die das Leben in Gips verwandelt hat, indem es Kleckse von Hafergrütze, Kartoffelmus und Hühnerkacke darauf ablud. Es schabt vernehmlich, wenn sie damit über die Dielen schlurft. Sie übergibt mir ein paar neu gestrickte wollene Beinlinge.

Oh. Na gut. »Vielen Dank auch«, sage ich.

»Gefällt sie dir nicht?« tönt es aus dem Kleinen. »Willst du Oma heiraten?«

Also so was!

»Willst du wohl still sein!« sagt die Alte und versucht, das Bürschchen von der Bettkante zu zerren. In ihrem vertrockneten Gesicht zeigen sich Spuren einer albernen Schüchternheit, obwohl sie nicht rot wird. Treibholz nimmt keine Farbe an. Aber irgendwo tief in ihr, hinter den sieben Bergen, schlummert noch das junge Mädchen, das sie einmal war.

»Laß den guten Mann in Frieden und komm! Der Herr muß sich ausruhen.«

»Aber Großmutter, du brauchst doch einen neuen Großvater.«

Halt die Klappe, mein kleiner Amor!

»Na, der Herr ist nicht gerade auf Freiersfüßen in diese Hütte gekommen.«

Der kleine Kuppler gibt nicht auf und wendet sich an mich: »Sie ist ausgesprochen gutartig. Nur ein bißchen krumm. Aber Papa meint, das würde sich wieder geben. So wird man, wenn man fünfzig Jahre lang nicht bestiegen wird.«

»Ponsi, los, komm jetzt und zwar dalli«, versucht ihn die Alte zu übertönen und von mir abzubringen. Er aber packt mich am Jackenärmel und fragt noch einmal: »Magst du sie nicht heiraten?«

»Äh, ich … ich fürchte nur, der ›Herr‹ ist leider schon anderwärtig verlobt«, sage ich mit einem leichten Hüsteln.

»Ja, gelobt sei der Herr, gelobt sei der Herr«, meint die Alte und nickt mit geschlossenen Augen ohne Unterlaß mit dem Kopf, während sie den Jungen mit sich über den Boden schleift, diesen ständig plappernden Geist, der viel zu lebensfroh ist für diese trübe Hütte. Bevor sie die Bodentreppe hinab verschwinden, höre ich ihn fragen: »Oma, was heißt das eigentlich, bestiegen werden?«

Der Rabe auf dem First krächzt noch einmal, und dann springt der Generator an.

[4]

Hier liege ich, dunkel im Dunkel. Der Generator schweigt, aber die Herbstmaschine draußen läuft, steigert sich zu Winter, mit leisem Brausen. Wo bist du jetzt, Rabe? Zwischen den Windstärken höre ich mit dem besseren Ohr das Ticken der Uhr unten. Die Zeit schläft nicht, ebensowenig wie ich, aber ihr hat man ein besseres Zimmer gegeben.

Der Schlafboden ist ein übler Verschlag. Die Betten reihen sich Kopf an Fuß zu beiden Seiten unter der Dachschräge auf und sind an zwei Stellen mit Brettern abgeteilt. Im Mittelgang kann eine Zwölfjährige aufrecht stehen. Die Trennwände reichen gerade bis zu den vorderen Bettpfosten und sind hellgrün gestrichen. Keine Türen. Ehrlich gesagt, eine äußerst merkwürdige Einrichtung. Es mag ja sein, daß Leute in den abgelegensten Landgemeinden früher einmal einen solchen Fischerhüttenschlaf schlafen mußten. Aber daß es so was heute noch in unserer Zeit der fetten Jahre gibt, wußte ich nicht. Friðþjófur muß sich alle erdenkliche Mühe gegeben haben, die armseligste Hütte in ganz Island für mich ausfindig zu machen, auf daß ich mich hier schlaflos und in chronischen Kälteschauern wälze.

Ich liege, wie gesagt, im hintersten Verschlag. In der Koje mir gegenüber niemand, der Junge jenseits meines Fußendes und seine Schwester mit Namen Eivís ihm gegenüber. Von ihr könnte ich die Beine sehen, wenn sie sich einmal so drehen wollte. Der Bauer liegt die Matratze im vordersten Bett auf meiner Seite durch. Er schläft mit den Füßen zum Giebel, natürlich, damit er durch das Fenster immer den Himmel sehen kann, seinen Freund und Feind. Seinem Bett gegenüber befindet sich die Tür, die die Gedanken die enge Stiege hinableitet, hinunter in die blaue Küche, in der die Alte mit dem Kochlöffel regiert, die selbstredend in der Kammer gleich jenseits des kurzen Gangs schläft, der seinerseits in die gute Stube führt, wo ich für eine Viertelstunde aufgebahrt und den Mitgliedern dieses Haushalts gezeigt wurde. Sie enthält wenig Bedeutsameres als eine tickende Wanduhr und im Bücherregal eine Bibliothek über Schafzucht. Vor all dem befindet sich der Windfang. In ihm wohnen Stiefel, Gamaschen, Gummischuhe und die Hündin Trýna samt all dem anderen Krempel, der zum schmuddeligen Landleben gehört: Kartoffelsäcke, Sättel und Zaumzeug, Schaffelle, halbierte Schafsköpfe und getrockneter Schellfisch. All das, wovon sich die Architekten in der Stadt keine Vorstellung machen. Deshalb werden die Windfänge auch immer erst nachträglich angebaut, niedrig und billig wie ein Heimwerkervorwort zu einem klassischen Werk, dazu verfaßt, daß der Leser nicht in schmutzigen Stiefeln in die Geschichte latscht.

Alles schläft. Der Hund, der Bauer, der Junge, seine Schwester, das alte Weib und die drei getrockneten Stockfische. Ich schlafe nicht. Ich habe es aufgegeben. Das Schlafen und das Essen. Gepieselt habe ich auch nicht mehr, seit ich hier gelandet bin! Erleichternd, oder vielleicht auch nicht. Es knirscht im Gebälk, als sich das Haus gegen die heftigsten Böen stemmt. Der Junge schnorchelt wie eine kleine, blubbernde Heißwasserquelle. Am anderen Ende schnarcht Hrólfur wie ein schwermütiges Walroß. Und hin und wieder murmelt das Mädchen im Schlaf, aber etwas aus einer anderen Welt. Überwiegend »nicht« oder »nein, nicht«. Unten tickt die Uhr. Überaus unterhaltsame Komposition das Ganze. Eine hochmoderne, subtile *Nocturne* für Äolsharfe, Schlagzeug, Dach und vier Stimmen. Etwa wie man es in Paris von Boulez und all diesen Stümpern zu hören bekam.

Dreimal habe ich es heute versucht. Es kommt mir so vor, als hätte ich beim dritten Mal tatsächlich die Beine bewegt. Und jetzt bin ich auf diese amerikanischen Allerweltsweisheiten gekommen, käue die Hirnwäschephrasen wieder, die durch die

Gänge des Altersheims hallten: Nie die Hoffnung aufgeben! Einen Tag nach dem anderen angehen! Und: Der heutige Tag ist der erste vom Rest deines Lebens. Das sollte uns Kohlköpfe, die wir da auf den Kissen lagen, sicher ein bißchen aufmuntern, aber für einen alten Mann, der nur noch sterben wollte, klang es wie ein Lebenslänglich-Urteil. Doch jetzt ist anderes angesagt. Denn trotz allem habe ich meinen Lebenswillen wiedergefunden. Ich will dem allen auf den Grund gehen! Ich lasse mich einfach nicht ohne Erklärung in ein solches Loch verbannen. Der heutige Tag ist der erste vom Rest deines Lebens. Es ist genau der gleiche abwegige Blödsinn wie so vieles aus Amerika; gerade deshalb, weil es so richtig ist. Das muß man ihnen lassen: Es funktioniert. Was uns Europäer – und ich betrachte mich in erster Linie als Europäer, dann erst als Isländer – an den Amerikanern am meisten ärgert, ist, daß sie immer recht haben. Verfluchte Hohlköpfe!

Was war das überhaupt für ein Heim? War ich etwa zweimal verheiratet? Ich weiß überhaupt nichts mehr, aber irgend etwas an dieser Mansarde hier auf dem Dachboden bringt mich auch ganz durcheinander. Mir ist, als würde ich sie kennen. Bleibt ruhig, Windmühlenflügel! Sie liegen hier im Dunkeln brav auf der Bettdecke. Warten, woher der Wind weht. Ich habe noch nie so viel Muße gehabt. Ich, der ich 65 Jahre lang täglich sieben Stunden geschrieben habe; seit ich beim Straßenbau aufhörte und bis ich ins Altersheim kam. Da mußte ich es auf eine Stunde am Tag zurückschrauben. Jawohl. Die Krankenpflegerin hielt nicht länger durch, vierundzwanzig Jahre alt!

In den Nächten sehe ich mir Träume an. Es ist etwas ganz Neues für mich, aber woher es auch immer kommt, ich kann auf einmal die Träume der Leute hier im Haus sehen. Sie dünsten aus den schlafenden Leibern wie die Dampfwolke um ein verschwitztes Pferd auf einem kalten Hof; farbiger Dampf, der zu Bildern und immer wieder neuen Bildern kondensiert. Die Bildqualität vielleicht nicht überragend, matte Farben und verwischte Formen, zuckend wie elektrische Waberlohen – erinnern mich an das erste Radiogramm, das ich gesehen habe. Röntgenbild sagt man wohl heutzutage. Anfangs habe ich gar nicht darauf geachtet, dachte, es wären die Halluzinationen eines Schlaflosen, die mir sogar durch einfache und doppelte Bretterwände erschienen. Ich fand es eher unbehaglich. Bin nie sehr für Mystisches zu haben gewesen. Doch nach und nach habe ich mich genauso daran gewöhnt wie jeder andere Fernsehglotzer auch. Außerdem gibt es hier sowieso absolut nichts anderes zu tun! Wahrscheinlich ist es eines der Privilegien, die Behinderte in dieser Gesellschaft genießen. Immerhin.

Ich gucke mir Stummfilme an. Röntgenbilder.

Die Träume des kleinen Jungen sind sehr abwechslungsreich. Oft ist da ein kleiner, schwarzer Hund, der im Schnee herumtollt, aber in einer Nacht kamen auch aus jeder Ecke schleimige Kalbsköpfe, aus der Kuh, aus der Erde, aus dem Fenster, und manchmal sehe ich Männer über ihm tanzen, Schwarze in weißen Kleidern mit Hut und Stock. Wenn ich mich nicht sehr täusche, hat der Kleine sogar einmal den großen Al Jolson geträumt. Vielleicht war er in seinem vorigen Leben Jazzmusiker, ein Schwarzer, der in einer weißen Seele landete. Das wenige, das ich von den Träumen des Bauern gesehen habe, drehte sich ums liebe Vieh: Dreizehn Schafe grasen in einem roten Bart, oder ein klitzekleiner, aber hübscher Rappe, der lautlos über die Bettkante trabte. Dann tauchten ganz kurz zwei Frauen auf, die an einem kleinen Jungen zwischen sich zerrten wie an einem Wäschestück. Eivís' Träume sind meist sehr farbig, wenn man das von diesen matten Chimären überhaupt sagen kann. Ich weiß noch einen schönen Traum von letzter Nacht: Ein leichtbekleidetes Mädchen läuft abends durch enge, aber leere Gassen einer südländischen Stadt. Es kommt auf einen menschenleeren Platz, der mich vor allem an ein Bild von De Chirico erinnerte. Das Mädchen geht über den Platz und merkt bald, daß er tatsächlich nur gemalt ist.

Seine barfüßigen Schritte werden in den zähen, trocknenden Farben immer schwerer, bis das Mädchen endgültig steckenbleibt. Das Bild ist getrocknet.

Gar nicht schlecht.

Aber genug davon. Jetzt dampft durch die Fußbodendielen ein Traum der Alten herauf: Ein Sechs-Liter-Kessel brodelnder... ja, Hafergrütze, scheint mir. Darauf segelt ein winziges Schiff. Ihm folgen flatternd Seevögel, klein wie Nadelköpfe. Du meine Güte, dauert das! Zäher Alterstraum. Ich schalte ihn ab, wedele mit meinem Holzärmchen wie ein Dirigent mit seinem Stab am Ende einer Sinfonie. Genau. Die *Nocturne* ist zu Ende. Der Traumregisseur schaltet vorübergehend alle Träume ab, und siehe da: Es wird mucksmäuschenstill. Die bunten Trugbilder hängen noch einen Moment in der Luft und fallen dann in den Orchestergraben. Sogar der Bauer stellt das Schnarchen ein. Licht auf die große Bühne: Morgen.

Der Saal braust vor Beifall.

Ich höre es durch das Fenster in meinem Giebel. Es ist dieser leise Laut des Morgens, der nicht einmal Laut, sondern nur eine andere Art von Stille ist. Wenn sich die Wiesenhöcker aufrichten und das Gras aufsteht. Bestimmt schlafen alle außer mir. Die Natur nimmt wieder den Betrieb auf und dreht das kalte Wasser an, Bäche und Wasserfälle. Das Land erwacht, ehe die Sonne aufgeht. Das leise Brausen des Morgens. Applaus der Blumenelfen.

Nein, jetzt verliere ich mich ins Lyrische. Es ist Herbst! Dem guten Hrólfur steht der Schafabtrieb bevor. Ich hörte den Kleinen ihn gestern anbetteln. Er will mit. Heute morgen wird bestimmt nicht laut geklatscht. Die Blumenelfchen mußten Handschuhe überziehen. Wie die Schaftreiber. Sie tauchen gegen Mittag hier auf, die Heiligen Drei Könige. Sauertöpfische Kerle – mit kaffeewarmem Atem, o-beinig nach dem Ritt über die Heide, nach Pferd riechend – und wollen natürlich unbedingt den ausgesetzten Neuankömmling sehen, mich. Fühle mich wie ein Ausstellungsobjekt. »Wollten dem Herrn nur einen Gruß abstatten, wenn's genehm ist«, heißt das bei ihnen. Ja, mächtig ist die Macht des Lahmen. Hrólfur macht sich wenig draus und tritt hinter ihnen von einem Fuß auf den anderen. Die Kerle sind topfit, obwohl sie älter aussehen, als sie sind, die Gesichter in den isländischen Landesfarben: schneeweiße Bauern mit blau geäderten Frostbäckchen und roten Nasen. Sie machen sich bekannt: Baldur auf Jaður, Efert auf Undirhóll und Sigmundur auf Melur. Sie könnten leicht meine Söhne sein. Ich überspringe meine eigene Vorstellung.

Baldur ist lang aufgeschossen und fast ohne Kinn, die grauen Haare sprießen wie ein Springbrunnen direkt aus der hohen Stirn. Er steht gebückt unter der Dachschräge und will ums Verrecken nicht die Hände aus den Hosentaschen nehmen. Sigmundur: Dicklich und untersetzt, hockt sich auf die Pritsche mir gegenüber und schnauft durch die Nase. Efert ist der kleinste von ihnen, aber auch der drolligste, das Gesicht zu einer schrecklichen Grimasse zusammengekniffen, als würde er im Schneesturm auf der Heide stehen.

»Grüß dich«, sagt er und packt mit Schraubstockgriff, aber scheu meine Hand. Seine Pranke ist eine riesige Heugabel, dicht beschrieben von schwerer Arbeit. Ich ziehe meine rasch zurück. Mühlenflügel unter die Decke! Ich war immer berührungsscheu mit meinen Händen, feingliedrige Frauenfinger mit Abscheu in den Spitzen vor solchen Seehundsflossen. Seit ich am letzten Tag auf Forna-Hvammur die Schubkarre fallen ließ, haben sie nichts anderes als den Füller gehalten. Woher habe ich nur diese Hände? Papa war Schreiner, Straßenbauer, Bauer. Mutter hatte größere Hände als ich. Solche Porzellanfinger waren in unserer Familie seit dem 14. Jahrhundert nicht mehr vorgekommen, als sie gebraucht wurden, um die Flateyjarbók zu schreiben. Ja, meine Urgroßmütter haben sie natürlich im Genpool aufgehoben und gewartet, bis der Kopf in der Familie auftauchte, der sie verdiente. Sie waren aber auch schneeweiß und rein! An Festtagen wurden sie hervorgeholt und den Leuten aus der Gemeinde gezeigt, die große Augen machten. Genau wie jetzt. Eine Qual für einen Jungen. Wichtig ist die Gesamterscheinung eines Mannes. Geist und Hände. Welche erotische Phantasie bringt eigentlich Geist und Hände zusammen? Bittet der Geist um Hände oder kommen ihnen geistige Inspirationen? Wie auch immer, mein Kopf und meine Hände führten eine glückliche Ehe. Meinen Geist konnte man aus meinen Händen lesen, wie auch alle meine Bücher. Niemand schreibt besser, als es seine Hände zulassen. Aber das wollen sie bestimmt nicht hören, die Klauen im Schriftstellerverband.

Der gute Efert ist neugierig: »Bist du hier aus dem Osten?«

»Nein, aus dem Südland, von einem Hof in Grímsnes.«

Die Zunge weiß, was sie sagt. Ich höre nur zu.

»Ach so, aber du hast einmal im Osten gewohnt?«

Seine Stimme klingt dunkel, vage und ein wenig schnurrend. Er redet wie ein Kater, und seine freundlichen Augen scheinen zu sagen, daß er sich dunkel an mich erinnert. Auch mir kommt es so vor, als hätte ich ihn schon mal gesehen. Ja, er erinnert mich an einen alten Penner, der in den Jahren nach dem Krieg durch die Straßen von Reykjavík streunte. Genau. Groschenjunge wurde er gerufen. Sæmi Tíkall.

»Äh … nein«, antworte ich.

»Nie auf Hróarstunga?«

Bauer auf Hróarstunga? Tja, wer weiß? Vielleicht war ich das. Ich bin viele Menschen gewesen, wie Borges über Shakespeare sagte. Viele Menschen, und am wenigsten ich selbst.

»Nein, ich bin … nun ja, Schriftsteller.«

»Ah, Schriftsteller«, raunen sie anerkennend und versuchen sich an ein Buch von mir zu erinnern. Das ist natürlich aussichtslos, und ich kann ihnen keine Hilfe geben. Mein Gedächtnis ist wie das isländische Hochland: Weit zwischen den Orientierungspunkten, und so mancher Berg ohne Namen, von Gletschern zugedeckt. Einer fällt mir plötzlich ein: Herðubreið. Buchverlag Herðubreið. Da klingelt das eine oder andere uralte Kirchenglöckchen in den wettergegerbten Köpfen, aber dann wird diese Zusammenkunft hier oben auf dem Dachboden richtig peinlich, als Hrólfur zu dem Schluß kommt: »Mir scheint, dieser Mann ist landesweit bekannt. Und es braucht sich keiner zu beschweren, solange einen die ganze Nation kennt, auch wenn man selbst nicht weiß, wer man ist.«

Er saß auf dem Bett seiner Tochter und grinste. Eine ganze Bergkluft tat sich zwischen seinen Schneidezähnen in dem roten Bart auf. Ich falle ihm lästig.

Dann erhebt er sich: »Immerhin ist er genügsam im Futter. Also gut, Jungs, wollen wir uns nicht fertig machen, ehe der Tag rum ist?«

Sie verabschieden sich von mir wie vom Jesuskindlein in der Krippe: »Friede sei mit dem Herrn!«

Die Heiligen Drei Könige. Dann lassen sie sich von der Sternblesse ihrer Pferde den Weg weisen zum Stall, zu ihren göttlichen Lämmern. Gesegnete Bauern. Die schlausten Kreaturen des Landes. Und die letzten, die ihm eine Daseinsberechtigung geben.

Die Gaben der drei Weisen: Schnupftabak, vergorener Hai und Schnaps.

Ich will nicht leugnen, daß der Schluck mein Frösteln wärmte. Ich verabschiedete sie aufgemuntert. Und gab ihnen gutes Wetter mit auf den Weg. Nicht der Rede wert, Jungs! Dabei ging es mir schlecht. Es ging mir richtig dreckig, wie ich da liegenblieb als unbeschriftetes Exponat, wie ein altersbestimmter, aber nicht zugeordneter Schenkelknochen aus einem alten Grabhügel. War es denkbar, daß ich selbst in einem Anfall unbewußter Altersrage aus dem Altenheim abgehauen und im Bus halb um Island gefahren war? Auf der Suche nach einem alten, zündenden Funken oder bloßer Freiheit wie Tolstoi? Er lief von zu Hause weg, ein häßlich bebarteter Alter, floh vor der nörgelnden Ehefrau, die ihn aber auf dem Bahnhof zeternd wieder einfing – was konnte er anderes tun als zu sterben? Tolstoi starb auf dem Bahnhof. Irgendwie schön.

In der Ungewißheit ist Kaffee meine einzige Hoffnung. Das Mädchen bringt mir die Klarsicht. Sie guckt nicht länger in den Nachttopf und will gleich wieder nach unten, die schüchterne Maus.

»Trinkst du auch Kaffee?« frage ich.

»Ja, aber nicht viel«, antwortet sie.

»Gehst du nicht zur Schule?«

»Doch.«

»Hat sie noch nicht angefangen?«

»Ich gehe bald. Wenn Papa vom Schafabtrieb zurückkommt.«

»Wo ist die Schule?«

»Drüben auf Mýri.«

»Aha. Ist es weit bis dahin?«

»Nein. Nur über die Heide.«

»Ach so. Und … was machst du so lange?«

»Nichts. Melken und so.«

»Du kannst doch schreiben, oder?«

»Klar.«

»Hast du auch schon Briefe geschrieben?«

»Jjjaa. Einmal.«

Sie spricht leise. Ich muß die Ohren aufsperren. Es steckt, verdammt noch mal, etwas hinter diesen Augen, diesen hübsch gewölbten Brauen und dieser jungen, klaren Stirn. So einige Tropfen, die diese Augensterne trüben. Donnerwetter, hat sie kräftige Hände. Vom Melken. Und fragt nie und nichts. »Hast du auch schon Briefe geschrieben?« Darauf nur ein schlichtes »Ja« und »einmal« und dann nichts weiter. Gut, gut. Ich versuche es später noch mal. Sie schlüpft glücklich davon, so schnell sie nur kann. Wie Rauch vom Feuer. Gibt mir das Gefühl, ich wäre ein Pfarrer. Ein betrunkener Pfaffe.

Am siebten Tag (sagen meine Schwimmerfinger), nach der siebten Tasse, kommt der Junge und bringt mir etwas, worauf ich schreiben kann. Der Goldjunge! Es ist ein zerknüllter, vergilbter, elender Fetzen Papier, oft durchweicht und ebensooft getrocknet. Er hat ihn draußen auf der Wiese gefunden. Es ist ein altes Schreiben: Eine Vorladung für Hrólfur Ásmundsson, Bauer auf Heljardalur, vom Anwalt eines Jón Guðmundsson wegen nicht gezahlter Raten für Pachtland, geschrieben »zu Fjörður, 17. Mai 1952.« Sieh an! Rotbart hatte Zahlungsschwierigkeiten, konnte sich aber offenbar daraus befreien.

1952? Nein, da müßte doch 1982 stehen. Es ist eine Type noch aus dem Schreibmaschinenzeitalter, undeutlich und verwittert.

Offen gesagt fiel mir nichts ein, und ich lag den ganzen Tag mit dem Schnipsel in der Hand da. Wem sollte ich schreiben? So sehr ich mich auch anstrengte, der Name meiner Frau fiel mir nicht ein, geschweige denn die Adresse. Schlafe in himmlischer Ruh. O ja, daran erinnerte ich mich. Stille Nacht und Vaterunser, nichts als Kindheitserinnerungen, die Hochheide ins Nordland, Friðþjófur und seine Hände, diese langen, schlenkernden Arme, Hotelzimmer in Bern und Brüssel und meine Bryndís, vereinzelte Gesichter aus dem Heim. Wie, zum Teufel, hieß es nur? O, du Verstand mit Verstopfung! Am Ende gab ich auf und entschloß mich, zum Zeitvertreib lieber nur mir selbst zu schreiben, als gar nichts zu tun, und kramte in meiner Innentasche. Und was glaubt man? In der Tasche steckte ein Umschlag! Nicht mehr und nicht weniger. Ein abgesandter und adressierter Brief, säuberlich geöffnet und geleert. Die Anschrift war mit Computer geschrieben, in klassischer Times:

Einar J. Ásgrímsson
Bókaútgáfan Herðubreið
Laugavegi 11
101 Reykjavík

Ich erkannte den Namen sofort wieder. Mein Mann im Verlag! Bestimmt hatte mir jemand durch ihn eine Nachricht zukommen lassen. Guter Mann, dieser Einar, lektorierte für mich die Korrekturbögen meines letzten Memoirenbandes, wie immer er auch hieß. Ich schreibe ihm. Ich schreibe ihm auf die Rückseite einer achtzehn Jahre alten Vorladung, auf der ich ziemlich kritzeln muß, um endlich etwas Tinte herauszubekommen.

Heljardalur im Herbst 2000

Lieber Freund!
Entschuldige das Briefpapier, aber hier ist nichts anderes zu bekommen und darüber hinaus ist meine Not noch viel größer: Es ist nämlich so, daß ich entführt wurde (ich habe einen Verdacht, wer dahinter steckt) und hier in dieser Bruchbude festgehalten werde, die sich Heljarkot oder Heljardalur nennt und in einem gleichnamigen Tal im Osten befindet. Ich vertraue darauf, daß Du es auf der Karte finden kannst. Die Leute hier scheinen Komplizen der Verschwörung zu sein und erzählen mir nichts. Ich bin nach dem Raub in schlechter Verfassung: Bis zu den Armen aufwärts gelähmt, wahrscheinlich nach dem Sturz aus einem fahrenden Auto. An die Fahrt habe ich allerdings keine Erinnerung. Wahrscheinlich hat man mir ein Betäubungsmittel injiziert, das mein Gedächtnis schwer in Mitleidenschaft zieht. Das letzte, woran ich mich erinnere, ist, wie ich im Heim vor dem Fernseher saß. Du kannst Dir sicher vorstellen, wie schwer das alles einen alten Mann mitnimmt. Ich möchte Dich darum bitten, Kontakt zu meinen Verwandten aufzunehmen und ihnen mitzuteilen, daß ich soweit wohlauf bin (bis auf die Lähmung – nein, laß sie weg) und einigermaßen versorgt werde. Ich betone: Ich leide keine Qualen und werde nicht gefoltert. Doch ich vertraue auf schnelle Maßnahmen Deinerseits und von Seiten des Verlags!
Dein E.

Dann lese ich den Brief, den ich halbwegs in Schnellschrift auf der Bettdecke verfaßt habe, noch einmal durch und freue mich.

Trotz allem. Endlich etwas zu tun! Und selbst schreiben. Alle Schwestern überflüssig! Ich muß wohl zugeben, daß es mir nie auch nur halb soviel Spaß gemacht hat, andere Autoren zu lesen, wie etwas von mir selbst. Ich starre auf »Dein E.«. Was habe ich damit gemeint? In meiner langen Schriftstellerlaufbahn habe ich es gelernt, die Feder zu respektieren. Sie weiß eine Menge, was ich nicht weiß. Zum Beispiel, wie ich heiße. Gut, und Einar weiß es auch. Soweit ist also alles in Ordnung. Es muß an der Beruhigungsspritze liegen. Wäre ich nur nicht so schusselig gewesen, einen Punkt hinter die Initiale zu setzen. Ich versuche einige Male, meinen vollen Namen auf die Vorladung zu schreiben, komme aber nicht über den ersten Buchstaben hinaus. Die Gelegenheit ist vorbei.

Na gut. Für eine Weile namenlos zu sein, ist eigentlich ganz in Ordnung. Der Eitelkeit tut es gut, daran eine Weile zu kauen. Wahrscheinlich hatte Hrólfur recht: Es gibt keinen Grund, sich zu beschweren, solange die Nation meinen Namen nicht vergißt. Aber vom Ansehen her haben sie mich ja nicht erkannt, die Knilche. Ungeheure Ignoranten, diese Bauern! Gunnar Gunnarson war der einzige Schriftsteller, den sie kannten, und das auch nur, weil er einmal »Bauer« auf Skriðuklaustur war. Aber vielleicht war es auch nur logisch. Friðþjófur hatte dafür gesorgt, daß immer wieder nur das gleiche Bild von mir in der Presse erschien. Ein albernes Foto, das auf einem Cocktail-Empfang zu Ehren von W. H. Audens zweitem Besuch in Island aufgenommen worden war. Ich proste ihm zu! Egal, wie vernichtend die Kritiken auch ausfielen, egal, welche negativen Schlagzeilen darüber prangten, stets stand ich darunter dämlich grinsend wie ein Partylöwe. Meine Ranga hatte ständig das Problem, wie sie das Album mit den Zeitungsausschnitten füllen sollte, denn ich zerriß die Blätter regelmäßig in meinen Wutanfällen. Was habe ich mir den ganzen Mist auch zu Herzen genommen! Diese herablassenden Schlagwörter: »Geschmeidiger Stil« oder »Meister der traditionellen Form«. All diese hinterlistige Lobhudelei, diese Komplimente, die in Wahrheit Herabsetzungen waren: »… der traditionellen Form«. Ich paßte natürlich nicht in all diese Klosterregeln, die sich Friðþjófur und seine Untertanen in ihren Studienjahren im Ausland zugelegt hatten. Ich war diesen reaktionären Würstchen wohl nicht avantgardistisch genug. »Trotzdem bleibt niemandem verborgen, daß der Autor zu unseren geschmeidigsten Federn zählt.« Daß ich mich ausgerechnet an all diesen absurden Blödsinn erinnere! Eine unserer geschmeidigsten Federn! Das war aber auch was. Nach vierzig Jahren unermüdlicher Arbeit. Eine geschmeidige Feder.

Hör mal einer an: Ranga!? Meine Ranga! Jetzt wird's hell. Jetzt klart es auf. Jetzt scheint die Sonne. Ranga und E … Eiríkur? Erlendur? Egill? Eggert? Esóp? Hä? Heiße ich vielleicht Äsop?

»Wie heißt deine Großmutter?« frage ich den kleinen Ponsi, als er mit einem lächerlich kleinen Klebestreifen ankommt.

»Oma, die … Ich weiß es nicht mehr. Sie heißt einfach Mensch.«

»Mensch?«

»Ja. Papa nennt sie immer dieses Mensch. Hast du den Brief fertig?«

»Ja.«

»Darf ich ihn lesen, wenn Jói damit kommt?«

»Wenn Jói …? Na, meinetwegen. Wenn du lesen gelernt hast«, sage ich, nehme den Klebestreifen und versuche zittrig den Umschlag damit zuzukleben. Das Mensch. Auch die alte Frau hat ihren Namen verloren. Einmal habe ich eine Geschichte von einem Prostboten, nein, Postboten geschrieben (ich bin so froh, den Namen meiner Ranga wiedergefunden zu haben, daß schon meine Worte darauf anstoßen. Na ja, wahrscheinlich tut auch die Schnapsgabe der drei Weisen ihre Wirkung), der in einem Sturm im Hochland seinen Namen verlor. Er flog weg wie die Briefmarke auf einem Päckchen. Völlig von

Sinnen kam er aus den Bergen herab und stellte sich auf jedem Hof mit dem Namen des dortigen Hausherrn vor, las ihn von der Anschrift auf den Briefen ab. War das womöglich eine Parabel auf mein eigenes Schicksal? Jedes Jahr trug ich einen neuen Namen. Ich wühlte mich in einen neuen Roman hinein und kam als völlig veränderter Mensch wieder daraus hervor, jedesmal aufs neue überrascht, meinen Namen auf dem Umschlag zu finden. Der Name der Hauptperson stand mir irgendwie näher. Ja, ja, all diese Namen, die meinen eigenen erhöhen sollten. Die Alte ruft von unten aus der Küche, daß das Essen fertig ist.

»Großmutter hat gesagt, ich soll dich fragen, ob du etwas essen möchtest.«

»Ach nein, danke. Ich habe keinen Hunger. Ich habe nie viel Hunger gehabt.«

»Du ißt nie etwas. Warum ißt du nie? Du kannst sterben, wenn du nichts ißt. Genau wie Mama. Vísa meint, daß du nicht einmal Pipi machst. Ich kann höher pinkeln als der Hund auf Mýri. Vísa pieselt wie Trýna. Sie hat keinen richtigen Pimmelmann.«

Dann springt er zur Bodenluke, und ich höre ihn nach unten rufen: »Nein, er ist ein Hungerkünstler.«

[5]

Ich komme wieder auf die Beine. Ja. Es geht aufwärts mit mir, soweit es mit jemandem aufwärts gehen kann, der Essen und Trinken eingestellt hat. Vor wenigen Tagen habe ich einen Brief geschrieben, und letzte Nacht schob ich zum ersten Mal die Beine aus dem Bett. Sie hingen wie zwei Marionetten von der Bettkante, und die Fußballen berührten den eiskalten Boden, aber die Fäden waren mit allem möglichen verbunden, nur nicht mit meinem Kopf. Ich hätte besser meinen Zehen einen Brief geschrieben als Einar. Aber die Post in meinem Körper ist unzuverlässig. Die einzigen Nachrichten, die ich von denen da unten im Süden bekomme, besagen, daß es kalt ist. Verdammte Eisfüße! Trotz der Beinlinge. Ich versuche es noch mal, jetzt, wo alle schlafen. Ich hänge die Unterschenkel außenbords und beuge mich zu der gegenüberliegenden Pritsche hinüber. Jetzt, alle meine zehn Schwimmer und … ja. Dann taste ich mich an einem Dachsparren nach oben, bis ich mit dem Kopf an den Firstbalken stoße. Hoffentlich habe ich den Raben nicht geweckt. Schlafen Vögel?

Ich stehe! Ja, leck mich am Arsch!

Der Bauer schnarcht heute nacht viel leiser. Er ist ein ganz anderer Mensch, seit er aus dem Hochland zurück ist. Zählt keine Schäflein mehr im Schlaf. Jetzt wiegt er sie. Kräftige Mutterschafe, groß wie Kühe, die im Stall gemolken werden. Denk mal an, selbst ein x-beliebiger Kleinbauer aus dem Hinterland, ein Kerl, über den man kaum eine halbe Spalte für den Nachruf zusammenbringt, dieser Mann, der kaum mehr als ein Galeerensklave des Sonnenumlaufs ist, sogar der hat seine Träume, seine Triumphe und seine Wünsche. Da schläft er, glücklich und zufrieden mit der Tagesleistung.

Jeder ein König auf seinem Kissen.

In den Tagen, in denen er weg war, fielen die Träume hier auf dem Dachboden sehr viel leichter aus. Im übrigen habe ich mich an Träumen sattgesehen. Jede Nacht Vorstellung bis fünf in der Frühe. Selbst ein sturer Ochse wie André Breton hätte irgendwann genug von dieser endlos schnurrenden Trilogie des Surrealismus. Und all diese Symbole! Du lieber Gott! Man bräuchte eine ganze Busladung von Literaturwissenschaftlern, um diesen Kuddelmuddel zu durchforsten. Jede Menge Stoff natürlich, aber ich bin zu alt und mag kein Buch mehr daraus machen. Mittlerweile bin ich schon froh, wenn ich nur wieder auf die Beine komme. Ein paar Minuten stehe ich jetzt halbwegs aufgerichtet und bin schon müde; lege mich wieder hin. Aber so langsam kommt es.

Hrólfur war drei Tage mit dem Abtrieb beschäftigt, zwei beim Sortieren in den Pferchen, und er war schwer versackt, als er nach Hause kam. Er säuft ganz ordentlich. An dem Tag war er ausgesprochen redselig und brabbelte ohne Unterlaß von Sigríður, einem Mutterschaf mit zwei Lämmern, das sie beim Zusammentreiben nicht gefunden hatten. Dann verschwand er für zwei Tage in diesem vielbesagten »Fjörður« und ist seitdem stumm wie ein Fisch. Am Abend nach seiner Rückkehr hörte ich ihn dem Kleinen Gute-Nacht-Geschichten erzählen. Suffgeschichten aus dem Hochland. Der alte Efert hatte auf der Heide ein schönes, aber schon angerostetes Metallei gefunden und behauptet, es stamme von einem Jeep der Briten aus dem letzten Krieg. Zwei Tage trug er es in der Satteltasche mit sich herum und sagte Jói auf Mýri, er habe etwas Kostbares für ihn aufgelesen, als er ihn am Sammelpferch traf. Jói sah sofort, daß es eine Handgranate war. Kein Unfug über diese Knallköppe vom Land ist gelogen. Als der Junge über seinem gekünstelten Lachen eingeschlafen war, kam der Alte zu mir geschlurft, beugte sich über mich, mit diesem markanten, rot behaarten Kinn auf der Brust und einer Hand am Dachsparren, runzelte die Brauen und ließ die Augen rundlich unter seinem groben Schädel funkeln, das linke etwas matter als das rechte.

»Und du bist immer noch hier?«

Er hatte eine Fahne. Und an seiner Nasenspitze sammelte sich wieder ein Tropfen. Ich rutschte etwas zur Seite.

»Ja, man versucht, nicht zur Last zu fallen, aber …«

»Ja, du bist mir schon eine Last, du.«

»Tja …«

»Und du schreibst immer noch? Schreibst du noch?«

»Äh, ja … Ich … habe einen kurzen Brief aufgesetzt. Vielleicht dürfte ich dich bitten …«

»Einen Brief?«

»Ja, eine kurze Nachricht an einen Bekannten.«

»So, so. Um ihn zu fragen, wie du heißt, was?«

»Was? Ja, ja. Es wäre nett, wenn du ihn zur Post bringen könntest, wenn du das nächste Mal im Ort zu tun hast.«

»Ja, doch. Warum sollte ich dir armem Teufel nicht den Gefallen tun.«

Seine Fahne schlug mir entgegen, und draußen bellte der Dieselgenerator leise in der ersten Froststille des Winters. Ich reichte ihm den Umschlag mit dem kostbaren Brief. Sicher war das ein Vergehen. Hier übergab der unter Hausarrest Stehende seinem Gefängniswärter eine Botschaft, die ein Hilfegesuch um Rettung enthielt. Noch im gleichen Moment, in dem ich ihm den Brief aushändigte, sah ich, welche Dummheit das war. Oh ja, aber jetzt ist es zu spät. Doch ein Versuch schadet nicht. Und vielleicht war ja alles bloß ein Mißverständnis meinerseits. Vielleicht war dieser Talbewohner nichts weiter als ein armer Schlucker in einer Torfkate, der einem aus dem Auto gefallenen Tattergreis Obdach bot. Ich wollte ihn schon fragen, ob er einen Friðþjófur Jónsson kenne, traute mich aber doch nicht, weil sich seine Miene veränderte, während er eingehend den Umschlag musterte. Er schwieg mit einem erstaunten Augenausdruck, plötzlich stocknüchtern. Der Tabakstropfen löste sich, fiel aber glücklicherweise haarscharf an der Bettkante vorbei auf den Boden.

»Einar J. Ásgrímsson«, las er mit tonloser Stimme.

»Äh, ja, er arbeitet in einem Verlag in der Stadt. Kennst du ihn?«

Er starrte weiter auf den Brief, und zum ersten Mal, seit ich in diesem Tal zu mir kam, trat ein offener Zug in sein Gesicht. Kannte er Einar womöglich? Doch, bestimmt war er ein Strohmann Friðþjófurs. Er schüttelte den Kopf.

»Donnerwetter! Hast du eine gestochene Handschrift«, sagte er schließlich und blickte auf. »Unwahrscheinlich. Wie eine Schreibmaschine, Mann.«

»Tja, ich … Also, eigentlich …« Ich wollte es erklären, ließ es aber. Ich mochte ihm nichts von Computern erzählen.

»So was hab' ich ja nicht mehr gesehen, seit damals der Student bei uns auf Sel war«, fuhr er fort, und es erschien so etwas wie Respekt in seinen Augen. Aber dann kam er wieder zu sich, besann sich darauf, daß ihm sein Gott nicht zugedacht hatte, in seinem Leben viele Komplimente zu machen, und er verfiel wieder in seinen alten Mißmut: »Das war aber auch das einzige, was er konnte, der blöde Hund. Ist uns zwei Wochen zur Last gefallen. Und wir hatten ja nicht unbegrenzt Kaffee.«

Das Letztgesagte kam etwas schmallippig. Dann drehte er sich mit dem Brief in der Hand um und trollte sich. An der Koje seines Mädchens blieb er stehen – sie hatte sich während unseres Gesprächs umgedreht –, beugte sich über das Bett und tätschelte sie behutsam mit seiner schweren Pranke, unsicher, flüsterte: »Ja, schlaf du nur, meine Kleine«, und ging dann weiter, die Stiege hinab. »Das war auch das einzige, was er konnte, der blöde Hund.«

Bin ich hier etwa unwillkommen? Aber es ist ja nicht so, als wenn ich um Kaffee betteln würde. Jetzt fühle ich mich wie der alte Hamsun in seiner letzten Anstalt. Zur absoluten Marginalität degradiert. Er hatte es verdient, und wenn es nur wegen seiner Bücher wäre. Aber so läuft es ja nun mal: Wird ein Schriftsteller klein gemacht, wird er nur größer. Dafür sorgt irgendein ungeklärter innerer Mechanismus. Zwei Nächte später war ich also auf die Beine gekommen und hatte sogar den Einfall zu einer Geschichte. »Hundeträume« sollte sie heißen. Eine Kurzgeschichte oder ein Roman. Das wird sich noch zeigen. Geschrieben auf der Grundlage tierischer Träume. Sofern sie welche haben. Muß mir doch diese plötzliche Fähigkeit zunutze machen! Ich muß nach unten kommen und mir die Träume der Hündin ansehen. Durch irgendeinen Umstand dringen sie nicht durch Türen und Dielen hier herauf. Für dieses Vorhaben bat ich den mürrischen Kerl – bevor er in den Ort aufbrach – um Papier und kroch vor ihm zu Kreuze, diesmal allerdings besser vorbereitet.

»Hast du nicht allmählich genug geschrieben? Obwohl, ich werde es dir nicht anschreiben lassen, aber ich will auch kein Papier an solche Menschen verschwenden. Ist denn der ganze Kaffee nicht genug, den die Alte hier heraufdampfen läßt? Oder kippst du ihn aus dem Fenster? Napoleon hat man's gegeben, und Napoleon gab zurück, aber dein Topf ist stets leer, wie?«

Was für eine Ansprache für einen solchen Wortverhalter! Aber was hatte Napoleon damit zu tun? Sicher hatte er es an der Prostata und mußte manchmal bis zu fünf Minuten warten, ehe der Pfropfen aus der Blase ging, soviel weiß ich. Doch was wußte Hrólfur davon? Er war wohl kaum ein Kenner der Blasenschwächen der Geschichte. Jedenfalls müssen sich seine Ansichten über mich auf dem Weg nach Fjörður etwas gebessert haben. Diese Tagesreise auf dem Traktor. Als er zurückkam, schmiß er mir ein unbenutztes Schreibheft aufs Bett.

»Hier. Jetzt kannst du schreiben.«

Ich dankte ihm, so gut ich konnte, und fragte ihn dann sehr vorsichtig: »Du hast dich nicht wegen meiner Sache mal umgehört?«

»Deiner Sache?«

»Ja.«

»Doch. Ich bin am Heim vorbeigefahren. Am Altersheim.«

»Und?«

»Sie haben nur drei alte Böcke da, und von denen wurde keiner vermißt.«

»Aha. Na, dann war ich sicher in einem anderen Heim.«

»So?«

»Ja, im Süden, in Reykjavík.«

»Sieh mal an, das sind ja Neuigkeiten.«

»Ja, ich weiß zwar nicht, wie es heißt, aber …«

»Nein, nein. Es wird natürlich eine Vermißtenmeldung für dich durchgegeben.«

»Vermißtenmeldung?«

»Ja. Die Bezirksverwaltung wollte gleich jemanden schikken, aber ich bat sie, noch etwas zu warten. Ich will nicht die Obrigkeit am Hals haben, wo meine Sigríður noch nicht wieder in der Bestandsliste ist.«

Damit schneuzte er sich in sein Tuch und ging. Ganz schön Streß hier in den Bergen. Er redet wie ein Betriebsmichel aus der Großstadt. Ich saß da wie ein genäschiger Rotzlümmel mit neuem Schreibheft. War schon fast so weit, ihm eine Reduzierung meines Kaffeekonsums anzubieten.

Nach drei Nächten Bodenturnen bin ich soweit auf dem Damm. Gebückt schleiche ich mich nach vorn, an dem nächtlichen Geschnorchel des Jungen und dem Gemurmel des Mädchens vorbei, gespannt und voll neuen Lebens. Es knarrt in den Dielen und raschelt von den Wollstrümpfen, aber nicht mehr als ein Stift auf Papier. Ich schreibe mich über den Fußboden, sie wachen nicht auf. Da liegt der Bauer. Der Mann, der mich in diese Welt brachte. Mir scheint, er träumt von einem gescheckten Menschen. Morgen will er sich auf die Nachsuche begeben. Durch das Giebelfenster wirft der Mond sein Licht auf ein Paar steif und speckig wie Sattelleder aussehender Hosen, das hier herumliegt. Gott, ist das ein grobschlächtiges Leben!

Dann kommt die Treppe. Eng und dunkel. Die Küche. Der Hund, mein Traummaschinchen, schläft im Vorbau. Aber bevor ich mich daran mache, Stoff für meinen Roman zu sammeln, kann ich der Versuchung nicht widerstehen, einen Blick in die gute Stube zu werfen. Ein schmaler Streifen Mondlicht in der Tür zur Alten. Durch den Spalt sehe ich, daß sie von einem Tanz unter freiem Himmel träumt. Ein Akkordeon auf grüner Wiese, und hübsche Bengel hüpfen herum. Die Ärmste. Ich schleiche weiter den Gang entlang. Der heilige Sherlock auf Socken. Und wonach sucht er? Indizien? Beweisen? Einem Brief von Friðþjófur? Oder vielleicht nur nach einem lesbaren Buch?

Die Türklinke quietscht vernehmlich. Kalter Modergeruch und zwei nackte Fenster. Die Uhr tickt lauter, und das Herz klopft im gleichen Takt. Die gute Stube. Recht erbärmlich eingerichtet. Dreizehn Quadratmeter »Zivilisation« mitten in der Tundra. Ein müdes, altes Sofa, nicht dazu passende Sessel. Eine Anrichte mit Häkeldecke und abstruser Schale. Ein zwergwüchsiger Eßtisch unter einem der Fenster, ganz individuell, und er kommt mir irgendwie bekannt vor. Einfaches Bücherbord über dem Sofa und – na klar – ausschließlich Schafliteratur. Ich trete an ein Fenster. Gefrorener Boden in Mondenschein, und da steht der Traktor. Uralt wie ein rostiges und ausgestorbenes Säugetier auf Gummifüßen, das im Stehen schläft. Der Traum des Traktors: Eine Landwirtschaftsmesse in einem Ostblockland. Wehende rote Fahnen, optimistische Menschen. Sonnenschein. Leuchtend rot zieht er den Pflug über den Acker. Tot ist alles ohne Träume.

Über der Anrichte hängt ein Kalender, herausgegeben von KH: Konsumgenossenschaft im Hérað. Geziert von einer Photographie des Snæfell, in Schwarzweiß scheint mir. Ich nehme ihn von seinem Nagel und trage ihn in das matte Mondlicht am Fenster. »Lichtbilder Vigfús Ásgeirsson« kann ich entziffern. Mich trifft der Schlag. Knipst der immer noch? Fúsi Ásgeirs von *Licht und Bilder*, Laugavegur … 7, genau. Wir nannten ihn immer »Blitz-Fúsi«. »Dann muß ich dich bitten, fünf Minuten still zu stehen.« Vigfús war einer der langsamsten Menschen der Nachkriegsepoche. »Die Photographie ist die Kunst des Augenblicks. Den Augenblick einzufangen, das ist meine Aufgabe.« Es ist ihm bestimmt nie gelungen. War viel zu langsam dazu. Wenn er endlich soweit war, war der Augenblick längst futsch. Jetzt bist du also auf die Berge gekommen. Das paßt auch besser zu dir. Sicher ist es einfach, den Snæfell zu bitten, fünf Minuten still zu stehen. Aber ich habe doch einen Nachruf auf ihn verfaßt. Ach ja, jetzt sehe ich es: Es ist eine uralte Aufnahme. Und der Kalender ist für das Jahr 1952. Das paßt zu allem anderen hier im Haus.

Ich hänge ihn wieder an seinen Platz und gehe zum Bücherregal. Die Jahresschrift des Schafzüchterverbands. Der letzte Band von 1951. Die Wanduhr sieht noch viel älter aus, wirkt aber auffällig beschwingt in ihrem Ticken. Dänisches Fabrikat natürlich. Es liegt so ein leicht angesäuselter Rhythmus in diesem Ticken, so ein seeländisches Vergnügen am Flunkern. Jazz aus Dänemark. Wie hieß der noch mal, der mit Amundsen gespielt hat? Habe ihn in einer Bar in Kopenhagen kennengelernt und mich in seine Freundin verliebt. Das waren noch schöne Brüste nach dem Krieg. Manchmal wurde darüber ein Bubikopf getragen. Mein lieber Herr Gesangverein! Ich war sicher viel zu talentiert für die hehre Kunst des Liebens, aber das änderte nichts daran, daß ich mich regelmäßig fünfmal im Jahr verliebte. Jedesmal für zwanzig Minuten. Mein Herz war die Schale und die Liebe der Kaffee. Mußte geleert sein, ehe es Abend wurde.

Ja, das Ticken in dieser Uhr ähnelt am ehesten einem Schlagzeuger, der den Anfangstakt zu einem Stück schlägt. Einem Stück, das nie einsetzt. Die Ewigkeit ist nur der Auftakt zu etwas noch Größerem und Besserem. *En, to, tre … En, to, tre …*

Der Eßtisch. Darauf liegt ein breitformatiges, fest eingebundenes Buch. Ein altes dänisches Hafenregister scheint eine neue Aufgabe als Zuchtbuch des Bauern in Heljardalur gefunden zu haben oder vielmehr seines Vaters. Es ist erst zur Hälfte beschrieben, der letzte Eintrag aus dem Jahr 1952. Hier heißen die Schiffe Húfa, Skepna, Glóa, Nös, Hosa, Vanka, Sigríður und Harpa. Unter Rubriken wie »Ankunft«, »von«, »nach«, »Herkunft« und »Heimathafen« sorgsam genaue Einträge über jedes Schaf: Gewicht und Gesundheitszustand, Geburtsdatum, Abstammung. Vanka Stefnudóttir. Hier hatte der Bock Nasi um die Mitte des Jahrhunderts offenbar fröhliche Weihnachten. Auf dem Titelblatt des Zuchtbuchs steht in fetten, unbeholfenen Buchstaben der Eigentümer: Hrólfur Ásmundsson. Merkwürdig. Habe ich etwa auf der Vorladung doch richtig gelesen? »Fjörður, den 17. Mai 1952.« Wurde sie in diesem Zimmer zugestellt und der arme Kerl von solcher Niedergeschlagenheit ergriffen, daß er seitdem seinen Fuß nicht mehr hier hineingesetzt hat?

Ich blicke auf den Kalender. 1952.

Nun mal langsam! Im Frühjahr ’52 kann Hrólfur höchstens zwei Jahre alt gewesen sein. Und schon hatte ihn die Staatsanwaltschaft am Kanthaken? Kein Wunder, daß der Mann immer so schlecht gelaunt ist. Nein, ich muß mich irren. Aber das Zuchtbuch? Und die Jahrbücher … Jetzt verstehe ich überhaupt nichts mehr. Jetzt nimmt die Verschwörung abenteuerliche Ausmaße an. JETZT WOLLEN SIE EINEN KOMPLETT MESCHUGGE MACHEN! Die Uhr an der Wand legt noch einen drauf und haut mir vier Schläge um die Ohren. Ja, es ist vier Uhr in der Nacht, aber eine Jahreszahl kann man diesem Takt nicht entnehmen. Der dänische Schlagzeuger gibt nicht auf, er ist augenscheinlich in das Komplott verwickelt. Dieser Halunke von Friðþjófur! Hier stehe ich in einem fremden Wohnzimmer, ein ver(w)irrter Mann fast in den Neunzigern. Draußen gießt der Mond Licht über den Frost, an dem er sich abmühen kann.

Ich schleiche mich zurück. Der hl. Sherlock auf Socken (und nun auch noch) mit einem Brett vor dem Kopf. In dem Moment, in dem ich mich an der Höhle der Herrscherin des Tals vorbeischiebe, höre ich die Alte fragen:

»Ist da wer?«

Ich bleibe wie angewurzelt stehen und weiß nicht, was ich sagen soll. Der Satz kommt aus der halb geöffneten Tür, aus dem Zimmer, das im Mondlicht fast hell wirkt.

»Nein«, sage ich. Mit einem Nein, das besagt: Nein, mich gibt es gar nicht, nein, alles ist Täuschung, und nein, es gibt kein Leben nach dem Tode.

»Ist der Herr aufgestanden?«

»Ja«, sage ich. Mit einem Ja, das besagt: Ja, ich bin, ja, alles ist gut, und ja, ich lebe über das Grab und den Tod hinaus.

»Ist er irgendwohin unterwegs?«

Ich folge meiner Brille zum Türspalt und spreche nun in das Zimmer hinein:

»Oh, nein. Ich … ich wollte nur sehen, wie die Zeit vergeht.«

»Oh, ja, die vertropft, die Gute. Vertropfung bis zur Verstopfung«, sagt sie mehr zu sich selbst, aber die erstaunliche Wortwahl bringt mich doch dazu, den Kopf durch die Tür zu stekken. Ein Autor ist ständig auf der Suche nach ausgefallenen Formulierungen wie der Arzt nach einer seltenen Krankheit.

»Sie tickt das vor und zurück, vor und zurück.«

In der Kammer stehen zwei alte Betten rechts und links eines viergeteilten Fensters mit Mondscheibe. Die Alte sitzt aufrecht in dem Bett zur Linken. Es reicht so nah an die Tür heran, daß sie sich nur zur Hälfte öffnen läßt. Ich zwänge mich hindurch und hocke mich auf das knarrende Gestell ihr gegenüber. In einem Wust von Bettdecken thront die hängebrüstige Herrin des Haushalts in einem groben, ärmellosen Wollunterhemd und starrt wie blind ins Leere, aber auch ein wenig verdutzt unter der Stirn; erinnert an ein blutjunges Mädchen, das mitten in der Nacht aufwacht und zum ersten Mal feststellt, daß es so etwas wie Dunkelheit gibt. Keine Spur von einem grauhaarigen Känguruh. Sind wir etwa im gleichen Alter? Nein, Herrschaftszeiten, so alt kann ich noch gar nicht sein! Der Mond glänzt auf dem schütter behaarten Scheitel, und silbergraue Strähnen stehen wirr vom Kopf ab wie Protuberanzen der Sonne.

»Ist das so? Zerrt sie nicht vielmehr beständig an uns? Zieht sie uns nicht zum Grabesrand, die Zeit?« frage ich, um auch etwas zu sagen, und klinge wie ein bestellter Festredner zum Hundertjährigen. »Ich habe die gnädige Frau doch nicht etwa geweckt?« frage ich, um sie etwas jünger zu machen.

»Ich möchte dich inständig bitten, mich nicht gnädige Frau zu titulieren. Das ist mehr als unangebracht. Und der Schlaf ist ganz allein.«

»Äh … du schläfst nicht?«

»Meine Träume sind alle ausgeträumt.«

»Bist du da ganz sicher?«

»Oh, ja, nur ein elend flüchtiger Schlaf ist einem noch geblieben. Hast du vielleicht Hunger? Wenn du hungrig bist, setze ich die Grütze für dich auf. Ich sollte mich schämen, was ich …«, sagt sie und macht Anstalten aufzustehen.

»Nein, nein, um Himmels willen! Ich bin nicht hungrig«, beeile ich mich zu versichern und bemerke dabei, daß sie ein Buch auf dem Schoß liegen hat.

»Ganz sicher nicht? Der Herr braucht wirklich keine falsche Rücksichtnahme zu zeigen. Nichts ist unleidlicher als falsche Zurückhaltung beim Essen.«

»Ja, ich meine, nein. Bestimmt nicht. Vielen Dank. Du liest?«

»Ach, als ob ich etwas lesen könnte. Aber es ist gut, ein gutes Buch zu haben. Ein Buch des Lebens. Und jetzt steht uns darin schlechtes Wetter bevor. Es ist alles hier festgehalten, es hält sich bis zur Tagundnachtgleiche«, sagt sie mild und klopft mit ihrer großen Hand, diesem Bratenwender, auf das offene Buch. Sicher so ein Bauernregeln-Schinken.

Schweigen. Sie stiert geradewegs vor sich ins Leere, und obwohl ihr Blick nicht den meinen kreuzt, ist es, als ob sie mich und mein Leben voll und ganz durchschauen könne. Alte Frauen stehen Gott am nächsten. Sie haben Leben geboren und es sterben sehen. Sie stehen außerhalb der Klammern des Lebens, vor und hinter den beiden Jahreszahlen in Klammern, die uns allen zugewiesen wurden. Dort standen sie, ehe das Leben begann, und dort stehen sie noch, nachdem es endete. Die Ewigkeit ist ein blickloses altes Weib, das in der Nacht wacht und bei Mondlicht liest. Ich berappele mich und schaue aus dem Fenster wie ein alterfahrener Landmann: schneebleiche Heide, frostweiße Wiese, Vollmond. Ich sage: »So, du erwartest also schlechtes Wetter.«

»Ja. Das ist Truglicht, vermaledeites Truglicht. Lesehellen Nächten folgen lange Kapitel, lange schwarze Abschnitte. So soll es wohl sein.«

Plötzlich sehe ich eine andere Frau vor mir, mit den gleichen alles sehenden, nachtblinden Augen und der gleichen allwissenden Stimme und der gleichen Art, die Worte alles bedeuten zu lassen, nur nicht das, was sie sagen, alles zu sagen und zugleich nichts. Ich kenne diese Frau. Es ist meine Großmutter. Ja, sie erinnert mich an meine Großmutter mütterlicherseits, Sigríður Jósepsdóttir. Sie galt dreißig Jahre lang als immer noch rüstig und war in vier Bezirken berühmt für ihre Schlagfertigkeit und Gelegenheitsgedichte, besonders für ihre Spottverse auf Geistliche. Hundert Jahre Aufsässigkeit. Das war sie. Erzheidnisch und hohntriefend bis zu ihrem letzten Tag, eine landesweit bekannte notorische Gottesdienststörerin. Dreißig Jahre nach seinem Tod lästerte sie immer noch über meinen Großvater, den ich nie gekannt habe. Mit Sicherheit hat sie ihn mit ihrer Boshaftigkeit unter die Erde gebracht, wie es derartige Frauen mit guten Männern zu tun pflegen. »Christus verbrachte nur eine Nacht am Kreuz, ich hing dort mein halbes Leben« war ihr bekanntester Spruch. Sie hatten auf einem Hof namens Kreuz an der Ölfusá gewohnt. Auf der Feier zum tausendjährigen Bestehen des Althings 1930 hatte sie darum gebeten, an der ehemaligen Hinrichtungsstätte ertränkt zu werden. »Zum Andenken an meine Urgroßmutter.« Die Pastoren fürchteten sie mehr als den Teufel, mit ihren Einwürfen in jede Predigt. »Das habe ich mir schon gedacht«, tönte sie nach jedem Absatz. »Das hast du von ihr«, pflegte meine Mutter zu sagen. Was, die Querköpfigkeit oder das Dichten? »Oh, beides.«

Wir haben jetzt eine Weile geschwiegen. Ich habe mir angewöhnt, denen zu trauen, die mit einem den Mund halten können. Vielleicht kann mir diese alte Frau wieder einen Halt in der Zeit geben? Ich schaue erneut zum hellen Fenster hinaus und sage arglos: »Ja, ja, schon komisch, daß den Menschen eingefallen ist, auf dem Mond spazierenzugehen.«

Du liebe Güte, ich höre mich an wie ein verlegener kleiner Junge.

»Ach, es ist nun mal, wie es ist«, sagt die Alte, und die Antwort freut mich, ehrlich gesagt. Doch dann fährt sie fort: »Aber auf dem morgigen Gang wird nicht viel Mondlicht liegen. Was für eine Eselei, sich jetzt auf die Nachsuche zu begeben, wo ein Nordsturm aufzieht, und zwar ein kräftiger. Man sollte Schafen auch wirklich nicht die Namen von Weibspersonen geben. Das steigt ihnen nur zu Kopf, und sie treiben sich herum. Das rächt sich. Es ist diese fleischliche Lust, diese unsinnige Fleischeslust, die Menschen den Frieden raubt und dann auf diese dummen Geschöpfe übergeht.«

»Äh … es geht wohl um Sigríður?«

»Das lose Ding, ja. Und ich habe mich von allen am meisten gefreut, als es so gekommen ist mit ihr. Und selbst ist der Herr versprochen?«

»Versprochen? Ja … ja, doch, ganz recht.«

»So. Aber du hast sie satt bekommen? Ist sie langweilig, die Ärmste?«

»Was? Meine … meine Ranga? Nein, keineswegs. Wie kommst du darauf?«

»Man sieht solche Schentilmänner sich nicht oft herumtreiben, noch dazu in dieser Jahreszeit. Aber irgendwann bricht eben die Natur durch. Man darf das Kalb nicht zu früh einstallen. Wenn man ihnen nicht erlaubt, sich die Hörner abzustoßen, bekommt man sie früher oder später in die Seite. Soviel ist gewiß.«

Ich schweige nur. Sie spricht wie eine Romanfigur.

»Warst du noch jung, als ihr geheiratet habt?«

»Ich glaube, zweiundfünfzig.«

»So, so. Ja, spät lernt ein spätkastriertes Roß.«

»Wie bitte?«

»Aber jeder Mann braucht eine Frau, sonst säuert dem Armen die Seele, und dann ist der Schaden geschehen, ist der Schaden geschehen«, leiert die Alte, hält inne und läßt die Zunge Licht auf ihre Gedanken werfen, dann kaut sie mit ihren wenigen Zähnen darauf herum und fährt leise fort: »Und dann stirbt diese Frau.«

»Dann stirbt diese Frau?«

»Frauen sterben, Kinder sterben, die Seele stirbt wie sie.* Und tote Seelen sind schlecht für die Säure, denn die Säure bleibt im Leib und legt sich nicht auf das, was lebt. Nein. Soviel steht jedenfalls in diesem Buch.«

Sie streicht über das offene Buch in ihrem Schoß mit dem haarfeinen Geräusch alter Haut auf vergilbten Seiten, dem Ton zwischen Dichtung und Leben.

»Was ist das für ein Buch?«

Vielleicht sieht sie mich erst jetzt an und läßt die Finger über die Seite gleiten, als würde sie Blindenschrift lesen.

»Oh, es ist *das* Buch. Das Buch des Lebens.«

Sie liest die Bibel. Ein Buch, das ich nie zu Ende gelesen

habe. Bei Gelegenheit kann ich es vielleicht von ihr leihen. Irgendwie habe ich immer gemeint, man müsse die Bibel einmal vollständig gelesen haben, ehe man stirbt. Ich will sie nicht länger aufhalten, aber der Sherlock in mir ist noch nicht zufrieden. Er will unbedingt ein Ergebnis dieser Untersuchungsreise durch das Untergeschoß, und bevor ich mich von dem Bett erhebe, frage ich sie geradeheraus, so idiotisch es sich auch anhören mag: »Welches Jahr haben wir?«

»Welches Jahr? Nun, neunzehnhundertzweiundfünfzig, oder nicht?«

Die Uhr an der Wand schlägt fünf.

[6]

Der Winter ist da. Winter 1952. Ich bin 1912 geboren, und ich bin 88 Jahre alt. So allmählich wird das alles hier richtig komisch. Nach meinen Berechnungen hielt ich mich im Winter 1952 in Spanien auf. In Barcelona. Schreibend. Es ist mir mithin gar nicht möglich, diesen Winter hierzulande noch einmal zu erleben, da ich ihn ja verpaßt habe. Was habe ich damals geschrieben? Ach ja, ich kämpfte gerade mit Böðvar Steingrímsson, dem Kriegsgewinnler und Frauenhelden. Der Barbier von Siglufjörður. Heringsoper für eine Handvoll Kinder. Ich weiß nicht mehr, wie der Titel des Buchs hieß und wie die Handlung im einzelnen ging. Eigentlich ist mir nur noch eine Episode dieser Geschichte deutlich im Gedächtnis: Die langbeinige Schnake, die Böðvars Mutter Kristrún in das Büro des Fabrikleiters in Siglufjörður scheuchte. Der Werksleiter machte die Schnake platt und zeugte statt dessen mit der Dienstmagd Kristrún Böðvar. Eine Pferdefliege brachte Böðvar Steingríms zur Welt, einen meiner besten Charaktere. Ein Roman von dreihundert Seiten. Ich erinnere mich noch, weil das Motiv so gewagt war. Ich war hin- und hergerissen, es entweder genial oder banal zu finden. Friðþjófur dagegen zweifelte nur einen Tag und schlachtete die Fliege mit seinem wohlbekannten Geschick. Ich war vierzig. Ein Mann von sechs Büchern. Ich, ein Schulabbrecher aus Grímsnes, mit einem Bein im Ausland und dem anderen auf dem Lande, hatte mich nur dann und wann flüchtig in der Hauptstadt aufgehalten. Auf langen Beinen war ich über das Gesocks in der Stadt hinweggestiegen, aus dem Modder des Landlebens gleich aufs Trottoir der Welt – aus der Sicht der Reykjavíker Elite eine unverzeihliche Sünde. Ohne ihre Hilfe durfte niemand etwas werden. Da bot ich mich richtig an für eine Klatsche.

Wie eine Fliege. Eine Pferdefliege. Eine kleine Fliege in einem Roman hatte mehr Leben in sich als ganze Völker ohne Literatur. Ist es nicht so? In einem drei Gramm schweren Körper steckte eine dreihundert Seiten schwere Geschichte. Das bißchen Leben, das da in meinem Kopf entstanden war und für eine Weile darin herumsummte und dann starb – es lebt noch immer. Irgendwo in einem Regal. Friðþjófur konnte diese Fliege nicht erledigen, obwohl er eine ganze Zeitung dafür in der Hand hatte.

»Er kann Fliegen in der Literatur nicht leiden«, vertraute mir ein gemeinsamer Freund in der Hoffnung an, es mir damit leichter zu machen. Friðþjófur selbst dichtete von Steinen und vereinzelten Halmen. *Moose* war sein lebendigstes Buch. Eine Gedichtsammlung über alle Moosarten, die auf Island wachsen.

Hier liegt sie ohnmächtig auf der Bettdecke. Die letzte Fliege des Sommers. Auch eine Pferdefliege mit langen Beinen, mit denen sie in der Luft zappelt. Am Tod angekommen. Ich schlage sie tot. Ihr Leben wische ich mir von den Fingern, aber was ist aus ihrer Seele geworden? Haben Fliegen eine Seele? Doch, wahrscheinlich. Nur eine Seele kann einen ins Gewissen stechen.

Gott verleiht allem eine Seele, aber manchmal vertut er sich und schickt eine menschliche Seele in einen Hund und die Seele einer Fliege in einen Menschen. Ein solcher Mensch wird Kritiker und summt sein ganzes Leben um die Lichter herum, die am hellsten scheinen. Ein Schriftsteller dagegen ist jemand, der unerwartet siebzig Seelen bekommen hat und sein ganzes Leben damit ringt, sie wieder loszuwerden. Ein Schauspieler ist eine kleine Seele und muß sich andere borgen. Ein Politiker ist eine Hurenseele und stets käuflich. Eine Hure hat dagegen eine schlaue Seele und verkauft nur ihr Fleisch. Körperlich Behinderte haben eine so vollkommene Seele, daß dafür etwas anderes auf der Strecke bleiben mußte. Ein Mörder aber hat gar keine Seele und will sie sich daher bei anderen holen. Der Bauer füttert siebzig Seelen auf seinem Hof und geht in die Berge, um die verirrten zu suchen, der Seelenhirte. Wir fürchten ihn wie Gott.

Hrólfur war schon früh auf den Beinen und ging in die Berge. Ich begegnete ihm auf der Stiege.

»Nu? Ha.«

Gesprächig wie immer. Vorher hatte ich aber noch einen Blick in den Vorbau geworfen, um mir einen Hundetraum anzusehen. Flatternde, blattgrüne Bilder über einem schwarzen, schlafenden Fell, als würde jemand mit einer Handkamera schnell durch einen dichten Wald laufen. Ab und zu blieb sie stehen und schnüffelte an einem Baum. Wenig draus zu machen. Nach den Informationen dieser Nacht hatte sich diese Idee zu einem Buch schon wieder verflüchtigt.

Eivís steht auf. Das arme Kind. Abends betet sie das Vaterunser, aber bei dem Vater ist nicht viel mit »unser«. Sie kleidet sich unbefangen und ohne Scheu vor Blicken an. Hat schon eine Scham, aber keinen Anstand im Leib. Stallhosen aus farblosem Nanking-Stoff, Wollunterhemd, Leibchen, Bluse und dunkelblauer Pullover. Die Mode des Jahres 1952.

Hier hat sich irgendeine furchtbare Tragödie ereignet. Ich schätze, daß der Altbauer, der Ehemann von diesem Mensch, im Sommer 1952 in der guten Stube entschlafen ist und ihr Verstand in jenem Sommer einfror. Keine Jahreszahl ist seitdem mehr erblüht. Und das Zimmer blieb unverändert, samt Kalender von damals. Am besten, man zerbricht sich nicht weiter den Kopf darüber.

Der Winter ist da. Das Haus zittert. Schon der dritte Tag mit Windstärke 13. Himmelsmusik. Setzte ganz piano ein, am Morgen, als Hrólfur aufbrach, mit Rabengekrächz und dem Genörgel der Alten; frischte dann aber kräftig auf mit Schneeregen, der zu Schneematsch wurde, der zu Hagel, der zu Regen, zu Schneeregen, zu Schneetreiben, Schneeschauern,

Schneefegen, das sich zu einem blindweißen Schneesturm auswuchs.

Oh, dieses gebeutelte Land! Auf Island nennt man es Windstille, wenn zwei Windrichtungen aufeinanderprallen und miteinander ringen, bis eine die Überhand gewinnt. Wir nutzen die Gunst der Stunde und lassen einen Wind entweichen. In Italien habe ich nicht ein Mal gehört, daß jemand einen fliegen ließ, und das erschien mir als etwas Besonderes. Möglicherweise liegt es an den Ernährungsgewohnheiten. Dieses ewige Kaffeekochen muß sich ja irgendwo niederschlagen. Sturmnationen sind schwerfällig und tumb, lernen, mit dem Sturm zu schweigen. Flautennationen sind dagegen aufsässig, jähzornig. Sturm im Innern. Ja, irgendwo muß er ja sein. Deshalb verstehen es die jüngeren Generationen hier in Island auch nicht mehr, zu schweigen: Sie sind im Glashaus aufgewachsen wie Pflanzen. Pflanzen, die Platten hören. Und wenn sie niemanden zum Reden haben, quatschen sie im Radio. Ein unablässiger Strom von leerem Gewäsch. Es werden schon Telephongespräche übertragen. Und niemand hört zu. All diese plappernden, quäkenden Geräte in jedem Winkel des Landes. Dieses unablässige Rauschen von Wörtern. Dieser Durchzug von geistigem Dünnschiß! In meiner Jugend war es üblich, still zu sein, während man Radio hörte.

Ich bin herunter gekommen. Ich bin nach unten gekommen, um mit meinen Nächsten den dritten Sturmtag zu feiern, mit meinen neuen Angehörigen. Wir sitzen in der Küche und lauschen auf den Schneesturm. Schneesturm vor dem Fenster und Schneesturm im Radio, das mit vorsintflutlichem Aussehen auf der Anrichte thront. Der Ansager scheint im Freien zu stehen, durch den Sturm ruft er: »Vor der Südküste … Die Regierung … Der Trawler *Ottó Wathne* …« Dann ist er weg. Jawohl. Die Regierung verläßt dieses unwirtliche Land. Befindet sich jetzt vor der Südküste an Bord des Trawlers *Ottó Wathne*. Dieses Wetter fegt das Land sauber. Um ehrlich zu sein, ich hatte die Nachrichten mit einiger Spannung erwartet. Früher oder später mußte die Meldung doch kommen, daß der bedeutendste Schriftsteller des Landes entführt worden war und nördlich aller Vernunft in Geiselhaft gehalten wurde. Bin ich denn völlig in Vergessenheit geraten? Der Ansager taucht wieder auf, bis zum Hals in Schnee vergraben, ruft er nun aus: »Präsidentenwahl in den Vereinigten Staaten! Kandidat der Republikaner ist …« Mich trifft der Schlag, als er den Namen verkündet: »… Dwight D. Eisenhower.«

Ja, zum Henker! Das ist aber langsam nicht mehr komisch. Jetzt will ich der Sache auf den Grund gehen. Koste es, was es wolle. Ich erhebe mich vom Küchentisch und wanke mit leichtem Schwindel zur Anrichte, wo das Radio in seiner Holzverkleidung steht. Passendes Design für Nachrichten aus dem Jahr 1952. Ich beuge mich darüber und betrachte es eingehend. Nein, es ist wirklich ein Radio, kein maskiertes Tonbandgerät, um einen alten Mann zum Narren zu halten. Ich stütze mich auf die Anrichte und versuche tief, lebensmüden Atem zu holen.

»Was, Herr? Was?« fragt der Kurze und kommt zur Anrichte. »Soll ich für dich lauter drehen? Willst du die Nachrichten besser hören?«

»Hm, wie? Nein, nein, ist gut so.«

»Ich weiß, wie man lauter stellt«, sagt er und dreht einen schwarzen Plastikknopf an dem Kasten.

»… die am kommenden 7. November stattfinden sollen …«

»Woher habt ihr dieses Gerät?« frage ich.

»Oma, woher haben wir das Radio?«

»Den Empfänger? Den hat deine Mutter von den Engländern gekriegt.«

»Mama hat es bekommen. Es ist schon uralt.«

»Das kann man wohl sagen. Zumindest die Nachrichten sind nicht mehr ganz frisch.«

»Was? Sind das alte Nachrichten?«

Hübsch diese kleine Stimme, die Staunen und Freude in alles mischt, was sie sagt.

»In welchem Jahr bist du geboren?« fragt ein Greis einen jungen Spund.

»In welchem Jahr? Oma, in welchem Jahr bin ich geboren?«

»Neunzehnhundertsiebenundvierzig«, antwortet seine Schwester schnippisch. Sie sitzt hinter mir am Küchentisch und strickt. Ich drehe mich um und gehe zu ihr an den Tisch zurück.

»Warum willst du das wissen?« fragt Ponsi.

»Dann bist du also fünf Jahre alt?« frage ich.

»Ja. Ich bin schon fünf. Und bald kann ich lesen lernen.«

Ottó Wathne. Er ist vor langer Zeit außer Landes verkauft worden. Kreuzt jetzt garantiert durch südamerikanische Gewässer mit den irdischen Überresten der isländischen Regierung in den Laderäumen. Habe ich eine Zeitreise durchgemacht? Das glaube ich einfach nicht. Ich habe mal von so etwas gelesen, in irgendeinem Robbengriller-Roman von einem bärtigen Propheten aus einer amerikanischen Science-fiction-Schmiede, glaube ich, aber daß … tja, was soll man nun glauben? Das Radio lügt doch nicht. Ich kapituliere. Und setze mich.

»Sollen wir jetzt lesen?« drängelt er.

Die alte Frau steht am Spülstein und späht fortwährend aus dem Fenster wie ein Kapitän auf der Brücke, bemüht, das Haus heil in den Hafen zu steuern.

Das Haus schwankt. Wir befinden uns in schwerer See. Ich will raus hier.

Irgendwo in der großen weißen Welt hat sie Kohlen aufgetrieben und den Herd damit gefüttert – ein schwarzes, Schwedisch sprechendes Ungeheuer in der Ecke, mit Abzugsrohr und auf vier Löwenfüßen. Darin fabriziert sie die einzige Wärme in diesem Tal, sichtlich stolz auf ihre wiedererlangte Wichtigkeit. Es gibt keine Elektrizität im Höllental. Dreißig Meter vor der Tür das Generatorenhaus, aber höchstens fünfzehn Zentimeter Sicht. Das Mädchen will es trotzdem versuchen, doch die Alte ist entschieden dagegen.

»Aber Großmutter, die Kühe! Die müssen doch gemolken werden«, ruft der Teenager Eivís aus der Fülle seiner Haare.

»Och, die kommen schon über die Runden«, entscheidet die Alte und beginnt uns die Geschichte von Pastor Guðmundur aus Efstadalur zu erzählen. Frau und Kinder hatte er verloren und die Gemeinde aus der Kirche gepredigt, und er war ganz allein in der Welt, als er fühlte, daß es ans Sterben ging. Rücksichtsvoll hatte er schon einige Tage vorher damit begonnen, auf dem Friedhof sein eigenes Grab auszuheben, und er lag gerade darin, um Maß zu nehmen, als es soweit war. »Mit offenem Hosenstall und dem Beelzebub im Freien, knochenhart und steifgefroren.« (Mir ist, als würde ich meine eigene Großmutter Sigríður reden hören, dieses alte Lästermaul.) Die Moral von der Geschichte war jedenfalls, daß die Kühe selbst die drei Wochen überlebten, die vergingen, ehe wieder jemand auf den Kirchhof kam. Der Hund hatte sie versorgt. »Der Hund molk die Kühe.«

»Aber wie denn, Großmutter? Wie kann denn ein Hund Kühe melken?« fragt der Junge.

»Och, so groß ist der Unterschied zu den Zitzen nicht. Macht wohl nicht viel aus, ob es vier oder eine sind«, sagt sie, stößt ein kaltes Lachen aus und blinzelt hinaus ins Schneegestöber, als könne sie ein Küstenmotorschiff in der Brandung voraus ausmachen. Dann hebt sie einen Schürzenzipfel an die Nase und trocknet sich einen Tropfen ab.

»Großmutter, was ist ein Beelzebub?«

»Was der Mann hat und die Frau nicht, daraus quetscht sie sich 'nen kleinen Wicht.«

So geht der Tag herum: Mit unglaublichen Geschichten und

den ewigen Fragen des Kleinen, bis wir endlich wieder mit dem Unterricht beginnen. Ich bringe ihm Lesen bei. Es geht ganz leidlich, wenn man den Lesestoff bedenkt: *Grabreden* von Pfarrer Bjarni Helgason, erschienen in Reykjavík 1917. Gemessen an den neuesten Nachrichten durchaus aktuelles Material, allerdings reicht es noch ein gutes Stück weiter in die Vergangenheit zurück. Síra Bjarni lebte Mitte des 19. Jahrhunderts, und momentan buchstabiert sich Klein-Ponsi durch die ausgesprochen lebendige Leichenrede auf eine Karítas Magnúsdóttir, Propsttochter, geboren im Vatnsfjörður, Ísafjarðarsýsla, im Jahre des Herrn 1777.

»E-s-i-s-t-f-a-s-t-n-e-u-n-z-i-g-j-a-h-r-e-h-e-r-s-e-i-t-d-i-e-v-e-r-b-l-i-c-h-e-n-e … Was ist eine Verblichene?«

»Eine Frau, die gestorben ist.«

»Wie Mama? Mama hat einmal ein Gespenst gesehen. Draußen im See. Es war jemand, der ertrunken war.«

Der See heißt bestimmt Hel. Zwei Brüder liegen darin. Seit dreihundert Jahren. Das hat mir die Alte erzählt. Forellen stehen dort zwischen Gebeinen. Niemand will solchen Fisch hier auf dem Teller sehen. Sechzehn Generationen haben Hunger gelitten, und siebentausend Generationen Forellen sind wohlgenährt und hochbetagt eines natürlichen Todes gestorben. Hunger ist ein Gespenst, von Aberglauben gepäppelt, das sich an Dummheit nährt und mit dem Glauben schläft. Wer in diesem See zum ersten Mal angelt, wird Forelle mit Landnahme-Geschmack essen.

Der Junge liest weiter: »E-s-i-s-t-f-a-s-t-n-e-u-n-z-i-g-j-a-h-r-e-h-e-r-s-e-i-t-d-i-e-v-e-r-b-l-i-c-h-e-n-e-d-i-e-i-n-d-i-e-s-e-m-s-a-r-g-e-r-u-h-t-i-n-i-h-r-e-r-w-i-e-g-e-r-u-h-t-e… Hat man sie erst in die Wiege gelegt und dann gleich in den Sarg? Durfte sie nie raus?« erkundigt er sich todernst nach dem schrecklichen Schicksal der Karítas Magnúsdóttir.

Ich frage zurück, ob wir nicht ein besseres Lesebuch auftreiben können, aber davon will er nichts hören. Mama hat mit diesem Buch lesen gelernt, und ebenso Schwester Vísa. Grabreden passen ja auch so wunderbar zur Atmosphäre in dieser kleinen, kalten Küche im Osten. Der Sturm scheint unermüdlich zu sein, er rüttelt am Dach und dröhnt gegen die Fenster. Es dunkelt trotz zweier Kerzen und einer alten Petroleumlampe, die die Alte aus ihrer Kammer holt. Das Mädchen strickt noch immer an seinem Fummel, sitzt vorgebeugt da und verbirgt das Gesicht in den Haaren. Die Alte hat Wache an Spülstein und Herd und fischt gekochte Innereien aus dem Topf. Ich bin mittlerweile dermaßen handzahm, daß sogar ich um einen Teller bitte. Der plötzliche Appetit des Herrn scheint die armen Leutchen zu freuen, aber wir essen schweigend, satt von den großen Fragen. Die Großmutter steht weiterhin bei der Anrichte und ißt wie ein Fischer, die heiße Kelle in der Hand schneidet sie sich Bissen mit dem Messer ab, die Augen hinaus in die wellenhohe Dunkelheit gerichtet. Ich kämpfe mit meiner Portion. Sie dampft kräftig im kalten Kerzenlicht. Ohne Appetit zu essen ist das gleiche, wie bei einem Inspirationsschub zu lesen. Blutwurst. Guter und altvertrauter Geschmack: Mit dem ersten Bissen ersteht ein ganzes Haus vor mir. Ein weiß gestrichenes Steinhaus am Laufar … Laug … Laufásvegur. Und Gunnvör, meine ehemalige Haushälterin. Ich hatte mich für eine Weile bei ihr einquartiert, arbeitete gerade an einem Buch. Ich arbeitete immer an einem Buch. Exakt der gleiche Geschmack. Es sind die Rosinen. Sie rührt Rosinen in die Blutwurst, genau wie Gunnvör damals.

»Ob Papa jetzt nicht hungrig ist?«

»Oh, der hat seinen Mundvorrat und Hákarl. In so einem Sturm schmeckt kaum etwas besser als gesäuerter Haifisch«, erklärt die Alte.

»Wann kommt er zurück?«

Der Ärmste, Papas Sohnemann. Auf einmal möchte ich ihn etwas aufmuntern, weil ich die Möglichkeit dazu sehe. In meinem Kopf entsteht ein Bild von Hrólfur, wie er samt Schaf und

Hund auf dem Weg zurück in bewohntes Gebiet ist. Es ist mit einer prophetischen Sicherheit verbunden, an die ich mich nicht gewöhnen sollte. Über all meine Traumschnüffelei bin ich jetzt natürlich auch noch Hellseher geworden. Im Zusammenhang mit den neuen Erkenntnissen ist das in gewisser Weise nachvollziehbar. Es sind schließlich alles Wiederholungen. Ich durchlebe mein Leben noch einmal. Ich bin natürlich tot.

»Er wird kommen«, leiere ich prophezeiend und zwinge mich zu Blutwurstbissen Nummer vier.

»Wann kommt er? Woher weißt du das?«

»Er kommt, sobald der Sturm nachläßt.«

»Ja, ja, das weiß nur, wer alles weiß«, sagt der Skipper und schiebt sich eine gepellte Kartoffel in den Mund.

Meine Schwermut läßt etwas nach, nachdem ich eine weitere dünne Scheibe von den gestopften Kutteln eingestallt habe und zu der Überzeugung komme, jetzt hätte ich mir eine lekkere Tasse Kaffee verdient. Ich bilde mir sogar ein, es sei doch eigentlich eine richtig gemütliche Stunde hier in der Küche im Höllental. Trotz allem. Diese verschworene Küchengemeinschaft gegen die Unbilden des Wetters. Dieses »Am heimischen Herd«-Asyl mitten im Krieg. Ein privates Bedürfnis steigt in mir auf – ich muß mir dieses Bild einprägen–, doch ich will nicht die Erleichterung beschreiben, die sich auf drei Gesichtern abzeichnet, als ich mich mit weltmännischer Höflichkeit nach dem, ähem, Abtritt erkundige.

In dem schadhaften Spiegel über dem Waschbecken erblickte ich einen Mann. Ein Gesicht. Es kam mir bekannt vor. Das war ich. Sicherheitshalber fragte ich nach dem Namen, bekam aber keine Antwort. Immerhin sah das Jammerbild nicht ganz so furchtbar aus, wie ich befürchtet hatte. Es lag sogar ein matter Glanz auf den Wangen, oder war es nur eine Täuschung des Kerzenlichts? Ich hatte vorher keinen Gedanken daran verschwendet, sah nun aber, daß ich keine Krawatte trug. Ich öffnete den obersten Kragenknopf und überdachte meine Lage in dieser neuen Welt. War ich womöglich Teilnehmer einer neumodischen »Projektstudie«, die es alten Menschen ermöglichen sollte, ihre alten Zeiten wiederzubeleben? Seelenklempner hatten diesen Hof rekonstruiert wie eine Bühne, mit Radionachrichten, Kalender und Laienschauspielern, und mich in der Hoffnung da hineinplaziert, meinen Verstand wieder in Gang zu setzen, mein Gedächtnis aufzufrischen. Sicher steckten sie irgendwo hinter den Kulissenwänden hier. Hatten bloß vergessen, mir Socken und Schlips anzuziehen. Nein, zum Teufel, ich hörte auf, mir solchen Blödsinn auszumalen, und ging wieder hinein. Nicht ein Krümelchen hinterließ ich auf dem Abort, beließ sie aber in süßen Träumen über die Produkte des Dichters.

Der Junge hatte in der Nacht einen unterseeischen Traum. Schwebte mit Schafen durch blaue Tiefen. Sie benutzten die Ohren als Flossen. Ein langatmiger, kalter Traum, in dem ich nicht bleiben wollte. Ich drehte mich zur anderen Seite und sah mir eine Dokumentation über Frauenmode vergangener Jahre an, anscheinend in Boston oder einer anderen Stadt Neuenglands. Guter Film im übrigen. Klarer Fall: Das Mädchen will hier weg.

»Müssen wir eigentlich in alle Ewigkeit hier versauern? In dieser verflixten Dunkelheit?« fragt es seine Großmutter am nächsten Morgen mit überraschender Heftigkeit. »Und ewig verdorbenen, eiskalten Dorsch fressen?« schreit es die Großmutter an. Die Alte ist völlig verdattert. Solchen Zorn hat sie bei der Kleinen noch nicht erlebt. Heiße Wut in eiskalter Küche. Eivís stehen Dampfwolken vor dem Mund, kleine, schwächliche Bläschen blubbern aus der Alten. In eine Decke gehüllt, sitze ich am Küchentisch. Unter seiner Mütze hervor blickt der Kleine mit großen Augen auf die beiden. Großmutter und Enkelin. In der feuchten Luft zwischen ihnen liegt eine tote Frau. Die Alte versucht die Grabeskluft zu überbrücken:

»Na, na, na, mein kleines Lämmchen, nun tu mal nicht so, als würde die Welt untergehen.«

»Aber ich gehe bestimmt.«

»Papperlapapp. Nirgends gehst du hin! Keinen Zehenbreit. Und jetzt kein Widerwort mehr.«

Sie geht trotzdem. Das junge Ding hat genug von der Dunkelheit und der Kälte. Die Kohlen sind aufgebraucht, aber das Unwetter keineswegs. Kann mich nicht an einen derartigen Schneesturm erinnern. Sie geht hinaus zum Schuppen. Nicht mehr als eine Armeslänge Sicht. Der Sturm tobt wie ein Krieg, Schneesalven aus einem deutschen MG. Sie will trotzdem hinaus. Von der Hausecke ist eine Leine zu dem Generatorenhäuschen gespannt, vielleicht genau für solche Notfälle. Aber eine Zwölfknospige? Ein junges Mädchen? Ob es das schafft? Der Vorbau ist wie ein Vorzimmer der Hölle, und wir können kaum anderes tun, als diesem Tosen zuzusehen, das mit Urgewalt die Tür aufreißt und dem brüllenden Toben öffnet. Ein großer Placken festgebackenen Schnees fällt auf den Boden, flirrender Pulverschnee füllt die Luft. Sie steigt darüber und verschwindet nach draußen.

Die Alte murmelt sich in den Bart:

Stapft in Sturm, der Stummel,
und zitternd steht er da.
Finde, er wird nicht
füttern die Füchse.

Damit schlurft sie zurück ins Haus auf ihren Schlappen, diesen schwieligen Sohlengängern. Der Junge folgt ihr mit Fragen. Ich bleibe zögernd zurück. Da steht müde und fett eine alte Heringstonne wie ein Brunnen aus alten Glanzzeiten des Fischfangs. Sie erinnert mich an Buddy Steingríms. Es riecht kräftig nach Tieren verschiedenster Daseinsstufen: trocknender Schellfisch, Lammschinken, Sattel, Widderhorn, abgenagte Knochen auf dem Fußboden. Die Gummischuhe des Bauern, wie sie der Autor zurückgelassen hat. In Ibsens kleiner Apotheke in Grimstad standen seine Schuhe in einer Vitrine. Ich hätte nie in seine Fußstapfen treten können. Seine waren zwei Nummern zu klein. Der kleinfüßige Großautor. Im Geburtshaus von Davíð Stefánsson in Akureyri bewahrt man noch seine Hemden auf, ordentlich zusammengelegt und gebügelt, makellos weiß. Auf dem Küchenschrank ein halbes Päckchen Kaffee von 1965. Die Norweger rechneten dagegen nicht mehr mit Ibsens Wiederkehr. Die Vitrine war abgeschlossen. Für Isländer aber sterben ihre Dichter nie. Sie können jederzeit auftauchen, Kaffee kochen und ein reines Hemd anziehen. Wo sind eigentlich meine Hemden und Schuhe? Meine Ranga wird sie falten und meine Gamaschen bürsten. Die Gummischuhe des Bauern passen mir nicht. Zwei Nummern zu groß. Ibsens Schuhe würden in ihnen verschwinden. Das Leben ist größer als die Literatur. Schrecklich, diese Großtuerei von uns Verfassern. Machen uns wichtig und scheinen über Tod und Grab hinaus zu leben für unser unbedeutendes Herumgefummel am Leben, diesem großen Feld, das man jeden Morgen erobern muß, im Sturmangriff, mit Bataillonen von Mut, im Trommelfeuer des Tages. Napoleon. Hrólfur. Das waren Männer. Hrólfur war der Autor seines eigenen Lebens. Und er ging viel weiter als ich. Eine ganze Tagesreise in die Berge, im Schneesturm des Jahres, um eine behaarte Seele und zwei Lämmer zu retten. Ich raffte mich kaum in die Bibliothek auf, um historische Quellen nachzuschlagen. Hrólfur war ein größerer Autor als ich. Gummischuhe Größe 44.

Lange und kalte Minuten vergehen, ehe der Junge ruft: »Guck, Oma, Licht! Sie hat es geschafft.« Wir atmen leichter. Im weißlichen Licht glimmen trübe Glühbirnen auf, obwohl vom Generator durch das Höllenspektakel draußen nichts zu hören ist.

Ich warte auf das Mädchen. Erst im Vorbau, dann in der Küche. Die Minuten vergehen. Eine halbe Stunde. Es wird schon dunkel. Nein, jetzt warte ich nicht länger. Woher kommt dieses Verantwortungsgefühl? Ich gehe zur Tür und komme in allzu großen Stiefeln und einem verschlissenen Anorak zurück, den ich an einem Kleiderhaken fand, und frage nach Mütze und Handschuhen. Die Alte knüttert etwas vor sich hin:

»Die kommt schon wieder, mit dieser Wut im Bauch. Du wirst sehen. Och, die fuhrwerkt nur ein wenig an der Maschine herum.«

Der Junge borgt mir eine Mütze, mein junger Bewunderer, aber das Mensch murmelt nur weiter, verschroben wie sie ist. Na gut, gehe ich eben ohne Handschuhe.

Als ich nach drei vergeblichen Anläufen endlich die Tür aus dem vereisten Schloß reiße, wird mir bewußt, daß ich seit meiner Ankunft noch nicht wieder draußen gewesen bin. Wahrscheinlich herrscht nicht gerade bestes Wetter für den Spaziergang eines fast Neunzigjährigen, aber was soll's? Ich stürze mich ins Schneegestöber, barhändig gegen den Teufel. Wühle mich durch die Schneewehe vor dem Anbau und dann nach rechts, an der Hauswand entlang, der Sturm will mich wütend davon abhalten, bis zur Hausecke, wo eine Außenlaterne glimmt. Es hat Vor- und Nachteile, eine Brille zu tragen: Ich sehe nicht das geringste, aber die Augen brechen auch wenigstens nicht. Ich lasse meine Finger, die Schwimmer, nach der Leine tauchen und ziehe sie sofort wieder zurück, vom Frost in Eis gelegt. Ich schüttele es ab und versuche es noch einmal. Nach einigem Tasten finde ich die Strippe. Das Licht im Rükken stolpere ich voran, ziehe mich an der Leine entlang vorwärts und nehme ungefähr Kurs auf den glatt gefrorenen Hofplatz – allerdings kaum mit den 100 km/h, die das erleuchtete Wüten vortäuschen will. Immer wieder muß ich all meine Kraft aufwenden, um die Leine aus dem festgefrorenen Grund zu reißen. Bald versickert das Licht, und nun ist die Leine meine einzige Richtschnur. Maunze du nur, mein Schneeweißchen. Ich meine schon das Geräusch des Generators zu hören, als die Leine plötzlich ohne Vorwarnung in Tiefschnee abtaucht. Verschwindet wie ein Fuchs im Bau. Aber ich halte ihn wenigstens noch am Schwanz. Ich ziehe, doch es bleibt alles fest. Vielleicht eine Schneewehe. Ich taste mich näher. Ja, eine Verwehung. Plötzlich sehe ich das Hotelzimmer in Bologna vor mir. Winter '52. Die Wände rot, die Heizung warm und angenehm. Es hatte mich zwei Tage gekostet, ein Hotel mit ganztägiger Heizung zu finden. Da saß ich und schrieb, den Kopf voller Schneegestöber. Ja, stimmt, es war in Bologna. Ich beginne zu graben, schaben, kratzen, schaufeln, räumen … setze sämtliche Wörter ein, die einem alten Mann helfen könnten, und gebe doch auf. Ich muß andere Wörter finden. Muß mich dem Stoff aus einer anderen Warte nähern. Ich muß dieses Mädchen retten, oder nicht? Was bedeutet sie mir? Mehr als eine Nebenfigur in einem Roman? Doch ein Autor läßt seine Figuren nicht im Regen stehen. Oder im Schnee. Er läßt sie nicht sterben. Nein. Er bringt sie eigenhändig um. Tja, aber jetzt ist der Faden der Geschichte, wie gesagt, in einer Schneewehe verschüttgegangen, und ich muß mich auf meine Eingebung verlassen. Ich gehe nach Gehör. Der Generator. »Gehen« ist ein zu starkes Wort. ABER HIER WERDEN ÜBERHAUPT ZU VIELE WORTE GEMACHT! Diese Schreibwut des Alten im Himmel. Ohne Unterlaß hageln Wörter gegen meine Brillengläser. Ich versuche, sie wegzuwischen, und schaufele mich weiter Richtung Schuppen, falle, Teufel noch mal! und bekomme ihn auch gleich auf den Hals, fühle seine kalten Griffel meinen Rücken hinaufwandern und weiß nicht mehr, wo oben und unten ist. Ein neunzigjähriger Greis zappelt im Schnee herum. Das muß ja ein lächerlicher Anblick sein! Jetzt dringt er mir in die Nase. Da muß ich wohl auf dem Rücken liegen. Himmel, Kreuz und Schneegestöber! Ich schaffe es, mich herumzuwälzen, und krauche auf vier Füßen dem Brummen zu (die beiden vorderen barfuß). Nach geraumer Zeit stehe, knie oder liege ich gar vor den Toren des summenden Heiligtums. Der Schuppen. Ja, ich habe ihn erreicht.

Das edle Stück. Einen freundlich hingestreckten Türgriff würde man jetzt nicht ausschlagen. My kingdom for a knob! Nein, das dürften die hiesigen Götter, diese Dorftrottel, wohl kaum verstehen. Sind wohl schwerlich versiert in Shakespeare. Ich schicke meine Schwimmer aus. Sie sind mittlerweile im Trancezustand russischer Eisschwimmer und treiben auf dem Rücken. Ist das denn sinnvoll, Jungs? Na, meinetwegen. Krumm in den Knöcheln streichen sie die Schuppenwand hinauf und hinab. Ich bin doch nicht etwa an der Hintertür gelandet? Den geballten Ansturm des Schneesturms im Rücken, fühle ich, wie sich Kälte in die Stiefel stopft und mir durch englische Schurwolle in die Kniekehlen sticht. Aber Hrólfurs Anorak hält stand. Warum hat ihn der Gute eigentlich nicht selbst angezogen? Aber nein, der springt jetzt sicher mit nacktem Oberkörper herum, läßt sich vom Sturm noch ein bißchen den Rücken massieren, ehe er vor dem Essen noch mal rasch in eine Schneewehe springt. Auf den Knöcheln rutsche ich vor dem Sturm die Wand entlang, lande in einer hüfthohen Wehe und finde darin einen alten Bekannten wieder: die Leine. Der Schriftsteller hat seinen Faden wiedergefunden. Jetzt müßte ihm doch etwas aufgehen. Jetzt müßte es doch ein wenig aufklaren in diesen ganzen Texten, in dieser *écriture automatique* vom Himmel herab. Ich packe die Leine, stelle mich rittlings darüber und komme so um die Ecke in etwas, das wir Isländer Windschutz nennen, zivilisierte Nationen aber Teufelsfurz: Hier bläst es senkrecht von unten herauf. Im Wetterbericht müßte es »Unten, sieben« heißen. Hier hat sich alles verschworen. In diesem bodenlosen Geistreich weht es sowohl von oben wie von unten, vom Himmel und aus der Hölle. Da sei Gott vor! Nein, da ist eine Tür vor. Einen Griff finde ich nicht, aber ein Loch. Ein Loch mit einer Schnur. Ich sehe jetzt besser. Die Brille verwehrt mir nicht länger die Sicht. Brille? Oh, wo ist die Brille geblieben? Der Lärm des Generators ist nun lauter als der Lärm des Sturms. Mit den Füßen schiebe ich den Schnee vor der Tür beiseite. Das kostet mich eine Weile. Noch länger dauert es, bis ich die Finger wieder geradebiegen kann. Was, wenn sie nicht im Schuppen ist? Eine Zwölfjährige. Was weiß man schon, was einem solchen Wesen im Kopf herumgeht? Vielleicht war es ihr egal, ob sie heil zurückkommen würde. Hatten Selbstmordabsichten in ihren Augen geglommen? Eine jugendliche Revolte? Wann weiß man schon, was hinter der Stirn eines anderen vorgeht? Bestimmt nie. Und doch war es ein halbes Jahrhundert meine Arbeit. Zu erraten oder mir auszudenken, was andere Menschen denken mochten. Ein zwölfjähriges Mädchen, ein reifer Mann, eine alte Frau. »Die größte Stärke des Autors liegt in der Charakterzeichnung seiner Figuren …« Behaupteten die Kritiker jedenfalls. Was hilft es ihnen jetzt, wo jeder, eingesperrt in seinen Käfig, nur noch in den Irrenbatterien nahe der Stadt gackert. Mit dem letzten Rest Schnee vor der Tür schiebe ich diese Gedanken beiseite, und auch wenn meine Hände jetzt zu gefühllos wären, um einen Stift zu halten, können sie doch die Finger um die Schnur krümmen und die Tür aufreißen. Finsternis. Finsternis mit kräftigem Dieselgestank und ohrenbetäubendem Lärm. Der Schuppen hat die Größe einer kleinen Toilette, und der Generator stampft auf dem Boden wie die unbekannte Art einer schwarzglänzenden Bestie, mit Bolzen fest verankert. Unmenschliche Wärme wabert von ihr auf, und ich trete ein; gebe den Augen Zeit, mit Hilfe der matten Helligkeit des Schnees hinter mir in dieser Dunkelheit etwas zu erkennen. Ich rufe sehr rentnerhaft: »Hallo«, bekomme aber keine Antwort. Ich spähe noch genauer im Schuppen umher und rufe noch einmal: »Hallo!« Die Maschine lacht mich aus, und mir scheint, ich bin am Ende dieser Seite meines Lebens angekommen. Was jetzt?

Ich schaffe es tatsächlich, den Schuppen noch einmal ganz zu umrunden, ehe ich die Leine wiederfinde und mich von ihr den gleichen Weg zurück leiten lasse, zum Licht an der Ecke des Vorbaus. Die Schneewehe davor ist noch gewachsen. Verdammt und zugenäht und Friðþjófur ins tiefste Höllenloch verbannt! Ich kann doch nicht mit leeren Händen von dieser Tour zurückkommen. Was ist aus ihr geworden? Habe ich sie jetzt verloren? Maunze, mein Schneeweißchen! Meine Ohren sind so taub, daß ich nicht einmal mehr den Sturm höre. Der Schnee prasselt auf meinen Rücken ein wie Pfeilhagel in einem Stummfilm. Wie in Eisensteins »Ivan der Schreckliche«. Ich will mich wieder an der Wand entlangschieben, aber die Verwehungen sind jetzt so hoch, daß es nicht mehr geht. Und wo ist überhaupt die Haustür? Ist das hier gar nicht der Vorbau? Im gleichen Moment prustet der Sturm einmal kräftig und fegt mich vom Licht weg um die Hausecke … kann mich gerade noch zu Boden fallen lassen, ehe er einen federleichten Tattergreis in die Wüste weht. Ich rappele mich auf alle viere auf und krieche auf den Knöcheln, kalten Stummeln, in den Windschatten der Hauswand, Schutz und Schatten: Hier ist es dunkel, und man kann sich in eine kalte Schneewehe schmiegen. Und hier hockt sie, ein kleiner, zusammengekauerter Vogel, völlig zugeschneit im weißen Dunkel, die Augen zwei dunkle Steine in einem Haufen Schnee. Ich strecke die Hand aus. Wie schön, einen Handschuh an seiner Hand zu spüren, die selbst keinen hat. Wie schön, Finger an seiner Hand zu spüren, die selbst keine Finger mehr hat.

[7]

»He, sperr es in den Vorbau, während wir essen!« brüllt Hrólfur – aus frostgesprungenen Lippen – den Kleinen an, der dem Lamm Kakaosuppe einflößen will. Lambi ist unser neuer Mitbewohner, ein sommeraltes Böckchen, ein bißchen weich in der Birne, das uns mit seinem endlosen Gemecker draußen im Flur auf die Nerven geht. »Tee«, hat es schon den ganzen Tag geblökt. Sicher ist es ein britischer Aristokrat, der hier seine Sünden büßt, in einem isländischen Wolloverall.

»Te-e! Ich will Tee-he-he!«

»Es hat Hunger, Papa. Darf es nicht etwas Kakaosuppe haben?« bettelt der Junge. Er redet den lieben, langen Tag von nichts anderem als dieser Kakaosuppe. Muß so etwas wie ein ganz besonderes Festessen hier sein. Es ist bald Weihnachten. Wir feiern die glückliche Wiederkehr aus Schnee und Schafsuche. Kakaosuppe ist ihr Champagner.

»Kakaosuppe, wie? Sollen wir ihm nicht vielleicht obendrein den Tisch in der guten Stube decken und deine Großmutter Pfannkuchen für das Zottelvieh backen lassen, was?«

»Es braucht etwas Warmes. Ihm ist doch noch kalt, Papi. Es zittert ja noch.«

»Am besten verabreicht man ihm Tee«, sage ich bestimmt.

Hrólfur starrt mich an, puhlt sich eine drei Monate alte Kniescheibe aus der Lücke zwischen seinen Vorderzähnen, schnalzt mit der Zunge und will etwas sagen, stößt aber nur ein »Ha« hervor.

Es ist noch mehr von einem Hund an ihm als früher. Und auch ich bin auf den Hund gekommen. Wie sollte es auch anders sein? Die Finger, halb abgefroren, können kaum den Löffel halten, und die Lunge ist angegriffen. Und doch wenig erschöpft, gemessen an Alter und früherem Beruf.

»Oh, ja, und das muß ich mir erst sagen lassen«, pflichtet mir die alte Frau bei und setzt einen Kessel Wasser auf. Dabei nörgelt sie, Hrólfur habe seinen Grips wohl in den Bergen gelassen. »Und das auch nicht zum ersten Mal.« Das läßt sich nicht leugnen. Der Hausherr ist ein vom Wetter Verdrehter, wie man früher zur Zeit der Überlandbriefträger sagte. Ich erinnere mich noch an die Geschichte von einem Versprengten, der eine Woche in einem Schneesturm auf der Hellisheiði umherirrte und danach nur noch im Falsett sprach. Er zeigte auch nur noch geringes Interesse an Frauen. »Aus dem ist ein Weib geworden«, hatte Großmutter Sigríður kurz und bündig gesagt. Ich mache Hrólfur keine Hoffnungen, homosexuell geworden zu sein, aber es glitzert irgend etwas Neues in seinen Augen. Er hat etwas gesehen. Er wirkt um Jahre gealtert. Allerdings nicht so sehr wie Lambi, der noch immer im Flur nach seinem Tee ruft.

»Du jammerst wie eine Hündin im Schnee«, sagt der Kerl zu seiner Schwiegermutter. »Muß ich eigentlich auf Rentierhörner hören, und wo steckt überhaupt das Mädchen?«

»Laß die sich mal ausschlafen, mit ihrer Blasenentzündung, die Ärmste. Und Frost an den Ohren.«

»Ha? Sie melkt doch nicht mit den Ohren.«

»Es würde mich nicht wundern, wenn sie sich an dieser Höllenmaschine den Arm ausgekugelt hätte. Ihre Schulter ist ganz geschwollen.«

»Die wächst bloß. Rentierhörner, verdammte!« sagt er wieder und verschwindet auf dem Boden. Der arme Kerl. »Rentierhörner.« Er hat Halluzinationen gesehen. Vielleicht Schafsaugen gegessen?

Es war ein heroischer Anblick – und fast identisch mit dem Bild in meinem Kopf –, den Bauern den Hang herab und den vereisten See entlangschreiten zu sehen, drei Vierbeiner an seiner Seite, eine Hündin und zwei Schafe. Beim Näherkommen zeigte sich, daß er ein weiteres auf den Schultern trug: Das

Lamm, das heute abend vor der Kakaosuppe auf den Tisch kam, die Schwester Lambis. Eine übernatürliche Ruhe lag über der Vierergruppe, eine Art Zusammengehörigkeitsgefühl im Leiden, als wären sie einer Seele und eines Leibes. Kein Unterschied zwischen Schaf, Hund und Mensch. Das Unwetter schweißte sie zusammen. Der Herr ging an der Spitze, und das Schaf trottete in den Fußspuren des Hundes, als wären sie Geschwister in der gleichen Herde. Lambi bildete den Schluß. Dem Hund folgte der Mond. Ich sah seine Sichel auf rotem Grund darüber wehen, die türkische Flagge. Ein ganz eigentümlicher Anblick. Ich hatte keine Worte dafür.

Der Junge begrüßte seinen Vater mit hundert Fragen und erhielt Antwort auf eine. Hrólfur hatte sich die Zeit damit vertrieben, ein Lamm zu schlachten, und es an sich und die Hündin verfüttert. Die trauernde Mutter hatte er mit Reimstrophen getröstet, obwohl Sigríður sonst nicht viel auf Dichtung gab. Dann saß er nur noch da wie ein Kälteschauder in Person und ließ sich von dem Jungen mit einem wortreichen Bericht über kerzenkalte Tage in der Torfkate und meine Bravourtat die Ohren auftauen, die in ihnen nicht anders klang als gewöhnlicher Gletscherdreck. Sein Gesicht taute erst in der Nacht auf, als er einen sehr fleischlichen Traum träumte. Darin liefen kleine Eiselfen über einen zugefrorenen See, ohne Arme, aber mit großen Brüsten. Gebeugt unter der Last vor der Hütte, glitten sie mehr oder weniger über das Eis. Es war wie ein Ballett von Salvador Dalí, irgendwie.

Bevor ihr Vater aus den Bergen kam, hatte Eivís vierundzwanzig Stunden geschlafen. Zeit für ein ganzes Filmfestival. Meine verflixte Eitelkeit trieb mich, fast die ganze Nacht zuzusehen. Neugierig hoffte ich auf wenigstens einen kurzen Ausschnitt mit mir, dem Lebensretter, der aber nie kam.

Seit ich vor Jahren in Salerno in der Jury saß, habe ich mir nicht mehr so viele Filme einverleibt. Vierzehn Stück an vier Tagen. Trotzdem war es eine angenehme Arbeit, die mir gut gefiel. Es war purer Zufall, daß ich dazu berufen wurde. Ich war einem netten Amerikaner begegnet, in einem Hotel in Amalfi, in dem ich einfach nicht schreiben konnte. Die Zimmer rochen ausgelaugt und verbraucht nach solchen Gestalten wie Ibsen oder Pound, und ich habe es seitdem immer vermieden, in Betten zu schlafen, in denen schon berühmtere Männer als ich gelegen hatten. Der Amerikaner war auf der Suche nach jemandem für die Wettbewerbsjury, weil ein Pole keine Reiseerlaubnis bekommen hatte. Die Italiener überschütteten uns in der Hoffnung auf den Preis für ihren Beitrag mit Empfängen. Sophia Loren spielte darin die Hauptrolle. Sie war damals noch jung und wegen ihres gewaltigen Busens weltberühmt. Bei der Vorführung war sie anwesend und saß in der Reihe vor uns, sicher der aufregendste Nacken, den ich je gesehen habe, und die Jury konnte sich kein bißchen auf den Film konzentrieren. Ich traf dort sogar Fellini höchstselbst, der trotz Sommerhitze stets in Anzug, Hut und Schal herumlief und »freddo, freddo!« rief, als er erfuhr, woher ich kam. Dem Genie ist immer kalt.

Mir wird allmählich wärmer. Die Kakaosuppe hilft. Und jetzt will dieser Satansbraten das arme Mädchen zum Melken hinausschicken. Wie das letzte Schaf beim Abtrieb kommt es vor ihm die Treppe herab. Niedergedrückt und mit gezerrtem Arm, aber seit ich es mit Mühe und Not aus der Schneewehe bergen konnte, hat es keinen Mucks von sich gegeben. Wir brauchten eine geschlagene Viertelstunde, bis wir uns um die Hausecke und am Vorbau entlang vorgearbeitet hatten, und eine weitere, bis wir die Tür aufbekamen. »Ich bin weggeweht worden« war alles, was sie zur Großmutter sagte, die sich mit drei Tassen Kräutertrünken auf sie stürzte. Er jagt sie regelrecht vor die Tür. Die alte Frau verwünscht den harten Kerl, während sie Milch und Tee mischt und in eine Nuckelflasche gießt, die sie dem Jungen reicht: »Hier, mein Ponsi. Probier mal, ob es das mag.«

Der Kleine flitzt in den Vorbau und stopft Sir William Lambi die Pulle ins Maul. Zwischen den Schmatzgeräuschen hört man den Bauern auf das Milchlammgeschlabber schimpfen, während er in die Stiefel steigt. Im Hintergrund winselt die Hündin, die die Strapazen stärker mitgenommen haben als Hrólfur. Keuchend hat sie im Vorbau gelegen wie ein Huhn auf einem eingebildeten Ei und ließ sogar Lambi mit seinen britischen Empireallüren auf sich herumtrampeln. Dann schlägt der Kerl die Tür zu und ist in den Stall abgedampft, um eine ausgekugelte Schulter anzukurbeln.

Der isländische Bauer. Und die Härte, mit der er verbunden ist. Er ist ein Seemann, der an Land festsitzt, ein Seemann, der auf jeder Tour seine Familie im Schlepptau hat – und Schwächlinge wie mich obendrein. Wir sehen alle, wie es kommen muß. Wie, zum Donnerwetter, hat er es nur geschafft, in dieser ganzen Gewalt, die ihm der Himmel entgegenschleuderte, nicht umzukommen? Hrólfur ist einer von den Männern, die nicht sterben können. Und wenn ihn der Tod selbst mit sechzig Anwälten, vierzehn Gerichtsvollziehern und den besten Zwangsvollstreckern aufsuchte, würde er niemals unterschreiben. Ein solcher Mann stirbt nicht, sondern vertönt wie die gewaltigste Sinfonie aller Zeiten, nachdem der Dirigent in Ohnmacht gefallen ist und die Streicher vor Blasen und blutigen Fingern die Bögen nicht mehr halten können. Ein solcher Mann stirbt nicht, ehe Gott keine Tage mehr für ihn übrig und ehe sein Herz alle Uhren ausgetickt hat, ehe alle Nächte verblichen sind und dem Himmel die Druckerschwärze ausging.

Vater und Tochter blieben lange im Stall, und sie kam noch trauriger zurück, das Gesicht tief im Haar verborgen. Ich hörte Schluchzen. Schluchzen, das sich in einem Traum verlor, den ich mir nicht anzusehen wagte. Ich hätte mich angeboten, zu helfen, wenn nicht alle meine Schwimmer Frostbeulen gehabt hätten und wenn, ja, wenn ich hätte melken können. Doch mir waren schon früh andere Gefäße vorbestimmt. Und andere Zitzen. Ja. Ich wurde verschont. Ich und meine milchweißen Hände. Die nicht mal einen Sack Mehl anheben konnten.

Dem Hänfling war kein Pfund gegeben.
Keinen Beutel hebt er zum Himmel.
Gar nichts kriegt der Einsi gehoben.
Nicht mal seinen Pimmel.

Mit dieser Strophe auf dem Buckel wurde ich aufs Land verschickt. Nach Osten in die Skaftafellssýsla. An den Fuß der Gletscher, die ich allein schultern mußte. Auch mit meinem ersten Kritiker hatte ich zu ringen. Jeden Morgen, wenn ich sie von der Weide holte, dichtete ich für die Kühe; doch der Einödbauer behauptete, durch solchen Quatsch würde die Milchleistung zurückgehen. Mir aber schien, sie würden jedes Wort schlucken, um es dann aufzustoßen und genüßlich wiederzukäuen. Der unerfreuliche Teil des Jahres, das ich dort verbrachte. Aber ich lernte auch von dem Bauern Sturheit, Beharrlichkeit und Arbeitsdisziplin. Jeden Morgen um sechs Uhr aufstehen, und jeden Sonntag damit feiern, gründlich auszumisten. Vermutlich hatte mein Vater recht damit, daß sich »der Junge mal etwas abhärten« sollte, obwohl meine Mutter wegen all der Kuhscheiße, die seine »milchweißen Hände« verunzieren könnte, schlaflose Nächte hatte. Hätte sie vielleicht lieber eine Tochter gehabt? Es gibt ein Bild von mir als Dreijährigem, der in einem Kleidchen steckt. Meine beiden älteren Brüder wurden kräftige Stützen der Gesellschaft: Polizist und Bauer. Doch über den Säulen wird der Bogen errichtet. Der Triumphbogen.

Die Gegend war damals noch sehr isoliert, gewaltige Ströme ohne Brücken zu beiden Seiten. Einem Mann, der heiraten wollte, standen drei Frauen zur Auswahl: Die Tochter seiner Schwester, die seines Bruders oder eine Cousine ersten Grades. Mein Bauer hatte die erste Wahl getroffen. Er war mit der

Tochter seiner Schwester verheiratet. Und es sah ganz so aus, als hätte er damit einen Fluch auf seinen Hof geladen. Die Regengüsse verfolgten ihn bis zur Scheune. Sechs Kinder hatten sie. Ich konnte sie kaum unterscheiden. Ihre Gene waren so abgenutzt, daß sie alle den gleichen müden Gesichtsausdruck aufwiesen, selbstredend der gleiche, der in der Stunde ihrer Zeugung auf den Gesichtern ihrer Eltern gelegen hatte. Diesen Menschen war sterbenslangweilig. Nicht einmal der Goldregenpfeifer konnte die Tristesse vertreiben.

»Du sollst nicht die Vögel begucken, während du arbeiten sollst«, sagte die Bäuerin, als ich über der ewigen Quarkspeise einmal bemerkte, daß dieser Frühlingsbote eingetroffen war. Zu Hause in Grímsnes wurde sein erstes Tirilieren mit gefüllten Pfannkuchen gefeiert.

Auf dem Hof waren auch mehr ältere Saisonarbeiter, nicht unähnlich denen, die mir die Strophe angehängt hatten. Burschen von noch weiter östlich aus der Gegend am Lón, und der Bauer gab sich alle erdenkliche Mühe, sie seinen tumben Töchtern aufzuschnallen, doch ich glaube ohne Erfolg. Als ich zuletzt von ihnen hörte, lebten die Töchter noch unverheiratet zu Hause. Die Jungen »besiegte« ich im Spätsommer mit meinen ersten versauten Versen. Einen Jungen, der von Tuten und Blasen noch keine Ahnung hat, aber schmutzige Lieder dichtet, kann man am ehesten mit einem Pennäler vergleichen, der Verse auf Latein schmiedet: Der Schüler versteht sein eigenes Gedicht nicht, aber die Lehrer wiehern sich einen ab. Das Gelächter dieser Typen aus dem Osten erinnerte mich aber jedesmal an das Lachen der Arbeiter daheim, als ich mich an dem Mehlsack abmühte: »Gar nichts kriegt der Einsi gehoben …«

Jetzt ist es mir wieder eingefallen. Ich weiß wieder, wie ich heiße! Donnerwetter noch mal!

[8]

Einige Tage später steht plötzlich ein Geländewagen auf dem Hofplatz von Heljardalur. Und heitert mich auf. Wie schön, ein Auto zu sehen! Es weckt Heimweh in mir. Heimweh nach Nes, Heimweh nach der Gegenwart. Mir scheint, dieser Willys-Oldie paßt hierher: Ein Nachkriegsmodell. Alle meine Autos! Wo mögen sie nun sein? Vermutlich nur noch in einem Gedicht:

Russenjeep und Jaguar,
ein Kraftkerl namens Scouty.
Simca, Lada Samowar,
Zephyr, Ford und Audi.

Landrover, Fiat, Lappländer,
Lincoln Continental.
Volvo Amazon und Wagoner,
Willys, Opel, Vauxhall.

Oh, ja, ich erinnere mich an sie. Ich fange an, mich an alles zu erinnern. Name, Anschrift und Ragnhildur! Ragnhildur heißt mein Ehegespons. Meine Ranga und die Jungs. Die Jungen! Gunnar und Helgi. Aber das Gedicht war wohl mehr von mir verbrochen. Dichterische Freiheit allerdings nur in einem, dem Samowar. Und den Vauxhall kaufte ich aus purer Idiotie meinem älteren Sohn Gunnar ab – wegen des Reims. Am meisten mochte ich den Jaguar, Gott hab ihn selig, damals der einzige im ganzen Land, und er ist sehr einsam verendet. Ein Tier des Dschungels im Land des Frosts. Eine Filmgesellschaft kaufte ihn für einen Apfel und ein Ei. Aber wie angenehm hat es sich in ihm gesessen! Und er hielt mir dieses ganze Getue in der Stadt vom Hals. Die Leute scheuten sich, jemandem nahe zu kommen, der aus einem solchen Wagen stieg. Aus der Kleinmütigkeit heraus, die so eng mit dem Neid verwandt ist. Mit den beiden Geschwistern hatte ich lange zu kämpfen.

In der Küche:

»Guten Tag. Geirlaug Loftsdóttir«, sagt eine etwas zu muntere Frau in den Fünfzigern und schüttelt meine Hand.

»Guten Tag. Einar Jóhann Ásgrímsson, Schriftsteller«, stelle ich mich vor.

»Ach«, kommt es aus Hrólfur. Er sieht mich erstaunt an.

»Ja, heute morgen ist es mir endlich eingefallen«, erkläre ich.

»Einar Jóhann Ásgrímsson?« sagt der Rotbart.

»Jau.«

»Schön. Willkommen also. Das ist mein Mann, Jóhann Magnússon auf Mýri, Gemeinderatsvorstand und so weiter«, präsentiert die aufgekratzte Dame, während ich ihren etwas kleingewachsenen Mann begrüße.

Der Erfinder Jói auf Mýri. Er begrüßt mich seinerseits wie ein echter Handwerker. Sieht nicht mich an, sondern das, was er tut: den Händedruck. Jói ist schon älter, ziemlich krumm im Rücken und trägt den Kopf zu einer Seite geneigt. Er erinnert stark an einen krummen Nagel, den der Herr in seine gewaltige Schöpfung schlagen wollte, aber schief auf den Kopf traf und es damit gut sein ließ, hatte keine Lust, ihn geradezuklopfen. Daher scheint Jóhann nicht ganz hier zu sein, nicht ganz in dieser Welt, zur Hälfte steckt er in der Schöpfung. Sein grauspirreliges Haar steht wie eine dünn bewölkte Atmosphäre um seine Schädelkugel, schneeweiß auf der Kalotte, aber feuerrot im Gesicht. Er sagt keinen Ton und nimmt seine Hand wieder an sich – die Finger fast ohne Nägel, dick und rundlich wie abgenutzte Werkzeuge –, er dreht seine Mütze in der Hand und nimmt unendlich erleichtert wieder am Küchentisch Platz, beginnt die Kaffeetasse in die Tischplatte zu schrauben. Er setzt eine grinsende Grimasse auf und hält den Blick ausschließlich auf die Tasse gerichtet, durch eine dicke Brille mit schwarzem Gestell, wie man sie trug … na, wie man sie zu der Zeit trägt, in die ich auf so unerklärliche Weise geraten zu sein scheine.

Er erinnert mich an Sigurlás auf Holt, Strom-Lási, der für seinen Bruder Torfi einen Heuwender baute. Schweißte ihn aus Moniereisen vom Bau zusammen. Er war eine komplette Ein-Mann-Zivilisation. Ein isolierter Einzelgänger, der nirgends hinging, aber bei sich zu Hause alles selbst erfand. Er erfand eine Gefriertruhe und bastelte ein Benzinfeuerzeug, er entwikkelte einen Heißwasserbereiter. Führte ihn mir mit stolzer Miene vor. Seit Jahren konnte man solche Geräte in Selfoss im Supermarkt kaufen. Ich war sprachlos.

Er war die Verkörperung eines isländischen Genies: Stets seiner Zeit voraus, aber seine Zeit hinkte hoffnungslos der Zeit hinterher. Strom-Lási. Der kleine Wunderknabe. Manchmal auch »das Element« gerufen. »Darin gibt es Elemente«, war sein ständiger Spruch. Sein Meisterstück war ein selbstgebautes Heugebläse. Er hatte es gerade fertiggestellt, als er wieder einmal seinen Bruder besuchte und dazukam, wie Torfi sein Heu in eine funkelnagelneue Trockneranlage schaufelte. Bei Globus gekauft. Strom-Lási hat den Hof sicher nie wieder betreten. Ehre seinem Angedenken.

»Du bist jetzt seit drei Wochen hier, nicht wahr? Und es gefällt dir hier bei diesem Mensch, wie?«

Geirlaug ist eine Lautsprecherin. Ihr Gesicht ist ein Knochenaufgang: Alles strebt nach oben wie die Nase oder nach außen wie die Wangenknochen unter der stahlgrauen Haut, selbst die Schneidezähne scheinen sich mir entgegenzustrecken, und nur die Brillengläser verhindern, daß sich die Augäpfel aus diesem Kopf verabschieden, der mit robustem, herbstfarbenem Gebüsch bewachsen ist. Diese Flaschenböden machen die Augen zu einem alten Märchen, das mich fixiert. Als hätte sie zuviel Hans Christian Andersen gelesen. Sie ist ein ältliches, kleines häßliches Entlein mit Brille. Und ehe es weitergeht, habe ich schon Befürchtungen, die Lider könnten sich nie über diese Augen schließen, weil zwischen ihnen und den Glaszylindern so wenig Platz ist. Ein Brillenpaar. Und doch so etwas wie eine kulturelle Bereicherung in dieser Höllenhütte. Sie trägt eine rotkarierte Arbeitsbluse, bewegt sich rasch und flink, als sie mir ihren Platz anbietet, schlank, die Brüste im Schwinden begriffen, ähneln längst überwachsenen Bodenerhebungen alter Höfe. Lange her, seit dort gemolken wurde. Außerdem steckt sie in Hosen, einer hellen, groben Kordhose, die sie stolz hoch und eng gürtet. Ein bißchen albern selbstzufrieden wirkt sie in dieser Hose. Tatsächlich gibt es in der Küche kein anderes Thema. Hrólfur hat noch nie eine erwachsene Frau in Hosen gesehen.

Geirlaug: »Eine Frau ist nicht frei, bevor sie Hosen trägt.«

Hrólfur: »Frei?«

»Jawohl. Zum Beispiel bin ich in Hosen fünfzehn Minuten eher mit dem Melken fertig als wenn ich einen Rock trage. Das ist ein ganz neues Leben.«

»Und was sagt der Gemeinderatsvorsitzende dazu? Die eigene Frau hat die Hosen an …«

»Äh, ich …? Ach, das …«, sagt der Erfinder und räuspert sich noch einmal kräftig. Dann starrt er wieder die Tasse an, die er auf der Tischplatte dreht.

»Ich bin zum Beispiel ganz sicher, daß Þórunn bei den Spielen noch besser abgeschnitten hätte, wenn sie nicht im Kostüm angetreten wäre«, erklärt uns die Frau.

Ich werde aufmerksam und sehe kurz Þórunn Sigtryggsdóttir von Fremri-Ás vor mir, amtierende Island-Meisterin im Hammerwerfen. Ansonsten ist mein Interesse an dieser Debatte Jahrgang ’52 begrenzt.

»Och, ist das so sicher?« mischt sich die Alte ein und wischt sich etwas vom Kittel, mit dem sie achtzig Jahre an Herd und Waschbecken gestanden hat. Vierzehn Torfhütten und ein

Steinhaus in ihrem Lebenslauf. Zehn Röcke und ebenso viele Kinder, nehme ich an.

»Oh, nein, beste Alla, du kommst aus einer Gegend, die mittlerweile in einem Stausee versunken ist, und aus einer ganz anderen Zeit. Doch für die Frau von heute ist der Rock ein Joch. Die ganze Zukunft liegt in der Hose.«

Rotbart zuckt merklich zusammen, als er »die Frau von heute« hört, er scheut wie ein Pferd vor dem Brandeisen, schnaubt.

»Ach was, das endet nur mit Innenentzündung und Kinderlosigkeit. Oder wie soll man die Kerle noch unter sich lassen?« fragt das Mensch, das auf einmal Alla heißt.

Die Frau auf Mýri lacht. »Unter sich? Nun ja, Hosen lassen sich ausziehen, liebste Alla.«

»Ich glaube nicht, daß sich Frauen vor ihren Männern die Hosen ausziehen, glücklicherweise. Und die werden wohl kaum so lange warten.«

Hrólfur möchte sichtlich weiteren Explikationen der Alten zum Sexualleben zuvorkommen und sagt zum Tischtuch: »Ich habe es immer vorgezogen, wenn meine Frauen gut verhängt waren. In meiner Jugend brachte es Unglück, einer Frau in den Schritt zu sehen. Das bedeutete nasses Wetter. Blutschauer.«

»Blutschauer? Was ist das denn?« werfe ich ein.

»Ach, weiß der Herr Schriftsteller nicht, was ein Blutschauer ist?« fragt der Bauer zurück.

»Nein, ich glaube, ich habe das Wort noch nie gehört.«

»Och, das ist verfluchter Unglücksregen.«

»Sag mal, Einar, hast du viele Bücher geschrieben?« fragt die Großäugige.

»Wie? Ja ja. Aber die meisten habe ich wohl vergessen.«

Hrólfur hat offenbar die Nase voll von allem Aufhebens um meine Person. Er erhebt sich schwerfällig und verschwindet im Hausgang. Mir scheint, er geht in die gute Stube.

»Hm, irgendwie kommt mir dein Name bekannt vor, und

ich bin mir ganz sicher, daß ich schon etwas von dir gelesen habe. Es kommt ja oft vor, daß einen Bücher durchs Leben begleiten, ohne daß man sich dessen bewußt ist. Einar Jóhann Ásgrímsson. Doch, verflixt und zugenäht, das klingt irgendwie bekannt!«

Wieso bildet sie sich ein, meinen Namen zu kennen? 1952 bin ich ganz sicher noch nicht im ganzen Land bekannt gewesen. Das kam erst später. Was soll das Ganze überhaupt? Irgendwo tief in meiner Brust habe ich die Hoffnung gehegt, dieses automobilisierende Paar brächte eine andere Zeit mit, eine Lösung dieses Zeitparadoxons. Dabei war es nichts weiter als eine helle Kordhose.

»Mein Künstlername ist eigentlich Einar J. Grímsson«, sage ich, um das Schweigen zu brechen, und fühle etwas auf meinem Fuß. Der kleine Blondschopf liegt unter dem Tisch und läßt sein Pferd, einen schmalen Schafsknochen, über meinen Spann reiten.

»Sieh an, es klart immer weiter auf.« Hrólfur steht im Türrahmen und hält ein Stück Papier in der Hand.

»Papa, Vísa trägt auch Hosen«, tönt der kleine Mann unter dem Tisch. »Ist sie dann keine Frau?«

»Nana«, sagt Hrólfur, und ich sehe, wie er rasch zu Eivís hinüberschaut – sie steht allein und schweigend am anderen Ende der Küche und lehnt sich gegen die Anrichte wie ein angehendes Mannequin –, ehe er sich wieder auf seinem Stuhl niederläßt.

»Oh, doch, unsere Eivís wird eine moderne Frau, sie ist doch schon ganz schön früh entwickelt und lernt auch tüchtig und wird hoffentlich bald in den Genuß all dessen kommen, was die heutige Zeit zu bieten hat, jedenfalls wenn ich in dieser Sache irgend etwas zu sagen habe. Ihre Mutter wäre da ganz bestimmt meiner Meinung. Sie muß nur gut auf sich aufpassen und sollte auf keinen Fall heiraten, ehe sie jemanden gefunden hat, der ihr wirklich das Wasser reichen kann. Sie hat doch so viele gute Anlagen, und alle Bildungswege stehen ihr offen, nicht wahr, Eivís«, flötet die Frau auf Mýri und schenkt dem Mädchen ein zahngelbes Lächeln.

»Ach, ich weiß nicht, ob aus dem Mädchen mal ein Asphalttreter werden soll, ha.«

Wie bitte? »Asphalttreter« hat er gesagt. Komisch. In Briefen habe ich Friðþjófur manchmal einen »Asphalttreter« genannt. Jetzt nutzt er die Gelegenheit, dieser dämliche Bauer, sein blödsinniges Grinsen aufzusetzen und Jói über den Tisch einen Brief zuzuschieben wie den Stock im Kartenspiel.

»Hier, das ist für den Postmeister«, sagt Hrólfur, und es glitzert in der gewaltigen Zahnlücke in seinem roten Bart, die Falten zwischen seinen Augen vertiefen sich und verlaufen sich erst hoch oben auf der Stirn.

»Äh … so?« knirscht es in Jói. Die Stimme spröde, als würde man in seinem Hals eine verrostete Schraube drehen. Er hört endlich auf, an der Tasse zu kurbeln, und nimmt statt dessen den Brief, führt ihn dicht an die Brille.

»So was«, murmelt er und läßt den Brief sinken, hält aber noch immer den Blick darauf geheftet.

Ich sitze neben ihm, und obwohl ich meine Brille bei der Suchaktion draußen verloren habe, erkenne ich, daß die Adresse wie mit dem Computer gedruckt aussieht. Moment mal, das ist doch mein Brief! Hat der blöde Hund ihn also noch gar nicht in den Ort gebracht.

»Habe ich den gebracht?« fragt Jóhann, völlig durch den Wind.

»Nein, nein, unser Autor hier will, daß er in die Stadt geschickt wird. Wir werden ihn wohl noch nicht so bald selbst schicken können«, sagt Hrólfur.

»101 Reykjavík.« Aus dem Mund des Briefträgers hört es sich merkwürdig an.

»Tja, das … also, ich habe ein Postfach, ich meine, im Verlag«, versuche ich mich herauszureden.

»Na, ist doch gut, wenn unsere Schriftsteller wenigstens einen haben, dem sie etwas schreiben können«, sagt Rotbart. Zur Hölle mit ihm!

So, habe ich mir also selbst einen Brief geschrieben: »Lieber Freund … dein E.« Hört sich das bescheuert an! Jetzt ist es mir ergangen wie all diesen autistischen Nabelbeschauern, die mir in meinem Leben über den Weg gelaufen sind. »Ich schreibe vor allem für mich selbst«, hieß es immer in ihren Interviews. Und dann erwarteten sie noch, daß die Leute die Buchläden stürmten, um ihre Mitteilungen von der Hand an den eigenen Kopf zu lesen. Waren beleidigt, daß sie sich nicht verkauften. Welch erbärmliche Onanie! Was für eine Einbildung! Ich habe nie für mich selbst geschrieben. Ich schrieb für alle anderen, nur nicht für mich. Das besagt doch schon das Wort: Bücher werden herausgegeben. Ein Schriftsteller übergibt seinen Lesern eine Geschichte. Aber die Bücher jener Leute wurden lediglich ausgetragen. Zu ihnen nach Hause. Wie ein Brief. Þórbergur Þórðarson richtete seinen wenigstens an eine Laura. Aber natürlich war das keine Literatur, sondern ein langer und langweiliger Erguß, mit dem die arme Frau nichts zu schaffen haben wollte. Wie kam es eigentlich dazu, daß man einen Irrsinns-Tobbi* zum »Meister« erklärte? »Meister Þórbergur«. Huh! Ein Mann, der kein bißchen schreiben konnte. Er hat sich lediglich über andere etwas zusammengelogen und seine eigenen Tinkturen und viehdummen Hirngespinste in traurigen Versen zu Papier gebracht. Sie enthielten nicht mehr Dichtkunst als das Wetterjournal, das er fünfzig Jahre lang führte wie jeder Bauerntrottel und das er trotzdem für so bedeutsam hielt, daß er sich eine ganze Fernsehsendung lang darüber ausließ. »Hier notiert der Meister gerade die Tagestemperaturen.« Wofür sollten die Meteorologen eigentlich büßen? Na, jetzt rottet der ganze Mist in irgendeinem Archiv für unfreiwillige Komik in der Nationalbibliothek, überflüssig und ungelesen wie alle seine Bücher. Þórbergur Þórðarson. Ein völlig überschätztes Genie.

Das nackt am Strand seine Gymnastik nach dem Müllerschen System vollführte. War Nacktheit in der Öffentlichkeit nicht verboten? Wieso ist der Mann eigentlich nie verhaftet worden?

Ja, sicher schrieben sie nur für sich, die Meister des eigenen Bauchnabels. Der Zeitgeiz des Modernismus war streng darauf bedacht. Wollte niemandem etwas geben. Auf die Leserschaft blickten sie herab. »Die Allgemeinheit ist stupide.« Sie nannten sie »Alma«: »Das ist doch nichts für Alma«, »Alma versteht uns nicht«. Ja, sie wollten am liebsten gar nicht gelesen werden! Ein Buch galt als mißlungen, wenn es über 200 Exemplare hinauskam. Sie schauten einen schief an, wenn man gut verkaufte. Populäre Bücher = schlechte Bücher. Verdammter Elitarismus! Dabei waren sie im Herzen sicher allesamt Kommunisten. Kommunisten über Ungarn und Prag hinaus. Hatten das Wohl des Volkes im Sinn. Das war nur so dumm, daß es sie nicht wählen mochte. O weh, was für ein Jahrhundert der Dummheit wurde mir zuteil!

Nur ein einziges Mal in meinem langen Schreibleben hätte ich etwas darum gegeben, nicht lesen zu können. Da war ich neun Jahre alt. Meine allererste Erzählung war im *Þjóðólf* erschienen, der damals in Eyrarbakki herauskam, und mein Vater saß mit der Zeitung im Wohnzimmer, als ich hereinkam. Ich wünschte mir sehnlichst, er möge das Blatt nie aus der Hand legen, er solle dahinter sitzen bleiben bis zum Sankt-Nimmerleins-Tag. Ich fand, diese kurze und kindliche Einsendung in der Osternummer des *Þjóðólf* hätte ihn umbringen können. Daran hatte ich überhaupt nicht gedacht, als Mama mich ermunterte, die Geschichte nach Bakki einzuschicken. »Nachruf auf ein Kalb. Eine Erzählung von Einar J. Ásgrímsson auf Bær in Grímsnes, neun Jahre alt.« Eigentlich ein recht schöner Nachruf in zweihundert Worten, gewidmet den zwei Wochen, die dem Kalb Máni hier auf Erden beschieden waren. Ehe Vater es abstach. Jetzt würde er mich abstechen.

»Du schreibst ja wie ein Elfenmädchen, Junge«, war alles, was er sagte, als er die Zeitung endlich aus der Hand legte; meine Brüder lachten. »Einsi Elfenmädel« entstand. »Erzählung eines Neunjährigen«, wie! Wozu mußten sie das denn eigens hervorheben? War es denn wirklich so mädchenhaft von mir? Ich hängte die Feder an den Haken. Da hing sie dreizehn Jahre lang. Trotzdem wurde die Tinte nicht trocken. Und jetzt sitze ich noch immer hier, in der gleichen Branche, und wünsche, die Kerle hörten auf, sich über meine Einsendung in diesem Umschlag das Maul zu zerreißen, über diesen Nachruf auf mich selbst, Erzählung eines achtundachtzigjährigen Jungen.

»Hast du eine Schriftmaschine?« fragt Jói.

»Äh … wie bitte?«

»Das ist so gestochen geschrieben.«

»So? Ach, du meinst eine Schreibmaschine. Ach so. Nein. Nein, ich hatte immer eine schöne Handschrift.

»Ja, genau, ich habe schon die ganze Zeit bewundert, was du für feine Hände hast«, gellt es aus Geirlaug, die mich durch ihre Untertassen begafft.

»Tja, man sieht ihnen die schwere Arbeit gar nicht an«, sagt der Herr auf Heljardalur.

Jetzt reicht's aber langsam. Fragen zu meiner Person habe ich nie gemocht, am wenigsten von Fremden. Das Fragen war meine Domäne. Menschen um einen herum können ganz nützlich sein, soweit sie einen in Frieden lassen. Die einzigen Personen, die in meinem Leben Bedeutung hatten, waren meine Romanfiguren. Buddy Steingríms stand mir näher als mein eigener Vater. Ich verbrachte mindestens eine Woche mit seiner Beerdigung, kam aber nicht dazu, mich von meinem Vater zu verabschieden. Hielt mich im Ausland auf. Glücklicherweise betritt unerwartet Lord Lambi die Szene und rettet die Situation mit einer kurzen, höflichen Ansprache, daß jetzt wohl Zeit für den Tee sei. Te-e.

»Junge, sieh doch mal nach, ob deine Großmutter nicht etwas für den Schafskopf hat«, sagt Hrólfur, und der Kleine verschwindet, während die Alte eine Flasche zurechtmacht.

Nach einem langen Schweigen läßt sich Jói endlich vernehmen:

»Und wie geht's dem Hund?«

»Na ja, wird allmählich alt und schwach, das arme Vieh. Ist auch nicht mehr zu viel nütze. Man hat keine große Hilfe daran, einen Hund mit ins Hochland zu nehmen, den man die halbe Strecke tragen muß. Das schlimmste war aber, wie wenig er gefressen hat, dabei habe ich ihm großzügig frisches Lammfleisch vorgeschnitten.«

»Tja, die Hunde von heute mögen kaum noch rohes Fleisch.«

»Aha.«

»Und die kleine Schnucke? Hat sich gut gehalten, sagst du?«

»Ja, das muß man dem Schaf lassen; damit, nur von einem Tag auf den andern zu leben, kommt es ganz schön weit. Ein genialer Wurf der Schöpfung, dieses Tier.«

»Oh, ja, das macht die Dummheit. Ich habe ja schon immer behauptet, je dümmer ein Vieh ist, desto mehr hält es aus, und um so glücklicher ist es, so gesehen.«

»Ach was. Ich glaube, der Mýrarbauer versteht mehr von seinen Automobilen als von Schafen«, knurrt Hrólfur verärgert, wie mir scheint, und steht auf. Er rückt sich die Hose zurecht. Gelbliche Liebestöter werden kurz über dem Hosenbund sichtbar, und mich beschleicht der schreckliche Gedanke, daß ich ihn in dieses Kleidungsstück gesteckt haben könnte.

»Ihr bringt mir das Mädchen am zweiten Adventssonntag zurück. Ich will dieses Jahr früh mit dem Decken anfangen und muß in Dalur einen Bock holen«, sagt er schroff und ist verschwunden. Wie wird man zu so einem Kerl? Schweigen. Dann nimmt Jói meinen Brief an sich und macht Anstalten, sich zu erheben.

»Ja ja, meine Lauga, ich glaube, ich muß mal langsam zusehen, daß ich wieder unter den Wagen komme.«

»Und du möchtest also mit uns kommen, nicht wahr?« fragt die Frau mich.

»Wie? Ich? Sollte ich das?«

»Ja, hat er dir das nicht gesagt? Ich glaube, es wäre das beste für dich. Wir könnten vielleicht eine Lösung für deine Probleme finden.«

Sie redet mit mir wie mit einem Kind.

»Ja, vielleicht ist es besser so. Wie ist es, gibt es bei euch auf Mýri Telephon?«

»Ja ja. Hast du eine Nummer, die wir anrufen können?«

»Äh, nein … eigentlich nicht.«

»Na ja, wir werden sehen. Das wird sich schon alles finden.«

[9]

Ich freue mich wie ein kleines Kind. Mýri klingt wie Milano, Madrid, Moskau. Ich sitze auf der Vorderbank des Jeeps, der mit lautem Klappern über den hartgefrorenen, teils verwehten Hochlandweg holpert, wobei wir kaum mehr als 30 km/h erreichen dürften. Unwillkürlich hatte ich nach dem Anschnallgurt getastet, dann aber begriffen und so getan, als würde ich das gediegene Handwerk bewundern, als ich mit der Hand über den Türholm strich: »Solide gemacht.« So klar war ich immerhin wieder im Kopf. Geirlaug verkündete mir die Geschichte des Jeeps. Das britische Militärchassis hatte einen isländischen Aufbau aus Treibholz erhalten, das von der Halbinsel Kola stammte. Damit ist der Jeep eine Art Monument für den gemeinsamen Sieg der Alliierten. Die Seitenfenster enthalten den isländischen Beitrag: Sie sind mit undurchsichtigen Säcken verkleidet. *Áburðarverksmiðja ríkisins*, Staatliche Düngemittelfabrik, steht darauf. Dementsprechend paßt die Kälte im Wageninnern zur Umgebung: Heljardalsheiði. Nicht sehr einfallsreich die Ortsnamengebung hier. Vor uns verlischt die Sonne über flach aufragenden und nicht sonderlich imposanten Höhenrükken. In der Ferne zeichnet sich immerhin fjordähnlicheres Fjell ab. Der Fahrer sitzt in seinem graugrünen Anorak tief am Steuer und scheint in höchst inniger Verbindung mit dem Motor zu stehen, redet ihm gut zu wie einem Pferd und sagt jedesmal »und jetzt«, wenn er schaltet. Auf der Rückbank sitzen die Frau und das Mädchen Eivís, das in einer Ledertasche all seine Habseligkeiten bei sich hat und trotz seines Schweigens genauso froh wirkt wie ich, endlich diesem Höllental entkommen zu sein.

»So, von hier blickst du über das Tal der Austurá in seiner ganzen Pracht. Und sieh mal, da hinten, das ist Mýrarsel. Es liegt jetzt wüst. Von dort kam Eivís' Mutter Jófríður. Da wohnten der alte Þórður und das Mensch. Zehn Kinder hatten sie!« ruft Geirlaug. Genau.

Andauernd spricht diese Schulleiterin mit mir wie mit einem Schüler. Ich habe ja eine Menge ausprobiert in meinem Leben, aber ein Schüler bin ich nie gewesen. »Vollkommenes Genie von Geburt an«, hat mir ein indischer Guru einmal an einer Straßenecke in Kairo gesagt, »brauchte nie in Schule gehen.« Damit hatte er mir ein für allemal meinen Bildungskomplex genommen. Ich habe nichts mehr gelernt, seit mir Großmutter Sigríður als Siebenjährigem das Stabreimen beibrachte.

Am Fuß der Hochheide ragen zur Erinnerung an die Vorväter und -mütter zwei hohe Wehen aus der Schneedecke. 7000 Sommertage in Schnee vergraben. Das Mädchen stammt aus einer Schneewehe. Doch in ihren Augen glitzert ein warmes Meer. »Sie ist eine zertretene Blume« ist ein Satz, der unwillkürlich zwischen meinen Schläfen entsteht. Ohne daß ich darum gebeten hätte, fordert die Frau ihren Jói auf, anzuhalten, damit ich die Tür öffnen und mir Mýrarsel genauer ansehen kann. Er sagt zweimal »und jetzt« und bremst. Vor den Schneewehen stehen zwei halb verfallene Hausgiebel aus Holz als Zeugen einer menschlichen Wohnstatt, die Welt von zehn Kindern, und davor stehen zwei Pferde wie dichtbehaarte Mammuts und blicken in unsere Richtung. Ich warte einen Moment, ob ich eine Botschaft von den beiden auffange.

»Grüß dich« ist alles, was sie sagen.

Austurárdalur ist nichtssagender als Heljardalur, dafür aber anscheinend bewohnbarer: Über einem gefleckten Bergstock uns gegenüber segeln vier dunkle Wolken langsam dem Meer zu. Sie könnten ebensogut aus dem 19. Jahrhundert kommen und mir mitteilen wollen, daß Jahreszahlen keine Bedeutung haben. Ein gelber Schimmer im Südosten. Die Sonne ist untergegangen. Die Uhrzeit also etwa zwischen vier und fünf. Früher irgendwann hätte ich gesagt: Ein Gemischtwaren-Himmel.

Sechs Sorten Wolken. Zwei Raben. Im Talgrund schlängelt sich ein kleiner Bergbach, und unser Fahrer hält stur auf die Furt zu. Wasser dringt ein, fließt über den Boden, und ich merke es erst zu spät, bekomme nasse Füße. Es wird immer besser! Sie hätten einen doch vorwarnen können. Undichte Kiste dieser Jeep!

Jói redet den Wagen die Böschung hinauf. Ich bekomme nicht mit, was er sagt. Alle Vorfreude ist dahin. Ich kenne nichts Schlimmeres als nasse Füße. Und meinen feinen Londoner Schuhen bekommt das auch nicht gut. Das ist schon alles ein Mist!

Der Hof Mýri steht auf einer spitz zulaufenden Erdterrasse, die quer in das Tal hineinragt. Doch, eigentlich ein sehr ansehnliches Steinhaus mit zwei Stockwerken, sechs Fenstern in der Front und zwei auf der Giebelseite, weiß mit rotem Dach, ebenso die Außengebäude auf der Hangseite. Warum heißt der Hof denn Mýri, Moor? Halde hätte doch besser gepaßt. Rund um den Hof parkt eine Fahrzeugflotte wie bei einer Konfirmationsfeier, doch als wir näher kommen, ist zu sehen, daß dieses Fest schon lange vorbei sein muß. Die rostigen Karossen sind verreckte Wracks. Ihre Fahrer wurden bestimmt auf dem kleinen Friedhof bestattet, den ich jetzt hinter dem Haus entdecke. Über die Steinmauer sieht ein rußschwarzer Kirchgiebel hervor wie ein gebückter Geistlicher. Kein Wunder, daß es den Menschen schwergefallen ist, an einen Mann zu glauben, der in einer solchen Torfhütte wohnte. Gotteshaus sollte man solche Erdhöhlen nennen, dabei erinnerten sie eher an eine Filiale der Seelenbank im Erdreich. Das hat sich auch nicht gebessert, seit die Architekten ihre Hände in den Beton tauchten, der dann später erfunden wurde. Hohle Feuerwehrtürme und Hubschrauberlandeplattformen für den Heiligen Geist. Feuerwachen, genau. Falls jemand brennenden Glaubens sein sollte. In Nes mußten wir jahrelang mit einem der schrecklichsten Kästen in der Geschichte der Christenheit leben. Das Monstrum sah aus wie eine riesige, klobige Kommode, an der Joseph der Zimmermann zweitausend Jahre herumgeschreinert hatte, ehe sie ihm aus seiner Werkstatt im Himmel stürzte und bei uns auf dem Kirchhügel einschlug; alles krumm und schief, die Schubladen über den Parkplatz verstreut. Doch diese Kirche hat mich in den letzten Jahren mehr als alles andere am Leben erhalten. Welcher Schriftsteller läßt sich schon freiwillig in eine Kommode stopfen? Da möchte ich doch lieber hier auf dem Lande sterben. Und dem bin ich jetzt ganz bestimmt ein Stück näher gekommen. Das wird mindestens eine Blasen-, wenn nicht gar eine Lungenentzündung.

So wenig wie gestern kann der Frost heute den Stallgeruch unterdrücken, aber er riecht hier leckerer, ein Zeichen von Tüchtigkeit und guter Verdauung im Kuhstall. Mit der Reinlichkeit ist es allerdings nicht so weit her, obwohl sich der Schnee alle Mühe gibt, sein weißes Laken über all diese Autoskelette zu decken. Jói geht gleich zu einem Schuppen am Rand des Hofplatzes, einer windschiefen Wellblechhütte. Er ist sehr damit beschäftigt, die Hydraulik zu erfinden. Frau Rektorin beginnt sofort eine Vorlesung über die Leute auf den beiden Höfen weiter vorn im Tal. Die Veranstaltung trägt den Titel »Gicht und Tbc«. Dabei darf ich mich allerdings nicht aufhalten, ich muß dringend ins Haus und aus den Schuhen kommen. Aber es freut mich doch sehr, vom Fluß Telephonmasten zum Hof stelzen zu sehen. Liebe alte Bekannte!

Ich kann doch nicht in einem fremden Haus die Socken ausziehen und barfuß ins Wohnzimmer patschen wie Gandhi in einem englischen Tweedanzug. Nein, das werde ich mir verkneifen, auch wenn es nicht gut für mich ist. Das Haus ist ein geräumiges Heim und erinnert eher an eine Hauswirtschaftsschule als an ein Bauernhaus. Es gibt so viele Türen und hohe und solide Schwellen, daß ich mich fast wohl fühle. Ein langer Flur mit dunkelgrünem Kriegszeiten-Balatum nimmt mich auf. Ich hinterlasse feuchte Abdrücke auf dem Fußboden. Die

Haushaltsvorsteherin reckt ihre himmelwärts strebende Nase über diesen Skandal noch höher und kommandiert mich und Vísa umgehend hinunter in die Küche, eine nach Gebäck duftende Küche, ehe sie wieder verschwindet und noch die Treppe hinab ruft: »Hildur! Hörst du, Hildur?«

Die Köchin serviert uns frische Pfannkuchen mit sehr selbstgebackener Miene und weich an allen Enden, die Brust üppig aufgegangen. »Bolscherbrust« wurde so was mal genannt. Sie sagt nichts, grinst aber freundlich, ehe sie sich in den Ofen stopft. Oh, ja, das Gesäß ist auch sehr bolschewik. Sie kommt mit einem Gewürzkuchen wieder zum Vorschein. Ach nein, der Kalender an der Wand zeigt 1952. Das noch immer schweigende Mädchen schießt einen Blick auf mich ab, dann auf den Pfannkuchen, den ich mir gerade nehme. Allmählich gewöhne ich mich daran, ohne Appetit zu essen. Schon taucht Geirlaug wieder auf und treibt mir ihre Schäfchen zu:

»Kommt, Kinder, sagt dem Schriftsteller guten Tag, von dem ich euch erzählt habe. Und die kleine Vísa aus Heljardalur kennt ihr sicher. Sie ist vor kurzem in ein schreckliches Unwetter geraten und konnte erst jetzt zu uns kommen.«

Fünf kleine Rangen und zwei blasse ältere mit verschwommen gezeichneten Gesichtszügen. Immerhin können sie artig grüßen, verschüchterte Seelchen, sittsam und keusch. Ganz etwas anderes als die Gören in der Stadt, die einen nicht mal in Frieden essen lassen. Toben überall herum und stoßen einen, und das alles vor den Augen der Eltern, die so mit der Fischzucht beschäftigt sind, daß sie selbst das bißchen Kinderstube vergessen haben, das ihnen noch zuteil wurde. Diktatur der Kinder. Das ist wohl unsere Gesellschaftsform. Menschen haben nun mal dieses merkwürdige Bedürfnis, sich beherrschen zu lassen, und wenn es die Politiker nicht tun, dann überlassen sie es den Kindern. Und ewig dieses Fragen: »Was möchtest du haben? Möchtest du eine Pizza oder möchtest du ein Eis?« Ich glaube, es wäre uns ziemlich spanisch vorgekommen, wenn Vater uns Kinder früher gefragt hätte: »Möchtest du lieber Wolle walken oder melken?« Nein, ich bin der Meinung, man sollte es halten wie eh und je und die Blagen mit der Gerte bis zum Abendbrot zum Hüten auf die Weide oder zum Stallausmisten hinausjagen. Dann wären sie bestimmt zu müde, um einem unter dem Tisch die Schuhe zusammenzubinden oder mit Messer und Gabel zu fechten. Aber nein, das nennt man heutzutage Kindersklaverei. Da möchten sich die Eltern lieber zu den Sklaven ihrer Kinder machen. Alles auf den Kopf gestellt in dieser Gesellschaft, dieser Kinderrepublik.

Eines der beiden älteren Kinder, ein pickelübersätes Mädchen mit kleinen, aber dicken Brillengläsern, grüßt Eivís, und ich meine, ihre Miene hellt sich etwas auf.

»Hast dich verlaufen?«

»Ja.«

»Und, hast dich verletzt?«

Es muß die Tochter des Hauses sein, denn ihre Stimme schrillt genauso gellend wie Geirlaugs.

»Ja, die Maschine hat mir eins verpaßt.«

Die Kleinen starren mich an wie Komparsen in einem Stummfilm. Sie haben mit Sicherheit noch nie einen Schriftsteller gesehen. Die kleinen Steppkes. Und dann erscheint besagte Hildur. Hildur mit den Strümpfen. Eine traumhafte Frau. Dunkelhaarig und mit träumerischen Augen. Weiche Wangen und ausdrucksvolle Nase. Polnische Brüste und Hüften, die jüngere Männer als mich zu Fuß über drei Heiden locken könnten. Wie alle Traumfrauen spricht sie mit dem Akzent des Nordlands: »Sei gegrüßt!«

O, Anna Blume! In ihren Augen erscheinen mir Reigen, ich höre Schnulzenmusik.

»Willkommen auf Mýri!«

»Öh … hm … ja … und damit beginnt ein Märchen.«

Was, um Himmels willen, sage ich da? Ich bin doch nicht ganz bei Trost.

»Wie? Haha, ja. Du schreibst wohl immer, was?«

»Hildur …«, mischt sich Geirlaug ein.

»Dein Buch hat mir gefallen«, sagt Hildur da.

»Äh, so? Ja, welches Buch denn?«

»Ich weiß nicht mehr, wie der Titel hieß, aber es hat mir sehr gefallen, das weiß ich noch. Hahaha.«

Ach so. Wie charmant dieses Wesen ist. Freundlich lachende Hildur. Ich glaube, ich kenne dich.

»Könntest du nicht ein Paar trockene Socken gebrauchen? Hast du dir etwa in der Furt nasse Füße geholt? Haha. Nein, es ist nicht gut, nasse Füße zu bekommen, schon gar nicht in dieser Jahreszeit«, sagt die Wirtschafterin und bückt sich zu meinen Füßen und zieht mir die nassen Socken aus. Um Himmels willen! Die Kleinen drängen sich näher heran und glubschen wie nie zuvor. Einen barfüßigen Schriftsteller haben sie schon gar nicht gesehen, die kleinen Hosenmätze. Aber er ist auch nur ein Mensch wie ihr. Seht mal: Zehn kleine Zehen, wie bei euch.

»Du bist ja eiskalt!« sagt die Wirtschafterin verblüfft und zugleich entrüstet und beginnt mir Füße und Sohlen zu reiben. Mir wird klar, daß ich von niemandem mehr berührt worden bin, seit vor Wochen der kleine Knirps auf dem Wiesenhang mit dem Finger in mir herumstocherte. Im Pflegeheim hatte ich mich daran gewöhnt, mehrmals am Tag von oben bis unten versorgt zu werden. Das ist das Vorrecht des Alters, man braucht selbst keinen Finger mehr krumm zu machen. Hm, wenn diese Tour mal nicht eine Reha-Maßnahme ist? Immerhin habe ich meinen Namen wieder gelernt und kann mich überwiegend allein versorgen, obwohl ich doch zu gern wüßte, was wohl aus den Pfannkuchen wird, die ich verdrücke. Tja, ich bin wieder aufs Land verschickt worden. Kinderlandverschickung. Wahrscheinlich sollte sich der Junge wieder einmal etwas »abhärten«. Aber eins steht fest: eine bessere Krankenpflegerin als die Hauswirtschafterin auf Mýri hätte ich mir nicht wünschen können.

Jetzt hat sie meinen rechten Fuß zwischen ihre Brüste gesetzt und versucht ihn mit ihren wundervollen Händen warm zu reiben. Wenn ich jetzt nur mit meinen Grapschern dahin käme, wo meine Ferse sitzt! Ach, das sage ich nur zum Scherz. Das Maß an fleischlicher Gier, das mir zugeteilt war, habe ich schon vor langer Zeit ausgeschöpft.

Hildur steckt mich in strahlend reine Wollstrümpfe. Und ich werde sichtlich jünger: Im Bad entdecke ich hinter meinem Ohr ein Haar. Ich lächle den Spiegel an. Ein heftiges Glücksgefühl befeuchtet mich inwendig, sprießt in mir auf wie eine vorzeitige Knospe im Winter. Es kommt mir sogar der Gedanke, einen Strahl Wasser in das blitzsaubere Klosett zu lassen. Aber langsam, Junge, du kannst nicht spendieren, was du nicht hast. Im Hausflur sehe ich ein Telephon. Mit kurzen Worten: Es gefällt mir auf Mýri.

Ich werde in einem Raum zu Bett gebracht, den ich für mein Gästezimmer halte, bis sich Eivís mit ihrer Tasche hereinschleicht. Ich richte mich auf.

»Nun, sie ist … kommt sie nicht aus dem Norden?«

»Wer?«

»Eh, die Wirtschafterin. Hildur.«

»Ich weiß nicht. Doch, ich glaube schon«, sagt sie und setzt sich auf das gegenüberstehende Bett, legt ihr Gepäck ab. Aus dem Stall dringt Muhen durch das dunkle Fenster. Melken! könnte man es übersetzen. Simple Kreaturen, diese Kühe. Sollte mal ein Schwätzchen mit ihnen halten.

Ein Autor im Stall. Was für ein Wunder. Er wird angemuht: »Melken!« Tut mir leid, meine Liebe. Das gehört zu den Dingen, die ich nicht kann.

»Na komm schon, Huppa. Warte. Du bist ja bald an der Reihe. Du bist ein wenig ungeduldig heute, mein Schätzchen.«

Das ist Geirlaug. Sie läßt das Mundwerk gehen wie ein Uhrwerk, und das ist die einzige Maschine hier. Alfa-Laval hat noch nicht Einzug gehalten. Die Frau melkt vierzehn Kühe. In Kopftuch und Gummistiefeln. Mir hat man Galoschen geliehen. Die Kühe, die sie melkt, werden bei meinem Nähertreten unruhig.

»Na, Rote, ruhig jetzt«, klopft sie den Schenkel, aber die Kuh befreit sich um sich tretend aus der Fessel an der Hinterhand und rennt schließlich durch die Mistrinne davon. Oben wedelt der Schwanz wie ein aufgerichtetes Pendel, und die Frau kann gerade noch den Melkeimer retten.

»Also so was! Das ist ja gerade so wie wenn der Besamer kommt«, meint Geirlaug und wirft mir ein rasches Grinsen zu, ehe sie die Kuh wieder in die Box schiebt. Die Rote beruhigt sich, und die Bäuerin nimmt das Melken wieder auf.

»Sie ist ganz schön mitgenommen, die Kleine. War das etwas Ernstes da im Unwetter? Doch wohl nichts, wovon sie sich nicht wieder erholen wird, oder?«

»Nein, das glaube ich nicht. Aber ihr Vater ist sehr hart zu ihr«, antworte ich vom Rand der Mistrinne, äußerst wachsam auf die Kuhpisse bedacht, die in regelmäßigen Abständen in die Rinne prasselt und auf meinem dreiteiligen Anzug häßliche Spritzer hinterlassen könnte, wenn ich nicht aufpasse.

»Er ist gar nicht wirklich ihr Vater«, vermeldet Geirlaug vom Euter und unterstreicht es mit zwei kräftigen Strahlen in den Eimer. Ich hatte ganz vergessen, was das für einen eigentümlichen Ton gibt.

»Wie? Nicht ihr Vater, sagst du?« frage ich zurück und weiche dabei einem sich aufrichtenden Schwanz und einem Fliegengeschwader aus. Kein Harnstrahl diesmal? Nein, es wird ganz finster. Mir scheint, die Fliegen kehren erwartungsvoll zurück. Hier lebt jeder vom Mist des anderen.

»Nein, ihr Vater ist Ausländer, ein englischer Soldat. Das hat er seiner Jófríður wohl nie verzeihen können. Und das ist ja soweit auch verständlich, bis zu einem gewissen Grad jedenfalls. Aber so viel Unfrieden in einem Mann! In seinem Kopf herrscht noch immer Krieg. Er haßt alles, was britisch ist, und das ist fast die ganze Welt, alles, was von östlich der Heide kommt: Strom, Telephon, Fjörður mit all seinen Baracken, von der Hauptstadt erst gar nicht zu reden, na, und dann natürlich all die Autos von meinem Jói, all die ›abgenagten Britengerippe‹, wie er sie nennt. Hrólfur ist sicher der einzige Isländer seines Alters, der noch nie in einem Auto gesessen hat.«

»So«, sage ich, ohne alles mitbekommen zu haben. Seit dem Wort »Engländer« bin ich von einem schwarzen Kuhfladen abgelenkt, den so ein Hornvieh über drei Boxenlängen hinweg auf mich abfeuert. Nicht, daß ich es kommen gesehen hätte, aber ich fühlte deutlich, wie der Fladen auf meinem rechten Hosenbein landete, gleich unterhalb des Knies. Verdammte Scheiße! Dieses ganze Drecksleben! Dieses Tabakstropfen-und-Kuhfladen-Leben auf dem Lande!

»Ja, schlimm, wie der arme Mann sich quält. Und er läßt es an dem Mädchen aus, an dem er doch Vaters Statt vertritt. Das muß man ihm zugute halten. Aber diese Vaterliebe ist ziemlich durchwachsen, vor allem durch das Geld, das der Engländer ihm und der Mutter schickte; denn das war ein Gentleman, dieser Stanley, und sehr gutaussehend – ich habe mal ein Bild von ihm gesehen. Sicher ist er aus guter und betuchter Familie da in England. Vielleicht kennst du sie. Die Overtons. Jedenfalls war es sicher Jófríðurs Fehltritt zu verdanken, daß Hrólfur diese armselige Wirtschaft auf Mýrarsel aufgeben und sich das Tal kaufen und dort seinen Hof errichten konnte. Doch danach war das Geld aufgebraucht, und jetzt sitzen ihm die Erben im Nacken. Vor kurzem haben sie ihm einen neuen Traktor und dreizehn Pferde weggenommen. Es geht alles den Bach runter, und das schlimmste ist, mit anzusehen, wie er seine ganze Familie mit ins Verderben reißt. Tja, aber jeder ist seines Glückes Schmied, wie es heißt«, sagt die weitsichtige Frau, während sie sich vom Melkschemel erhebt, den Eimer beiseite stellt und Kuh und Schwanz von ihren Fesseln befreit. Die Kuh bedankt sich mit drei Litern Urin. Was es hier für Ausscheidungen gibt! Mir wird ganz anders.

»Ja, ja, jeder steckt nur in seiner eigenen Haut«, sage ich und folge ihr durch die Stallgasse. Sie geht in die Milchkammer und gießt die Milch aus dem Eimer in eine fettige Kanne, ich aber trete auf der Suche nach einem Heuwisch, mit dem ich mich säubern könnte, an die lange Raufe. Ich finde auch ein feuchtes Büschel und schaffe es, mir den Dreck noch fester in den Stoff zu reiben. Schweinerei, verdammte! Dann blicke ich auf und sehe all diese hellen Köpfe. Vierzehn Rindviehschädel. Und was für Schädel! In jedem von ihnen könnte man sämtliche Isländersagas unterbringen, in Leder gebunden. Und diese Ohren! Kein Wunder, daß die Bäuerin hier zweimal täglich ihr Garn spinnt. Diese Rinderschädel stecken voller Geschichten.

»Hey!« ruft eine der Kühe und rollt mit den Augen wie ein Psychopath. Sie will mir natürlich eine Geschichte erzählen. Genauso haben einen auch die jungen Männer im Pflegeheim gerufen. »Hey, hast du meine Zigaretten gesehen?« Alle waren stets gerade auf dem Weg nach draußen, um eine zu rauchen. Da hockten sie in ihren Rollstühlen, schwerbeschädigt nach ihren diversen Verkehrsunfällen, und bliesen Rauch in den Wind, frühlings wie winters. Und alle kahlköpfig. Urplötzlich tauchte im Heim eine ganze Generation von Glatzköpfen auf. Als hätte eine Art Revolution stattgefunden. Sie glichen es mit haarigen Reden wieder aus. Unmöglich, sie zu verstehen. Alle mit demselben Bissen im Mund. »Hey!« brüllen mich die Kühe der Reihe nach an, und ich gehe in die Scheune.

Die Scheune ist voller Heu. Hier wird der Sommer aufbewahrt. Ich bücke mich durch die niedrige Tür – daran haben die Leute auf dem Lande wohl ihren Spaß, sich zu ducken – und richte mich vor einem hohen Stapel wieder auf, stehe vor einer Bresche, die die ersten Futtergaben des Herbstes hineingerissen haben. Eine Weile stehe ich im Heudämmer und atme den Grasduft ein, lasse mich von alter Seligkeit erfüllen und begeistere mich an dem Anblick der senkrecht über die Ernte aufsteigenden Streben, die sich in einem hohen First vereinen, schwarz von der Mißachtung der Zeit wie die Säulen einer gotischen Kathedrale. Heuandacht. Die Scheune als Gotteshaus. Sie ist jedenfalls ungleich stattlicher als alle Erdhöhlen der Vorzeit und die Betonschiffe der Gegenwart.

Stille.

Staubgesättigte und dämmrige Stille voller Mineralstoffe der Erde und Handgriffe der Menschen und Maschinen. Eine Scheune voller schöner Sommerabende, Erntezeit auf Wiesen, der Heumahd, dem Wenden und Binden, Schreien und Rufen, dem Lachen eines Mädchens, dem Verstummen eines Jungen und fernem Traktorlärm, dem Zähneklappern des Heuwenders, dem Knarren des Holzgitters auf dem Hänger, dem leisen Stöhnen der Heugabeln und, ja, dem Geräusch des Heus, das sich in der Scheune setzt. Heugeflüster.

Ich lausche dem Heu.

Und mein Verstand füllt sich mit der Überzeugung, Gewißheit und schrecklichen Botschaft: Ich habe jeden einzelnen Halm in dieser Scheune selbst geschrieben. Dieses ganze Heu ist kein Heu, sondern nur hundert Millionen Striche auf Papier, jeder trockene Halm mit Bleistift auf ein Blatt gesetzt. Mit traktorbetriebener Schreibmaschine in die Scheuer gefahren. Ich bleibe eine Weile stehen und atme all dieses duftende Material ein, das ich in meine Scheune einzufahren vermochte. Wie kann das sein? Ich greife nach einem Büschel und rieche daran. Sehr überzeugend, muß ich sagen. Und betrachte dann den ganzen Stapel, zwei Meter größer als ich.

Was hat man sich abgerackert.

Ich danke Gott für einen guten Einfall und nehme einen Armvoll Heu, bücke mich damit zurück in den Stall. Ein Autor gibt seinen Kreaturen Futter. Hahaha. Sie nehmen es gierig wie fortgeschrittene Drogenabhängige, die Armen. Verdrehen die

Augen. Nein, es würde wohl nichts bringen, ihnen zu erklären, daß dieses Heu nur erfunden ist. Sie lassen sich nicht ins Bockshorn jagen und kauen alles zweimal durch, um hundertprozentig sicherzugehen. Kühe leben nicht von der Literatur allein. Das finde ich überaus spaßig und gehe noch einmal in die Scheune, um mehr Heu zu holen. Wieso brauchte ich eigentlich früher nie die Raufe zu füllen? Ich wurde geschont.

Und jetzt verschont mich der Schlaf. Trotz der Schufterei im Stall fühle ich mich nicht müder als gestern und liege nun auf meinem Wiedergekäuten im Dunkel der Nacht, starre an die Decke, auf die helle und die dunkle Seite und manchmal zu ihm hinüber, dem Mädchen, das neben mir schläft, unglaublich hübsch. Sie ist nicht seine Tochter, Mýrarsel, das Mensch, Stanley … alles sollte ich nach dem Willen Geirlaugs wissen.

»Aber du darfst es niemandem weitersagen. Ich glaube, sie weiß es nicht einmal selbst«, hatte sie gesagt.

Stanley Overton. Seltsamer Zufall. Ich habe einmal mit einem Mann dieses Namens diniert, als ich während des Krieges zeitweilig in London festsaß. Das Essen zog sich wegen der deutschen Luftangriffe in die Länge. Zwischen den Gängen rannten wir in die Keller. Die Engländer und die Deutschen, zwei Nationen, die nie etwas anderes konnten, als sich gegenseitig in die Suppe zu spucken. Paul Overton war ein merkwürdiger Mensch. Ein klein geratener, schrulliger Akademiker, der unter fallenden Luftminen saß und Nietzsche ins Englische übersetzte. »Wie sinnlos dieser ganze Bombenhagel. Die Bomben, die Nietzsche zündete, waren dagegen voller Bedeutung«, bemerkte er grinsend in einem kühlen Keller in Fulham. Also platzte Zarathustra: Er legte die Übersetzung an dem Tag weg, an dem sein Sohn über Berlin abstürzte. Wie ich später erfuhr, beschäftigte er sich nach dem Krieg mit Heine und wurde dafür berühmt. Die Literatur siegt am Ende immer.

Eivís Overton. Das arme Kind. Hier schläft sie in ihrem isländischen Jammertal mit einem berühmten alten Landsitz im

Kopf, Fuchsjagden in den Adern und Bediensteten an jedem Finger. An jeder wundgearbeiteten Hand. Schicksal. Gezeugt in der endlosen Langeweile des Hochlands. Sie hatten einen kleinen Wachtposten, einen winzigen Unterstand aus Stein, oben auf der Heljardalsheiði, nicht weit von Mýrarsel, mit Aussicht über das Tal. Im Wechsel lagen sie zu zweit dort oben einen ganzen Sommer lang hinter dem Feldstecher und beobachteten die Vögel, von denen keiner deutsche Abzeichen trug. Absolut nichts zu tun. Keine Zeitungen, kaum Bücher. Die Armee verbot alles bis auf Heldengeschichten aus dem Ersten Weltkrieg. Muntere Londoner Boys aus den Jazzkellern ihrer Epoche eingezogen und auf einer bierlosen Heide abgesetzt, wo nur die Bekassine den Ton angab. Keine »action«, no war. Nur Ohr. Das einzige, was diese uniformierten Knaben zu ihrer Unterhaltung bei sich hatten, war ein großer schwarzer Kasten von Radio. Ganze Tage schlugen sie damit tot, dünne Fetzen von Rundfunksendungen einzufangen, die sich manchmal zwischen Kriegslärm und Seewind vernehmen ließen.

Die größte Abwechslung in diesem Heidenleben waren die roten Bäckchen, die jófriedlichen Wangen, die vom nächsten Hof herüberleuchteten. Wie konnten diese Menschen in solchen Löchern leben? Diesen Wiesenhöckern mit Schornstein. My oh my – kurz nach Mittag kam sie mit einer Flasche Milch, die immer in einem dicken Wollsocken steckte. Sogar die Milch fror auf dieser Eisinsel. War allerdings nie kalt, der euterwarme Sockensaft. Die Frau auf dem Hof war das Licht in einem grauen Tag.

»Hello there Joffrey!«

»Halló.«

»Some good milk today?«

»Jes.«

»How old are you?«

»Ich verstehe nicht.« Verlegenes Lächeln. Dann lachen sie beide. Er wie ein Empire, sie wie ein winziges Häuschen.

»You have many siblings? Sisters and brothers? You know, I see a lot of children down there, at the farm. Small children.« Er tätschelt einem imaginären Kind den Kopf. »How many?«

»Zwei«, antwortet sie. Zwei Kinder hat sie, Jófríður Þórðardóttir, eine Frau von dreißig Jahren mit dem Gesicht eines jungen Mädchens. Er kaum älter als zwanzig. Mit glänzend schwarzem Haar. Sie reicht ihm die Milch. Er nimmt sie. Weiß ist sie und warm, als er sie aus der Socke befreit. Weiß, warm und erfrischend. Seine Lippen eine unbekannte Welt an ihrem Mund. Eine Bekassine zeichnet ein paar Kreise in die Luft, das Muster eines ganzen Lebens, und zieht dann im Herbst fort, verbringt den Winter in Europa, unter Bombenregen. Als sie im Frühjahr wiederkommt, steht ein anderer Mann Posten im Unterstand. Und die Frau, die mit der Milchflasche in der Socke vom Hof heraufkommt, hat nun auch Milch in beiden Brüsten. Eivís wurde das Kind getauft. Unbedacht hieß das. Ein seltsamer Name. Mit Bedacht gewählt?

Vier Jahre später kam ein Brief aus der Stadt, und Hrólfur verstand endlich, warum seine zweitjüngste Tochter mit Blumen im Haar schlafen wollte, diesem glatten, dunklen Haar, das sonst nirgends in dieser Gegend wuchs. Endlich dämmerte es ihm, als er eines Abends vor dem Schuppen stand und Geld in der Hand hielt. Er wandte den Blick von den verheulten Augen seiner Jóra, blickte über Mýrarsel hinweg auf die Hochheide, Richtung Heljardalur, erlaubte sich einen Moment, zu träumen, riß sich dann aber davon los, schmiß den Umschlag weg und trieb seine Frau in den Stall wie eine Kuh und ritt sie wie eine Stute. Sie weinte wie eine Frau. Er keuchte voll gerechter Empörung wie der Stellvertreter aller Männer: Nur eine von vierzigtausend Vergewaltigungen der Islandgeschichte.

Der alte Þórður ratzte, als sie schluchzend ins Haus kam, und ihre Mutter, das Mensch, fragte: »Wo ist Hrólfur? Ist er fortgegangen?«

»Ja, nur auf die Heide.«

»Was war das für ein Brief?«

»Brief? Ach, der. Der kam aus … aus Amerika. Ein Onkel von ihm. Geld, glaube ich.«

»Geld? Oh, das bedeutet nichts Gutes.«

[10]

Ach, ich habe bestimmt wieder angefangen zu dichten. Ich phantasiere mir zum Zeitvertreib etwas zusammen, während das Mädchen schläft. Während das ganze Haus schläft. Und irgendwo in seinen Eingeweiden liegt meine Hildur mit meinem Buch auf ihrer Brust. Welcher Titel mag es sein? Ich werde sie morgen fragen. Es gefällt mir so gut hier auf Mýri, daß mich Geirlaug ans Telephonieren erinnern mußte:

»Wolltest du nicht jemanden anrufen?«

Sie erbot sich, mir beim Ausfindigmachen der Nummer behilflich zu sein. Sie ist ein Mensch, der es genießt, anderen zu helfen. Macht uns alle zu Kindern. Wir warteten fast zwei Stunden, bis die Vermittlung Feierabend machte. Es ist noch das gute alte »Gemeindetelephon« mit einer Leitung für alle im selben Tal. Und hier hängt die ganze Gemeinde am Draht. Zwei Weiber tratschen, und alle übrigen hören mit. Ich auch.

Eine dünne Stimme: »Mittlerweile soll er in Mýri sein. Hrólfur ist es wohl zuviel geworden, ihn die ganze Zeit bei sich zu haben. Es ist ja auch nicht gerade ein Lottogewinn, einen ausgewachsenen Mann auf der Hauswiese zu finden.«

So so.

»Nein, das geht auch nicht, mit seinem Kleinbetrieb noch einen Esser mehr durchzufüttern. Und kleiden mußte er ihn auch noch. Er soll ja bei seiner Ankunft nicht einmal Socken angehabt haben«, gab die andere zurück. Sie schien einige Jahre älter zu sein, die Stimme korpulent und heiser.

»Ja, aber gegessen hat er wohl nur wenig. So gut wie gar nichts. Nur Kaffee trinkt er. Und das merkwürdigste, er hat keine Ausscheidung.«

»Ach? Er wird doch nicht einer aus dem Elfenvolk sein?«

»Tja, das könnte man fast meinen.«

»Was haben sie denn auf Mýri mit ihm vor?«

»Ich denke, sie werden versuchen, ihn nach Süden in die Stadt zurückzuschicken. Man hat ihn auch in der Zeitung inseriert, aber es hat sich niemand gemeldet, sagt Brynjólfur.«

»Es ist ja eigentlich furchtbar! Da finden sie dich oben im Hochland, und du hast keine Ahnung, woher du kommst und wie du heißt.«

»Na, ich hoffe, mit mir endet es mal nicht so, daß ich nicht einmal mehr weiß, wie ich heiße.«

»Einar heißt er«, werfe ich ein.

»Bensi, wirst du wohl auflegen!« befiehlt die Dünnere. Und die Heisere fällt ein:

»Bensi, bist du das? Hast du nichts Wichtigeres zu tun, als am Telephon zu hängen? Und wenn du schon mithörst, sei wenigstens so schlau, dich still zu verhalten!«

»Ich war das nicht«, höre ich eine ältliche Männerstimme irgendwo aus weiter Ferne antworten.

»Ach, dich erkennt man doch schon von weitem, genau wie deinen Misthaufen«, sagt Fistelstimme.

»Ich habe gehört, daß der Mist bei ihm mittlerweile bis zur Hälfte der Stalltür reicht und der arme Mann nicht einmal mehr melken kann«, fügt die Dralle hinzu.

»Das ist eine gemeine Lüge«, wispert der angesprochene Bensi, ein mitleiderregender Greis. »Jedenfalls brauche ich keine Hilfe, um meinen eigenen Mist loszuwerden, wie gewisse andere.«

»Hör mal, mein Lieber, wir sind hier am Telephon gerade in einem Gespräch«, sagt die ältere Frau.

Dann nahmen sie ihren Gesprächsfaden wieder auf und spannen ihn fort, bis die Vermittlung schloß.

Eivís schläft. Sie träumt von Heuschrecken. Heuschreckenplage im isländischen Hochland. Wo hat sie diese Tiere schon einmal gesehen? War Großvater Overton vielleicht Leiter einer Farm in Kenia? Im Unterbewußtsein wissen wir alles; wir wissen nur nichts davon. Wir tragen die Welt in uns wie eine Frau, die noch nichts von ihrer Schwangerschaft weiß, und nur wenigen ist es gegeben, sie zur Welt zu bringen. Ich habe mich mein ganzes Leben damit abgemüht, und was hatte ich anderes davon als diesen Sibirienaufenthalt? Doch jetzt soll ich in den Süden geschickt werden.

Ich ging aus dem Zimmer, als sich das Mädchen bettfertig machte. Aus Anstand. Ich hatte nie sodomitische Neigungen und danke meinem Gott dafür. Nur ein einziges Mal habe ich mich selbst für pervers gehalten. Das war im Schwimmbad von Laugarvatn. Ich kam aus der Umkleide, und eine Schar kreischender, kleinbrüstiger Gänschen verstummte schlagartig im Schwimmbecken. Das war die Attraktion von »Islands berühmtestem Schriftsteller« in Badehose. Sie machten sich sicher alle in die Badeanzüge, ob nun aus Angst oder Bewunderung, und das Wasser um sie herum färbte sich gelb. Ich bemerkte es erst, als ich in der Brühe saß und sie alle geflohen waren. Vielleicht war es nur der guten Anekdote wegen; jedenfalls plätscherte ich eine ganze Weile in dem körperwarmen Jungmädchenpipi.

Eivís lag im Bett, als ich leise wieder ins Zimmer trat und mich auf meine Decke legte. Da lagen wir wie Uropa und Urenkelin und sprachen an die Zimmerdecke.

»Es ist schön hier auf Mýri«, begann ich.

»Ja.«

»Kann das Leben in Heljardalur nicht manchmal recht einsam sein?«

»Doch, manchmal.«

»Und der kleine Ponsi … ob ihm jetzt nicht langweilig wird, wo seine Schwester fortgegangen und er mit Vater und Großmutter allein ist?«

»Doch, aber eigentlich ist ihm nie langweilig.«

»Nein, er ist ein einfallsreiches Bürschchen.«

»Ja.«

»Hrólfur ist manchmal ganz schön streng mit euch, wie?«

»Hmm«, höre ich sie unter der Bettdecke murmeln und warte einen Moment, ob sich die Schleusentore öffnen; aber sie schweigt. Ich werfe einen anderen Köder aus:

»Die Arbeit auf dem Hof ist sicher sehr schwer. Das alles so allein zu bewältigen und noch dazu fast ohne Maschinen.«

»Er will nur für sich sein.«

»Hm, so. Ich kenne ihn natürlich nicht gut genug«, sage ich und halte inne, weiß nicht, was ich sagen soll, und fahre dann fort, »aber er mag euch doch gern, nehme ich an.«

»Ja«, sagt sie beiläufig. »Er läßt mich in die Schule gehen.«

»Stimmt.«

»Trotzdem wäre es besser, wenn ich ein Schaf wäre.«

Das kommt mit überraschender Entschiedenheit. Ich werfe ihr einen schnellen Blick zu, erkenne jedoch nur die Stirn, die im Dunkel leuchtet wie eine helle Blume in der Nacht. Die Nase schmal über der Decke.

»Ein Schaf? Ein echtes Schaf? Wieso das denn?«

»Dann hätte ich keine Hände.«

»Aha. So meinst du das. Hände, hm … Hast du ihn nicht lieb?«

»Er ist mein Vater.«

Sie dreht sich um und schaut mich an. Ich meine es in ihren dunklen Augen unter der hellen Stirn und eingerahmt von den schwarzen Haaren glitzern zu sehen. Das arme Häschen.

»Danke, daß du mich geholt hast.«

»Dich geholt? Ach, bei dem Sturm, meinst du. Na ja, nicht der Rede wert.«

»Trotzdem danke.«

Über das dunkle Meer hier zwischen den Betten spüre ich Kontakt. Ich empfinde eine Art Zusammengehörigkeit mit diesem jungen Mädchen, das meine Tochter in zweiter Generation sein könnte. Sie erinnert mich an …

»Gute Nacht«, sagt Eivís und zieht die Gardinen vor die Augen.

Ich liege weiter da und sehe diesen köstlichen Horrorfilm aus dem Hollywood der alten Tage: *Heuschrecken auf Sprengisandur.* Er ist mein Vater, hat sie gesagt. Aber sie ist nicht seine Tochter. Er ist ihr Sohn, hat sein Land von ihr geerbt. Sie erinnert mich an ein Kind, das mir die Zeit weggenommen hat. Gute Güte. Das sind keine gutmütigen Heuschrecken, sondern Riesenmonster. Der Vatnajökull ist ganz schwarz von ihnen. Außer dem Modernismus habe ich immer drei Dinge in dieser Welt verachtet: Horrorfilme, Thriller und Science-fiction. Ich verlasse das Zimmer.

Das Haus schläft.

Milder Duft von angebranntem Brot auf dem Gang. Sie werden hier doch nicht etwa getoastetes Brot zum Frühstück servieren. Ein Hort der Kultur, dieses Mýri. Ein Schulflur. Ich tapse an den Türen vorbei. Hinter welcher wird meine Híldur schlummern? Ja, dieses Fräulein ging mir nah. Und mein Buch lag auf ihrem Nachttisch. »Jeden Abend gehe ich mit dir ins Bett«, frotzelten die Madämchen in Laugarvatn manchmal. »Soso«, war meine einzige Antwort. Einem Schriftsteller bleibt es nicht erspart, auf die eigenen Bücher eifersüchtig zu werden. Die kleinen Dämchen. Jung, hübsch und belesen. Eine unwiderstehliche Mischung. Aber ich war schon über meine Schürzenjägerzeiten hinaus und freute mich lediglich darüber, daß zumindest meine Bücher noch einen Hauch Sexappeal verstrahlten. Ich erreiche die Küche und setze mich dort an einen Tisch. Draußen geht mit leichtem Schneetreiben die Nacht herum.

Als junger Mann stand ich einmal am Dresdner Hauptbahnhof und sah die Züge abfahren. Jeder von ihnen war voller Menschen; voll besetzte Plätze in erleuchteten Waggons rollten vorbei. Generationen rollten dahin auf dem Weg zu entscheidenden Weichenstellungen ihres Lebens, und einige hielten ein Buch in den Händen. Deutsche, Italiener, Franzosen, große Nationen, kultivierte Menschen, Menschen. Einige mit Büchern. Ich fragte mich: Könnten das meine Menschen werden? Ja, sie sollten mich lesen, all diese Menschen. Das war mein Ehrgeiz: Die ganze Welt zu erobern. Und ist es mir gelungen? Ein weltberühmter Schriftsteller bin ich nicht geworden. International bekannt schon. Das ist ein großer Unterschied. Ein Ibsen werde ich nie, nicht einmal ein Hamsun; dabei hatte der es überhaupt nicht verdient, er war und ist gewaltig überschätzt worden mit seinem bedenklichen Menschenbild und diesem Engstirnigen in seinen Erzählungen, ganz seiner Persönlichkeit gemäß. Ich bin oft als Querulant angegriffen worden, aber ich habe nie ein Dienstmädchen geschlagen, nur weil es das Milchglas zu nah an den Teller gestellt hatte, wie der »Dichterfürst« auf Nörholm. Nein, *Pan* ist wahrscheinlich das einzige Buch, das ich jemals verbrannt habe. Ein Leutnant, der in Wäldern haust und Tag für Tag mit den Bäumen redet! Und so einer soll sich verlieben. Sobald die Holde auftaucht, rennt er in den Wald, und Hamsun läßt sie ihm nachlaufen. Dem Holzkopf! In Bäume war er verliebt und in sonst nichts. Frauenverachtung würde man das heutzutage nennen. Warum tut es eigentlich niemand? Wie? Und Kafka mit all seinen Streichholzmännchen! Sie hätten ihm besser seinen Willen getan und alles miteinander verbrannt. Er wußte selbst am besten, daß ihm alles hoffnungslos mißraten war. Nicht ein Funke Leben. Jedenfalls nicht, wie ich es kenne. Tote Allegorien! Ein Mensch, der sich in einen Käfer verwandelt, ist eine nette Geschichte für einen Siebzehnjährigen und andere, die sich so fühlen mögen. Macht sich gut, als unbekannter Provinzpoet mit so etwas in der Stadt herumzuwedeln, um sich von den Schafen abzuheben, aber es taugt doch nichts für einen Mann von über dreißig. Und auch alles andere bloße »Entfremdungsgeschichten«. Aber nein, weltberühmt sollte er werden. Das hat er nur den Kumpanen Hitler und Stalin zu verdanken: »Er hat die Diktatur vorhergesehen.« Die ist aber nun glücklicherweise verschwunden. Warum verschwindet er nicht auch endlich? Wie? Ibsen war immerhin ein

Dichter, wenn auch ein schlechter. So bieder humorlos wie alle Norweger. Sie haben diese *keisemd* in sich, ein etwas komisches Wort aus dem Nynorsk für langweilig. Oder wie sollte jemand, der seine Frau »den Adler« nennt, auf andere lustig wirken? Ich frage ja nur.

Nein, mein Traum blieb bloß ein Traum. Das muß ich zugeben. In gewisser Hinsicht ist mein Leben eine Niederlage. Eine »international bekannte« Niederlage. Doch in welchen Ländern. Besonders wichtige waren es nicht: Norwegen, Schweden, Dänemark, ein Teil Deutschlands und ein paar Ostblockländer. Ein paar schmierige Treppenhäuser in Warschau und Breslau. Ich war weltberühmt in Wroclaw! Wow! Eigentlich sogar eine ganz hübsche Stadt und jedenfalls die einzige auf der Welt, die es schaffte, für E. J. Grimson vor einer Buchhandlung eine Schlange entstehen zu lassen. Für einen isländischen Schriftsteller, »so wunderbar komisch und zugleich sensibel«, »einen der bedeutendsten Autoren ...« in Wroclaw. Dabei war nichts einfacher, als damals im Osten Schlangen zu bilden. Die Menschen hungerten geradezu nach guten Warteschlangen. Schlangestehen war ihre einzige Freizeitbeschäftigung, die einzige Art von Versammlung, die erlaubt war. »Nein, man wird nicht weltberühmt davon, die Oder zu überschreiten, es sei denn, man hat siebenhundert Panzer dabei«, riet mir ein guter Mann, als ich mich einmal darüber beklagte, wie wenig meine Berühmtheit in Polen bedeutete. »Gute Neuigkeiten aus Warschau?« fragte ich Tómas. Aber es ging nicht um Warschau, es ging um London. London war das Maß aller Dinge. Wir mußten London einnehmen!

»Gut, und wie? Sollen wir's mit Luftangriffen versuchen?«

Tómas. Tómas im Käse. Er konnte sogar Käse mit Löchern drin verkaufen. Er konnte Löcher aus Luft verkaufen. In meinen Büchern gab es wohl keine Löcher. Ich weiß nicht, ob er überhaupt jemals ein Buch von mir gelesen hat. Um so überzeugter war er allerdings davon, daß ich eine Botschaft hätte an … Wroclaw. War mir Tómas vielleicht eher ein Klotz am Bein? Ich vertraue nie Männern mit Haaren. Es kommt mir immer so vor, als würden sie etwas verbergen. Tja, vermutlich wäre es mir mit einem anderen »Vertreter« besser ergangen. Wie sollte er verkaufen, was er nie gelesen hatte? Oder war es doch nur die Winzigkeit unserer Nation? Unsere erbärmliche isländische Realität? Welchem normalbegabten Menschen mit einer Wohnung in der Rue Kléber sollte es auch nur im Traum einfallen, seine Abende damit zu vergeuden, etwas über den *Barbier von Siglufjörður* zu lesen? Natürlich so gut wie niemandem. Andererseits lechzte offenbar alles danach, alles über einen durchgedrehten Leutnant zu erfahren, der wie ein liebeskranker Elch durch die Wälder im abgelegensten Norwegen stolperte. Denn das war eine Empfehlung von *Le Monde*. Dabei wurde Hamsun auch nicht auf einem bedeutenderen Hof als Bær in Grímsnes geboren. Oder gab es etwa einen anderen Grund? War ich vielleicht einfach nicht gut genug? Verdammt noch mal, auf jeden Fall war ich besser als Hamsun!

Es lag nur an diesem gottverlassenen Land! Diesem Winzvolk. Wo es so wenig Menschen gibt, daß jeder für zwei zählt. Wo niemand Luft unter die Flügel bekommt, weil er mit beiden Beinen am Boden festgebunden ist. In Haupt- und Nebenjob. Ein Verleger, an dessen Händen Käse klebt. Ein Museumsleiter, der in seiner Freizeit als Präsident amtiert. Ein bildender Künstler, der Häuser anstreicht. Der Sendeleiter des Fernsehens ein Komponist klassischer Musik. Ein Pferdezureiter Intendant der Oper. Und all unsere lieben Dichter, die dafür bezahlt wurden, vierzig Jahre in Leihbüchereien zu verschnarchen. Selbst der Ministerpräsident schrieb heimlich Gedichte! Jeder, der was taugte, schlug sich doppelt und dreifach. Island hätte Schizophrenien heißen müssen. Sicher, wir brachten eine Menge guter Leute hervor, aber es war immer die gleiche Geschichte: Sobald sie ausgesandt wurden, sich im internationalen Vergleich zu messen, bekamen sie die Hucke voll. Unser bester Mann landete stets auf Platz hundert. Der beste Maurer Islands mußte sich den besten Maurern von neunundneunzig anderen Nationen geschlagen geben, und jeder von ihnen kannte neunundneunzig Maurermeister, die besser verputzen konnten als er. Unser bester Mann mithin Nr. 9802. Ein bißchen besser schnitt ich schon ab. Nach einem halben Jahrhundert harter Arbeit schaffte ich es auf eine Liste der »200 besten lebenden Schriftsteller der Welt«, die aus irgendeinem Jubiläumsanlaß in London erschien. Hamsun war schon tot. Gott sei Dank! E. J. Grimson, Iceland, auf Platz 82. Großartig! Es war natürlich absolut bedeutungslos. Penguin hatte mir gerade eine Absage geschickt, der Sex hatte die gesamte Verlagsbranche erfaßt: Die Verlagsfrauen verlegten nur noch die, die sie auch in ihr Bett legen wollten, und ein alter Mann war ohne Interesse für all diese Sitzungen und Stellungen. Trotzdem war es mein größter Erfolg, die Engelwurz, an der mein Ehrgeiz hing wie der Dichter am Hornbjarg.* Aber, du lieber Gott, was hatte es mich gekostet! Ein bis zwei mögliche Ehen, siebzehntausend Beiträge und Artikel und fünfzig Jahre Einsamkeit. Ich trug dieses Land auf meinen Schultern wie der Herkules, der ich gar nicht war. Ich war kein Herkules, ich war Ovid in der Verbannung, im Norden in der Barbarei, wo sogar die Milch kalt war. Die Hälfte meiner Arbeit als Schriftsteller war dem Bemühen gewidmet, mein Volk wach zu halten. Es wach zu halten, damit es womöglich meine Bücher lesen konnte. Es war eine Doppelbeanspruchung: In jedem Isländer leben ja zwei Menschen, er selbst und einer, der es ihm ermöglicht, er selbst zu sein. Autor *und* Verleger. Komponist *und* Schulrektor. Künstler *und* Kritiker. Genau, da waren noch die Kritiker, all diese halbgebildeten Krähen, von denen jede ihr Leben damit zubrachte, dem Herkules mit ihrem Schnabel in die Waden zu zwicken. Hoh!

Unsterblichkeit.

Natürlich wollte ich sie. Ich wollte sie auch auf dem Bahnhof in Dresden, 1937. Ich ließ meine Träume mit den Fernzügen nach London, Berlin und Rom rollen. Dann bestieg ich selbst die Klapperschlange nach Wroclaw.

Ja, ja. Wem nützt es schon, in seinem Grab zu lachen wie ein steifgefrorener Pfarrer?

Ach, du meine Güte, jetzt habe ich hier bestimmt zwei oder drei Stunden gesessen. Aus dem Stall dringt schon das erste Muhen des kommenden Morgens, obwohl es im Küchenfenster noch finster ist. Steifbeinig gehe ich über den Flur – am Telephonapparat vorbei, der an der Wand hängt – in mein Zimmer, das jetzt voller Wasser ist, grüner See mit bunten Arten. Ich schließe die Tür und spüre, das Meer ist warm, als ich mit langsamen Zügen zu meinem Bett schwimme wie ein Fisch im Traum eines jungen Mädchens.

[11]

Wir beginnen in aller Frühe mit dem Telephonieren. Geirlaug gibt sich frei von Haus, Küche, Schaf- und Kuhstall, Schule und Internat. Irgendwann kommen wir durch. Alle Bauersfrauen beim Melken. Verbindung mit der Vermittlung.

»Einar J. Grímsson, Melabraut 21, Seltjarnarnes«, ruft die Frau des Hauses in den schwarzen Trichter an der Wand und wiederholt die Adresse. Es gibt mir ein seliges Gefühl der Sicherheit, meinen Namen zu hören. Hoffentlich ist meine Ragnhildur auch zu Hause. Nach einer ganzen Weile übergibt mir Geirlaug den Hörer:

»Es ist jemand da.«

Ich ergreife ihn mit zitternden Händen und höre mich sagen: »Hallo.«

»Guten Tag«, antwortet eine Stimme, die ich so gut kenne wie den Sonnenschein.

»Ranga …«

»Ja, wer ist da, bitte schön?«

»Ich bin's.«

»Gut, und wer ist ›ich‹?« fragt sie mit beißendem Spott. Ich sehe, daß zwei der Kinder in einem der Türrahmen auf dem Gang aufgetaucht sind und mich anstarren. Ich wende mich ab.

»Ich wollte dich nur wissen lassen, daß ich hier auf Mýri bin. Im Osten …« Die vorstehenden Augen der Frau beobachten mich stechend durch ihre Vergrößerungsgläser. Mensch! Warum darf ein alter Mann hier nicht in Ruhe telephonieren? »Ich bin im Ostland. Es geht mir gut und, ja, es ist alles soweit in Ordnung mit mir.«

»Wer ist denn da?«

»Ich bin's, Einar.«

Ich höre, wie sie leise zu jemandem in der Nähe sagt: »Das muß für dich sein.«

»Hallo?« sage ich.

»Ja, guten Tag«, antwortet eine Männerstimme.

»Äh, ja, hier ist Einar Grímsson.«

»So, so.«

Ich nehme den Hörer vom Ohr und blicke darauf. Ein schwarzes Loch in der Welt.

[12]

Irgendwo tief im Hochland meines Hirns krächzt ein Rabe. Der Frühling ist da! Ha, ha, ha. Ich schlage die Augen auf. Helle Gauben, Frühling unter den Dachsparren. Ein krächzender Rabe auf dem First. Voller rabenschwarzem Humor. Das findet er komisch. Der Dauergast lacht über die Ankunft der Zugvögel. Ein Schwarzer grinst über weiße Nächte. Ha, ha, ha.

Ich wache auf. Habe also geschlafen. Ich bin noch immer hier.

Der Schlafboden ist menschenleer, und ich stehe auf und gehe nach unten. Die Küche ist »mensch«leer, und das ganze Haus ist still. Wo stecken die anderen? Der Wind vor der Tür ist nicht besonders kalt, er kommt von Süden, sonnendurchwoben. Wolkenfetzen. Ich schätze, April. Aus irgendeinem Grund kommt mir Tarkowski in den Sinn. Die Wiese ist noch welk, voller Pfützen und schmuddeliger Schneereste in den Mulden. Der Winter geht, ohne hinter sich aufzuräumen. Apriliger Frühling: Der Goldregenpfeifer ist schon da, hat aber den Schnee noch nicht zurückgepfiffen. Die Erde ist aufgewacht, aber das Gras liegt noch im Bett. Das Eis ist auf den Bergen noch fest, aber in allen Bächen aufgebrochen. Die Berghänge sind zur Arbeit angetreten. Wäre ich jung, würde ich jetzt natürlich ein Gedicht schreiben, doch ich bin alt, und solches Gehabe kann mir nichts mehr anhaben. Ich bin ein alter, verfallener Telegraphenmast in einem gelben Frühjahr, und alle meine Leitungen sind gekappt. Habe ich etwa einen ganzen Winter verschlafen?

Über mir kommt der Rabe angeflogen und läßt sich auf dem Misthaufen nieder; er lacht kurz über ein einfältiges Blümchen, das meint, der Sommer sei gekommen, und fliegt davon.

Hahnenfuß, scheint mir. Frisch erblühter Sonnenschein aus dem Dunkel der Erde. Ich beuge mich zu ihm hinab und versuche zu bestimmen, welcher Jahrgang dieser Hahnenfuß ist. Doch, doch, unverkennbar: Modell '55. Ich habe also drei Winter verschlafen. Diese Zeitspringerei hat auch ihre Vorteile: Man muß die langen Wintermonate nicht aussitzen. Man überspringt sie einfach. Aber der Misthaufen hat sich nicht verändert. Immer die gleiche Scheiße, grummelt er erhitzt unter kalter Oberfläche. Drinnen brüllen die Kühe. Sie wollen ins Freie. Wo stecken nur alle? Ich gehe in den Stall.

Vier Klappergestelle mit aufgetriebenen Bäuchen drehen das Weiße ihrer Augen der Helligkeit zu. Eins kommt schwerfällig auf die Beine. Der Stall hier ist nur eine schäbige Außenstelle des Hauptbetriebs auf Mýri. Vier Schwänze schlagen sich um meine Aufmerksamkeit. Es erinnert mich an eine Pressekonferenz: Alle Schwänzchen in die Höh', und jedes Wort aus meinem Mund wurde ihnen zu Heu. Journalisten sind Rindviecher. Bekommen sie nichts mehr, käuen sie denselben Bissen wieder und wieder. Und alles, was sie von sich geben, ist klar und deutlich ein Kuhfladen. Aber die Fliegen gieren danach. Dumme Fliegen, die keine Bücher lesen.

Urplötzlich erinnere ich mich an das Werk eines deutschen Künstlers, der für eine Weile hier lebte. Dieter hieß er, glaube ich. Ein Bier trinkender, gemütlicher Zeitgenosse, der mit einer Isländerin verheiratet war. Ich sah einmal ein Werk von ihm und wollte einfach nicht glauben, daß ein derart versumpfter Grund solch geniale Blüten treiben konnte. Es war Konzeptkunst, eine Richtung, mit der ich sonst nichts anfangen konnte. In einem Glaskasten lagen zwei Bücher: *Mein Kampf* und *Krieg und Frieden*. Der Künstler hatte eine ganze Ladung Buchwürmer eingesetzt, und das Ergebnis war phantastisch: Tolstoi war von diesen winzigen Biestern vollkommen durchlöchert und zerfressen, während die Ausgeburt des Bösen unberührt dalag. Die Würmer hatten *Mein Kampf* nicht eines Blickes gewürdigt. Damals war ich fast so weit, wieder an einen Gott zu glauben.

Jetzt muhen mich die Presseleute an und betteln um etwas »Geniales«. Oh, Gott, diese Tausende von Interviews und der ganze Druck. *Sie* haben *mich* doch gemolken. Ich verabschiede mich von diesem Bodensatz der Menschheit und gehe über die Wiesen zum See. Die Bülten sind hart vom Frost und grauhaarig vom abgestorbenen Gras. Sie ähneln meinem Kopf. Ich werde bestimmt einen ganzen Sommer brauchen, um den Frost daraus zu vertreiben, mein Gedächtnis aufzutauen und wieder festen Boden zu finden.

Der Hel-See. In ihn mündet alles im Tal, aber nichts scheint daraus abzufließen. Das Tal ist wie eine hohle Handfläche mit einer kleinen Pfütze darin und ich ein kleines Stäubchen in Gottes Hand. Doch zwei Schwäne fürchten sich vor dieser Fluse und heben mit schmetternden Flügelschlägen am jenseitigen Ufer ab. Die Wasseroberfläche ist flüchtig mit dem Pinsel der Brise getupft; sie malt ein Muster darauf, läßt die minimalistische Skizze aber nicht das ganze Blatt füllen. Hier am Ufer laufen die Muster aus und lassen den Grund durchsehen. Das Wasser ist vielleicht knietief bis zum moddrigen Untergrund. Wasserpflanzen wiegen sich langsam hin und her wie Nixenhaar, und da ist ein Fisch: Eine fette Forelle, vier Pfund schwer.

Sie trägt eine Brille.

Die Forelle hat eine Brille und das Profil eines Menschen. Ich will verdammt sein, wenn das nicht das Gesicht von Friðþjófur ist! Todsicher. Ist der Kerl endlich tot? Tot und wiedergeboren. Dazu verdammt, Hel zu saufen und mit Flossen zu paddeln. Vier Pfund. Mein guter Friðþjófur vier Pfund. Muß ihm doch eigentlich gefallen, wo er an Land ein solches Leichtgewicht war. Aber wo ist meine Angel?

Ich folge ihm, wie er durchs Wasser wedelt. Die Miene genauso verbissen wie damals, wenn er mit wehenden Rockschößen die Bankastræti hinab der Redaktion zustürmte, jeder Schritt ein historisches Ereignis; ein gewichtiger Zug um den Mund, als wären die Mundwinkel die Waagschalen, die richtig und falsch in den Künsten abwögen, und die tiefen Furchen auf seiner Stirn gleichbedeutend mit denen, die er im Literaturleben des Landes zu hinterlassen gedachte. Sein gesamtes Auftreten weckte unwiderleglich den Eindruck, hier sei der Garant der isländischen Kultur unterwegs, der Fackelträger des dichterischen Funkens auf historischem Fortschritt in der Bankastræti. Ein dürrer, langgesichtiger Anzugträger, mit hohlen Wangen, langer Nase und Vogelaugen in dem großen Plastikgestell, das seine Brille darstellte und hier und jetzt noch immer darstellt. Sein Kopf spärlich behaart und ohne Hals, nur ein notdürftig mit Haut überzogenes Hirn.

An so jemanden muß Shakespeare gedacht haben, als er Julius Caesar wünschen ließ, sich mit dicken Männern zu umgeben, mit Männern, die nachts schliefen: »Der Cassius dort hat einen hohlen Blick; / er denkt zu viel: Die Leute sind gefährlich … Und solche Männer haben nimmer Ruh, / so lang sie jemand größer sehn als sich.« William Shakespeare. Der Mann war wirklich ein Genie. Woher ist ihm nur diese ganze Weisheit zugeflossen? Einem dahergelaufenen Theatermann aus der Provinz war Gottes Stellvertretung hier auf Erden anvertraut worden. Schon allein sein Name machte mich nervös; er weckte mich nachts und zog mich zum Fenster: Da lachte er hoch oben am Himmel, der Mond, der Ebbe und Flut in unsern salzigen Seelen lenkte. Mein Gesicht in seinem Licht: Der angestrahlte Neid.

Ich selbst bin auch nie dick gewesen.

Friðþjófur Jónsson. Die Molke von den Erste-Sahne-Schulen der Welt. Hatte in Paris studiert. Hatte in Paris gelebt. Und trotzdem nichts gelernt, außer dem Schnickschnack, der dort ständig in Umlauf ist. Seminare an der Sorbonne hatte er besucht. Einen und einen halben Winter lang. Auf diese anderthalb Winter baute er seine ganze Existenz. Trug sie in der Jakkentasche mit sich herum wie eine Urkunde, die ihn berechtigte, über uns andere auf Leben und Tod zu Gericht zu sitzen. Einer der »Pariser Dichter«, die »die isländische Lyrik von Grund auf veränderten«. Ha! Sie vollständig einstellten. Verändert haben sie gar nichts. Sie konnten nicht einmal das schäbigste alte Viertel von Reykjavík in ein Quartier Latin verwandeln, indem sie dort mit Baskenmützen herumliefen. Dadurch wurde es höchstens noch spießiger. Kaum etwas ist provinzieller als »Weltbürger«, die noch nie von zu Hause weggekommen sind. Aber wie konnte es eigentlich dazu kommen, daß dieser eitle Geck bei der Zeitung genommen wurde und dort alle Macht an sich riß? Na klar, Friðþjófur dichtete rechtslastig. Er war ein »bürgerlicher Dichter«.

»Es liegt in der Natur der bürgerlichen, demokratischen Gesellschaft und der westlichen Kultur, daß sie stets nach neuen und überraschenden Möglichkeiten der Neugestaltung suchen, während die Linke und ihre Federn in den traditionellen und erstarrten Formen des Realismus und des Naturalismus verharren.« Er neigte dazu, alles doppelt zu sagen. Das hatte er in seinen beiden Wintern in Paris gelernt. Er hatte sich dort seine Brille zugelegt, bei einem Optiker in irgendeinem *Impasse*, und sah seitdem alles nur noch schwarz-weiß: *moderne et pas moderne.* Wie ein Kutschpferd zog er sein papiergewichtiges Bildungsbündel die Straße der Avantgarde entlang und folgte brav allen Beschilderungen: *Surréalisme, Absurdisme, Le Nouveau Roman.* Die Franzosen waren flink darin, Nonsens zu produzieren. Und jedem Unfug konnten sie einen schönen Namen geben. *Absurdisme.* Laut Wörterbuch hieß das nichts anderes als »Blödsinn«. Die neuste Masche hieß *Dekonstruktion.* Das bedeutet etwa soviel wie »Abriß«. Die hochgebildeten Henker zerlegten die westliche Kultur Glied für Glied. Soweit ich es mitbekommen hatte, waren sie mit dem Alten Testament fertig und machten sich gerade über das Neue her. Der letzte Import aus dem Süden nannte sich *Minimalismus*, ein vornehmes Wort für Geistlosigkeit.

Durch all diese dicken Brillengläser nahm man mich natürlich nicht anders wahr denn als »Sklaven des Erzählens«, der schwitzend »Geschichten und Erzählfäden spinnt wie eine alte Spinnerin oder eine Heimstrickerin in dänischen Handarbeitszeitschriften des neunzehnten Jahrhunderts. Neue Zeiten erfordern neue Formen und neues Denken. Hier aber scheint noch der Geist Dickens' die Feder zu führen.«

Oh, diese Fron! Mit Rudimentärintellektuellen mußte ich mich mein ganzes Leben herumärgern. Und nur, weil ich als junger Mann einmal hinter dem Banner Kommunismus marschiert war, allerdings aus purem Menschenrechtsdenken. Dafür wurde ich von den Hardlinern der Avantgarde auf Lebenszeit verstoßen. Und dann mußten sie auch noch mit Dickens auf einen eindreschen! Sicher war er nicht *en vogue*. Kaum etwas war mir angenehmer, als die Zelle mit dem guten, alten Boz zu teilen, während ich meine Strafe absaß, die vom Tribunal der Avantgarde über mich verhängt worden war. Jedes Jahrhundert hat seine Schwäche, das zwanzigste war das Jahrhundert der Vervielfältigung: Hunderttausend Exemplare von Hitler und Stalin.

Friðþjófur. Er raubte mir die Ruhe und den Respekt, die ich verdient hatte. Er versuchte mir mein Land wegzunehmen, das Land, das ich das ganze Leben auf meinen schmalen Schultern trug. Das Land, das ich zum Leben erweckte. Er versuchte es mit seinen langen Artikeln im *Morgen* wieder einzuschläfern, dem »Blatt für alle Landsleute«. Die Redaktion wies ihn an, mir jemanden zum achtzigsten Geburtstag vorbeizuschicken. Es ließ sich wohl nicht vermeiden! Gerade war es in einer großen britischen Zeitung bestätigt worden: Rang 82 der weltbesten Schriftsteller lebte draußen auf Nes; saß dort seit zwanzig Jahren und hatte nie mehr Aufmerksamkeit erhalten als ein einziges ganzseitiges Interview in dem kleinen »Blatt von Format«.

Er schickte mir jemanden auf den Hals. Einen Brandstifter. Seinen Neffen. Einen frischgebackenen Hochschuldelinquenten mit eingebauter historischer Selbstgerechtigkeit.

»Wenn du jetzt, nachdem die Mauer gefallen ist, zurückblickst, was würdest du dann für die Hauptursache dafür halten, daß sich so viele Intellektuelle und Schriftsteller deiner Generation in ein derart totalitäres System wie den Kommunismus verstricken konnten?«

Ein honigsüßes Jüngelchen, das erkennbar noch an jedem Wochenende seines Lebens »richtig ausschlafen« konnte. Wo hätte ich anfangen sollen? Vielleicht mit den *Ruhezeitverordnungen für Seeleute*? Wie? Und wieso sollte ich etwas über die KP des Jahres 1992 sagen, wo ich seit '38 an keiner Zellensitzung mehr teilgenommen hatte? Nein. Jedes dieser Jubilarinterviews war schon sehr merkwürdig. Vielleicht hätte ich am besten nach dem Beispiel Edvard Munchs verfahren sollen, der sie an seinem Siebzigsten in ihre *Afterpost* zurückjagte. Aber die verwünschte Eitelkeit hielt mich davon ab. Sie wollte ein Bild von sich in der Zeitung. Ich ließ mir einfallen, ihm zu antworten, daß wir es in Literatur und Kunst noch immer mit Kommunismus zu tun hätten. Die Mauer des Modernismus sei nämlich noch nicht gefallen. Natürlich hat er das rausgeschnitten, mein werter Friedensräuber, und in der Nacht selbstverständlich bestens geschlafen. Seinen gleichgeschlechtlichen Schlaf, mit seinem auf ewig ungeküßten Haupt auf dem Kissen, unter dem er all seine »Heimlichkeiten« verwahrte. Wo sind sie jetzt, mein Süßer?

Friðþjófur, die fette Forelle, kommt zum Ufer geschwommen und blickt auf. Ja, jetzt sieht er aus der Hel zu mir auf. Wir sehen uns in die Augen, und da geht mir ein Licht auf.

Ich verstehe.

Jetzt wird mir alles klar.

Endlich erinnere ich mich. Friðþjófur taut mein Gedächtnis auf. Und ein ganzer Eisklotz liegt vor mir wie ein gefrorenes

Mammut: Ein alter Roman. Ein Roman, den ich selbst geschrieben habe. Über Hrólfur in Heljadalur. Wie hieß noch mal der Titel? Es trifft mich wie ein Schlag, und ich muß mich setzen. Ich stütze mich auf eine Bülte und sehe zum Himmel auf: Oh, Gott, mein Gott … Ist das mein Schicksal? Muß ich hier an den Ufern des Sees schmachten, den ich selbst vor einem halben Leben aus dem Tintenfaß schöpfte? Um Himmels willen, ich bin in meinem eigenen Roman gelandet! Hinterhältiger Humor des Himmels. Treppenwitz der Geschichte. Ich fühle eine nasse Kälte an Hintern und Ellbogen und stehe auf. Meine Hände zittern, und mich schwindelt wieder. Beinahe falle ich hin, kann mich aber gerade noch an den Wiesenhökkern abstützen. Wie kann man sich als Autor in der eigenen Geschichte einen nassen Hintern holen? Und wie kann ein Autor in sein eigenes Buch eintreten? Nur auf eine Weise: Wenn er tot ist.

Ich bin tot.

Ich muß zugeben, daß mich diese Einsicht ziemlich enttäuscht. Das also ist der Tod. Und alle wissen Bescheid, nur ich nicht. Die Beerdigung ist vorbei, Blumen, Kränze, Leichenschmaus, Nachrufe. Wie viele hat Friðþjófur kürzen dürfen? Wie viele Seiten habe ich bekommen? Tómas Guðmundsson bekam eine ganze Sondernummer. Davíð Stefánsson drei Beilagen. Selbst der Erztrottel Þórbergur bekam nicht minder als sieben ganze Seiten in dieser konservativen Zeitung. Der Kommunist schlechthin. Nur weil er so »komisch« war. Jedenfalls habe ich mich bei der Beerdigung nicht gelangweilt. Ich sollte eine Sondernummer wert gewesen sein, mindestens sechs Bögen. Verdammt noch mal, der bedeutendste Schriftsteller des Landes! Ob die Kirche voll gewesen ist? Oder gab es »noch freie Plätze«? Eins, was ich nicht leiden konnte: leere Sitzreihen. Meine Theaterstücke? Wo waren sie jetzt? Warum lebe ich ausgerechnet in diesem Werk weiter? Acht große Romane habe ich geschrieben und drei kleine. Sieben Schauspiele. Sechs Essaysammlungen. Fünf Bände Memoiren. Und zwei Reisebücher. Und jetzt sitze ich hier in dieser einen Geschichte fest und hole mir einen nassen Arsch! War sie das einzige, was blieb? Sollte ich nur in ihr weiterleben? – Sofern man das leben nennen durfte. Und Hrólfur, der Junge, das Mensch, Eivís: Alles meine Geschöpfe. »So entstehen die Berge.« Und der Bauer auf Mýri eine exakte Kopie von Strom-Lási. O ja, seinem eigenen Werk gegenüber ist der Autor blind. Aber wie, zum Teufel, hätte ich mich auch an diese Leute erinnern sollen? Ich hatte ein halbes Jahrhundert nicht mehr von ihnen gehört.

Ich, der ich doch mein Weiterleben im Jenseits nach all der Plackerei zu ausgiebigem Entspannen nutzen wollte. Ich brauchte Ruhe. »Hier ruht Einar J. Grímsson. 1912–2000«. Doch, das sieht proper aus auf einem Grabstein, und Schulkinder können sich die Zahlen leicht merken.

Ja, ganz sicher bin ich tot.

Friðþjófur bleibt nahe am Ufer und äugt zu mir herauf. Jetzt kann ich nur noch wenig für dich tun, mein Junge, außer dich zu fressen. Ich kann dich von jemandem aufessen lassen. Ha, ha! Du Fisch in meinem Gewässer. So und nur so wirst du weiterleben und darfst noch dafür dankbar sein, nicht in deinen eigenen Gedichten versauern zu müssen, *Zwischen Steinen* oder *Moose.* Meine Leute geben mir immerhin Schnaps. Friðþjófur Kotzbrocken. Hast du mich also am Ende doch noch erwischt. Eine Kleinigkeit in einem großen Buch, ein Stilbruch, die einzige Sünde, die ich mir erlaubte: Ich ließ mich vom Ärger hinreißen, einer Forelle dein Gesicht zu geben. Ich konnte der Versuchung einfach nicht widerstehen, der Vergleich schien mir schlichtweg zu passend: »Und im See schwimmt der Fisch, glasäugig, mit hängenden Mundwinkeln und blasiert wie ein Literaturkritiker, der die trockene Welt aus seinem feuchten Element beurteilt, durch den Schlamm, den sein Wüten aufwirbelt …«

Ich beuge mich über das Ufer, um genauer hinzusehen,

doch der Kritiker schießt vor dem Autor davon unter das Wellengeriffel, und ich knie vor meinem stillen Spiegelbild. Der Winterschlaf scheint mir gutgetan zu haben. Ich sehe blendend aus. Nicht zuletzt unter Berücksichtung der Tatsache, daß ich gerade erst die Nachricht von meinem Ableben erhalten habe.

Ich gehe zum Hof zurück. Ich streife durch das hohe Gras, das ich anscheinend allmählich vom Frost frei schreiben kann. Was für ein eigenartiges, ja, wunderliches Gefühl. Die Berge, die lieben Berge stammen von mir. Alle Achtung! Selbst der Hof ist einigermaßen stabil gebaut. Mein Vater Karl wäre stolz darauf. Er starb in dem Herbst, in dem mein erster Roman erschien. *Friedenslicht*. Wie rührselig sind unsere Jugendjahre! Geschrieben in Moskau im Winter 37/38. Der Titel war schon ein Jahr später desavouiert, und der unfreiwillige Witz ging mir lange nach. Mama behauptete, Vater hätte noch das erste Kapitel gelesen. Das sagte sie bestimmt, um mich zu trösten. Sie meinte es immer gut. »Er starb mit deinem Buch in Händen.« Stimmt. Er starb an Langeweile. Ich habe ihn auf dem Gewissen. Im Alter von neun Jahren hatte ich mir gewünscht, er möge tot umfallen, ehe er etwas von mir lesen könne, und nun war mein Wunsch in Erfüllung gegangen. Oh, Vater, wenn du das jetzt alles sehen könntest: das Tal, die Sonne, den Frühling. Den Regenpfeifer, der dort singt. Ich wurde gewiß nie ein Bauer, aber ich erschuf einen; und bestellte diesen Acker mit der Feder, meinem Pflug. Geirlaug, Hildur, Bolscherbrust und Plinsen, ein ganzer Telephondraht voller Weiber und einem alten Knacker: alles Täuschung, Lüge, Erfindung – das, was man gewöhnlich Literatur nennt. Und, liebe Mama, ich habe daran gedacht, dem Bauern lange Unterhosen anzuziehen. Der einzige literarische Rat, den ich in meinem Leben erhalten habe: Mutter bat mich nur um eins, nämlich daran zu denken, meine Figuren warm genug anzuziehen, »damit ihnen nicht kalt wird«. O jemine! Sogar der Geruch, das Telephon, der Regenpfeifer mit sechstausend Flugkilometern im Bauch … Wie weit reicht die Literatur? Bis hinab nach Fjörður? Südwärts bis Reykjavík? Gar bis nach London? Nein, die menschliche Phantasie kennt keine Grenzen; während die Sonne untergeht, fliegt sie fünfmal um die Erde und zum Mond und zurück, ehe eine Kuh mit dem Auge zwinkert. Ich halte mir den Kopf – klar, daher konnte ich Träume sehen –, mir wird schwindlig – und deshalb verstehe ich die Tiere – nein, nicht mehr, ich fühle einen Druck. Mein Kopf will zerspringen. O Herr, gib mir Frieden! Ich bin ein Kopf im Kopf. Der Schöpfer von allem, was existiert, dieses Landes, des Himmels, ich empfinde schwindelnden Überdruß, und Trauer zieht mich hinab: Ich sinke ins Gras, mein Gras.

Oh, wie traurig. Wie traurig, so in seiner eigenen Welt gefangen zu sein, in seiner eigenen Schöpfung. Ich werde so depressiv wie nur Gott allein es sein kann. Hilf mir, einem armseligen Menschen! Ich liege rücklings in naßkaltem Gestrüpp und schaue zum Himmel auf, bete wie nie zuvor. Ich bete noch einmal. Lieber Gott, jenseits dieser Welt liegt die deine, und in ihr ist meine nur ein Samenkorn, ein Same in deiner Hand, und in diesem Samenkorn bin ich wiederum nur ein Korn, und in meiner Hand liegt dieser Same … den ich vor langer Zeit gesät habe. Mein Gott, ist das alles kompliziert! Lieber Gott, ich habe immer an dich geglaubt – trotz all meiner Spöttelei –, doch jetzt kommen mir Zweifel. Ich beginne zu zweifeln. Erst jetzt begreife ich dich und deine Lage wie … ja, wie ein Kollege. Vergib mir, Vater! Es gab also keinen höheren Sinn in unserem Leben? War pure Eitelkeit einer unserer höchsten Preise? In unseren Werken weiterzuleben? Immer wieder gedruckt zu werden? Unser Konterfei in Nachschlagewerken, unser Name auf den Lippen der Nation? Das war *alles*? Die Unsterblichkeit der Seele gebunden an Einband und Aufmachung? Der Heilige Geist in 12-Punkt-Schrift auf Papier gedruckt? Die Welt heidnisch? Der Geist tote Materie?

Ich widmete mein Leben dem, was ich für ein höheres Ziel

hielt: In den Köpfen anderer Leben zu schaffen; und doch glaubte ich stets, es gäbe höhere Dinge.

Jetzt liege ich hier. Über mir kämpft eine Wolke damit, andauernd ihre Form zu ändern, sich im Wechsel auszudehnen und zusammenzuziehen; gerade noch ein Kamel, dann eine Katze, dann ein weißer Wal am Himmel. Und wer hat darum gebeten? Wer trägt die Verantwortung dafür? Welchen Naturgesetzen folgt eine Wolke? Den »Gesetzen der Dichtung«? Ich frage. Und vor dieser Frage fliegt ein Vogel auf, dessen Art mir unbekannt ist. Ein allgemeiner Vogel, dem ich vergessen habe, Merkmale zu geben, die ihm einen Namen verleihen könnten. Nichtsdestoweniger zischt er über den See auf die Berge zu und dort kackt er. Habe ich wirklich diese Macht des Schreibens? Kann ich ein komplettes Verdauungssystem entwerfen, das sogar im Flug funktioniert? Spinne ich jetzt? Hält mich Friðþjófur noch immer zum Narren? Mir in Gestalt einer Forelle zu erscheinen wie der Teufel selbst?

Nein, in vier Jahren und vier Ländern rang ich mit Hrólfur, dem Bauern von Heljardalur, und bezwang ihn schließlich. Kein Wunder, daß er es mir mit kaltem Sinn heimzahlt. Er ist natürlich der Ansicht, ich hätte ihn schlecht und ungerecht behandelt. Aber es gibt keine Gerechtigkeit in der Dichtung. Sie ist ethische Forderung und fixe Idee einer späteren Zeit. O ja, es ist schon in Ordnung, daß ich aus dieser Welt verschwinden mußte, sie war zu verrückt für mich geworden. Überall nur noch dieses verdammte Moralisieren. All die wunderbaren Unholde der Literaturgeschichte wurden von den Anwälten der neuen Zeit vor den Kadi gezerrt. Richard III. Tag und Nacht verhört, Falstaff wegen Lügen und Zügellosigkeit zum Tod verurteilt, Humbert Humbert aus sämtlichen Kinonationen der Welt verbannt. In welchen Verliesen würde derartiges Volk einen Egill Skallagrímsson verschmachten lassen? Ich fürchte, die Karzer der Universität müßten stark nachgebessert werden, ehe ein solcher Mann eingesperrt werden könnte von Menschen, denen nie etwas Schlimmeres in ihrem Leben widerfahren ist als eine Ehescheidung. Die es sich als ihre größte Leistung anrechnen, das Rauchen aufgegeben zu haben. Die den Schock ihres Lebens erlebten, als sie einmal ein Flugzeug verpaßten. Das natürlich nicht abstürzte. Es passiert doch nie etwas in diesem Land! Hubschrauber haben die Seenot ausgerottet, und allen nur erdenklichen Unfällen wird mit Sicherheitsnetzen, Absperrungen und Helmen vorgebeugt. Also saß man nur noch zu Hause auf dem Sofa vor dem Fernseher, angeschnallt natürlich, denn »vor Risiken und Nebenwirkungen dieses Films wird gewarnt«. Ich bedauere die Schriftsteller, die nach mir kommen. Nein, diese Welt war für Literatur zu gut geworden.

Ach, dummes Geschwätz! Es klingt bestimmt nur nach einem: Ein Toter meckert über das Leben. Ich *bin* tot. Teufel, daran habe ich noch zu kauen. Aber jetzt hör' endlich mit dem Gewimmer auf! Sei stolz auf dein gutes Werk! Ja, das kannst du. Ich gönne es mir, für eine Weile still zu liegen, mitten in meinem Werk, in meinen grasüberwachsenen Texten verborgen. Jetzt zieht es sich zu. Wolken. Guck, jetzt habe ich die Sonne verdeckt. Ich muß aufpassen, daß ich nicht zu selbstgefällig werde. Und mir wieder den Hintern verkühle. Ich stehe lieber auf.

Wie ist denn nun aber meine Position? Habe ich Einfluß auf den Gang meiner eigenen Geschichte? Bin ich im Weg? Meinen Figuren? Meinen Lesern? Ja, sicher, letzten … oder vorletzten Herbst habe ich eine Pferdefliege erschlagen, die auf meinem Bett gelandet war. Damit ist sie aus sämtlichen Neuauflagen gestrichen. Ich muß wirklich aufpassen. Achtgeben, wohin ich trete; ich könnte auf ein Nest treten. Von jetzt an passe ich auf. Ich bitte den Leser, der womöglich gerade auf diese Wiese blickt, so zu tun, als würde er mich nicht sehen.

An der Hausecke ist mir danach, einfach weiter zu gehen, über den Sattel hinab ins nächste … Tal. Oder ins nächste Buch? Ich blicke zum Himmel auf. Ein paar wirre Wörter im

Blau. Donnerwetter, sind mir die Berge gut gelungen! Aber darf ich mich über die Hochheide trauen? Doch, im Osten ist es heiter, aber ich muß mich trotzdem besser vorbereiten. Man will ja als Schriftsteller nicht im eigenen Werk verlorengehen, und doch trifft es ziemlich viele. Die Leser finden sie festgefahren auf Seite 16. Aber ich halte Ausschau nach dem Wetter! Anscheinend habe ich mich noch nicht an die Regeln in dieser neuen Wirklichkeit gewöhnt. Nach dem Wetter Ausschau halten! Ich könnte doch einfach auf der nächsten Seite nachsehen, aber ich habe das Buch nicht bei mir und muß mich wohl oder übel auf meine eigenen meteorologischen Kenntnisse verlassen. Ich werde doch nach einem solch milden Frühlingstag nicht einen Schneesturm ausbrechen lassen, oder?

Solche Gedanken machen mich fertig. Ich seufze und stütze mich an der Mauer ab. Ich stütze mich auf meine Worte, aber meine Worte stützen mich nicht. Das geringste Vorhaben birgt nun komplette Lebenszweifel. Jeder Gedanke zieht zwei andere nach sich. Jeder Augenblick ist nur eine Illusion, von einem einzelnen geschaffen, aber von vielen auf unterschiedliche Weise rezipiert. Dieses Haus wird auf den Kissen der Welt rekonstruiert; jeder Leser wirft sein Leselicht darauf. In der polnischen Ausgabe steht es mit Strohdach nahe Szczecin, die Norweger verkleiden es mit Kiefer. Habe ich es nicht ausführlich genug beschrieben: Es handelt sich um ein weiß gestrichenes Steinhaus mit rotem Wellblechdach. Nein, es ist natürlich alles längst gesagt und abgeschlossen. Jeder meiner Schritte hier bleibt ohne Spuren und bedeutungslos. Jetzt kommt die Sonne wieder hervor und wirft meinen Schatten an die Wand. Ich entferne mich von ihm. Ich will keinen Schatten auf mein eigenes Werk werfen. Au weia, was für ein Durcheinander, was für Probleme!

Ich bücke mich und drehe einen Stein um. Wo er lag, ist der Untergrund dunkler. Feuchte Kiesel und die Hälfte eines Wurms, der rasch im Erdreich verschwindet. Vielleicht hatte ich mir ein Loch erhofft. Vielleicht suchte ich nach einem Loch in meinem Werk. Wenn man so will, ist der Wurm daraus verschwunden und kommt in einer anderen Welt zum Vorschein. Ich richte mich mit dem Stein in der Hand wieder auf. Er ist etwa so schwer wie ein menschlicher Schädel. Ich betrachte ihn eine Weile und denke über meine Lage nach. Die Frage läßt mich erschaudern: Muß ich hier in alle Ewigkeit schmachten? Rasch kommt mir der Gedanke an Selbstmord, doch ich lasse ihn fallen, als mir wieder bewußt wird, daß ich ja schon tot bin. Daran muß ich mich erst noch gewöhnen. Ich bin tot, und zwar noch toter als dieser Stein in meiner Hand. Er ist nicht innen hohl. Er ist durch und durch massiv. Teil dieses Werks. Er ist der Punkt hinter einem Satz in Kapitel 7. Ich lege ihn wieder an seinen Platz.

Ich muß mich wohl oder übel damit abfinden: Ich bin unsterblich. Und habe es nun mit dem unvermeidlichen Leben nach dem Tod zu tun.

Ich gehe um den Anbau und bleibe mit dem Fuß an der Leine hängen, die, mit dem einen Ende an der Hausecke festgebunden, mit dem anderen am Schuppen, über den Hofplatz läuft, und ich denke darüber nach, wie lange ich das Mädchen sich dort aufhalten ließ. Eine ganze Woche lang kämpfte ich mich auf Hotelterrassen und in engen, heißen Gassen über diesen Hofplatz durch den Schneesturm zu Eivís durch. In einem Taxi fand ich sie endlich. Sie saß auf ihren eigenen Händen an eine Hauswand gekauert. Aber wie habe ich sie ins Haus bekommen?

Ich gehe ins Haus und die Treppe hinauf. Es ist niemand zu Hause.

Ich vergrabe mein Gesicht für zehn Nachlebensminuten im Bett und schaffe es, sie ohne nennenswerte Gedanken verstreichen zu lassen. Dann blicke ich auf und stiere die Balken, Sparren, Planken und Astlöcher im Giebel an und die Nägel: O wären sie doch nur die simplen, nicht rostfreien Nägel in meinem Sarg! Ich höre Hammerschläge. Die Schreibschmiede. Jeder einzelne Nagel hier steht für eine Stunde meines Lebens. Ein Bier in einem dänischen Wirtshaus oder Stöbern in *Richie's Bücherbude*. Das Tuten eines Zugs auf dem Brenner und eine schlaflose Nacht in einem eiskalten Hotel in Amalfi. Hol' mich der Teufel, alle Nägel sind ein und derselbe, der, der mich aus einer weißen Wand in Zimmer 116 im *Hotel della Luna* anstarrte! Ich schrieb für den Rundfunk an einer Gotteslästerung und konnte unter den Blicken von Christus und seiner Mutter nicht arbeiten, hängte sämtliche Heiligenbildchen ab. – Es war ein alter Aberglaube meiner Großmutter: »Ich kann es nicht haben, wenn er mich andauernd begafft.« – Aber es half nicht. Der Nagel steckte in seiner Hand, in der Hand des Meisters. Am Ende zog ich in eine andere Stadt. Mit meinem Hrólfur im Gepäck. Pagen in zehn Hotels schleppten ihn aus Taxen in die Lobby, unter Palmen in Aufzüge und wieder nach unten, und stets löste er denselben Schauder aus. Hrólfur. Ich habe dir so manches Opfer gebracht.

Ich streiche über die Bettdecke. Sie war nicht glatt. Meine Tochter schlief darunter. In jenem Herbst, in dem ich mit Hrólfur ins Ausland ging. Lovisa hieß ihre Mutter, eine Frau mit großen Brüsten und ebenso großem Herzen. Und wie hieß mein kleiner Augenstern? Ich bin gekommen, um mich von ihm zu verabschieden.

»Bin ich schon sieben, wenn du wiederkommst?«

Sie war schon neun, als ich wiederkam. Svana hieß sie. Sie starb.

Der schlimmste Augenblick in meinem Leben. Ich auf der vierten Etage in Kopenhagen und ihre Mutter am Telephon: »Vielleicht kommst du ja zur Beerdigung, wenn du es einrichten kannst.«

Lovisa war eine starke Frau aus einem weit verzweigten schwedischen Waldgeschlecht mütterlicherseits, der Vater irgendein isländischer Jón am Telephon. Es hatte mich mitten im

Krieg in diesen Wald verschlagen. Beide hatten wir uns in Þórbjörgs Waschhaus eingemietet: Zwei Dachzimmer, kalt, und ihr Bett deutlich wärmer als meins. Später heiratete sie einen Seemann, der dann Fernfahrer wurde, ein anständiger Kerl. Vier Kinder hatte sie mit ihm, und nie kam ihr ein böses Wort über mich von den Lippen bis auf dieses eine Mal: »wenn du es einrichten kannst«. Die Aufregung einer Mutter, die ihr Kind in die Hände der Zeit verloren hatte, dieser Unzeit, die gerade mit all ihren unheilvollen Drogen angebrochen war. Revolte der Jugend nannte man es, aber es war ihr Tod. Die Studenten weigerten sich zu studieren und forderten Frieden, um sich Elektrokabel in die Ohren und Gift in die Adern zu drücken. Eine traurige Zeit. Sie kämpften gegen den chemischen Krieg in Vietnam und gleichzeitig dafür, sich mit denselben Mitteln umbringen zu dürfen. Meine Svana fiel im Dschungel von My Lai in den Armen eines amerikanischen G. I. in einem Zimmer im Hotel Garður. Sie fiel durch ihn oder durch eigene Hand, wir fanden es nie heraus. Eine Überdosis überschwemmte ihren zarten Körper, und der Kerl machte sich aus dem Staub; kam zwanzig Jahre später als angesehener Jurist wieder und saß eine Weile reuevoll bei uns. Ich stellte keine Fragen. Butch. Lachhaft diese amerikanischen Namen. Ragnhildur bot ihm Kaffee an, er wollte lieber Tee. Seinen eigenen Kräutersud, den er aus der Tasche zog. Diese Generation war tief gesunken.

Svana. Sie hatte das blonde, fast weiße Haar ihrer Mutter, aber meinen hageren Körperbau und das Verfrorene und diesen Spleen, künstlerisch begabt zu sein. Schauspielerin wollte sie werden. Ihr Gesicht zeigte Ansätze dessen, was erst noch daraus werden sollte. Sein Ausdruck zeigte Ausdruck. Ein hübsches, zerbrechliches Porzellanpüppchen, das den Jungen gefiel, die Männer aber scheuten. Sie ahnten wohl etwas Unheilvolles in diesem Drogengesicht, diesen vorstehenden Augen und diesem Haar, das mit jedem Jahr dünner wurde, mit jedem neuen Land, jedem neuen Kerl und jedem neuen Job. Für eine Weile studierte sie Schauspiel in Göteborg, aber die Schule war unmöglich. Sie erkannte es schon nach einigen Wochen. Gott weiß, wohin sie dann ging, was sie trieb. Ein Anruf aus Berlin, Bitte um Geld. Ihre Stimme klang betrunken oder nach irgendeinem anderen gottverfluchten Rausch. Dann »Versuchstheater« in Kopenhagen und Selbstmordversuch in Malmö. Ihr ganzes Leben war ein Versuch. Sie war nichts als ein kleines Versuchstierchen, das der Zeit, dieser Unzeit, erlaubte, sie mit all ihren Pillen und Tabletten vollzustopfen. Meine Svana.

»Ich möchte so vieles probieren. Ich möchte alles ausprobieren …«

»… alles ausprobieren, Papa«, hatte sie sagen wollen, brachte es aber nicht über die Lippen. Sie nannte mich niemals Papa.

Das letzte Mal, das ich sie sah: Ich traf sie zufällig vor dem Hotel Borg, sie hatte einen Jungen bei sich, irgend so einen Bohèmetypen, einen dieser wadenbeißerischen Poppoeten, die glaubten, die Welt gehöre ihnen. Lachend kamen sie durch die Tür gestürmt, und sie konnte ihr Tripgekicher nicht ganz zurückhalten:

»Hi.«

»Hallo.«

»Was machst du denn hier?«

»Ich wohne hier.«

»Hier? Im Hotel Borg? Du wohnst im Hotel?«

»Ja, ich halte mich nur kurz hier auf.«

»Fährst du ins Ausland?«

»Ja, bald. Ich fliege in einer Woche nach Polen.«

»Nach Polen? Um zu schreiben?«

»Um zu schreiben« sagte sie mit einem Grinsen. Wahrscheinlich war es längst »out«. Das Theater kam mittlerweile vermutlich ohne Texte aus, und die Dichter »webten« Gedichte aus sich heraus wie besoffene Kreuzspinnen. Wo ist eigentlich geblieben, was sie zusammengesponnen haben? Alles, was Einsatz und Arbeit erforderte, wurde als bürgerlich-reaktionär verschrien, als Bestandteil eines veralteten Gesellschaftsmodells. Man konnte sich das Leben leichter machen. Genau darum ging es diesem ganzen Revoluzzertum: sich das Leben leichtzumachen! Keine Klausuren an den Universitäten, noch mehr finanzielle Unterstützung durch den Staat und Drogen, um sich über die Mühsal des Alltags zu erheben. Beharrlichkeit, Disziplin und Mühen sollten abgeschafft werden, und statt dessen warf man gegen die Enttäuschungen des Lebens Pillen ein. Wie hatten wir nur solche Dreistigkeit zustande gebracht? Gerade bei denen, denen wir es vorne und hinten reingesteckt hatten.

»Nein, zum Schreiben fahre ich später weiter nach Spanien. In Polen erscheint ein Buch von mir.«

»Echt?« fragte sie zögernd und musterte meinen Hut und den Anzug, ehe das Popgenie seiner Zigarette nach auf die Straße rotzte: »Ah, die Kommunisten mögen dich also.«

Das fanden sie bestimmt komisch. Ich sage ja: traurige Zeiten. In der Morgenpresse wurde man als Kommunist abgestempelt, und abends stand man wie ein bourgeoises Arschloch mit sausenden Frackschößen vor seiner Tochter. Jeden Tag mußte ich zu spät kommen und zu Stein werden.

Was war aus meinem kleinen, blonden Mädchen geworden?

Sie erlaubte mir nie, sie auch nur zu verdächtigen, meine Bücher gelesen zu haben. Erst viel später, lange nach ihrem Weggang, erfuhr ich, daß sie in Schweden mit ihrem Vater angegeben hatte, um eine Rolle in einem Spielfilm nach einer meiner Kurzgeschichten zu bekommen. Armes Kind. War es so schwer, die Tochter eines bekannten Schriftstellers zu sein? Hamsuns Tochter, Joyces Tochter, meine Tochter … Hat sie mich gehaßt? Hat sie ihren Vater gehaßt? Nein, sie haßte mich nicht. Ich war ihr nämlich kein Vater. Sie haßte mich höchstens dafür, daß sie mich nicht als Vater hassen konnte.

Wie all die anderen Friedensgesinnten.

»Vielleicht kommst du ja zur Beerdigung, wenn du es einrichten kannst.« Ich konnte es nicht einrichten. Merkwürdig trotzdem. Es kam mir so vor, als hätte ich diese Worte vorher schon einmal gehört. Ich legte den Hörer auf und trat ans Fenster. *Hotel Angleterre*, vierte Etage. Unten auf dem Platz standen sie mit der Dritten Welt gegen das Fünf-Sterne-Hotel und hielten rote Transparente hoch: DØD TIL IMPERIALISMEN! Ich bezog es auf mich, so in Panik war ich, verbarg mich hinter der Gardine. TOD DEM IMPERIALISMUS! schienen sie zu rufen. TOD SEINER TOCHTER! war passender.

Ich stehe am Fenster. Kongens Nytorv löst sich im Hel-See auf.

[13]

Ich bin in der Hölle. Ich habe meine Strafe bekommen. Gott hat mich von seiner Tür verwiesen und in mein eigenes Höllental verbannt. Jeder schaufelt sich sein eigenes Grab. Und das seiner Tochter. Ich habe sie für andere Leute geopfert. Für diese Leute hier: Das Mensch, Hrólfur und Eivís. Andere treffen ihre Lieben im Himmel wieder, mir aber wird, bitte sehr, ein Bett in einer Kate angewiesen, zusammen mit denen, die mir im Leben am nächsten standen. So ist es.

Ich könnte abhauen, fliehen. Wenn diese von mir erfundene Welt den Zug des Goldregenpfeifers umfaßt, dann sollte ich es auch bis nach Fjörður hinab schaffen und von dort ein Schiff nach Reykjavík nehmen können. Schlimmstenfalls eine Passage in ein anderes Buch bekommen. Ich verlasse meinen Posten am Fenster und suche meine Habwenigkeiten zusammen: Stift und Notizbuch, dann gehe ich den Dachboden entlang. In welches Buch sollte ich mich am besten davonmachen? *Der Kai*? Es müßte doch möglich sein, eine Überfahrt nach Siglufjörður zu ergattern. Aber dieser Mistkerl Buddy Steingríms war unerträglich. Da war ja Hrólfur noch besser. *Tote Dinge*? Eine Mittelstandshölle im bürgerlichen Stadtteil Melar? Nein danke! *Lachland*? Nein, da herrschte die Diktatur der Clowns. Dieser Roman war eine Ausnahme in meinem Gesamtwerk, aber merkwürdigerweise auch der einzige, der die Briten ansprach. »Mr. Grimson has created a totally brilliant totalitarian hell of forced laughter«, höre ich meine Eitelkeit aus der *Financial Times* zitieren. Ich bin an der Treppe angekommen. War denn meine gesamte Autorschaft ein einziger Alptraum? Wie wär's denn mit *Friedenslicht*? O nein, alte Weiber, die im Ersten Weltkrieg Kerzen in die Fenster stellen, und ein ehrwürdiger Bürgermeister, der am Hafen die Spanische Grippe in Empfang nimmt. Dahin gehe ich nicht. Ich könnte mich anstecken. Es reicht, tot zu sein, da muß ich nicht auch noch bettlägerig werden. Ich fahre einfach nach Süden und sehe dann zu; probiere, wie weit sich die »Elastizität der Sprache« dehnen läßt, wie die Wissenschaftler in der Stadt es ausdrücken würden. Ich steige die Treppe hinab.

In der Küche ist auf einmal die Alte wieder an ihrem Platz, plus zwei herausgeputzte unbekannte Matronen am Tisch, Landfrauen reinsten Wassers. Die eine ein Prachtexemplar mit 18 Gesäugen, die andere eine dürre Bohnenstange, das Gesicht aus einem Stock geschnitzt. Sie erheben sich, grüßen ehrfurchtsvoll. Sigríður auf Jaður, die Dürre, und Berta auf Undirhóll in einem schwarzen Zelt von Rock und mit einem Gesichtsausdruck, als sei ihr gerade jemand auf die Zehen gestiegen. Ich kenne sie beide nicht. Muß mich demnach wohl in einer stark revidierten Neuauflage meines Romans befinden. Obwohl, hm, vielleicht sind es die beiden aus dem Telephon. Die Alte bittet mich in die gute Stube. Duft von heißer Schokolade und Pfannkuchen.

Im Gang begegnet mir eine gutaussehende junge Frau in knielangem, grauem Kleid und mit aufgestecktem Haar. Das Kleid ist abgetragen und zu groß, wie ein Sack um eine Blume. Sie sieht mich an und lächelt strahlend: »Hallo!«

»Äh … hallo!«

»Hattest du dich hingelegt?«

»Hm, ja, ich denke schon.«

»Gehst du jetzt?«

»Ja. Ich hatte vor, nach Süden zu gehen.«

»Nach Reykjavík? Willst du wieder schreiben?«

»Schreiben«, sagt sie mit einem Lächeln. Und auf einmal will ich wirklich schreiben. Ich bemerke ihre Brüste unter dem aufstehenden Kleid, geheimnisvoll wie die Landhebung unter den Gletschern. Ein doppeltes Versprechen für eine strahlende Zukunft.

»Hm, ja, schon möglich.«

»Und dir geht es wieder gut?«

»Gut? … Ja, danke.«

»Das ist gut«, lächelt sie wieder, und jetzt erkenne ich die Stimme: Eivís.

»Wir haben vorhin versucht, dich zu wecken, aber du hast geschlafen wie ein Seehund.«

Wie ein Seehund. Ich muß zwei oder drei Winter geschlafen haben. Sie ist nicht wiederzuerkennen. Neben ihr steht ein junges, rothaariges Füllen in weißer Bluse und beknabbert mich mit großen Augen hinter dicken Brillengläsern. Verzeih mir, Schätzchen, dich habe ich nur so hingeschludert als ungelenke Westentaschenausgabe deiner Mutter, der Frau auf Mýri. Aber so geht es nun mal in Romanen. Die Hauptpersonen zeichnen wir Schriftsteller mit breiten, generalisierenden Strichen ins Ungefähre, halten sie offen und ein wenig unergründlich, damit sich die unterschiedlichsten Leser mit ihnen identifizieren können, und euch Nebenfiguren behaften wir mit besonderen Kennzeichen wie roten Haaren und erlauben uns eindimensionale Karikaturen.

Die Mädchen hüpfen in die Küche, und Geirlaug erscheint im Gang mit einer leeren Kuchenplatte. Sie schiebt mich ins Wohnzimmer und geht dann wieder hinaus. Drinnen findet eine Kaffeetafel statt. Die Personen feiern ihren Autor. Hrólfur hockt, die Ellbogen aufgestützt, mehr schlecht als recht auf einem Stuhl am anderen Ende des Raums und sieht zu, wie ich den Gästen die Hand schüttele. Neben dem Hausherrn sitzt ein Fremder. Dunkles, gelichtetes Haar und gewölbte Stirn über einem Kindergesicht. Entweder der Pfarrer oder ein Verletzter mit Halskrause. Auf dem Sofa drei Bauern, die ich kenne. Die Heiligen Drei Könige von Melur, Jaður und Undirhóll. Ihnen gegenüber sitzen Jói auf Mýri und eine ehrwürdige alte Witwe in Tracht. Als ich auf einem freien Hocker unter der Uhr Platz genommen habe, zeigt sie mir ihr Profil und erinnert an Whistlers Mutter auf dem gleichnamigen Gemälde. Die Nase ist gut ausgeprägt und gebogen, das Kinn schön geformt. Der Künstler hat seine helle Freude daran gehabt und es ihr in seinem Entzücken gleich doppelt verliehen. Ihr Profil weist in der Verlängerung auf ein frühlingshelles Fenster. Dort trifft der Sonntag einen Sonnentag. An der Wand ein Kalender: 1955.

Die Männer haben offenbar Wichtiges miteinander beredet, denn sie fahren jetzt fort, als wäre nichts geschehen. Der Junge kommt zu mir gelaufen wie ein Hund aus der Stubenecke und ist jetzt einen Kopf größer. Sie müssen mich mindestens hundert Seiten schlafen gelassen haben. Es sei denn, es handele sich um ein Kapitel, das ich auf Tómas' Zureden hin gestrichen habe. »Ja, es hat Biß und Geschmack, ist aber zu lang.« Immer dieselbe Geschichte. Die er nie las. Er warf bloß einen Blick auf das Manuskript und meinte, ich solle es kürzen. »Hat viel Geschmack.« Er sprach von Büchern wie von Käse. Und bohrte dann seine Löcher hinein. Irgendwann ignorierte ich ihn und ließ ihn jedes Buch in drei Teilen herausgeben. Jeden Herbst mußte ich dann in den Interviews seine Verlagsankündigungen korrigieren: »Der neue Roman von Einar Jóhann Grímsson« sei in Wahrheit eine Fortsetzung des Vorjahrestitels. Doch Tómas las nie die Interviews mit mir, und so blieb unsere Zusammenarbeit so reibungslos wie eh und je.

»Warum bist du nicht in die Kirche gekommen?« fragt der Junge mit siebenjähriger Stimme.

»Äh … Kirche? Wieso, war Gottesdienst?«

Die Witwe, *Whistler's Mother*, wendet ihr Profil mehr frontal, dreht mir eine Nase und ein Auge zu. Jetzt erinnert sie an einen französischen Notar des neunzehnten Jahrhunderts. Ihr Gesicht eine ausführliche und exakte Buchhaltung: Jede Zeile auf ihrer Stirn ausgefüllt, die Augen sehr addiert, die Nase die Summe, doppelt unterstrichen von den schmalen Lippen.

»Ja. Ich bin getauft worden, und Vísa wurde konfirmiert. Wo warst du?«

»Konfirmation«. Das Ereignis des Jahres. Mit dänischen Fremdwörtern um sich zu werfen, galt in den Jahren wohl noch als schick. Zeigen, was man alles wußte. Das war doch eine glänzende »Offerte«. Verdammte Eitelkeit! Die Witwe betrachtet mich, wie ein Buchhalter jemanden mustert, der mit Worten und Geld um sich schmeißt. Und jetzt erinnere ich mich: Das Heimatmuseum in Blois. Die Photographien ehemaliger Bürger. Eine Eingebung kam und wurde genutzt. Notizbuch: »Gesicht eines Buchhalters genau wie ein Buch. Nase Summe der Augen.«

»So, so, du bist getauft worden. Und wie heißt du jetzt?«

»Grímur«, sagt der Junge stolz. »Wie der Bruder meiner Mama und dessen Sohn. Sie sind nach Amerika gegangen.«

Mein kleiner Freund. Tatsächlich wurdest du nach meinem Onkel benannt, der nach Amerika auswanderte. Du kamst an einem heißen Sommertag in Paris zu mir, in einem Café auf dem Boulevard Beaumarchais. Zappeltest mit deinen Füßen unter dem Nachbartisch, so auffallend blond zwischen deinen Eltern, die du nie vermissen würdest. Getauft wurdest du mit einem Glas Perrier.

Geirlaug kommt mit einer neuen Ladung Pfannkuchen herein und lächelt genau wie vorhin.

»Die besten Pfannkuchen des Landes«, sagt sie und bietet mir welche an, ehe sie die übrigen auf den Tisch stellt und wieder hinausgeht. Draußen kichern die Mädchen. Der Pfannkuchen schmeckt. Wieso auch immer. Ich konnte doch nicht mal Kaffee kochen, geschweige denn etwas anderes. Schaffte es mit Müh und Not, in der Küche Licht zu machen. »Der Schalter ist neben der Speisekammer«, rief meine Ranga, wenn ich mir selbst die Pillen aus dem Kühlschrank holen wollte. Speisekammer? Haben wir eine Speisekammer? murmelte ich, während ich die Pillen aus dem Fenster warf. Diese Gesellschaft war ein einziges beschissenes Gesundheitssystem geworden. Einen ganzen Winter über lockte ich mit meinen Medikamenten-gaben auf dem Schnee unter dem Küchenfenster den größten Vogelschwarm des Viertels an. Waren ganz versessen darauf, diese Teufelsschnäbel! Zum Frühling waren sie von den ganzen Antibiotika flugunfähig und grün und blau. Und das hatten diese verdammten Quacksalber mir altem Mann antun wollen. Mir die letzten Federn rupfen!

Der französische Buchhalter sieht mir mit angeekelter Miene zu, wie ich den Pfannkuchen verdrücke. Jetzt schluckt er's runter, scheint sie zu denken. In jenem Museum in Blow-up waren kurz zuvor zwei Bilder ruiniert worden, fällt mir noch ein. Jemand hatte seiner Wut und Trauer erlaubt, das Glas über zwei Gesichtern zu demolieren. *»Famille de collaborateurs«*, sagte der altersgebeugte Museumswärter nicht ohne Rache in seiner Stimme. Natürlich hatte er sie selbst zerschlagen. Es war immerhin schon sechs Jahre nach Kriegsende. Später habe ich in Grimstad Ibsens Apotheke und seine Schuhe in der Vitrine besichtigt. Die Beschließerin, eine prachtvoll unattraktive Frau in diesen geschlechtslosen Unklamotten, die uns die Frauenemanzipation bescherte, erzählte mir von einer Büste Hamsuns. Die Einwohner hätten sich strikt geweigert, sie auf einem kleinen Platz aufzustellen, an dem zuvor das Haus einer Familie stand, die die größten Opfer im Widerstand gegen die Deutschen gebracht hatte. Jetzt befindet sich dort eine Erinnerungstafel für die Familie Dyrhus: Der Vater im Wald erschossen, drei Söhne in Konzentrationslagern gefoltert, wo einer von ihnen Selbstmord beging. »Hamsun steht noch immer im Keller des Rathauses«, berichtete die Frau mit diesem Grinsen, das nie den Krieg erlebt hat. Mit einem isländischen Grinsen.

Sämtliche Nationen kennen ihre Herausforderungen, Streitigkeiten und Kriege. Wir Isländer haben nichts als die Freundlichkeit eines kleinen, unbedeutenden Völkchens. Wie soll man Weltliteratur in einem Land ohne Waffen schreiben? Der gute Kamban hatte es versucht, und es war ihm mit gleicher Münze heimgezahlt worden. In Island wurde gerade mal ein ordentlicher Mord pro Jahr verübt, und das meist im Suff wie die meisten unserer Heldentaten. Mit solcher Harmlosigkeit mußte sich ein dramenversessener Autor herumquälen. Alles, alles mußte ich selbst erfinden – was für eine Herausforderung! –, und manchen erschien es mehr als reichlich. Ich wollte aber kein eindimensionaler Autor wie Hamsun werden, der noch immer unaufgearbeitet in den Kellern Norwegens liegt, und es bedarf sicher noch einiger Generationen, um seine Äußerungen über Hitler zu verdauen. Die Langeweile aber verzeihe ich ihm nie.

»Was sagst du, mein Freund, wer hat dich getauft?«

»Der neue Pastor. Wir haben einen neuen Pfarrer. Papa wollte mich nicht von dem alten taufen lassen.«

»Warum denn nicht?«

»Weil meine kleine Schwester gestorben ist, gleich nachdem er sie getauft hat.«

Richtig. Drei Kinder des Ehepaars auf Heljardalur hatte der alte Pfarrer getauft, und sie waren alle gestorben. Das letzte auf dem Heimweg von der Taufe. Sie waren gerade oben auf der Heide angekommen, als es starb. Der Herr nahm ein zwei Monate altes Näschen zu sich. Es war an einem Sonntag im Februar mit klarem Himmel und festem Schnee. Der Wind blies kräftig und zu frisch und schien in keinerlei Zusammenhang mit diesem Himmel zu stehen, einem luftigen, blau getönten Saal mit senkrechten, graugesprenkelten Wänden. Hrólfur stand geschlagene zwanzig Minuten da und starrte leer einen Traktorreifen an, während die Mutter mit dem leblosen Körper im Arm auf der frostigen Hochfläche stand und nach dem Leben rief, das ihr der Wind so plötzlich aus den Armen gerissen und in die Wüste geweht hatte. Eivís, damals ein neunjähriges Mädchen, saß starr auf der Hängerkupplung. Am Ende gelang es Hrólfur, seine Frau dazu zu bewegen, umzukehren und noch einmal nach Mýri hinabzufahren.

»Wo man schon einmal unterwegs ist.«

Geirlaug stand im Wohnzimmer und legte den Arm um Jófríður, die mit der kleinen Aðalbjörg auf dem Schoß dasaß. Alle drei wurden von dem unstillbaren Schluchzen der Mutter geschüttelt: Zwei erwachsene Frauen und ein totes Kind. Hrólfur holte unterdessen Jói unter einem alten Víbon-Laster hervor. Der Gemeindevorstand kam mit seinem Kopf unter einem rostfleckigen Trittbrett zum Vorschein.

»Was ist los?«

»Ich fürchte, ich muß dich bitten, noch einmal den Priester zu holen.«

Doch der, bei der Taufe schon leicht beschwipst, war mittlerweile zu besoffen, um zu beerdigen. Als Jói mit ihm auf den Hof fuhr, kam er nicht ohne Hilfe aus dem Jeep. Hrólfur hätte den Satansbraten umbringen können. In der ersten Fassung tat er es. Doch zwei Lektoren von dreien meinten, das ginge zu weit. Ich gab nach. Was konnte ich feige sein! Zu kleinmütig, zu schlapp. Nicht genügend große Gefühle. Das hat mir die große Welt nicht verziehen. Jetzt liege ich sicher noch nicht aufgearbeitet in den Kellern der Schwedischen Akademie.

Die Witwe, der französische Buchhalter, Whistlers Mutter wirft mir immer noch vorwurfsvolle Blicke zu. Was habe ich der Frau getan? Die Männer reden über Politik.

Hrólfur: »Stalin ist einfach eine Nummer zu klein. Er ist ja kaum über einszwanzig. Das ist mir zu wenig.«

»Oh, aber er ist kräftig und hat einen Charakterkopf«, meint Efert auf Undirhóll mit maunzender Stimme aus seiner Sofaecke wie ein Kater mit Darmverschlingung. Er hat sich zusammengerollt und die Schultern bis an die Ohren hochgezogen, sein Gesicht zusammengebissen, als stünde er mitten in einem Schneesturm.

»Nein, er maß mindestens hundertfünfundzwanzig Zentimeter, und es ist erwiesen, daß die Kurzbeinigen auf Dauer die Stärkeren sind. Nehmen wir nur Hitler zum Beispiel, der war, glaube ich, einszweiunddreißig«, sagt Baldur auf Jaður, grauhaarig und tiefsinnig in der Mitte des Sofas, mit fliehendem Kinn und mindestens einen Kopf größer als seine beiden Kollegen. Sein Gesicht ebenso langgezogen wie seine Rede.

»Siebenunddreißig. Hitler war einssiebenunddreißig«, korrigiert der Hausherr, »und das nenne ich kleinwüchsig.«

»Ach ja, dir können sie immer nicht groß genug sein, Hrólfur«, knirscht es aus dem Undirhóllsbauern.

»Ja, und Baldur hätte es am liebsten, wenn sie den Bauch über den Boden schleifen, ha.«

»Ich würde nicht soweit gehen, das zu behaupten, aber die Wahrheit ist nun einmal die, jedenfalls soweit heutzutage im Süden gesagt wird …«, hebt Baldur wieder an. Seine Stimme gerät mir etwas zu typisch für einen Bauern, heiser und tief zugleich, als käme sie von einem Schauspieler, der unter dem Sofa liegt und einen isländischen Bauern imitiert.

»Soo, na, von denen müssen wir uns nun schon überhaupt nichts sagen lassen. Und Hitler war völlig anders und besser als Stalin.«

»… so was …« kommt es leise aus Jói. Ich weiß jetzt, daß es entweder gedacht war als Endung von »na so was« oder »also so was« oder als Anfang von »So was ist nun mal folgendermaßen …«

»Aber hat Hitler nicht zu viele Nachkommen gehabt?« wirft Sigmundur auf Melur fragend ein, der links von Baldur sitzt und etwa zehn Jahre jünger ist.

Was habe ich mir eigentlich bei dieser Konversation gedacht? Ich werfe dem jungen Geistlichen einen Blick zu, der sich offensichtlich sehr unbehaglich fühlt und in einem Paar naher Augen Hilfe sucht. Er landet in meinen; richtet seine großen Pupillen voll theologischer Phrasen darin auf mich. Ach, mein Ärmster, wenn du mich nur unter die Erde bringen könntest.

»Doch, es waren zwar nicht ganz so viele Lämmer, aber ich gebe wenig auf diese neuen Theorien, daß Böcke kurze Beine haben sollen. Das ist einfach nur eine spinnerte Vorliebe irgendwelcher studierter Agronomen, ha.«

Na endlich. Ich verstehe. Vor fünfzig Jahren sollte das bestimmt noch witzig sein: Hammel mit den Namen Hitler und Stalin. Würde mich wundern, wenn man damals nicht drüber gelacht hätte. Trotzdem tun sie mir leid, daß sie mit solchem Blödsinn kommen müssen.

»Aber von den Kurzbeinigen kommen fettere Tiere«, sagt Sigmundur mit tiefer Stimme unter dichten Brauen. Ein Mann mit langsamen Bewegungen und geformt wie eine Robbe, die ihren Speck wie einen großen Schatz hütet. Die Hände unter der Wampe gefaltet.

»Mag sein, aber ich will meine Tiere nicht mit Fett überlasten, und dann kommen sie mit geplatzten Bäuchen aus den Bergen zurück. Wie das Vieh von Hólsfjall. Da brüsten sie sich damit, daß sie abends umherreiten müssen, um die Schafe wieder auf die Beine zu stellen, die vor lauter Fett umgefallen sind. Das nenne ich Tierquälerei und nichts anderes, ha«, sagt Hrólfur energisch.

Efert: »Wenn das mal nicht die Drehkrankheit gewesen ist, die da quälte.«

»Im Süden haben sie schon auf siebzehn Höfen notgeschlachtet«, weiß Sigmundur.

»Ja, es ist schlimm.«

Bauerngespräche. Ich habe diese Schafhistorien gründlich satt. Ich sitze dabei wie ein Gespenst bei seinem eigenen Leichenschmaus. Mit todeskalten Fingern greife ich nach warmen Pfannkuchen. Warum konnte ich keine interessanteren Figuren erschaffen? Jetzt werde ich für diese Dummheit bestraft. Ich muß hier weg! Ich schaue wieder auf den Kalender. Neues Jahr, neuer Berg. Diesmal scheint es ein Bild der Herðubreið zu sein. In etwa genau so, wie ich sie zuletzt 1974 oder ’75 gesehen habe. Es tut gut, in dieser Existenz etwas zu haben, das so fest steht wie ein Berg. Und da in diesem Roman Radiosendungen zu empfangen sind, wird auch das Rundfunkgebäude am Austurvöllur stehen. Diese fiktive Welt sollte mithin auch Reykjavík und sämtliche Verkehrsverbindungen dorthin beinhalten, nicht wahr? Schön, wie Literatur funktioniert. Du nennst nur ein Wort, »1955«, und darin sind sämtliche Nachrichten dieses Jahres enthalten, der Dorschbestand und die Schneehöhe auf den Bergen, Busreisen durch den Hvalfjörður und das Abendessen in jedem Heim, Kreuzfahrtschiffe vor der Küste mit einer ganzen Welt auf jedem Kissen und Ballettaufführungen in Buenos Aires, Bowlingbahnen in Chile sowie sämtliche Umdrehungen der Erde auf ihrer Bahn um die Sonne … – Im Anfang war das Wort.

Ich gehe nach Süden. Nach Süden, wo ich selbst schon auf Nes wohne und »so, so« am Telephon sage? Nein, wohl kaum.

Die holde Weiblichkeit marschiert in die Stube ein. Die Frau auf Mýri mit frischem Kaffee und die beiden Telephondamen in ihren üppigen Trachten. Achtzehn-Brüste-Berta fällt das Gehen schwer und sie schaukelt wie eine gichtkranke Boje in hohem Seegang. Mit vor den Röcken gefalteten Händen bauen sie sich im Türrahmen auf und betrachten die Anwesenden, stumm und mit strunzdummem Gesichtsausdruck wie ein Kritiker in einer interessanten Theateraufführung. Sie würden ihre Kritik dieser Zusammenkunft später veröffentlichen, am Telephon. Ah, die Mädchen kommen auch. Das Fohlen von Mýri mit einem Teller voller Kuchenstücke, Eivís mit einem Lächeln. Wie hübsch sie geworden ist. Alles, was zu Beginn der Geschichte nur ein andeutender Entwurf war, hat sich nun in dem engelsgleichen und doch urgesunden Antlitz ausgemalt. Ich reiste den weiten Weg bis nach Palermo, um dieses Gesicht aufzutreiben. Auf einem Gemälde in Messina fand ich sein Vorbild. Und überließ es dann Munch, dich herauszuwittern. Der Norweger hatte nämlich die Angewohnheit, Bilder ein paar Wochen im Freien auf der Wiese auszulegen, wenn er mit ihnen nicht recht zufrieden war. Die »Roßkur« nannte er das. Eivís: Ein Madonnenbild, das ich dem Schneesturm aussetzte.

Eivís. Der furchtbare Name kam mir in einem schwedischen Wald. Aus dem Schärengürtel segelte er an einem mäßig hellen Oktoberabend über bläulich schimmernde Fichtenwipfel auf mich zu. Ich lag im Laub. Vierzehn Tage war ich mit dir durch die schwedischen Wälder spaziert. Einen halben Monat lang täglich eine Stunde. Ich lag mit dir im Laub wie mit einem sterbenden Kind im Arm, als du endlich über den Wipfeln erschienst, in der Ferne, von den Schären her, auf einer goldenen Wolke schwebtest du auf mich zu, vollständig und perfekt in einem Namen: Eivís. Und jetzt lächelst du mir wieder zu. Mit diesem schönen, schüchternen und verschlossenen Mona-Lisa-Lächeln, das natürlichen Charme aus deinen Grübchen sprühen läßt.

»Schön, daß du kommen konntest«, sagt sie selig, und die Trauerfeier wird wieder zu einem Konfirmationsfest.

»So? Ich … ich hatte das Gefühl, ich mußte einfach …«

»Glaubst du, du kannst ein paar Tage bleiben? Wo du schon einmal hier bist.«

»Ja, doch. Warum nicht? Wenn … na ja, wenn dein Vater damit einverstanden ist.«

»Oh, ja, das ist er bestimmt. Jedenfalls wenn ich ihn darum bitte«, sagt sie und lächelt.

Der französische Buchhalter sieht mich an, als hätte er einen Buchungsfehler in ihrem Gesicht gefunden. Sieht durch mich hindurch. Auf dem Sofa reden sie noch immer von der Drehkrankheit. Der gute Efert scheint sie in einem Traum vorhergesehen zu haben:

»Ah, es war beim Mähen, leichter Südwind. Es ging eine laue südliche Brise, und ich stand am Fuß meiner Hauswiese, da kam ein fuchsrotes Pferd auf mich zu mit einem Mädchen auf dem Rücken, und es hatte einen gespaltenen Gaumen. Eine Hasenscharte!«

Er läßt seine Blicke überall im Zimmer herumwandern, findet aber wenig Zuspruch. Eher peinliches Schweigen. Baldur auf Jaður atmet seine Geringschätzung hörbar durch die lange Nase aus. Schließlich stellt der Pfarrer seine Tasse auf die Untertasse, faltet die Hände im Schoß und fragt höflich: »Kommt es eigentlich oft vor, Efert, daß du von Behinderten träumst?«

Er redet wie einer dieser neumodischen Psychologen, der arme Kerl. Der Alte antwortet ihm mit einem Lachen, das klingt, wie wenn eine Katze in einem alten Heusack hustet.

»He, he. Jau, jau, jau, aber nie bei Südwind. Es ist noch nie bei Südwind vorgekommen. Das ist es nämlich, was daran so bemerkenswert ist.«

Eieiei; ich sehe zum Fenster hinaus: kalt vulkanisierte Wolken. Das habe ich wohl von der Autobranche aufgeschnappt. Kalt vulkanisierte Reifen. Ich habe zwar nie begriffen, was es genau bedeutet, habe es aber trotzdem fleißig verwendet. Was war ich doch für ein Idiot. Der Junge kommt mit meiner Brille angelaufen.

»Ich habe sie vor ein paar Tagen draußen am Generatorhäuschen gefunden.«

Das Gestell ist angerostet. Es hat drei Jahre im Freien gelegen. Ich setze die Brille auf, und es öffnet sich plötzlich ein Buch vor mir:

Einar Jóhann Grímsson

DIE HÄNDE DES MEISTERS
Roman

Herðubreið
1959

Genau. Mit dem Titel war ich sehr zufrieden. Jetzt kommt alles wieder. Die Gäste scheinen allerdings gehen zu wollen. Alle sind aufgestanden und murmeln sich aus dem Zimmer, streichen Falten aus den Kleidern. Ich gebe jedem die Hand und stelle dabei fest, daß ich keine Greisenhände mehr habe. Ich sage der französischen Buchhalterin adieu, Whistlers Mutter, der ewigen Witwe. Sie verabschiedet sich schlecht gelaunt und ohne ein Wort zu sagen. Immer noch boshaft.

Jetzt weiß ich es wieder: Ich nannte sie nach Málmfríður auf Melur und beließ sie zwanzig Jahre, ohne einen Fuß vor die Tür zu setzen, im Haus ihres Vaters, bis sie seine Witwe geworden war, die grauhaarige Jungfer. Ich brachte ihr Pedanterie und Geiz bei und ließ sie ihre Gefühle tief in ihrer Seele verbergen wie Tafelsilber in der Schublade, das nie geputzt werden mußte, weil sich nie etwas ereignete, bis zu dem Herbst, in dem ich sie mit Sigmundur vor den Altar führte. Er war ein Herumtreiber unten aus Fjörður, der eine fixe Idee von eigenem Land und Vieh im Kopf hatte und weiterhin die Mägde im Stall schwängerte. Er und Málmfríður bekamen vier Töchter, von denen nicht zwei die gleiche Mutter hatten. Wahrscheinlich war diese Frau noch immer unberührt, dieses Gesicht, das ich mir jetzt genauer ansah und das mich an eine mit weißen Haaren umrahmte, vertrocknete und faltige Blume erinnerte. Tränen netzen ein Gesicht. Doch diese himmelsgrauen Augen standen dreißig Jahre trocken, selbst in dem Jahr, in dem ihre Mutter starb. Mit einer cleveren Mischung aus Sparsamkeit, Dreistigkeit und Berechnung hatte es die französische Buchhalterin geschafft, selbst aus der Beerdigung noch Profit zu ziehen.

Sie reicht einem nicht mehr als die beiden vordersten Fingerglieder und empfiehlt sich mit herabgezogenen Mundwinkeln und einem bösen Blick. Und jetzt sehe ich es: Ich hatte ihr, der französischen Buchhalterin und Mutter Whistlers, den Charakter von Charlotte gegeben, Lovisas Mutter. Charlotte, die nie meine Schwiegermutter wurde. Málmfriður wirft mir den gleichen Blick zu wie die sittenstrenge Schwedin bei der

Taufe von Svana. Sie verachtete mich. Auf mir lud sie ihren gesamten Ärger darüber ab, daß ihre Tochter dieses isländische Unzuverlässigkeits-Gen empfangen hatte, sich unter einem unehelichen Dach ein Kind machen ließ. Und sie verachtete mich noch mehr dafür, daß sie mich nicht als Schwiegersohn ihre geballte Verachtung fühlen lassen konnte. Dabei hätte sie doch froh sein können, daß ich es war und nicht Friðþjófur. Friðþjófur mit seinen verfaulten Chromosomen.

[14]

Ich starb im Heim. Es war kein besonderer Tag zum Sterben. Heutzutage stirbt man nicht mehr mit Würde, sondern im Bett. Ich starb immerhin unter einer Wolldecke. In der Fernsehecke.

In den letzten Tagen hatte ich eine Kerze beguckt. Wie ein kleines Kind. In Bann geschlagen von diesem Wunder: Wie die Flamme um den Docht spielte und dabei so wunderschön unschuldig aussah und wie sie dann acht Stunden später im Tannenschmuck verschwunden war. Es war kurz vor Weihnachten.

Und wie machte die Flamme das? Sie brannte doch bloß vor sich hin, sorgsam, warm und hell; über die Kerze gesetzt, die auf einmal ebenso verschwunden war wie sie selbst. Der Docht blieb als kleines schwarzes Fragezeichen im erstarrenden hellen Wachs zurück. Was ist das Leben?

Das Leben ist ein nicht erhelltes Licht.

Ich starb wie eine Kerze. Mein Kopf sank auf die Brust wie der Docht ins Wachs. Ich verlosch im Sessel vor dem Fernseher.

Zwei Jahre war ich im Heim. Verbrachte ganze Tage im Rollstuhl. Sie sahen nach mir, ich sah sie. Hatte aufgehört zu hören, und die Zunge befand sich im Ruhestand. Im ersten Monat hatte ich noch eine Sekretärin, ein herrlich blödsinniges Kind, das mich stundenlang angaffte. Ich hatte den letzten Band meiner Memoiren beenden wollen, doch mit jedem Tag wurden ihre Augen größer. Die Worte, die mein Hirn aussandte, sanken langsam zu einem tonlosen Gemurmel herab, das in Rauschen unterging wie ein Radiosender aus dem Fernen Osten. Bis jemand das Gerät abschaltete. Elf Tage lag ich auf der weißen Hauswiese von Heljardalur, bis mich ein ärztlicher Rettungstrupp wieder ins Gesundheitswesen zurückholte. Sprach- und gehörlos kam ich zurück. Ein sechsundachtzigjähriges Schaffenswerk ohne Verwendung. Klapperdürr und hohlwangig. Ich war kaum mehr als Augen. Der Rest des Körpers wie ein überflüssiges Anhängsel. Man versuchte, mir etwas zu lesen zu geben, und obwohl ich die einzelnen Wörter begriff, war es eine zu große Anstrengung für mich. Die Augen sprangen von Wort zu Wort. Es war für mich ein genauso schwieriger Balanceakt, wie mit glatten Schuhen auf schlüpfrigen Steinen einen Bach zu überqueren. Ich mußte mich damit abfinden. Ich war aus der Welt der Bücher verschwunden, die meine Welt gewesen war. Am meisten reute mich, daß ich nie die Ruhe gefunden hatte, den *Don Quijote* zu Ende zu lesen. Manche Bücher sind zu groß für ein einziges kurzes Leben.

Wie kam es, daß mir noch einmal diese zwei letzten Jahre gegeben wurden, dieses überflüssige Nachwort zu meiner Lebensgeschichte? Die Ärzte steckten dahinter. Wie kleine Jungs vor ihrem himmlischen Vater wollten sie ihm zeigen, was in ihnen steckte. Sie schafften es, mich aus dem Koma zurückzuholen. Sie schafften es, dem Tod zwei weitere Jahre für mich abzupressen. Koma ist die Komödie für den Ärztestand. Und keineswegs etwas Göttliches. Maschinen halten das Leben mit tödlichem Griff fest. Und dieses Leben ist kein Leben und noch weniger ein Tod. Ich wurde am Laufen gehalten wie ein wartendes Auto vor dem Flughafen des Todes.

Dann wurde ich aufgeweckt, um zwei weitere Jahre zu verbüßen. In besseren Gesellschaften früherer Zeiten wurden Menschen zum Tode verurteilt. Hier verurteilten sie einen zum Leben.

Bei der Gelegenheit möchte ich mich dafür bedanken, daß ich eine sechzehnteilige Stummfilmserie über Liebe und Affären junger Menschen in Kalifornien mit ansehen durfte sowie alles über die neuesten Sonnenschutzmittel solcher Strandwesen erfuhr. Immerhin ereigneten sich dort in der Fernsehecke einige Sonnenuntergänge, die einem Ideen für künftige Bücher eingaben, geschrieben für Bett und Bluttransfusion. Und gewiß war es angenehm, Bryndís' Hände zu spüren, Schwesternhände, die sich nicht einmal Hemingway auf den breiten Brustkasten dichten konnte. Und sicher waren mir die Besuche meiner Ranga lieb, wenn sie auch das schwierigste waren. Es läßt sich nicht alles mit den Augen sagen. Und, ja, es ist verdammt schwer, im Liegen zu pinkeln. Doch eins wußte ich, und das quälte mich am meisten: Diese Zeit war Gott nicht wohlgefällig.

Mein Urteil hatte mich ereilt, aber die Wissenschaft setzte es zur Bewährung aus.

Jeden Freitag wurde die Fahne vorsorglich auf Halbmast gesetzt. Wir sollten tunlichst vor dem Wochenende abkratzen. Dr. Halldór wollte, daß alles seine Ordnung hatte. Dafür respektierte ich ihn. Er war ein gesundes Gegengewicht gegen diese lose gegürtete Zeit. Ein Mann, der Krawatte trug. Der einzige in der ganzen Anstalt, außer mir und Steinþór, der im letzten Jahr mit mir auf dem Zimmer lag. Andere Mitarbeiter kamen einem bloß im Unterhemd entgegen und das sogar sonntags! Meist sah ich darüber hinweg, genau wie früher über den Auswurf auf den Trottoirs. Als Mann von Welt machte ich keinen Wirbel, bis das Bett neben mir mit einem erwachsenen Mann in Kinderkleidung belegt wurde. Joga-Anzug oder so ähnlich wurde es genannt, und dieses schreibunte Unding beleidigte meine Augen.

Statt dessen bekam ich Steinþór, einen prima Kerl aus der Gegend von Flói, der die Gicht hatte. Mit der Konfektion war es anscheinend genauso bestellt wie mit dem Versmaß: Es herrschte bloß noch Formlosigkeit. Niemand hatte mehr Zeit, sich sorgsam zu kleiden. Der Krawattenknoten am Morgen erweist dem Tag und dem Leben Achtung, einem Leben allerdings, dessen ich seit langem überdrüssig war; doch Bryndís band die Krawatte tadellos, und ihr ist es bestimmt nicht vorzuwerfen, daß man vergaß, mir an meinem letzten Tag Strümpfe anzuziehen. Ohne sie wäre ich hier in Heljardalur in einem ultravioletten Joga-Anzug aufgetaucht.

Dr. Halldór Þorgils war ein Ehrenmann, und ich hatte vollstes Verständnis für seine strengen Regeln. Natürlich verursachte es unnötige Kosten, Ärzte und Leichenwagen an einem Sonntag ausrücken zu lassen. Ich selbst verabschiedete mich an einem Donnerstag, und das mit einigen Gewissensbissen, denn die Spätschicht war gerade vorüber. Kurz vor den Nachrichten war ich hinüber. Eigentlich hatte ich die Nachrichten noch gucken wollen. Das tat ich trotz meiner Taubheit gewöhnlich aus alter Gewohnheit. Ich ließ halt die Bilder sprechen. Meist waren es Innenaufnahmen aus Gerichtssälen und Ministerien und Bilder vom prächtigen Tisch im Konferenzsaal der Landesbank, dem imposanten Portal der Islandsbank oder von dem schmucken Schild am Gebäude des Obersten Gerichts. Das alles bewies zunehmenden Geschmack bei den einheimischen Designern, aber leider auch eine derartige Perfektionierung der Gesellschaft, daß sich nichts mehr ereignete, was wirklich eine Nachricht wert gewesen wäre. Alles bloß Inneneinrichtung. Da war die Werbung schon aussagekräftiger: Frei und ohne Menschen darin rollten Autos über kalten Wüstensand, während ihre Besitzer leichtbekleidet an den Stränden Spaniens flanierten und Oma und Opa daheim im Lotto gewannen, Geldscheine wie Sand am Meer.

Die Welt war ein einziger Sandkasten geworden und jedes Sandkorn darin gleich wichtig: Fortbildungsinstitute und Friedenstruppen, Flaschenöffner in Kunsthandwerksläden und Fettleibige im Hungerstreik, denn die Zeit ging rasch über die Geschichte hinweg, verging mittlerweile schneller als die Geschichte und vertrug keine Klumpen in ihrem Glas. In ihrem Stundenglas. Nichts durfte anecken. Und was das schlimmste war: Der Sand hatte vergessen, wer ihn gemacht hatte. Er hatte das Meer aus den Augen verloren. Den Urozean.

Und da saß ich alter Mann am Meer und verfolgte die Reklameflut und die Ebbe.

Ich ging kurz vor den Nachrichten. Lächerlich. Das letzte, was ich in dieser Welt sah, waren drei bildhübsche junge Schwarze, die in rosafarbenen Overalls hinter Mikrophonen zappelten. Sie wackelten und schüttelten sich, glänzend vor Schweiß von all der Anstrengung, und trotzdem hielt ich die Augen auf sie gerichtet und wurde von einem plötzlichen Verlangen erfüllt: Wie schön wäre es, jetzt diese schwarzen rosa Hüften zu tätscheln. Und dann war alles zu Ende, mit drei rosa Hüften.

Meine Seele über dem Parkplatz wie eine weiße Möwe im Dunkeln, und mein erster Gedanke: Welches Auto nehme ich? Aber all diese verpuppten Brüder sahen gleich aus, ich konnte die Marken nicht mehr unterscheiden. Also drehte ich mich um – Weihnachtsbeleuchtung auf Erden und Sterne am Himmel – und sagte »jaja« zu meinem Gott, »jetzt falte ich meine Flügel und empfehle mich dir in des Himmels Hände. Auf, auf meine Seele!« Aber keine Antwort. Statt dessen ein Fall, ein Sturz zur Erde, einer neuen Erde … und ich erwachte auf einem Hang mit dem Finger eines Kindes in meinem Mund.

So war das.

Du beguckst dir ein paar rosa Hüften, und ehe du dich's versiehst, landest du in einem blauen Tal. Der Tod ist fix. Das Leben gemächlicher.

Wir entstehen wie eine Kerze, langsam und mit Geduld. Wir sammeln uns um eine dünne Schnur, bis wir daran herausgezogen werden; dann wird sie durchgeschnitten und angesteckt: Wir brennen. Und wir verlöschen wie eine Kerze, plötzlich und leise. Der Tod hat keine Lust mehr zu warten und stöhnt, pustet das Licht aus.

Der Körper bleibt zurück, ein kalter, schwarzer Docht.

[15]

Wo das Erdenleben aufhört, beginnt das Papier. Und jetzt lebe ich auf der Kugel, der wir unser ganzes Leben aufbürden, die wir zur Sonne drehen und auf ein dunkles Kissen betten. Ich geistere durch diesen Schädel wie ein Gast auf seiner eigenen Feier: überflüssig wie Gott und verantwortlich wie Gott.

Der Autor ist eine Laus im Kopf des Lesers. Der kratzt sich das Schädeldach, und da oben hat der Autor ein paar Zaunpfähle eingeschlagen, Grashalme auf ungefähr sechshundert Büscheln verteilt, auf eins von ihnen einen Goldregenpfeifer gesetzt und alles mit einem stillen Juniabend überzogen: Mittsommer.

Ein pummeliger, hübscher Goldregenpfeifer steht auf einem Grasbüschel und singt mir ein Lied. Eine Art Reisebericht in gebundener Sprache, doch mit stark spanischem Akzent, und ich verstehe nur hier und da einen zusammenhängenden Satz. Franco hat es an den Nieren. Guter Jahrgang beim Rioja. Ich werde mich doch selbst nicht so pompös nehmen, daß ich meine, die ganze Welt sei mein Werk? Ich glaube kaum. Sollte auch mein Kollege oben im Himmel die Anwandlung kennen, daß nicht alles ist, wie es scheint? Oder waren diese Mitteilungen aus einem Vogelköpfchen notwendige Ergänzungen zu dieser Geschichte? Hier hatte jeder Regenwurm einen Satz im Bauch. Hier lief alles auf eins hinaus. Und dieser kleine Waldstorchschnabel entsteht in dem Moment, wo ein Auge auf ihn fällt. Die ganze Menschheitsgeschichte hindurch suchen wir nach den Anfängen des Alls, und doch erscheint mir die Phantasie noch größer. Denn alles, was wir uns vorstellen können, verfügt noch einmal über seine eigene unbegrenzte Vorstellungskraft. Ich will ja nicht behaupten, dieser Wiesenpieper sei ein großer Dichter. Mir scheint, es handelt sich überwiegend um einfache Nachrichten aus dem Baskenland und über den Gesundheitszustand der Generäle. Ein schlicht gestrickter Vogel, der Regenpfeifer.

Aber es gibt auch Intellektuelle unter den Zugvögeln. Einmal ging ich in den Morgen hinaus, da saß ein junger, schlanker Star auf einem Wäschepfosten und sang ein Lied: »Der Tod des Autors, der Tod des Autors ...«

Er guckte ungemein belesen aus der Wäsche, nicht unähnlich der Forelle, wenn sie ihre Brille aufgesetzt hatte. Woher hatte er diesen Spruch? Die Parole kam doch erst viel später auf den Markt, und manchmal hörte ich sie in Vorträgen auf dem Kontinent. Damals hatte ich längst aufgehört, die Weltpresse zu verfolgen, überflog sie höchstens noch mit Tempo 100. Es sollte eine völlig neue Erkenntnis der Wissenschaftler sein: Der Autor ist tot, doch der Text lebt. »Alles ist Text«, sagten sie. Ich freue mich, das bestätigen zu können.

Ich gehe im Text nach Süden. Da stehen drei Pferde auf der Weide. Ich gehe zu ihnen. Was mögen sie denken? Ein Fuchs, ein Rotbrauner und ein Grauer. Hrólfur mochte keine Pferde mit Blessen; weder mit Abzeichen auf Stirn und Nase noch an den Beinen. »Ich will doch keine Pfingstochsen in meinem Tal.« Und darauf achtete er sorgfältig. Der Fuchs hebt den Kopf, sieht mich kommen.

Pferde. Von allen Dingen, die wir auf dieser Welt nicht verstehen, sind Pferde die prächtigsten. Wie würdevoll herablassend. Dem Fuchs reicht es, mir nur ein Auge zuzuwenden, eine glitzernd schwarze Glaskugel. Sämtliche Weissagerinnen Alexandrias müssen sich geschlagen geben. Auch der Graue blickt auf. Sie haben mich aufgenommen. Der Rotbraune grast weiter, rückt einen Schritt vor. Gráni wirft schnell den Kopf herum und blickt von mir weg über Wiesen, Heiden und Berge bis nach Walhall, was weiß ich. Er kaut. Unter fischförmigen Wolken bricht jetzt am Osthimmel waagerecht die Sonne hervor, wirft lange Schatten. Der Fuchs beäugt mich beidseitig, kommt näher und schnuppert: Jacke, Weste, Hände. Der Text riecht nach Text. Was für Nüstern!

»Sei mir gegrüßt«, sage ich.

Er schüttelt die Mähne, und wir schauen uns in die Augen wie zwei Menschen, die nicht sterben können. Er sieht mir mit seinen pechschwarzen Kugeln in meine bleistiftgrauen Augen, während er hinten ein paar Äpfel fallen läßt. Brav, Junge. Dann dreht er die Ohren, diese großen Lauscher, die schon die ganze Geschichte Islands in sich aufgenommen haben, und ich habe nicht über mehr Gewalt als über einen Star auf der Wäscheleine oder die Sonne am Himmel. Das Pferd hört auf einen Hund. Die Hündin Trýna bellt in der Ferne, kommt dann über die Wiese gepeest, wälzt sich im Gras und jagt mit wedelndem Schwanz um mich herum. Zu nichts nutze, das arme Vieh. Ihre Seele ist zerrissen wie ein Fetzen Stoff im Sturm. Sie jault über ihre Nutzlosigkeit in diesem Landleben. Wie ein Bedürftiger liegt sie den Menschen auf der Tasche, völlig unbrauchbar, seitdem sie jeglichen Instinkt zum Schafetreiben verloren hat. Für einen Hütehund gibt es kaum Schlimmeres, als mehrere Tage hintereinander in einer Schneewehe im Hochland eingegraben zu sein und sich an ein Schaf zu kuscheln.

Die Hündin ist keinen Deut besser als die Witwe, der französische Buchhalter, Whistlers Mutter, die schwedische Charlotte, Málmfríður auf Melur. Mit ihnen allen bin ich wohl schlecht umgegangen. Und zumindest die Letztgenannte scheint es gewußt zu haben. Bei der Konfirmationsfeier sah es so aus, als würde sie mit ihren haßerfüllten Augen geradewegs durch mich hindurchschauen. Niemand kennt seinen Gott, aber jeder Mensch erkennt seinen Teufel, wenn er ihn sieht. Vielleicht war es die Dickdarmentzündung, die ich ihr verpaßte und an der ich sie wirklich leiden ließ. Hundert Seiten lang oder mehr konnte sie nichts essen. Ich fand das gut für so einen Geizhals. Vielleicht hätte ich versuchen sollen, sie damit zu besänftigen, daß ich selbst nicht mehr als eine Scheibe gepreßte Innereien und ein paar Pfannkuchen gegessen habe – seit dem Herbst '52. Aber dann hätte sie natürlich sofort mit den Kritikern gekontert: »Wenig überzeugende Charaktere … weder Fisch noch Fleisch.« Jener bewußte Kritiker war nun mittlerweile selbst Fisch geworden, aber wie hätte ich das meiner Beinah-Schwiegermutter erklären sollen? Ein Autor sollte nie mit seinen Figuren über die Kritik diskutieren.

»Du hast die Gelegenheit ausgenutzt, um dich an einer alten Frau zu rächen, noch dazu an einer, die größtenteils deine Tochter aufgezogen hat, und das nenne ich niederträchtig«, warf mir einmal bei einem Empfang kurz nach Erscheinen der *Hände des Meisters* die hartgesottene Frau eines Chirurgen an den Kopf. Charlotta war zu ihrer Zeit ein berüchtigter Geizknochen, und Lovisa hatte mir einmal im Vertrauen erzählt, wie sie es mit beispielloser Kaltschnäuzigkeit und Rechtsverdreherei hingebogen hatte, daß ihr ein Kirchenfonds in irgendeinem schwedischen Kaff vierzig Jahre Beitragszahlungen ihrer soeben verstorbenen Mutter zurückgezahlt hatte: Die Beerdigung warf noch Gewinn ab.

Den Satz fand ich so gut, daß ich bereit war, für ihn jeglichen weiteren Umgang mit der Großmutter meines Kindes zu opfern. Entweder war man Schriftsteller oder nicht. Und der französische Notar, geboren 1812 in Blois? Hatte der nicht auch noch ein Hühnchen mit mir zu rupfen? Oder die arme Mutter Whistlers? Die sicher eine gutmütige Frau war und eine so gute Mutter, daß sie ihren Sohn zu seinem besten Werk inspirierte. Ja, ich konnte manchmal ganz schön gemein sein. Dadurch erreichte ich aber auch Platz 82 in der Welt.

Ganz unten am Nordhimmel zieht eine Wolkenbank auf. Ein Kapitelende naht.

Trýna wittert vergessene Freuden und schießt davon, dem Mädchen entgegen, das über die Wiese herankommt. Eivís. In einer blauschwarzen Jacke mit langen Ärmeln und mit einem Halfter in der Hand. Ein ungezähmtes junges Ding mit Zaumzeug. Ich setze mich auf einen mit Heidekraut bewachsenen Buckel und sehe zu, wie sie näher kommt; registriere, daß ihr das Kapitelende folgt. Es zieht schnell über den Himmel. Die Pferde sind an den Koppelzaun getrabt, als sie bei mir ankommt. Die Wolke ist nun über uns, und das Abendrot verlischt. Statt dessen legt es sich auf die Wangen des Mädchens. Das Licht wird diffus und neutral. Eivís tritt auf mich zu und setzt sich, ächzt. Der Hund legt sich eine Bülte weiter und tut so, als würde er uns nicht zuhören.

»Hallo.«

»Hallo.«

»Hier sitzt du also.«

»Ja, ich wollte mich ein bißchen mit den Pferden unterhalten.«

»Und, was haben sie gesagt? Ha, ha, ha.«

»Sie meinten, sie würden mit mir reden, wenn sie mit dem Grasen fertig wären.«

Sie kichert auf ihre Stiefel, müde und k. o. von der Stallarbeit. Ich weiß noch, wie die Gesichter auf dem Land zunehmend attraktiver wurden. Wenn die nächste Frau hundert Kilometer weit weg war, wurde eine hübsche Frau noch viel hübscher. Und die Vogelscheuche passabel. Nach zwei Wochen Straßenarbeit auf der Holtavörðuheiði fanden wir unsere Essensausgeberin unwiderstehlich. Nach einem Monat träumten die Jungs jede Nacht von ihr. In den Bergen wird jede Hexe zur Schönheitskönigin. Und in dünn besiedelten Gegenden jeder Idiot ein König. So machte Friðþjófur Karriere. In Paris hätte er bei *Le Monde* nicht einmal das Horoskop schreiben dürfen; hier in Schizophrenien aber ließen sie ihn sogar über Literatur urteilen.

Eivís schweigt. Sie scheint über etwas nachzudenken. Oder bin ich es, der nachdenkt? Sie hat regelmäßige und schöne Zähne. Die dürfte sie kaum von ihrem Vater haben. Die Briten mit ihren Pferdezähnen. Sie hat sie von mir.

»Ja, sie verstehen einen wirklich. Man muß nur mit ihnen reden«, sagt sie und blickt zu den Pferden hinüber, dann wieder auf ihre Stiefel. »Papa sagt seinen Schafen manchmal Verse vor. Einmal habe ich ihn dabei im Stall ertappt. Uns sagt er nie Gedichte auf.«

»So … Wolltest du ausreiten?«

»Ja, ich wollte kurz nach Mýri hinüber. Beziehungsweise sie wollten mir entgegenkommen. Guðmundur ist zu Besuch. Wir wollten mit ihm zum Bunker reiten. Weißt du, wo der ist?«

»Der Bunker?«

»Ja. Da, wo im Krieg die Engländer lagen. Sie hatten da einen Wachtposten oder so.«

»Ach ja, richtig.«

»Mama hat erzählt, sie wäre manchmal mit Milch zu ihnen gegangen. Sie hätte ihnen Milch verkauft.«

»So? Na ja, sie müssen durstig gewesen sein … in der Sommerhitze.«

»Denen war ewig kalt, hat Mama gesagt. Von einem von ihnen gibt es ein Photo. Ich habe es einmal bei Großmutter gesehen.«

»So, so. Wann ist deine Mutter noch mal gestorben?«

»Gleich nachdem Alla, meine kleine Schwester, starb. Sie wurde nur zwei Monate alt.«

»Und wie … War sie krank?«

»Nein, es war einfach nur …«, sie bricht ab, hebt die Augenbrauen, bläst die Backen auf und pustet aus.

Wir schweigen beide.

Dann sagt sie: »Guðmundur ist gerade aus Kopenhagen zurückgekommen.«

»Ach ja. Er ist … Wart mal … Wer ist noch mal Guðmundur?«

»Der Lehrer. Er hat uns letzten Winter unterrichtet.«

»Ach so. Und ist er … ein guter Lehrer?«

»Ja, er ist … ein sehr guter Lehrer.«

Nett und schrecklich zugleich, wie sie das sagt. Gott weiß, was sie eigentlich sagen wollte. Seht euch das an, was ich einen schönen Abend geschaffen habe! Die Wolken sind nach Süden abgezogen, und der Himmel ist blank wie ein unbeschriebenes Blatt. Mit zwei Silben oben rechts in der Ecke: Ei und vís. Zwei Augen. Die mich ansehen. Die mich mustern. Ungewiß, was sie denken.

»Jau«, sagt sie.

»Jau«, sage ich.

Dann lächelt sie.

»Du siehst heute richtig gut aus.«

»So? Findest du?«

»Ja. Als wärst du jünger geworden. Du bist jetzt viel rüstiger als damals, als du zu uns kamst.«

Wenn jemand nach seinem Tod einen roten Kopf kriegen kann, bekomme ich ihn jetzt. Papierröte natürlich. »So, so«, hatte ich wieder sagen wollen, doch auf einmal paßt es nicht mehr, wirkt zu grauhaarig.

»Tja, du bist auch ganz schön groß geworden«, sage ich und muß ihre Schenkel ansehen, die die verblichene Nankinghose ausfüllen. Dummheiten stecken jetzt darin. Das Halfter hält sie lose mit zwei Fingern. Die Fingerspitzen lugen aus dem schmutzigen Jackenärmel wie die ersten Anzeichen von etwas, das noch im Verborgenen liegt. Und diese festen, kalten Bäckchen mit der eingravierten Röte wie eine Abendwolke in Marmor.

»Ja, ja, ich bin ganz schön aufgegangen«, sagt sie und schmunzelt mit den Grübchen. Dann ruft sie den Hund, der sofort angeschossen kommt – glücklich über den plötzlichen Sinn in seinem Leben. Das Mädchen fällt hintüber und lacht über die nasse Schnauze, die ihr mit der Zunge über das ganze Gesicht fährt. Ein ganz schön feuchter Anblick für einen toten Autor. Ich lasse eine Bekassine meinen Blick ablenken. Sie setzt ihn auf einer Bülte ab, von wo er auf mich zurückfällt. Auf einen achtzig-, sechzig- oder fünfzigjährigen (?) Mann auf einem Bodenhöcker neben einem jungen Mädchen mit einem Hund auf dem Bauch.

»Gut jetzt«, sagt sie und schiebt den Hund weg, nimmt das Zaumzeug und steht auf. »Ich mache mich am besten auf den Weg.«

Ein Mädchen vom Lande. Ich sehe zu, wie sie den Fuchs aufzäumt und sich von einem hohen Grashöcker auf seinen ungesattelten Rücken schwingt. Die Hündin folgt dem Pferd. Sie wedelt mir zu. Damit wirbelt sie unbestimmte Gewissensbisse in mir auf. Ich weiß nicht, was es ist, aber ich habe das Gefühl, unter diesem fröhlichen und gesunden Mädchengesicht liegt etwas Düsteres, wie eine in den Marmor gegrabene dunkle Wolke. Eivís. Wie war noch einmal ihre Geschichte?

Ich sehe, wie Hrólfur über die Hauswiese zum Schafstall geht und mich nicht sehen will.

Ich bin jetzt bei ihm angestellt. Ein Kostgänger, der nichts ißt. Dafür sitze ich in der guten Stube und schreibe die Stammbäume von Zuchtböcken ins reine, Berichte über mustergültige Hammel und furztrockene Notizen über die besten Mutterschafe des Bauern. Stinklangweilig, aber es verkürzt mir die Zeit und tut mir gut. Die säuberlich geschriebene Anschrift hat ihn auf die Idee gebracht, »wenn du dich hier nun schon länger einzurichten gedenkst, ha«. Wir sind übereingekommen, daß ich mich noch den Sommer über hier aufhalten werde. Geirlaug hat mir schon einen Platz im Heim toter Dichter unten in Fjörður besorgt, aber hier auf dem Lande will gut Ding Weile haben, und das ist gut so. Ich bin mir gar nicht mehr sicher, ob sie mich in diesem Vergnügungslokal aufnehmen werden, seitdem ich anscheinend mit jeder Woche jünger werde, wie es ja auch dem Mädchen aufgefallen ist. Einmal pro Woche gehe ich mittlerweile auf die Toilette, um mich im Spiegel zu betrachten. Kann mich sehen lassen. Das schlimmste an meiner Arbeit ist die unausgesprochene Forderung des Bauern, daß ich so gestochen wie ein Computer schreiben soll. Ich zitterte ein wenig, als ich ihm das Ergebnis der beiden ersten Tage zeigte.

»Kokkur, Bock von Guðmundur Geirsson, geboren 1943 auf Ytri-Barð, Jökuldalur. Vater: Lítillátur von Ólafur Ásgeirsson auf Sámsstaðir in Fell, Mutter: Nös von Hrafnkell Freysteinsson auf Bjarg, deren Stammeltern: Æska von Sigurður Hjálmarsson auf Holt und Lokus von Gísli Hafsteinsson auf Stóra-Miðfell …«

Ich versuche erst gar nicht, etwas am Stil zu verbessern, sondern buchstabiere mich lediglich mühsam durch die grauenhafte Klaue des Bauern. Das meiste hat er mit breitem Zimmermannsbleistift auf die Rückseite von Schlachthofrechnungen gekritzelt. Wer hat nur diesem Mann das Schreiben beigebracht?

»Krokus hieß der Großvater von Kokkur, nicht Lokus«, korrigierte er bierernst und schob die auseinanderstehenden Schneidezähne über die Unterlippe, kratzte sich den roten Bart und las weiter. »Ja, doch, ganz leserlich.«

Manchmal erinnert er mich an mich selbst. Die Arbeit ist ihm sein ein und alles. Im Wachen wie im Schlaf. Für lange Gespräche hat er keine Zeit. Er führt dieses Tal wie ein Großunternehmen. Ist Tag für Tag auf Achse, findet keine Ruhe. Gönnt sich keine Pause. Abends fuhrwerkt er im Stall, bei den Pferden, in der Scheune. Repariert etwas, was niemandem auffällt, ist mit irgendwelchen Innenteilen seines Betriebs beschäftigt, auf die nie ein anderes Auge fallen würde. Und so stand er jetzt mit ernstem Gesicht neben mir und berichtigte einen komischen Fehler, ganz so wie ich früher neben dem Drucker von *Víkingsprent* gestanden hatte. Fuchsteufelswild wegen des geringsten Druckfehlers. Nach und nach beschleicht mich der Verdacht, daß Hrólfur mein getarntes *alter ego* darstellt.

Einmal konnte ich ihn doch in ein Gespräch verwickeln. Ich ging in den Schafstall. Er war beim Füttern. Ich beugte mich in den großen Speisesaal, und einhundertundfünfzig wohlerzogene Schafe blickten von den Tellern auf, hörten auf zu kauen und sahen mich an. Ich war hin und weg. Hatte es völlig vergessen, oder vielmehr hatte ich selten so etwas Schönes gesehen: Da standen sie mit prallen Bäuchen und in dicke Wolle gekleidet in exakt ausgerichteten, geraden Reihen beiderseits der mit Heu gefüllten Raufen wie brave und ordentliche Schulkinder und kauten ihr Essen. Bis sie mich erblickten. Dann Schweigen, und dreihundert glänzende Augen richteten sich auf mich. Sie sagten keinen Ton. Starrten mich bloß an, und ich starrte zurück, halb gelähmt von der Schönheit des Lebens, wie gut es sich anfühlte, wieder Verbindung mit der Erde zu haben. Sie gibt ihren Geschöpfen Gras, und die geben uns dafür alles, was wir brauchen: Nahrung und Kleidung. Schafe. Sie tragen die Lämmer Gottes aus. Dachte ich und war nahe daran, angesichts dieser Stallidylle in Tränen auszubrechen. Vor langer Zeit schon hatte ich vergessen, daß diese Art von Ställen unseren besten Beitrag zur Geschichte der Architektur ausmachte. All diese Pfosten, Gatter, Krippen, Raufen. Die Sockelmauer unter den Außenwänden. Und Geist, Seele so tief in jeder Strebe wie Imprägniermittel im gesamten Holzbau. Venedig war das Wort, das einem einfiel. Das Tageslicht fiel durch einige teils durchsichtige Bleche in der Dachabdeckung senkrecht auf die gelblich weißen Vliese. Es war ein himmlisches Licht, ein gleichmäßiges, gedämpftes Licht vom Himmel, das mich vor allem an das Tageslicht in dem vortrefflichen Atelier von Gunnlaugur Scheving erinnerte.

Der Schafstall, ein Künstleratelier. Ich verstand Hrólfur jetzt besser. Selbst ich hätte mir eine solche Arbeitsstätte vorstellen können. Eins hatten der Bauer und der Künstler gemeinsam: Sie waren die einzigen im Land, die ohne Verdienst arbeiten konnten.

Ein Schaf blökte schwach, und Hrólfur kam mit einem Arm voll Heu aus der Scheune, sah mich, machte kurz »ha«, und die Menge begann wieder zu kauen. Mit die schönste Musik, die ich je gehört habe. Wird man vom Sterben so sentimental? Ich stieg auf den Gang zwischen den Krippen und folgte Hrólfur auf seinen Gängen zwischen Stall und Scheune. Wie behaglich, den Temperaturunterschied zwischen der zementkalten Scheuer und dem vollbesetzten Haus zu fühlen! Was für großartige Geschöpfe! Wie ein frischgebackener Reporter bei seiner ersten Recherche begann ich Hrólfur neugierig auszufragen. Mit Zwei-Wort-Antworten wimmelte er mich ab, bis er mit dem Füttern fertig war. Erst als er in der Scheunentür stand und seinen Blick noch einmal über seine Herde schweifen ließ, sah er mich plötzlich an, wie ein Staatspräsident seinen Redenschreiber ansieht und bei sich denkt: Der Kerl ist gar nicht so blöd, wie er aussieht. Und dann erzählte er. Zwanzig Jahre hatte er sein Vieh versorgt und nur dafür gelebt. Es gehegt und gezüchtet. Zwanzig Jahre hatte er jede Nacht von ihm geträumt, und nun war zum erstenmal jemand aufgetaucht, der Interesse für seine Arbeit zeigte. In einem Pferch in unserer Nähe standen drei Böcke und warfen uns immer wieder Blicke zu, während sie ihre Mäuler ins Heu stießen, mit den Zähnen darin herumsuchten, bis sie die besten Halme erwischt hatten, die übrigen abschüttelten und dann die Köpfe hoben und genüßlich kauten. Hörner, massiv und gewunden wie ein Weltwunder.

»Der hinterste ist Nasi, dann kommt Dropi, der mit dem gelben Fleck auf der Stirn, und hier vorn Busi, noch keine zwei Winter alt.«

Drei stramme Kerle in Hörner und Wolle gepackt. Sie sahen schon ein bißchen komisch aus in ihrem untätigen 350-Tage-Urlaub. An die Arbeit mußten sie nur an 15 Tagen im Jahr.

»Ja, sie bespringen nur einmal im Jahr, aber ein Bock wie Nasi schafft bis zu dreißig Zibben an einem Tag, ich führe ihm allerdings nie mehr als fünfzehn zu. Selbst bei erstklassigen Bökken kommt am Ende nur noch minderwertiger Samen.«

Ein Mutterschaf hatte sich aus der Reihe an den Raufen

gelöst, stand am Rand des Pferchs und legte den Kopf auf die Umrandung. Es sah mit Verzweiflung in den Augen zu uns herüber und hustete einige Male auf sehr menschliche Weise.

»Ach, das ist Golsa. Sie hat es auf der Lunge. Seit gestern hat sie auch Fieber.«

Dann wollte er mir Glóa zeigen. Ich folgte ihm die Raufe entlang. Wo wir gingen, drängten sich die Schafe an den äußersten Rand, bis er sich herabbeugte und eins von ihnen ansprach, ein ausgesprochen hübsches weißes Tier ohne Hörner, das mit seinen Geschwistern im Pferch stand und mähte.

Er redete es liebevoll an: »Komm her, meine Glóa, und begrüße unseren Gast. Soo, ja.«

Das Schaf kam näher und schien dem Bauern genau in die Augen zu sehen. Er streckte ihm ein Büschel Heu entgegen, das es mit zehn langen Vorderzähnen nahm.

»Ich will sie nicht verwöhnen, aber meine Glóa ist schon etwas Besonderes, ein gescheites Tier«, sagte er, und ich sah auf das farblose Heu in seinem roten Bart. Er trug eine alte Schirmmütze, die so weit von der Idee einer Schirmmütze entfernt war wie der Kaufladen in Fjörður vom Hof.

Er behauptete, Glóa habe ein gutes Gespür für Reimgedichte. Während der Zeit des Lammens quartierte sich Hrólfur regelmäßig im Schafstall ein, wachte rund um die Uhr über seine Mutterschafe, legte sich mal für eine Stunde in der Scheune aufs Ohr und ließ sich von dem Jungen Essen und Schnaps bringen. In diesen langen Nachtwachen hielt er sich damit wach, Strophen aufzusagen. Und dann löste sich Glóa jedesmal aus der Herde, trat mit gespitzten Ohren näher und blickte mit ihren leuchtenden Augen zu ihm in die Dunkelheit. Beim Auftrieb hatte sie einmal in einer Furt ein Lamm verloren. Die Strömung riß es mit sich. Doch Glóa sprang sofort ans Ufer, lief daran entlang und zeigte dem Lamm mit ihrem Blöken, wo es an Land kommen konnte. Sobald das Lamm auf dem Trockenen war, hätte die kluge Mutter begonnen sich zu schütteln, bis das Lamm es ihr nachmachte. Dreimal tat sie das, bis das Kleine fast trocken war.

»Das vergesse ich mein Lebtag nicht.«

Hrólfur tätschelte dem Schaf mit seiner rotrissigen Pranke behutsam das Maul und dankte ihm seine Zuverlässigkeit mit einem kleinen Vierzeiler:

Gelbe Augen glühen.
Im Gatter pfeift der Wind.
Gescheit ist meine Glóa,
lieb mir wie ein Kind.

Das Schaf wirkte nicht allzu kritisch gegenüber seinen Reimwörtern. Es sperrte die Ohren auf. Es ist die Wahrheit: während er die Strophe aufsagte, drehte es ihm aufmerksam die Ohren zu. Das gemeine schäfische Volk stand derweil dabei und kaute auf seinem Heu.

Dann war es, als ob Hrólfur plötzlich zur Besinnung käme, er drehte sich zu mir altem Hammel um, sagte laut und eiskalt »jau, jau«, stand auf und verschwand in der Scheune. Die Zeit war um. Der Direktor der *Heljardalur AG* hatte keine Zeit mehr, noch länger mit Journalisten zu reden. Ich blieb zurück und besah sie mir eingehend, seine hundertfünfzig Ehefrauen, die allesamt schwanger waren.

[16]

In der Liebe hatte ich kein Glück. Landete mit den falschen Frauen im Bett. Ach, das war ganz in Ordnung, solange ich die richtigen beschreiben konnte. Natürlich war ich nicht gerade ein Tyrone Power, sondern eher wie Joyce gewachsen, mit Frauenhänden und einem schmalen Kopf, die Stirn kindlich gewölbt, die Lippen schmal, und lange vor meinen Gleichaltrigen kahl. Zweimal hat man mich auch mit Tómas Guðmundsson verwechselt. Erst spät habe ich die Chancen gehabt, die ich verdiente, und die Mädchen machten schon ins Schwimmbekken, als sie mich nur sahen. Ruhm macht sexy, sagte mir ein Schotte, der eine Biographie über Ibsen verfaßte. Mit über siebzig war der Norweger von Frauen umschwärmt, talentierten kleinen Jüdinnen aus Wien, aber da war es schon zu spät für ihn, um noch aus dem Anzug zu steigen. Ich dagegen verabschiedete mich zufrieden von meinen geschlechtlichen Anwandlungen. Erst als ich diese lästige Ablenkung von der Arbeit glücklich losgeworden war, kam ich richtig voran. Die langersehnte Impotenz besiegelte ich damit, endlich zu heiraten. Zweiundfünfzig Jahre alt. Meine Ranga war alles, was ein Mann brauchte, frigide und herzenswarm. Wir hatten zwar zwei Jungen miteinander, aber das reichte auch. Ehrlich gesagt, langweilte mich der Geschlechtsverkehr, dieser seltsame Sport, den auszuüben uns der Herr auferlegte. Diese ewige Wiederholung! Rein und raus in die Einbahnstraße des Armeleuteviertels wie ein Straßenköter. Die Geilheit ist ein verschwitzter, hungriger Bastard, der dich um so häufiger heimsucht, je mehr du ihm zu fressen gibst. Ich sperrte ihn aus und ließ ihn auf der Treppe heulen, bis er verschwand und nicht wiederkam. Mein Ansehen wuchs, je mehr ich das ausriß, was unterhalb wurzelte, das Sexualleben. Das ganze Generationen zu ihrer Lebensaufgabe machen wollten. Sie bekamen nie genug davon, daß es ihnen kam. Und bekamen trotzdem keine Kinder. Ich hatte mehr als reichlich. Es war schrecklich mit mir: Kaum steckte ich ihn in eine Frau, kam schon ein Kind dabei heraus. Ich glaube kaum, daß jemand eine größere Trefferquote aufweist.

Als Zwanzigjähriger bestieg ich im Westland, in Grundarfjörður, eine meiner Schülerinnen. Das war mein erster Schuß und mein einziger in diesem schönen Landesteil. Nicht weniger als ein ganzes Leben wurde die Folge davon. Die Verkäuferin Jónína schenkte mir später dreizehn Enkel, von denen ich nie einen zu Gesicht bekam. Ich ließ es dabei bewenden, ihnen aus der Zeitung zuzulächeln. Erst als eins der lieben Kinder eine Schallplatte veröffentlichte – Soloalbum hieß so etwas wohl –, dachte ich mir, daß bei dieser Zeugung womöglich doch etwas Brauchbares entstanden war. Durch das Gitarrengetöse war ein dichterisches Gen zu vernehmen. Der gelungene Schuß steckte mir wohl noch lange in den Gliedern, denn in den folgenden Jahren habe ich kaum jemals einen guten Fang gemacht – ich war damals ein ernsthafter junger Mann in fremden Städten, dem die Schüchternheit Kopf und Hände lähmte –, und als Lovisa in mein Blickfeld trat, war ich praktisch wieder Jungfrau. Mit siebenundzwanzig Jahren.

Lovisa war ein hinterlistiges Biest. Ihr Körper war schwedisch, damals in der Wirtschaftskrise eines der größten Mysterien, und weit über Reykjavík hinaus berühmt. Doch diese schwedische Prachtkarosse fuhr mit einer isländischen Steuerung: Sie hatte viele Männerbekanntschaften. Sie arbeitete im Café Residenz. (Die einzigen Frauen, die ich in meinem Leben kennenlernte, bedienten irgendwo. In Cafés oder Restaurants, in Buchhandlungen oder Hotels. Glücklicherweise fanden sich sehr unterschiedliche Frauen in dieser Berufsgruppe. Ragnhildur arbeitete in einer Reinigung. Sie reinigte auch mich.) Lovisa war ein Geschenk des Himmels in unserem abwechslungsarmen Leben, eine dieser Schönheitsköniginnen, die eine

Schwäche für häßliche Männer des Geistes haben. Sie bediente in jenen Jahren viele Dichter und Schriftsteller. Einer von ihnen war mein guter Freund Friðþjófur Jónsson. Er war sechs Jahre jünger als ich, in dem schlimmen Kältewinter 1918 zur Welt gekommen und deshalb von klein auf wie die zerbrechliche Porzellanvase gehütet, zu der er später tatsächlich werden sollte. »Man behandelte ihn wie ein rohes Ei. Seine Mutter hat in jenem Winter buchstäblich auf ihm gelegen wie eine Bruthenne«, erzählte mir einmal eine Frau, die jeden in der Stadt kannte. Doch im Winter '18 konnten isländischen Kleinkindern tatsächlich die Finger abfrieren, wenn die Hand in der Nacht unter der Bettdecke hervorsah.

In seiner jugendlichen Unschuld wähnte sich Friðþjófur mit Lovisa verlobt – und reiste nach Paris. Mußte aber im nächsten Frühjahr schon wieder Reißaus nehmen vor der deutschen Wehrmacht – eins der größten Verbrechen der Deutschen im Zweiten Weltkrieg. Beide waren dann zu Untätigkeit verurteilt, er im Schreiben, sie, weil sie von meinen nächtlichen Serenaden schwanger war. Bis dahin war Friðþjófur ein talentierter Bursche, und ich hatte ihn ermuntert; im übrigen auch zur Parisreise. Diese Stadt hat viele Menschen auf dem Gewissen, darunter auch Friðþjófur. Er hatte einfach nicht genug Mumm in den Knochen. Kam nach Hause mit längst veraltetem Dadaismus, Tristan Tzara und Apollinaire im Kopf und tat so, als hätte hier noch nie jemand davon gehört. Vom Surrealismus wollte er damals nichts wissen. André Breton war Kommunist, und Friðþjófur hatte sich in Paris André Gide angeschlossen und war erbitterter Antikommunist geworden. Das ging so weit, daß er den Kontakt zu seinem älteren Bruder Kristján abbrach, der hierzulande einer der radikalsten Befürworter der Sowjets war, mit einem Fuß in Moskau, wo ich mich zur gleichen Zeit wie er im Winter '37–38 aufhielt.

Damals begann Friðþjófurs Haß. Es war zu Anfang des Krieges. Fünf Jahre später war er zu Ende, doch unser Krieg dauerte noch ein halbes Jahrhundert. Die kleine Svana war ein Kind des Hasses. Von allen Seiten. Vom ehemaligen Liebhaber ihrer Mutter, weil es sie überhaupt gab, von der Großmutter (der Frau, die sie aufzog), weil sie unehelich war, und von ihrer Mutter, weil sie wurde, wie sie wurde, nämlich ihrem Vater zu ähnlich. Wahrscheinlich war ich ihr einziger Verwandter, der ihr nicht mit Hassgefühlen gegenübertrat. Ich kann leider auch nicht behaupten, ich hätte sie geliebt. Sie war mir gleichgültig. Und das war noch das Beste, was sie in ihrem Leben bekommen hat.

Nein, daran war nichts zu ändern, die größte Tragödie bestand jedoch darin, daß ausgerechnet Friðþjófur in diese Machtposition bei der Zeitung hineinstolperte. Ich mußte mich auf eine jahrzehntelange Hetzkampagne in der meistgelesenen Zeitung des Landes gefaßt machen. In dem Maß, in dem meine Anerkennung draußen in Europa wuchs, milderte sich allerdings die übelste Nachrede, und am Ende kamen sie bei festlichen Anlässen zu Interviews angekrochen, doch wenn ich um die Großaufnahmen herum etwas sagen wollte, sorgte mein Mann stets dafür, daß es herausgeschnitten wurde. Soviel zur Redefreiheit bei den Konservativen. Friðþjófur war Korrektor für »politische Korrektheit«. Für meinen jugendlichen Einsatz zu Gunsten des einfachen Volkes mußte ich lebenslang bestraft werden. Die Redakteure waren allerdings meine besten »Freunde«. Sie grüßten mich inniglich, machten Bücklinge und waren auf die gleiche Weise geölte Arschkriecher wie die meisten. Nur Friðþjófur vergab mir nicht. Einmal verließ er noch vor Beginn der Vorstellung das Nationaltheater, als er sah, daß wir zufällig in der gleichen Reihe saßen. Jahrzehntelang ging ich mit zittrigen Händen den Laugavegur hinab. An dessen Ende lag sein Revier. Lange hielt ich mich im Ausland auf und zog dann auf die Landzunge nach Nes. Am schlimmsten fand ich das kurz nach dem Krieg durch unsere Kleinstadt kursierende Gerücht, hinter der Hauptperson in meinem Roman *Ho-*

tel Island stecke in Wahrheit der kaum kaschierte Friðþjófur Jónsson. Die Leute meinten alles zu wissen. Ich hätte die Mutter meines Kindes nach den Leistungen des Pariser Dichters im Bett ausgehorcht und all die pikanten und urkomischen Details genüßlich in den Sexszenen ausgebreitet, die in der Tat für die damalige Zeit recht freizügig waren. Wie schläft ein Homosexueller mit einer Frau? Er reibt sich mit Talkum ein und schließt dann die Augen. Dann brach das Gelächter los. Aber woher, um Himmels willen, hätte ich wissen sollen, daß der Kerl eigentlich »vom anderen Ufer« war, wie man damals sagte? Und vor allem, welche Rolle spielte das schon? Natürlich hieß die Hauptperson Friðjón, aber konnten die Leute denn ums Verrecken nicht das Symbolische darin sehen? Ja, Himmelherrschaftszeiten, es war einfach unmöglich, in diesem Kleinschnüfflerumfeld etwas Großes zu schreiben! Ein Friedens-Jón mitten im Krieg! Das unschuldige, schwule isländische Gänseblümchen, das im Schoß der Weltgeschichte keine Rolle spielte. Das weder sein Territorium verteidigen noch andere einnehmen konnte. Das nicht einmal seine eigene Frau nehmen konnte, geschweige denn ausländische Invasionstruppen daran zu hindern vermochte. Die Gäste im Hotel Island. Zum Teufel damit! Mußte man den Leuten denn alles vorbuchstabieren? Hätte der Schinken eher heißen sollen: »Die Allegorie unserer Insel von fremden Soldaten geschändet, während ihre mannhaften Verteidiger miteinander im Bett liegen«?

Und welchen Grund hätte ich gehabt, dermaßen über Friðþjófur herzufallen? Der Mann tat mir eher leid. Er befand sich auf Abwegen: konnte nicht schreiben, stand politisch auf der falschen Seite, hatte sich von einem größeren Autor so gründlich zum Hahnrei machen lassen (der Alptraum aller Künstler), daß sogar ein Kind als sichtbarer Beweis dabei herauskam, und obendrein hatte er eine Neigung zur Homophilie in der Schublade, mußte sein eigentliches Selbstbild unter Verschluß im Schrank halten. Ja, was zum Teufel haßte er mich dafür, daß ich ihm die Frau ausgespannt hatte, wo er doch eigentlich homo war? Er konnte sie doch nicht festhalten und zugleich verlassen. Oder wurde er nur ein bißchen schwul, um die Gerüchte, ihm seien Hörner aufgesetzt worden, endgültig zum Verstummen zu bringen; um sich an Lovisa zu rächen oder um noch mehr den Par(ad)isvogel zu spielen? Manche behaupteten das. Aber so trotzköpfig konnte einer wohl kaum sein. Nein, Friðþjófur war schwul. Vor und nach dem Krieg. Das konnte niemandem entgehen, der sah, wie er seinen Mantel knöpfte, und noch viel weniger seinen alten Freunden. Homosexualität lernt man nicht in einem Semester an der Sorbonne. Doch warum wollte er unbedingt anderen seine Neigungen anhängen? Das habe ich nie verstanden.

[17]

An einem moosüberwachsenen Unterstand steigt Eivís vom Pferd. Der Fuchs schiebt die Trense im Maul beiseite und sucht nach Gras, etwas Freßbarem in dem Heidegestrüpp. Es ist ein friedlicher Abend im Hochland.

Der Bunker ist ein verwitterter und gut getarnter Betonkasten, halb in Geröll und Gebüsch verborgen, mit einer waagerechten Schießscharte. Von dort sieht man über das Tal der Austurá, Mýri und zwei weitere Höfe, die Höhenrücken südlich davon und weiter bis zu den Randbergen der Fjorde in blauer Ferne. Der Abendhimmel ist weißlich und leer, bis auf ein paar am Horizont dahinziehende Wolkenwale. Die bebrillte Tochter der Mýri-Familie, deren Name mir entfallen ist, steigt mit ihrem dunkelhaarigen kleinen Bruder und ihrem Hund Kátur durch den Eingang auf der Hangseite in den Unterstand. Eivís folgt ihnen, Trýna aber winselt jämmerlich und blickt ihnen nach. Der Schullehrer Guðmundur zögert und schaut über die Landschaft wie ein intellektueller Bauer. Er ist einer dieser kultivierten Menschen, die immer zu gut für diese Welt erscheinen. Ein Reisender aus einer besseren Welt, der bescheiden auch in der ärmlichen Hütte Quartier nimmt, die die hiesige darstellt. Er trägt einen dunklen Anzug und darunter einen blauen Pullover, das Jackett ist sorgfältig zugeknöpft. Er wirkt ein bißchen füllig, weniger aus Verfressenheit als aus Gutmütigkeit, das Gesicht ist wenig markant, das Haar dunkel und die Haut auffallend glatt. Ebenso auffällig sind die roten Flecken auf seinen Wangen. Sie stammen auf keinen Fall von harter Arbeit oder langen Aufenthalten an der frischen Luft, sondern wirken eher wie der äußere Abglanz eines darunter verborgenen Geheimnisses, Treibsand. Guðmundur Sigurðsson. Der durch und durch gute Mensch.

Ich fand ihn in einem Haus auf der Insel Hrísey. In einem schwarzen Rahmen auf einer geblümten Tapete. Er kam jung ums Leben, starb in einer Lawine in Fnjóskadalur und war in seinem Nachleben ebenso bescheiden wie zuvor: Die Erinnerung an ihn beschränkte sich auf ein kleines Zimmer auf Hrísey.

Er ist ungefähr zwanzig, als er sich als letzter in den Unterstand bückt und den Staub von seinen Hosenbeinen klopft. Es ist dunkel in dieser englischen Kriegshöhle, die friedliche, helle isländische Sommernacht hängt wie ein schmales Bild an der Stirnwand. Eivís streicht mit dem Finger über ein paar helle Kratzer in der Mauer: Joffrey IIIII IIIII IIII.

»Was bedeutet Joffrey?«

»Wahrscheinlich ist es ein Codewort«, sagt Guðmundur.

»Ein Codewort?«

»Ja, die Engländer verständigten sich mit einem Geheimcode, damit die Deutschen sie nicht verstehen konnten. Vermutlich meint es eine militärische Operation, die sie 14mal durchgeführt haben.«

»Guckt mal, was Kátur gefunden hat«, sagt der dunkelhaarige Junge. Jetzt sehe ich, daß er nicht der Bruder des Mädchens von Mýri ist, sondern ein Junge aus der Stadt, den man aufs Land geschickt hat. Er hält einen Teelöffel in der Hand.

»Engländer trinken viel Tee«, sagt der Lehrer. »Tee ist ihr Nationalgetränk.«

Der Hund wühlt fortgesetzt in einer Ecke des Bunkers, und sie finden noch weitere vierzehn Teelöffel. Außerdem zwei Fingerhüte, einen Flaschenöffner, einen kleinen Schraubenzieher und zwei silberglänzende Röhrchen.

»Das ist wohl Rabensilber«, meint Guðmundur. »Raben lieben blinkende Dinge. Ich habe mich geirrt. Die Sachen hier stammen nicht von den Soldaten.«

»Trinken Raben auch Tee?« fragt der Junge aus der Stadt.

Die Mädchen lachen, doch Guðmundur legt ihm genauestens das Verhalten der Raben auseinander. Von draußen hört man ein klägliches Bellen von Trýna, Kátur läuft ins Freie, der Junge hinterher. Die Mädchen suchen lieber in der Bunkerecke nach weiteren Schätzen, und der Lehrer blickt durch die Schießscharte über seinen weiten, aber fast menschenleeren Bezirk, dieses unaufgeklärte Land.

»Sieh mal, Eivís, ein Ring.«

»Laß mal sehen!«

Eivís trägt einen einfachen Ring ans Licht und betrachtet ihn.

»Es ist etwas eingraviert.«

Das Mädchen von Mýri steht auf, und beide blicken mit großen Augen auf den Lehrer, der die Gravur entziffert: Hrolfur.

»Die Raben haben ihn deinem Vater geklaut«, sagt das Mädchen. Von draußen ruft der Junge: »Gerða!«

Richtig, so heißt sie.

»Du mußt ihn ihm zurückgeben«, sagt sie zu ihrer Freundin, ehe sie aus dem Bunker klettert. Guðmundur und Eivís bleiben zurück wie zwei Kinder in einem verstummten Kriegsloch. Zwei Menschen mit einem Ehering. Sie betrachtet ihn und schaut dann hinaus über das Land. Der Lehrer steht neben ihr mit den Ellbogen in der Schießscharte und legt nachdenklich das Kinn auf die Hände.

»Deutsche Flugzeuge kamen von Norwegen herüber. Die Engländer hatten sehr starke Ferngläser.«

Eivís hält sich den Ring vors Auge und besieht sich die Landschaft durch eine vergangene Ehe, einen vergangenen Krieg. Dann setzt sie ihn ab und mustert Guðmundurs Profil. Seine Wangen wirken so wunderbar weich. Und diese roten Flecken. Sie erinnert sich, wie er im Winter rot anlief, als Hólmfríður von Melur im Großen Zimmer auf Mýri herausplatzte, Eivís sei in ihn verknallt. Da gingen die Flecken unter. Die blöde Kuh von Melur! Für ein paar Starbilder ließ sie sich auf dem Friedhof von den Jungs begaffen. Am Ende besaß sie alle Sammelbilder, die auf Mýri im Umlauf waren. Dann behauptete sie, ihre Mutter hätte sie unten in Fjörður verkauft. Aber Geirlaug meinte, Málmfríður hätte sie nur gegen Haferflocken eingetauscht. Gerða sagte, die roten Flecken von »Gummi« seien Knutschflecken. Eivís hatte sie den ganzen Winter über im Auge behalten. Sie war sicher, daß sie nicht größer geworden waren. Egal, was die blöde Kuh sagte. Manchmal saugte sie an ihrem eigenen Handrücken, draußen oder im Bett, und machte sich selbst Knutschflecken. Sie verschwanden stets nach einigen Tagen.

»Wenn man verliebt ist, ist es anders«, meinte Hólmfríður. »Er hat eine Geliebte in Fjörður.«

Konnte das stimmen? Nein, sie log genausoviel, wie sie fraß, dieser dicke Kuhhintern, der sich auf Mýri dick und fett aß und im Herbst ausgehungert wieder zur Schule kam.

»Eine Maschine ist von Fjörður aus beschossen worden. Aber sie konnte abdrehen. Es war die gleiche, die das Tankschiff versenkte.«

Der Lehrer. Er hatte ihnen alles erzählt. Die Sirene auf dem Schuldach, wie im Keller weiter unterrichtet wurde, und wie sein Bruder beim letzten Luftangriff unten am Ufer ein Bein verloren hatte. Die einzige Beute der Deutschen hierzulande: Ein zwölfjähriges Bein. Sie blickte wieder auf seine Backe. Nein, die Flecken waren unverändert. Sie hatten auch in Kopenhagen nicht zugenommen. Sie hatten sich kein bißchen verändert, seit sie im letzten Frühjahr mit ihm nach Mýrarsel gegangen war. Gerða war auf halbem Weg umgekehrt, und so hatten sie den alten Hof zu zweit aufgesucht. Das Heim ihrer Kindheit. Er inspizierte es viel zu eingehend. Sie inspizierte ihn. Jede seiner Bewegungen versetzte ihr einen Herzschlag. Sie hatte nicht viele Erinnerungen an die vier Jahre, die sie dort gelebt hatte. Wußte nur noch, wie Mama die kleine Sigga bekommen hatte, dahinten in der Ecke. Und in der Schlafbank lagen Großmutter und Großvater. »Sieh mal, wie kurz die ist.« Sie versuchte sich hineinzulegen und mußte die Beine anwinkeln. Er wagte es nicht, sie anzusehen, sondern schaute aus dem alten Fenster, auf ein viergeteiltes Tal, das sich verschwommen in dem schlecht geschliffenen und schmutzigen Glas wölbte. Sie wartete, daß er sie im Bett liegend ansehen würde, gab es aber schließlich auf und sagte: »Viel zu kurz für mich, haha.«

Er drehte sich um und schaute ihr in die Augen.

»Ja, das Leben …«, die Flecken auf den Wangen verschwanden in heftigem Erröten, sein Blick wanderte an ihrem Körper herab, »… war kürzer damals.«

Sie lachte nicht, hörte kaum, was er sagte. Dann wandte er den Kopf ab und blickte wieder über das ausgestorbene Tal.

Eivís besah sich den Ring eingehender. Hrolfur. Es fehlte der Akzent auf dem o. Weshalb? Guðmundur betrachtete noch immer die Landschaft durch die Schießscharte.

Sie: »Danke für die Ansichtskarte.«

Er zuckt zusammen, blickt sie an.

»Hast du sie schon bekommen?«

Wieder lief er knallrot an.

»Ja, sie kam gestern.«

Sie lächelte.

»Ich hätte nicht gedacht, daß die Post so schnell ist.«

Er blickt auf den Ring in ihren Händen.

»Nein.«

Sie sieht nach draußen.

»Ich dachte, sie könne noch gar nicht angekommen sein.«

»Ja. War es wirklich so heiß da?«

»Ja, die beiden ersten Tage fünfundzwanzig Grad, einmal sogar sechsundzwanzig. Dann kamen drei Tage hintereinander mit zwanzig Grad. Am letzten aber war es zweiunddreißig Grad!«

Ihnen war warm geworden im Bunker. Guðmundur wieder über und über rot im Gesicht. Weshalb erzählte er ihr das alles?

Es stand doch auf der Karte. Am dunkelsten lief er an, als er fragte: »Ist das Lammen bei euch gut verlaufen?«

»Doch, doch.«

Er wollte von allem möglichen reden, nur nicht über diese Postkarte. Er hatte es schon bereut, sie abgeschickt zu haben, als er das Postamt verließ. Die ganze Nacht hatte er wach gelegen. Was hatte er sich nur dabei gedacht? Jetzt hatte sie sicher auch ihr Vater gelesen. Nach der sorgfältigen Aufzählung der Tagestemperaturen und einer kurzen Bemerkung zum Tageslicht in jenen Breitengraden hatte er unterschrieben mit: »Ich bin sicher, daß deine Mittsommernacht heller sein wird. Guðmundur.«

Wie hatte ihm das nur einfallen können? Er war darauf gekommen, als er gegen Mitternacht an einem kleinen Schreibtisch am geöffneten Hotelfenster saß und auf die kupfergrünen Dächer Kopenhagens hinaussah. Er wußte, daß die dänische Kaufmannschaft früherer Jahrhunderte ihre Dächer mit Kupfer gedeckt hatte, den sie mit ihren Profiten aus dem Islandhandel bezahlte, und jetzt erinnerten sie ihn an die grünen Hänge daheim. Es lag das gleiche fahle Grün darauf wie auf den Berghängen zu Hause, wenn der helle Nachthimmel das Tal zur Hälfte ausfüllte und jede Farbe und jeden Laut aufsaugte, bis alles zu Schweigen und Windstille geworden war. Auf die Dächer Kopenhagens hatte sich eine isländische Sommernacht gesenkt. Und darin hatte er sich befunden. Mit ihr. Für einen Augenblick. Dann hatte er gesehen, daß er es ausgesprochen hatte, in einem Satz ganz unten auf der Ansichtskarte mit dem Bild des *Rundetaarn*. Der noch unberührte Jungmann. Zu gut für diese Welt, zu gut für seinen eigenen Körper. Sein Geist schämte sich für das, was seine Hand getan hatte. Er wurde rot über der blauen Tinte, die rasch trocknete. Doch seine Sparsamkeit siegte. Es wäre doch Verschwendung gewesen, noch eine Karte zu kaufen, und eine Seelenqual, eine Karte nicht abzuschicken, die geschrieben war. Nur warum hatte er nicht

»eure« statt »deine« schreiben können? Dabei hätte sich niemand etwas gedacht. Ein freundlicher Gruß des Lehrers an die Schüler. Und warum hatte er es nicht geändert?

»Das war sehr nett von dir, das mit der Karte«, sagte sie.

Er lief schon wieder rot an. Dieser Mann war ein Leuchtturm. Am äußersten Kap der Liebe stand dieser Guðmundur wie ein Leuchtturm, der in regelmäßigen Abständen seine Signale über das Meer aussandte, das in seinem Inneren wogte. Er wies Eivís den Weg.

»Der Runde Turm ist sehr stattlich. Er ist vierunddreißig Meter und achtzig Zentimeter hoch. Er läßt sich bis zur Plattform mit Pferd und Wagen befahren.«

Er konnte nie von etwas anderem als reinen Tatsachen reden, der Herr Lehrer. Pure Tatsachen. Alles andere schlug sich auf seinen Wangen nieder. All die blutwarmen Empfindungen, die er niemals in Worte fassen konnte, traten auf seinen Backen zutage wie Lavaströme unter einem Gletscher. Diese ewigen Knutschflecken.

»Bist du verliebt?« fragte sie.

Die Flecken verschwanden umgehend.

»Verliebt?«

»Ja.«

»Ich …«

Sie wagte es nicht länger, ihn anzusehen, die Feuersbrunst in seinem Gesicht. Beide schauten aus dem Bunker in die helle, friedliche Mittsommernacht, und am Himmel über ihnen spielten sich wieder Kriegsszenen ab. Deutsche und britische Kampfflugzeuge.

»Ich weiß nicht … ja, viel … vielleicht.«

Wie hatte er es geschafft, das über die Lippen zu bringen? Bei tausendfacher Vergrößerung von Eivís' Auge hätte man in ihrer Pupille das Spiegelbild einer fallenden Bombe sehen können.

»Wie heißt sie?«

Was? Bei tausendfacher Vergrößerung von Guðmundurs Auge hätte man in seiner Pupille das Spiegelbild einer fallenden Bombe sehen können.

Er wandte sich ihr zu. Sie wandte sich ihm zu. Ihre Augen senkten sich ineinander, und jeder konnte im Auge den Rauchpilz sehen, der von der eingeschlagenen Bombe aufstieg. Diese gänzlich fehlplazierten Sprengladungen. Er antwortete nicht. Wußte nicht, was er sagen sollte. Sie blickte auf den Ring, den sie in der Hand hielt. Blickte auf alte Kriegsereignisse, die wie dieses auf einem Mißverständnis beruhten. Hrolfur. Oh, dachte sie. Und von irgendwo kam der fehlende Akzent angeflogen und traf sie in den Rücken wie ein Pfeil.

»Vísa, komm mal gucken!« ruft der Junge in den Bunkereingang. »Sieh mal, was Kátur gefunden hat!«

»Danni, nein, gib das her!« hört man Gerða.

Eivís steckt den Ring in die Hosentasche, und sie klettern aus dem Bunker. Der Stadtjunge Danni zeigt ihnen stolz und mit einem Halbstarkengrinsen auf den Lippen eine alte, verschmutzte Illustrierte, die er auf den Boden legt. Die Brillenschlange von Mýri hockt abseits im Gras und krault ein Pferd. Abfällig sagt sie in ihre Richtung: »Blödmann!«

Sie beugen sich über ein fünfzehn Jahre altes, von Feuchtigkeit verklebtes Busen-und-Po-Blättchen. Der Hund ist ganz aufgeregt, mit hängender Zunge bekundet er seinen Stolz auf seine Funde. Er blafft Trýna an, die kaum auf die Bilder zu gucken wagt. Sie schleicht sich zur Seite wie ein Außenseiter auf dem Schulhof, schnüffelt ein bißchen in der Gegend umher und blickt nach Heljardalur hinüber; dann kehrt sie um und legt sich nahe bei Gerða und dem Pferd hin. Der Lehrer läuft wieder einmal rot an, diesmal über Schwarzweißaufnahmen von großbusigen Engländerinnen um die vierzig. Sie haben ihre Brüste in die Hände genommen und heben sie hoch. Auf einem der Bilder ist ein Mann in einem weißen Kittel zu sehen. Er stopft Brüste in eine Art neumodischen Schraubstock.

»Das sind Ausländerinnen«, kreischt der Knirps. »Ausländische Frauen sind immer nackt.«

Eivís betrachtet all diese Brüste mit kalter Miene, diese Seiten, die jene Begier weckten, der sie ihr Zustandekommen verdankt, und sie beobachtet, wie auf den Wangen Guðmundurs die Knutschflecken wieder zum Vorschein kommen. Er klappt die Zeitschrift zu und liest auf dem Titelblatt: *The British Cancer Society.*

»Das sind Kranke«, sagt er.

Als ich endlich, müde nach drei Stunden anstrengenden Wanderns, den Unterstand finde, sind die jungen Leute längst weg. Das Blatt liegt aufgeschlagen auf einem Moospolster. Ich lasse mich daneben nieder. Verdammt nette Bertas! Ich blättere ein wenig darin herum. Zu der Zeit sahen Frauen noch nach etwas aus. Sie trugen keine Männerkleidung und hatten überall etwas dran. Es steckten noch Kinder in diesen Figuren! Die T-Shirt-Schwestern im Heim waren entweder sehr feiste Zuchtforellen oder vertrocknete Stockfischgerippe. Von den letzteren hatten manche auch noch richtige Männerbizepse antrainiert. Ich kenne kaum etwas Abstoßenderes als Muskelpakete am schwachen Geschlecht. Meine Bryndís hatte genau das rechte Mittelmaß. Sie gehörte zu der einzigen Art Frau, für die ich zeit meines Lebens eine Schwäche hatte. Allerdings konnte ich nie ausprobieren, ob sie sich leicht verführen ließ. Gutgebaute, erdverbundene Frauen vom Land – das war meine Kragenweite. Anständige Frauen, jawohl. Solche, die in die Stadt gekommen waren, um in Restaurants, Hotels oder Buchhandlungen Arbeit zu finden. Wenn ich das Glück hatte, auf eine solche zu treffen, durfte sie allerdings kein Mauerblümchen sein, denn ich habe mich nie auf die Kunst verstanden, mit Frauen anzubandeln. Sie mußten mich schon ansprechen. Dadurch reduzierte sich natürlich die Auswahl, aber die eine oder andere hat es immer gegeben. Die eine oder andere Serviererin vom Lande, die bereit war, sich mit einem kurzsichtigen, glatzköpfigen, aber adretten *Homme de lettres* aus der Stadt einzulassen, der reichlich Zeit hatte.

Manchmal machten sich sogar intelligente Frauen an mich heran, meist Journalistinnen. Manche von ihnen sahen richtig gut aus. Aber ich traute ihnen nie über den Weg. Sie hätten Spitzel sein können. In Diensten Friðþjófurs. Schriftstellerinnen waren absolut tabu. Sie hätten ja über mich schreiben können! Womöglich sogar in ihren gebärmutterschwiemeligen Gedichtbänden. Über eine unerfüllte Liebe. Ólala! »Du vermagst es nicht, zu lieben …«, gurrten diese lüsternen Matrazentäubchen über ihre Männer – eine Zeile, die im übrigen auch gut auf mich gepaßt hätte. Keinem Mann, der halbwegs bei Verstand war, konnte es auch nur im Traum einfallen, sich in einen solchen Bettensumpf zu begeben. Er hätte ja mit einer ganzen Lyriksammlung im Gesicht wieder aufwachen können, während das Täubchen schon auf das nächste Kissen geflattert war. Daher endeten sämtliche Dichterinnen bei irgendwelchen noch feuchten Jüngelchen. Nein, die Ärmsten konnten nur wenig schreiben. Ihnen fehlten Kraft und zupackende Stärke. Frauenliteratur war so ziemlich die letzte Schlechtwetterfront, die ich überstehen mußte. Frauen, die über und für Frauen schrieben! Ich versuchte mich wenigstens an beide Geschlechter zu wenden. Schauspielerinnen habe ich nie angerührt. Sie wechselten den Charakter wie andere Leute Kleider. Und die Kleider wechselten sie obendrein häufig. Das ist doch bekannt. Schauspielerinnen tragen niemals zwei Tage hintereinander die gleichen Sachen. Manche ziehen sich sogar mittags um. Ich habe sogar gerüchteweise gehört, sie hätten die Angewohnheit, im Bett zu lachen. Das ist nun das letzte, was man als Mann vertragen kann.

Ich sitze mit ausgestreckten Beinen auf einem Heidekrautbüschel auf einer geröllkalten Heide und lasse meine Blicke über weiche, englische Kriegsbrüste streichen. Sie erinnern mich an Lovisa. Die war gut. Dann drehe ich die Seite um und reibe sie in den feinen Tau auf dem Moos. Wo wir doch gerade Mittsommernacht haben. Die Frau auf dem Titelbild dreht der Kamera das nackte Hinterteil zu. Sie hat dunkles, kurzgeschnittenes Haar und einen kräftigen Hals. Hübsch, wo er im Nacken mit den Haaren zusammentrifft. Diese Partie hinter den Ohren ist immer schön. Es durchrieselt mich warm, als ich spüre, wie sich ein alter Freund bemerkbar macht. Wir haben uns seit vielen, vielen Jahren nicht gesehen.

[18]

In jener Nacht trieb ich mich draußen herum. Während die Romanfiguren und die Leser schlafen, wandere ich über die Nachttische des Landes. Es ist eigentümlich weitschweifig, mein Werk. Und ganz ohne Brüche, scheint mir. Alles die Schöpfung eines Herrn. Ich erlaube mir, mich einmal selbst zu loben. Herr auf der eigenen Heide. Der sich bewußt wird, daß sein Werk größer ist als er selbst. Nicht einmal literarische Werke passen in *einen* Kopf, geschweige denn die ganze Welt.

Wo ich vorbeikam, flatterten Vögel auf, meist Regenpfeifer und Strandläufer, auch ein Schneehuhn – und ließen sich auf nahen Steinen nieder wie Mohammedanerinnen, die zu Allah beteten, ängstliche Mütter von vier Eiern, auf denen sie seit sechs Wochen gelegen hatten. Ich ließ die Augen suchend umherwandern, bis ich schließlich neben einem kahlen Stein ein winziges Nest entdeckte. Die Jungen waren gerade geschlüpft. Die Schalen des letzten lagen noch im Nest. Wahrscheinlich waren es ebenfalls Strandläufer. Vier kleine Schnäbel der Welt weit aufgesperrt, bereit, alles zu schlucken, und aus einem lebenslangen kommunistischen Gefühl der Solidarität machte ich mir Sorgen, ob sie hungrig sein könnten. Als wäre es meine Sache, sie zu füttern. Bei den gellenden Notrufen der Mutter auf einer nahen Geröllfläche besann ich mich und ging weiter.

Am höchsten Punkt der Heljardalsheide stieß ich auf eine Steinwächte und machte halt. Es hatte zu nieseln begonnen. Ich bemerkte ein altes, ausgehöhltes Schafsbein, das jemand zwischen die Steine geklemmt hatte. Darin steckte zusammengerollt ein Stück Papier, versehen mit einzelnen Notizen, Zeilen und Anmerkungen: »Die Göttliche Komödie lesen.« »Hrólfur nennt Jesus: Das Kind.« »Sommersprossig wie ein

Spatzenei …« Stets behielt ich am Ende eines Romans eine lange Liste von Einfällen zurück, die ich unbedingt noch irgendwo unterbringen wollte, zwischen anderen Ausdrücken, zwischen den Zeilen, zwischen Steinen. In der Hoffnung, jemand anders möge sie dort finden. Jemand anderer als ich.

Mit Anbruch des Morgens hörte es auf zu regnen. Als ich wieder ins Tal hinabkomme, ist es Juli. Es sieht so aus, als hätte Hrólfur schon mit der Heumahd begonnen. Von der südlichen Seite des Sees ist ein uralter Traktor zu hören. Doch wahrscheinlich habe ich sie zu früh angesetzt. Das Vieh grast nämlich noch auf der Weide beim Haus. Auf dem Hofplatz steht ein Russenjeep. Es ist Besuch gekommen.

»Du warst noch nicht in der Wanne«, sagt der.

»Äh, das stimmt. Ich war nicht in der Wanne«, antwortet Hrólfur.

Ich sitze mit meiner kleinen Familie am Mittagstisch. Reste von gekochtem, altem Hammelfleisch auf den Tellern. Eivís wirft verstohlene Blicke auf den Gast. Hochsommersonne im Fenster. Die Quarkspeise ist blendend weiß.

»Es muß aber jeder Bauer wenigstens einmal im Jahr durch die Wanne.«

»Och, mit der Hygiene nehmen es die Leute unterschiedlich genau«, sagt der Hausherr und nimmt einen großen Löffel Skyr.

Der siebenjährige Grímur blickt mit großen Augen auf seinen Vater, bereit, seine Reinlichkeit jederzeit zu verteidigen. Er scheint genau das sagen zu wollen, was wohl auch jedem Leser als erstes einfallen würde: Mein Papi muß nicht in die Wanne. Aber er sagt es nicht. Ich muß den Satz beim letzten Korrekturdurchgang gestrichen haben. Glücklicherweise. Es gibt wahrlich genug platte Wortspiele bei mir.

»Es ist aber gesetzlich vorgeschrieben. Nach den geltenden Bestimmungen hat jeder Bauer hier im Osten sein Vieh in jedem Frühjahr zu desinfizieren.«

»Ja, ja, erst waschen sie sich selbst und ihre kleinkarierten Paragraphen rein und dann treiben sie uns ins Brausebad. Ich dachte, Hitler hätte mit der Idee genug herumexperimentiert.«

»Nun wollen wir mal nicht abschweifen, Hrólfur.«

Der Agronom war genauso frisch examiniert wie der Pastor. Noch feucht hinter den abstehenden Ohren, aber voller neuer Ansätze, wie es hieß, qualifizierter Methoden. Das waren die »Männer von heute«, unfähig, mit dem ewigen isländischen Landmann umzugehen, der außerhalb der Gesellschaft lebte, ohne Strom und Telephon, Recht und Gesetz. So selten, wie sie sich hier im Tal blicken ließen, glitt ihnen natürlich alles aus den Händen. Hrólfur hielt sich mehr an Naturgesetze als an von Menschen verordnete.

Bárður Magnússon war der neue für den Bezirk zuständige landwirtschaftliche Berater. Geboren in Akureyri, ausgebildet an der Landwirtschaftsschule in Hólar und in Norwegen. Er trägt die gleichen runden Brillengläser wie ich in seinem Babyface, und darin noch die eine oder andere Aknenarbe. Der Mund schmal und verkniffen, die Nase nicht der Rede wert, die Augenbrauen über dem Brillengestell aber geschliffen von Studium und gepachteter Wahrheit. Er saß stocksteif auf seinem Stuhl. Der Ehrgeiz steckte ihm wie ein Messer im Rücken. Mit ihm an einem Tisch zu sitzen, war ein bißchen so, wie im Parlament zu sitzen.

Ich kannte solche Typen. Er war einer von diesen Überfliegern, die etwa fünf Prozent jeder Nation ausmachen. Er war zu neunundneunzig Prozent qualifiziert. Fehlte nur das eine Prozent, das darin bestand, sich im wirklichen Leben auszukennen. Das meiste Rohmaterial für ihn hatte ich sicher den Wortführern der Kommunistischen Partei abgelauscht, bei der ich für eine gewisse Zeit ein und aus ging. Sie machten einem angst, weil sie einfach alles wußten. Natürlich haben wir sie nicht komplett verstanden, folgten ihnen aber trotzdem und glaubten an sie. Sie waren die Sprachrohre der Wahrheit. Es gab nur zwei Möglichkeiten, wie es mit ihnen endete: Entweder bogen sie irgendwann vom rechten Weg ab und hörten auf ihre Frauen. Dann traten sie einer Lobby bei und verfetteten auf den Drehsesseln eines Importbüros, wurden Kommissare innerhalb des Systems, oder sie hielten an ihrer Überzeugung fest und ließen sich nach und nach an den Rand der Gesellschaft drängen, bis sie als Leuchtturmwärter auf den nördlichsten Landzungen Islands endeten, wo sie die Rote Laterne in das Polardunkel leuchten ließen.

»Gesetz ist Gesetz, und das hat man zu befolgen, außer, man sagt sich aus der Gesellschaft los und muß dann auch die entsprechenden Konsequenzen tragen. Wie willst du deinen Entschluß denn gegenüber den anderen Bauern der Gemeinde verteidigen, die ihr Vieh schon gebadet haben und es jetzt ins Hochland treiben – mitten unter deine nicht desinfizierten Schafe?«

Eivís blickt mit verträumten Augen auf diesen energischen Visionär. So talentiert. So beredt. Aber Eivís, das ist kein Mann für dich. Dieser Mann weiß alles über Schafe. Nichts über Frauen. Wie dein Vater. Hast du denn den netten Guðmundur schon völlig vergessen? Es hat mich zwei Wochen Schwerstarbeit gekostet, mir den für dich auszudenken. Gut, ich muß es zugeben: Er ist mir zu simpel geraten, und er verbaselte sämtliche Gelegenheiten, die ich ihm gab.

»Ach, Gesetze, Gesetze. Ha. Das isländische Schaf ist tausend Jahre ohne sie zurechtgekommen. Frei lief es im Hochland umher, nur von Sonne und Regen gebadet. Erst als ihr Spezialisten damit angefangen habt, hierzulande völlig unbekannte Krankheiten einzuführen, fing es an, krank zu werden. Verfluchtes Gewürm!«

Auf einmal konnte Hrólfur reden, wie immer, wenn er wütend wurde. Und er hatte vollkommen recht. Die Schafkrankheiten waren hier alle erst aufgekommen, seit man in den Jahren nach 1930 Karakulschafe aus Deutschland importiert hatte. Einer der vielen mißglückten Versuche der Isländer im 20. Jahrhundert, Neuerungen in der Landwirtschaft einzuführen.

»Wir Isländer brauchen uns unsere Lebensgrundlagen nicht von ausländischem Ungeziefer ruinieren zu lassen. Das können wir schon selbst. Wir und die eingeschleppten Nerze, ha.«

Mir ist, als würde ich mich selbst reden hören bei einem dieser Dispute mit den Literaturwissenschaftlern. Ja, irgendwer muß ihnen doch den neumodischen Schnickschnack aus Paris in den Hals zurückstopfen.

»Ausländisches Ungeziefer? Soweit ich weiß, haben uns die Briten aus dem Krieg herausgehalten. *You never walk alone. Det er* … Das ist Vergangenheit.«

»So! Der Engländer. Er war es doch, der uns erst den Frieden geraubt hat«, sagt Hrólfur, verstummt dann plötzlich mit einem Ausdruck, als habe er schon zuviel gesagt, und wirft einen schnellen Blick auf Eivís. Sie bemerkt es. Versteht sie? Ihr Haar sagt ja, ihre Augen nein. Die wandern wieder zu dem angespannten Agronomen, der den Kopf schüttelt und einen Moment schweigt, um diese absonderlichen Ansichten zu überspielen, ehe er fortfährt: »Du mußt dir darüber im klaren sein … Du mußt die Konsequenzen deines Verhaltens tragen.«

»Wie? Konsequenzen?« Verstand er das Wort?

»Ja«, sagte Bárður und setzte eine richtig ernste Miene auf. Offenbar war das Bisherige nur ein leichtes Vorspiel gewesen. Ernst genug, aber noch nicht die Hauptsache. Indem er ihm Gewissensbisse injizierte, wollte der Landwirtschaftswissenschaftler es dem Bauern leichter machen, die schlechte Nachricht zu akzeptieren.

»Hrólfur, wir haben jetzt die Resultate aus den Proben, die wir hier vor ein paar Tagen genommen haben.«

»Na und?«

»Tja, … es tut mir leid, daß ich das sagen muß, aber es sieht aus, als hätten sich deine Tiere mit Adenomatose angesteckt.«

»Drehkrankheit?«

»Ja.«

»Ich dachte, die gibt es hier im Osten gar nicht. Die käme nur im Süden vor.«

»Ja, da trat sie vor allem auf, aber es hat immer wieder den einen oder anderen Fall außerhalb des infizierten Gebiets gegeben, und, tja, du wirst wohl nicht drum herum kommen ... Du wirst wohl oder übel deinen gesamten Bestand schlachten müssen.«

»Und wer ... wer sagt das?«

»Die Kommission für Schafkrankheiten.«

»Kommission für Schafkrankheiten? Ha. Und seit wann treten diese Weiber zusammen?«

»Hm, die Kommission für Schafkrankheiten ... also ich bin ihr beigeordneter Berater. Es ist eine unserer Aufgaben, darauf zu achten, daß die gesetzlichen Vorschriften befolgt werden, und das tun wir unter Wahrung der Interessen der Allgemeinheit, aller Schafzüchter. Adenomatose ist genausowenig eine Kleinigkeit wie Schafsräude. Man muß sie ernst nehmen. Sie ist eine Krankheit, die die gesamte Branche schädigen kann.«

Ein klein wenig zittert er, der Junge. Schweißperlen auf der Stirn. Aber er hält sich wacker. Die Unbekümmertheit des Neulings. Das hier ist ganz deutlich eine seiner ersten Amtshandlungen, und es ist natürlich nicht einfach, Leuten mit solchen Eröffnungen zu kommen. Eivís ist ganz hingerissen von ihm. Will sie, daß ihr Vater sein Vieh verliert? Der kleine Grímur kann dem Gespräch einfach nicht mehr folgen. Mit seinem Löffel zieht er Milchspuren über den Tisch, Runde um Runde. Und die Alte, wo steckt die? Sie steht an ihrem Platz, die eine Hand in die Hüfte gestemmt, die andere auf dem Kaffeekessel – ich habe vergessen zu erwähnen, daß die letzten siebzehn Zeilen von Kaffeeduft durchzogen sind –, und betrachtet ihre Berge. Sie stehen da wie ihre Altersgenossen, in

Sonnenschein und südlicher Richtung: Bläulich Einbúi, der Einsiedler, in der Ferne Stakfell, der Einzelberg.

»Ha; soweit ich weiß, sind wir Bauern bislang ohne euch Wissenschaftler zurechtgekommen, genau wie das Schaf, das ohne den ganzen Seuchenquatsch, den ihr ihm anhängen wollt, prächtig gedieh. Tausend Jahre lang. Und wo wart ihr hochtrabenden Naseweise aus Þingeyri da? In Norwegen *måske*? Habt ihr nicht womöglich in Norwegen gesteckt und an Ziegenzitzen genuckelt?«

»Ziegen …? Wieso? Es ändert jedenfalls nichts daran, daß du schlachten mußt.«

»Oh, kommt ihr nur mit dem Messer, und ich werde der erste sein, der sich abstechen läßt«, stößt Hrólfur heftig hervor und steht auf. »Aber ich habe keine Zeit, mit dir die Hörner zu kreuzen. Ich bin beim Mähen.«

Damit verläßt er die Küche. Bárður erhebt sich und ruft ihm nach: »Aber Hrólfur … Hrólfur …«

Der Bauer dreht sich im Türrahmen noch einmal um und sagt mit einem Seitenblick auf mich abfällig grinsend: »Versuch dich doch mal mit dem da zu unterhalten!«

Der Agronom steht mit offenem Mund da und starrt abwechselnd mich oder den leeren Türrahmen an, dann nimmt er wieder Platz und fragt: »Bist du … sein Vater? Der alte Ásmundur?«

Also offen gesagt bin ich ein wenig beleidigt. Ich dachte doch, ich würde zunehmend jünger. Ich registriere, daß Eivís Mühe hat, ein Grinsen zu unterdrücken.

»Äh, nein, nein.«

»Wer bist du dann?«

»Nun, ich … also, ich bin der, der es geschrieben hat … ich meine …«, stottere ich.

»Er schreibt für Vater«, versucht Eivís mir beizuspringen.

»Du hast für ihn unterschrieben? Sein Bürge also?«

»Hm, ja, so kann man es vielleicht nennen.«

»Ich verstehe«, sagt Bárður ernst und schweigt mit sehr bekümmerter Miene. Die Alte kommt an den Tisch und nimmt den Fleischteller, der noch darauf steht. Liebenswürdig fragt sie den Agronomen: »Bist du sicher, daß du nichts essen möchtest? Es ist ganz bestimmt alle Räude verkocht.«

Hrólfur war schon in dem Moment eine Laus über die Leber gelaufen, als er sich zu Tisch setzte. Die beiden waren sich offensichtlich nicht zum ersten Mal begegnet. Und auch die Ereignisse des Vormittags hatten ihn ganz schön mitgenommen. Eivís, die liebe Tochter, hatte ihm stolz einen Ring in den Stall gebracht. Einen schlichten Frauenring mit seinem Namen eingraviert. Der Ehering ihrer Mutter, den sie in ihrer Unschuld für den seinen hielt. Sie hatte ihm eine Freude machen wollen. Dazu hatte sie wahrlich nicht alle Tage Gelegenheit. Er nahm ihn und drehte ihn zwischen seinen Fingern. Der Ring glänzte im Morgenlicht, das durch das Milchstallfenster fiel, wie Katzengold in den Händen eines Trolls. Hrólfur hob ihn näher ans Auge und las auf der Innenseite seinen Namen.

»Wo hast du den gefunden, ha?«

»Guðmundur meinte, ein Rabe hätte ihn sicher gestohlen. Wir fanden ihn gestern abend.«

»Und wo? Wo habt ihr ihn gefunden?«

»Oben im Bunker.«

Zum zweiten Mal in seinem Leben lief der Mann rot an. Beide Male geschah es aus Wut.

»Oben im Bunker, wie? Und was, zum Teufel, hattet ihr im Bunker zu suchen?«

»Guðmundur wollte ihn besichtigen. Er hatte noch nie einen gesehen. – Gehört er nicht dir? Es steht doch dein Name drin.«

Für einen Moment steht er wieder in der Kirche auf Mýri, einer kleinen Torfhütte. Hinter ihm siebzehn Anwesende, Frauen und Männer, nach Geschlechtern getrennt – die erste Maßnahme der Isländer gegen das Geschäker beim Gottesdienst oder »sexuelle Übergriffe«, wie es heutzutage heißt. Der Pfarrer, der alte Pfarrer, ein grober Klotz im Talar, überragt sie von der Kanzel herab mit vielen Doppelkinnen und ordentlich angeheitert. Gerade hat er sie gesegnet. Was konnte man auf eine solche Eheschließung geben? Vollzogen von einem Volltrunkenen. Konnte das nicht nur auf eine Weise enden?

»Willst du, Jófríður Þórðardóttir, mich zum Ehemann ... Verzeihung. Willst du, Jófríður Þórðardóttir, den hier vor mir anwesenden Hrólfur Ásmundsson zum Manne nehmen?«

Jófríður, ein zart errötetes, achtzehn Jahre altes Heideröslein, ein bißchen pferdeähnlich in dem Kleid, ein halb zugerittenes Pferdchen, das sich zum ersten Mal Zaumzeug anlegen läßt, obwohl es schon ein paar Ritte hinter sich hat: In ihrem Bauch drei Monate eines gewissen Þórður Hrólfsson, ihres Ältesten, der von Anfang an der ungebetene Gast bei sämtlichen Ereignissen seines Lebens bleiben sollte, der eigenbrötlerischste Mann in jeder Mannschaft. Früh rückte er von zu Hause aus, trieb sich in den Fjorden herum, zog von Schiff zu Schiff, von Frau zu Frau. Mit nicht einmal zwanzig galt er für seine Familie als ertrunken, ebenso wie sein jüngerer Bruder Heiðar, der in der Hel ertrank. Das war in ihrem ersten Jahr im Tal. Doch Þórður? Ja, was mochte aus ihm geworden sein, dachte Hrólfur, während er auf seine Braut herabsah, die schon ein bißchen in Umständen war, dann auf seine eigenen Hände, ein Vierteljahrhundert jünger als jetzt, wo er mit dem gleichen Ring in seinem Melkstall steht, den Jóhann auf Mýri damals aus einer stattlichen Niete umschmiedete, die er eigentlich in den Motorraum des ersten Traktors hatte schlagen wollen, der Anfang des Jahrhunderts in diesen Landesteil kam.

»Nein«, sagte er und stapfte in den Kuhstall.

Das Mädchen folgte seinem Vater und sah noch, wie er, bevor er in der Scheune verschwand, den Ring in die Mistrinne warf, unter einen Kuhhintern, der gerade dabei war, etwas fallen zu lassen. Verwirrt blieb sie daneben stehen. Schön glänzte ihr Kleinod in dem saftigen, dampfenden Kuhfladen, ehe die Kuh auch noch die zweite Hälfte der Ladung daraufklatschen ließ. Eivís verstand die Welt nicht mehr und überlegte noch, ob sie den Ring aus dem Mist retten sollte, da erschien ihr Vater wieder in der Scheunenöffnung mit einem Armvoll Heu, den er gegen alle Gewohnheit bei nur einer Kuh ablud. Dann kam er mit einem wütenden Ausdruck in den Augen ans Ende der Stallgasse, riß die Mistgabel an sich und stieß sie unter den Fladen, den er in hohem Bogen zur Tür hinaus auf den Misthaufen beförderte. Das war außergewöhnlich. Sonst mistete er nie vor dem Melken aus.

»Aber es war doch ein schöner Ring«, sagte sie verwundert.

»Was hat man von einem Ring, wenn einem der Finger dazu fehlt«, meinte er und ging wieder an die Raufe.

Was wollte er damit sagen? Sie begriff es nicht. Sie verstand ihn nicht. Seinen eigenen Ring fortzuwerfen. Sie kannte ihn gar nicht. Wer war er?

»Du stammst aus dem Breiðdalur, nicht wahr? Du bist der Sohn von Ásmundur auf Steinnes, richtig?« So hatte sich der Landwirtschaftsspezialist Bárður vor dem Essen erkundigt. Ein höflicher Mann, der sich Mühe gab, die Namen aller Bauern in seinem Distrikt zu lernen.

Hrólfur hatte es schon den Appetit verdorben. Das war eine der übelsten Herabsetzungen, die er seit langem gehört hatte. Hrólfur machte nicht viel Aufhebens um seinen Vater, er hatte ihn früh abgeschrieben, ebenso wie seine Brüder, die »verirrten Schafe«, und die »ausgestorbenen Ureinwohner«, seine Vorväter, und früh hatte er sein Vaterhaus verlassen. Sein Geschlecht war die Jökuldalsrasse, sein Stammvater Hnellir von Skriða, einer der besten Zuchtböcke, die es je im Ostland gegeben hatte. Schafe waren seine Angehörigen. *Das Volk.* Mit jahrelanger Beharrlichkeit und langen und schwierigen Wanderungen über die Hochheiden noch kurz vor Weihnachten war es ihm gelungen, die langbeinige Heljardalsrasse zu züchten, von der man sich schon einiges zuraunte. Selten war er so stolz, wie wenn er auf seinem Schlepper über die Hochheide zockelte, hinten auf dem Hänger seinen Zuchtbock, den er in sechsstündiger Fahrt von unten aus Dalur herauf verfrachtet hatte und dem er als seinem Kronprinzen sein Reich zeigte. Dann wurden sie eins. Dann wurde er selbst zum Bock. Aries, der große Widder. Zu Hause wartete eine verängstigte Jófríður. Für sie war Weihnachten die schlimmste Zeit des Jahres. Bis Neujahr verlangte Hrólfur jede Nacht sein Recht als Ehemann. Das waren die Auswirkungen des Deckens auf ihn. Zwar schaffte er nicht fünfzehn Weibchen am Tag, dafür wollte er wenigstens dem einen zeigen, was in seiner Rute steckte. Alle Weibspersonen auf dem Hof atmeten auf, wenn die »Bockwoche« endlich zu Ende ging.

Hrólfur Ásmundsson war seines Glückes Schmied. Ein handgeschmiedeter Mann. Ein Faktotum. Er bearbeitete Neuland. Zuerst auf Mýrarsel, wo er ein ganzes Jahrzehnt unter der Last der gesamten Verwandtschaft keuchte, die Jófríður mitbrachte. Dann hier auf Heljardalur, einem Hof, den man mit Fug und Recht längst hätte aufgeben sollen. Heljarkot, die ärmliche Hütte im Heljardalur. Der letzte Hof im Tal. Der allgemeinen Entwicklung zum Trotz – in den Katen auf der Jökuldalsheiði gingen eins nach dem andern die Lichter aus wie die Seelen im Krieg, und das jetzt unabhängige Volk versklavte sich unten in den Fjorden – nutzte Hrólfur seinen Kriegsgewinn zum Landgewinn und kaufte den Hof von einem Bankangestellten in Reykjavík, dem Sohn des Bauern auf Heljarkot, der kurz vor dem Krieg gestorben war. Um die Zeit hatte der Hof sieben Jahre leer gestanden.

Hrólfur war ein Anachronismus.

Er war ein Abkömmling der Generation um die Jahrhundertwende, geboren in jenem ersten Februar, der am neuen Jahrhundert festfror, und er war ein höchst widersprüchlicher

Zeitgenosse. Ein fest verwurzelter Pionier, sturer als der Teufel und geduldiger als Gott. Ein konservativer Fortschrittlicher. Er schaute stets auf den Weg vor sich, stand aber ebensooft auf dem falschen Fuß. Er wurzelte mit beiden Beinen fest in der Vergangenheit und verleugnete seine eigene. Er war mit dem Land verheiratet, haßte aber den Bezirk. Liebte den Mist und scheute die Seife. Trank gern einen Tropfen, am liebsten aber Selbstgebrannten. Er schwieg unter Menschen, war aber redselig zu Tieren. Literatur verachtete er, dichtete aber zuweilen für seine Schafe. Er sah nicht den Sinn von fließend heißem Wasser aus dem Hahn ein, nannte das Radio »Elfenstein« und die Nachrichten »Sprache der Verborgenen«. Er hatte noch kein Wort am Telephon gesagt. Einmal hatte ihn Geirlaug ans Telephon holen wollen, quer über die Heide, in einem alten Ford. »Der Mann von der Bank ist am Apparat.« – »Tja, da wird er wohl warten müssen.« – Er wartete noch heute. Seit vier Jahren.

In den ersten Jahren seiner Wirtschaft war Hrólfur fortschrittlich gesonnen, kaufte einen Traktor und träumte nächtelang von einem Haus aus Zement unter dem Grasdach; doch inzwischen ragte er als Mann des 19. Jahrhunderts in das neue Zeitalter der Technik hinein. Der Stromgenerator war der letzte Brocken dieser neuen Zeit, den er für verdaulich hielt. Obwohl ihm Jófríðurs Fehltritt so viel Land eingebracht hatte, war der Boden in ihm selbst mit dem gleichen Schuß des Engländers gefroren. Es heißt, wer seinen Vater nicht begrabe, sei den Rest seines Lebens damit beschäftigt, ihn wieder auszugraben, doch Hrólfurs Spaten steckte immer fest im Boden. Zwar hatte er sich von Jóhann Mäher, Heuwender und Wagen aufschwatzen lassen, aber damit reichte es auch. »Jetzt haben sie sich auch noch einen Schlegler zugelegt, aber der gequirlte Mist, der dabei rauskommt, hilft auch nicht gegen den Durchfall, und mir ist von der maschinengerührten Grütze auf Mýri ganz flau geworden.«

Diese Jahre waren die Übergangszeit zwischen Vergangenheit und Gegenwart. Ein Jahrtausend lang hatten in Island allein Pferde die Ernte eingebracht. Traktoren setzten sich erst nach dem Krieg landesweit durch, und noch längst nicht jeder Bauer besaß ein Auto. Auf Bergstraßen und in den Ortschaften begegneten sich tagtäglich zwei Epochen: Der Milchlaster bremste, wenn er ein Pferdefuhrwerk traf. Im Kopf des Lastwagenfahrers klimperten amerikanische Schlager, während der Bauer Reimstrophen von Sörli Rauðsson* vor sich hinmurmelte. Vollbärtige alte Männer waren noch vor ihrer Konfirmation in offenen Booten zum Fischen ausgefahren, heutige Konfirmanden pinkelten in 10.000 Fuß Höhe. Hrólfur hielt an seinem Grasrechen fest, vor den er seinen Grauen spannte. Warum, um alles in der Welt, hätte er dieses Wunderwerk der Technik nach nur 23 Jahren Nutzung zum alten Eisen werfen sollen? Ihm mißfiel diese Maschinisierung, die nun aus allen Windrichtungen einfiel, all diese Antriebswellen und die Gebläse, die alles ansaugten, was ihnen in die Quere kam, Hunde, Katzen oder sogar ganze Menschenarme.

Der ganze Unsinn stieg wie ein Pesthauch aus den engen Fjorden und verbreitete sich über das Land. Er hatte es von seinem Traktor aus hoch oben auf der Fjordheide gesehen: Vor blauem Dunst, der aus den Fabriken quoll, war die Ortschaft unten manchmal nicht mehr zu sehen. Ortschaft. Er verstand nicht einmal den Begriff. Jeder in des anderen Nachttopf. Die Hauswiesen so groß wie Briefmarken, und der Viehbestand ging kaum über ein paar Hühner hinaus. Wer nicht mindestens ein Stück Hochland besaß, konnte kein hochanständiger Mensch sein. Die neueste Marotte war es, sich eine Waschmaschine zuzulegen. Er hatte sie im Genossenschaftsladen gesehen, aber nie ein Wort mit diesen maschinengewaschenen Leuten in Fabrikkleidung gewechselt. Mit Seeleuten und Arbeitern in der Fischfabrik konnte er noch etwas anfangen, aber »Bankangestellte«? Menschen, die dafür entlohnt wurden, daß sie auf dem Geld schliefen! Was taten solche Leute eigentlich? Auf der Straße im Ort waren an einem ganz normalen Arbeitstag erwachsene Männer zu sehen! Auf dem Heimweg mußte er vor einem alten Esel von Automobil anhalten, das mit tuckerndem Motor und geöffnetem Schlag mitten auf dem steilen Anstieg zur Heide stand. Am Steuer eine ehrwürdige Matrone in Tracht.

»Was ist passiert?«

»Ich halte die Bremse. Die anderen sind zum Kraftwerk hinabgegangen.«

Und so etwas mußten wir Bauern auf unseren Schultern tragen! All die menschliche Arbeitskraft, die verschleudert wurde, um Automobile stillstehen zu lassen. Wohin ging es mit diesem Land? Es war eine der schwersten halben Stunden in Hrólfurs Leben und ein äußerst seltener Anblick: Ihn untätig an einem Hang feststecken zu sehen. Wir kamen überein, Gott und ich, ihn nie das Wort »Sommerferien« hören zu lassen.

Dabei war Fjörður noch erträglich im Vergleich zu Reykjavík. Was trieben die Menschen eigentlich da? Sie machten Geschäfte untereinander. Während unsereiner alle Sonntage bei Fisch und Vieh verbrachte, flanierten sie in ihren Sonntagskleidern umher, als wäre alle Tage Sonntag. Hrólfur war nie in der Hauptstadt gewesen, hatte aber Bilder und Ansichtskarten gesehen: Wer da nicht unter seinem Hut an einer Straßenecke die Zeit totschlug, stand in weiße Tücher gehüllt auf einem Podest, manche waren sogar vollkommen nackt. Das war alles nur der Einfluß aus dem Ausland. Alles sollte sein wie dort. Von Heljardalur aus betrachtet, waren die Länder der Erde lediglich verschiedene Namen für ein und dasselbe Übel: Ausland. Hrólfur war Nationalist. Seit seinen ersten Ernteeinsätzen war seine Seele mit der Parole der Jungmännervereine tätowiert: Alles für Island!

Für ihn hätte die Welt besser ausgesehen, wenn es um Island herum nichts als das Weltmeer gegeben hätte. »Ach, das wäre doch besser als das Menschenmeer, diese salzige Schweißsee. Die Menschheit muß sich hin und wieder ausrotten, um wieder zur Vernunft zu kommen.«

Wenn sich sagen ließ, dieser lavaherzige Mann hätte irgendwann irgend etwas geliebt, so war es dieses Land und was darauf lebte. Seine Glücksstunden verlebte er im Schafstall, wo er ausgedehnte Reden halten konnte wie ein echter Führer. Adolf im Viehstall. Der jedes schwarze Schaf schlachtete. Und seine Rasse rein züchtete. Jawohl. Das Schaf hatte es den Menschen voraus, daß es das Maul hielt und ihm folgte.

Hrólfur war der ewige Isländer. Kalt, schweigsam und mit flüssigem Gestein in den Adern. Und in das Herz dieses Mannes hatte die Royal Army des britischen Empires eine Invasion unternommen und ihm ein Kind zur Aufzucht übergeben, dieses Kind des Krieges, das ihm den Frieden raubte. Seitdem hatte sie ihm aufgetragen, mit all den englischen Pfunden zu wuchern, die ihm auf den Namen des Kindes am Tag des Weltfriedens ausgehändigt wurden. Da begann sein Krieg. Er dauerte noch immer an. Dieser absurde Teufelskreis, der seine Seele auffraß und ihm jeden Tag vor Augen stand: Diese vollkommen englischen Augen im Stall, am Eßtisch, auf dem Schlafboden. Dieser Krieg, der ihn Frau und drei weitere Kinder kostete. Jófríður, diese schwächliche, umherflackernde Seele, die unter dem Schweigen ihres Mannes litt, ganze Jahre ohne Worte, dazu die regelmäßigen Vergewaltigungen in der Scheune, sie verließ am Ende ihren ausgelaugten Körper, nachdem sie mehrfach versucht hatte, das Kriegskind mit weiterem Nachwuchs wiedergutzumachen. Heiðar, der in der Hel umkam, eine mißgebildete Sigga, die mit drei Jahren starb, der niedliche Grímur und schließlich das kleine Mädchen, das nur noch die Nottaufe erhielt. Die Mutter starb zwei Monate später. »Wohl nur, weil der Mann unbedingt mit dem Traktor fahren wollte«, sagte das Gemeindetelephon. »Sich so etwas in den Kopf zu setzen, einen Säugling mit dem Traktor über die Heide zu fahren! Sie hat bestimmt ihre Zunge verschluckt.«

Der Verlust von drei Kindern und zwei heimliche Abtreibungen waren zuviel für eine Frau. Sie legte sich zu Bett. Der Tod kam und holte sie. Dazu war er einen halben Monat unterwegs. Jófríður starb am Ostersonntag des Jahres 1950. Todesursache: Das Leben. Eine neununddreißig Jahre alte, vollkommen verbrauchte Frau, ein verschlissenes Spielzeug des Schicksals. Es fiel auf, wie schnell diese große Freude des Lebens auf dem Totenbett vergilbte. Hrólfur kam dazu, wie die Alte bei ihrer Tochter saß und ihr die Hand hielt, bis sie erkaltete. Der Bauer war gerade aus dem Stall gekommen und schnaufte schwer durch die Nase. Die alte Frau drehte sich um und sah ihn lange an, ehe sie sich zurückzog. Der Mann nahm ihren Platz ein, eine Träne stieg ihm in sein besseres Auge, er blickte auf die schlafenden Kinder, küßte sein Weib auf die frisch erkaltete Stirn und zog ihm den Ring ab, steckte ihn in die Tasche. Noch eine weitere verfluchte Beerdigung, und das erste Schaf sollte in der Nacht ein Lamm zur Welt bringen.

Ich war Hrólfur.

Natürlich war Eivís, dieses Produkt ausländischer Einflüsse, hübsch. Das rotbäckige und etwas schäfische Gesicht ihrer Mutter gedrechselt und veredelt von britischem Aristokratensamen, der sonst eine dieser unfruchtbaren, häßlich grobknochigen Engländerinnen hervorgebracht hätte, die mit durchscheinend bläulichen Wangen durch die Kälte ihres Landsitzes geisterten, wenn nicht die isländische Milch hinzugekommen wäre. Eivís hatte von beiden Seiten das beste erhalten. Das Mädchen von Heiðarsel, die lichte Maid, war mit klaren und beherzten Strichen gezeichnet und hatte dazu dunkle Augen, die allein ihr einen Studienplatz in Oxford, Sommerferien in Brighton und in der Royal Albert Hall einen Platz in der ersten Reihe gesichert hätten; doch statt dessen blickten sie jeden Morgen auf vier Zitzen und jeden Abend über ein Tal ohne

Bücher. Eivís Hrólfsdóttir. Ivis Overton. Ein Mädchen aus London in Dunkelheit und Stille gesperrt. Und er würde ihr zeigen, ihr beibiegen, was das Leben ausmachte, wie hart es war, wie nichts ohne harte Arbeit und müde Hände zu erreichen war. Er focht seinen späten Krieg mit der englischen Armee aus. Sie war seine Kriegsgefangene.

Sie erhebt sich vom Eßtisch. Die Ignoranz und Respektlosigkeit gegenüber dem Privatsekretär ihres Vaters hatte Bárður augenblicklich jeglichen Glanzes entkleidet. Sie folgt ihrem Vater hinaus zur Arbeit. Das frisch gemähte Gras zusammenrechen. Der Junge begleitet sie. Und die Alte verschwindet im Hühnerstall. Ich bleibe allein mit Bárður zurück. Da fängt der Herr Landwirtschaftswissenschaftler erst richtig an zu muhen.

»Schwer, mit ihm auszukommen«, sagt er.

»Ja, das stimmt.«

»Seid ihr miteinander verwandt, du und Hrólfur?«

»Ja, nein … nicht direkt.«

»Wie ist dein Name?«

»Einar Jóhann Grímsson.«

»So, so. Einar Jóhann Grímsson. Und du wohnst hier?«

»Nein, ich wohne in Reykjavík, auf Seltjarnarnes.«

»Ach, Mensch, natürlich, du bist der Schriftsteller, der … der …«

»Ja, genau.«

»Na klar. Entschuldige, ich dachte, du wärst viel älter.«

»So?«

»Ja, es … Also, ich … Schriftsteller, sagst du. Welche Bücher hast du denn geschrieben? Du mußt entschuldigen, aber ich habe sechs Jahre in Norwegen gelebt und konnte nicht so genau verfolgen, was sich hier zu Hause auf dem Buchmarkt getan hat.«

»Na, ich bin nicht sicher, ob du die Titel kennst. *Hotel Island* ist vielleicht der bekannteste. Dann noch *Friedenslicht*, mein Erstling, aber den kennen nicht viele.«

»Nein, ich … Wie ich schon sagte, ich komme gerade aus dem Ausland zurück, wo ich studiert habe, an der landwirtschaftlichen Hochschule in Ås.«

»So? Und welche Autoren werden heutzutage in Norwegen gelesen?«

»Na ja, vor allem Hamsun. Eigentlich spricht man von niemand anderem als Hamsun. Es sind nicht alle mit ihm einverstanden. Natürlich war er ein Verräter, und man mußte ihn heimlich lesen. Durfte nichts davon erzählen, ha ha …«

»Ach was, und du hast ihn also auch gelesen?«

»Ja, und ich muß sagen, Hamsun ist ein großartiger Autor. Das kann man ihm nicht absprechen. Auch wenn er politisch auf der falschen Seite gelandet ist. Aber das ist anderen auch passiert, auch einigen von unseren Schriftstellern. Sie haben Stalin verteidigt und sogar Hitler, als die beiden sich verbündeten. Nützliche Trottel. Oder wie man so schön sagt: *Poetical wit, political twit.*«

Wo hat er das denn her? Und was, zum Teufel, glaubt er eigentlich, wer er ist?

»Und welche … welche Bücher von Hamsun hast du gelesen?«

»Vor allen Dingen *Markens grøde, Segen der Erde.* Das ist eines der besten Bücher, die ich je gelesen habe. Dann noch *Pan. Pan* ist ein phantastisches Buch.«

So, so. Der Mann ist offensichtlich ein Idiot.

»So, findest du?«

»Ja. Zumindest läßt es einen total vergessen, daß sein Autor ein Quisling war. Man ist bereit, ihm so gut wie alles zu verzeihen, und insofern muß es ein gutes Buch sein. Ein gutes Buch ist über alles erhaben. Ich behaupte, kein Schriftsteller hat die Natur mit so viel Einfühlungsvermögen eingefangen wie Hamsun.«

»Tatsächlich?«

»Ja, wir Isländer werden sicher niemals einen so großen Autor besitzen, wie Hamsun einer war. Was schreibst du denn gerade?«

»Jetzt?«

»Ja, hast du nicht gerade ein Buch unter der Hand? Das Mädchen meinte, du würdest etwas für ihren Vater schreiben, für Hrólfur. Irgendwelche Widdergeschichten. Stimmt das nicht?«

Ich räuspere mich.

»Vielleicht nur etwas Kleines nebenbei?« fragt er weiter.

»Ja … So kann man es vielleicht ausdrücken.«

»Aha. Vielleicht solltest du besser einen Roman über Hrólfur schreiben. Er ist doch Material für eine faszinierende Romangestalt. Der Mann mit den Widderhörnern.«

»Der Mann mit den Widderhörnern?«

»Genau. Manchmal vermisse ich, daß isländische Autoren nicht mehr über das Leben hier schreiben. Das Leben, wie es in seiner ganzen Fülle ist. Es gibt doch nur ein paar mehr oder weniger kurze Geschichten aus einem unfruchtbaren Land. So eine Art schriftstellerischen Zeitvertreib. Ich finde, man müßte größer denken. Wie Hamsun. Es wäre doch zum Beispiel denkbar, ein großartiges Buch über das Leben hier zu schreiben, hier in Heljardalur. Du hast nicht vielleicht einmal daran gedacht?«

Ich war nahe daran, ihm die Wahrheit zu sagen, diesem nervigen Schwachkopf, der alles besser wußte als unsereiner und der obendrein noch ein Verehrer des norwegischen Holzkopfs war. Beinahe hätte ich ihm gesagt, wes Geistes Kind er war, aber ich konnte meine Zunge gerade noch im Zaum halten und mich zurückziehen. Ich ließ ihn allein in der Küche sitzen. Dort saß er gewiß eine ganze Weile, bis die Alte aus dem Hühnerstall zurückkam. Wenig später sah ich den Russenjeep davonholpern.

Bárður der Norweger. Er hatte sich tatsächlich in Norwegen aufgehalten. Sein Geist war ja eine Sache für sich. Er hatte Bücher gelesen, die ich nie zu Ende gelesen hatte. Das wichtigste Talent eines Schriftstellers bestand darin, Erfundenes glaubhaft klingen zu lassen. Bárður ging nach dem Krieg nach Norwegen und wurde von diesen Jahren geprägt. Doch wer schrieb den Krieg? Wo endet die Literatur? Und wo fängt der Krieg an?

[19]

Literatur ist Krieg, an dem in Frieden gearbeitet wird.

Ich bin in eine Art Depression gefallen, habe mich wieder für einige Tage ins Bett gelegt. Er hat mich wirklich geschafft, dieser Pflanzenkulturwissenschaftler. Seine Selbstsicherheit, die Ambitionen und dieses faschistoid angehauchte Auftreten. Talentierte Brille und belesene Augen. Die Macht. Ich hatte immer Angst vor solchen Menschen. Dank ihrer 99prozentigen Begabung fühlten sie sich über uns übrige erhaben, aber es fehlte ihnen das letzte geniale Gen, das ihnen etwas Demut eingegeben hätte. Solche Menschen hat es zu allen Zeiten gegeben. Einmal nannten sie sich Kommunisten, dann Existenzialisten, danach Hippies, Marxisten und schließlich Missionare des freien Marktes. Stets brauchten sie eine ganze Bewegung um sich. Dabei bewegten sie sich selbst kaum, höchstens wenn sie merkten, daß ihnen tausend andere folgten. Bárður versetzte mich in Angst und Schrecken. Es kam mir so vor, als sei er aus einer anderen Geschichte geschickt worden, um diese hier kaputtzumachen. Ich war mir plötzlich nicht mehr sicher, ob er wirklich meinem Hirn entsprungen war. Eine geschlagene Stunde bezweifelte ich, der Autor dieses Werks zu sein. Hatte ich mich nicht überhoben? Hirngespinste gehabt? Eine Forelle mit Brille. Lächerlich! Lachhaft, sich einzubilden, man habe ein ganzes Tal erschaffen und einen ganzen Bezirk, Island, die Welt darum herum, einen Weltkrieg und das Schicksal Hunderter Menschen. Wer schrieb den Krieg? Wo beginnt der Krieg? Im Kopf eines Mannes. Der Zweite Weltkrieg war der Traum eines einzelnen und der Alptraum von Millionen. Eines Mannes, der nicht schreiben konnte. Die Länder waren seine Seiten. Er beschrieb sie mit Blut. Die Seiten waren meine Länder. Ich beschrieb sie mit … Blut. Ja, genau. Ich war keinen Deut besser.

Dachte in Ländern und Nationen genau wie er. »Sollen wir's mit Luftangriffen versuchen?« hatte Tómas gefragt und gegrinst. Polen, Ungarn, Tschech … Ich nahm immer mehr Länder ein. Der Traum von der Weltherrschaft. Das gleiche Denken, nur eine andere Umsetzung. Und ich scheiterte genau wie er. Sicher, ich war in dreißig Sprachen übersetzt, aber gelesen, gelesen wurde ich höchstens in fünf.

Ich verkroch mich immer tiefer unter die Decke. Wo ist der Große Meister jetzt? Jetzt fährt er mit der Kutsche zwischen all seinen königlichen Palästen umher – Hofdichter an 14 Höfen, der sich so nach der ewigen Ruhe sehnte, daß er sich in 17 Fuß Erde begraben ließ und selbst seine Grabinschrift verfaßte: »Gesegnet, wer nicht rührt an diesen Stein / doch verflucht, wer hier wühlt nach meinem Gebein.« Die letzten Zeilen desjenigen, der am längsten von allen Sterblichen leben würde, obwohl die Würmer längst ihren Parademarsch durch sein Gedärm vollendet hatten, oder wie war das noch mal? Shakespeare hatte Verwesung und Würmer im Gehirn. Hat er natürlich immer noch. Jetzt inszenieren sie Hamlet in seinem Totenschädel, die lieben Würmchen, Vorfahren derjenigen, die Tolstoi Hitler vorzogen. Und wo sind meine Würmer? Kommt, ihr Bücherwürmer der Welt! Die Mahlzeit ist angerichtet, warm gehalten unter der Bettdecke.

Der Sommer ist grau: Der längste Tag im ganzen Roman wird mit böigen Schauern aus Nord zelebriert. Sechs Grad und dermaßen tiefe Bewölkung, daß sie den Schornstein auf dem Haus verschluckt, als wolle der Schöpfer den Mantel des Schweigens über sein mißratenes Werk breiten.

Früh am Morgen treffen sie ein: Bárður in seinem Russenjeep, begleitet von zwei jungen Burschen und einem älteren, der unter dem schwarzen Segeltuchverdeck des Jeeps sitzen bleibt. Außerdem ist noch ein Schäferhund dabei und zwei von diesen starken Maxen der neuen Menschenrasse: Fernfahrer. Ásbjörn und Skeggi. Männer hier aus dem Ostland. Der Collie macht sich bald über Trýna her, auch wenn sie keineswegs in Stimmung ist. Ihm reicht alles, was ein Loch hat. Er beschnuppert sie kurz und hat sie schon besprungen, ehe sie sich's versieht. Sie reißt aus, er folgt, schafft es, ihn drin zu behalten. Bárður bleibt stehen, stopft sich das Hemd in die Hose und beobachtet die Kopulation an der Stallecke. Die Fahrzeuge stehen hintereinander aufgefahren: Der Geländewagen, ein noch recht neuer LKW, sargähnlich und mit dem Schriftzug *Eimskipafélag Íslands* versehen, dahinter ein alter Laster mit offener Ladefläche und hohem Gitterwerk. Im Morgengrauen stehen sie da wie schweigende schwarze Leichenwagen. Das unschuldig blaue Hakenkreuz der Reederei bekommt die Bedeutung, die ihm innewohnt.

Ich bin feige und traue mich nicht nach draußen, verfolge alles durch das Giebelfenster auf dem Dachboden.

Bárður geht mit dem Vertreter der Behörde in den Kuhstall, einem offiziell gekleideten Mann in ausgeblichenem Anzug und mit unsichtbarer Krawatte. Er erinnert an einen Käse ohne Geschmack aus dem Kaufladen in farbloser Verpackung. Ágúst Haraldsson. Käse-August hieß er in den ersten beiden Entwürfen. Durch jahrelange Übung und ebenso langes amtliches Schweigen, häufige Präsenz auf Zwangsversteigerungen und Räumungsbekanntmachungen hat er es geschafft, nur mit seinem Auftreten klarzumachen, daß hier jemand mit Hochschulabschluß aufmarschiert, ein Jurist. Vielleicht nicht gerade ein exquisiter Camembert, aber doch immerhin ein gewöhnlicher, ziviler Weichkäse. Sie pflanzen sich im Mittelgang auf, und Bárður begrüßt Eivís mit einem Lächeln.

»Guten Tag.«

Sie blickt vom Eimer auf.

»Ah, hallo!«

»Wo ist dein Vater?«

»Füttern. Er steckt bestimmt in der Scheune.«

Hrólfur biegt in die Stallgasse, breitschultrig und mit strammem Bauch, in einem Pullover, der mit Strohhalmen gespickt ist. Er grüßt nicht, sondern nimmt die Schaufel und fängt an, zu misten.

»Jaja, Hrólfur, jetzt ist es wohl soweit …«

Der Bauer erwidert nichts und fährt damit fort, den Mist in Richtung Tür auf einen Haufen zu werfen. Er schaufelt kräftig, und die Vertreter der Obrigkeit bekommen Spritzer ab. Käse-August verzieht sich hinter die offenstehende Stalltür. Bárður steht breitbeinig im Türrahmen. Er trägt eine hüftlange braune Lederjacke und weite Hosen.

»Ich bin hier mit einem Vertreter des Sýslumanns erschienen …«

Käse-August macht auf sich aufmerksam, blickt ängstlich um die Stalltür. Hrólfur sieht nicht einmal auf. Er hat einen uringetränkten Haufen auf der Schippe und will ihn durch die Tür hinauswerfen. Bárður steht ihm im Weg.

»Hrólfur …«

Der setzt die Schaufel mit der Linken flach auf dem Boden ab und schubst den Agronomen mit der Rechten so unsanft beiseite, daß er mit seinen Stadtschuhen auf dem glitschigen Boden ausrutscht und hinfällt. Er fällt auf den linken Arm, der im Misthaufen versinkt. Mit der Rechten greift er nach dem Schwanz einer Kuh und versucht sich daran in die Höhe zu ziehen, doch verliert er erneut das Gleichgewicht und auch den Kuhschwanz. Die Kuh brüllt auf und macht einen Buckel. Dann läßt sie ihre ganze Panik auf den Landwirtschaftsberater plätschern. Eivís steht hinter den muhenden Kühen und läuft vor Lachen rot an, schlägt aber die Hände vors Gesicht, um es zu verbergen. Hrólfur tut so, als wäre nichts, und schaufelt ungerührt weiter Mist auf den Haufen vor dem Stall. Bárður kommt endlich wieder auf die Beine, dunkelrot vor Wut schüttelt er die kuhbepißten und mistbesudelten Hände, flucht: »Verdammte Sch …« und verschwindet im Melkstall, wo man ihn den Wasserhahn aufdrehen hört. Käse-August steht wie festgenagelt hinter der Tür und wagt nicht, sich zu rühren. Mit einem Stiefel drückt ihm Hrólfur die Tür vor die Nase und mistet weiter aus. Die LKW-Fahrer stehen draußen auf dem Hofplatz und sehen zu, wie regelmäßig Mist auf den Haufen segelt.

»Hast du das gesehen? Es steht ein Laster draußen! Sogar zwei Laster!«

Grímur kommt atemlos die Stiege herauf und guckt neben mir zum Fenster hinaus.

»Was wollen die?«

»Sie sind zum Schlachten gekommen.«

Ich sage es mit dem gleichen Nachdruck und mit dem gleichen Kummer, der mich jedesmal erfüllte, wenn ich mit einem halbfertigen Manuskript die Treppe vom Verlag hinabschritt. Einar Ásgeirsson, mein geduldiger und stets scharfsichtiger Lektor, hatte dann wieder einmal zwei Monate meines Lebens gestrichen.

»Es sind sehr gute Ansätze darin, aber du mußt noch kürzen.«

Zwei Monate in einem Drei-Sterne-Hotel. Das war eine Menge Geld. Und mindestens ebenso viele Worte. All meine jämmerlich blökenden Worte.

»Schlachten? Die Schafe?«

»Ja, das ist ein furchtbarer Schlag für deinen Vater.«

»Warum?«

»Sie haben die Drehkrankheit. Das ist eine ansteckende Krankheit, die auf andere Höfe überspringen kann. Deshalb muß man schlachten.«

»Was für eine Krankheit?«

»So eine Art heftige Erkältung, die Schafe bekommen. Sie greift auch die Lungen an.«

»Haben sie einen Schnupfen? Weil sie gerade erst geschoren wurden?«

Ich sehe ihn an. Ein achtjähriger Blondschopf mit frischen

Hasenzähnen. In einem Jahr darf er seine erste Kurzgeschichte veröffentlichen.

Wir sehen, wie Bárður fuchsteufelswild aus dem Melkstall kommt, in hellbraunem Hemd mit aufgekrempelten Ärmeln und einer ziemlich feuchten Jacke, wie er die beiden Burschen ins Auto kommandiert, sich ans Steuer setzt und Richtung Mýri davonfährt. Der Collie hat sich Trýna endlich richtig zwischen die Vorderläufe geklemmt, vergewaltigt sie rasch und fegt dann wie der Blitz über die eingezäunte Wiese hinter dem Russenjeep her. Die Hündin schaut ihm einen zögerlichen Moment nach – soll sie ihm nachlaufen? –, sieht dann ihren Herrn aus dem Stall kommen und schielt jaulend zu ihm auf. Hrólfur blickt dem Wagen nach und dann mit Verachtung auf die Lastwagenfahrer, die mit gekreuzten Armen auf dem Hofplatz stehen. Er kennt sie.

»Nennt ihr das arbeiten?«

Damit geht er ins Haus, die Hündin hinterher. In der Stalltür erscheint Käse-August, etwas schimmelig im Gesicht.

Was tut der Führer, wenn sein Volk ausgelöscht werden soll?

Hrólfur verbarrikadierte sich im Schafstall und blieb lange dort. Da hatte er drei Zuchtböcke und zwei Jungschafe vom letzten Jahr an der Krippe und sein letztes Mutterschaf, das einige Tage krank gelegen hatte, samt seinen beiden Lämmern. Das war seine Harpa. Die Schafställe lagen etwas südlich vom Hof, recht ansehnlich, aber nicht groß genug für den Zorn eines Mannes. Um sie herum war das Gras rot.

Die Schafe hatten sich auf die Weiden jenseits des Sees und weit die Hänge hinauf verstreut, und es dauerte den ganzen Tag, sie zusammenzutreiben. Gegen Abend waren alle, laut blökend, auf der offenen Ladefläche und im LKW untergebracht. Frisch geschoren und klapperdürr anzusehen. Zweihundert Individuen unter dem Zeichen der harmlosen isländischen Variante des deutschen Hakenkreuzes auf dem Weg in die Gaskammern. Eivís war mit einem Anfall von Übelkeit auf den Dachboden gebracht worden, doch Grímur und ich lagen noch im Fenster und sahen zu, wie sich die müde gelaufenen Männer etwas zuriefen und dann ihre Fahrzeuge enterten. Der Schotte drehte eine letzte Runde um die Laster und hob zur Sicherheit an jedem ihrer zehn Räder ein Bein.

Von unten aus der Küche ruft die Alte den Jungen, und er hüpft die Treppe hinab. Backduft steigt herauf. Ich drehe mich zu Eivís, die mich unter ihrer Decke heraus mit halb geöffneten Augen ansieht.

»Geht's dir nicht gut?« frage ich.

»Nein.«

»Hm«, brumme ich so vor mich hin und lasse mich auf Hrólfurs Bett nieder. Ich weiß nicht recht, was ich mit mir anfangen soll. Durch die geöffnete Bodenluke höre ich Bárður und seine Männer in der Küche. Die ganze Bande ist dort plötzlich wieder eingefallen. Hungrig wie die Wölfe.

»Man wird den Herren doch nicht etwa Kaffee und ein paar Pfannkuchen anbieten dürfen?« höre ich die Alte sagen. Das gute alte Mensch und über alles erhaben. Sie nehmen dankend an und lassen sich geräuschvoll nieder.

»Wo steckt denn Þórður? Wollte er nichts haben?« fragt einer.

»Nein«, sagt Bárður barsch.

»Deine Plinsen sind wirklich erstklassig«, sagt jemand.

»Och, die sind schnell verputzt. Von solchen Prachtkerlen wie euch.«

»Großmutter, darf ich auch?«

»So nicht. Mach, daß du nach oben kommst und laß die Männer zugreifen, müde wie sie sind, nachdem sie für uns das ganze Vieh zusammengetrieben haben.«

Hrólfur war aus dem Schafstall gekommen. Er hatte gehört, wie sie die Wagen anließen und abfuhren. Die Kolonne war hinter dem Haus aufgefahren und hatte dort haltgemacht, als der Junge mit der Einladung zum Kaffee angelaufen kam. Der Bauer ging mit schweren Schritten über die Hauswiese zum Hof. Da hörte er das Blöken und sah die Lastwagen. Wie schnaubende Pferde standen sie unter dem tiefen Himmel hinter dem Haus und stießen schwarze Auspuffwolken aus. Er blieb stehen und warf einen Blick zum See hinab. Grau und vom Wind geriffelt lag er da. Auf seinem Grund ruhten die modernden Gebeine seines Sohnes. Plötzlich bekam er die Eingebung, sie zu bergen. Einen leeren Sarg hatten sie damals beigesetzt, in einem Anfall weiblicher Hysterie und ohne dem Pfarrer etwas davon zu sagen. Ein völlig leeres Ritual, und er hatte, verflucht noch mal, nicht arbeiten dürfen. Am trockensten Tag des Sommers, ha!

»Du kannst tun und lassen, was du willst. Wenn du die Zeit erübrigen kannst, nimmst du an der Beerdigung teil«, hatte Jófriður mit seltener Entschiedenheit gesagt. Er war gegen diese Beisetzung gewesen, hatte aber trotzdem teilgenommen und vor einem leeren Sarg gesessen. Es war eine Herabwürdigung für den guten Jungen. Der kleine Heiðar mit den roten Haaren, seinem Vater wie aus dem Gesicht geschnitten. Aus eigenem Interesse war er ihm seit seinem vierten Lebensjahr zur Hand gegangen. Mit zehn war er ein ausgelernter Bauer und wollte unten beim See nach einem verlaufenen Schaf suchen. Über der jenseitigen Bucht waren drei Raben zu sehen. Er hatte niemandem etwas gesagt, wollte seinem Vater etwas beweisen, ein Schaf retten. Die alte Frau, das Mensch, hatte ihn als letzte gesehen, als sie mit Essensresten hinaus zum Hühnerstall ging, wie er mit Trýna durch dichten Nieselregen hinab ins offene Gelände stapfte. Dann war er nicht wieder aufgetaucht. Der rote Schopf von der Landkarte des Lebens getilgt. Der See hatte ihn verschluckt. Die Hündin kam klitschnaß und mit einem nassen Gummischuh im Maul zurück. Zu zweit trugen sie ihn zu Grab, sein Vater und Efert, der den Sarg gezimmert hatte. Dann ließen sie den leeren Sarg in die Erde sinken.

Heiðar Hrólfsson. 1935–1946.

Der Bauer von Heljardalur ging weiter. Auf sein Haus zu, zögernd. Was zum Teufel? Wie ein Fremder auf eigenem Grund und Boden! Angst hatte er, ja, wovor eigentlich? Sie ein letztes Mal zu sehen. Er ging über den Hofplatz. Durch das Küchenfenster hörte er Stimmen. Was fiel der Alten eigentlich ein? Diese Schufte in seinem eigenen Haus zu bewirten!

Der Laster mit der offenen Ladefläche stand als letzter in der Reihe, die Gitter hochgeklappt. Sie erkannten ihn. Sie drängten sich hinten an der Ladeklappe zusammen und reckten flehend die Nasen durchs Gitter. Sie mähten lauter, ja, er konnte es hören. Sie schöpften Hoffnung. Er trat zu ihnen und kannte sich selbst nicht mehr: Als er seiner Glóa über das Maul strich und sie verstummte und ihn mit ihren glänzenden Augen ansah, fühlte er etwas Feuchtes, Tränen stiegen ihm in die Augen. Richtiger, in das eine Auge. Vor dreißig Jahren hatte er beim Abtrieb auf der Breiðdalsheiði Frost ins linke Auge bekommen und umgehend das Sehvermögen verloren. Aus dem rechten Auge aber rannen ihm die seltenen Tränen. Wie aus dem Nichts entsprangen sie in einem warmen Rinnsal, wie eine alte, vertrocknete Quelle, die auf einmal wieder ihr Moos netzt. Er wußte überhaupt nicht, wie er damit umgehen sollte. In all seinen talkalten Tagen hatte er noch keine Träne vergossen.

Er ging am Lastwagen entlang und strich mit einer Hand über die Mäuler, mit der andern wischte er sich das Auge. Dann kam er zu dem geschlossenen LKW. Auch darin wurde das Blöken lauter, als würden die Tiere durch die Wagenwand spüren, wer draußen gekommen war. Getrappel und Stöße waren zu vernehmen, als sie in ihrer Verzweiflung Schädel und Hörner von innen gegen die Wand stießen. Er ging an dem LKW vorbei. Da stand der Russenjeep mit laufendem Motor. Hrólfur bückte sich kurz in die Benzinwolke aus dem Auspuff und spähte durch die Heckscheibe, doch das Verdeck war aus Persenning und die Scheibe aus Plastik, obendrein verschmutzt. Er konnte nicht sehen, ob jemand darin saß. Doch dann bemerkte er, daß die Tür auf der anderen Seite offen stand. Daraus kräuselte heller Qualm in die graue Luft. Er ging wieder nach hinten, um den Jeep herum, verharrte für einen Moment, wie von einem plötzlichen Zweifel befallen, und trat dann an den offenen Schlag. Ein vielleicht fünfundzwanzigjähriger junger Mann mit ungepflegtem, wirrem Haar, mager und mit einem abstoßenden Gesicht, das fast nach einer Behinderung aussah, hing hinter dem Steuer, einen Fuß auf die Türschwelle gestellt, und paffte eine Zigarette zur Tür hinaus. Er wandte den Kopf, und sie sahen einander in die Augen.

»Stehst du hier auf der Bremse, Þórður?« sagte Hrólfur mit starker Betonung des Namens.

»Ich … ich habe nichts verändert.«

»Hast nichts verändert, ha. Nein, du wirst dich wohl nie groß ändern.«

»Ich werde … dafür bezahlt. Es gibt keinen Unterschied zwischen mir und den anderen.«

»Oh doch, es gibt sehr wohl einen kleinen Unterschied zwischen dir und den anderen. Ich dachte nämlich, du wärst tot.«

»Äh … nein.«

Hrólfur betrachtet schweigend den jungen Mann, und für einen Moment scheint sich die Temperatur zwischen ihnen in dem geöffneten Wagenschlag des Geländewagens, der mit rüttelndem Motor gegen das Mähen von hinten antuckert, um ein Grad zu erhöhen, von sechs auf sieben. Am Fuß der Hauswiese, gegen Abend. Der Austernfischer steht still im Hintergrund und beobachtet das Ganze.

Þórður saugt den letzten Funken aus der Zigarette und schnipst sie flegelhaft ins Gras. Hrólfur sieht der Kippe nach, betrachtet sie eine ganze Weile; schwache Glut in grünem Gras. Dann geht er hin und tritt sie aus. Als er sich umdreht, liegt eine fast übernatürliche Ruhe über ihm. Ohne Þórður eines

Blickes zu würdigen, geht er die Fahrzeugkolonne entlang nach hinten. Die Schafe blöken wieder los wie wild. Der Bauer tritt hinten an den LKW und versucht, die Türen zu öffnen, aber es gelingt ihm nicht. Mit solchen Verriegelungen kennt er sich nicht aus. Eine Spur von Verlegenheit mischt sich in seine Ruhe, doch als er an den offenen Laster tritt und das hintere Gatter öffnet, scheint er sein Gleichgewicht vollständig wiedergefunden zu haben. Die Schafe stehen blökend und verdutzt ganz hinten auf der Ladefläche und wagen es nicht, zu springen. Hrólfur nimmt eins von ihnen beim Kopf – Húfa ist es – und zieht es von dem Wagen herab. Die anderen folgen. Er sieht zu, wie sie springen – eins landet unsanft, er hilft ihm auf die Beine –, und dann verteilen sie sich, noch immer laut blökend, verwirrt über die Hauswiese. Sein Gesicht zuckt aufgewühlt. Was, zum Teufel, mache ich hier eigentlich? Ich tue es trotzdem.

Der junge Schlacks erscheint zögerlich hinter ihm, ohne daß der Bauer es merkt. Er hat die Hände in den Taschen und weiß offensichtlich nicht, wie er sich verhalten soll. Schließlich sagt er: »Papa … Papa, du …«

Es liegt ein eigenartiger, alter Beiklang in diesen Worten. Hrólfur fährt herum und geht auf ihn los, schubst ihn auf die Wiese.

»Nenn mich nicht Papa, Þórður, kleiner Þórður, ha!«

Der Junge liegt im Gras, der Bauer geht mit großen Schritten auf ihn zu, reißt ihn am Halsausschnitt in die Höhe und verpaßt ihm mit der Rechten einen gewaltigen Faustschlag, daß die Lippe blutig aufplatzt. Er landet wieder auf allen vieren und krabbelt von seinem Vater weg auf die Wiese wie ein räudiges, blutendes Schaf. Der rotbärtige Mann geht ihm nach und verpaßt ihm noch einen kräftigen Tritt in den Hintern.

»Haltet ihn! Der Mann ist durchgedreht!« schreit Bárður.

Sie hatten die Schafherde am Küchenfenster vorbeizockeln gesehen, waren aufgesprungen und hatten sich geteilt: Der

Hund und die jungen Burschen rannten den Schafen nach, die LKW-Fahrer stürzten sich auf den Bauern. Þórður setzte sich im Gras auf, hielt sich die Lippe und schaute voll Panik um sich. Im Wohnzimmerfenster erkannte er seine Großmutter. Der graue Kopf schimmerte durch die Scheibe, die den grauen Himmel spiegelte.

[20]

Jófríður war in vier Bezirken eine Berühmtheit. Bis zum Lón im Süden und dem Flachland im Norden. Hätte das Hochland eine eigene Kandidatin zur Wahl der Miss Island entsenden dürfen, dann hätte sie den Titel Miss Hochland getragen, unsere Jóra von Mýrarsel.

Sie war ein bodenständiger Mensch, doch ihr Haar hing wie eine Wolkendecke über ihr; über ihr Gesicht zogen die Winde des Landes, in ihren Augen konnte es aus beiden Richtungen wehen. Sie war keineswegs unattraktiv. Sie konnte sogar sehr hübsch aussehen, wenn der Wind aus dieser Richtung wehte. Von Natur aus unbeschwert und lebenslustig, besaß sie allerdings nicht die gleiche Ausdauer wie ihre Mutter, das Mensch. Auch ihr Gesicht war anders als die ausdrucksvolle eiserne Maske, die die Alte trug; wenig ausgeprägte Züge, etwas ausdruckslos, mädchenhaft glatt, mit klarer Stirn und roten Bäckchen; ein Schauplatz ihrer Wetterwendigkeit.

Sie war hell aschblond, und wenigstens ihr Haar war beständig. Zu festlichen Anlässen konnte es als gescheitelt gelten, sonst hing es ihr wirr um den Kopf. Jeden Tag wie ein struppiger Bericht von den Ereignissen der vergangenen Nacht. Manchmal am Hinterkopf flach angedrückt, mit abstehenden Strähnen. Dabei war sie durchaus anziehend und vor allem endlos anpassungsfähig, ein Spielball des Schicksals und weicher Ton in den Händen jedes Mannes: Wie sie da vor mir und dem hellen Stubenfenster auf dem alten Hof von Mýrarsel steht, kann ich sie leicht formen und wieder formen, wie es gerade paßt.

Ich setze sie ab. Halte sie mit einer Hand an der Schulter – dieser weichen Schulter – und stütze sie mit der anderen im Kreuz.

»So, ja. Halt dich gerade!«

Sie lacht.

»Und die Strümpfe nach unten. Besser. So, ja, ganz bis auf die Knöchel.«

Ich bin Yves Saint Laurent im Torfhaus. Sie lacht noch immer. Ich habe sie mit einem fröhlichen, ansteckenden Lachen ausgestattet, das einfach und klar klingt: Hahaha. Dabei bog sie den Nacken zurück, breitbeinig und gerade im Rücken, und steckte die Hände in die Taschen des Kleids, des Rocks oder des Kittels. Es war, als würde sie im Einerlei des Alltags eine besondere Stellung einnehmen, um zu lachen. Ja, so ließ ich sie die ersten Jahre lachen. So lachte sie Hrólfur in der lehmgestampften Küche über den großen Topf auf der offenen Herdstelle hinweg an, als er zum ersten Mal nach Mýrarsel kam; als knapp dreißigjähriger, gut gebauter, aber schlecht gekleideter Hilfsarbeiter für den Winter, der eine geräucherte Hammelkeule anschleppte, seine einzige Habe aus einer anderen Anstellung auf einem anderen Hof.

»Soll ich die etwa für dich kochen? Hahaha.«

Sie gefiel ihm nicht. Zu viel Unbekümmertheit. Zu viel Gelächter. Wie konnte man in einer so schäbigen Hütte lachen?

Damals war das Herz dieses Mannes noch nicht die Schrotflinte, zu der es später einmal werden sollte. In jeder Flinte steckte nur ein Schuß, und Hrólfur hatte seinen in jungen Jahren auf Jórunn abgefeuert, die jüngere Tochter des wahrhaftigen Bauern Baldur auf Jaður, aber nicht getroffen. Er bedauerte es zwei Minuten lang, obwohl er ein nachtragender Mensch war. Sie schloß ihren Korb gegen Ende eines Balls an der Mauer eines Schafpferchs mit der Aussage ab, sie wolle Näherin werden. Näherin! Wie war er nur darauf gekommen, seinen Lauf auf ein solches Nadelöhr zu richten, und das über die halbe Gemeinde hinweg? Er verschwendete kein Wort mehr an das Jaðurmädel, stand auf und ging zu den weißen Zelten zurück, wo es ihm gelang, irgendein Flittchen vom Lande auf die Beine und mit ins Heidekraut zu ziehen, wo er sich das gebrochene Kreuz aus dem Leib ritt.

Das Thema Liebe war für ihn erledigt. Die Herzschußflinte hatte er im Zelt der Liebe deponiert und den Jahrmarkt der Gefühle ein für allemal verlassen, um sich wichtigeren Dingen zuzuwenden. Doch niemand wird Bauer ohne Kinder, und irgendein Weibsstück mußte er sich angeln. Bevor das Hammelbein aufgegessen war, wälzte er sich in der Scheune zwischen den Schenkeln, die er in seinem ersten Winter bei Bauer Þórður auf Mýrarsel drei Monate lang Tag und Nacht in seinen Träumen weichgekocht hatte. Das war um Weihnachten. Am neunundzwanzigsten Heiligen Abend des Jahrhunderts. Was für ein Fest! So etwas hatte er noch nie erlebt, das nackte Leben kannte er so gut wie nicht. Das eine oder andere hatte natürlich auch er gesehen und erlebt, aber das nicht: siebzehn nackte Jahre im duftenden, kühlen Heu, und immer wieder dieses Lachen, hahaha, wenn er nach vollbrachter Tat auf die schlechte Ernte zu sprechen kam.

»Mann, das war aber auch ein nasser Sommer dieses Jahr! Der feuchteste seit zweiundzwanzig«, sagte er zu ihr, nahm einen Halm und schimpfte auf das schlechte Heu der unkultivierten Wiesen.

»Hahaha, du kannst aber auch nur an Heu denken, haha.«

Sie legte sich bequemer zurecht und drehte sich zu ihm. Die gewölbten Hüften verdeckten den Schein der Kerze oben auf dem Querbalken in einem kreisförmigen Ausschnitt von der Schulter bis zu den Knien, so daß ihre Scham im Schatten lag. Wie konnte sie nur so schamlos nackt sein? Hrólfur hatte noch nie gehört, daß sich Frauen vor Männern auszogen. Sie rafften lediglich die Röcke und öffneten den Latz an ihren Wollunterhosen. War ihr denn nicht kalt? Sie ergriff sein Kinn am roten Bart und drehte sein Gesicht zu sich, betrachtete es.

»Merkwürdig, es sieht so aus, als wäre das eine Auge anders

als das andere. Es kommt mir irgendwie grauer vor. Trotzdem, bei Tageslicht sieht man es noch deutlicher.«

»Ja, es ist dichtes Schneetreiben darin.«

»Schneetreiben? Hahaha. Schneetreiben!«

Sie warf sich zurück und lachte noch mehr. Diese leuchtend weiße Nacktheit war nichts für einen weißen Mann, er wandte sich ab, zupfte noch ein paar Halme aus und betrachtete sie eingehend.

»Hm, ich glaube, im nächsten Sommer sollte ich es für deinen Vater besser machen können. Das ist doch kein gutes Heu!«

Im nächsten Sommer waren sie verheiratet, und die Braut war schwanger.

So war Jófríður. Trotz ihrer unordentlichen, zerzausten Frisur und des eiskalten Lachens brachte sie jeden Mann um den Verstand. Ihr Fleisch war ein samtweicher Magnet. Weiße Magie. Männer wurden hart wie Eisen. Wohin sie auch kam, brachte sie sämtliche Hurenböcke auf Trab. Die größte Gliedversteiferin nördlich der Gletscher. Übernachtungsgäste auf dem kleinen Hof, nicht wenige Reisende auf dem Weg ins Hochland oder zum Mývatn, nach Norden verirrte Überlandbriefträger, von den Hochheiden ins Tal verschlagene Jäger, vom Wetter überraschte Wissenschaftler, wettergegerbte Wanderprediger und respektierliche Parlamentsabgeordnete mit siebzehn Sorten Kuchen im Bauch, ein Schriftsteller mit langem Kinn im Winter auf Stoffsuche – alle gingen sie mit einer Erektion zu Bett und fanden nicht eine Minute Schlaf. Jófríður: Unfrieden in der Seele jedes Mannes. Und mit diesem Holzklotz von einem Mann verheiratet, der nie einen Ton sagte. Er saß lediglich bei seinem krummen Schwiegervater auf dem Bett und schnupfte mit ihm. Was fand sie nur an ihm?

Wenn der alte Þórður nur einen Funken Verstand besessen hätte, dann hätte er seine endlose Schufterei beendet und die Sense an den Nagel gehängt und statt dessen unter Ausnutzung der unwiderstehlichen sexuellen Anziehungskraft seiner Tochter ein Gästehaus aufgemacht. Viele Männer wären bereit gewesen, für die schlaflosen Nächte gut zu bezahlen.

Und diese Frau hatte Hrólfur geheiratet. Diese Frau hatte er bekommen. Ohne Worte. Die Alte, das Mensch, hatte *ihm* eines Sommerabends nach dem Melken den Antrag gemacht. Sie bat ihn, unten auf Mýri noch zusätzlich Milch zu holen, »und dann wirst du ja wohl im Sommer meine Jóra heiraten, ehe man etwas sieht, wo sie nun schon mal angesetzt hat«.

Er schulterte diese Kanne, ohne zu murren. Er trug diese Milch. Frohgemut? Mit Gleichmut. Es hätte schlimmer kommen können, als diese Jodelfriede zu heiraten, drall und proper, wie sie war, noch dazu mit einem Kind im Bauch. Und einer Mitgift, der Hälfte des kleinen Hofs. Jawohl. Und trotzdem nagte etwas an ihm. Das war ihre Ausgelassenheit, ihre übertriebene Freundlichkeit zu allen und jedem, dieses idiotische Lachen in allen Lagen, ihr großer Appetit auf das Leben. Hrólfur war ein Einzelgänger, sie am liebsten gesellig unter Gästen. Und dann hatte er noch ein Angebot von Gísli auf Ytri-Hof in der Tasche, dort Stellung zu nehmen. Auf Ytri-Hof im Refsárdalur. Doppelt so hoher Lohn und doppelt so ansehnliche Töchter.

»Das ist doch nichts für einen Kerl wie dich, da auf Mýrarsel herumzuwursteln«, hatte Gísli beim Auftrieb im Frühjahr zu ihm gesagt. Hrólfur war bei allen Bauern der beliebteste Arbeiter. Das wußte er wohl und hatte es jetzt so gut wie schwarz auf weiß. Aber das Mädchen war in Umständen und soweit auch ganz annehmbar.

Der Dreißigjährige ritt mit einer leeren Milchkanne ins Austurárdalur hinab und überquerte den Fluß, der dort wie das Leben dahinströmte, und er sah sie vor sich in ihrem knielangen Sommerrock und mit den Strümpfen, die auf die Knöchel gerutscht waren. – Diese Strümpfe, dachte er viel später, es kam alles von diesen Strümpfen. Immer nackte Beine, sommers wie winters, und die Strümpfe wie anderes auch stets auf dem Weg nach unten und weg von diesem Körper. Jófríður war so. Kleidung stand ihr nicht. Es kleidete sie am besten, nackt zu sein. Sie war so etwas wie ein Sinnbild des Lebens. Zwei- bis dreimal im Jahr flirtete der Teufel selbst mit ihr, dreimal im Jahr wurde sie zur schönsten Frau der Welt und zur Abgöttin ihrer Zeit; urplötzlich überkam es sie wie Sonnenschein aus heiterem Himmel, strahlendes Wetter überzog ihr Gesicht, in den Stallungen, auf dem Schlafboden, in einem Unterstand auf der Heide, auf dem Weg zur Kirche, auf einem versoffenen Ball, Gott weiß wo, und es nahm ihr jegliche Kontrolle über sich, es schlug sie zu Boden und rammte ihr einen harten Nagel in den Leib. Es war nicht einfach Hemmungslosigkeit, sondern vielmehr eine Teufelei des Himmels, um dieses Kind des Himmels zu erlösen und der Welt eine kurze Freude zu vergönnen, einem glücklichen Mann göttliche Wonnen.

Sie hatte verschiedene Männer. An Händen und Füßen ebenso kalt wie auf den roten Wangen, brannte sie innerlich von allen am heißesten, und mit ihren Brüsten – diesen weißen, prallrunden Brüsten, die wabbelten wie Pudding auf dem Teller –, mit denen konnte man ein Haus heizen. Hrólfur war nicht der wirkliche Vater Þórðurs. Die Wölbung unter ihrem Rock gehörte nicht ihm. Wußte er es? Nein. Ahnte er es? Ich weiß es, ehrlich gesagt, nicht. Am besten sollte man den Mann selbst fragen. Aber Hrólfur gab bestimmt keine Interviews. Offenherzige schon gar nicht. Mit einiger Sicherheit dürfen wir wohl behaupten, er habe den Verdacht nicht an sich herangelassen. Die Frage war zu gravierend und die Antwort noch folgenschwerer. Schon um seiner selbst willen durfte er nicht einmal darüber nachdenken. Der kleine Þórður war schließlich der Grund für seine Ehe, der Stein des Anstoßes, der den Erdrutsch, zu dem sein Leben werden sollte, ins Rollen brachte. Der Tropfen, der die Milchkanne überlaufen ließ. Hrólfur kam erst in der Nacht zurück, kroch unter das Dach wie unter einen

Rock, ging in die Speisekammer, lieferte die Kanne ab und sagte »ja« wie eine Braut und »warum denn nicht« wie ein Ehemann.

Der echte Vater von Þórður Hrólfsson hieß Lárus H. Lárusson, ein seltsamer Vogel – damals allerdings noch nicht ganz so verschroben wie später –, von dem eigentlich niemand recht wußte, wer er war und woher er kam. Er kreuzte eines Tages kurz vor Ostern auf dem Hof auf, und ehe sich's jemand versah, hatte er begonnen, den Schafstall auszumisten. Ein dahergelaufener Tagelöhner, Saisonarbeiter. Zwei Wochen später verschwand er zu Fuß ins Tal. Das bemerkenswerteste an »Jener-Lárus«, wie er später genannt wurde, war eine Studentenmütze, mit der er bei jedem Wetter herumlief, manche behaupteten, er behalte sie sogar beim Schlafen auf. Sie war ursprünglich schwarz, doch alt und abgegriffen, mit Schweißflecken überzogen.

»Ist der Mann ein Student?« fragte der alte Þórður eines Abends, und alle schauten auf, bis auf Hrólfur, der ihm nur einen Seitenblick zuwarf.

»Student ist der Mann«, antwortete der Neuzugang und grinste ein schiefes Lächeln. Einer der Eckzähne fehlte, und die Schneidezähne standen vor. Komische Antwort. Es lag eine Art talentierter Blödheit in diesem knochigen Gesicht, und man konnte unmöglich wissen, woran man bei ihm war. Das eigenartigste an ihm war allerdings der unleugbare Umstand, daß Lárus stets und ständig nach Sagogrütze mit Zimt roch. Selbst nach einem ganzen Tag im Schafstall, wo dieser magere Mann beim Mistschaufeln erstaunliche Kraft bewies, duftete er nach diesem leckeren Nachtisch, der hierzulande allerdings erst nach dem Krieg populär wurde. Es war nicht einfach nur ein Geruch nach Zimt, sondern, ja, exakt der Duft von Sagogrütze mit Zimt. Ein solcher Duft war etwas Exotisches auf einem kleinen Hochlandhof.

»Student ist der Mann? Hahaha«, lachte Jófríður.

Hrólfur warf ihr einen Blick zu.

Er machte nicht den Eindruck, hinter Weiberröcken her zu sein: Jeden Abend auf Mýrarsel lag der Student auf dem Bett und las in einem Buch, bis das Licht ausgemacht wurde, und zwar immer im gleichen Buch, einem, das nicht mehr als 15 Seiten umfaßte. Es war eine kleine Aufklärungsschrift in flexiblem Einband: *Über die relative Theorie von Dr. Albert Einstein* von einem Dr. Nils Epsjø in der eigenwilligen, aber vielleicht doch völlig korrekten Übertragung von Pfarrer Halldór Björnsson auf Melur.

Gut fünfzehn Jahre später trat Lárus noch einmal in ihr Leben, diesmal in Heljardalur, ein abgerissener Herumtreiber, einer der wenigen Besucher, die von Norden ins Tal kamen, und das wiederum zu Fuß. Mit Blasen an den Hacken und Erfrierungen durch den üblichen und doch immer wieder überraschenden Schneesturm zu Ostern. Ein gebeugter, aber zäher Mann in den Fünfzigern. Eingefallene Wangen und Hasenzähne. Aus der steifgefrorenen Wollmütze fischte er eine andere mit steifem Schirm. Die Frauen kochten ihm die Kälte aus dem Leib, während er ihnen von seiner Tour erzählte und die fünf Jahre alte Eivís schüchtern zusah. Von Námaskarð im Norden war es ein ganzer Tagesmarsch über die Berge bis zu ihnen, und der übliche Weg führte nicht hier vorbei. Er hatte sich verirrt, wußte nicht, wo er sich befand, und erkannte Jóra erst nach der vierten Tasse Kaffee. Sie erkannte ihn am Zimtgeruch. Nicht einmal drei Tage im Schneesturm hatten ihm den Duft nach Sagogrütze weggeblasen. Vielleicht kam der Geruch aus der Seele.

»Lieber Herr Jesus, war dir nicht kalt?«

»Ach, das ist alles bloß relativ.«

Einstein war der Freund des kleinen Mannes. Hrólfur erkannte den Knaben wieder, obwohl die Studentenmütze auf dem Herd gelandet war. Er wußte inzwischen mehr über den Mann als früher. Hatte gewisse Geschichten gehört. Eine handelte davon, wie er im Hornafjörður an der Südküste einmal auf Sauftour gewesen war und unter freiem Himmel genächtigt hatte. Als er am Morgen aufwachte, schwebte über ihm am Himmel ein Wal. Draußen vor der Küste zog Graf Zeppelin auf seinem Flug über den Atlantik Reykjavík entgegen. Der Anekdote zufolge rannte der junge Mann von Panik gehetzt in die nächste Scheune und wagte sich erst wieder daraus hervor, nachdem ihn die Leute auf dem dortigen Hof eine ganze Weile kräftig aufgezogen hatten. Der Vorfall steckte Lárus in den Knochen und hatte zur Folge, daß er sich schwor, mit seiner Unwissenheit aufzuräumen. Er las alles über Wissenschaft und Technik, was ihm unter die Hände kam, begeisterte sich für Kultur und gebildete Menschen, ging für eine Weile im Gymnasium von Akureyri ein und aus, putzte dort und schälte Kartoffeln, wurde aber entlassen, als herauskam, daß er sich heimlich in den Lateinunterricht schlich. Seitdem streifte er weit im Land umher, stibitzte auf einem Hof im Aðaldalur eine Studentenmütze und wurde zum Relativitätsglauben bekehrt, als er auf einem Trip rund um Tjörnes einen norwegischen Physiker kennenlernte. Von da an zog er durch die Gemeinden und verkündete der Landbevölkerung die Relativitätstheorie Einsteins mit mäßigem Erfolg. Derartige Hypothesen funktionierten vielleicht auf dem Kontinent, aber in Island waren die Dinge nicht relativ. Frost war Frost, und Sturm war Sturm, und ein Marsch über die Hochheide dauerte sechs Stunden, unangesehen der Wind- oder Erdgeschwindigkeit.

»Aber war es nicht hart, die ganze Strecke zu laufen, bei diesem Wetter?«

»Och, es war mir ja eine Hilfe, daß ich fast die ganze Zeit der Erdrotation entgegenging; fast die gesamte Zeit, möchte ich glauben.«

Lárus war nie ein unangenehmer Gast, er war ein erfahrener Landstreicher und verstand sich auf die Kunst, die Geduld seiner Gastgeber mit merkwürdigen Schnurren und Erklärungen zu strecken, die ihnen für einige Wochen Kopfzerbrechen aufgaben.

»Die Erde bewegt sich mit dreißig Kilometern in der Sekunde um die Sonne, das macht hundertachttausend Kilometer pro Stunde. Geiri schafft mit seinem Milchlaster selten mehr als fünfzig. Trotzdem merken wir nicht, wie sie rast, die Erde, nicht wahr? Wir finden, daß Geiri bedeutend schneller ist. Da seht ihr mal, wie relativ alles ist.«

Das merkwürdigste war seine sogenannte »Universaltheorie«, eine Art selbstgebastelter Auslegung und Verlängerung von Einsteins Denken. »Nichts ist mehr, wie es einmal war. Wir sind immer irgendwohin unterwegs.« Und das einfache Volk vom Lande starrte in seinen Küchen schweigend diesen Fahrensmann an, Menschen, die ihren Hof zum letztenmal verlassen hatten, um den König bei seinem Einzug in den nächsten Handelsort zu begrüßen, im Sommer '38. Er war schon ein ziemlich verdrehter Kopf, dieser Student. »Ich bin nicht ich, ich bin stets auf dem Weg von mir zu mir. Seht ihr, ich bin auf dem Weg von dem einen Lárus zum nächsten. Jetzt bin ich dieser Lárus, und in ein paar Minuten werde ich jener Lárus sein, und dann wird der Lárus, der ich jetzt noch bin, zu jenem Lárus geworden sein. Dieser Lárus ist mein altes Ich, jener Lárus mein neues. Lárus ist nichts weiter als ein Vehikel, das mich von A nach B bringt. Wir sind nämlich nie, sondern wir sind stets im Werden. Das Leben ist eine große Bewegung. Eine multiple Bewegung«, schloß er und kniff die Augen zu einem breiten gelben Hasenlächeln zusammen. Jófríður spürte, wie sie sich noch immer für diesen Mann erwärmte, so viele Jahre später. Mochte er auch mittlerweile krumm und auf den Hund gekommen sein, sein Geruch war noch immer gut, und außerdem war er so klug. Vielleicht duftete Klugheit wie Sagogrütze.

Nach und nach wurde Lárus in vielen Bezirken unter dem Namen »Jener-Lárus« zu einer Berühmtheit. Nachdem man einmal zu der übereinstimmenden Ansicht gelangt war, er sei kein herumstreunender Bettler, sondern einfach nur ein schräger Vogel, fanden die Leute mehr und mehr Vergnügen an seinen Besuchen. So, so, ist der große Relativist wieder im Lande? Hrólfur bildete auch darin wieder die Ausnahme. Kaum etwas vertrug er weniger als Klugscheißerei.

Sie standen zu dritt draußen am Öltank, Ziehvater, Vater und Sohn, und hatten gerade mit vereinten Kräften ein Zweihundertliterfaß umgefüllt, als ihnen dieser Einstein der Einöden die Relativität des Gravitationsgesetzes zu erklären begann.

»Nehmen wir beispielsweise diesen Stein, Hrólfur. Wollen mal sehen, wenn ich ihn fallen lasse, was passiert dann? So. Er fällt zu Boden. Es sieht so aus, als würde er auf die Erde fallen.«

»Sieht so aus?« sagte der Bauer und schnaubte. Der Junge warf ihm unter gerunzelten Brauen einen schnellen Blick zu.

»Ja, für dich sieht es so aus, als ob er fallen würde. Dem ist aber gar nicht so. Sieh mal, tatsächlich kommt sie ihm nämlich entgegen. Die Erde bewegt sich durchs All, rund um die Sonne, und sie kommt ihm mit hunderttausend Stundenkilometern entgegen. Sie kommt zu ihm. Der Stein steht still.«

»Na, da haben wir ja Glück, daß sie sich nicht in die andere Richtung dreht«, meinte der Bauer, schulterte das leere Faß und marschierte damit in den Stall.

Darin bestand der Nachteil des Lebens in einem abgelegenen Tal: Man konnte einem Besucher kaum die Tür weisen. Es war zu weit zum nächsten Hof. Und es war nicht Usus, daß Gäste für Kost und Logis zahlten. Es war ein seit tausend Jahren ungeschriebenes Gesetz in Island: Jedem, der auf einen Hof kam, wurde Essen und ein Bett für die Nacht angeboten. Niemand will aus schlechtem Wetter Profit schlagen. Die Menschen standen und schliefen zusammen. Doch hinter dem nächsten Berg warteten schon die Teermaschinen darauf, die Landsleute davon zu befreien, mehrmals im Jahr tätige Nächstenliebe unter Beweis stellen zu müssen. Die Beherbergungslast in Heljardalur war natürlich nichts im Vergleich zu Mýrarsel, das ja wie eine Art Durchgangsbahnhof dalag: Letzter Hof im Austurárdalur, und das Tal eine Art Nationalstraße von Tangi hinüber ins Nordland. Irgendwer war dauernd unterwegs. Jeden zweiten Herbst schneiten vor plötzlichen Wetterumschwüngen Schneehuhn- und Rentierjäger herein und sangen mit dem dazugehörigen Alkoholkonsum die Hofbewohner in Schlaflosigkeit. Die Vertreter des Landlebens tunkten hier regelmäßig ihre Zuckerstücke in den Kaffee, meist aus Anlaß des jófriedlichen Leibs. Einmal hatten sie zwei Wochen lang einen Fuchsjäger am Hals, der sich in den Fuß geschossen hatte. Ein andermal wurde aus einem blindwütigen Schneesturm ein Verirrter mit rot gefrorenen Backen zu ihnen hereingeweht, der ein ganzes Wochenende lang wie ein Hund bellte. Die heikelsten Gäste des Bauern waren allerdings die Wissenschaftler aus dem Ausland, Geologen und Physiker, mit ihren albernen Rucksäcken, die nichts anderes als gekochtes Wasser annehmen wollten. »Wie unhöflich, sich hungrig wieder davonzumachen«, brummte die Alte und trug die Sahnerolle zurück in die Speisekammer. »Pah, sie sehen aus wie Ratten, essen wie die Mäuse und sind dem Land wie Läuse.«

Nun aber handelte es sich um jenen Lárus mit dem dunklen Haar, dessen Körper sich schon ziemlich relativiert hatte. Hrólfur hatte keine Lust, mit ihm zu reden, und noch weniger, ihm zuzuhören, spannte das Klappergestell aber in der Karwoche und weitere vier Tage, die der Student bei ihnen blieb, so viel er nur konnte ein, um die Arbeit von zwei oder gar drei Männern zu erledigen.

Dabei bekam Hrólfur reichlich Gelegenheit, die beiden Gesichter miteinander zu vergleichen, den unsteten Wanderer und den pickeligen Jugendlichen am unteren Tischende, der für fünf Mann futterte und trotzdem schlank wie eine Tanne war. Der Bauer fand immer etwas, das ihn bis spät in den Abend bei den Außengebäuden beschäftigt hielt, doch die beiden Jungen, Heiðar und der aknegesichtige Þórður, hockten mit ernster Miene da und saugten jedes Wort dieses seltsamen Mannes auf. Er zeigte ihnen zwei Dosen, zwei glänzende Blechdosen, die er vor ihnen, ihrer Schwester, ihrer Mutter und ihrer Großmutter auf den Tisch stellte. Die eine war eine Teedose, *British Blend*. Er öffnete sie feierlich: leer. Þórður erblickte seine Pickel, die vom Boden der Dose matt gespiegelt wurden.

»Das ist die Vergangenheit«, sagte Lárus. »Aber das hier, das ist die Zukunft.«

Damit stellte er eine gleichgroße, abgewetzte, aber ebenfalls stattliche Keksdose neben die andere, ließ sie aber geschlossen.

»Warum machst du sie nicht auf?« fragte Heiðar, der zehnjährige Rotschopf, mit heiserer Stimme.

»Weil dann, wenn wir das tun, die Zukunft ebenfalls Vergangenheit wird.«

Þórður sah mit Jünglingsaugen auf diesen wandernden Philosophen, und tief in seinem Innern flüsterten ein paar Gene miteinander. Die Brüder verstanden nicht alles, und Heiðar stellte die naheliegendste Frage.

»Was ist in der Schachtel?« fragte der zehnjährige Rotschopf mit der heiseren Stimme und zeigte auf die Zukunft.

»Hä, hä, hä«, brach Jener-Lárus in ein seltenes Lachen aus. »Genau das ist die Frage, mein Freund.«

»Aber in der anderen Dose ist ja gar nichts drin«, meinte Heiðar ein bißchen beleidigt.

»Nein, das ist ja auch die Vergangenheit. Wir sind in der Lage sie zu sehen, und trotzdem ist sie unsichtbar. Auch die Zukunft ist unsichtbar, aber wir können sie auch gar nicht sehen. Wir sehen nur die Gegenwart. Hier ist sie.«

Lárus zog eine dritte Dose hervor. Es war seine Proviantbox. Vier kleine Gebäckteile aus dem Kelduhverfi lagen darin, noch nicht ganz wieder aufgetaut.

»Möchtet ihr etwas davon?«

Das verstand Þórður voll und ganz und nahm sich ein Teilchen. Das war erstklassiger Anschauungsunterricht über die Natur der Zeit. Und das mitten in den Osterferien. Heiðar aber aaste beleidigt mit seinem Stück herum. Wollte sich der blöde Heini nicht nur über ihn lustig machen? In der Nacht schlich er über den Boden nach vorn und klaubte Lárus, der wie erschossen in der vordersten Koje lag, die verdammte Zukunft aus dem Knappsack. Heiðar stieg mit der Keksdose in der Hand nach unten, stellte sie auf den Küchentisch in das schräg einfallende Mondlicht und öffnete sie. Es war nichts darin. Die Zukunft war nur voller Dunkelheit. »Blödmann!« Der kleine Rotschopf hatte das Gemüt seines Vaters und ging in den Vorbau, um eine Maus zu holen, die er vor drei Tagen erschlagen hatte. Er legte sie in die Dose, schloß sie sorgsam und packte sie oben wieder in das Reisegepäck des Physikers. Die nächsten drei Monate roch die Zukunft von Lárus nach verrottender Maus. Dann kroch der Junge wieder in sein Bett und dachte über seine eigene Zukunft nach. Im Bett gegenüber lag sein Bruder Þórður und schwebte schlafend durch die Zeit, wurde schließlich zum Abbild seines Vaters, ein wunderlicher Kauz mit dichtem Haar, ein schmaler Grützkopf, der nach Zimt roch und unten in Fjörður am Anleger stand und nach einem Platz im Leben fragte.

Der junge Þórður fühlte sich bei Hrólfur nie zu Hause, der ihn am Ende auch von sich stieß. Der Tagträumer scheute die Härte und Disziplin in Heljardalur und verschwand eines Tages zu Fuß über die Heide ins nächste Tal, wie einst sein Vater vor achtzehn Jahren: Er wanderte weit übers Land auf der Suche nach seiner Studentenmütze. Und ward nicht mehr gesehen. Ein Jahr später hörte man von ihm draußen auf der Halbinsel Tangi. Er sollte dort eine halbe Fangzeit auf einem Seelenverkäufer gefahren sein. Irgendwer hatte im Süden, in Grindavík von ihm gehört. Als Hrólfur ihn an jenem Tag, an dem ihm sein Vieh genommen wurde, unerwartet wiedersah, war er

Þórður seit seinem Verschwinden aus dem Tal lediglich ein einziges Mal begegnet. Auf einer Fahrt in den Handelsort unten in Fjörður war er mit zwei anderen Bauern aus dem Fljótsdalur und dem Besitzer eines kleinen Fischkutters, der aus dem Stegreif Reimstrophen dichten konnte, mächtig versackt. Der Zug durch die Gemeinde hatte in einem windschiefen Geräteschuppen unten am Wasser geendet, wo der Rotbart auf einem Haufen Netze eingeschlafen war. Von einem in der engen Gasse widerhallenden Gelächter wachte er am frühen Morgen auf. Die offene Giebelseite des Schuppens wies auf den spiegelglatten Fjord mit vereinzelten Möwen. Er hörte ein paar junge Männer den Schuppen entlangkommen, wahrscheinlich Matrosen auf dem Weg zu ihren Schiffen. Zwei übermütige junge Burschen kamen um die Ecke und pinkelten gemeinsam in den offenen Eingang, vor Hrólfurs Gesicht. Aus dem Dunkel der Netze sah er ihnen zu wie einem Kinofilm auf der hellen Leinwand des Morgens. Sie schienen ihn nicht zu bemerken.

»Der Villi ist vielleicht ein Teufelskerl, Mann!«

»Ja, und Rósi … Die haben ihre Nummer durchgezogen … Sogar Verlobungsringe gekauft …«

»Das war doch gelogen.«

»Was? Haben sie keine Verlobungsringe gekauft?«

»Ach was. Villi hat ein ganzes Set davon. Mal irgendwo auf einer Fahrt abgestaubt. Wertloses Zeug.«

»So? Er ist aber gut damit angekommen.«

»Ja, die Nummer wirkt immer bei den Weibern. Er ist mit dem halben Land verlobt, Mann.«

»Na, das wird ja eine Massenhochzeit. Ha, tut das gut, zu pissen, Mann!«

»Ja. Der verrückte Kerl …«

Hrólfur sah auf den pieselnden Pimmel in der Hand des einen – lang und dünn wie die Rute eines Widders – und dann in sein Gesicht. Es war Þórður. Dann schüttelten sie ab, knöpften die Hosen zu und liefen ihren Kollegen nach.

Das war vor drei Jahren.

Jetzt hockte Þórður Hrólfsson, fünfundzwanzig Jahre alt, mit aufgeplatzter Lippe auf der Rückbank eines verdreckten Russenjeeps mitten auf der Heljardalsheide. Zwei blökende Lastwagen im Schlepptau. Der Konvoi stand. Tief herabreichende Bewölkung, Sicht 200 Meter. Außentemperatur 5°. Bárður hatte plötzlich losgeflucht und war auf die Bremse gestiegen. Er hatte die Handbremse angerissen und war hinter einen Steinhaufen gerannt. Eins seiner Brillengläser war gesprungen. Käse-August saß vor Þórður auf dem Beifahrersitz und wollte ebenfalls raus, hatte aber Probleme, die Tür aufzubekommen. Þórður beugte sich vor und half ihm. Währenddessen stürzten auch die jungen Burschen heraus, rissen sich die Hosen herunter, so weit sie konnten, und ließen sich totenblaß am Straßenrand nieder. Da hockten sie einträchtig nebeneinander auf den Hacken. Þórður achtete nicht auf diesen plötzlichen Ausbruch gemeinschaftlicher Bedürfnisse, blieb still im Auto sitzen und blickte vor sich auf die Straße, biß sich auf die Wunde. Schließlich klappte er die Lehne vor, kletterte darüber und trat auf den groben Schotterweg. Zu seiner Überraschung saß Käse-August mit herabgelassener Hose am Hinterrad und stierte stumpf zu ihm auf, stöhnte leise dabei. Die Juristenmiene war voll und ganz aus seinem Gesicht verschwunden. Zwischen seinen Beinen ertönte ein knatterndes Furzen. Þórður hielt es nicht länger aus, neben dem scheißenden Mann zu stehen, schlenderte ins kahle Gelände und steckte sich dort eine Zigarette an. Nicht weit von ihm floß die höllengraue Heide mit dem Nebel zusammen. Sieben Goldregenpfeifer fiepten hysterisch auf Steinen in der Umgebung. Er blies den Rauch aus und schaute zurück zum Wagen. Dort war Käse-August noch immer zugange, und zwischen den blauen Auspuffwolken der Lastwagen sah er beide Fahrer, die ebenfalls am Straßenrand kauerten. Fünf erwachsene Männer mit Dünnschiß um eine Fahrzeugkolonne verteilt. Die Schafe auf dem offenen Laster hatten sich beruhigt, doch aus dem geschlossenen LKW mit dem blauen Hakenkreuz drang noch immer lautes Blöken. Die Nebelwände formten um die ganze Szene eine runde Jauchegrube mit vierhundert Metern Durchmesser.

Þórður stand niedergeschlagen mit krauser Stirn im Geröll – die steife Haartolle ragte in die Luft wie bei einem unterernährten amerikanischen Filmstar – und entblößte tabakgelbe Zähne, nahm einen letzten Zug, schnippte die Kippe weg und ging, die Hände in den Gesäßtaschen, zurück zum Auto. Am Straßenrand blieb er stehen und rief durch das Mähen der Schafe: »Seekrank?«

»Die verdammten Pfannkuchen!« konnte einer der Fahrer hervorstoßen, ehe er sich wieder den Leib hielt und tief Luft holte. Þórður schaute weg und blickte die Fahrzeuge entlang. Der breite Hintern von Käse-August leuchtete ihm entgegen. Seine schneeweißen Hinterbacken leuchteten hübsch vor dem kalten Grau der Heide, und die Suppe floß dünn wie Urin aus ihm heraus.

Þórður wandte sich ab und blickte an dem offenen Laster vorbei zurück. So blieb er eine Weile mit den Händen in den Taschen stehen und setzte sich dann in Bewegung. Er ging. Zurück nach Heljardalur.

[21]

Friðþjófur sagte mir nach, ich sei homosexuell. Behauptete, beim Sex stünde ich auf seiner Seite. Tolle Lebensaufgabe, das! Und eine merkwürdige Veranlagung. Er hatte vielleicht erlittene Kränkungen zu rächen, aber einen abwegigeren Unsinn gab es wohl nicht. Natürlich sagte er es mir nie offen ins Gesicht – seit dem Abschied im Café Residenz im Herbst '39 redeten wir nicht mehr miteinander –, aber es kam mir zu Ohren. Dreimal bekam ich es zugetragen. Den Klatsch eines Schnüfflers. Die üble Nachrede eines Schurken. Beim dritten Mal bestand die grauenhafte Mär darin, der mißratene Friðþjófur sitze auf einem unveröffentlichten Manuskript, einer Art Autobiographie des seligen Garðar Hólmsteinsson, in der die »nackte Wahrheit« zu lesen sei. Wenn nicht gar »offenherzige Schilderungen« unseres Zusammenlebens in einer Reykjavíker Pension zu Beginn der Weltwirtschaftskrise. Was für ein Schwachsinn!

Garðar Hólmsteinsson war ein guter Freund von mir, vielleicht einer der originellsten Menschen, die uns dieses Jahrhundert schenkte. Wie ich stammte er aus dem Südland, aus der Gegend an der Ölfusá, und wir schlossen in den knapp zwei Schuljahren, die ich es am Gymnasium in Reykjavík aushielt, sogleich Freundschaft. Zwei einzelgängerische Landjungen, jeder in seiner Dachkammer auf dem Skólavörðuholt. Garðar sagte sich kurz nach mir von der Schule los, allerdings nicht aus irgendwelchen schriftstellerischen Antrieben. Er war einfach zu lebenslustig, um zu lernen, und in den folgenden Jahren arbeitete er hier und da und wurde so eine Art »Innenstadttype«: In den Jahren um 1930 herum gehörte er bei sämtlichen gesellschaftlichen Ereignissen der Hauptstadt dazu. Am längsten war er noch bei der Zigarrenhandlung Höfner in der Austurstræti beschäftigt, nach dem Krieg verschwand er ins Ausland und wohnte lange in Kopenhagen, später in Deutschland und zuletzt am Luganer See in der Schweiz, wo ich ihn kurz vor seinem Tod noch einmal besuchte. Ich meine, das war 1974.

Er war es, der mich zu der Einsicht brachte, daß diejenigen, die auf Partys und in Bars die unterhaltsamsten Geschichten erzählen können, am wenigsten in der Lage sind, sie zu Papier zu bringen. Es ist nicht einfach, die Worte auf den Tisch zu legen. Garðar war uns allen als Erzähler, in Stil und Personenzeichnung überlegen, wenn er in vertrauter Runde seiner Phantasie die Zügel schießen ließ. Ich ermunterte ihn zu schreiben und glaubte, er hätte das Zeug zum Schriftsteller. Schließlich ließ er sich verleiten und zeigte mir eine Kurzgeschichte. *Schlaflose Pfützen.* Eines der seltsamsten und maniertesten Machwerke, die ich je gelesen habe. Wir haben nie wieder davon gesprochen.

Garðar war unser erster Homosexualist, wie das damals genannt wurde, seiner Zeit weit voraus; lange bevor derartige sexuelle Vorlieben Allgemeingut wurden. Offen gestanden waren wir alle von seinem Mut beeindruckt. Schon allein mit seiner Art, zu gehen, schien er uns unserem kleinen, verregneten Kaff etwas Weltmännisches zu verleihen. Selbstverständlich war es eine einsame Angelegenheit, der einzige öffentliche Schwule in Island zu sein, aber mir war auch bekannt, daß viele Männer, die davon wußten, Garðar in seinem Zigarrenladen aufsuchten, und daß er nicht jede Nacht allein schlief. Er erzählte mir einmal davon und zeigte mir seine umfangreiche Sexbuchhaltung: »Gussi 47 mal, Nolli 3 mal, Hans, verheiratet, 125 mal (70 mal von hinten, 23 mal von vorn, 32 mal geblasen).«

Ich habe das große Bedürfnis unter Homosexuellen, über all ihre Kopulationen Buch zu führen, nie verstanden und staunte nur über die unglaubliche Anzahl derjenigen, die sie in sich hineinließen. Berühmte amerikanische Schriftsteller brüsteten sich damit, innerhalb weniger Jahre nach dem Krieg mehr als

5000 junge Burschen defloriert zu haben. Ihnen fielen somit ebenso viele zum Opfer wie dem Angriff auf Pearl Harbor.

Weil er oft so abenteuerlich herausgeputzt war, nannte man Garðar den »Paradiesvogel«. Es war herabsetzend gemeint, aber ihm konnte das nichts anhaben. So war unser Garðar. Ein Charakter, der sich nicht unterkriegen ließ. Ein lebenslustiges, sonniges Kerlchen. Er fügte sich nicht in die isländische Tradition, Anekdoten von schrulligen alten Weibern und Kerlen zum besten zu geben, sondern hielt es mehr mit freier Improvisation, wie man es später nannte. Er war ungeheuer flink darin, das Komische an jeder Situation aufzufassen, und reagierte stets mit demselben guten Humor. Ich habe nie wieder einen Menschen getroffen, der buchstäblich allem, was ihm das Leben zutrug, so viel Komisches abgewinnen konnte. Einmal fand ich ihn in seinem Laden in fröhlichem Gespräch mit einem vierschrötigen Tabakkauer aus dem Norden, beim nächsten Mal trällerte er drei ernst dreinschauenden, ziemlich nach Tschechow aussehenden Schwestern aus Mýrar, die ihrem alten Vater mit einer Kiste *Pastor Bjarni aus Vogur* eine Freude machen wollten, ein Werbeliedchen vor:

Wird er nicht hart, so gut wie nie,
Doch die Frau hat ein Kind auf der Liste,
Dann schau in diese schmucke Kiste:
Er bringt es wieder mit Séra Bjarni.

Sie lächelten schwach.

Er war einmalig. Und viel zu komplex für unser winziges Nest. Er brauchte Kultur wie die Blume das Licht. Er verspottete die Unzivilisiertheit seiner Landsleute und das Banausentum unserer sogenannten Kulturelite, die seiner Meinung nach eine Sinfonie nicht von einer Zentrifuge unterscheiden konnte. Außerdem konnte sich Garðar über nichts so aufregen wie ausgerechnet über Wellblech, das er für den übelsten Schrott hielt, den die Menschheit je erfunden hatte. Hierzulande würde man hochgeborenen Gästen ein Bett unter dem gleichen Dachmaterial bereiten, das andernorts höchstens als Umzäunung für Kohlenhalden benutzt würde! Manchmal konnte es aber auch passieren, daß seine Sprache jeglichen Funken Humor verlor und statt dessen seine Bitterkeit und sein Grimm Worte fanden. Dann stand er allein gegen alle. Dann war ich ein »unbelesener Dorftrottel«, unsere Nationaldichter »alte Psalmenweiber« und Frauen allesamt »häßliche Mähren« oder »zweibeinige Schafe«. Und dann machte er sich mit finstersten Ausdrücken Luft über seine abendlichen Besucher, die nicht den Mumm hatten, sich offen zum »anderen Ufer« zu bekennen, und daher dazu verurteilt seien, weiterhin »ihre Weiber zu besteigen«. Ja, wahrscheinlich war es kein leichtes Los, der einzige Schwule im gesamten Nordatlantik zu sein. Er hatte einen Orden verdient. Trotzdem konnte ich nie seinen Drang und den anderer Homophilister verknusen, jeden, den sie nur konnten, ihrer Fraktion zuzusprechen. Da wurden alle unverheirateten Männer der Weltgeschichte aufgerufen, von Jesus Christus bis hin zu Jónas Hallgrímsson. Die *Njáls saga* war »selbstredend ein homoerotischer Roman«. Was vermutlich am besten beweisen sollte, wie gut dieses Buch war. Die Lieblingsautoren von Garðar waren natürlich Proust und Wilde, und er verbot mir dreimal, *Auf der Suche nach der verlorenen Zeit* zu lesen. Er wollte der einzige Mann im Nordatlantik sein, der das vollbracht hatte, und ich entsprach seinem Wunsch gern.

Garðar und ich waren gute Freunde. Oh, ja, natürlich, wir teilten ein Zimmer im Hotel Borg oder Hotel Island für ein, zwei Nächte oder so. Ich, wohnungslos und auf dem Weg in die große, weite Welt, und er, dieser hundertfältige Charmeur, der sich mit Worten in jeden Palast der Welt schmeicheln konnte – und wieder heraus, ohne zu bezahlen. Mit seinem einzigartigen Sprachgenie schaffte er es, in jede beliebige Rolle zu schlüpfen. So war er ein dänischer Prinz oder französischer Baron, ein norwegischer Heringsaufkäufer, ein Revisor der Islandbank, der Sohn unseres Bohèmedichters Einar Ben oder ein Enkel des kinderlosen Freiheitshelden Jón Sigurðsson, »… und Großvater war es nicht gewohnt, für seine Übernachtungen auf dieser Insel bezahlen zu müssen«.

Im Sommer '33 hatte er eine Affäre mit einem Kampfflieger der italienischen Luftwaffe, der sich hier für kurze Zeit aufhielt. Zum Abschied erhielt er Bomberjacke, Schal, Fliegerhaube und Sonnenbrille. Ein ganzes Wochenende tafelten wir im Hotel Borg auf Einladung von »Mr. Charles Lindbergh«. »And be pleased to meet my assistant, Mr. Rasskinnson.«* In Garðars Späßen war ich nie mehr als ein Assistent. Er spielte die Hauptrolle. Ein großer Bohèmien. Mit Geld ging er um wie mit Schmuck: stellte es zur Schau, wenn er's hatte, und lieh es sich ansonsten von seinen »Freundinnen«. Ob er auch ein großer Pohemien war? Ja, was weiß denn ich? Darüber sollte doch alles in seinem Prachtwerk stehen, in seiner großen Autobiographie, die natürlich schon deswegen niemand herausgeben wollte, weil der Mann absolut nicht schreiben konnte. Bestimmt hätten irgendwelche Schmutzfinken aus diesem Machwerk abwegige Schlüsse ziehen können! Sich aus all den verschlungenen Zeilen etwas zusammenreimen und es mit Neid multiplizieren können. Herausgekommen wären DIE HOMOEROTISCHEN NEIGUNGEN DES EINAR JÓHANN GRÍMSSON! Es war absurd! Wie weit konnte Haß eigentlich gehen? Ich war Familienvater! Vater vieler Kinder. Allzu vieler Kinder! Der Mann, der *Die Hände des Meisters* und *Der Kai* schrieb. Wie konnte es jemandem in den Sinn kommen, dieser Mann könne schwul sein?

Garðar wollte ich diesbezüglich keine Vorwürfe machen. Er war der große Improvisator, Erzähltalent bis in die Fingerspitzen, und übertrieb schon mal, wenn es sein mußte. Immer schlagfertig und doppeldeutig in seinen Antworten: Man konnte alles verstehen, wie man wollte. In jeder Hinsicht! So war nun mal seine Art, sich auszudrücken. Und irgendwie war jenes Manuskript – *Liebeszoll* sollte es heißen, doch hatte ich persönlich nie davon gehört –, irgendwie war es in Friðþjófurs Hände geraten. Er schlief sein ganzes Leben lang darauf. Er hockte darauf wie ein Terrorist auf seiner Geisel und ließ von Zeit zu Zeit Lügen daraus durchsickern, nur um mich in ständiger Anspannung zu halten. Um mich wissen zu lassen, daß er mich jederzeit ruinieren könne.

Natürlich war alles nur leeres Geschwätz und Lüge.

Wir saßen unter einer Linde auf der Terrasse eines Sanatoriums in der Schweiz und blickten über den See. Zwei Männer in den Siebzigern in der Alpensonne. Er hatte eine Glatze bekommen. Das silbergraue und wollige Haar nur noch hinter den Ohren dicht, das breite Gesicht bleich von Krankheit und eng mit großen braunen Flecken besetzt. Die übergroße Sonnenbrille war das einzige, was an den guten, alten Paradiesvogel erinnerte. Ansonsten war er sportlich gekleidet (zu sportlich für meinen Geschmack), in einem dieser kurzärmeligen Unterhemden, die sich Europäer inzwischen weithin überstreiften, jene schlüpfrigen Tennistrikots, die nichts verbergen wollten. Ein Kleidungsstück, das sagte: Mein Leben ist vorbei, und mir ist vollkommen egal, wie ich mich anziehe. Eine Uniform für den Wartesaal des Todes. Garðar war ohnehin nicht groß, schien aber in letzter Zeit noch geschrumpft zu sein, und er war dicker geworden. Die breite Wampe stand zwischen uns und zeigte, daß wir viele, viele Jahre keinen Kontakt gehabt hatten. Die Stimme klang kraftlos und heiser, mit dem Akzent dreier Länder.

»Ich bin kein junger Spund mehr«, sagte er, kurz nachdem wir uns mit einer etwas unbeholfenen Umarmung begrüßt hatten, und er sagte es traurig. Ich wußte, was das bedeutete.

»Und, was gibt es Neues von meiner kleinen Insel?«

»Nichts Besonderes, denke ich. Preissteigerungen.«

»*Wie bitte?*« fragte er auf deutsch. »Was war das noch mal?«

»Inflation …«

»*Ach ja, genau.* Preissteigerung. Sie sind schön, die isländischen Wörter.«

Ich wollte ihm davon erzählen, daß die Hoheitsgewässer kürzlich auf 50 Meilen ausgeweitet worden waren, fand den Gedanken aber zu weit von der Reykjavíker Innenstadt entfernt für einen Mann, der nicht einmal bis zum Hvalfjörður gekommen war.

»Haben sie heutzutage Mumm in den Knochen?« fragte Garðar.

»Wie?«

»*Nein, ich* … Die Dichter, ja, die Skalden. Irgendwelche …«, er räusperte sich, »irgendwelche Bücher, neue Bücher?«

»Ja, andauernd, wie immer. Viele … Friðþjófur hat ein Buch herausgegeben. Eine Gedichtsammlung.«

Das war nicht ganz richtig von mir. Sicher waren schon zehn, zwölf Jahre vergangen, seit der Meister der Moden sein Buch veröffentlicht hatte.

»Ah? Friðþjófur?«

»Ja, du kennst ihn doch noch, oder? Friðþjófur, der lange Schlacks. Friðþjófur mit dem Mantel. Er ist jetzt bei der Zeitung.«

»Ah ja, Friðþjófur, nicht wahr?«

»Du kanntest ihn, oder nicht? Ihr habt euch doch gekannt.«

»Ja?« sagte er und schaute durch die violettblauen Gläser auf den See. Augenscheinlich heftige Aktivität in seinem kranken Schädel. Den grauen Zellen fiel es schwer, mit ihren Botschaften durch den Krebs zu dringen. Er schwieg noch immer. Ich wartete gespannt. Rund um den See standen auf allen Seiten die Berge wie Abschirmwände. Doch, hier würden wir uns ohne Gefahr unterhalten können.

»Ja«, sagte er mit drei Punkten im Anschluß.

Der Kellner kam mit einem zweiten Glas grünlichem Obstsaft und der dritten Tasse Kaffee für mich. Garðar sah den Mann nicht an, sondern blickte auf seine zitternde, altersfleckige Hand, geschmückt mit zwei Goldringen und einem zierlichen, vergoldeten Kettchen, das dicht in die langen Haare auf dem Handgelenk verwoben war. Umständlich wischte er sich eine unsichtbare Fluse vom Oberschenkel. Die hellblaue Hose und die Beine dünn wie Streichhölzer unter dem Bauch.

»Ja, Friðþjófur … er war … kein netter Mensch, *nicht wahr*?«

»Ja, manche fanden …«

»*Der Friedhof!*« rief er plötzlich fröhlich und brach in heiseres Gelächter aus, das in einem heftigen Hustenanfall unterging. Es war klar zu sehen: Der Mann lag im Sterben. Er nahm die Serviette vom Tisch und trocknete sich die schlaffen, hängenden Mundwinkel, murmelte zweimal *»Scheibenkleister«* und fuhr dann fort:

»Sein Bruder war ganz anders, nicht? Wie? Er war … er war so verdammt *lebens* … ein so lebendiger Kerl. Wie … wie hieß er noch mal?«

»Kristján. Kristján Jónsson.«

Ein Geruch von Stahl überfiel mich, indem ich diesen Namen aussprach. Stahlgeruch, düstere Gedanken und ein längst vergangenes, sonniges, aber eiskaltes Frühjahr. Es war noch immer nicht verschwunden. Noch immer hatte dieser schlichte Name diese Gewalt über mich. Wahrscheinlich würde ich nie darüber hinwegkommen. Wahrscheinlich war er meine Art von Krebs.

»Wie? Ach ja, Kristján … Der rote Stjáni«, wurde Garðar sehr lebhaft, sank dann aber ebensoschnell wieder in sich zusammen und sagte nur: »Ja, ich erinnere mich. Ich … ich erinnere mich gut an ihn.«

Jede Erinnerung war eine große Anstrengung für ihn. Als würde er Jetlag bekommen. Schwer für den Geist, in der Zeit rückwärts zu fliegen und dann wieder zum Ausgangspunkt zurück. Wir schwiegen, tranken, blickten auf den See. Er hustete. Bald würden wir beide abtreten. Unten an der gemauerten Ufereinfassung standen zwei Männer im Gespräch. Der eine von ihnen trug einen weißen Kittel, der andere einen Anzug. Bestimmt ein Arzt, der jemanden vom Ableben eines Angehörigen in Kenntnis setzte. Ich schaute auf die Uhr; mein Zug nach Zürich ging in zwei Stunden. Mein Thema begann mir zu entgleiten. Ich fühlte, daß ich nicht den Mut hatte, ihn nach seiner »Autobiographie« zu fragen. Wozu denn auch? fragte ich den 2000 Meter hohen Berg vor mir. Wenn wir anfangen, die Korrekturfahnen zu lesen, dauert unser Leben zu lange. Ich mußte an Shakespeare denken. Den Sonetten zufolge sollte er homosexuell, bisexuell und ein Onanist gewesen sein, und womöglich auch noch drogenabhängig. Er ließ sich siebzehn Fuß tief in der Erde vergraben, und doch gab es Menschen, die eine Erlaubnis haben wollten, seine Gebeine zu untersuchen und Proben zu entnehmen. Wir lösen uns auf wie Wolken am Himmel. Welche Rolle spielt es da, ob unsere Form jemanden an ein Kamel erinnerte, einen anderen an ein Hermelin und den dritten an einen Wal? Morgen ist der Himmel wieder klar.

»Ich habe dein Buch gelesen … *Die Hände des Meisters*, nicht?«

»Richtig. *Die Hände des Meisters*.«

»*War ich Þórður?* War … war ich Þórður?« fragte mein lieber Garðar und lächelte plötzlich wieder so bezaubernd, daß ich um ganze 40 Jahre in der Zeit zurückversetzt wurde. Da war er auf einmal wieder, der gute, alte Paradiesvogel, mit seinem Lächeln, von dem wir alle hin und weg waren, das jede Frau an einem Hotelempfang dahinschmelzen ließ, diesem Lächeln, das jeder für weltberühmt hielt, das uns mitriß ins Hotel Borg oder mitten in der Nacht nach Þingvellir oder hinab zum Hafen zum *Captain's Dinner* an Bord der *Goðafoss* nach einem Ball im Seemannsheim. Ich verlor mich für einen Moment in Gedanken.

»Wie bitte?«

»Ein wirklich guter ... guter Charakter, den du da beschrieben hast. *Gut, ja*«, sagte er und lachte vor sich hin, ein schwaches, heiseres Lachen.

Da saßen wir auf der Veranda eines Sanatoriums, zwei müde, alte Freunde. Es war eine Art Caféhaus für Kranke, picobello und absolut edel wie alles in der Schweiz. Er war zu Geld gekommen, hatte in Reisebüros und Gaststätten gearbeitet, am Ende in Lugano sein eigenes *Garðarholm** eröffnet – Schwule hatten mit ihrer offenen und stets zuvorkommenden Art ein Händchen für so etwas –, und irgendeinen Ex-Helmut hatte er bestimmt in sein Herz geschlossen, das er wie ein Schrittmacher am Laufen hielt. Ich habe ihn nie danach gefragt.

Bevor ihm ein Pfleger auf die Beine half und wir uns verabschiedeten, fragte er nach den Bergen daheim.

»Und meine Esja, hm? Geht es ihr nicht gut? *Immerhin*, sie sieht doch immer gleich jung und frisch aus, nicht wahr?«

»Na ja, jetzt ist sie auch schon ein bißchen weiß geworden«, sagte ich, und wir lachten. Wir lachten ein letztes Mal zusammen. Ein etwas müder Humor, aber gut gemeint. Ich verabschiedete mich mit einem Kuß von ihm und war überrascht, wie weich sich seine fleckige und runzlige Wange anfühlte. Garðar.

Aber wie, um alles in der Welt, war er darauf gekommen, daß er Þórður sein könnte? Mir kam das alles wieder in den Sinn, als ich den Jungen von der Heide herab aus dem Nebel kommen sah. Schmächtig und zitternd, die Hände tief in den Taschen vergraben, auf der Suche nach Wärme, auf der Suche nach Wärme im Tal der Mutter, dem Land seines Vaters, mit hängendem Kopf und vorragendem Stirnhaar: ein verirrtes Einhorn.

Er stolperte über die Hauswiese, zögerlich, auf dem Weg zum Hof, wo der Generator blaffte wie ein durchgedrehter Schäferhund, der seine gesamte Herde verloren hat. Trostlosigkeit lag über dem See, und das Gras hatte sich gelegt. Wozu hier wachsen?

Hrólfur blieb die nächsten Tage in den Stallungen. Er schlief in der Scheune und wachte auf dem Krippengang, sagte Strophen auf, füllte den Stall mit vierfüßigen Reimen. Versorgte sein letztes Mutterschaf und fütterte sein letztes Lamm mit seiner Trauer über den Verlust seiner Tiere.

Es waren düstere, neblige Tage Anfang Juni.

Der Junge wurde mit Essen zu ihm geschickt. Sein Vater war noch immer auf der Hut, ließ den Sohn sich immer erst zweimal identifizieren, ehe er ihn einließ. Bárður und Genossen hatten versucht, in die Ställe einzubrechen, trommelten dagegen, gegen das Blöken zweier Lämmer und zweier Jährlinge an. Sie gingen vor wie einstmals gegen Gunnar auf Hlíðarendi*, konnten aber weder das Dach abdecken, noch den Riegel an der Einfülluke der Scheune öffnen. Spieße vor jeder Tür.

»Aber, Papa, warum haben sie die Harpa nicht geholt? Ist sie nicht krank?«

Hrólfur nahm einen halb gekauten Bissen Fleisch aus dem Mund und sagte:

Der Bauer nach altem Vorbild fies
foppte die Meute in die Pleite.
Mit lockig wollenem Vlies
stand Harpa mir zur Seite.

Der kleine Grímur blickte erst seinen Vater an, ohne die Strophe zu begreifen, und dann das Schaf, das im Pferch stand und verständnislos hustete – es hatte nicht Glóas Auffassungsgabe, aber immerhin noch einen matten Glanz im Auge –, die letzte Hoffnung des Bauern von Heljardalur, ihn vor dem Grab oder dem Wahnsinn zu bewahren.

»Und was ist mit den anderen? Kommen die wieder?«

Hrólfur sprach eine weitere Strophe:

Dahin ist Glóa das Schaf
mit dem schönsten Maul von allen.
Ich fühle Tränen noch im Schlaf,
sie ist als letzte gefallen.

Er hatte auf jedes einzelne seiner Tiere eine Strophe gedichtet. Es war ein langes Reimgedicht. Die Trauer des Vaters war dem Sohn peinlich. Grímur wurde unruhig und wollte gehen.

»Oma meinte, ich soll dich fragen, ob du heute abend Kakaosuppe magst.«

Des Bauern Sinn ist kalt im Gewölle
und wie gefrorene Pfützen.
Saufen möcht' er lieber die Hölle
als heiße Grützen.

Der Junge schwieg eine Weile und musterte mit traurigem Blick seinen Vater, der fortfuhr, sein Fleisch aus der hohlen Hand zu essen. War er aus der Welt der Menschen abgetreten? Endgültig die Schafsnase geworden, die er eigentlich schon seit langem war?

»Großmutter meinte auch noch, ich soll dich fragen, ob du heute nicht mähen willst.«

Das rührte an etwas in dem Bauern. Er sah auf, schaute mit wirren Augen seinen Sohn an.

»Mähen?«

»Ja, die Hauswiese.«

»Wozu denn?«

»Sie meinte … Großmutter sagte, du müßtest mähen, wenn du im Winter etwas zu beißen haben wolltest. Wenn du im Winter noch hier sein willst, sagte sie.«

Hrólfur schwieg, blickte zur Scheune, dann wieder auf den Jungen. Der Irrsinnsfunke schien aus seinen Augen verschwunden zu sein, hatte unverstellter Trauer Platz gemacht.

In der Scheune ging auf mich los
die unkeusche Jungfrau froh.
Jetzt bestimmt mir die Alte das Los,
daß ich fresse Stroh.

»Was?« meinte Grímur.

»Sag ihr, sie soll die Suppe in Rentierhörner füllen und zusehen, ob sie nicht hierher in den Stall gelaufen kommen.«

[22]

Ich versuche mich zu erinnern, was ich mit Þórður gemacht habe. Er ist nicht wieder auf dem Hof aufgetaucht, und doch sah ich ihn an jenem großen Abführabend in diese Richtung laufen. Ich habe ihn natürlich hierher geschickt und es ihn nicht wagen lassen, an die Tür seines Vaterhauses zu klopfen, oder er hat mir oben in den Bergen das Heft aus der Hand genommen und hockt jetzt in einer Grotte und brät sich ein fettes Schaf wie ehedem der geächtete Grettir.

Hrólfur wurde aus der Stallhölle geholt, und der Junge braucht seinen Vater nicht länger zu versorgen. Eivís hatte noch mit ihrer Übelkeit vom Schlachttag zu kämpfen, konnte gerade morgens und abends zum Melken aufstehen, und wurde schließlich von Briefträger Jóhann nach Mýri mitgenommen, von wo sie eine Mitfahrgelegenheit mit dem Wollaster hinab nach Fjörður erhielt. Jenseits der Heide ging das Leben seinen gewohnten Gang. Jói fiel es schwer, die beiden so amtlich aussehenden Schreiben auszuhändigen, und er wartete in seinem bullernden Geländewagen geschlagene zwanzig Minuten auf dem Hofplatz, ehe der Junge zusammen mit dem Hund endlich vom Ausmisten aus dem Pferdestall kam und sie in Empfang nahm. Ich selbst bin kaum besser. Mir ist es auf behutsame Weise gelungen, dem Bauern aus dem Weg zu gehen, seitdem er aus seinem Exil im Stall zurück ist. Ich nehme nicht mehr an den Mahlzeiten teil und stehle mich zu den Melkzeiten aus dem Haus. Ganze Tage habe ich auf langen Spaziergängen verbracht, auch auf der Suche nach Þórður, wobei ich mir den Kopf zerbrach, was mein Garðar in dieser eher gebrochenen als vielseitigen Gestalt von sich wiedergefunden haben mochte. Eines Abends schaffte ich es nicht, meine Rückkehr mit dem Melken abzupassen. Ich war zu weit in die Heljardalsberge hinein gewandert, und der Bauer saß auf seinem Bett und wetzte ein Messer, als ich den Kopf durch die Bodenluke schob. Sein Blick war messerscharf.

»Guten Abend«, grüßte ich und ging in meine Ecke.

»Artig gegrüßt. Mit herzlichem Dank zurück.«

Vier Jahre kostete es mich, diesen Mann über das unterste Niveau des Lebens zu hieven. Endlich nahm er es in die eigenen Hände und legte sich mit mir an. Unser isländischer Ringkampf war ein Tanz auf Seiten, eine Kunst des gegenseitigen Balancierens bis zur Mitte des Buches; dann hatte er mich in Unterlage und machte von da an, was er wollte. Er rang mit den Konkurrenten, die ich ihm geschrieben hatte. Ich durfte nichts mehr tun, als allem zu gehorchen, was er mir gebot, und es aufzuschreiben. Seitdem war viel Zeit vergangen. Vierzig Jahre hatte er ohne Hilfestellung und ohne mich sein eigenes Leben geführt. Und die Figur hatte auch etwas von ihren Lesern gelernt. Frankenstein hatte begonnen, seinen Meister zu verspotten.

»Mit herzlichem Dank zurück.«

Siebenmal wiederholte er es, wollte mich fertigmachen. Genauso als er dann noch dreimal sagte: »Ja, das alte Weib entbietet einen guten Abend.« – Wo ist jetzt der Rabe?

Die Wanderungen bekommen mir gut, ich fülle meine Kleider wieder besser aus. Das ist sicher einer der wenigen Vorteile daran, unsterblich zu sein: Man wird von Tag zu Tag jünger, und ehe ich's mich versehe, werde ich wieder zu einem jungen Mann und zu einem Kind werden und am Ende erneut in eine alte Welt und in eine neue Epoche geboren werden. Ich komme gerade von einer ganztägigen Wanderung über die Heljardalsheiði zurück, wollte mich einmal in Mýrarsel umschauen und fand alles ziemlich unverändert, wie das Szenenbild in einem Film, *ready for flashback*, wie man heutzutage bestimmt sagte. Man mußte lediglich ein wenig Moos von den Dielenbrettern schaben und Feuer im Herd machen. Dann hätte man meine Jóra mitten in den Raum stellen können und eine Handvoll Abgeordneter drum herum und ihnen eine Erektion verpassen.

Ich gehe den Weg entlang und bin fast wieder im Tal angelangt, als ich ein Geräusch hinter mir höre. Ein leichter Sommerregen hatte eingesetzt, durch den sich Lichter bohrten. Es war der schwarze Russenjeep von Bárður, und er selbst saß am Steuer, hielt neben mir an und öffnete die Tür. Auf dem Beifahrersitz saß Eivís mit etwas frischer geröteten Wangen als in den Tagen vor ihrer Abreise, aber immer noch schüchtern traute sie sich nicht, mich zu grüßen.

Bárður bot mir an, einzusteigen, was ich ablehnte, und fragte dann: »Die ganze Zeit über geschrieben?«

»Nein, nein, das habe ich so gut wie aufgegeben«, antwortete ich.

»So?«

Ich stellte fest, daß er eine neue Brille trug, aber von gleicher Machart. Ich sah ihm in die Augen und sagte: »Du bist ganz schön abgebrüht.«

»Abgebrüht? Wieso denn das?«

»Sich hier noch mal blicken zu lassen … nach allem, was vorgefallen ist.«

»Jaaa, das … ich tue es nur für das Mädchen«, antwortete er und warf einen Blick auf sie. Sie schaute auf die runde Tankanzeige in dem senkrecht angeordneten Armaturenbrett, starrte auf zwei russische Zeichen.

»So?« meinte auch ich.

»Ja, ich will mich nicht aufhalten«, sagte er abschließend, nickte zum Abschied und schlug die Tür zu. Ich sah dem schlammbespritzten, dunklen Jeep nach, wie er durch den Nieselregen den Weg entlangrumpelte. Ursprünglich sollte Bárður einmal der begabteste Mensch im ganzen Roman sein. Irgend etwas ist mir mißraten. Nur ein Dummkopf reizt einen verwundeten Gegner.

Wenigstens bleibt er nicht lange. Ich sehe, wie Eivís aussteigt, noch einmal grüßt und dann den Wagenschlag zuwirft. Dann geht sie ins Haus. Der Jeep wendet, kommt wieder auf mich zu. Es ist etwas Irres an diesem Mann, der stocksteif hinter dem Lenkrad sitzt, auf den Weg starrt und mich nicht eines Blickes würdigt, als er an mir vorbeifährt. Ich drehe mich um und sehe ihn mit matten Rücklichtern im Regen verschwinden wie einen Elf in den Hügel.

Ich war nur noch ein kurzes Stück vom Haus entfernt, als ich Hrólfur aus dem Kuhstall kommen sah. Grímur und Trýna in seinem Gefolge schickte er in den Schafstall, er selbst ging über den Hof und trat in den Vorbau. Ich mochte ihm nicht ins Haus folgen und trollte mich daher zu den Kühen. Sie standen wiederkäuend in ihren Ständern, frisch gemolken und zufrieden, aber doch ein wenig ungeduldig: Sie wollten endlich ins Freie. Sie beäugten mich, als wäre ich deswegen gekommen, als ich durch die Stallgasse zur Scheune ging. Ich ließ mich auf einen Ballen von frisch duftendem Heu fallen. Oh, ja, er hatte wieder angefangen zu mähen. In der Scheune war es dunkel, und ich ließ die Gedanken noch einmal zu Garðar schweifen, während die Kühe ab und zu vorn im Stall muhten. Irgendwo lag er jetzt in den schönen Alpen unter einem Stein mit der von ihm gewünschten Inschrift: »*Unser lieber Schwuli*, Garðar Holmsteinn, 1911–1974.« Er war wieder schlank geworden. Der schief grinsende Schädel hatte keinen Krebs mehr.

»Wir, die wir andersrum sind, lassen uns natürlich mit dem Gesicht nach unten begraben, hahaha!« hatte er einmal gesagt.

Verdammt, er brachte mich noch immer zum Lachen. Es wäre nicht verkehrt, ihn jetzt hier im Tal der Ewigkeit bei sich zu haben. Irgendwo hinter mir höre ich es im Heu rascheln. Ich richte mich auf die Unterarme auf und sehe mich um, kann aber nichts entdecken. Sicher ein Vogel. Allerdings bemerke ich einen hellen Fleck in der groben Steinwand, die die Scheune vom Kuhstall trennt, gleich neben dem Türgriff. Es ist ein Loch wie ein kleiner Spion, und das Licht darin kommt natürlich von den Fenstern im Kuhstall, obwohl es dafür auffallend hell ist. Ich erhebe mich und gehe zu diesem Ruhetag in meinem Werk. Das Loch ist etwa so groß wie eine Handfläche, und ich sehe hindurch.

Ich erblicke ein gemütliches Hotelzimmer: rote Wände, firnisbraune Gemälde, gelber Bettüberwurf. Auf dem Bett liegt eine ausländische Zeitung, scheint mir, mit einem Bild von Eisenhower auf der Titelseite, und auf dem Schreibtisch steht, von Papier umgeben, eine alte schwarze Schreibmaschine. Plötzlich wird die Tür geöffnet, und ein Mann tritt ein, schließt die Tür hinter sich. Er trägt eine runde Brille über einem hellgrauen, dreiteiligen Anzug und ist schätzungsweise vierzig Jahre alt. Ich kenne diesen Mann. Ich habe diesen Mann schon sehr oft gesehen. Im Spiegel.

Er tritt an den niedrigen Schreibtisch, setzt sich aber nicht, sondern zündet sich ein schon zur Hälfte gerauchtes Zigarillo an. Damit stolziert er durchs Zimmer, vor und zurück, und bläst den Rauch in die Luft. Im Hintergrund hört man leise Musik. Er drückt das Zigarillo aus und wirft sich aufs Bett, liegt eine Weile tief in Gedanken versunken.

Ich rufe ihn durch das Loch: »Hallo!«

Er schrickt zusammen und sieht auf, fragt zurück: »Hallo?«

»Ich bin hier«, sage ich.

»Wie?« ruft er und steht auf. Er kommt zur Wand und entdeckt mein Auge in dem Loch.

»Wer ist da?«

»Ich bin's«, sage ich.

»So? Bin ich das? Wo bist du?« fragt er.

»In der Scheune. In der Scheune des Kuhstalls auf Heljardalur. Und du? Wo bist du?«

»Äh, in Bologna, Hotel Dante …«

»Und wo bist du in deinem Werk?«

»Ach so, das meinst du. Na, ich bin auch gerade da, in Heljardalur. Ich habe Eivís gerade vom Arzt entlassen. Ließ Bárður sie nach Hause fahren. Vielleicht ein wenig ›keß‹, was?«

»Nein, nein, den kann man ohnehin nicht unter Kontrolle halten. Aber wie geht es denn weiter?«

»Hm, darüber habe ich mir gerade Gedanken gemacht, als ich unterbrochen wurde. Ich wurde ans Telephon gerufen.«

»So? Wer hat denn angerufen?« fragte ich mich.

»Lovísa.«

»Etwas Ernstes?«

»Nein, nein, es ging nur um die kleine Svana. Sie hat eine Gehirnerschütterung, war mit anderen Kindern oben auf dem Skólavörðuholt und fiel rücklings von einer hohen Mauer.«

»Aha.«

»Ja, aber sie ist, wie gesagt, gerade vom Arzt zurück, und ich habe überlegt, ob ich sie nicht in den Kuhstall schicken soll.«

»Wie? In den Kuhstall? Wen?« wunderte ich mich.

»Na, Eivís …«

»Ach so, natürlich«, sagte ich, und auf einmal wurde die Musik laut, Gelächter und Applaus waren zu hören.

»Woher kommt dieser Lärm«, fragte der Autor.

»Was? Ach, das ist die Lüftung. Unten im Speisesaal ist eine Party im Gang, und durch die Lüftung dringen die Geräusche bis hier oben herauf«, antwortete er teilnahmslos.

»Eine Party? Ist es nicht schwer, dabei zu arbeiten?«

»Doch, natürlich ist es so etwas wie geistige Notzucht, aber man muß sich damit abfinden.«

»Bitte schön, deine Sache.«

»He, sag mal … wie sieht es denn in der Scheune da aus?«

»Dunkel vor allem, dann liegt hier noch das eine oder andere Büschel Heu, das …«

Meine Worte gehen in einer neuerlichen Beifallslawine aus dem Speisesaal unter. Er blickt rasch zur Decke und scheint durch die Lüftung eine Eingebung zu bekommen. Dann guckt er wieder ins Loch.

»Hör mal, Kollege, ich habe da eine Idee«, sagt er und hastet, augenscheinlich inspiriert, an den Schreibtisch. Er setzt sich, dreht sich zu mir und sagt mit erhobenem Zeigefinger: »Paß auf!« Dann haut er mit zwei Fingern fest in die Schreibmaschine. Ich höre das erste Wort:

»Nein!«

Ich höre es wirklich rufen. Ich fahre herum und spähe durch die Scheune, doch es dauert eine Weile, bis ich nach dem Licht in dem Loch Konturen erkennen kann.

»Au! Was tust du?«

Es ist das Mädchen. Es kommt aus dem Kuhstall. Dann folgen Kleiderrascheln und dumpfe Stöße. Kurz darauf fliegt die Tür auf und schlägt mir – ich stehe gleich neben der Tür wie festgeleimt an der Scheunenwand – ins Gesicht.

»Nein, nicht!« ruft Eivís, während Hrólfur sie in die Scheune schubst.

Meine erste Reaktion besteht darin, nach dem Türriegel zu greifen, damit die Tür nicht wieder zufällt, und sie an mich zu pressen. Ich packe ein Querholz, lasse mich von der Tür verdecken.

»Ich habe nichts mit ihm gehabt«, höre ich das Mädchen rufen.

»Ach nein, ha!«

»Nein, ich war nur beim Doktor. Und Bárður mußte sowieso nach Mýri und …«

»Und was hattest du, verdammt noch mal, beim Arzt zu suchen?«

»Das weißt du doch ganz genau.«

»So? Und wieso sollte ich das wissen, hä? Sag es mir, Mädchen!«

Ich höre einen Schlag, der sich nach einer Ohrfeige anhört. Zwischen den morschen Brettern der Tür sehe ich im Dunkeln ihre Konturen. Mir scheint, sie liegt auf den Heuballen, und er steht über sie gebeugt. Ein weiterer Schlag. Sie schreit auf.

»Also, sag's mir, Kind, los!«

Ein dritter Schlag. Sie weint.

»Hörst du nicht, was ich sage, du Luder?«

»Du weißt es doch«, sagt sie leise durch ihr Weinen.

»Du willst es mir also nicht sagen, ha?«

Zwei Schläge. Sie wimmert jetzt in einem langen, zusammenhängenden Ton.

»Du willst es mir also nicht sagen, ha? Luder! Du willst es mir nicht sagen?! Na gut, dann … mußt … du … eben fühlen.«

Jetzt schreit das Mädchen. Es brüllt, als ginge es ihm ans Leben. Es schreit, als wollte er sie umbringen. Die Kühe im Stall fallen ein, als würden sie tief schwesterlich mit ihr fühlen. Ich muß ihr helfen. Muß ich ihr helfen?

Ich schiebe die Tür auf und … und sehe, daß er ihr die Hose ausgezogen hat. O nein! Sie wehrt sich und schlägt um sich wie ein wildes Tier, trotzdem schafft er es … Er schafft es trotzdem. Und da kommt es: »Papa!!!«

Dieses Wort aus ihrem Hals läßt meinen schlucken. Mein Blut verdickt sich, wird zu rotem Wachs. Ich bin eine männliche Kerze. Gelähmt vor Schrecken drücke ich mich an die rauhe Betonwand, wünsche mir, darin zu verschwinden.

Er liegt jetzt auf ihr. Ein weißer Hintern in der Dunkelheit. Ein verderblicher Anblick. Sie schreit wieder und wieder, doch er erstickt es mit einer Hand. Plötzlich entdecke ich den Umriß eines Menschen hinter einem Stapel, ein Schattenriß, zur Hälfte im Heu verborgen: Unter wirrem Haar leuchten zwei erschreckt aufgerissene Augen. Wer ist das? Er sieht zu ihnen hin, dann zu mir herüber. Ich sehe ihn an, dann wieder sie. Der Schatten tritt hinter dem Heustapel hervor, bleibt dort erst unschlüssig stehen und scheint dann zu einem Entschluß zu kommen, zögert aber doch wieder und sieht nun, leider Gottes, richtig albern aus. Dann schiebt er sich durch die Scheune auf mich zu. Jetzt bringt er mich um. Er reißt die Tür auf und verschwindet nach draußen.

Der Bauer stöhnt. Sie hat aufgehört zu schreien, schluchzt nur noch unter seinen Stößen. Ihr Gesicht ist von Qual verzerrt, die ihr die Augen verschließt. Ich steh mir bei! Dann schlägt sie die Augen auf und starrt voll Angst an die Decke, die Arme ausgestreckt, ins Heu gekreuzigt von seinen Händen, Fingern, Nägeln. Kruzifix im Heu. Aus den Händen des Meisters. Oh, Vater … Dann versucht sie sich ein letztes Mal gegen ihren Vater zur Wehr zu setzen, gegen ihren Herrn und Meister, ihren Autor, ihren Gott, und sie beißt die Zähne zu einem gequälten, unterdrückten Schrei zusammen. Dabei hebt sie den Kopf und erblickt mich.

»Hilfe!«

Ich werde nie wieder in diese Augen sehen können. Ich wünschte, ich könnte in diese Augen sehen.

Ich höre ihn schwer keuchen. In dem Moment reißt die Giebelwand auf. In genau dem Moment stürzt fast der gesamte Scheunengiebel auf den Hofplatz. Das Tor für den Heuwagen liegt auf der Rampe. Die Scheune wird vom blendenden Licht des Sommerabends erhellt. Vor dem Giebel liegt die Hauswiese in dünnem Regen und darauf steht schief ein Heuanhänger mit einer Achse. Hrólfur erstarrt wie ein Nachttroll.*

Ich drehe mich zur Wand und schaue durch das Loch. Mein Bekannter erhebt sich rasch vom Schreibtisch und grinst mir zu: »Nicht gut?«

Ich gebe ihm keine Antwort, sondern schleiche mich durch die Tür in den Stall.

[23]

Es war Þórður. Ich sah ihn davonlaufen. Er hatte das Tor im Scheunengiebel aufgeworfen. Als ich aus dem Stall kam, sah ich ihn die Hauswiese hinablaufen. Er rannte nach links und nach rechts, aufgeregt und völlig kopflos, endlich blieb er stehen und warf sich in einen Graben.

Er hatte sich also eine ganze Woche in der Scheune versteckt gehalten wie ein verurteilter Geächteter. Die Großmutter hatte ihm etwas zugesteckt. Wenn sie die Hühner füttern ging, brachte sie auch ihm etwas zu essen. Ein merkwürdiges Mensch. Sie hatte immer zu Þórður gehalten, trotz allem; er trug schließlich den Namen ihres Mannes, Þórður Þórðarson auf Mýrarsel, der seinen letzten Atemzug zu Beginn der Heuernte '46 von sich gegeben hatte. Er hatte neben seiner Sense gelegen wie ein gefallener Soldat oder als hätte der Tod sein Werkzeug neben ihm niedergelegt, um ihm die letzte Ehre zu erweisen, einem Mann, den er von zahlreichen Besuchen in dessen bescheidener Hütte kannte. Þórður und das Mensch bekamen dreizehn Kinder, zehn von ihnen überlebten. Und dann hatte er selbst zwischen den Schwaden gelegen wie ein bewußtloses Kind, klein und zusammengekrümmt wie ein Kitz, mit einem friedlichen Ausdruck auf den Zügen.

Die alte Frau ließ ihn ins Haus tragen und in ihr Bett legen. Noch einmal verbrachte sie eine Nacht an seiner Seite. Die letzte nach bald sechzigjähriger Ehe, die zu allen Zeiten ein festes Hand in Hand gewesen war. Er kam im Traum zu ihr und sprach eine Strophe:

Damals warst du jung und allein
– auch schön wie Erika –
erwähltest mich auf feuchtem Stein.
Da war ich Amerika.

Für ihn war das eine gelungene Strophe und viel besser als das, was er zu Lebzeiten gereimt hatte. Ohne sein Zungenbein war seine Seele viel geschmeidiger geworden. Manch einer wird ein besserer Mensch, wenn er stirbt.

Aðalbjörg Ketilsdóttir in all ihren Röcken. Am Strand von Tangi im Herbst 1889. Ein Samstag mit mildem Wetter. Das Mensch noch jung und frisch. Dreifache Röcke, knöchellang. Die Eltern gestorben, und die vier Geschwister auf dem Weg, sich einzuschiffen. Ein Boot liegt bei den vordersten Ufersteinen bereit. Sie und ihre drei Brüder an Bord. Mit Furcht in den Augen. Ein kohlschwarzes Schiff draußen im Fjord, vier Segel. Vier weiße Segel wie riesige, leere Bögen Papier einer ungeschriebenen Autobiographie. Und über ihnen, in weiter Ferne, ganz weit im Hochland, eben soviele aschedunkle Wolken wie Rauchsignale, Botschaften aus den Vulkanen Islands. *Farvel?* Fahre nicht? Fünfzig Menschen mit all ihrer Habe am Strand. Sumpfrote Gesichter über schwarzen Schals und Jacken. »AMERIKA« auf jede Stirn geschrieben. Das große Land, das große Wort, das große Versprechen. Und ein unterernährter Lodenjunge, der das alles mit ansieht. Ein Junge vom Lande mit hungrigem Gesicht: Þórður auf Bakki. Mit seinem Vater zum Einkaufen in der Ortschaft. Von Neugier an den Strand gelockt.

»Ich habe mein Tuch vergessen«, sagt das Mädchen plötzlich und klettert über Bord, holt sich nasse Füße. Unbeweglich in drei Schichten Kleidern schiebt sie sich durch die Menge, die Menschen, die an Bord wollen. Ihre Brüder sind überrascht, einer, eine Flasche in der Hand, hebt mit der anderen ein Stück Stoff, etwas wie einen Schal, jedenfalls sehr groß.

»Alla, hier ist es!«

Sie dreht sich auf den Ufersteinen um, überlegt einen lebenslangen Augenblick, wendet sich dann ab und steigt das Ufer hinauf.

Ihre Brüder: »Alla! Alla!« Dann setzten sie sich wieder und genehmigten sich einen Schluck.

»Willst du mich heiraten?«

Das Stück Kandis blieb ihm fast im Hals stecken. Sie stand vor ihm wie ein Haufen Klamotten mit großer Nase und zwei kugelrunden Augen. Eigentlich hatte er nur ein Halfter kaufen wollen, keine Frau. Er wußte, wer sie war. Sie wußte, wer er war. Sie kam von den Langanesleuten. Das jüngste der Ketilskinder. Hatte einmal auf dem Weg aus dem Ort bei ihnen übernachtet. Vierzehn war sie damals. Siebzehn war sie nun. Er war zwanzig. Der zweitjüngste Sohn auf Bakki. Er verstand sich auf Holz. Hatte einen berühmten Kasten geschnitzt. Sie hatte ihn vorhin im Laden gesehen, wo er Halfter ausprobierte. Sie fand ihn ein wenig dümmlich, vielleicht war er aber auch schlau; sie wußte es nicht, lächelte, wenn die andern lachten. Auch er hatte sie zuvor im Laden gesehen. Mit ihren Brüdern. Sie kauften Branntwein und Trockenfisch. Isländer auf dem Weg ins Ausland. Er sah, daß sie ihn beobachtete, und zog sich ein Halfter über den Kopf, fand das komisch, sah aber nur wie ein Trottel aus.

»Kaufen sich die Fohlen auf Bakki jetzt ihre Halfter schon selbst?« hatte einer ihrer Brüder gesagt. Dann lachten sie.

Sein Vater: »Ja, man muß den Burschen noch zureiten. Ihr geht nach Amerika?«

»Ja, denn dieses Land geht zum Teufel. Nicht mal 'ne Frau kann man hier länger kriegen. Auf Langanes wurde seit zwei Jahren keine mehr gedeckt.« Sie lachten wieder. Blickten einander in die Augen.

»Schlimm für das Land, solche Männer wie euch ziehen zu lassen«, sagte Þórður der Ältere.

»Noch schlimmer für euch, auf diesem Liebestöter hocken zu bleiben! Haha. Bei uns sind den Schafen im Winter die Arschlöcher zugefroren. Wir mußten den Bock umtaufen und nannten ihn Eisbrecher. Hahaha«, lachten sie alle gemeinsam.

»Ach, Amerika. Da kann man vor Bäumen kein Holz hakken. Und das Gras steht einem bis zum Kinn. Man muß es erst umlegen, ehe man es mähen kann«, sagte einer.

»Aber man braucht nicht erst Frauen umzulegen, ehe einem warm wird«, fügte ein anderer hinzu. »Hahaha!«

Schneidige Burschen sind die Brüder drei Stunden vor der Abreise und sturzbetrunken im Freihafen auf Tangi.

»Tja, Amerika«, sagte der Bauer auf Bakki langsam und bedächtig. »Ich war immer der Meinung, Leifur Eiríksson sei ein Glückspilz gewesen, und euch wünsche ich alles Gute, aber seid auf der Hut vor den Indianern. Island sei mit euch, Jungs!«

»Jessör!« riefen sie übermütig, und es war das erste Mal, daß man diesen Ausdruck hierzulande hörte. Sie blickte Vater und Sohn vom Laden aus nach. Die Brüder aber fuhren mit ihrem Krakeel fort: »Ich wa imma der Meinung, Leif Eiríksson war ein Glückspilz, hahaha! Der arme Sack! Islan' mit euch, ja, leck mich! Soll dieses Eisland zur Hölle fahren und in Teufels Kessel schmelzen! Skál!«

Voller Schreck starrte sie auf den ebenfalls erschrockenen Ladenbesitzer. Da war also doch jemand, der glücklich war, wenn das Land sie quitt wäre.

Sie stand vor ihm am Ufer. Steif. Starrte ihn an.

»Schnell. Das Schiff legt ab.«

»Nach Amerika?«

»Ja, sie fahren nach Amerika. Ich will nicht nach Amerika.«

»Ach! Wieso nicht? Warum willst du nicht nach Amerika?«

»Ich weiß nicht. Meine Brüder vielleicht. Die sind halbe Idioten.«

»Was? Halbe Idioten? Nein, die sind nur voll.«

»Sie sind immer voll. Und wenn sie voll sind, dann … Willst du mich heiraten? Bitte!«

»Äh … wie steht's mit … äh … kannst du spinnen?«

»Ja. Ich kann alles. Ich kann Würste kochen, Wäsche färben,

Fische ausnehmen und Wolle walken und … ich kann sogar mähen.«

»Mähen?«

»Ja, ich kann Heu machen.«

»Ich habe noch nie ein Mädchen mähen gesehen. Mädchen mähen nicht.«

»Ich werde es dir zeigen. Wenn du mich … heiraten …«

Unten aus dem Fjord hörte sie ihren Bruder rufen.

»Mach schon! Du mußt dich …«

Entscheiden. In den Gedanken des jungen Mannes wogte ein Meer, der gesamte Atlantik. Auf der einen Seite lag Island, auf der anderen Amerika. Er war in die Tochter des Kaufmanns verliebt. Sigríður Soebech. Warum war sie vorhin nicht im Laden gewesen? Sie bediente doch immer im Laden. Er hatte doch eine komplette Inszenierung für sie vorbereitet: Ein Halfter überstreifen und eine Strophe aufsagen. Ein Pferd, das eine Pferdestrophe vortrug. Da hätte sie doch schwach werden müssen. Doch dann war sie nicht bei der Arbeit. Warum nicht? Zwei geschlagene Stunden hatte er sich im Laden aufgehalten, während Vater sich mit Gestur aus Ró unterhielt. Auf dem Weg hinab zum Strand war er ihr dann begegnet. Sie war in Begleitung von Jón. Jón Grímsen! Der nicht mal mit einem Messer umgehen konnte. Der Taugenichts aus Gunnas Bude. Gingen sie etwa zusammen? Sie hatte ihn nicht einmal angesehen, als sie aneinander vorbeigegangen waren.

Er sah, wie der Bruder des Mädchens näher kam und suchend den Kopf hin und her wandte, während er sich mit unsicheren Schritten einen Weg durch die Masse der Auswanderer bahnte. Die Leute hatten zu gucken begonnen. Vielleicht bahnte sich hier ihre letzte Islanderinnerung an: Ein Mädchen und ein junger Mann. Ein Mann, eine Frau und ein ganzer Ozean zwischen den beiden Wörtchen: Ja oder nein. Island oder Amerika. Ihr Leben lag in seiner Hand. Sein Vater war schon dabei, den Pferden sämtliche Einkäufe aufzuladen. Bald würden sie aufbrechen. Einen Damensattel besaßen sie nicht. Sicher, sie hatten vier Pferde, aber was würde Vater sagen, wenn er mit einer ganzen Frau vom Strand zurückkäme.

»Ich werde dir zehn Kinder gebären.«

Þórður musterte sie, ihr Gesicht. Ein manierliches Gesicht, obwohl die Nase etwas nah an ihn heranragte. Er hatte sich eine andere Nase vorgestellt. Diese zielte steif auf ihn.

»Elf.«

Er sah an ihr vorbei auf die Menschenmenge, die bereits einen Halbkreis um sie gebildet hatte. Sigríður war nirgends zu sehen. Doch der Bruder hatte sie jetzt erreicht, mit rotem Gesicht und außer Atem vom Alkohol.

»Alla, was denkst du dir denn eigentlich, Mensch?« sagte er und packte ihr Handgelenk; sie aber blieb fest verwurzelt stehen und machte ihr letztes Angebot: »Zwölf Kinder.«

Der junge Mann wich aus. Er konnte diesem Blick nicht standhalten.

»Na, siehst du, er macht sich nichts draus. Also komm jetzt«, meinte der Bruder. Auch die Langanes-Geschwister waren zwölf an der Zahl.

»Dreizehn. Dreizehn Kinder!« rief das Mensch nun mit solch wilder Entschlossenheit, daß es dem Lodenjungen aus Bakki reichte. Dazu all diese Augen, die ihn anstarrten! Er mußte die Angelegenheit beenden. Er blickte auf den stockbesoffenen Bruder, senkte den Blick auf die Ufersteine, dann sah er wieder auf zu ihr, fixierte die Nase, diese große, markante Nase, und sagte: »Na gut, dann.«

Das Mädchen lächelte innerlich, zeigte es aber nicht. Der Bruder lallte noch immer, das Schiff würde ablegen. Und da fiel der Blick des jungen Mannes plötzlich auf Sigríður Soebech. Da stand sie und starrte ihn mit großen Augen an und hatte so ein hübsches Mäulchen. O weh! Die Tochter des Kaufmanns. Die beste Partie des Ortes!

»Warte … wart mal einen Moment«, sagte er zu seiner

frischgebackenen Verlobten und lief von ihr zur Kaufmannstochter, sah ihren Rock an und machte ihr einen Antrag. Das kam bei ihr gerade an die richtige Adresse, und sie fing an zu lachen. Die Menge lachte ebenfalls. Geknickt ließ er sie stehen, ging rückwärts über die Steine zu den Geschwistern zurück, die noch immer dort standen. Die Leute beobachteten alles ganz genau und hatten ihren Spaß. Bühnenschauspiele hatte es bis dato in diesem Ort noch nie gegeben, und jetzt bekamen sie gleich ein komplettes Freilichttheater. Þórður sah auf Aðalbjörg wie ein Fisch in die Kamera und stammelte:

»Ich … ich, also … ich muß erst noch Vater fragen.«

Damit lief er davon, so schnell ihn seine Füße trugen, weg von dieser Farce, diesem Gelächter, dieser Demütigung, diesem HEIRATSSCHWINDEL! Ein Glucksen lief durch die Menge, und ein Spaßvogel rief ihm nach: »Fahr ruhig nach Amerika! Die Sigga kriegst du sowieso nie. Hahaha!«

Die Leute lachten. Sie hatten die Szene sicher nicht richtig begriffen. Das Mädchen aber begriff; es sah, daß er sich aus dem Staub machen wollte, ihr davonlaufen. Und sie verlor ihre Entschlossenheit, ihre letzte Hoffnung, und ließ sich von ihrem betrunkenen Bruder zum Boot hinabzerren. Dort wurde sie mit Gesang empfangen:

»Wir wollen von der Insel gehen,
Gott sei Dank!
Wir werden es nie wiedersehen,
dies arme Land.«

Er war eben doch kein ganzer Kerl, dachte sie. Ich brauche einen stärkeren Mann als so einen. Also soll es doch Amerika sein.

Wie es wohl gewesen wäre, dieses Amerika, dachte sie zum drittenmal in ihrem Leben, als sie sechsundsechzig Jahre später in der Scheune von Heljardalur stand, mit der gleichen Nase wie damals am Fjordufer, jetzt vielleicht noch ein wenig schärfer, tiefe Falten gingen von ihr aus wie Federn von einem Adlerschnabel, als wäre sie rasend schnell durch ihr Leben geflogen, von jenem Antrag bis zu diesem Tag.

»Tja, soviel dazu.«

Þórður junior saß im Heu und schlürfte ihre Worte mit den Brotstücken, die sie ihm heimlich in die Scheune gebracht hatte.

»Und was passierte dann? Bist du nach Amerika gefahren?«

Sie war es nicht gewöhnt, lange Geschichten zum besten zu geben. Und sie war es nicht gewöhnt, in der Scheune zu stehen. Sie schwieg. Warum wärmte sie diese alten Kamellen jetzt wieder auf? Vielleicht war es der Gesichtsausdruck des kleinen Þórður, der Junge starrte sie mit der gleichen verwunderten Miene an, wie sie sein Großvater, Þórður von Bakki, aufgesetzt hatte, als er atemlos und gleichgültig gegenüber allem Gerede und Gegaffe angelaufen kam, über das Geröll am Ufer bis zu dem flachen Stein balancierte, an dem das Boot noch festgemacht war, und ihr seine Hand hinstreckte – das Boot war jetzt voll besetzt und wollte gerade losmachen. Das Mädchen war ein einziges Fragezeichen. Er sagte: »Papa meint, es wäre in Ordnung. Ich habe ihm gesagt, du könntest Heu machen.«

Die Brüder stellten das Singen ein. Einer von ihnen war schon zu betrunken, um dem, was sie Kindesentführung nannten, Widerstand entgegenzusetzen, die anderen beiden aber hielten sie fest. Sie schrie, sie sollten sie loslassen, sie tobte in ihren Armen, das Boot schaukelte, es gab einen Tumult. Der Bootsmann, ein kräftiger Kerl in Matrosenjacke, mischte sich in diese internationale Verwicklung und fragte, was los sei. Die Brüder brüllten zurück: »Sie soll nach Amerika, die verdammte Göre!«

Wieder versuchte sie, auf die Füße zu kommen, aber sie hielten sie fest, einer von ihnen fiel auf einen jungen Mann mit Hut, der rief: »Sie will diesen Burschen da heiraten!«

»Misch dich hier nicht ein, du Grímur Ziegenschuh!« sagte der halb auf ihm liegende Bruder, riß ihm den Hut vom Kopf und warf ihn über Bord. »Ha, ha.«

In dem randvoll besetzten Boot brach eine Schlägerei aus, es drohte, sich unter dem Anlegestein zu verkanten. Die Frauen kreischten auf. Der Bootsmann befahl ihnen mit Donnerstimme, sofort aufzuhören, aber mit wenig Erfolg. In der Mitte des Bootes gingen fünf Männer aufeinander los, Wasser schwappte herein. Unser Mensch konnte sich befreien und nutzte die Gelegenheit, als sich das Boot zum Land neigte, und packte Þórðurs Hand. Er zog sie an Land, das Land, das an ihr zog.

Auf dem Stein drehte sie sich noch einmal um und sah ihre Brüder zum letzten Mal. Bis über die Knöchel in Salzwasser, waren sie eifrig damit beschäftigt, ihre Reisegefährten zu verdreschen. Der Betrunkenste von ihnen rollte gerade über Bord, das kleine Boot neigte sich zur Seite und kenterte im nächsten Augenblick. Fünfzehn Mann auf dem Weg nach Amerika planschten nach Island zurück. Das junge Paar aber lief das Ufer hinauf, seinen kommenden 57 Jahren entgegen, in Richtung eines neuen winzigen Häuschens auf der Heide, das bald in die Jahre kam, seinen dreizehn Kindern entgegen, die am Ende doch nur zehn wurden. Es war, als wären die zusätzlich angebotenen Kinder nicht im Sinne des Schicksals gewesen. Die Sonderangebote, die sie ihm am Ufer feilgeboten hatte, starben in der Wiege.

»Und deine Brüder? Sind die auch nicht nach Amerika gefahren?« fragte der Geächtete in der Scheune.

»Och, ich habe keine Ahnung, wo die stecken«, antwortete sie mit einem Schnauben und klopfte sich die Schürze. »Ich hoffe nur, sie sind wieder trocken geworden. Magst du den Becher Milch nicht einfach bei dir behalten? Behalt ihn doch einfach hier!«

Sie wandte die Adlernase zur Tür und ging über den unebenen Boden davon.

Er rief ihr nach: »Großmutter, und dieses andere Mädchen? Diese Sigríður?«

Sie blieb stehen und schaute in das Loch in der Stallwand. Es war dunkel darin. Entweder befand ich mich auf einem Abendspaziergang oder war schlafen gegangen.

»Sigríður? Welche Sigríður? Und dieses Loch ist immer noch da.«

»Die Sigríður, die in dem Laden gearbeitet hat. Was ist aus ihr geworden?«

»Behalt du mal den Becher«, sagte die alte Frau und schloß die Stalltür hinter sich.

Sigríður Soebech heiratete Jón Grímsen, wohnte auf Tangi, bediente im Laden, später im Geschäft der Genossenschaft, bekam aber nie ein Kind. Woran es auch immer liegen mochte. Aðalbjörg, das Mensch, fuhr selten in den Handelsort, nahm dann aber stets ihr jüngstes Kind mit. Sie verloren nie ein Wort darüber. Sie fragte ihren Þórður nie nach Sigríður, und sie erwähnte sie nie vor jemand anderem, außer vor Þórður in der Scheune. Bis dahin hatte sich die Geschichte immer wie ein romantisches Märchen angehört. Und obwohl diese Ehe mit einem Auflauf am Ufer und vielköpfigem Tumult begonnen hatte, verlief sie glücklich und ohne Schatten. Die Schwierigkeiten löschten jeden Zweifel aus. Armut und harte Zeiten ließen tiefergehende gegenseitige Vorhaltungen nicht zu. Die blieben späteren Zeiten vorbehalten. Und obgleich das Glück in diesem alten Torfhof vielleicht nicht gerade überwältigend ausfiel, war es das Unglück auch nicht. Das Glück bestand darin, in einem solchen Hof ein Dach über dem Kopf zu haben, einen solchen Hof sein eigen zu nennen und nicht bei Sturm und schlechtem Wetter als Gelegenheitsarbeiter von einem Hof zum anderen ziehen zu müssen. Das Glück bestand darin, ein Stück Heide zu besitzen, einen winzigen Teil von Island, und nicht tagsüber ein Stück Land in Amerika bearbeiten zu müssen und in langen Nächten auf isländisch zu reimen:

Es war einmal in Amerika.

Sie erwachte selig mit einem leichenstarren Ehemann an ihrer Seite und betrachtete ihn ein letztes Mal: ihren Kontinent.

[24]

Ich stand eine Weile auf dem Hofplatz, völlig durcheinander. Ich hatte mit angesehen, was niemand sehen will. Ich war beim Schreiben über die Grenzen gegangen. Ich fühlte mich wie jemand, der seine schönste Blume ertränkt hat. Zum zweiten Mal in meinem Nachleben als Autor beschloß ich, dieses Tal zu verlassen. Ich stieg auf den Schlafboden, um meine guten Londoner Schuhe zu holen. Sicherheitshalber hatte ich mir längst ein paar alte Stiefel im Vorbau auf den Leib geschrieben, für den Fall, daß mich das Buch überleben sollte – und ich in ihm; etwas, das Schriftsteller gern vergessen.

Auf dem Boden saßen zweiundzwanzig Frauen. Sie saßen beidseits auf den Betten, ernst und schweigend unter den Dachschrägen. Es waren all meine Frauen.

Ganz vorn saßen Mutter und Großmutter in alter Tracht, dann Friðleif, meine Großmutter väterlicherseits, in einer schlichteren Ausgabe des isländischen Nationalkleids, dann meine Schwester Sigríður, die 1918 an der Spanischen Krankheit gestorben war, ein sechsjähriges kleines Mädchen in weißem Kleid, das mich schweigend anstarrte. Weiter hinten saß meine älter gewordene Tochter Jónina mit ihrer Mutter, dem dummen Mädel aus Grundafjörður, dessen Namen ich mich nicht mehr entsann, mittlerweile eine neunzigjährige alte Schachtel mit einer Handtasche auf dem Schoß. Dann kamen meine Schwiegerkindsmutter Charlotta in schwedischen Trauerkleidern und ihre Tochter Lovísa mit den Brüsten sowie an meinem Giebelende: Svana. Sie trug eine schwarze Baskenmütze über einem grauen Herrenjackett, rauchte eine Zigarette mit Spitze und sah überhaupt nicht wie Marlene Dietrich aus. Ihr gegenüber Jófríður mit verwirrtem Gesichtsausdruck und einer Frisur wie eine vom Wind zerzauste Heugarbe, doch weichen Wangen. Auf ihrem Schoß schlief ihre gerade erst geborene Tochter, noch ungetauft, und neben ihr auf dem Bett lag ein kleines, behindertes Mädchen und zappelte mit den Armen. Dann Geirlaug, ihre Tochter Gerða, zwei tüchtige Wirtschafterinnen, Sigríður und Berta, dann zwei hehre alte Matronen, die ich nicht kannte, beide in langen schwarzen Wollröcken, und endlich, wieder vorn, das Mensch. Sie konnte nicht sitzen, sondern stand in ihrem ewigen Kittel an der Bodenluke, ihr gegenüber meine Großmutter Sigríður, die mich mit toten Augen ansah. Links von ihr saß eine stattliche Frau, die ich jedoch übersehen hatte: Mein Eheweib Ragnhildur in einem hübschen, geblümten Kleid, mit toupierten Haaren und ihren freundlichen Falten in dem viereckigen, gewölbten Gesicht, diesem Gesicht, das mir Frieden gab.

Am hinteren Ende, zwischen Svana und Jófríður, lag ein junges Mädchen auf dem Fußboden, lang ausgestreckt und reglos wie tot, das Gesicht unter dem Fenster. Es war Eivís.

Das Ganze sah nach einer Zeremonie aus. Und da kam etwas über mich, ich verbeugte mich demütig und setzte mich auf einen freien Hocker unter dem Fenster nahe der Luke, Hrólfurs Kleiderhocker. Da erst bemerkte ich eine kräftige Frau, die mit flach ausgestreckten Beinen neben der Öffnung auf dem Boden saß. Sie trug ein schlichtes graues Kleid und wandte sich mir zu, blickte mit ausdrucksvollem Gesicht unter dichtem, dunklem Haar zu mir auf. Die Augen voller Vorwürfe. Sie sah nicht isländisch aus, mit kräftiger, gerader Nase und dunklen Brauen. Ein Damenbart über den Lippen. Schmal und doch irgendwie maskulin. Es kam mir vor, als müßte ich sie kennen. Wer war sie? Ragnhildur legte mir eine Hand aufs Knie, und ich lächelte ihr so freundlich zu, wie ich konnte, ohne zu lächeln. Sie bat mich leise, die anderen zu begrüßen.

Ich stand auf und machte die Runde. Mutter und Großmutter waren ganz sie selbst. Die eine so kalt, und die andere so gutmütig. Meine kleine Schwester war ein hübsches Ding. Ihr

Leben allerdings ein unbeschriebenes Blatt. Starb sie, damit ich schreiben konnte? Ein Menschenopfer für meine dicht beschriebenen Seiten? Hallo, Jónina, *sæl og blessuð!* Sie war eben einer dieser Menschen, an die man sich nur erinnert, wenn das Meldeamt mal wieder seine Einwohnerstatistiken veröffentlicht. Sie war nicht mehr als eine Mitbürgerin. Ihre Mutter habe ich nicht mehr gesehen, seit ich im Frühling '32 vor ihr aus der Hose stieg. Wie wenig es manchmal braucht! Und Charlotta, das Weib aus Stockholm. Hattest du vielleicht deine Hände im Spiel, damit mir nie der Nobelpreis verliehen wurde? Ich küsse Lovísa leicht auf die Wange, aus alter Gewohnheit. Svana drückt ihre Zigarette in meinem Schuh aus, der neben dem anderen an meinem Bett steht. Was soll das denn? Zum Donnerwetter! Jófríður gibt der Kleinen die Brust, und ich bin diesem Anblick noch ganz verfallen, als ich über Eivís steige, die still auf dem Boden liegt und schläft. Jetzt kommen meine Romanfiguren, die ich schon so oft begrüßt habe, und die zwei alten Frauen, die sehr hrolfisch aussehen, an die Reihe. Sind sie etwa den ganzen Weg von Breiðdalur hier herauf gelaufen? Meinem Mensch nicke ich bloß zu, und die ausländisch Aussehende will mir nicht die Hand geben. Ich nehme wieder auf dem Hocker Platz und beuge mich zu ihr, frage sie nach dem Namen. »Nína«, gibt sie zurück. Als ich ihr Gesicht jetzt zum zweiten Mal mustere, erinnert sie mich an Friðþjófur. Seine Tochter? Hatte er doch Kinder?

Ist das eine Beerdigung? Svana erhebt sich und zieht ein Blatt aus ihrer Jackettasche. Sie liest ab:

»Wir sind heute hier zusammengekommen.« Pause. Sie zittert ein wenig. »Wir sind heute hier zusammengekommen, um bei einem jungen Mädchen zu sein; einem Mädchen, das sein Leben noch vor sich hatte, sich uns aber heute als jüngstes Opfer anschließt.«

Ich sehe in Mutters Augen. Sie beißt die Lippen zusammen und schlägt den Blick nieder.

»Die letzte in unserer Reihe, die zum Opfer geworden ist.«

Die Stimme, die sich schon immer nach einem Hohlgaumen anhörte, hat unter der Inhaltsschwere der Rede sogleich zu beben begonnen. Die Schauspielerin blickte rasch vom Blatt auf, wie um neue Kräfte zu sammeln, und las dann weiter im Text:

»Ein Opfer desjenigen, der sich die Zeit nahm, uns zu erschaffen, dann aber keine Zeit fand, uns auch zu Grabe zu tragen. Viel zu beschäftigt, um im Druck die Frauen zu beerdigen, die er aus uns zusammengesetzt hatte. Er schätzte uns, wie der Tod das Leben schätzt: Als Rohmaterial.«

Das war verdammt gut! Die Tochter des Dichters bewies durchaus Talent. Ich bemerkte, daß in der Bodenöffnung eine weitere Frau aufgetaucht war und ihr Profil durch die Luke schob: Die alte Witwe, die französische Buchhalterin, Whistlers Mutter, meine schwedische Schwiegermutter Nummer zwei: Málmfríður auf Melur. Sie ist zu spät gekommen. Hatte es nicht über sich gebracht, sich ein Taxi zu leisten. Unsere gemeinsame Tochter fuhr mit erhobener Stimme fort:

»Für ihn waren wir lediglich, wie es der deutsche Dichter Bertolt Brecht ausdrückte, Kanonenfutter.«

Jaja, kleine Schaupielerin. Marlene-Dietrich-Püppchen. Laß es lieber, ausgerechnet Brecht zu zitieren, den größten Frauenausbeuter aller Zeiten.

»Denn wir waren das Leben. Wir waren das Leben, das er niemals lebte. Das er sich entschloß, niemals zu leben. Wir lebten. Wir lachten, und wir weinten. Wir sehnten uns und erlitten Verluste. Wir. Wir fühlten und empfanden. Er fand bloß und schrieb es auf. Wir lebten für das Leben. Er lebte für den Tod. Und jetzt lebt er als Toter. Sein Wunsch ging in Erfüllung. Möge es ihm entsprechend ergehen.«

Ragnhildur sah mich an und tätschelte mir leicht das Knie. Ich brauche kein Mitleid, liebe Ranga. Es ist ja alles wahr und richtig. Lassen wir sie reden!

»Schriftsteller werden in hohen Ehren gehalten. Sind die Helden jeder Nation. Doch sie sind wie die Vulkane: Majestätisch aus der Ferne, aber ein Fluch für die, die in ihrer Nähe leben. Sein Baum wurde mit unseren Tränen gewässert. Ruhm bringt finanzielle Sicherheit, aber wirft auch einen kalten Schatten. Die Eitelkeit zwitschert vom höchsten Ast, das Vergessen raunt an dunklen Wurzeln. Wir verwelkten wie Blumen, während er sich im Sonnenlicht badete. Der Strahlenkranz über seinem Namen war aus blondem Haar gewebt. Unserem Haar, dem Haar gestorbener Frauen.«

Ausgemachter Stuß! Ich war in einer absurden kafkaesken Allegorie gelandet! In irgend so einer Vereinfachungsfabel, mit der sich die tschechostrophalen Theologen der Literatur die nächsten hundert Jahre beschäftigen konnten. Wer hat das eigentlich geschrieben, frage ich. Da war doch irgendein literarischer Neidhammel am Werk. Und wie lange wollte sie mit der Litanei noch fortfahren? Offenbar hatte sie keine schriftstellerische Disziplin.

»Unser Vater war kein Vater. Und er war nicht im Himmel. Er war im Ausland. Er arbeitete. Unser ganzes Leben lang arbeitete er. Arbeitete an seinem persönlichen Ruhm.«

Hier brach ihr die Stimme, und sie röchelte diesen häßlichen Raucherhusten; dann fuhr sie fort:

»Wir brachten ihn zur Welt. Wir zogen ihn auf. Wir gebaren ihm Kinder. Wir kochten für ihn. Wir kümmerten uns um ihn. Wir versuchten, ihn zu lieben. Und er. Kam Weihnachten nach Hause.«

Das war ein grausames Mißverständnis. Ich sah das Mensch an, doch sie zwinkerte nur schnell und hektisch mit den Augen wie ein dummes Huhn.

»Und zum Dank machte er uns zum Gespött. Schuf Gelächter aus unseren Schößen. Setzte unsere Schönheit herab. Zog uns auf jeder Seite durch die Gosse. Aus seiner in der Wiege verstorbenen Schwester machte er eine Mißgeburt. Aus seiner Großmutter eine witzlose Karikatur. Aus seiner eigenen Mutter eine unfruchtbare Frau. Und die Mutter seines Kindes zur Hure. Deren Mutter zu einer Motte. Und das Kind, das nur er allein hätte retten können? Das vergaß er.«

Das vergaß er? Welches? Welches Kind habe ich vergessen? Was war das überhaupt für ein Prozeß hier? Ein Moskauer? Die ausländische Nína sah mich nun wieder an. Ich sah meine Personen an. Wollten sie sich denn wirklich diese Beleidigungen über sich anhören? Jófríður! Eine Hure? Alle sahen mich an.

»Und seine eigene Tochter. Seine eigene Tochter, für die er nie Zeit fand. Aus ihr machte er ein vaterloses Kind. Ein Kind, für das er vier Jahre opferte. Damit er es am Ende in einer Scheune vergewaltigen konnte.«

Nein, das ging zu weit! Was für ein Jüngstes Gericht wurde hier abgehalten? Es war skandalös! Wer war sie, sich mit Eivís zu vergleichen?! Diese freche Anmaßung sah ihr ähnlich. Sie sah nur sich selbst, diese Egoistin!

»Denn dieser Mann. Vermochte keine Frau zu lieben. Er liebte nur eins. Seinen eigenen Namen. Vielen Dank.«

»Soso, sieh mal einer an«, erscholl es aus meiner Großmutter.

In mir kochte es. Mein Blut wallte wie eine heiße Quelle. Was für Verleumdungen! Svana war knallrot im Gesicht, und ihre Hände zitterten, als sie das Blatt zusammenfaltete und sich setzte. Ich sprang auf. Ich stand etwas gebeugt unter der Dachschräge, und in meinem heißen Kopf suchte ich nach kalten Worten. Ich wollte ihnen Überlegenheit demonstrieren. Ich begann mein Plädoyer.

»Hoch geehrte Versammlung, liebe Frauen …«

Da richtete sich Eivís auf. Sie kam mit ausdrucksloser Miene über den langen Boden auf mich zu geschritten, zwischen zweiundzwanzig Frauen hindurch. Bildschön. Sie nahm mich bei der Hand und geleitete mich zurück, an den zweiundzwanzig Angesichten des Herrn vorüber, bis ganz ans Ende, und dieses Ende öffnete sich auf einmal, der Giebel tat sich auf, und die Bodendielen erhielten ein Weiterleben: Drei von ihnen ragten in die freie Luft hinaus, hinein in die helle Sommernacht, die mit weißem Nebel erfüllt war. Eivís blieb am Ende des Dachbodens stehen, wo die Dielen vorsprangen, und bedeutete mir, weiterzugehen. Sie ließ meine Hand los, ich ging weiter. Ich ließ meine Frauen zurück und betrat die dünnen Dielenbretter, die in den weißen Nebel hineinliefen, so dicht, daß der Erdboden nicht zu sehen war, und sie wippten leicht unter mir wie ein Sprungbrett im Schwimmbad. Ich ging in die weiße Leere.

[25]

Die beiden alten Frauen waren Hrólfurs Mütter. Der Prozeß war offenbar weithin angekündigt worden. Sie hatten sich den ganzen Weg aus dem Breiðdalur im Süden herbemüht. Über drei Heiden, einen Gletscherfluß und ein halbes Jahrhundert.

Hrólfur hatte zwei Mütter.

Sie sahen sich völlig gleich. Exakte weibliche Kopien ihres Sohnes. Das Land hatte sie geformt. Ihre grauweißen Augen zwei schmutzige Schneehaufen in einem Geröllabhang unter steiler Stirn; kalte, fleckenüberzogene Wangen, gefurcht von ausgetrockneten Tränenflußbetten, die Nase ein Felsvorsprung, und der Mund darunter wie ein ausgetretener Schafspfad, der einen grauen Hang quert, das Kinn ein einzelner Fels. Der Hals ein breiter Sattel zwischen Bergschultern, beide in Dunkel gehüllt, in einen schwarzen Schal so dicht wie eine Decke, die sämtliche Konturen dieser Landschaft auslöschte, auf diesem Körper, diesen beiden Körpern. Sie waren mit Felsbändern gegürtet, von denen die Röcke abgingen, weithin versteinert. In ihren Seelen herrschte der ewige Nebel der Ostfjorde. Sie hießen Rannveig.

Ihr Mann hieß Ásmundur. Sie schenkten ihm vier Söhne und eine Tochter. Ásmundur Ásmundsson auf Ásmundarstaðir. Das waren drei Ásmunde zuviel in diesem Namen. Hrólfurs Vater war ein dreifaltiger Mann. Einer, der zu Hause war, einer, der gerade fortging, und einer, der zurückkam. Einer prügelte ihn, einer roch streng, einer schlief.

Ásmundur war kein leidenschaftlicher Bauer, aber ein großer Pferdefreund. Er besaß viele Pferde, redete viel über sie, wechselte oft die Pferde. Dabei war er eigentlich zu groß für sie. Vierschrötig und o-beinig vom Reiten, die langen Beine schleiften durchs Gras, wenn er ausritt. Wo immer er saß, ob auf einem Stein, auf der Bettkante, an Kaffeetafeln, sah es aus, als fehlte etwas zwischen seinen Beinen. Ein Pferd. Sie liefen unter ihm weich wie Wachs. Er ließ sich von ihnen tragen, zum nächsten Hof, ins Norðurdalur, in den Berufjörður, war viel unterwegs. Kam stets auf anderen Pferden zurück als auf denen, mit denen er losgeritten war. Immerfort gab es auf Ásmundarstaðir neue Pferde. Was hatte er nur andauernd zu tun? Um das Füttern kümmerte sich Hrólfur.

Ásmundur hatte grobe Gesichtszüge und dicke Haut. Die Falten darin waren tiefe Furchen auf der Stirn und von der Nase abwärts. Unter dem Haaransatz auf seiner linken Stirnhälfte zog sich ein tiefroter Blutschwamm bis über das Auge herab, was ihm ein düsteres Aussehen verlieh. Es war ein uraltes Familienerbmal, das ab und zu bei den Männern zum Ausbruch kam. Seine älteren Brüder hatten nur kleinere Flecken auf Kinn und Wange abbekommen, und Hrólfur versteckte sein eigenes Mal später unter Haaren und Bart.

Als er zehn Jahre alt war, überraschte er seinen Vater im Schuppen mit der Magd Kamína. Sie stand vorgebeugt wie eine Kuh im Ständer. So sah es für ihn jedenfalls aus. Er verstand es erst später. Hatte nur einen kurzen Blick erhascht. Irgendeine innere Alarmsirene sagte ihm, die Tür sofort wieder zuzumachen. Er hatte das nackte Hinterteil seines Vaters gesehen. Weiß im Dämmer des Schuppens. Er begriff erst später. Es ist nicht gut, daß Hinterteil seines Vaters zu sehen. Einen Monat später erwischte er Kamína am gleichen Ort mit seinen beiden älteren Brüdern. Dabei hatte er sich entschlossen, die Tür zum Schuppen nie wieder zu öffnen. Doch sein Vater hatte ihn geschickt:

»Sieh mal nach, ob die beiden nicht im Schuppen stekken!«

Er kam zurück. »Nein, da sind sie nicht.«

»Dann geh und sag Kamína, sie soll herkommen. Na los, geh schon!«

Der kleine Hrólfur ging statt dessen in den Schafstall und wurde dort erst am Abend gefunden. Zitternd vor Kälte und ausgehungert. Er überlegte, seiner Mutter die Geschichte zu erzählen, doch sie waren zwei, und er wußte nicht, an welche er sich wenden wollte. Das Haus besaß zwei Dachgiebel. Die Hunde auf dem Hof waren absolut identisch und hießen Glámur und Skrámur.

Ásmundurs bester Hengst hieß Blindur. Der berühmteste Junghengst im Breiðdalur und eine der stärksten Naturen, die die Pferdeleute je gesehen hatten. Ein schwarzglänzender Rappe. Er war kaum im Stall zu halten, wurde sich dort selbst gefährlich. Manchmal wurde er geradezu blind vor Geilheit, stieß sich das Maul an Dachsparren blutig und trat ganze Giebel ein. Einmal erschien er auf dem Hofplatz mit einem Gatter um den Hals wie ein Schandjoch. Hrólfur wußte, wie man mit ihm umgehen mußte, und sagte: »Muschi, Muschi …« Auf unerklärliche Weise schien das eine beruhigende Wirkung auf den Sexprotz auszuüben. Er hörte auf, mit den Vorderhufen seine Box einzutreten, und schaute nachdenklich auf dieses versaute Kind, das ihm weiter besänftigend und aufgeilend vorsagte: »Ja, Blindur, alter Junge, Muschi, Muschi, Musch …«

Nach und nach knüpfte sich ein vertrautes Band zwischen diesen beiden ungleichen Zeitgenossen, und Blindur beruhigte sich, sobald er den Rotschopf kommen sah.

Ásmundarstaðir war der höchstgelegene bewirtschaftete Hof im Breiðdalur, und die Durchgangsstraße ins Hérað führte direkt über den Hofplatz. Vielerlei rossige Düfte zogen da vorüber. Einmal besprang Blindur eine Stute, die gerade auf den Hof geritten wurde, und brach dem Reiter dabei das Becken. Durch diesen Vorfall wurde Blindur zu einem der bekanntesten Deckhengste des Landes. »Beschälte eine Stute mitsamt Reiter«, lautete die Schlagzeile in *Ísafold*. Man begann, Ásmundur für einen Deckakt des Hengstes zu bezahlen, was damals noch sehr ungewöhnlich war.

Vor dem Héraðstreffen in Staðarborg hatte der Bauer einen Aufsprung des Hengstes für eine geschmuggelte Kiste französischen Rotwein verkauft. Das Schauspiel wurde als einer der Höhepunkte des Treffens angekündigt und auf den Samstagabend gleich hinter dem neuerbauten Gemeindesaal festgesetzt. Die Männer waren längst blau. Der Hengst wurde bis dahin in einer nahegelegenen Koppel untergebracht und wußte offenbar, was ihm bevorstand. Er war vor Geilheit nicht zu bändigen. Sieben ausgewachsene Männer mußten ihn innerhalb der Umzäunung halten. Der Schaum tropfte ihm aus dem Maul. Tränen aus den Augen. All seine Sinnesorgane waren ausgeschaltet bis auf zwei: in den Nüstern und im Schlauch. Als er von der Koppel zum Gemeindesaal geführt wurde, stand ihm der Schlauch beinah zwischen den Vorderbeinen hervor. Blindur wurde wie ein Weltmeister empfangen, als sie mit ihm um die Ecke bogen und den Halbkreis erreichten, den die Menge um den Tanzboden gebildet hatte.

»Jetzt kriegen wir ein richtiges *skuespil* zu sehen, was meint ihr? Einen echten Liebesakt!« tönte es aus einem kurz geratenen Mann aus Djúpivogur, der seiner schweigsamen Mutter eine grüne Schnapsflasche reichte, während er seinen Kumpel angrinste, einen Fischer mit typisch französischem Einschlag.

»*Erotic show*«, sagte ein großer Mann auf dem Tanzboden mit tiefer Stimme, der welterfahren wirkte und ganz so aussah, als würde er Harald heißen.

»Wo ist die Lanze?« keifte ein fettes, kreischendes Weib in schadhaftem Mieder. Hrólfur sah sie an.

Blindur hatte Wind bekommen. Sein Riesending richtete sich auf. Eine rotbraune Stute wurde in der Mitte des Platzes gehalten. Zwei andere Männer hielten den Hengst, führten ihn der Stute zu. Die fette, kreischende Frau lachte noch immer. Blindur beschnupperte das Hinterteil der Stute und flehmte, indem er der Menge den Kopf zureckte und unter beifälligem Johlen die Lippen von den Zähnen hob.

»Wie schön er ist!«

»Ist der Geruch wirklich so schlimm?«

»Wohl kaum schlimmer als der von deiner Rebekka, Bjarni.«

»Das weiß ich nun nicht. Ist schon so lange her, seit sie das letzte Mal den Schweif beiseite gelegt hat.«

»Ha ha ha!«

»Ha ha ha!«

»Sieht jedenfalls nicht so aus, als ob der Gute blind wäre.«

Seine Lanze war nicht mehr zu sehen. Der Hengst stand da und gaffte die Menge an. In einer solchen Situation hatte er sich noch nie befunden. Sein Ausdruck glich dem eines Mannes, der plötzlich feststellt, daß er alles verloren hat, Land und dreizehn Angestellte, Frau und sechzehn Kinder: Alles in seinem Dickdarm verschwunden. Die Stute stampfte mit einem dumpfen Laut mit dem Hinterfuß auf, ungeduldig und unzufrieden mit dem berühmtesten Hengst östlich der Sander.

Der Besäufnisrummel um ihn herum irritierte ihn. Sobald man ihn auf den Platz geführt hatte und das Gejohle einsetzte, hatte sich sein Schleppnetz selbsttätig eingeholt. Jetzt stand er in der Mitte des Platzes, der Schande und dem Gespött preisgegeben. Wie ein ausgestopftes Versuchskaninchen. Seine Augen drückten die schlimmste aller Niederlagen aus. Der rothaarige Junge flüsterte in seine Richtung: »Muschi, Musch …«, was aber auch nicht half. Die fette, kreischende Frau warf ihm ob dieses Ausdrucks einen vernichtenden Blick zu. Um den Schein zu wahren, versuchte Blindur schließlich halbherzig, die Stute zu besteigen, preßte seinen schlaffen Schlauch auf ihre tropfende Öffnung. Was für ein erbärmlicher Anblick! Die Stute rückte von ihm ab und war nun sichtlich böse. Sie wieherte.

»Tja, sie ist verdammt unzufrieden mit ihm. Kann man ihr nicht verdenken«, sagte ein präziser Beobachter in einer glänzend abgewetzten Jacke mit Kasten und Wanderstab. Hrólfur beobachtete das Ganze aufmerksam und mußte immer wieder den Mann ansehen, der so nach Harald aussah.

»No show.«

Was sagte er? War das etwa Ausländisch? Ásmundur, sein Vater, stand mit seinem flammenden Brandmal auf der anderen Seite des Platzes beim Eigentümer der Stute und anderen Bauern, schweigend, mit düster gerunzelten Brauen und so hohlbeinig wie nie zuvor. Draußen in der Bucht stieg ein voller Mond über der sommerhellen Szenerie auf, und Hrólfur wußte auf einmal wieder, was ihm sein Hauslehrer Hákon gesagt hatte, nämlich daß von hier ein Unterseekabel direkt nach England führte.

Die Ásmundarbrüder, ihr Vater, der Bauer, zwei Knechte und die junge Schwester zogen schweigend heimwärts.

Am Tag darauf lag Blindur tot auf dem Hofplatz. Sein dunkelrotes Blut trat aus der schwarzen Stirn, färbte sie fast blauschwarz und hatte auf alle eine eigentümliche Wirkung. Die meisten hatten noch nie so schöne Farben gesehen. Ásmundur hatte ihn in aller Frühe erschossen. Jetzt lag dieser Magmastrom an Lebenskraft tot in seinem eigenen stockenden Blut.

»Warum hat er ihm nicht gestanden?«

»Ein schüchterner Zuchthengst. So etwas darf es nicht geben.«

Sie aßen ihn die nächsten zwei Wochen. Hrólfur erbrach das Fleisch hinter dem Haus. Und sah Blindur unterhalb des Hofs über die Wiesen galoppieren. Er war weiß und hatte ein goldenes Gatter um den Hals.

Dieses Ereignis bewirkte etwas in Hrólfurs Innerem. Es starb etwas in ihm. In seinen Augen war Blindur ein Gott. In den Augen seines Vaters war Blindur wie ein Sohn. Und nur ein einziges psychisch bedingtes Versagen, ein Moment der Schwäche – so wunderbar menschlich bei dieser unüberwindlichen Kreatur – hatte ihn dem Tod überliefert. Hrólfur stand versteinert über diesem schwarzen, gewaltigen Körper. Es war, als hätte sein Vater das Firmament vom Himmel geschossen und aus den Sternen sickerte Blut. Von diesem Tag an schlief Hrólfur schlecht, sein Leben wurde zu einem zusammenhängenden Arbeitstag. Seine Brüder witterten seine schwache Stelle und begannen den Rotschopf zu hänseln. Einmal trugen sie ihn im Schlaf aus dem Haus, und in einer Silvesternacht während des Ersten Weltkriegs steckten sie »Schlappschwanz-Hrólfurs« Haar in Brand. Das war ein Fegefeuer, das ihn hart machte. Doch nicht hart genug. Er wußte nicht, ob er träumte oder wachte, als er einmal bei einem gräßlichen Teufelstanz erwachte: Im hinteren Teil der Koje waren die Brüder dabei, der kleinen Schwester gewaltsam ihren Samen einzurammeln. Der eine hielt sie fest, während der andere auf sie einstieß. Das schlimmste war, daß er sich schlafend stellte. Im Sommer erwachte er, inzwischen sechzehn Jahre alt, mit acht toten neugeborenen Welpen in seiner Koje. Unter dem Getuschel seiner drei Brüder kam er durch die Bodenluke herab, warf einen Blick auf seine beiden Mütter, ging unter den beiden Mansarden aus dem Haus und weg vom Hof, bis seine Schatten zu einem zusammenfielen. Da drehten die beiden Hunde ab.

Er rückte von zu Hause aus, erklärte seine schwierige Kindheit für beendet und sprach nie wieder davon. Die Kindheit ist nur ein Berg im Nebel. Wir sehen sie nicht, wissen aber, daß sie da ist. Und nur Verrückte steigen da hinauf, um in dem alten Geröll zu stochern. Dann hocken sie verirrt auf einer Schutthalde und haben alte Schrammen an den Knien. Wir hören ihr Heulen durch den Nebel.

Er marschierte das Breiðdalur hinab. Am schönsten Tag des Sommers. Ein sechzehnjähriger Bengel mit rotem Flaum auf der Oberlippe. Vier Höfe und zehn Gläser Milch später schlief er unter einem Fels im Steilhang von Kambanes. Er hatte sich dort vor seinem Vater versteckt, der ihm auf einem grauen Pferd nachgeritten war. Dann ging er über die Berge in den

Stöðvarfjörður, sah seinen Vater auf einem Rotfuchs zurückkehren und kam gegen Abend nach Bæjarstaðir.

»Ich heiße Hrútur. Muß in Fáskrúðsfjörður zwei Pakete abholen.«

Seine beiden Mütter waren zurückgeblieben. Rannveig Hrólfsdóttir. Sie waren zwei. Die eine ertrug, die andere quälte sich. Die eine lag zu Bett, die andere stand am Herd. Die eine drehte das Gesicht zur Wand, die andere stand mit einem Fluch auf. Die eine war die Frau des Bauern. Die andere war seine Mutter.

Der junge Hrólfur lebte wie ein alter Wanderarbeiter, zog von Hof zu Hof. Arbeitete sich die Küste hinauf bis ins Hérað. Überall wurde er mit einem Grinsen gefragt, ob er auch schon auf Ásmundarstaðir gewesen sei, und überall träumte er, ein grobschlächtiger Reiter käme auf den Hof geritten. Er floh weiter zum nächsten Hof. Zum Glück sah er seinen Müttern ähnlicher als seinem Vater. Allmählich erwarb er sich Respekt, er war ein richtiges Arbeitstier. Nach und nach arbeitete er sich von der Küste und vom platten Land hinauf in die Täler und auf die Heiden. Am Ende erwarb er ein Tal, das, vom Mond aus betrachtet, zur Wüste Islands gehörte, und von der Hauptstadt gesehen außerhalb der Melderegister lag. Der einzige Fehler von Heljardalur bestand darin, daß es nach den Messungen längst verblichener, ehemals aber kräftig angetrunkener Geodäten im Bezirk Norður-Þingeyjarsýsla lag. Hrólfur aber scherte sich nicht darum, meldete sich und wählte stets in einem anderen Bezirk, der Austur-Fjarðasýsla. Seine Stimme war deshalb stets ungültig.

Hrólfur Ásmundsson (er hatte die Schreibweise seines Vaternamens geändert, seine Brüder hießen Ásmundarson) war ein Mann der Ostfjorde, der im isländischen Hochland wohnte, laut Einwohnermeldeamt allerdings ein Einwohner des Bezirks Þingeyri. Er konnte die Leute aus Þingeyri nicht ausstehen. Þórunn auf Jaður heiratete in die Þingeyjarsýsla. Auf einem

Viertelstreffen in Eiðar hatte ihn einer vom Mývatn mundtot geredet. Einmal erschien auf Mýrarsel ein Gelegenheitsarbeiter, der über Landwirtschaft alles besser wußte und sich herablassend über das Ostland und die Ostfjorde ausließ. Die Berge seien allenfalls Hügel. Die Widder hätten keine Hörner. Jedes Gewässer sei wurmverseucht. Die Mädchen häßlich. Die Kerle schwarz. Sie stammten von diesen französischen oder spanischen Schürzenjägern ab, würden nach Fischkutter riechen, wären »Kegelrobben«. Hrólfur rammte ihm die Mistforke in den Leib und sagte, er solle sein ungewaschenes Maul halten. Es war diese Aðaldalsarroganz, die einen irrsinnig machte. Immer redeten sie, als hätte Island alles nur ihnen zu verdanken. »Die Wiege des Unabhängigkeitskampfes« stand ihnen auf die Stirn geschrieben. Ha! Leuten, die nicht einmal gescheites Isländisch sprachen, sondern eine abgedankte Variante von Ziegennorwegisch! Und diese Ziegenländer hielten sich für so großartig, daß sie für jeden Hoden einen ganzen Bezirk nötig zu haben glaubten, obwohl in beiden nur heiße Luft war.

Hrólfur gefiel es am besten, allein zu sein. Sogar seine eigenen Nachbarn gingen ihm bei langen Touren auf die Nerven. Die Nachsuche im Hochland war seine liebste Beschäftigung. Allein mit dem Hund auf der Heide. Schon ein Pferd bedeutete zu viel Gesellschaft, und außerdem war es im Schnee hinderlich. Obwohl ihm der Frost oft die Nase abfror, kehrte der Heljardalsbauer immer nur widerwillig in bewohntes Gebiet zurück. Manchmal spielte er mit dem Traum, wie ein Geächteter zu leben. Mit Schafen ins Arnardalur am Rand des Vatnajökull zu ziehen und dort zu leben, wie ein Mann auf Erden lebt. Hrólfur war mit seinen Schafen verheiratet. Seine Ehe war den Preis für die Freiheit, für sein Tal, wert, und die Frau starb glücklicherweise früh und damit ebenso ihr Geflenne wie auch die meisten Blagen. Er blieb mit drei zu stopfenden Mäulern zurück. Neuerdings mit einem vierten, das allerdings kaum mehr Appetit als ein ältliches Huhn aufbrachte. Es war schlimm, sie alle durchfüttern zu müssen, noch schlimmer jedoch ihr Gejammer. Na ja, es war natürlich angenehm, morgens vor einem warmen Teller Grütze Platz zu nehmen, und der Junge war in Ordnung, aus dem alles mögliche werden mochte, nur kein Bauer, und gewiß hatte Eivís ein hübsches Lächeln, auch wenn es ihm nur selten gelang, es hervorzulokken. O ja, das Leben im Tal war soweit ganz annehmbar – solange es ihm gelang, den Blödsinn jenseits der Heide fernzuhalten.

Hrólfur Ásmundsson war ein komplizierter Mann in drei Farben: Ein rotbärtiger Bauer, der gegen totenweiße Stürme ankämpfte und ein schwarzes Pferd in seiner Seele trug.

[26]

Der erste Tag ohne Vieh. Der Morgen nach dem großen Schlachten. Regenfetzen und stürmischer Wind. Die Wolken schämen sich für das, was sie unter sich gehen lassen, und ziehen schnell über das Tal hinweg. Bespuckte Geröllhänge. Ein Schafschauder in jeder Seele. Schmuddelwetter.

Hrólfur erwischte seinen Sohn Þórður schlafend im Heu; er hatte die Scheune gewechselt, lag jetzt im Schafstall.

Es traf ihn ganz unvorbereitet, den Nichtsnutz wieder in seinem Tal anzutreffen.

»Wie schön du hier schläfst, Þórður! Das einzige, was du kannst, ha.«

Es geschah nicht oft, daß er mit solcher Nachsicht sprach. Þórður erwachte und sprang auf, durch und durch erschrocken. Eine Weile standen sie sich Auge in Auge gegenüber: Vater und Sohn. Unverwandte Menschen. Starr standen sie da, während der junge Mann seine Wut aus dem Bett holte, während die Bilder des Vortags langsam in seinem Innern aufstiegen wie Rauch aus Ruinen, Bilder, die er im gleichen Moment wieder betäuben wollte, in dem sie in sein Bewußtsein traten: Sein Vater im Heu, seine Schwester im Heu, sein Vater in seiner Schwester im Heu … In Hrólfurs Gedächtnis tauchte hingegen plötzlich wieder ein pinkelnder kleiner Schwanz vor einer Schuppentür im Morgenlicht auf, ein peinlicher Anblick. Starr standen sie da und schwiegen. Der Bauer und der »Schafdieb«, der »Schlächter«, der »Abgesandte des Teufels«, der »Treibergeselle des Spezialistentums«. Den Kopf des Jungen füllten andere Wörter, und schließlich begannen seine Lippen zu zittern, aber er konnte aus all den Wörtern nicht dasjenige auswählen, das sie zur Ruhe gebracht hätte. Was konnte man eigentlich zu einem solchen Mann sagen? Einem Mann, der … Hrólfur trat auf ihn zu und stieß ihn gegen die Schulter, schubste ihn zwei Schritte rückwärts.

»Oft sucht ein geprügelter Hund die Hand, die ihn schlug«, sagte der Bauer und ließ seine auseinanderstehenden Vorderzähne sehen. Er war vor Erregung gesprächig geworden und stieß seinen Sohn wieder. Þórður wich in die Scheune zurück. In seinen Augen loderte ein tränennasses Feuer: »Du … Du …«

»Der Mut verläßt den Feigen.«

Hrólfur trat wieder näher.

»Du bist …«

»Und die Worte fliehen ihn zuerst, ha. Du solltest ihrem Beispiel folgen, mein kleiner Þórður.«

»Ich … ich bin nicht … ich bin nicht so ein gemeiner Feigling wie du!«

Sein Vater gab ihm einen Kinnhaken. Er fiel hin, kam in der dünnen Lage Heu auf die Knie und hielt sich das Kinn.

»Seinen Vater zu verleumden ist eine Sache; ihm das Leben zu nehmen eine andere, ha.«

»Das Leben … Du … Was meinst du, wie das für meine Schwester Vísa ist, was?! Was glaubst du, wie sie sich zur Zeit fühlt?«

Hrólfur stand stocksteif. Schwieg.

»Ich habe euch gesehen … Dich hab' ich gesehen! Gestern in der Scheune. Das, was du … was du …«, mit zitternder Stimme, »gemacht hast.«

Noch nie in seinem Leben war Hrólfur der Schuldige gewesen. Er war per se das Opferlamm. Er war in seiner Kindheit gequält worden. Er wurde von zu Hause fortgetrieben. Er hatte für andere geschuftet. Er war zum Heiraten genötigt worden. Sein Herz wurde von der britischen Armee in Stücke geschossen. Er war es, der das Tal bewachte und es vor dem Irrsinn der Zeit beschützte. Und am Ende hatte man ihm noch sein Vieh genommen, sein Leben. Er war der anständige Mensch.

Er ließ sich nicht die Zeit, das alles zu denken. Der stets

schwerfällige, langsame Mann ging Þórður urplötzlich blitzschnell an die Kehle. Diese anklagende Kehle. Er schloß seine Hände darum wie ein Klempner um ein leckes Rohr. Ein ganz selbstverständlicher Handgriff. Er wollte nur kein weiteres Wort mehr aus diesem Hals hören. Er drückte nicht fester; hielt einfach nur zu. Der Sohn lief trotzdem blau an. Die Augen traten aus den Höhlen. Er umklammerte mit seinen dünnen Händen das kräftige Handgelenk des Bauern, aber es half nicht. Er erstickte.

»Papi! Ich glaube, unsere Harpa hat aufgehört zu hust …«

Grímur kam in die Scheune gerannt und blieb wie angewurzelt stehen, als er seinen Vater in der gegenüberliegenden Ecke an einem Heustapel stehen und einen schmalen Mann an der Gurgel halten sah.

Hrólfur ließ los. Þórður holte keuchend Luft und floh gebückt von seinem Vater fort. Vor dem kleinen Jungen, seinem Bruder – sie waren sich noch nie begegnet –, richtete er sich auf, sah ihn einen Moment an und lief dann weiter durch den Schafstall ins Freie.

»Papa, wer war das?«

»Ha. Bloß ein verfluchter Schafdieb. So, jetzt wollen wir aber füttern.«

Am Morgen danach lagen sie mit durchschnittenen Hälsen kalt auf dem mistbekleckerten Gitterrost des Schafstalls: Harpa, ihre zwei Lämmer, zwei Jährlinge und drei Böcke. Drei Böcke.

Hrólfur starrte auf die sechs Hörner im Pferch, betrachtete seine drei besten Mitarbeiter, denen die Kehle durchschnitten war. Die Fliegen waren schon erschienen und trauerten mit leisem Summen um die Verschiedenen. Der Bauer schwieg so verbissen, daß sein Kopf wackelte. Drei Böcke. Einen Bock zu töten war genauso verwerflich wie Mord. Nasi, Dropi und Busi. Es war wie der Verlust von Menschenleben. Derartiges hatte Hrólfur noch nicht erlebt. Einen Menschen umzubringen war etwas, das er unter Umständen noch verstehen konnte, aber einen Zuchtwidder abzustechen, das ging über sein Fassungsvermögen.

»Hast du hier jemanden gesehen?« fragte er völlig aufgewühlt das Mensch und stand mit Gummistiefeln in der Küche.

»Ich weiß nicht, ob ich überhaupt noch etwas sehe«, gab die Alte zurück, und es war unmöglich zu hören, ob das eine Frage oder eine Antwort war.

»Verflucht, ha!« stieß der Rotbart hervor und wußte offenbar nicht genau, was er weiter sagen wollte. Er stapfte über den Fußboden und murmelte: »Das ... das soll er büßen, ha.« Dann dampfte er ab, lief draußen auf und ab wie ein wütender Stier. Der kleine Junge stand im Türspalt des Vorbaus und sah, wie die Schritte seines Vaters ein großes Fragezeichen auf den Vorplatz schrieben, der trotz der Tropferei vom Himmel hart und trokken war. Am Ende setzte sich Hrólfur auf den Traktor und blieb einfach dort sitzen.

Der Mann wußte nicht, was er mit sich anfangen sollte. Das Tal umgab ihn und goß Berge in seine Augen. Nasi ... Wieso ...? Die ungemähten Wiesen juckten ihm in den Fingern. Der See ertränkte seinen letzten klaren Gedanken. Der Widder, wieso ...? Da war der Hund, kläglich winselnd mit eingezogenem Schwanz und hängenden Ohren. Zwei leere Scheunen ... und der Widder Nasi ... Wie konnte man ...? Durch seine Vorstellungen schlich der Schuldige, der Schafdieb und Meuchelmörder geduckt wie ein Fuchs durch Geröllhalden. Hinter ihm stand der Hof wie ein betongegossenes Mahnmal seines gescheiterten Lebens, und darin lag die Tochter wie eine Mumie tief in ihrer Pyramide, in noch kommende Jahre gehüllt, die sie für ewig in diesem Bild aufbewahren würden: Ein vierzehnjähriges Opferlamm unter einer Decke. Neben ihr lagen ein totes schwarzes Pferd und drei geschlachtete Widder.

Nasi, ein Schafbock. Wie, um alles in der Welt, konnte man

so tief sinken, einen Bock umzubringen? Ein unschuldiges Tier! Den Stammvater der langbeinigen Heljardalsrasse.

Der König war tot.

Der Bauer saß eine ganze Stunde auf dem Traktor. Starrte auf das Armaturenbrett, das Lenkrad, den Handgashebel. Er saß da und versuchte, die Sache zu verdauen. Er zählte die Regentropfen, die auf der matt gewordenen Motorhaube die Farbe auffrischten. Am Ende war sie feuerrot. Da nahm er eine Schaufel, ging die Hauswiese hinab und begann zu graben.

Eivís lag eine ganze Woche zu Bett. Für sie war es wie eine einzige Nacht. Eine düstere, bedrückende Nacht mitten im Sommer. Die Nacht, die anbricht, wenn das Leben vorüber ist. In der Mitte des Tages stürzte ihre Sonne vom Himmel. Ihr Verstand sackte in die Eingeweide. All ihre Haltestricke verwandelten sich in Schlingen, die sich zuzogen. Alles war verkehrt. Das Tal schlug um und lief voll Wasser, der Hof hing wie eine kleine Spinne von der Decke dieser wassergefüllten Höhle; die Berge naß, die Ufer dunkel, und der Hel-See das einzige Licht, er war nun der Himmel. Sie wollte dort hinaufschwimmen, um zu atmen.

Sie befand sich unter Wasser. Ihr Körper war ein darin schwebender schwerer Holzklotz, massiv und gefühllos. Ihre Gedanken wie ein Wurmnest in totem Holz.

In den ersten Tagen saß ich bei ihr. Ich saß neben ihr in kaltem Schweiß und gequält von Gewissensbissen und schrieb. Versuchte ihr ein neues Leben zu schreiben. Ich hob sämtliche Leiden ab, die auf meinen Konten lagen. Es waren Bagatellbeträge, aber immerhin: Mir halfen sie. Mein Vater hatte mich verdroschen, Friðþjófur mich verleumdet, und dann war da noch dieser Schwachkopf, der mich ins Französische übersetzt hatte. Davon ging ich aus, multiplizierte es mit tausend. Wie ein Arzt saß ich die ersten drei Tage an ihrem Bett und stellte ihr ein Rezept aus. Sie sah mich nicht. Niemand sah mich. Ich war unsichtbar und hatte mich zurückgezogen: Alle meine

Frauen hatten mich verbannt. Ich schrieb ihr aus der Verbannung. Und siehe da:

Allmählich klärte sich ihre Qual für sie und nahm eine bestimmte, aber noch undeutliche Form an. Eine seltsame Form. Über ihrem Bett hing ein riesengroßer Leib, ein Eingeweidesack, rund, eine schwer definierbare, beutelartige, rundliche Form. Schwarz und widerlich behaart. Allmählich senkte sie sich auf sie herab, preßte sich auf sie, vor allem auf ihren Unterleib. Eine ganze Woche lag sie darunter. Nach und nach schrumpfte die Form zusammen, wurde kleiner und glitt schließlich in ihren Körper, wo sie sich in ihrem Kopf einnistete, ein zusammengepreßter, kleiner, schwarzer Pfropf, ein kleines Knäuel, eine Kugel. Für den Rest ihres Lebens lief sie mit einer Gewehrkugel im Kopf herum.

Grímur kam mit einem Glas Milch und Brot, mit gekochten Innereien und warmer Suppe zu ihr herauf. Er las ihr ein Gedicht vor, das er selbst geschrieben hatte.

Liebe Vísa, meine Vísa,
diese Weise schenk ich dir.
Liebe Vísa, meine Vísa,
diese Weise ist von mir.

Ihre Großmutter mühte sich zweimal auf den Dachboden hinauf, es fiel ihr mittlerweile schwer, Treppen zu steigen. Sie stellte keine Fragen, schwieg mit ihr, wie eine Frau mit einer Frau schweigt. Sie verstand, wie es ihr ging, aber sie verstand nicht, was passiert war. Es hatte sich viel verändert, seit sie in einem anderen Jahrhundert auf einer langgestreckten Halbinsel in ihrem Jungfernschaftslager gelegen hatte. Damals war es üblich, daß irgendein Mann vom Hof das Siegel der Jungfernschaft brach, aber das war weit weg und lange her. Zwischen Großmutter und Enkelin lag ein verfluchtes Menschenalter, irgendein von Menschen verursachter Fluch, den nicht einmal sie begriff, das Mensch, das sonst alles wußte. Manchmal sind die Menschen zu alt für das Leben und zu jung für den Tod. Sie stellte keine Fragen.

Und das Mädchen sagte nichts. Es lag nur in seine Decke und den schwarzen Tag gehüllt da und starrte an die Zimmerdecke, hörte auf das Gedicht, lächelte schwach und drehte sich zur Wand. Am Abend hörte sie ihn nicht heraufkommen. Sie hörte nicht, wie er heraufkam. Sie hörte ihn nicht heraufkommen. Das schwere, wollene Rascheln auf den Bodendielen und das Schnaufen durch die vom Schnupftabak verengte Nase. Ein Walroß in Wollpullover.

Am meisten fürchtete sie, ihm jemals wieder in die Augen zu sehen. Sie schämte sich, sie klagte ihn an; sie schämte sich für ihn, sie klagte sich seinetwegen an; sie haßte ihn, sie liebte ihn; sie bedauerte ihn, sie verachtete ihn; sie brachte ihn um, sie hatte ihn nie gesehen, sie kannte ihn nicht, sie tat alles für ihn, sie bat ihn unter Tränen, sie trat ihn, sie spuckte ihn an, sie strich ihm leicht über die Wange, sie sagte ihm, es ist nichts passiert, sie biß ihm in den Hals, sie sagte ihm, du hast mich umgebracht. Sie dachte alles, was man denkt, wenn der eigene Vater nicht mehr der Vater ist. Wenn der, der immer alles wußte und immer alles richtig machte, das zerbrochen hatte, was nie wieder heil wurde.

Fünfzehn Jahre hatte sie mit ihm zusammengelebt. Sechs davon nach dem Tod ihrer Mutter. Er war wie die Erde, drehte sich einmal am Tag um seine Kreaturen. Wie die Erde: schwieg im Winter, sprach manchmal, wenn der Sommer gut war, lief im Herbst vom Schnaps rot an und roch im Frühjahr nach Mist, war milde, wenn sie lächelte, die Sonne. Und jetzt war die Erde verschwunden, untergegangen, verdampft. Wohin sollte sie jetzt ihre Füße setzen? Sie blieb einfach liegen.

Viel später dachte sie, er hätte sie nie vorher angefaßt. Er hatte sie nie berührt, ehe er sie in dieses Bett brachte. Ihr diese Kugel in den Kopf pflanzte.

Er stand da wie der erbärmlichste Mensch auf Erden, machte einen Schritt auf ihr Bett zu, sah eine Spitze ihres dunklen Haars, zögerte und streckte eine Hand aus, sah aber, was für eine Pranke das war, und stöhnte, ließ sie sinken wie ein Walroß seine Flosse im Wasser und schlurfte zurück, sank schnaufend auf sein Bett, hockte lange da und starrte in die Bodenluke wie in den brennenden Kern seines Daseins, sah darin Bilder dreier brennender Frauen: Jófríður, Jófríður und noch einmal Jófríður. Dann zog er die Decke über sich, ohne sich auszukleiden. Er zog sich nie wieder aus.

Er träumte von seinen Brüdern. Der eine schnitt Welpen den Hals durch, der andere Widdern.

[27]

Ihre Augen verfolgen mich. Diese Augen werde ich nie vergessen. Die mich unter seinen Armen hinweg ansahen, als ich da wie nackt festgefroren an der Scheunenwand stand. So denke ich, als ich mich auf drei schwankenden Bodendielen über dem Abgrund in weißen Nebel vorantaste. Wohin haben sie mich geschickt?

Ich schritt langsam und vorsichtig weiter, ich hatte immer Höhenangst. Allmählich wurden die Bretter unter mir weicher: Ich ging auf einem roten Läufer, und aus dem Nebel tauchte ein langer Speisesaal auf mit lautem Stimmengewirr und Palmen in Kübeln, Menschen saßen beim Essen und unterhielten sich auf italienisch. Ein Kellner in weißer Jacke kam auf mich zu, sagte: »Signor Grimson, ein Brief für Sie«, und überreichte mir einen Umschlag. Es war der Vorschuß für *Die Hände des Meisters* mit einem kurzen Gruß von Tómas: »Hoffe, Du schreibst etwas Gescheites. Hauptsache, nicht zu lang.«

Ich ging in die Hotelhalle und durch die Tür ins Freie, auf drei Bodendielen über eine verkehrsreiche Straße. Mich schwindelte: Unter mir betätigten Fiats ihre Nebelhörner, es echote zurück. Ich sah nicht die Hand vor Augen, versuchte mich bloß auf den Dielenbrettern aus dem Heljardalur zu halten und weiterzutasten. Ich hörte ein Flugzeug im Nebel. Das Geräusch kam näher, bis ich feststellte, daß ich mich im Mittelgang einer alten Douglas DC-6 befand. Die Passagiere waren selbstzufriedene Isländer in häßlichen Anzügen, die den *Morgen* lasen. Ich ging in den hinteren Teil der Maschine, und mein Blick fiel auf eine aufgeschlagene Seite in den Händen eines Mannes mit schütterem Haar.

»Erinnert stark an Hamsun, sagt der Kritiker von *Berlingske Tidende* über den Roman von Einar J. …«

Der Mann mit dem schütteren Haar blickte auf, sah mich und grinste hämisch. Ich las nicht weiter und sah zu, daß ich weiterkam. Ein alter Bekannter, offenbar betrunken, begrüßte mich kumpelhaft: »Ach nein! Einar Jóhann!« Doch ich floh zur Toilette im hintersten Teil der Maschine. Sie war besetzt, und ich mußte eine Weile warten. Vater kam von der Toilette. Er trug Stiefel und setzte seine Schirmmütze auf. Ich nickte ihm zu, während ich mich durch die enge Kabinentür zwängte. Sie führte in den Gang unseres alten Hofes auf Bær in Grímsnes. Ein schwedischer Journalist mit dicker schwarzer Brille folgte mir in einem hellen, engsitzenden Anzug. Er verfolgte mich mit Block und Bleistift durch den dunklen, muffigen Gang aus Grassodenwänden und fragte, ob schwedische Leser wohl jemals eine isländische Literatur verstehen könnten, die in Löchern spielte, in denen die Schweden zuletzt zu Zeiten der Kalmarer Union gehaust hätten. Ich dachte eine Weile über die Antwort nach und ging derweil in die »Badestube«. Auf der Schlafbank sitzt meine Großmutter in alter Tracht und spinnt; dabei summt sie nach der Melodie von »Jingle Bells« vor sich hin: »Nobel Prize, Nobel Prize …« Ich habe Lust, ihr eine runterzuhauen, aber meine Füße tragen mich zu einer weiteren Tür. Ich öffne sie und trete aus der Sakristei in die Domkirche von Reykjavík. Ich gehe an einem mit Blumen überladenen weißen Sarg vorbei. Die Bankreihen sind dicht mit festlich angezogenen Menschen in dunklen Kleidern besetzt. Ich kenne viele von ihnen und versuche, Ragnhildur und Lovísa zu grüßen, aber sie scheinen mich nicht zu sehen. Ich drehe mich um, um zu sehen, was aus dem Journalisten geworden ist, erblicke aber an der Kanzel den Pastor, der sich am schlimmsten über *Tote Dinge* geäußert hat. Während ich zwischen den Bänken entlanggehe, höre ich ihn sagen: »Nach seinem Hinscheiden müssen wir wahrhaft bekennen, daß diese Nation nun allein und verlassen dasteht. Er war der Autor Islands.« Ich sehe, daß in der letzten Reihe noch ein Platz frei ist. Ich bitte die Leute, ein bißchen zu rutschen, doch eine schreckhafte Frau macht »psst« und bedeutet mir mit den Augen, mich hinauszuscheren. Ich gehorche. Ein feierlich herausgeputzter Kirchendiener öffnet mir die Tür auf einen langen Bahnsteig zu einem Zug, der abfahrbereit auf dem Gleis steht. Vor mir schleppen sich Menschen mit Kisten und Koffern ab, schieben sich langsam auf die Tür zu. Endlich kann ich mich ins Freie zwängen und sehe, daß sie auf dem Bahnsteig auf mich wartet: Eivís. Sie begrüßt mich überschwenglich, umarmt mich wie einen Vater. Ich möchte sie küssen, doch sie öffnet den Mund, und darin befindet sich ein festlicher Saal. Auf dem Podium steht ein Rednerpult, und darauf ist ein langes Schild angebracht: »E.J. GRÍMSSON 1912–2002.« Hinter dem Pult steht ein junger Mann mit Brille und spricht in unbeholfenem Englisch: »Mit *Die Hände des Meisters*, so läßt sich sagen, hat Grimson den Isländern das Rom erbaut, zu dem alle Wege führen, dem Jahrhundert den Knoten geschürzt, in den sich alle Fäden zurückverfolgen lassen.« Ich schreite zwischen den Sitzreihen die Stufen hinab und steige auf das Podium. Donnernder Applaus brandet auf, und meine erste Reaktion ist, mich zu verneigen. Ich drehe mich um und stoße unerwartet mit dem Redner zusammen, der auf dem Weg zurück zu seinem Platz ins Stolpern gerät. Ich gehe weiter, durch die Tür im Hintergrund der Bühne. Ich komme in einen langen, niedrigen Gang. An der Wand lungert Þórður Hrólfsson und bleckt die Zähne. Neben ihm steht ein Kameramann mit einer amerikanischen Baseballkappe, und Þórður richtet das Mikrophon auf mich und fragt: »Warst du schwul?« Ich antworte nicht, rege mich aber auch nicht auf, sondern gehe einfach den Gang entlang, bis ich zu einer niedrigen Tür komme. Ich bücke mich, öffne sie und komme auf eine graukalte Heide hinaus. Erst jetzt bemerke ich, daß ich nur Socken trage. Die Erde ist hart unter meinen Füßen. Wie weh es tut, dazusein.

Ich fuhr herum. Alle Türen waren nun verschwunden und die Dielenbohlen ebenso. Ich stand auf einer isländischen

Heide, die Wolken hingen tief, die Berge waren kaum zu sehen; es war kalt. Ich war barhäuptig und so gut wie barfuß. Mühsam klomm ich über die Steine. In der Ferne war ein Goldregenpfeifer oder Regenbrachvogel zu hören. Aus der Vogelperspektive hatte ich bestimmt etwas Büßerhaftes an mir. Ich bin immer ein begeisterter Anhänger von Schuhen gewesen. Schuhe und Automobile. Sie waren mein einziger Luxus, abgesehen von vereinzelten Gelegenheiten käuflicher Liebe an verschwiegenen Orten. Der Wind blies wie ein teuflischer Geist. Mir war kalt. Eine wahrhaft elende Hochheide! Ich schämte mich für sie. Vor mir entdeckte ich eine Steinwächte, vielleicht vierhundert Meter entfernt. Ich hielt darauf zu. Der Wind ebenfalls. Die Socken leisteten mir nur den halben Weg Gesellschaft. Auf den letzten Metern hinterließ ich auf dem kalten und überaus scharfkantigen Geröll eine Blutspur. Der Steinhaufen war größer, als ich gedacht hatte, und es tat gut, dahinter Schutz vor dem Wind zu finden. Da stieß ich auf mich selbst. Kalt kauerte ich im Windschatten. Dem Aussehen nach war ich etwa vierzig Jahre alt. Ich freute mich, ein so glattes Gesicht von mir zu sehen. Dieses junge Ich war auch schon kahl, nur ein flaumiger Haarkranz zog sich von Ohr zu Ohr, aber ich war nicht vollkommen häßlich. Ich war immer leicht mit mir zufrieden. Ich gehörte nicht zu den Unglücksraben, die ihr ganzes Leben lang denjenigen verfluchten, der sie in diese Welt geschrieben hatte. Zuviel Aufhebens um das eigene Aussehen. Und obwohl die Kälte keine warme Begrüßung zuließ, war es ein freudiges Wiedersehen. Er sah zu mir auf und grinste schwach, ich setzte mich zu mir. Wir hockten zusammen unter einem Steinhaufen.

»Hast du deine Schuhe verloren?«

»Ja … eine Art Strafe.«

Wir schwiegen. Er klapperte vor Kälte, ähnlich dünn gekleidet wie ich. Doch in recht neuen Straßenschuhen, wie sie kurz nach dem Krieg Mode waren.

»Schöne Schuhe«, sagte das barfüßige, blutende Ich.

»Ja«, gab er zurück und wollte offensichtlich nicht weiter darüber reden. Ich wechselte das Thema:

»Und du? Wo kommst du her?«

»Ich stecke in der Scheiße. Ich vergaß mich ganz in einer Landschaftsbeschreibung und verlor den Faden. Habe mich verirrt«, sagte das junge Ich.

»Ja, ja, Naturbeschreibungen. Vor denen mußt du dich hüten«, meinte das erfahrene Ich.

»Ja«, sagte er ein wenig säuerlich, zog ein verknittertes Päckchen Zigaretten hervor und steckte sich eine an. Ganz plötzlich hatte ich Verlangen nach einer Zigarette.

»Hast du mal eine für mich?«

»Nein, ist die letzte. Rauchst du?«

»Nein, nicht mehr.«

»Hier, nimm mal einen Zug!«

»Nein, danke. Es geht schon.«

»Nimm schon! Wir können sie gemeinsam rauchen.«

Wir rauchten sie gemeinsam. Ich hatte seit eineinhalb Jahrzehnten keine Zigarette mehr probiert. Ich hatte so lange versucht, mir dieses Laster abzugewöhnen, schaffte es aber erst, als mich meine Rückenschmerzen in eine Kellerwohnung auf dem Laugavegur führten. Ein chinesischer Akupunkteur stach mir ein paar Stecknadeln in die Ohrläppchen, und seitdem verweigerte mein Gefäßsystem die Aufnahme von Nikotin. Ich traf ihn viel später einmal wieder, Teitur Li hieß er da, war mittlerweile in unser Gesundheitssystem integriert und betrieb seine Piecksstube im Keller des Altenheims. Ich dankte ihm noch einmal für ein rauchfreies Jahrzehnt und sagte, ich würde mir jetzt gern das Schreiben abgewöhnen. Er meinte: »Nur zehn Minuten brauchen«, und wollte mir vier Nadeln in den kleinen Zeh an meinem rechten Fuß setzen. Ha, ha, ha. Der kleine Zeh. Ich hab's mir schon immer gedacht.

Wir rauchten zusammen, ich und mein junges Ich. Schwiegen. Die Zigarette ließ mich für ein paar Augenblicke die wundgelaufenen Füße vergessen. Der Wind riß uns den Rauch von den Mündern und wedelte ihn weg wie eine mürrische Hausfrau. In der Ferne klagte ein Regenpfeifer.

»An die Vögel hast du also gedacht«, sagte das alte Ich.

»Ja, weißt du nicht mehr, was Großmutter immer gesagt hat: Vergeßt mir die kleinen Vöglein nicht!« Das stieß er so ärgerlich hervor, daß ich mich nicht traute, noch etwas zu sagen, bis er wütend herausplatzte: »Seit vierzehn Stunden hänge ich auf dieser verdammten Heide fest!«

Es hatte etwas, ihn so außer sich zu sehen. Jung und zornig. Dann fragte er eine Spur ruhiger: »Sag mal … bist du da drüben gewesen?«

»In Heljardalur? Ja.«

»Und …? Wie ist es da? Ist es …«

»Na ja, es ist alles … Du solltest es dir selbst ansehen.«

»Jau … In welcher Richtung liegt es denn?« fragte er wieder gereizt.

Ich beugte mich aus dem Windschutz (der Schmerz in den Füßen machte sich erneut bemerkbar) und wies über die Heide.

»Du gehst gegen den Wind an, bis du zu einer Tür kommst. Einer eher niedrigen Tür. Da gehst du rein und dann durch einen langen Gang bis zu einer weiteren Tür. Sie führt dich in den Konferenzsaal. Den durchquerst du, bis du zum Bahnhof kommst. Da steigst du in den Zug, gehst durch die Waggons bis zur Domkirche, dann in die Sakristei, weiter in die Badestube und dann durch den Gang im Haus bis zur Toilette und ins Flugzeug. Da gehst du über die Straße, paßt auf die Autos auf, und dann in das Hotel auf der anderen Seite, Hotel Dante. Durch die Empfangshalle in den Speisesaal, bis ganz ans Ende und durch die Tür zur Küche: Dann kommst du auf dem Schlafboden in Heljardalur heraus. Du mußt leise sein. Eivís ist krank. Grüß sie von mir. Und gib ihr diesen Brief«, sagte das alte Ich und zog ein engbeschriebenes Blatt aus der Innentasche.

Er stand über mir wie der Enkel eines senilen Greises zu Besuch im Pflegeheim, wenn die Besuchsstunde vorüber ist. Er lächelte vor sich hin, schüttelte den Kopf und schnaubte vernehmlich. Dann ging er in die entgegengesetzte Richtung davon. Mit dem Wind im Rücken. Er war noch keine zehn Meter weit gekommen, als der Wind drehte. Ihm entgegen.

[28]

Mir entgegen. Ich war noch jünger geworden. Gut dreißig Jahre alt. Doppelt stark kehrte ich in das Hochtal auf der Heide zurück. Zwei Schwäne flogen vorüber, und ich sah, daß die Wiesen noch immer nicht gemäht waren, und ich grämte mich darüber. Kaum drehte man dem Hof den Rücken, blieb alles liegen und verkam! Ich schritt über den gleichen Hang hinab, auf dem ich vor vier Jahren zu mir gekommen war. Ein alter, müder, frisch verstorbener Mann. Was war seitdem nicht alles geschehen! Wie schnell die Zeit verging hier im Jenseits. Jenseits der Heide. Ich war wieder jung und hatte doch noch kaum gegessen und gepinkelt. Ich war schon auf dem Hofplatz angelangt, als ich draußen auf dem See jemanden bemerkte. Friðþjófur redivivus? Ich ging über das Brachland hinab und sah, daß es Eivís war. Sie wandte dem Hof den Rücken zu und war schon ein ganzes Stück weit in den See hineingewatet. Das Wasser reichte ihr bis zum Nabel. Sie ging weiter.

»Vísa! Vísa!«

Der Junge stand mit Trýna am diesseitigen Ufer und rief seine Schwester. Der Hund sprang zwischen den Wiesenhökkern umher. Ich beeilte mich, zum Ufer zu laufen. Eivís war inzwischen gut fünfzig Meter weit in den See hineingewatet, und plötzlich ging sie unter. Verschwand. Ich war meinerseits noch etwa fünfzig Meter vom Ufer entfernt und rief den Jungen, doch er hörte mich nicht. Ich sah, daß sich die Hündin ins Wasser gestürzt hatte, ihr Kopf schwamm rasch durch die leicht geriffelte Oberfläche. Fast in der Mitte des Sees tauchte, verzweifelt um sich schlagend, das Mädchen auf. Für einen Augenblick war sein Kopf zu sehen, dann sank er wieder unter, das Plätschern aber war noch in den Wellen zu merken. Der Hund schwamm unglaublich schnell auf die Stelle zu. Ich hatte mittlerweile den Jungen erreicht und mußte erst einmal wieder zu Atem kommen – »Trýna rettet sie, nicht wahr? Sie rettet sie doch?« –, ehe ich selbst in das eiskalte Wasser ging. Nach ein paar Schritten bemerkte ich, daß die Hündin jetzt auch verschwunden war. Hel hatte sie beide verschluckt. Es war kein Lebenszeichen zu sehen. Für eine ganze Weile kein Plätschern oder sonst was. Trotzdem watete ich weiter und fühlte die Kälte die Beine heraufkriechen. Urplötzlich tauchte der Hund wieder auf: Trýnas Kopf war zu sehen, und dahinter nahm das Geplätscher die Gestalt eines Mädchenkopfs an. Dann hob es sich aus den Wellen wie ein Ungeheuer aus der Tiefe, erst noch gebeugt, hustete sich Wasser aus den Lungen, dann richtete es sich auf – das Wasser reichte ihm noch bis zum Nabel –, stand unbeweglich da wie ein Standbild oder ein übernatürliches Wesen. Eine Wassergöttin. Trýna zog mit ihrem Hundepaddeln eine Linie quer zu ihrem vorigen Kurs zu einer kleinen Landzunge, die an ihrer Seite in den See ragte. Ich blieb stehen und dachte plötzlich an meine guten Schuhe. Einen Moment überlegte ich, ans Ufer zurückzugehen, watete dann aber weiter ins Wasser hinein, auf das Mädchen zu.

»Eivís!«

Ich war noch etwa zehn Meter von ihr entfernt. Das Wasser reichte mir bis zum Schritt. Die Jacke war jetzt sicher auch schon naß geworden. Das Mädchen stand vor mir und starrte mir entgegen wie eine zähneklappernde Venus. Ich blieb stehen. Etwas sagte mir, nicht näher zu kommen. Ihre Augen. Ihre Augen, die noch nicht einmal geweint hatten, seit sie in der Scheune gekreuzigt worden war, denn unter Wasser kann man nicht weinen. Zehn Tage hatte sie unter einer Wasserdecke gelegen und nur an eins gedacht: ans Licht zu schwimmen, an die Oberfläche zu kommen, um zu atmen, hinauf, durch den Hel-See, durch den als einziger Licht vom Himmel fiel, ein Hoffnungsschimmer, als das Tal umstürzte und voll Wasser lief. Sie hatte nicht versucht, sich umzubringen. Sie hatte versucht, sich zu retten. An die Oberfläche zu kommen, um zu atmen. Um leben zu können.

Ich sah, daß die Hündin auf der Landzunge zu meiner Linken aufs Trockene gekommen war, und ich hörte den Jungen um die kleine Bucht zu ihr laufen und froh ihren Namen rufen.

»Eivís«, sagte ich nun etwas ruhiger.

Sie antwortete nicht, sondern sah mich nur weiter an mit ihren Augen, die nun endlich geweint hatten, einen ganzen See voll, und sie stand inmitten der Flut in einem tränennassen Pullover, der eng an ihrem Körper klebte wie ein Stoffstreifen an einer noch im Entstehen begriffenen Gipsfigur: Ihre jungen Brüste hoben sich ab, und man sah besser denn je, wie schön sie war. Diese vorspringenden weichen Wangen und diese dunklen, scheuen Augen.

»Eivís.«

Sie gab keine Antwort. Ich streckte die Hand aus. Das Mädchen stand wie Stein. Ich glitt mit einem Fuß aus, fand aber aufs neue Halt in den Wasserpflanzen am Grund und bemerkte dabei eine Forelle, die vor mir auf- und abschwamm und ständig den Kopf schüttelte. Es war Friðþjófur. Ich trat zwei Schritt vor, doch der Kritiker zog weiter seine Kreise um mich. Ich versuchte, nicht auf ihn zu achten, und konzentrierte mich auf das Mädchen. Es wandte sich ab. Drehte mir den Rücken zu. Wollte lieber dem Tod ins Auge sehen. Es stand nämlich am Rand eines teuflischen Absturzes. Dahinter wurde der See bodenlos tief. Nur ein Schritt weiter, und er würde es nehmen, wie er einst seinen Bruder verschlungen hatte, einen kleinen Jungen, und zwei Brüder vor dreihundert Jahren. Der verwunschene See der Hel.

Die Wellen flossen vorbei wie fröhliche Witwen, denen die Sorgen des Lebens nichts anhaben konnten. Das Hinterteil in den Wind gereckt, ließen sie sich ans nächste Ufer treiben. Ich tastete mich näher und konnte es nicht vermeiden, Friðþjófur dabei in die Brille zu sehen, der es einem Autor offensichtlich als Schwäche auslegte, wenn er versuchte, seine Lieblingsgestalt zu retten. Sie hörte mein Planschen und wandte den Kopf, zeigte mir ihr Profil: Zitternde Lippen und ein Tropfen an der Nase, Haar, das zu schwer war, um im Wind zu flattern. Plötzlich drehte sie sich um und kam auf mich zu. Ich streckte wieder die Hand aus; doch sie nahm sie nicht und sah mich nicht einmal an, als sie an mir vorbei zum Ufer zurück schritt.

»Trýna kann nicht laufen!« rief der Junge von der Landzunge herüber. Ich blickte hin und sah, daß er über ihr kauerte und versuchte, sie aufzuheben. Das Mädchen ging langsam den Uferhang hinauf in Richtung des Hauses, und also strebte ich auf die Landspitze zu. Der direkte Weg war kürzer als der über Land, auch wenn es vielleicht keinen Grund gab. Aber ich kann doch schwimmen, sagte ich mir, als der Boden plötzlich unter mir schwand und ich unterging. Was für ein teuflischer See! Und verdammt kalt dazu. Ich versuchte ein paar altvertraute Schwimmbewegungen und tastete nach der Brille. Sie saß an Ort und Stelle. Dann versuchte ich in Richtung der Landzunge zu paddeln. Ich befand mich in der naßkalten Welt des Kritikers. Überall war es tief bis zum hohen Ufer. Mit Mühe konnte ich mich aufs Gras hinaufziehen. Ganz gewiß war das keine leichte Sache für eine alte Hündin, die gerade ein anstrengendes Rettungsschwimmen hinter sich hatte. Durch und durch naß lag sie wie erschossen zu Füßen des Jungen. Ihr Körper vibrierte wie die Motorhaube eines Baggers im Leerlauf. Sie hatte nicht einmal mehr die Kraft gehabt, sich zu schütteln. Ich blickte zum Hof hinüber. Eivís war aufs Trockene gekommen und saß am Ufer. Ich spuckte Wasser, sagte Grímur, er solle zu seiner Schwester gehen, und nahm den Hund auf den Arm. Wir waren beide gleich naß. Ich hörte den Jungen rufen, ehe er bei seiner Schwester ankam: »Was hast du gemacht?«

Wo steckte Hrólfur? Er war noch immer im Handelsort. Seinen Rachedurst in Branntwein ersäufen. Wir brachten Trýna in die Küche an den brennenden Herd und breiteten eine Decke über sie, der Junge redete ihr gut zu, stellte ihr zehn Fragen und noch einmal zehn, zehn Fragen, die alle auf die gleiche Antwort hinausliefen: »Wolltest du etwa sterben?«

Ich verfügte mich sogleich in den Vorbau und zog die nassen Sachen aus. Dort stand ein Mann in weißem Kittel mit einem Stethoskop um den Hals. Es war Snorri, ein alter Bekannter, Arzt im *Landsspítali*. Ich fragte ihn wie so oft um Rat, ob ich die Hündin mit gutem Gewissen sterben lassen könne. Er fragte, wie alt sie sei, und mir fiel wieder ein, daß sie fast genausoalt war wie das Mädchen.

»Sie ist vierzehn oder fünfzehn.«

Snorri überlegte sorgfältig wie immer und meinte dann: »Ja, ja, das könntest du, denke ich. Im übrigen finde ich es eher unwahrscheinlich, daß ein Hund einen Menschen vor dem Ertrinken retten kann.«

»Unglaubwürdig?«

»Ja, mehr oder weniger, würde ich sagen.«

»Aber ein Hund kann unter Wasser schwimmen, nicht wahr?«

»Doch, ja, das kann er wohl, möchte ich annehmen, aber sicher scheint mir das nicht. Offen gestanden, kenne ich mich da nicht gut genug aus.«

Ein vorsichtiger Mensch, dieser Snorri, und ich hatte immer Angst, wenn er ein Buch von mir las, mit diesem ganzen Bodensatz von unwahrscheinlichen Dingen und Abschaum des Lebens darin. »Wirklich toll dein Buch«, pflegte er stets zu sagen, aber ich glaubte es ihm nie. Wir waren völlig verschiedene Menschen. So unterschiedlich wie ein Mörder und ein Arzt. Ich kam meinen Personen mit stilistischen Raffinessen in der Absicht bei, sie umzubringen, und er fand immer Wege, sie am Leben zu halten.

»Nein, ein erwachsener Mann stirbt nicht durch einen Hieb mit einem Sensenstiel. Da müßtest du ihm schon eher die Gurgel durchschneiden.« In diesem Fall aber hatte er mein Vorhaben abgesegnet.

Ich ließ die Hündin also gegen Abend sterben. Wir saßen in der Küche, alle in Decken gewickelt: Ich, Grímur, Eivís und Trýna. Letztere lag natürlich auf dem Fußboden, alle viere von sich gestreckt. Zweimal hob sie den Kopf und schaute zu uns herüber. Zu mir mit einem Ausdruck, als wollte sie fragen, ob sie jetzt gleich sterben solle. Mit einem traurigen, alten Hundeblick. Ich antwortete ihr mit einem Blick, der besagte, warte noch ein Weilchen, und sie legte den Kopf wieder auf die Vorderpfoten. Wie traurig, Tiere sterben zu sehen. Ihr Leben bleibt uns immer ein Stück weit unbegreiflich. Die Alte sagte mit der Regelmäßigkeit eines Uhrwerks alle Viertelstunde: »Das arme Vieh«, kochte Kräuter in Milch und gab uns davon. Eivís, traurig und leer, wie Menschen nach einem mißglückten Selbstmordversuch sind, hockte auf ihrem Stuhl, nippte an ihrem Becher, beobachtete die Hündin, die genausoalt war wie sie, und dachte, daß sie es doch hundertmal schwerer hätte. Das arme Vieh. Das Mädchen weigerte sich, mich anzusehen. Sie wollte mir nicht verzeihen, daß ich tatenlos mit angesehen hatte, wie ihr Vater sie in der Scheune vergewaltigte, und ich konnte es ihr nicht verdenken. Ich warf ihr hin und wieder einen Blick zu und dachte, daß sie es doch hundertmal schwerer hätte als ich. Ich hatte nie in meinem Leben wirklich Schmerz empfunden, ich hatte einem anderen Menschen gegenüber nie mehr gefühlt als ein bißchen Ärger und Verdruß; mein Leben hatte ich damit verbracht, mir Gefühle auszumalen und sie auf andere Personen zu projizieren. Ich war nur da hineingestolpert, eine Tochter wie sie zu haben, mit einer Frau, die ich nie liebte, aber manches Mal begehrte in diesem Leben, das zuweilen nichts anderes als ein verfluchtes Sexualleben war. War das vielleicht der Kot, von dem sich meine Fliegen ernährten? Zwischen meinem völligen Unvermögen, einen anderen Menschen zu lieben, und dem Drang, zu vergewaltigen, lag eine tiefe und breite

Kluft. Ich füllte sie mit Vergewaltigungen und Liebe. Auf einmal sah ich Lovísa und Svana draußen im Schafstall vor mir. Die Vierjährige fragt: »Wann kommt Papa?« Und ihre Mutter antwortet: »Er kommt morgen und gibt uns Heu.«

Nein, Eivís will mich keines Blickes würdigen. Dabei war ich so darauf aus, ihr zu zeigen, wie jung ich geworden war. Vielleicht erkannte sie mich nur nicht wieder? Das letzte Stück heim ins Tal war ich auf meinen Schuhen aus Affenleder gelaufen, die morgen schimmelüberzogen im Vorbau stehen werden. Was opfert man nicht alles für die Dichtung?

»Warst du tapfer heute?« sagt Grímur zum vierzehnten Mal lieb zu seiner Trýna und streichelt ihr über die Stirn. Sie kann ihm gerade noch dankbar die Augen zurollen.

Das Mädchen bekommt einen anhaltenden Hustenanfall, und der Hund hebt zum zweiten Mal den Kopf. Er blickt sorgenvoll zu Eivís hinüber, doch sobald sich das Mädchen erholt, tritt ein unbeschreiblicher Friede in diese Augen, die ihr Leben lang hier in diesem Tal geglänzt haben, die ihr Leben hatten wie alle Kreatur, Mensch und Tier, die ihre Zeit hier auf Erden gehabt hatten und alles sahen, was zu sehen war, doch nie das, was davor oder danach kam. Bald würde eine verborgene Kraft sie zum letzten Mal schließen, irgendeine verborgene Kraft würde ihr die Lider schließen. War es die Schwerkraft, das Verlangen des Erdbodens nach allem, was auf ihm kreuchte und fleuchte? Oder die Anziehungskraft des Himmels, des Meisters Hand, die Platz schaffte für neue Ideen? Irgendeine verborgene Kraft. Die ihren Schleier über das Leben legte und sich selbst darin verbarg. In der Gewißheit des Todes lag die größte Ungewißheit.

Wir wissen rein gar nichts.

Trýna sagte das alles mit zwei Augen und einem Blick. Und noch etwas mehr: Ich habe nicht umsonst gelebt. Ein Leben, das ein anderes rettet, ist nie sinnlos. Vier Jahre habe ich gezweifelt. Vier Jahre, seit mir der Sturm auf der Heide den Sinn meines Daseins fortblies. Doch jetzt gehe ich glücklich. Sie senkte den Kopf, schloß die Augen, war gegangen.

Der Junge glaubte, sie sei bloß eingeschlafen. Recht hatte er.

Als er am Tag darauf nach unten kam, war sie fort. Ich ließ Eivís ihrer Großmutter helfen, sie in den Schuppen zu schaffen. Dann mußte er einen ganzen Tag lang Mist schaufeln, ehe ihm in den Kopf ging, daß Trýna gegangen sei und ihren Körper zurückgelassen habe. Diese Hunde!

Schließlich trug er sie zum Rand des Grabes, zum ersten und letzten Mal. Dann nagelte er eine Strophe ans Kreuz:

Hier liegt eine Hündin.
Sie hieß die alte Trýna.
Sie war eine gute Hündin
meiner Schwester immerdar.

[29]

Die nächsten Tage waren Sonnentage. Der Himmel spottete. Warme und faule Tage wie schwermütige Kälber, die nicht auf die Beine kommen wollen und muhend in der Sonne liegen und nur mit den Augen zwinkern, wenn die Fliegen kommen. Um den Hof wiegten sich die Blumen im lauen Wind, leuchtend gelb auf grünen Stengeln: Hahnenfuß, Löwenzahn und Weißzüngel. Über allem trillerte der Regenbrachvogel, ein seltener Vogel in diesem Tal.

Eivís stand im Badezimmer und schaute in den blindfleckigen Spiegel. Hatte sie sich verändert? Wie lange braucht eine Erfahrung, um aus der Seele ins Gesicht durchzudringen? Die hellen, gewölbten Wangen, die dunklen Augen, der weiche, mädchenhafte Ausdruck waren genau wie vorher, doch was sie sagten, war etwas anderes. Aus den dunklen Augen schien ein tieferes Dunkel, in die weiche Wangenlinie war ein harter Zug getreten, die Nase ließ unmerklich erkennen, daß sie versucht hatte, sich zu verschließen. In den ersten Tagen nach ihrer Rettung und dem Tod des Hundes war das Leben sogar schöner als vorher. Sie nahm jede Treppenstufe wahr, wenn sie früh am Morgen auf Socken hinabstieg und von dem weichen Wasserstrahl aus dem Hahn im Bad trank. Alles war wie elektrisch geladen und das Dasein selbst vollkommem intensiv. Sie fühlte einen starken Zusammenhang mit den unmöglichsten Dingen. Eine betongegossene Hausecke, ein abgewetzter Türrahmen, eine Schaufel im Kuhstall: Jeder einzelne Gegenstand auf dem Hof begrüßte sie jeden Morgen, glücklich, sie am Leben zu sehen. Vielleicht war sie es auch selbst, glücklich, am Leben zu sein. Zumindest war es etwas besser, seit sie versucht hatte, es abzukürzen. Die Sonne schien ohne Unterlaß, und Eivís roch den Duft von Sonnenschein und die Wärme von Kuhfladen, und sie fühlte die Erdanziehung jeden ihrer Schritte an sich ziehen, und sie empfand schon allein das Atmen bewußt. Das Leben war Medizin. Nach und nach aber ging diese Empfänglichkeit zurück, und die alte Stumpfheit kehrte wieder. Sie erwog, ein zweites Mal ins Wasser zu gehen, um diesen eigenartigen Lebensgenuß zurückzuholen, doch wahrscheinlich spürte sie, wie künstlich ein Selbstmordversuch ohne die Absicht war, sich wirklich umzubringen.

Noch immer steckte sie voller Selbstvorwürfe. Vielleicht ist es die erste Reaktion einer guten Seele, sich selbst schuldig zu fühlen. Natürlich hätte sie sich niemals von Bárður mitnehmen lassen dürfen. Natürlich hätte sie Bárður bei Tisch niemals so ansehen dürfen. Natürlich hatte ihr Vater gesehen, wie sie Bárður bei Tisch angesehen hatte. Natürlich sollte sie sich für all die Gedanken schämen, die das in ihr wachgerufen hatte. Natürlich hatte sie nichts anderes verdient als die Strafe ihres Vaters. Ihre Wut auf ihn schwand in diesem Gedankenwirbel, der ihr den ganzen Tag durch den Kopf ging. Ihm gegenüber fühlte sie sich vollkommen taub. Der Mann hatte seine Nadel in sie gestochen und ihr ein Immunmittel gegen sich injiziert. Sie verhielt sich ihm gegenüber wie eh und je, als sei nichts geschehen, ging mit ihm in den Kuhstall und saß mit ihm bei Tisch. Sie sprachen vielleicht nicht viel miteinander, doch es war keine Unstimmigkeit an ihnen zu sehen. Alles war wie vorher. Die Tage nur noch heller und der Rabe schwärzer, wie ein dunkles Ereignis, das über ihnen schwebte, ihr manchmal etwas zukrächzte, das mitunter verschwand, gegen Abend jedoch immer zurückkehrte, sich auf dem First niederließ und am Dach kratzte.

Ich hörte es, wenn ich wie üblich in meiner Koje lag, nur jünger, mit erhöhtem Tempo im Blutkreislauf. Oft ging ich in den Nächten hinaus – lief vor den Träumen des Mädchens davon, in denen seine Mutter Geschirr spülte, und über ihr hingen weiße Möwen mit einem blauen Fleck am Kopf –, und ich ließ mir von der hellen Nachtkühle eine angenehme Gänsehaut überstreifen. Ich stand auf der Hauswiese und redete mit der Wäsche, die die Alte auf der Leine vergessen hatte und die jetzt taufeucht in der Windstille hing, schwer und klamm wie die frisch abgezogene Haut eines berühmten Menschen. Die kleinen gelben Wiesenblumen standen still und schliefen, von jeder stieg ein Traum vom Leben auf anderen Planeten auf. Der Himmel war heiter und hell und das Land graugrün. Die Berge so unbeweglich wie immer. Einbúi dunkelblau vor Standhaftigkeit, Stakfell dahinter eine Spur dunstiger. Die letzten Schneeflecken auf den Heljardalsbergen wollten nicht weichen. Kalter, nackter Trotz hier allerorten.

Ich erinnerte mich an das Glück, das ich beim Entstehen eines Buchs empfand: Wenn ich es geschafft hatte, eine Person mit Ängsten und Nöten zu erfüllen, ging es mir am besten. Jetzt aber war ihr Leiden meine Qual. Mein Aufenthalt hier wurde mir mit jedem Tag unerträglicher. Sofern es möglich gewesen wäre, wäre ich am liebsten in diesem Werk untergetaucht und eine unbeteiligte Nebenfigur geworden. Ich hätte im Schatten eines Berges gewohnt und einen kleinen Rübenacker bestellt, bis die Geschichte aus war und ich wie andere Menschen auch mein Grab im Vergessen gefunden hätte. Manchmal gönnte ich mir einen solchen Rübenacker-Traum, ein unverwunschenes Leben zu führen. Mein ganzes Leben lang war mir die Presse auf den Fersen oder wartete im Nebenzimmer auf ein Interview, und die guten Leute wollten mich glauben machen, Tausende Menschen warteten auf jedes Wort, das ich zu Papier gab. Dabei wußte ich selbst, daß die eine Hälfte von ihnen Geier waren, die auf todgeweihte Beute lauerten, während die andere Hälfte aus Literaturwissenschaftlern mit gewetzten Messern bestand: Es fand sich immer eine Möglichkeit, ein totes Buch zu sezieren. Manchmal, wenn ich die Hverfisgata entlangging oder eine schmale Gasse in Siena und durch ein niedriges Fenster den Teil eines Beins, einen Tisch und eine halbvolle Tasse sah, dachte ich voll Neid an diese Menschen, die nicht jeden Morgen in zweitausend Exemplaren herauskommen mußten. Allerdings nur manchmal … Meist war ich mit meinem Leben sehr zufrieden und erlaubte meiner Eitelkeit, jeden Augenblick zu genießen, es machte mir nichts aus, allzeit bereit sein zu müssen, immer korrekt gekleidet, immer ein Bild meiner selbst, jeden Tag, jeden Abend, denn ausgerechnet dieses eine Bild – aufgenommen vielleicht nach einer Lesung im Haus der Konservativen – hätte ja auf die Seiten der Geschichte gelangen können. Allzeit bereit! Jetzt mache ich mich bereit zur Abreise. Ich entschloß mich, bei der nächstbesten Gelegenheit die Reichweite dieses Buches zu erproben.

Hrólfur hatte bei dem schönen Wetter halbherzig mit dem Heuen begonnen und ließ uns mit Rechen und Ballenband folgen. Auf den Außenwiesen wurde das Heu noch gebündelt und den Pferden aufgebunden, dann in die Scheune getragen. Nach einem Tag auf diesen feinhaarigen Wiesen waren meine Handflächen eine einzige große Blase und der dünn behaarte Schädel knallrot. Am nächsten Tag erschien ich in Handschuhen und Mütze zur Arbeit, was dem Bauern Gelegenheit zu ein paar Schmähworten hätte geben sollen, doch seinem Humor war ein Rentiergeweih gewachsen, und er hatte das Reden überhaupt so gut wie eingestellt. Dieser unerschütterliche Mann, der alles nahm wie ein Berg den Krieg, war erschüttert wie ein Berg bei einem Erdbeben. Vielleicht hatte er sogar geweint, als er allein war, Tränen rollen lassen wie Geröll aus einem Hang, ein bedeutendes Naturereignis, von dem niemand etwas mitbekommen hatte. Ein sehr sensibler Mensch konnte sogar aus seiner Heuarbeit so etwas wie Unsicherheit herauslesen. Der Mann arbeitete mehr aus Ratlosigkeit als aus Notwendigkeit. Wenn einem Mann der Lebenserwerb genommen wird, hat er es nicht mehr weit zum Abgrund. Hrólfur rumpelte an dieser Kante entlang mit einer Mähmaschine im

Schlepptau. Wozu tat er das noch? Für die Kühe natürlich, aber nun schien nicht einmal deren Zukunft mehr sicher: Nun überzog ihn der frühere Hofbesitzer mit Forderungen aus nicht vollständig abbezahlten Raten. Das Gesindel aus der Stadt witterte die Gelegenheit, die sich da bot. Der Bauer war nicht zahlungsfähig. Eines Morgens erschien ein Rechtsanwalt in einem Auto, das an einen schwarzen Käfer erinnerte. Er »händigte« ihm Papiere aus und redete mit Hrólfur in einer Sprache, die nur in geschlossenen Räumen verwendet wurde. Wie sollte ein wettergegerbter Mann derartiges verstehen?

Der kleine Grímur versuchte, die Lücke, die Trýna hinterlassen hatte, mit dem Radio zu schließen, und saß die meiste Zeit bei seiner Großmutter in der Küche vor diesem Zauberkasten, den er erst jetzt so richtig für sich entdeckte. Er saß da und lauschte fasziniert dem Verlesen der Todesanzeigen und der Fangmengen der Schleppnetztrawler – bis sein Vater aus dem Kuhstall kam und ihm einen Vortrag über die Schädlichkeit des Radiohörens hielt.

Es war ziemlich beschämend, von ihm im Grunde die gleichen Argumente zu hören, wie ich sie früher oder später meinem Sohn gegen dessen ungehemmten Fernsehkonsum predigte. Der Blondschopf verdrückte sich dann hinab zum See oder so weit den Hang hinauf, wie an einem hellen Abend möglich, weg vom Haus und pflückte seiner Oma einen Strauß Blumen. Irgendwo in dem Jungen spielte ein Empfänger, der die dunklen Wellen, die gepreßten Stimmen empfing, die hier überall in der Luft lagen. Er blieb zu lange draußen und steckte die Schelte leicht weg, wenn er nach Hause kam, sechzehn verschiedene Pflanzenarten im Strauß für die Großmutter. Sie bückte sich zu einer Schublade und zog zur Belohnung für ihn das Wort »mein Schatz« daraus hervor und stellte die Blumen in eine schmierige, alte Milchflasche, die seit hundert Seiten oder so auf der Fensterbank stand und von der man gern gewußt hätte, woher sie eigentlich stammte. Dann ließ sich der Junge von der alten Frau die Eigenarten jeder Pflanze erklären. Heljardalur lag weit im Landesinneren, und die Pflanzen hier trugen merkwürdige Namen. Die besten waren längst vergeben. Hier wuchsen also Teufelsschreck, Grauschimmel und Bergseehund. Die Alte kannte sie alle und gab zu einigen eine Geschichte zum besten.

»Oh, das ist nur ein Irrläufer, glaube ich, eine Wanderblume. Und hier haben wir Mauseöhrchen, Katzenzunge und Falkensäckchen. Das ist aber winzig.«

Der Junge hörte aufmerksam mit den Augen zu. Manchmal leistete ich ihm Gesellschaft und erlaubte mir, einen Namen für diese grauhaarigen Pflanzen zu erfinden, die hier an jeder Ecke wuchsen: »Das ist Trauerbraut, sie blüht nur bei Nachtfrost.«

Von der Arbeit im Freien hatte auch ich Farbe bekommen, war dunkelrot im Gesicht. Was immer das auch für eine Sonne war, die mich beschien, sie gab mir die Farbe, die mein Gesicht nie angenommen hatte, solange ich lebte. Ich zischte zwischen den Menschen umher wie ein glühender Komet. Ich flog von Hrólfur und Eivís – die nie wieder mit mir reden und die nie wieder in diese Augen blicken wollte, denen sie in einer dunklen Scheunenstunde bis auf den Grund gesehen hatte – und kreiste um die Alte, suchte mir eine Umlaufbahn mit Grímur. Das war kein Zustand mehr. Ich mußte aus diesem Tal verschwinden. Ich versuchte mir in Fjörður einen Platz für mich in Erinnerung zu rufen. Wo hätte ich wohnen können?

[30]

Morgens früh um sechs brachen wir auf, Eivís und ich in Jóis Wagen. Sie zum Arzt, ich zum Leben. Hrólfur stellte sich schlafend, als ich nach unten ging, aber ich durchschaute seine flatternden Augenlider. Es war befremdlich, einen Mann wie ihn etwas vortäuschen zu sehen, aber vermutlich tat er alles, um uns nicht noch einen Tag sehen zu müssen. Mir schien, seine Haut war dicker geworden.

Ich hatte mich von allen am Vorabend verabschiedet. Das Mensch, das es in seinem langen Leben wahrlich gelernt hatte, Abschied zu nehmen, sagte nur »geh mit Gott« und kein Wort mehr. Meister Grímur bat mich, im nächsten Sommer wiederzukommen. Das hätte ich gern getan, wußte aber im gleichen Moment, daß ich dann zu jung geworden sein würde, um von ihnen wiedererkannt zu werden. Ich sah sie zum letzten Mal; vielleicht würden sie mir später einmal als einem anderen Mann begegnen.

Das Tal lag voller Nebel, als wollte es mich am Gehen hindern; doch jenseits der Heide war es klar. Wir nahmen unseren Frühstückskaffee auf Mýri. Geirlaug war beim Melken. Ich ging in die Küche und traf dort Hildur. Wir standen uns einen Moment gegenüber und sahen uns in die Augen. Sie hielt ein Brot in der Hand. Mir schien, sie begriff, daß ich sie mir zu Gefallen erschaffen hatte. Jedenfalls begriff ich, daß ich mir mit ihr *meine Frau* erschaffen hatte. Eine Frau, die ich theoretisch hätte lieben können. Diesen sanften Augenausdruck, die kluge Nase und diese durch und durch anständigen Hände hatte ich an einem weichen, südländischen Leib gesehen und um dunkle Haare und ein mildes Lächeln ergänzt. Sie schien keineswegs überrascht, mich so verjüngt wiederzusehen. Dagegen hatte ich vollkommen vergessen, wie es war, jung zu sein und einen Penis zu haben. Ohne etwas zu sagen, trat ich auf sie zu und ergriff ihre Hand, diese weiche, helle Hand, und beugte mich etwas vor, legte meine Wange dicht an ihre und blieb so eine ganze Weile stehen. Zehn lange, lange Sekunden ließ ich es mir richtig gut gehen. Dann flüsterte sie mir ins Ohr:

»So, ja, es wird alles wieder gut.«

Das war genau das, was ich nicht hören wollte. Trotzdem tat es gut, es zu hören. Dann spürte ich im Nacken, daß Eivís in die Küche kam. Mein Herz war eine Tasse, und die Liebe der Kaffee. Sobald ich ihn getrunken hatte, kam eine andere und bot mir mehr an. Sogar hier, sogar hier mit Hildur, die ich selbst erschaffen hatte, sogar in diese Gedanken drang eine andere Frau ein, Eivís. Es ließ sich nicht übersehen: Eivís beherrschte all meine Gedanken. Ich löste meine Wange von Hildurs und merkte, daß ich eine Erektion hatte. Ich suchte sie zu verbergen, schob die Hände in die Hosentaschen und setzte mich zu Eivís wie ein alter Lakai zu seiner vierzehn Jahre jungen Königin, voller Skrupel und innerer Bedenken. Sie sah mich immer noch nicht an.

»Jaja«, sagte Hildur auf unbeschreiblich liebenswürdige Weise, legte das Brot weg und bückte sich, um ein anderes aus dem Ofen zu ziehen. Im Fenster wanderte ein Schatten über die Hänge am jenseitigen Ende des Tals, und auf einmal begann die Hauswirtschafterin meines Lebens leise zu singen, während sie vom Ofen zur Anrichte, von der Anrichte zum Spülstein ging, den Wasserhahn aufdrehte und ein Messer abwusch, damit Brot, Wurst, Eier und Käse aufschnitt:

»Wir tanzen langsam, dein Kopf liegt dicht an meinem.
Ich hör es wohl, da tanzt noch eine andere mit dir.«

Es war das Lied der Heringsausnehmerinnen. Ich erinnerte mich daran. Das Lied des Heringsmädchens an den Seemann. Es stimmte und traf zu. In jedem meiner Wange an Wange geschmiegten Tänze tanzte noch eine andere in meinem Kopf. Mein Leben war ein einziger großer Seitensprung. Mit der einen reden und dabei an die andere denken. Aufrichtigkeit, Eindeutigkeit waren etwas, das in mir nicht existierte, geschweige denn das, was alte Tanten und junge Spunde »wahre Liebe« nannten.

Aufrichtigkeit!

Mit dieser Peitsche wurde ich mein ganzes Leben lang verdroschen. »Dir fehlt es an Aufrichtigkeit.« »Du schreibst nicht aufrichtig.« Aufrichtigkeit. Das älteste Mißverständnis der Menschen über die Kunst. Die feige Zuflucht der Masse.

»Das einzige, worauf es ankommt, ist natürlich, die Dinge eindeutig und aufrichtig zu tun.« Statt Eindeutigkeit wollte ich lieber Dreideutigkeit. Ich wollte Dreidimensionalität. Jede einzelne Figur eines Werks sollte drei Perspektiven haben, die des Autors, die des Zuschauers/Lesers und, was das wichtigste war, die der übrigen Personen im Werk. Nur so war es möglich, eine Figur zu erschaffen, die ungestützt und selbständig auf der Bühne der Geschichte agieren konnte. Daher war es falsch, von Eindeutigkeit und Aufrichtigkeit zu reden. Vielleicht ist es möglich, jemanden aus Aufrichtigkeit umzubringen, aber derjenige läßt sich wohl kaum in Aufrichtigkeit aus dem Weg räumen. Ich aber mußte an beide denken. Wie konnte ich da eindeutig sein?

Ein hochangesehenes Mitglied der Gesellschaft, das ich für wohlbelesen hielt, wollte mir einmal kurz nach Erscheinen meines ersten Buchs einen gutgemeinten Rat geben: Es wäre kein wirklich guter Roman, wenn man den Leser in den Kopf von mehr Figuren als nur den der Hauptperson versetzte. Mit solchen Hinterwäldleransichten mußte ich mich herumschlagen!

»Wir Isländer werden sicher niemals einen so großen Autor besitzen …«, hat dieser Vollidiot von Bárður gesagt. So. Wie sollte man unter all diesen kleinen Vorstellungen Größe erreichen können? Nicht in den Kopf von mehr als einer Person versetzen … Hatten diese Kanaillen nie Shakespeare gesehen? All diese Monologe, die den Zuschauern hundert Köpfe öffneten, all die Hunderte von Seelen, die wie Pferde vor deine eigene gespannt wurden und mit ihr auf die höchste Bühne der Welt flogen. Nur dann, wenn zwei oder mehr Perspektiven auf der Bühne in Widerstreit lagen, konnte von Größe gesprochen werden, von Drama. Und das letzte, was sich ein Autor einfallen lassen durfte, war, für eine von ihnen Stellung zu beziehen. Eindeutigkeit war etwas für Kleingeister, Kleinschriftsteller, Autoren mit einem Anliegen, Dichter mit Ansichten. Eindeutigkeit stand für eindimensionale Literatur. Zweideutigkeit stand nur wenigen zu Gebote. Dramatik aber brachten nur dreideutige Autoren zuwege. Shakespeare war alldeutig. Der allwissende Geist, der jedem Kleinkind bis ins Samenkorn blickte, das mit elegischen, himmlischen Gesängen aus einer winzigen Silberwurz aufgehen oder mit feuchten, schlüpfrigen Versen vom Himmel fallen konnte, der selbst ein Pferd zum Dichter machen und alles ausdrücken konnte, was der Rabe sagen wollte. Er war ein aufstrebender junger Mann, ein schwarzer Mohr in Nöten, ein sterbender Soldat, ein siegreicher Feldherr, ein betrunkener Türsteher, ein spöttelnder Totengräber, ein dicker, fetter Lügenhund, ein junger Prinz und alter König, die reinste Jungfrau der Weltgeschichte, der schlimmste Teufel der Menschheit, die schönste Frau der Welt und der erste Mann auf dem Mond. Shakespeare war der Mond. Vielleicht nicht so strahlend hell wie die Sonne, aber der einzige, der die Nacht erhellen konnte. Selbst noch die Schatten, die wir auf diese Erde werfen wollten, waren sein Produkt. Sein Schatten war die totale Sonnenfinsternis. Er war alles. Vielleicht nicht Gott, aber der Mond. Er war der Mond. Er hing als stete Mahnung über unseren Köpfen: Dieser selbst runde, kahle Kopf, der vom Himmel lachte, wenn er voll war, und sich dünne machte, wenn er einen Kater hatte. Hin und wieder ließ er sich in den Schatten der Erde sinken. In unseren Schatten. Aus den Schatten des Lebens schuf er das Licht, das weder Gott noch die Sonne auf unser Leben werfen konnten.

Und da war er.

William Shakespeare lugte über die Bergkämme in der Ferne und sah zu, wie wir in Täler und über Bergsporne, um Berge herum, an verstreuten Höfen vorbei, über Hochheiden fuhren. Sah noch etwas bleich aus, der Ärmste, und nicht ganz wach. An einem ziemlich hellen und warmen Morgen. Ein roter Willys-Jeep mit selbstgebastelten Holzaufbauten rumpelte mit viel Lärm um nichts über eine einspurige Schotterstraße. Trotzdem hörte ich, wie Jói vor jeder Kuppe sagte: »Und jetzt«, aber es war längst nicht mehr komisch. Ich saß vorn, Eivís hinten und zählte Steine. Meine abstehenden Ohren bekamen mit, daß sie jeden einzelnen Stein am Wegesrand zählte. Sie hatte schon eine ganze Geröllebene im Kopf. Ich hatte lediglich Sand in den Schuhen. Gottverfluchter Straßenstaub! Den habe ich nie vertragen können.

Das Mädchen schwieg die gesamte Strecke, bis der Postmeister über ein flaches Wiesenmoor rollte. Darüber lag ein merkwürdiger heller Nebelschleier.

»Was ist das für ein Geruch?« fragte Eivís. Ich drehte mich zu ihr um und zuckte die Achseln. Jói antwortete, »und jetzt« wisse er das gerade nicht, doch der Gasgeruch verschwand so schnell, wie er gekommen war. Hinter der nächsten Kuppe entsann ich mich eines alten Druckfehlers, ein kleiner Buchstabe, der einmal vergessen worden war, so daß aus »Gras« »Gas« wurde.

[31]

Fjörður war ein tiefer Fjord. Die Bergspitzen um den Fjordboden ragten 1200 Meter hoch auf. Der Kirchturm war 12 Meter hoch. Ich war 1,78. Ich stieg aus dem Geländewagen, den Jói vor dem Konsumladen geparkt hatte, und atmete den Duft der Eingeweide von 160.000 Heringen. Ich reckte mich. Zwei Fliegen hießen mich willkommen. Die Wärme setzte mir zu. Es war einer dieser bemerkenswerten Tage auf Island, an denen die Menschen in Hemdsärmeln im Freien auf die Straße gehen konnten. Neunzehn Grad und klarer Sonnenschein. Ich blickte mich um, und mir gefiel, was ich sah. Vor einem weißen Haus mit grünem Dach stand eine rotscheckige Kuh, über die Wiese stolzierte ein bunter Hahn mit vier Hennen auf der Morgenpromenade. In den Berghängen saß eine Menge Volk. Vielleicht dreihundert Mann hockten da oben und schauten über den Ort wie Zuschauer in einem Fußballstadion. Was waren das für Menschen? Jói hastete mit zwei Päckchen in den Laden, und ich schaute Eivís nach, die auf dem Weg zum Doktor die Straße entlangging. Zwei Jungen in kurzen Hosen und Gummischuhen kamen mir entgegen, und ich wünschte ihnen einen guten Tag. Sie glotzten mich verblüfft an.

Der Ort bildete einen hufeisenförmigen Rahmen aus Häusern am Ende eines langen, engen Fjords, der in seinem hinteren Teil etwas abknickte: Die Berge verstellten den Blick aufs offene Meer. Der Ort schien sich, soweit ich mich erinnern konnte, wenig verändert zu haben. Auf den ersten Blick war alles wie früher, bis auf das Schild an der Straße, gleich unterhalb der letzten Steigung: »Willkommen in Fjörður«. Vielen Dank. Etwas ab von der Straße floß der Bach, flach wie eh und je, und teilte den Ort in zwei Hälften. Er floß unter der hübschen alten Brücke hindurch in den kleinen Bodden, der vom

Fjord durch einen schmalen Riemen Land abgetrennt war, auf dem einige der besseren Häuser standen. Da stand die blaue Kirche und rechter Hand bei der Brücke das große Schulhaus und das kleine, zweigeschossige Hotel. Fjordauswärts am südlichen Ufer: ein hoher Schornstein, Kai und Mole. Kein Schiff im Hafen, aber dieser wunderbare Duft aus dem Schornstein, den eine warme, südliche Brise unbedingt geradewegs über den Fjord herüberwehen mußte.

Der erste Althings-Abgeordnete der Austur-Fjarðasýsla, Þórarinn Jónsson, trat aus seinem Geschäft auf den Bürgersteig – er brauchte ein Weilchen dazu – und hieß mich in seinem Wahlkreis willkommen. Er tat so, als wüßte er, wer ich war, und siezte mich. Es war hundert Jahre her, seit ich das letzte Mal gesiezt wurde. Ich fragte ihn nach einer Wohnung, einem Zimmer, das zur Vermietung stand. Er hatte natürlich keinen blassen Schimmer; wohnte selbst im Hotel und speiste jeden Abend bei Rikka, die über die mächtigsten Waden des Landes verfügte und so schlecht zu Fuß war, daß sie im Sitzen kochte. So viel wußte ich. Der Herr Abgeordnete verwies mich auf die Zeitung, die noch immer jeden Freitag hier in Fjörður erschien und *Der Austfirðingur* hieß. Dann wollte er mich zum Mittagessen ins Hotel einladen, um mich mit einem bemerkenswerten Mann bekannt zu machen: Bárður Magnússon, seines Zeichens Agronom.

»Es kommt ja nicht oft vor, daß sich ein Schriftsteller zu uns verirrt.«

Er redete wie ein Ortsansässiger, doch in Wahrheit verbrachte er im Jahr etwa einen halben Monat hier. Ich sah wieder zu den Hängen oberhalb des Ortes hinauf. Die Leute saßen noch immer dort und schienen uns genau zu beobachten. Sie trugen sehr farbige Kleider.

»Was sind das für Leute?« fragte ich den Abgeordneten und wies nach oben.

»Wie bitte? Welche Leute?« wunderte sich der kurzsichtige

Alte und wischte sich mit einem weißen, blau bestickten Taschentuch fahlen Schweiß von der schneeweißen Stirn. Eine gebeugte Frau mit einem verblichenen Kopftuch kam aus dem Kaufladen und trug ein Einkaufsnetz mit einer Tüte Milch und zwei schrumpeligen Äpfeln.

»Grüß dich, liebe Rosa«, sagte der alte Mann auf freundliche, aber auch sehr herablassende Art. Ich stellte der Frau die gleiche Frage, aber auch sie konnte dort oben niemanden sehen, und ich ließ das Thema schleunigst fallen und erkundigte mich statt dessen nach einem Zimmer. Sie meinte, ich solle mit einer Magga Sjó reden, die in dem großen weißen Haus draußen am Kai wohne.

Ich dankte ihnen beiden und begab mich in den Laden. Ich erschrak geradezu über all die Konservendosen, die an allen Wänden zu hohen Pyramiden aufgestapelt waren wie ein altmodisches Kunstwerk. Ich hatte diese eingedosten Zeiten ganz vergessen. Das Lokalblättchen lag in Stapeln auf der Ladentheke, ganz ansprechend gedruckt in schwarz und weiß. Ich bat um ein Exemplar, hatte aber selbstredend kein Geld bei mir. Die Verkäuferin hatte schlechte Zähne, war jung, fett und absolut unbeweglich: »Nein, bei Ortsfremden schreiben wir nicht an.«

Das einzige, was mir darauf einfiel, war, das Käseblatt auf Hrólfur von Heljardalur anschreiben zu lassen. Sie sah mich mißtrauisch an.

»Wohnst du etwa bei dem?«

Es kam ihr offenbar höchst suspekt vor. Irgendwann bekam ich sie endlich so weit, wenigstens in der Kladde nachzusehen.

»Tut mir leid, seine Posten sind alle beglichen, sehe ich hier.«

Jói nahte zur Rettung, in seinen amerikanischen Mao-Klamotten und auf tschechischen Tao-Schuhen, die Jeans-Jacke bis zum Hals zugeknöpft, schlabbrige Arbeitshosen und die Gummischuhe so dünn abgelaufen, daß er sich lautlos bewegte. Ich fragte, ob ich die Zeitung auf seinen Namen anschreiben lassen dürfe. Warum nicht. Und jetzt?

In dem unbedeutenden Vier-Seiten-Blättchen war nichts zu holen. Der Herr Abgeordnete hatte offenbar keine Ahnung. Lauter unwichtige Herings-News. »Der schlechteste Sommer seit '44.« Zwei Kleinanzeigen. Die erste ließ sich vielleicht als Annonce für den Immobilienmarkt interpretieren: »Sofort frei: Kajüte an Bord der *Jón Kristjánsson*, FJ 213.« Die andere kam von Coiffeur Hermann: »Ist dein Haar zu lang geworden?«

Ja, stimmt.

Der alte Politiker war mittlerweile auf dem Weg zum Hotel. Das Gehen fiel ihm schwer. Ich schickte ihm einen stillen Fluch hinterher und holte ihn an der Brücke ein. Jetzt wollte er mich zum Abendessen einladen. Bei Rikka.

»Sie wohnt in *Hammershøj*. Es ist das rote Haus dahinten mit der schönen Eberesche davor«, sagte er und zeigte zurück über den Bach. Dabei fiel mir wieder ein, daß in diesem Ort jedes Haus einen Namen trug, und ebenso, daß ich kein Geld in der Tasche hatte. Also nahm ich die Einladung an. Dann wiederum erinnerte ich mich, daß ich doch gar kein Essen zu mir nehmen mußte, und wollte dankend ablehnen, ließ es aber.

Magga Sjó erwies sich als eine vertrocknete alte Tabakspflanze mit rauchiger Stimme. Mit der einen Hand hielt sie sich und einen Morgenrock zusammen, mit der anderen eine Zigarette. In der kurzen Zeit, die ich mich bei ihr aufhielt, rauchte sie drei Chesterfield ohne Filter. Man nannte sie nach dem *Sjóhús*, einer Art Unterkunft für Fischer und Seeleute. Es gefiel mir nicht. Sie zeigte mir zwei Kajüten. In einer lag das Einhorn Þórður wie ein Schiff vor Anker, in einer Sturzflut von Müll und mit rauchendem Schlot im Mund. Er richtete sich auf und suchte einen freien Fleck auf dem grünen Fußboden, auf den er sich hätte stellen können. Wir sahen uns in die Augen, und ich fragte mich, ob er in mir den Mann wiedererkannte, den er vor einem halben Monat auf Heljardalur an der Scheunenwand gesehen hatte – obgleich ich seitdem ungefähr fünfzehn Jahre jünger geworden war.

»Wie lange bleibst du diesmal, Doddi?« fragte sie ohne wirkliches Interesse.

»Ich laufe morgen mit dem alten Eimer aus.«

Er war einer dieser jungen Männer, die nie wirklich reif wurden: Fünfundzwanzig Jahre alt und noch immer keinen Platz im Leben gefunden. Er tappte unsicher umher, stand nie mit beiden Beinen auf dem Boden, blies sich ständig mit dem Rauch eine Haartolle aus der Stirn, unsteter Blick: ein zutiefst verunsicherter Mensch. Ich mußte wieder einmal an Garðar denken. Mein Blick fiel auf einen geschnitzten Pferdekopf in einer Ecke. Er war derart gut gemacht, daß ich fragte, wer so das Schnitzmesser zu führen verstünde. Mit dem Stolz einfacher Menschen, denen es vergönnt ist, mit jemandem bekannt zu sein, der über ein gewisses künstlerisches Talent verfügt, stellte mir Magga den Künstler Doddi vor. Der Schöpfer selbst aber warf nur einen verächtlichen Blick auf das Kunstwerk: »Das? Das ist doch alt.«

Das *Sjóhús* stand oberhalb der Uferstraße, und von seinen Stufen überblickte man beide Heringskais, den kleinen und den großen, die sich unterhalb der Straße erstreckten. Die Bänke zum Ausnehmen reichten wie ein langer Eßtisch bis zur Mole, doch heute gab es keinen Hering auf dem Tisch. Vorarbeiter liefen umher, Faßmacher waren bei der Arbeit, und zwei Arbeiterinnen rauchten eine hinter einem Stapel Fässer. Die Heringskocherei war allerdings im Gange. Qualm und Gestank dementsprechend. Vor uns flog eine Küstenseeschwalbe mit einem Glasaal im Schnabel. Magga schnippte die Zigarette auf die Treppe, kreuzte die Arme auf ihrer Lummenbrust und hustete furchterregend, so daß ich meine Frage nach einem Zimmer im Ort wiederholte. Sie verwies mich an eine Jóhanna im Schornsteinhaus. Ja, lebten denn nur Frauen in diesem Ort?

Ich ging wieder ins Zentrum – traf unterwegs den Landwirtschaftswissenschaftler Bárður und grüßte ihn knapp, aber er erkannte mich nicht. Eine Stunde später hatte ich mein eigenes Zimmer. Endlich. Unter dem Dach und mit Aussicht auf den Fjord. Wenn ich ans Fenster trat, knarrten die alten Bodendielen. Fünfzig tote Fliegen auf der Fensterbank. Die Rotscheckige stand noch immer auf ihrem Flecken Wiese. Und die Zahl der Zuschauer auf den oberen Rängen hatte nicht abgenommen. Es war etwas unbehaglich, von ihrer Anwesenheit zu wissen. Noch weiter oberhalb, in einer Geröllhalde hoch oben im Berg, sah ich zwei Männer in grellbunten Anoraks. Mit irgendwelchen Apparaten wühlten sie im Geröll herum, schien mir. Sicher Landvermesser oder Archäologen. Hoch über ihnen, über dem Ort und dem Fjord, schwebte eine Möwe in tausend Meter Höhe.

Das Schornsteinhaus stand auf einer leichten Anhöhe oberhalb der Schule, unweit des Krankenhauses; ein zweigeschossiges, gelb angestrichenes Wellblechhaus auf einem grünen Steinsockel und mit einem hohen Schornstein. Unter einer hohen Eingangstreppe ein kleines Kräutergärtchen. Die alte Jóhanna kroch mit Gummihandschuhen darin herum wie eine alberne Schildkröte: Ein kleines Hutzelweibchen mit schneeweißem Haar und einem Buckel. Sie sah nicht auf, nicht einmal nach drei Fragen von meiner Seite, sondern wühlte einfach weiter in ihrem Beet.

»Wie lange willst du bleiben?«

»Ich? Nun, vielleicht bis zum Herbst …«

»Es ist das gelbe Zimmer oben. Paß auf die Treppe auf! Sie ist steil.«

Vielleicht hatte sie meine Schuhe inspiziert, als ich vor ihr im Gras stand. Doch mich sah sie nicht an und sprach auch nicht von der Miete. Erst jetzt, als ich sage, ich würde noch ausgehen. Sie sitzt am Wohnzimmerfenster in einem groben blauen Pullover über einem kleingemusterten Kleid und häkelt einen bunten Topflappen, kurzsichtig, aber mit langer Nase, fast zwergwüchsig. Unter ihren Füßen hat sie einen kleinen, abgenutzten Schemel. Auf dem Fensterbrett steht Radio Reykjavík, und die Ansagerin verliest die Namen sämtlicher Isländer, die heute gestorben sind. Jóhanna scheint einige von ihnen zu kennen und zwinkert immer wieder einmal mit den Augen. Als sie die Schwelle knarren hört – ich komme aus der Küche ins Zimmer –, stellt sie das Häkeln ein. Sie sieht mich nicht an und dreht nicht einmal den Kopf in meine Richtung, als sie sagt:

»Möchtest du etwas essen?«

»Nein, vielen Dank. Ich bin eingeladen. Der Abgeordnete hat mich zum Abendessen eingeladen.«

»Ja, einladen kann er. Einladen und einsacken.«

Sie könnte eine Schwester des Mensch sein, dachte ich, verabschiedete mich und ging hinaus in die Abendessenszeit, die sich jetzt wie ein schöner Nebel über den Ort legte. Ein Nebel, der aus dampfenden Kartoffelkochtöpfen aufstieg. Er reichte bis zur halben Höhe der Berghänge. Die oberste Reihe der Zuschauer verschwand in den grauen Schwaden. Die Temperatur war um einige Grade gefallen, aber der Bodden lag glatt da, und alles war haargenau stimmig. In den Gärten hingen die Blätter still an den Bäumen, müde nach der Brise des Tages, und lauschten dem Rauschen der Wasserfälle in den Bergwänden. Die Wäsche baumelte brav von den Leinen, und irgendwo krähte ein Hahn in der Tiefe eines Stalls. Ein alter, o-beiniger Mann radelte die Straße entlang, und auf einem hartgetretenen Trampelpfad schleppten zwei kleine Mädchen in schmutzigen Strumpfhosen eine Milchkanne zwischen sich. Aus einem offenen Fenster schlug die Radiouhr sieben. Ich liebte diese Stunde des Tages. In einem Garten an der Dorfstraße, nicht weit von der gescheckten Kuh, hatte ein junger Mann ein Loch ausgehoben. Er stand mit in die Hüfte gestemmten Händen in seinem grünen Nylonanorak da und besah sein Tagwerk. Ich besah ihn mir, während ich am Zaun entlangging. Er trug ein dünnes Bärtchen, eine modische Brille und eine patente Nase. Sein Blick folgte mir, und er schien mich ansprechen zu wollen, doch ich gab ihm keine Gelegenheit, sondern ging meiner Wege, versuchte auszusehen wie ein Mann auf dem Weg zum Essen.

Vielleicht war ich das sogar. Jedenfalls war ich in der Lage so zu tun, als würde ich wie ein Mensch essen – ungeachtet der Frage etwaiger anschließender Toilettenbesuche.

Der Abgeordnete stand auf *Hammershøj* bereits am Fenster und winkte mir, als ich über den Rasen kam. Die Türen standen offen. Drinnen saßen zwei Fahrer, einen von ihnen kannte ich: Skeggi. Der andere war ein dunkelhaariger, heimtückisch aussehender Mann aus der Gemeindeverwaltung, ein dämlich grinsender Hundsfott von den Seitenrängen des Lebens, um ein altes Bild zu strapazieren. Ich grüßte sie, ehe mich Þórarinn in die Küche führte, um Rikka meine Aufwartung zu machen. Sie war eine massige, sechzigjährige Frau mit einem Gesicht, breit wie eine Porzellanschale, mit unzerbrechlichem Jochbein und klitzekleinem Mund. Kurzgeschnittenes graues Haar. Sie konnte sich nicht mehr bewegen und kochte im Sitzen. Dazu saß sie in einem selbstgebastelten Hochsitz, von dem aus sie den Herd gut überblicken konnte. Was man von ihren Beinen hörte, war nicht übertrieben. Sie waren dick wie Telephonmasten. Der restliche Leib lastete darauf wie ein breitgetretener Vogel. Ein studentinnenhaft aussehendes Mädchen saß mit einem von späteren Zeiten kündenden Gesicht neben ihr und hielt Block und Stift. Auf dem Herd brodelte es in drei Töpfen, und es roch nach Würsten.

»Der gute Mann möchte heute abend bei uns essen, liebe Rikka«, sagte der Abgeordnete aufgeräumt. Die Köchin maß mich von oben bis unten und meinte kalt: »Macht sechzig Kronen.«

Aus diesen Worten sprach die kaltschnäuzige Wirtschafterin ohne jeglichen Charme oder einen Anflug von Zuvorkommenheit. Alte Hexe. Ich sah den Abgeordneten an. Er zwinkerte mit den Augen und ließ sie sagen: Ich übernehme das nachher. Dann gingen wir wieder in den Speisesaal, und hinter mir hörte ich die Studentin die ältere Frau noch fragen: »Bist du der Meinung, du hast dich als Frau verwirklichen können?«

Bárður war eingetroffen. Er schien mich, so verjüngt, nicht zu erkennen. Bald würden wir gleichaltrig sein.

Wir saßen zu sechst an einem Tisch für acht Personen. Kostgänger. Wir holten uns das Essen selbst aus der Küche. Dort holte uns die Studentin aus, während Rikka die Portionen auf die Teller klatschte: Kochwurst, Kartoffeln, Mehlsoße und grüne Bohnen. Ich hätte Appetit bekommen können. Im Fenster war zu sehen, wie der Nebel draußen über dem Ort allmählich dichter wurde und alles verdunkelte. Der dämlich grinsende Hundsfott von den Seitenrängen des Lebens schaltete das Licht über dem Tisch ein. Das Gespräch kam sofort auf Hrólfur. Es war mir gleich an meinem ersten Tag in Fjörður klar geworden, daß der Heljardalsbauer ein berühmter Mann war. Ich war zugegebenermaßen sogar ein wenig stolz darauf, so lächerlich es sich anhört.

Skeggi: »Wenn er auch nur einen Funken Verstand hätte, würde der Kerl jetzt verkaufen, wo er kein Vieh mehr hat.«

»Ja, der Mann hat wirklich viel Pech gehabt im Leben. All die Kinder, die er verlor, und auch seine Frau, die Jófríður …«

Dem alten Politiker blieben die Worte weg. Er hatte ihren Namen erwähnt und mußte jetzt wieder an sie denken, an ihre weichen Hüften, die durch die Badestube im alten Hof auf Mýrarsel geschwebt waren.

»Ja, unter Wasser gesetzt, ist sein Tal hundertmal mehr wert als nur feucht von all diesen Tränen«, bemerkte der grinsende Hundsfott. Pathetisches Arschloch.

Bárður wies ihn brüsk zurecht: »Heljardalur ist kein Überflutungsgebiet für die Stromgewinnung. Da irrst du dich.«

»So?«

»Ja. Und es gehört eigentlich auch nicht zu landwirtschaftlich genutztem Gebiet. Ist nichts wert. Und dabei hat Hrólfur den Buckel voller Schulden. Man wird ihn auf die Straße setzen …«

Der alte Abgeordnete kam wieder zu sich: »Heutzutage darf kein Tropfen Wasser mehr ins Meer fließen, ohne daß die Menschen es vorher für sich durch Turbinen jagen …«

»Während die Politiker schlafen, fließt das Gold ins Meer«, unterbrach ihn Bárður.

»Es gibt reichlich Strom in diesem Land, in Wahrheit sogar schon viel zuviel. Die Leute aasen damit herum wie … lassen nächtelang das Licht brennen und vergessen sogar, es auszumachen, wenn sie ins Bett gehen. Man sollte den Strompreis lieber erhöhen, anstatt immer größere Projekte und Kredite aufzulegen, mit allem, was dranhängt …«, meinte der Abgeordnete.

»Jaja, das Leben wäre besser, wenn alle wären wie ich«, warf der Agronom dazwischen.

»Was?«

»Warum neue Kraftwerke bauen, wenn wir doch alle auf dem Weg ins Grab sind und eines Tages sterben müssen, wie«, warf Bárður mit einem kaum sichtbaren Grinsen ein.

Der Alte sah ihn eine Weile an, dann fuhr er fort: »Mir wurde gesagt, daß man hier im Ort das Licht am Friedhofsportal den ganzen Winter hindurch brennen ließ. Das kann ich nicht anders als Verschwendung nennen.«

Bárður hatte keine Lust mehr, darauf noch etwas zu erwidern, und so aßen wir schweigend weiter. Die Würste waren lecker. Mir ging es gut. Es ging mir, als wäre ich einer von ihnen. Der zweite LKW-Fahrer hatte die Ärmel aufgekrempelt und zeigte ein Paar gewaltige Oberarme. Wahrscheinlich war er Ásbjörn. Im Radio kam der Wetterbericht.

Der grinsende Hundsfott von den Seitenrängen: »Wohnst du bei der alten Hanna im Schornsteinhaus?«

»Ja.«

Der alte Parlamentarier stand schwerfällig von seinem Sitz auf und trottete in die Küche.

Der Hundsfott weiter: »Wie lange wohnst du schon bei ihr?«

»Ich … ich bin heute erst angekommen.«

»Ach, tatsächlich?«

Der Hundsfott zeigte sein schiefes Grinsen und warf dem Mann mit den Oberarmen einen Blick zu. Der versuchte, ebenfalls ein Grinsen zu unterdrücken, und suchte mit den Augen eine Serviette. Bárður forderte uns mit einer einfachen Kopfbewegung auf, zu lauschen, und wir gehorchten. Durch die dünne Bretterwand und die geöffnete Tür hörten wir den Abgeordneten in der Küche:

»Liebe Rikka, bist du nicht vorläufig mit allem fertig? Kann ich nicht das Licht hier bei dir löschen, bis der Abwasch kommt? Wir alle müssen an das Ganze denken.«

Bárður verbiß sich ein Lachen.

»Þorarinn, du hast noch Schulden bei mir«, gellte die Köchin. »Du hast noch Außenstände bei mir seit dem letzten Sommer.«

Der Bizepsdriver lief von unterdrücktem Lachen an, und der Hundsfott grinste wie nie zuvor. Skeggi hing schlapp auf seinem Stuhl und drehte seinen Löffel auf dem dicken Tischtuch. Bárður ließ ein Kichern hören.

»Ja, ja, gut Ding will Weile haben, Rikka. Sie werden das bald überweisen. Ich habe jetzt im Frühjahr mit dem Büroleiter gesprochen, ehe ich hierher in den Osten flog«, hören wir den Abgeordneten säuseln; darauf folgt ein klares, lautes Klick.

»Soll ich hier mitten im Sommer im Dunkeln sitzen?«

»Wir müssen alle an das Ganze denken, und es ist nicht wirklich dunkel, solange das Licht in der Seele leuchtet, liebe Rikka.«

»Du hast noch Schulden bei mir, damit du es nur weißt.

Und du kannst nicht dein Wahlvolk bei mir freihalten, während du mir noch den kompletten vorigen Sommer schuldest.«

Da hatte ich mein Fett weg. Der Abgeordnete erschien im Türrahmen und kam wieder an unseren Tisch. Die anderen kämpften gegen das Lachen an.

Bárður: »Tóti, vielleicht solltest du den Vorschlag machen, daß der Chef vom E-Werk jeden Abend um halb zehn im ganzen Ort das Licht abdreht …«

Wir aßen die Würste auf und bekamen dann Sagogrütze mit Zimt. Der gute, alte »Jener-Lárus« kam mir sogleich in den Sinn. Irgendwo war er unterwegs von dem einen Lárus zum andern, wanderte irgendwo allein umher oder befingerte die Frau seines Gastgebers in einem kalten Stall. Die Relativitätstheorie war eine bequeme Anschauung. Nach dem Essen brachten wir die Teller in die Küche, und die muskelbepackten Fernfahrer trugen Rikka zum Waschbecken, damit sie den Abwasch erledigen konnte. Ihr Spezialstuhl war eine verdammt stabile Ausführung. Bárður schaltete das Licht für sie ein. Die Studentin war verschwunden. Dann gingen wir wieder nach vorn und tranken dünnen Blümchenkaffee nach Art des Landes, während die Alte spülte. Aus dem Radiogerät, das in den Einbauschrank eingepaßt war, kam die Sendung »Neues vom Tage«. Ich kannte die Stimme des Sprechers. In leicht aggressivem Tonfall brachte sie einen Vergleich zwischen der »landwirtschaftlichen Produktivität in der Sowjetunion und bei den Westmächten«. Ein alberner, parteiischer Beitrag, der in mir den ganzen Quatsch aus den Zeiten des Kalten Krieges wachrief. Als die Welt in zwei Fußballmannschaften eingeteilt wurde und man entweder zu den einen oder zu den anderen halten mußte. Neutralität gab es nicht.

»In den dreißiger Jahren, als die Weltwirtschaftskrise des Kapitalismus die Völker im Westen am härtesten in ihrem Griff hielt, konnte die Sowjetunion ihre Getreideproduktion um dreizehn Prozent steigern. Allein in der Ukraine …«

Ach, was für ein hanebüchener Unsinn! Sind in der Ukraine nicht in der Hungersnot von 1932 zehn Millionen Menschen umgekommen, als Stalin den russischen Bauern ausrottete? Wir saßen in der besseren Stube auf besseren Sesseln, und die Männer unterhielten sich über Straßenbauarbeiten auf der Fjarðarheiði, als Rikka aus der Küche rief: »Fertig!«

Der alte Abgeordnete bedeutete mir mit einer Handbewegung, sitzen zu bleiben. Auch Bárður und Hundsfott blieben sitzen, während die Fahrer in die Küche gingen und mit einem dicken Paket zwischen sich wieder erschienen. Obwohl sie große Kräfte besaßen, war es eine sichtliche Anstrengung für sie. Sie schleppten Rikka durch den Raum wie ein Klavier – puterrot im Gesicht –, wobei sie laut und schrill zu uns herüber schimpfte: »Sechzig Kronen. Das macht sechzig Kronen, sage ich. Ich betreibe hier doch keinen Wohltätigkeitsverein für Politiker und ihre Freunde, Þórarinn! Sechzig Kronen habe ich zu bekommen, sonst gehst du morgen hungrig von hier nach Hause.«

Sie waren mit ihr in einem Zimmer am anderen Ende des Hauses angekommen, als sie ihre Tirade endlich beendete. Ich sah durch zwei offenstehende Türen, wie die Männer sie ins Bett legten und sich keuchend aufrichteten. Ich sah den Abgeordneten an. Er lächelte nachsichtig und nickte mir wohlwollend zu.

»Sagen Sie, könnten Sie ihr nicht das Geld geben, dieses eine Mal?«

Ich wußte nicht, was ich antworten sollte. Es war klar, daß ich mir auf die eine oder andere Weise hier im Ort eine Arbeit suchen mußte. Ich konnte den Gedanken nicht weiter ausspinnen, denn in diesem Moment sagte der Ansager im Radio:

»Das war Neues vom Tage mit dem Schriftsteller Einar Jóhann Grímsson.«

Bárður guckte zu dem Gerät hinüber, schüttelte den Kopf und schnaubte.

[32]

Grímur stand auf dem Hof in Heljardalur und zog ein Gesicht gegen den Wind. Er stand allein gegen diesen kalten Wind, der seit nunmehr zwei Tagen unablässig blies. Er verzog das Gesicht, daß die beiden Hasenzähne sichtbar wurden. Verwünschter Nordwind! Die Wolken zogen tief und schnell über das Tal, ließen das Thermometer nicht über sechs Grad steigen, und der See interpretierte das Gesamtbefinden, indem er sich eine chronische Gänsehaut zulegte. So war der Sommer im Hochland. Entweder oder. Entweder Nord- oder Südwind. Entweder sechs oder sechsundzwanzig Grad.

Grímur stand auf dem Hof und hielt ein großes Radiogerät in den Armen. Es reichte ihm vom Nabel bis zum Kinn. Er wartete darauf, daß seine Oma in den Hühnerstall ging. Sie sollte ihn nicht sehen. Ihn nicht und auch das Gerät nicht, das jetzt sein einziger Freund im Tal war. Seine Schwester Vísa hielt sich noch immer in Fjörður auf und Trýna lag in der Erde, und Vater war noch nicht aus seinem Schweigen zurückgekommen. Die Großmutter wurde allmählich selbst zur Henne mit ihrer großen Schnabelnase und dem gelblichen Kopftuch, außerdem redete sie andauernd mit sich selber über Dinge, die kein Mensch verstand. Ah, da bückte sie sich mit Essensresten auf einem Teller zu dem Verschlag hinab, und er kam mit seinem alten britischen Kasten der Marke Ferranti ungesehen aus der Scheune. Vier große Knöpfe befanden sich daran, und auf der Glasscheibe standen in hellen Buchstaben die Namen berühmter Städte in Europa: London, Luxemburg, Leningrad …

Er wechselte die Batterien. Danni auf Mýri hatte sie ihm von seinem Vater, dem Funker von Fjörður, besorgt und ihm auch gezeigt, wie man das Netzteil überbrückte. Batteriebetriebene Rundfunkgeräte waren zu dieser Zeit noch unbekannt, und nur Grímur wußte, daß man auch außerhalb der Generatorstunden Radio hören konnte. Sie waren schon komisch, diese Batterien: Sahen aus wie Flachmänner, aber gefüllt mit Strom.

Stanley hatte das Radio bei ihnen auf Mýrarsel zurückgelassen, als er und sein Kamerad abzogen. Eine Art Dankeschön an Jófríður. In den ersten Jahren verfluchte Hrólfur das »Britengedudel« oder verhöhnte Menschen, die auf den Quatsch aus diesem »Elfenstein« hörten. Nach und nach achtete er jedoch auf den Wetterbericht, und schließlich war das Gerät jeden Tag eine halbe Stunde eingeschaltet. Der Junge lauschte verzückt. Nachrichten und Wetter. Er lernte sämtliche Wetterstationen des Landes auswendig: Hvallátur, Bergsstaðir, Fagurhólsmýri … Sie klangen wie ferne Metropolen der Welt. Und stets lagen die Temperaturen deutlich über denen, die das Thermometer im Küchenfenster auf Heljardalur anzeigte.

»Papa, warum ist es an den anderen Orten immer so warm?«

»Och, auf die Zahlen kann man nichts geben. Die haben das Thermometer bei sich *in* der Küche stehen.«

Mit großer Umsicht führte Grímur insgeheim ein kleines Experiment durch. Er schraubte den Quecksilberstab am Küchenfenster ab und trug ihn nach drinnen. Das Thermometer stieg von 7° C auf 13° C. Papa hatte also recht.

Eines Abends entdeckte er, daß sich das Programm des staatlichen Rundfunks nicht nur auf Nachrichten und Wetterbericht beschränkte. Er spielte an dem Gerät herum und schaltete es unbeabsichtigt ein. Knisternd erscholl die Stimme eines alten Mannes, der eine der Isländersagas vorlas. Grímur lauschte. Es war die Grettissaga. Derartiges hatte er noch nie gehört. Er konnte zwar lesen, doch in seinem Heim gab es keine Bücher. Die einzigen Geschichten, die er kannte, waren die, die ihm seine Großmutter erzählt hatte, wenn Regen aufkam. Meist waren es Geschichten von toten Pfarrern, eigenartigen Herumtreibern oder Hebammen, die selbst schwanger über eine Hochheide marschierten, unterwegs in einer Sennhütte einkehrten, ihr Kind zur Welt brachten und dann weiterliefen; das Neugeborene an der Brust auf dem Weg zu einem Hausbesuch. All diese Geschichten kannten nur ein Ende: Er oder sie ging nach Amerika. Doch allesamt waren sie nur Kurzgeschichten im Vergleich mit dieser ausgewachsenen Saga. Diesem spannenden Roman.

Vor tausend Jahren war Grettir auf die Reise nach Norwegen gegangen, er lag auf dem offenen Deck des Schiffes in einer Kiste und hatte keine Lust, auch nur einen Handschlag zu tun. Ein zwanzigjähriger Rotschopf, der nur das Maul aufriß. Wie konnte er bloß so ein Quertreiber sein? Unterwegs drang Wasser ins Schiff, und die norwegische Besatzung mußte achtern schöpfen, schöpfen und schöpfen, den ganzen Tag, und einer von ihnen fragte Grettir, was denn zum Teufel mit ihm los sei und ob er nicht endlich mit anpacken wolle. Grettir rührte sich nicht einmal und antwortete, indem er Spottverse darüber dichtete, was für Schlappschwänze die anderen seien, die nicht einmal richtig Wasser schöpfen könnten. Wie brachte er nur so etwas fertig? Erst als das Schiff beinah ganz voll Wasser gelaufen war, erhob er sich gemächlich von seinem Lager und begann zu schöpfen. Zwanzig Minuten lang. In diesen zwanzig Minuten aber schöpfte er für vier. Rettete das Schiff. War bei weitem der Stärkste. Der Beste. Grettir. Aber wie konnte er sich nur so verhalten? Vollkommen gleichgültig. Ihm war alles scheißegal. Einfach so. Von einem solchen Mann hatte Grímur noch nie gehört.

Er stand wie angewurzelt vor dem Radio und starrte wie gebannt darauf, während er zuhörte, so als könnte er eine der schlagfertigen Repliken seines Helden verpassen, wenn er nur den Blick vom Gerät wandte. Mitten in der Lesung kam sein Vater zur Tür herein und begann gleich zu meutern und zu knurren, aber nach nur wenigen Sätzen aus der Grettissaga schlug es ihn ebenfalls in Bann. Selbst die Alte hielt ihr Mundwerk und bat darum, etwas lauter zu drehen. Grímur war zum Sendeleiter aufgestiegen. Stolz sah er sich im »Saal« um: Es war *sein* Publikum. *Er* hatte diese Geschichte geschrieben. Und da kam Eivís mit diesem abfälligen Gesichtsausdruck, den die Zeit allen Jugendlichen der Welt verleiht, selbst in diesem abgelegenen Tal, und hatte ganz offensichtlich kein Interesse an diesen furchtbaren ollen Kamellen. Der frischgebackene Sendeleiter versuchte seine Schwester zu überzeugen, eine weitere Zuhörerin zu gewinnen:

»Alle, die versuchen wollen, ihn umzubringen, macht er kalt.«

»Und warum wollen sie ihn unbedingt umbringen?« fragte sie gelangweilt.

»Weil er so stark ist.«

»Solche Männer aus Stahl müssen sich hin und wieder den Rost abklopfen«, fügte sein Vater hinzu.

Eine ganze Woche lang war Grímur Grettir der Starke: Blieb einfach liegen, wenn ihn sein Vater wecken kam, und rührte sich nicht einmal, wenn er zum zweiten Mal nach oben kam und sagte: »Jetzt aber auf, Junge!« Er kam erst auf die Beine, als ihn sein Vater an den Ohren aus dem Bett zog. Es tat höllisch weh, aber er ließ sich nichts anmerken und griente. Er reimte Spottverse auf seinen Vater, während er die Kühe holte, und drohte, ihnen mit seinem Sax die Ohren abzuschneiden, wenn sie nicht auf ihn hörten. Das »Schwert« war ein altes Sensenblatt, das er draußen im Schuppen gefunden hatte.

Hrólfur Hodenschwengel
mit Schnarchen Lämmer schlachtet.
Packt viel in die Scheune
des Fleisches unter Stöhnen.

Er verstand selbst nicht ganz den Gehalt seiner Verse, ebensowenig wie Grettir seinerzeit. Er war ja nicht so blöd, seine Strophen begreiflich zu machen. Ihm war schließlich alles scheißegal.

Die Grettirwoche endete Samstagabend im Schuppen, wo der kleine Wikinger einem Huhn mit dem Sensenblatt den Kopf abschlug. »Scheiß Hühnerkopf!« Anschließend wurde dem Helden jedoch ganz flau, als der Rumpf mit lautem Flügelschlagen auf den Hof hinausflatterte, sich dort erst an einem rostigen Heurechen verfing, sich dann wieder freizappelte und über den Hofplatz stolzierte wie ein wandelnder Springbrunnen aus Blut, schließlich vor die Wand des Vorbaus lief, dort mit Geflatter wendete und endlich wieder auf dem Boden des Schuppens landete und mit langsamen Schritten auf den Hackklotz zukam, wo Grettir II. stand, mit entsetzter Miene, einem blutigen Sax in der Hand und einem Kloß im Hals. Da hörte man plötzlich ein schwaches, schleimiges Gurgeln aus einem anderen Hals. Grímur sah, wie der Hühnerkopf auf dem Fußboden den Schnabel bewegte. Die stieren Augen darin erkannten offenbar den Rumpf wieder, der auf sie zukam, obwohl sie ihn noch nie gesehen hatten.

»Hier bin ich«, sagte der Scheiß-Hühnerkopf zu dem kopflosen, kleinen gelben Hühnchen. Vier Nächte hintereinander träumte der Junge von Hühnern ohne Köpfe.

Bei Tisch: »Nicht den Hühnern den Kopf absäbeln, Grímur. Sie sind so schon blöd genug.« – Manchmal war es gut, einen einsilbigen Vater zu haben.

Danni, der nach Mýri aufs Land geschickt worden war, aber eigentlich aus Fjörður kam, behauptete, sein Onkel Balli wäre viel stärker als Grímurs Held Grettir, denn Balli sei lässig.

»Was ist das denn?« fragte Grímur.

Danni antwortete, Balli hätte einen amerikanischen Straßenkreuzer und schon sämtliche Mädchen vom Kai geritten.

»Und wo ist er mit ihnen hingeritten?« fragte Grímur.

Sie entdeckten das Leben, wie es ’55 als Blau vom Himmel fiel.

»Onkel Balli hat auch ein Kaugummi. Ich durfte es einmal probieren.«

»Was ist das?«

»So was wie Gummi. Du kaust es, gehst runter zum Kai, und dann kommen alle Mädchen und wollen dich küssen.«

»Hast du schon mal ein Mädchen geküßt?«

»Nein, aber mein Bruder Siggi hatte schon mal einen Ständer. Er hat ihn mir gezeigt.«

»Wie sah er aus?«

»Ungefähr so groß. Meinte, es täte richtig weh. Hast du schon mal einen stehen gehabt?«

»Äh, ja … nein. Ist es ansteckend?«

»Keine Ahnung. Hab ihn nicht angefaßt. Balli läßt sich die Haare wachsen. Er will nicht zum Frisör gehen, bevor der Hering zurückkommt.«

»Kommt er zurück?«

»Weiß ich nicht. Hemmi der Frisör meint, es wäre gefährlich mit so langen Haaren. Sie könnten sich in dem neuen Förderband in der Heringskocherei verfangen.«

»Will er es dann schneiden?«

»Keine Ahnung. Hemmi meint, man brauche zwei Mann, um es zu bändigen.«

»Grettir hatte …«

Der Heljardalsjunge hatte sagen wollen, Grettir hatte rote Haare wie mein Vater, aber auf einmal war Grettir gar nicht mehr stark. Zwar konnte er noch immer zwei Mann mit einem Hieb erledigen, aber was war das gegen einen Mann mit so üppigem Haar, daß man zwei brauchte, um es zu kämmen? Balli. Der lief immer mit aufgekrempelten Ärmeln und heruntergerollten Stiefelschäften herum, behauptete Danni.

Grímur probierte es auch, allein im Kuhstall. Vísa erwischte ihn einmal mit Euterfett in den Haaren und herabgerollten Stiefeln. Er sagte, er würde alles tun, wenn sie es bloß nicht Vater sagte. Sie ließ ihn Huppas Vormilch der Großmutter bringen. Die Kuh hatte in der Nacht gekalbt. So war Vísa. Sie war so gut.

»Die erste warme Milch«, murmelte der Junge vor sich hin, als er unter dem rotgeränderten Himmel eines kühlen Frühlingsabends vorsichtig über den mistbekleckerten Hof schritt und mit angespanntem Gesicht und zwei gebleckten Hasenzähnen die Schale mit beiden Händen vor sich hertrug. Er maß sich nicht länger an dem Vorbild und beließ es dabei, auf dem Stück Gummi herumzukauen, das er sich aus dem Hinterreifen des alten Traktors geschnitten hatte. Es schmeckte zum Kotzen, aber was tat man nicht alles, um die Mädchen dazu zu bringen, einen zu küssen. Das blöde war nur, daß es im Heljardalur keine Mädchen gab. Bis auf die eigene Schwester. Aber die würde er ganz bestimmt nie küssen. Das hatte bestimmt schon Guðmundur Schlabbermaul besorgt. Behauptete jedenfalls Danni. Was küßte sie den? Der hatte doch ein Maul wie eine Kuh.

Eines Tages dann verlor der Sendeleiter den Sender. Er spielte an den Knöpfen herum und fand Radio Reykjavík nicht wieder. So lange er auch suchte. Wieder und wieder fuhr er mit dem Zeiger die Skala ab mit all ihren Zeichen, Zahlen und Städtenamen. Von Budapest bis Hilversum. Ohne Erfolg. Bloß Rauschen. Er heulte sich in den Schlaf. Er hatte das Radio kaputtgemacht.

Am Tag darauf entdeckte er die Welt. Auf der Rückseite des Geräts befand sich ein Schalter, der ihm einen ganzen Kontinent öffnete. Kurzwelle. Hundert Stimmen, die hereinkamen und auswanderten wie Nordlicht am Himmel. Er bewegte den Zeiger ganz langsam über die Skala, und auf einer Strecke von zehn Zentimetern reiste er von Grönland bis Gibraltar. All diese Sprachen! Oder waren es keine Sprachen? Doch, das war Dänisch, glaubte er, und das Englisch – er hatte manchmal gehört, wie Danni mit den Pferden Englisch sprach. Der Junge zitterte vor Aufregung und Angst; Angst, die immer auf große Entdeckungen folgt. Die Angst vor dem Unbekannten. Trotzdem suchte er weiter – er befand sich allein in der Küche –, tastete sich die KW-Skala entlang und mußte die Hand immer ans Gerät gepreßt lassen, damit die Finger stets Kontakt mit dem Knopf hielten. Er erzählte niemandem etwas von seiner Entdeckung, wagte es nicht, jemandem zu sagen, daß sich dort auf der kleinen, niedrigen Küchenanrichte die Welt öffnete, daß in dem kleinen schwarzen Holzkasten sämtliche Völker der Welt miteinander schwatzten: Vollversammlung der Vereinten Nationen. Vater würde ihm verbieten, weiter Radio zu hören. Er war gegen das Ausland. Er würde das Ding auf den Mist schmeißen. Auch Oma würde ihn nicht begreifen. Sie hatte einmal etwas von einem Mási erzählt, der in einem Moorgraben Hunderte Stimmen geweckt und einen Bandwurm in die Ohren bekommen hatte. Danach war er in einen Fluß gesprungen, hatte den Kopf ins Wasser gesteckt und war »ertrunken, ohne sich groß naß zu machen«. Vísa würde ihn vielleicht verstehen, aber sie könnte ihn an Gerða verraten, und Gerða petzte stets alles, was sie herausbekam, am Telephon, sagte Hólmfríður Heimríður. Er behielt es also für sich, schluckte seine großartige Entdeckung hinunter und trug sie im Bauch mit sich herum: Der Kopernikus mit den Kaninchenzähnen. Aber es war verdammt nicht einfach, ein solches Geheimnis für sich zu behalten. Es machte einen aber auch irgendwie stärker. Grímur lief neuerdings mit herabgekrempelten Stiefelschäften durch die Gegend.

»Ha. Was sind das denn auf einmal für Manieren, Bursche?«

»Ich bin lässig.«

Morgens, wenn Vísa und der Vater im Kuhstall waren, stahl er sich mit dem Gerät an die Hauswand, abends in die Scheune. Es waren Wochen voller Neuentdeckungen und innerer Anspannung. Er fand heraus, daß die Stimmen am besten bei bedecktem Himmel oder sogar Regen zu empfangen waren. Als sie einmal am höchsten Punkt der Heljardalsheide standen, wo seine kleine Schwester vor langer Zeit gestorben war, hatte sein Vater ihm erklärt, daß von dort ein Unterseekabel direkt nach England hinüberführe. Und nach Europa. Wo Krieg herrschte. Er erinnerte sich noch daran. Es war Vollmond gewesen, und es hatte etwas sehr Merkwürdiges in der Art gelegen, wie sein Vater ihm das mitgeteilt hatte, denn meist sagte er ja gar nichts oder fing irgendwann an, ihm eine umständliche Geschichte von irgendeinem Pferd aufzutischen. Aber wie die Stimmen über diese großen Entfernungen zu ihm kamen wie unsichtbare wunderliche Vögel, die er in der Antennenschlinge fing, das blieb rätselhaft.

Jetzt aber war das Schweigen ins Tal gekommen. Der Vater hatte seit zwei Wochen kein Wort mehr gesagt. Seit man ihm alle Worte genommen und ins Schlachthaus verfrachtet hatte. Und auch Vísa war ganz komisch geworden. Gab nicht einmal etwas zurück, wenn man rief: »Guðmund Schlabbermund, Schleckermund!« Dann schaute sie einen nur traurig an. Dabei war sie nicht mehr krank. Und sogar Großmutter hatte sich verändert. Sie sah Vater nun manchmal an. So wie Kühe es zuweilen tun, blieb sie mitten im Raum stehen und glotzte Papa mit leeren Augen an. Die Mahlzeiten waren Mahlzeiten und sonst nichts. Es wurde gegessen, nicht geredet. Er sah seinen Vater an, der stur auf sein Milchglas guckte, zappelte mit den Füßen und blickte zu seiner Schwester hinüber; sie zog gerade eine Gräte aus dem Mund und legte sie auf den Teller. Er versuchte es, so gut er konnte.

»Hör mal, Papi, wir kriegen doch neue Schafe, oder?«

»Ha.«

»Danni sagt …«

Doch auch er konnte nicht mehr sprechen. Das Schweigen war dicht wie Nebel, der sich bis in seinen Mund ausbreitete. Die Wörter verirrten sich wieder in den Hals. Er versuchte den Nebel mit Dauerberieselung aus dem Radio zu vertreiben:

Der Präsident Islands hält eine Rede in der Küche, die Lieblingsschlager norwegischer Seeleute ertönen in der Scheune, und die Wetterberichte von sämtlichen Hebriden, Orkney- und Shetland-Inseln werden im Moor verlesen. Erstklassige Poesie!

Obwohl, der Vortrag hätte etwas lebendiger sein können. Aus dem heimischen Schweigen verlor sich Grímur in die Sprachen der Welt, tastete sich Stufe für Stufe den Turm zu Babel hinauf. Am dreizehnten Tag, nach einer wortlosen Mahlzeit mit heimischem Sauerquark, kam es auf einmal wie eine unergründlich aufsteigende Luftblase aus ihm heraus:

»Dis is Bi Bi Si!«

Mit großen Augen sahen sie ihn an. Und er sie. Hoppla. Was hatte er denn da angestellt? Doch plötzlich trat ein Lächeln auf Eivís' Lippen. Seit vielen Tagen hatten sich diese Mona-Lisa-Bäckchen nicht mehr so gerundet. Er wollte ihre Grübchen so gern wieder einmal sehen. »Schüchternheitsgrübchen« nannte man sie auch. Köstliche Bezeichnung!

»Bi Bi Si. Hi, hi, hi …«

»Was sagst du da?« fragte sie. Aber keine Schüchternheitsgrübchen.

»Bi Bi Si Sörvis …«

»Laß diesen englischen Quatsch, Junge!«

»Was? Verstehst du das etwa?« In einem solchen Ton hatte Eivís noch nie mit ihrem Vater geredet.

»Danke fürs Essen«, sagte er und stand auf.

Grímur richtete sich in der Scheune ein, vergrub sich mit dem Radiogerät im Heu, damit er nicht vorn im Kuhstall zu hören war. Er war zugleich König, Knecht und Intendant dieses Heulandes mitten im Meer der Steine. Im Sommer 1955 war Grímur Hrólfsson der einzige Mensch im Osten Islands, der permanent den Sender der Amerikaner hörte. Erst kürzlich hatte er die Mittelwelle gefunden. *The American Forces Radio.* Sie betrieben eine Radarstation auf Langanes. Grímur ließ die europäischen Sender sofort sausen, und Radio Reykjavík war höchstens noch was für Großmutter. Endlich waren Männer auf der Bildfläche erschienen, die sogar den starken Grettir in den Schatten stellten: Pat Boone und Fats Domino. Der Junge konnte von ihren Liedern einfach nicht genug kriegen. Noch nie hatte er so etwas gehört. *»Ai bi houm«*, sangen sie, und dann blendete sich der Ansager mit der magischsten Stimme der Welt ein, schmiegte sich in jedes Wort wie ein amerikanischer Schlitten in die Kurve unten bei den Baracken in Fjörður und heulte dann ins Dunkel der Scheune wie ein ausgesetztes Elfenkind, ehe die nächste Musik einsetzte. Die Texte waren ebenfalls viel lässiger als die Strophen Grettirs, denn bei ihm war ja das eine oder andere Wort zu verstehen. Gedichte aber waren schlecht, wenn man sie verstand. Von den Strophen, die sein Vater reimte, verstand er nicht das geringste. »Vergangene Schenkel am schönsten leuchten vom Fleischerhaken …« Er hatte auch selbst für seine Schwester und auf seinen Hund gedichtet, aber das war Kinderkram, viel zu offensichtlich. Schon oben von der Heide herab war zu erkennen, worauf der Dichter hinauswollte. Kein ernstzunehmender Dichter dichtete verständlich.

Es kam so weit, daß Grímur nicht mehr verschweigen konnte, daß er in der Scheune auf Heljardalur Amerika entdeckt hatte. Das war, als Danni einmal mit Jói im Postauto kam. Grímur fragte den Dunkelhaarigen, ob er viel Radio höre. Ja, morgens manchmal, wenn Hildur die Hafergrütze kocht. Grímur zischte:

»Pfff, ich kann den ganzen Tag Radio hören.«

»Mein Bruder Siggi hat zum zweiten Mal einen Ständer gehabt. Noch größer.«

»Ich kann auf amerikanisch singen.«

Was? Wie denn? Grímur zog den Jungen aus dem Ort in die Scheune, schob eine Hand ins Heu und schaltete den Amisender ein. Danni aber konnte das Gerät nicht sehen und dachte, der liebe Gott habe Grímur zu sich genommen und nur seinen Körper dem Teufel hinterlassen, damit der ein bißchen damit herumspielen könne. Sein Freund begann nämlich zu zucken und wackelte mit dem Kopf, als säße er nicht mehr fest auf dem Rest des Körpers, und aus den sich bewegenden Lippen kam eine laute, deutliche Männerstimme:

You make
Me cry
When you said
Good bye
Ain't that a shame
My tears fell like rain
Ain't that a shame
You're the one to blame

Nanu, was war das? Was … Sein Freund sang und bewegte die Lippen und sang … sang er wirklich? Er bewegte die Lippen, und was sang er da? WAS GING HIER VOR SICH?

»Was ist das für ein Lärm hier?«

Hrólfur platzte in *»Ain't That A Shame«* wie das neunzehnte Jahrhundert im Islandpullover: Über seinen Schultern leuchtete ein Strahlenkranz von Haaren. Das Licht aus dem Stall fiel auf ihn und ließ abstehende Wollfäden und einzelne Haare in seinem Bart erstrahlen. Kam er, um ein Saxophon-Solo hinzulegen? Nicht unbedingt. Grímur warf sich blitzschnell ins Heu und schaltete das Ami-Radio aus.

»Du bekommst noch Sommersprossen von diesem ganzen Rundfunkgejaule. Wo ist das Ding?«

»Hhhier.«

Daniel aus Fjörður sah mit großen Augen, wie Grímur auf Heljardalur ein Radiogerät aus dem Heu grub und es seinem Vater reichte. Hrólfur riß es ihm aus den Händen und warf danach Danni einen Blick zu: »Jói fährt jetzt.«

Der Rotbart verließ das Gebäude mit dem populärsten Song Amerikas unter dem Arm; die Jungen folgten ihm. Auf dem Hof blieb der Bauer stehen und begann mit dem Postmeister ein Gespräch über die Aussichten für den Hering. Grímur schlich sich von hinten an ihn heran und wechselte den Kontinent unter seinem Arm: Legte den Schalter von AM auf LW.

Zwei Tage später trafen sie sich bei der großen Steinwächte ganz oben auf der Heljardalsheiði. Für Grímur war es ein Fußweg von zwei Stunden, zweieinhalb für Daniel. Andere waren noch länger nach Amerika unterwegs gewesen.

»Hallo.«

»Hallo.«

»Ich konnte nicht … Ich mußte noch … Bist du schon lange hier?«

»Nein, nein, gerade eben erst.«

»Funktioniert es nicht? Ist es kaputt?«

»Nein, nein, ich wollte nur auf dich warten.«

Das Gerät stand zu seinen Füßen. Der große Zauberkasten. Grímur bückte sich und schaltete es ein. Es brauchte eine Weile, bis es auf der kühlen Heide warmlief. Der Sendeleiter hielt Ausschau. Die Bedingungen sollten günstig sein. Es war trocken, aber ordentlich grau bewölkt; lediglich ein paar rote Sonnenstreifen tief unten im Osten. Die Bekassine schlug ihre Flügel gegen die Luft wie ein hochfliegender Schlagzeuger sein dünnstes Becken, bis endlich der Ton im Radio kam:

»… and, Dana, this is your Long Distance Dedication …«

Die Freunde saßen sehr siebenjährig vor der Wächte und blickten über Austurárdalur, Melárdalur, Refsárdalur, Jökuldalur, das Hérað und die majestätischen Dyrfjöll in weitester Ferne; gerade übergoß die Sonne die Felswände mit Gold, gerade so als hätte Kjarval diese Minuten gemalt. Doch die Jungen nahmen nichts davon wahr. Das einzige, was sie vor sich sahen, war eine mit Menschen voll besetzte Nissenhütte; die Menschen darin tanzten und unterhielten sich dabei, manche rauchten sogar beim Tanzen; viele trugen Rangabzeichen, und die Frauen hatten wahnsinnig rote Lippen, und auf der Bühne spielte eine Achtzehn-Mann-Big-Band mit unheimlich vielen Blechbläsern, und der Schlagzeuger war so schwarz wie der Bock auf Jaður, hatte aber nicht ganz so prächtige Hörner. Dann trat der Sänger auf, ein ungeheuer lässiger Soldat mit dunklen Haaren, Dicky Wallentain oder so ähnlich, und sang etwas. Dann fielen die Trompeter ein, so gut sie konnten. Sie bliesen gewaltig die Backen auf, und doch kam es nur äußerst verhalten, wie ein kleiner Pups aus einem dicken Bauch, wie manchmal morgens bei Papa, wenn er sich bückte, um die Treppe vom Boden hinabzusteigen; dann kam Dicky Dellawain wieder und sang noch ein bißchen, dann wieder der Ansager und jede Menge Leute, die dazwischenriefen und einfach drauflos sangen, dann jemand, der zu sagen schien, wie sie singen sollten, und sie sangen dann genau so; noch einmal der Ansager, diesmal ziemlich aufgeregt, dann ein neues Stück, mit mehr Pep, es begann mit einem Schlag, und dann begann jemand zu zählen: Eins, zwei, drei … meinten sie jedenfalls zu verstehen, und irgendwie sang er auch gar nicht richtig, sondern zählte weiter: Fünf, sechs, sieben, und dann ging der Rhythmus ab, wie sie es noch nie erlebt hatten, der Beat packte und schüttelte sie und riß ihnen irgendwie das Herz aus dem Leib und rollte es irgendwo zwischen die Steine, und sie wußten nicht, wie ihnen geschah, sahen sich nur an, wollten etwas sagen, waren aber wie gelähmt und blickten zum Himmel auf und ließen sich von dem Lied in die Welt entrücken. Im Handumdrehen war es vorbei. Es endete mit ohrenbetäubendem Spektakel, in dem sämtliche Trommeln und Instrumente zusammendröhnten, und dann meldete sich der Sprecher zurück und konnte sich gar nicht wieder einkriegen, lachte, und die Jungen lachten auch, irgend etwas war passiert, und es geschah gleich noch einmal, denn der Ansager lachte noch mehr und schrie beinah – bekam er vielleicht gerade Ziegenpeter? Er legte noch einmal die gleiche Platte auf. Dasselbe Stück setzte wieder ein:

One, two, three o'clock
Four o'clock rock
Five, six, seven o'clock
Eight o'clock rock

Der Mann begann wieder zu zählen, und die Jungen konnten nicht länger stillsitzen. Der Takt zog sie in die Höhe wie Marionetten und schüttelte sie hin und her. Was ging da vor sich? Sie konnten einfach nicht stillhalten und warfen die Beine und fuchtelten mit den Armen, so wild sie nur konnten, sie flippten aus, schüttelten Köpfe und Haare.

Nine, ten, eleven o'clock
Twelve o'clock rock
We're gonna rock
Around the clock tonight

Sie fingen ebenfalls an zu zählen, zählten mit, schauten sich lachend an und zählten sich gegenseitig vor, sie schrien und kreischten und gebärdeten sich so verrückt sie nur konnten. Sie zählten sechzehn, siebzehn, achtzehn, neunzehn, zwanzig, einundzwanzig … bis 343, dann drosch das Schlagzeug wieder alles kurz und klein, und der Sprecher kam angerannt, keuchend und außer Atem genau wie sie selbst, zwei Jungen, die mitten auf der Heljardalsheiði im Juli 1955 zufällig Ohrenzeugen der ersten Rundfunkübertragung eines Rock'n'Roll-Songs geworden waren. Zwei Minuten und acht Sekunden organisierten Lärms, die die westliche Zivilisation verändern sollten. Mit den Händen auf den Knien versuchten sie, wieder zu Atem zu kommen – alles drehte sich vor ihren Augen –, dann richteten sie sich auf und sahen, daß die Heide in Bewegung geraten war:

Aus der Wächte, den Gesteinsfeldern, den Geröllhalden rollten Steine.

Dann kam Eivís. Sie kam auf dem alten National, um sie zu holen. Sie winkte. Da kamen sie angerannt. Grímur stürmte auf den Traktor zu und brüllte seiner Schwester wie ein Raubtier entgegen: »Rrrrock!«

Sie sagte: »Hä?«

»Rrrrockidiklock!«

Dieser Grímur. Sie drehte sich im Traktorsitz und blickte über das vor ihr liegende Tal. Ein freundlicher Abendwind blies ihr eine Strähne aus dem Gesicht in die Stirn. Diese dunklen Augen, diese helle Haut. Dieses Millionen-Dollar-Gesicht. Internationales Mannequin, Jahrgang '41. Sie biß die Zähne zusammen, und von ihren Mundwinkeln ausgehend traten zwei weiche Falten hervor, eines der unerklärlichen Phänomene in der Welt. Es kam ihr so vor, als habe sich das Tal seit dem letzten Mal verändert. Sie drehte sich wieder um und sah, daß die jungen Springinsfelde hinten auf die Ladefläche geklettert waren. Sie brüllten vor Begeisterung. Durch den Traktorenlärm rief sie:

»Jungs, ihr müßt stillsitzen!«

»Eins, zwei, drei, vier, fünf und rock!« kreischte Grímur, und sie tanzten wieder zappelnd los wie die Verrückten, schrien Zahlen und brüllten »rrroock!«. Der Teufel war in sie gefahren.

[33]

Stalin steht auf einem Regal. Er steht auf einem Regal und winkt der Menge zu. Seit achtundvierzig Stunden steht er jetzt ununterbrochen da und winkt. Dabei sind alle längst nach Hause gegangen. Nur ich nicht. Ich liege hier auf dem Bett im gelben Zimmer des Schornsteinhauses und verbringe die helle Nacht mit dem Genossen Stalin. Er steht auf einem Regalbrett hoch oben an der Wand neben einem alten, verstaubten Kerzenleuchter und einem mehr oder weniger unförmigen Krug. Ab und zu hebt er seinen steifen Arm und winkt, kneift die Augen zusammen und lächelt beinahe. Genau wie früher auf dem Dach des Mausoleums. Meine Gedanken paradieren an ihm vorüber, blicken zu ihm auf, einer nach dem anderen, sie scheinen kein Ende zu nehmen, sie strömen über den blutroten Platz.

Stalin steht mutterseelenallein dort oben. Alle anderen hat er umgebracht.

»Der Tod eines einzelnen Menschen ist traurig, der Tod von Millionen nur eine Zahl auf einem Blatt Papier«, sagte »Graf Sossó«. Nach neuesten Erkenntnissen von Historikern betrug die Zahl allerdings 40.000.000. In jeder einzelnen Million war die Gesamtbevölkerung Islands viermal enthalten. Die Zahl der Seelen, die er auf dem Gewissen hatte, war noch viel höher. Ich gehörte auch dazu. Auch ich war ein Opfer Stalins.

»Grüß dich!« sage ich zu ihm. Doch er hört mich nicht, ist zu weit weg. »Kóba«, rufe ich. Versuche es dann mit »Sossó«, »Josip«. Schließlich mit »Stalin«, besinne mich aber und denke an Jóhanna, die unten im Erdgeschoß schläft oder auch nicht. Der Mieter macht Ärger. Der Mieter hat eine Meise. Ruft mitten in der Nacht den schrecklichen Stählernen an und hat nicht einmal die Miete bezahlt. Ich bin aber auch nicht ganz sicher, ob sie darauf aus ist. Als ich am Abend nach oben kam, lag sie, die Wange in die Hand gestützt, auf meinem Bett und sagte provozierend: »Kennst du vielleicht Davíð Stefánsson?«

»Ja«, antwortete ich, »ich bin ihm schon begegnet«, und wußte nicht recht, wohin ich mich setzen sollte; landete am Ende auf einem morschen, wackligen Stuhl mit einer Husse gegenüber dem Bett. Sie lag da wie ein kleines Mädchen, das versucht, sexy zu wirken. Einer der schrecklichsten Anblicke, die mir je untergekommen sind. Das alte Schlachtroß lächelte mich an wie ein Frosch auf der Überholspur. Sie wartete selbstverständlich nur darauf, daß ich sie mal eben bespringen würde wie ein Hund auf einem Streifzug.

»Sieht gut aus, der Davíð.«

Glaubt sie im Ernst, das sei der richtige Weg, mich scharf zu machen?

»Ja, ja, er ...er sah ganz gut aus.«

»Das stimmt. Ist aber ganz schön alt geworden, der Davíð«, bemerkte sie und sah mich mit Augen an, in denen geschrieben stand: Aber *du* bist jung. Wie alt war sie eigentlich? Achtzig?

»Magst du nicht den Winter über bei mir bleiben?« setzte sie nach.

»Den Winter über ...? Na ja, ich weiß nicht ...«, sagte ich und versuchte, aus dem Fenster zu sehen, als wartete ich auf ein Schiff.

»Oh, ja, möchtest du vielleicht ins Bett gehen?«

»Jaa, vielleicht lege ich mich ein bißchen hin«, sagte ich so neutral ich konnte und registrierte, daß Stalin noch immer auf dem Regal stand. Der Teufel in Menschengestalt. Mit seinem höllischen Grusinier-Grinsen. Ich blickte wieder auf die alte Frau, dieses alte Teil, das da auf »meinem« Kissen lag.

Sie räusperte sich wieder.

»Jaja, tu einfach, was du willst. Mir macht es nichts aus.«

»Wie bitte?«

»Mir macht es jedenfalls nichts aus.«

Was für ein seltenes Exemplar war diese Alte eigentlich? Sie flatterte mit den Augendeckeln, als wären es zwei hochbetagte Schmetterlinge. Ich sah wieder zum Genossen Stalin hinüber. War der klein geworden! Ich hätte aufstehen und ihn mit einer Hand aus dem Fenster werfen können. Aber das ging nicht. Man warf Josef Stalin nicht aus dem Fenster. Nicht aus dem Obergeschoß.

»Er raucht«, sagte ich.

»Was?« fragte die Alte.

Stalin rauchte Kette. Zwischendurch spuckte er aus. Mit seinem ganzen Gefolge stand er auf dem Lenin-Mausoleum. Am 7. November 1937 auf dem Roten Platz. Zur Feier des 20. Jahrestages der Oktoberrevolution. Ich stand dabei wie ein nordisches Mäuslein. Wir alle standen da wie hunderttausend Mäuse und starrten gebannt auf den großen Kater, den mit den Schnurrhaaren. Die Grusinierschnauze. Er überblickte die Massen und selektierte. Urplötzlich stiegen zwei Rotarmisten auf unsere Tribüne, bahnten sich einen Weg durch eine Art Ehrenloge bis zu einem kleinen, fast kahlköpfigen Mann mit spitzer Nase und Napoleonsstirnlocke und befahlen ihm, ihnen zum Mausoleum zu folgen, zum großen Führer.

»Bucharin«, flüsterte jemand.

Ich hatte den Namen schon gehört. Ein halbes Jahr später sollte man ihn erschießen. Jetzt aber wurde er erst noch auf die Ehrentribüne befördert. Der Kater wollte sich die Maus aus der Nähe besehen.

Ich war dabei, zusammen mit Stjáni. Kristján Jónsson, sieben Jahre älter als ich und strammer, linientreuer Führer der Kommunistischen Partei Islands. Durch ihn war ich hier, logierte im Haus der Komintern als eine Art telegraphierender Reporter, sollte ein paar Linien nach Hause kabeln. Vor allem die Moskauer Linie. Ich bewunderte ihn, obwohl es mir nie gut bekommen ist, andere Menschen zu bewundern. Er war ein feuriger Geist, voll Kraft und inspirierend, die wuscheligen blonden Haare standen wie Flammen um sein feuerrotes Gesicht, er war rasch, beweglich, freundlich und entgegenkommend, ein guter Tänzer und Unterhalter, der andere prächtig nachahmen konnte, der einzige Mann mit wirklichem Humor in der Partei. Ein guter Kerl mit dem Herz auf dem rechten Fleck. Sein Name war seit der Nóva-Affäre im März '33 in Akureyri jedem isländischen Arbeiter bekannt. Der rote Stjáni schnitt das Tau durch, mit dem die Weißen die Arbeiter von der Brücke drängen wollten. Und bei der nachfolgenden Einkesselung schlief er, so wollte es die Überlieferung, zwei Stunden im Stehen. Bis der vollständige Sieg gegen die »Arbeitgeberseite« errungen war. Was für ein schönfärberisches Wort.

Und als Mann, der zum inneren Zirkel der Komintern gehörte, stand er nun auf einem besonderen Podium, das man zum Jahrestag der Revolution auf dem Roten Platz gleich neben dem Lenin-Mausoleum errichtet hatte, in Rufweite des großen Führers, des Sonnenkönigs, des Pharaos, des Zaren. Und ich, sein junger Begleiter, neben ihm; 26 Jahre alt und mit der Arbeit an einem Buch beschäftigt. Was war ich? Was tat ich dort? Ich schrieb *Friedenslicht.* Und ich machte mich mit den Errungenschaften des Kommunismus bekannt. Es war eine endlose Parade. Drei Stunden standen wir da, während eine Sowjetrepublik nach der anderen vorübermarschierte. Teufel, gab es viele davon! Fabrikbelegschaften marschierten an uns vorbei, Armee-Einheiten, Bergarbeiter, Komsomolzen, Schüler, Sportler, Frauen und Kinder. Hunderttausend Exemplare des Über-Proletariers Stakhanov, siegesgewiß dem Sozialismus entgegenlächelnd, dem sonnengebräunten und pickelnarbigen Sozialismus mit dem Schnauzbart, der unser aller Leben überschattete. Und alle mußten die Arme über der Brust gekreuzt tragen, damit niemand auf den Kerl schießen konnte. Die Möglichkeit dazu hätte die Konzentration des obersten Genossen stören können, der die Augen zusammenkniff und sich aus der endlosen Kolonne Gesichter aussuchte, die als nächste erschossen würden.

Aus einem aschegrauen Himmel fielen dünne Schneeflokken, wirbelten umher wie die Papierschnipsel, mit denen die Amerikaner ihre Helden überschütten – Gott segnete die Revolution –, und darüber donnerten Kampfflugzeuge in Formation, andere dröhnten tief über die höchsten Türme der russischen Geschichte. Das alles war ein grandioses Schauspiel, aber auch sehr in die Länge gezogen. Wir ließen es uns gefallen und standen drei geschlagene Stunden bei 5 Grad minus im Freien. Eine Inszenierung unter der Regie Stalins verließ man nicht vorzeitig.

»Was wir brauchen, ist ein radikaler, vollständiger Umsturz der bestehenden Gesellschaftsordnung. Wir müssen die bestehende Gesellschaft abschaffen, um die Diktatur des Proletariats zu errichten. Alles andere ist Rechtsabweichlertum. Und der Revisionismus ist der Wegbereiter des Faschismus.«

»Und die Demokratie? Muß man nicht …«

»Nach Lenin ist die sogenannte Demokratie kapitalistischer Staaten nichts als Täuschung, ein Instrument der Unterdrükkung. Die wahre Demokratie ist die Macht des Volkes, der einfachen Arbeiter, der Besitzlosen. Demo-kratie ist Volks-Herrschaft, und diese Herrschaft muß man verläßlichen Genossen anvertrauen. Männern wie den Genossen Stalin, Molotow, Beria …«

Wir saßen auf harten Rattanstühlen in der Caféteria des Hotels Metropol und versuchten, uns die Kälte nach dem Marschathon aus den Knochen zu schlürfen. Er schulte mich. Ich trank jedes seiner Worte. Wir sprachen Isländisch, obwohl Kristjáns schwedische Verlobte Lena bei uns saß. Sie war hübsch, sah aber für meinen Geschmack wie eine Trottellumme aus: lang und schmal, langer Hals und Vogelnase. Offen gesagt konnte ich mich nie des Eindrucks erwehren, Lena Billén sei viel zu bürgerlich gebaut. Sie konnte sich nicht einmal richtig proletarisch anziehen, trug einen viel zu pariserischen Hut auf ihrer Bubikopffrisur und eine lange Perlenkette um den Hals, die Stjáni, das wußte ich, mächtig gegen den Strich ging. Sie würde sich noch einmal um ihren Hals zuziehen. Ab und zu warf ich der schwedischen Trottellumme ein Lächeln zu oder musterte das zweijährige Mädchen, das sie auf dem Schoß hielt. Ein kräftiges, dunkelhaariges Kind. Es hieß Nina, und manchmal hielt ich Kristján für den Vater, aber wir sprachen nie darüber. Wir hatten andere, wichtigere Dinge zu besprechen. An den Nachbartischen saßen stramme Parteigenossen – mit auffällig versteinerten Mienen in diesem zaristischen Ambiente – und schweigsame Frauen, die wie Lena aus dem Fenster guckten, hinaus auf den novembergrauen Puschkin-Platz, den der erste Schnee des Winters rasch weiß färben wollte. Nach seinen letzten Worten blickte sich Kristján schnell um. »Stalin, Molotow, Beria.« Jawohl, er hatte sie alle drei anerkennend genannt, ohne spöttischen Unterton. Er hielt sich zum dritten Mal in Moskau auf, seit zehn Monaten diesmal, und er hatte es gelernt, vorsichtig zu sein. Ein unbedachtes Wort konnte zwanzig Jahre Arbeit zunichte machen. Ich mußte mich erst noch daran gewöhnen.

»Kristján, hast du dir schon etwas für heute abend überlegt?« wollte Lena auf schwedisch wissen.

»Ja, Einar wird mit uns essen. Auf dem Zimmer.«

Klein-Nina war auf den Boden gerutscht und wollte jetzt auf den Stuhl zwischen Lena und mir. Ihre Mutter half ihr und sagte dabei laut und deutlich: »Stell dich auf den Stuhl, Nina« auf schwedisch. Dreimal, bis Kristján ihr den Mund verbot und sich verstohlen umsah. »Stol, Nina« klang verdächtig nach »Stalina«.

»Hier ist es äußerst wichtig, den Mund halten zu können. Aber sag es keinem«, meinte er einmal mit ernster Miene zu mir. Er hatte etwas von seinem früheren Humor verloren. Nur einen Sommer vorher, in Siglufjörður, war er noch der größte

Spaßvogel im ganzen Nordland gewesen und hatte sich jeden Abend im Hotel Hvanneyri in seine Lieblingsfigur Bürger Bürgersson verwandelt. Von einer Sekunde auf die andere änderte sich sein Gesicht in das eines feisten Heringsspekulanten, der brabbelte wie ein alter Mongoloider nach dem dritten Glas: »Also, liebe Leute, wir müssen uns doch nicht andauernd so befehden. Der einzige Unterschied zwischen mir und euch ist doch nur der … ich bin ein bißchen beleibt und ihr seid eher schlank. Sonst haben wir doch alle das gleiche Ziel: Den Profit der Bürger Bürgersson AG zu mehren.«

Eines Abends stand ein landesweit bekannter Schauspieler an der Bar. Stjáni: »Seht nur, der hervorragendste Schauspieler des Landes! Immer steht er ganz vorn an der Rampe. Und in dem Film, den Knudsen letztes Jahr gedreht hat, stellte er alle seine Kollegen in den Schatten, denn er stand immer ganz vorn, direkt vor der Kamera.«

Wir lachten alle, und der Schauspieler drehte sich um, er tat mir leid. Er kam zu uns an den Tisch. »Guckt, jetzt will er sich schon wieder vordrängen!« Ich bemitleidete jeden, der es versuchte, sich mit dem roten Stjáni anzulegen. Keiner war ihm gewachsen. Dazu immer dieses rot angelaufene Gesicht. Hier in Moskau aber war er ein anderer Mensch.

Axel Lorens, Zimmer 247, Hotel Lux, Gorkistraße 10.

Sogar ich mußte ihn Axel nennen, selbst als wir allein im Park saßen, an jenem letzten Sommerabend, da ich gerade mit den neuesten Nachrichten von zu Hause gekommen war, über die Zusammenstöße an der Mole von Skagi und den Streit in der Partei. Schließlich rückte er nur mit einer der bekanntesten Repliken von Bürger Bürgersson heraus: »Der Wohlstand des einen gibt allen Brot.« Dann schwieg er wieder, schaute vor sich hin und meinte abschließend: »Ja, das wird schön, wieder nach Hause zu kommen.«

Da saßen wir also in einem Park in Moskau im Herbst '37, zwei Streiter für die Wahrheit in diesem Krieg der Worte, der damals auf der ganzen Welt tobte, zwei abendlich verschwitzte Isländer, entschlossen, die isländische Arbeiterklasse endlich vom Heringskai zu Höherem zu berufen, zwei tote Seelen unter dem Denkmal Gogols. Aber, wie konnte man um 1930 etwas anderes als Kommunist sein? Aus diesen Straßenschlachten konnte sich niemand heraushalten. Nur die widerwärtigsten Arschlöcher konnten teilnahmslos zu Hause auf dem Balkon stehen und auf die Arbeiter herabsehen, die die Kanalisation aushoben und für eine Krone in der Stunde ihre Scheiße wegräumten. Niemand verließ in diesen Krisenjahren unberührt die Behausung einer Arbeitslosenfamilie in Reykjavík, ohne Dusche und Toilette, mit Eisblumen an den Fenstern und Hafergrütze auch zum Mittagessen, den Geruch noch in den Kleidern ein ganzes Stück den Laugavegur hinab. Kommunist zu sein, hieß Mensch zu sein.

Und wir reisten in den Osten. In das große Vorbild. Eine Pilgerreise. Erleuchtete auf Betriebsbesichtigung im Himmel. Woher hätte uns der Verdacht kommen sollen, wir befänden uns in der Hölle?

Sieben Monate lang hielt ich mich im finstersten Reich der Menschheitsgeschichte auf und kam mit dem Manuskript zu einem Evangelium zurück über die »ununterbrochen von der Ostsee bis zum Stillen Ozean reichende Sonntagsschule«, in der die gewaltigste Erziehungsleistung der Weltgeschichte vollbracht wurde und in der der Schulmeister »mit den Methoden des Marxismus Millionen und noch einmal Millionen Menschen aus dem Dunkel der Unwissenheit und Verzweiflung führte«. In Wahrheit war es die gewaltigste Inszenierung der Weltgeschichte, ein Schauspiel, das nicht nur die täuschte, die ihm zusahen, sondern auch alle, die darin mitspielten, Kulissen malten, Scheinwerfer richteten und den korrekten Text soufflierten. Selbst die Hauptdarsteller schworen dem Autor in ihren letzten Monologen Treue, aus den Wirren der Verzweiflung geborene Improvisationen, in denen sie ihre Unschuld beteuerten, ehe sie unter donnerndem Applaus erschossen wurden. Ich saß im Parkett. Zehn Tage lang beobachtete ich die Prozesse gegen Bucharin und seine Anhänger und schöpfte nicht den leisesten Verdacht, daß es sich um pure Schauprozesse handeln könnte. Die teuflische Spinne hatte ein so geniales Netz gewoben, daß jede Fliege, die darin gefangen wurde, selbst noch weiter an diesem Netz spann, das am Ende die halbe Welt umspannte. Koba saß in seinem Zentrum, allein in der Pyramide, der er sein Leben geweiht hatte, an der er die halbe Menschheit bauen ließ, als Mausoleum für seine Person, den großen Pharao in Lederstiefeln. Ein Monument für die nächsten tausend Jahre.

Wir nahmen daran teil. Wir warfen unsere Worte in die Waagschale. Wir schleppten mit an den behauenen Steinen. Wir verwandten ein halbes Leben darauf, die Pyramide zu errichten, die Kommunismus hieß, dem Mann zu Ehren, der nie im Leben ein Kommunist war. Der sein halbes Leben damit zubrachte, Kommunisten zu erschießen.

Jeder, der angeklagt wurde, mußte fünf weitere Namen angeben. Innerhalb weniger Jahre hatte sich das gesamte Volk der Verschwörung gegen einen Mann schuldig gemacht. Die Pyramide des Kommunismus wurde auf Gewehrsalven errichtet. Jede Kugel aus jedem Lauf feuerte fünf weitere ab, die zusammen 25 und die weitere 125, aus denen 625 Schüsse wurden, denen 3125 weitere folgten. Gewehrkugeln sind schnell, und nach wenigen Jahren war das Netz komplett: Die Diktatur der Angst herrschte von Minsk im Westen bis Jakutsk im Osten, von Archangelsk im Norden bis Taschkent im Süden.

Der Kommunismus war eine Pyramide aus Schießpulver.

Bei der Volkszählung von 1936 kam heraus, daß 15 Millionen Sowjetmenschen fehlten. 15 Millionen Fliegen hatten sich ihr eigenes Netz gewebt. Mein Buch hatte nicht mehr als 80.000 Worte. Doch unter jedem von ihnen lag ein Mensch begraben. Ich vertuschte 80.000 Morde.

Das Abenteuer im Osten. Das Buch, das ich besser nie geschrieben hätte. Einmal entlieh ich es aus einer Bibliothek, es war viele Menschenleben später, und ich verlor es. Viele Jahre lang erhielt ich Mahnungen wegen Säumigkeit. Mahnungen für meine Versäumnisse. Ich genoß es, die Bußgelder zu bezahlen. Am Ende quälte ich mich zu einer Neuauflage durch. »Leichte Korrekturen in Stil und Wortwahl« hieß es im Vorwort. »Korrekturen am Leben« wäre zutreffender gewesen. Empfand ich wirklich so viel Ekel vor mir, daß ich mir das antat? Es gibt wohl kaum etwas Schrecklicheres als einen fast achtzig Jahre alten Sack, der versucht, Dummejungenstreiche auszubügeln. Das geschah 1989. Im Herbst fiel die Mauer. Das Spinnennetz zerriß in fünf Minuten. Die Fliegen aber blieben tot.

Wie hatte ich mich so irren können? Ich durfte mich frei bewegen und reiste in der Sowjetunion des Winters 37/38 weit umher; doch die einzige Bezeichnung, die mir für diese Hölle auf Erden einfiel, war »Sonntagsschule«. Allein dafür hätte man mich erschießen dürfen. Hätte ich die große Täuschung denn nicht durchschauen müssen? De facto redeten alle nach dem Drehbuch des Autors. De facto lag die »Diktatur des Proletariats« ganz in den Händen des Diktators des Proletariats. De facto war es verboten, schlecht über ihn zu reden. De facto war es verboten, Witze über ihn zu machen. De facto war keinerlei Opposition erlaubt. De facto kamen die Worte »Milde« und »freie Meinungsäußerung« im Wortschatz nicht vor. De facto waren manche Schriftsteller verboten. De facto wurden manche Schriftsteller erschossen. Doch de facto waren sie vermutlich auch ziemlich schlecht. De facto wurde Weihnachten verboten. De facto wurde alles verboten, bis auf das, was die Partei erlaubte. De facto war selbst das Notwendigste knapp. De facto schliefen zehn Menschen in einem Raum. De facto wurden sämtliche Telephongespräche abgehört. (Selbst ein bißchen verliebtes Gesäusel zwischen Junge und Mädchen mitten in der Nacht. Irgendwer paßte immer auf. Wehe dem, der im Schlaf schlecht von Stalin sprach!) De facto hatte die Partei das abgeschafft, was man »Privatleben« nannte. De facto stand dein ganzes Leben im Dienste der Partei. De facto ging kein Mensch aufs Klo, ohne es zum Wohle der Partei zu tun. De facto hätten die meisten auf die Partei geschissen, wenn sie gedurft hätten. De facto wurden Menschen allein für die Äußerung eingesperrt, daß die Straßen in Kopenhagen sauberer seien als die in Wladiwostok. Und de facto wankte durch die Straßen so ziemlich das abgerissenste Volk, das ich je in meinem Leben gesehen hatte, und ich war sowohl in Neapel wie in Palermo gewesen. Mein Freund Axel Lorens vertraute mir an, das hätte seit seinem letzten Aufenthalt im Herbst 1935 merklich abgenommen. Das »Lumpenproletariat« war überwiegend verschwunden. Die Reinigungen hatten Wirkung gezeigt.

Ja. De facto verschwanden Menschen am hellen Tag. De facto verschwand Axel eines Tages. Und wurde seitdem nie wieder gesehen. Am Tag nach seiner Festnahme kam ich vor die verschlossene Tür des Zimmers 247. Sie war versiegelt. Ich machte mich eilends über den Flur und die Treppe hinab davon, und noch ehe ich die Hotelhalle verließ, hatte ich schon vollkommen vergessen, daß ich jemals einen Herrn Lorens gekannt hatte. Die Tür aber, den langen Flur im Hotel Lux, die gelben Wände, den roten Teppich und eben diese holzglänzende Tür mit dem versiegelten Griff vergesse ich niemals. Dieser Türgriff … Dieser Türgriff bewegt sich. Mich trifft der Schlag. Ich sehe die Alte im Türspalt. Sie steht auf dem Treppenabsatz und öffnet die Tür nur ein kleines Stück, ich blicke in eines ihrer beiden Augen, es blinkt darin etwas von dem Treppenhausschummerlicht unter dem Dach, die Maulwurfsnase schnüffelt … Um Himmels willen, sie ist kaum einen Kopf höher als die Türklinke. Was zum Teufel will sie schon wieder? Ich sehe sie an. Sie sieht mich an, als glaubte sie, ich würde sie nicht sehen. Es ist ein eher peinlicher Augenblick. Dann fragt sie endlich, ohne die Tür weiter zu öffnen: »Schläfst du?«

»Nein.«

»Kannst du nicht schlafen?«

»Nein.«

Jetzt macht sie die Tür weiter auf und tritt auf die Schwelle.

»Möchtest du, daß ich dir helfe? Dir helfe, einzuschlafen?«

»Nein, nein. Ich habe keine Probleme, einzuschlafen.«

Riesenlüge. Ich würde liebend gern mit dem alten Weib schlafen, wenn ich dafür im Austausch eine Stunde Schlaf bekäme. Eine Stunde Pause von dieser endlosen Truppenparade in meinem Kopf. Sie tritt ins Zimmer, der Kopf sitzt direkt auf den Schultern, das Haar weiß in der Stirn, die Augen auf mich gerichtet.

»Es ist schön, dich so liegen zu sehen. Du machst dich gut im Bett.«

»So?«

»Es gibt kaum etwas Schöneres als einen Kerl im Bett«, sagt sie und tastet sich ans Fußende vor. Betrachtet eingehend meine Füße. »Welche Schuhgröße hast du?«

»Ich? Größe 42.«

»Größe 42?«

»Ja.«

»42 … doch, das sollte gehen. Das müßte passen.«

Sie geht zum Fenster und sieht hinaus. Über Fjörður und den Fjord.

»Ganz schön hell draußen.«

»Ja.«

»Er ist ganz schön helle«, flüsterte sie einigen toten Fliegen auf dem Fensterbrett zu, fegte ein paar von ihnen mit ihrem glasharten grauen Nagel am kleinen Finger zusammen. Dann drehte sie sich um, ohne mich anzusehen, und sagte:

»1923. Es war 1923. Bjarni aus dem Borgarfjörður.«

Damit entschwand sie durch die Tür, kam aber sofort zurück.

»Aus dem Borgarfjörður. Was hast du gesagt, welche Größe? 42?«

»Ja.«

»Na. Ich versuche mal, ob das paßt. Probiere, ob es geht.«

Damit verschwand sie auf den Treppenabsatz und stieg die Treppe hinab. Ich wartete, bis alles still geworden war. Dann verließ ich das Haus. Es war eine helle, schöne Sommernacht Ende Juli. Ich ging ein wenig den Hang hinauf und setzte mich dort. Das Fjordende wurde im Süden durch einige zinnenbesetzte Berge vom Meer abgeschirmt, so daß es nicht zu sehen war. Einen Schlauch nannte man so etwas wohl. Die Stille war total, weder ein Vogel noch das Fiepen einer Maus zu hören. Der Fjord wie eine tiefe Schale, vollgegossen mit Schweigen. Ich saß eine Weile da und blickte über den Ort. Ich stellte fest, daß die Wesen, die ich in den letzten Tagen hoch oben im Berg gesehen hatte, noch immer da waren. Obwohl sie weit weg waren, schien es mir, als würden sie mich alle ansehen.

Es gibt nichts Schöneres auf der Welt als eine isländische Sommernacht. Wenn sich die Sonne hinter einem Berg oder einer Landzunge versteckt und wir nur langsam bis hundert zählen müssen, ehe sie wieder heraufkommt. In der Zwischenzeit ist das Licht gleichmäßig, diffus und neutral und scheint eher aus der Erde zu kommen als vom Himmel; alle Grashökker, Steine und Geröllbrocken, Wiesen und Ödland scheinen zu leuchten, das ganze Licht widerzuspiegeln, das sie den Tag über aufgesogen haben. Die Nacht wird zum Tag und ist nicht zum Schlafen da. Du gehst hinaus, um die Gemeinschaftsausstellung von Welt und Leben zu betrachten: Über dir ist der Himmel weiß wie ein blanker Bogen Papier, und jemand hat aus purer Unachtsamkeit ein paar Wolken darauf gekritzelt, flüchtig und doch liebevoll und voller Wahrheit; sie zeigen die Leichtigkeit, die nur Meister beherrschen, und um dich herum ist ein Horizont gezogen aus Bergen und Weite, Wüste und Meer. Doch in dieser Nacht wirkt all das mild. Die Wellen des

Meeres haben sich gelegt. Sie heben und senken sich leise im Schlaf unter einem leichten Luftzug. Die Winde des Himmels haben sich in Spalten und Klüfte zurückgezogen und wachen dort mit offenen Augen. Die Gletscher haben alle Kälte verloren und bieten sich dem Auge nun als weißeste Blütenknospen dar: frisch aufgesprungene Bergsamenkörner.

So ist eine isländische Sommernacht. Und so ist sie auch hier in diesem engen Fjord. Heute nacht ist alles gut. Und alles ruhig. Ich könnte hören, wie das Gras um mich herum wächst, aber es wächst nicht, es lacht nur froh.

Ich mußte wieder zu den Wesen im Hang hinüberblicken. Es war Unruhe in die Versammlung gekommen. Obwohl kein Lärm zu hören war, sah ich, wie sich zwei Männer stritten. Was waren das für Wesen? Ein kleines Boot bog nun um die hohe Bergflanke, zog langsam, aber zielstrebig seine Kielspur durch den Fjord, durchbrach die blanke Oberfläche mit Heckwellen und die Stille mit leisem Motortuckern. Es war schön. Das Boot lag tief im Wasser, war voll beladen. Ebenso voll beladen wie der Nachtzug aus Kiew, eine lärmende Klapperschlange. Im Zugfenster war Weißrußland pechschwarz. Ein vereinzeltes Blockhaus flog mit hoher Geschwindigkeit in Richtung Paradies vorbei, der Zug fuhr in die entgegengesetzte Richtung. Es schüttelte mich zu heftig, um schreiben zu können, aber nicht heftig genug, um den Gestank des Proletariers los zu werden, der in mein Abteil eingebrochen war, ein stockbesoffener Stiefelträger mit Vollbart. Nur wenn die Russen betrunken waren, hatten sie Redefreiheit. Es gab eine Art ungeschriebenes Gesetz: Für das, was man im Suff von sich gab, wurde man nicht erschossen. Ganz ähnlich wie bei uns in Island. Doch sicher war es dort eine alte Tradition aus der Zarenzeit. Deshalb trinken die Russen so viel. Die halbe Strecke bis Minsk erzählte er Witze, auf deutsch. Ich hatte bis dahin noch kein böses Wort über Stalin gehört und wurde schreckensbleich über das Mißgeschick, in diesem Abteil gelandet zu sein.

»He, hör mal! Stalin … Den kennst du doch, oder? Hast doch schon mal von Stalin gehört? Also, Stalin nimmt ein Bad in der Wolga oder in irgendeinem anderen Fluß, egal … Es ist nur ein Witz, weißt du. Aber, wo war ich? Ach ja. Also, Stalin gerät beim Baden in eine Strömung, Wirbel und so, und wäre dabei fast ertrunken. Stalin! Beinah ertrunken. Stell dir das mal vor, Genosse! Gut, also Stalin ist am Absaufen … Da kommt irgend so ein Bäuerlein daher, springt ins Wasser und rettet Stalin. Zieht ihn ans Ufer. Da sagt Stalin: ›Ich bin der Genosse Stalin.‹ So sagt er. ›Ich bin Genosse Stalin, und du darfst dir zum Dank wünschen, was du willst.‹ Und darauf der Bauer … also, der Bauer … der will sich gar nichts wünschen. Aber Stalin läßt nicht locker. Da wünscht er sich, Stalin solle bloß niemandem erzählen, daß er ihn gerettet hat. ›Denn sonst schlagen sie mich tot.‹ Hähähä. ›Sonst schlagen sie mich tot.‹ Hähähä. Guter Witz …«

Ich verstand die Pointe nicht. Aber er wieherte wie das ganze verschlagene Kiew.

»Er rettet Stalin … Der Kerl kann nicht mal schwimmen … Aber der kleine Bauer rettet ihn … Was rettet er ihn überhaupt? WARUM ZUM TEUFEL MUSS ER DIESES ARSCHLOCH VON EINEM HÖLLENHUND RETTEN?«

Der Betrunkene war aufgesprungen und schüttelte mir seine Faust entgegen, dann riß er das Fenster auf und brüllte in die Nacht hinaus: »STALIN! ICH BRATE DEINEN ARSCH UND FRESSE IHN AUS DER HOHLEN HAND!!«

Der Zug verlangsamte seine Fahrt, irgendwo in der Nacht hörte man Hundegebell und Pistolenschüsse. Ich verzog mich in ein anderes Abteil, handelte mir damit aber noch mehr Schwierigkeiten ein, als der Schaffner entdeckte, daß ich auf dem falschen Platz saß. Es fehlte nur wenig, daß man mich am nächsten Bahnhof aus dem Zug geschmissen hätte. Damit wäre ich natürlich aus dem großen Drehbuch gefallen und hätte geendet wie Stjáni. Wie konnten Menschen nur auf die Idee kommen, man könne eine Gesellschaft aufbauen, in der man ein Viertel der Mitglieder zu Vorbetern machte, die dafür zu sorgen hatten, daß die übrigen nichts Abweichendes sagten? Und was für eine Sorte Mensch war das, die sich mit der Lebensaufgabe zufriedengab, die Arbeit anderer zu überwachen? Menschliches Mittelmaß übernahm die Macht auf sämtlichen Ebenen und brachte noch niedrigere Menschen hervor. Die Sowjetunion war eine auf den Kopf gestellte Gesellschaftspyramide: Die Meute, die andernorts in der Kanalisation hauste, hatte hier die Macht. Revolverhelden und Banditen saßen an den Tischen der Paläste, und die fähigsten Denker und Wissenschaftler verwahrte man mit Daumenschrauben in den Verliesen. Als die Mauern fielen, holte man Präsidentschaftskandidaten aus den Gefängnissen.

In Bolschewo zeigte man uns ein Zuchthaus. Ein Mustergefängnis sollte es sein. Die Schamecke in der Sonntagsschule. Der Eßsaal war prächtig; er ähnelte einer der Metro-Stationen Moskaus, und die Häftlinge tafelten unter Cellomusik von Tschaikowsky. Außerdem wurde betont, sie dürften Zeitungen lesen. Wir nickten. Ich, ein Reporter einer schottischen Tageszeitung, zwei Finnen, ein Däne und eine komplette Gesandtschaft Bulgaren. Doch als unser Gastgeber, der Oberbonze der Region, schon zwölf Minuten geredet hatte, zupfte mich der Schotte am Ärmel: Einige Gefangene schienen uns gar nicht zur Kenntnis zu nehmen, sondern lasen weiter angelegentlich in ihren Zeitungen. Jetzt aber bemerkten wir, daß einer von ihnen, ein graumelierter Intellektueller mit gelblicher Haut, seine Zeitung verkehrt herum hielt. Er sah, daß wir es bemerkt hatten, und blickte uns über die Zeitung hinweg an. Seitdem sehe ich mindestens einmal im Jahr diese Augen vor mir. Sie sagten: Hier steht alles auf dem Kopf. Hier ist alles falsch. Hier herrscht mitten am Tag Finsternis. Lügt nicht! Sagt denen draußen nicht, daß hier alles in Ordnung sei. Seht mich an! Lügt nicht!

Fünfundzwanzig Jahre sah ich diese Augen vor mir. Fünfundzwanzig Jahre dauerte es, bis ich begriff, was sie mir sagen wollten: »Lüge nicht!« Ich log. Ich berichtete wahrheitsgemäß von allem, was mir vorgelogen wurde. Ich log. Ich legte falsches Zeugnis ab vor dem Prozeß der Geschichte. Ich malte eine Ikone des Teufels. Und dafür wurde ich gestraft.

Stalin war das unverwässerte Böse, der Teufel selbst in Menschengestalt. Er ließ seine engsten Freunde unter besonderen Zeremonien erschießen und erschien nicht zur Beerdigung seiner Mutter. »Ich fahre doch nicht nach Süden in die Berge für die alte Hure, ha. Obwohl es sich jetzt natürlich angenehmer neben ihr sitzt als während sie noch am Leben war.« Er hatte ein tadelloses Auftreten. Ordentlich gekämmt und makellos gekleidet. Ich grüßte ihn. Ich schüttelte ihm die Hand.

Auf einer Veranstaltung in der Moskauer Oper, die sich »Wahlversammlung« nannte, hörten Axel und ich ihn reden. In *Abenteuer* gab ich die komplette Rede wieder, zusammen mit einer zweiseitigen Personenbeschreibung des »Genies im Kreml«. Der große Führer wirkte sehr souverän am Rednerpult und konnte den kommenden Wahlen wohl auch gelassen entgegensehen. Das Glück wollte es, daß niemand gegen ihn kandidierte. Er nannte es »die freiesten Wahlen, die jemals in der Welt durchgeführt wurden«. Alle waren so frei, ihn zu wählen. Nach dem Ende der Veranstaltung wurden wir in ein hohes Vorgemach geführt, einen Riesensaal wie in Versailles, mit einem dicken, weichen Teppich. Dort warteten Delegationen von allen möglichen Satelliten des sozialistischen Sonnensystems. Allesamt Männer mit Volksschulabschluß und lehrerhaftem Aussehen. Da stand ein Landschullehrer neben dem anderen, auch elegante Erscheinungen aus Viborg, Aalborg oder Hälsingborg mit runden Brillen und Leninplatte. Und alle trugen sie irgendwelche Decknamen wie Otto, Felix, Jan oder Karl. Die Revolution frißt ihre Kinder, aber vorher tauft sie sie.

Alle verstummten, als Josip den Saal betrat, kurz innehielt, sich einzelne mit ein paar Worten vorstellen ließ, ihnen die Hand schüttelte und wieder verschwand. Es dürfte reiner Zufall gewesen sein, daß Axel und ich mit ihm bekannt gemacht wurden: »Das ist unser Komintern-Mann aus Island und das ein junger Schriftsteller, der ein Buch über die Sowjetunion schreibt …« – »Grüß dich«, sagte ich wie der größte Volltrottel aller Zeiten. Er sagte nichts. Verzog keine Miene. Lächelte auch nicht. Aber sah mir in die Augen. Mit der Ruhe und Gelassenheit dessen, der weiß, daß er dich töten lassen kann. Ich mußte seine Haut anstarren, die noch tiefe Narben von Akne trug. Er roch nach starkem Tabak. Dann nahm er meine Hand. Stalin nahm meine Hand. Es war eine Festnahme. Fünfzig Jahre später tat mir die Hand noch immer weh.

[34]

Ich liege unter dem Schrägdach im gelben Zimmer. Müde nach einem langen Tag in Sibirien. Der Himmel gießt seine Kübel aus.

Ich habe Arbeit bekommen. Þorarinn, der Abgeordnete, hat mir etwas auf dem Bau besorgt, oben in Fjarðarsel. Es geht darum, ein altes Haus instand zu setzen. Es trägt den Namen Sibirien. Hier ist doch alles sehr komisch. Natürlich bin ich kein Zimmermann, aber sie können mich gebrauchen, um alte Farbe von den Fenster- und Türrahmen zu kratzen und Nägel aus dem Holz zu ziehen. Ich arbeite mit zwei scheuen, braungebrannten Burschen zusammen. Der Fußweg zum Haus dauert eine Viertelstunde und führt immer am summenden Telephondraht entlang hinauf auf die Heide, wobei mir stets eine völlig durchgedrehte Küstenseeschwalbe folgt, die sich andauernd auf mich stürzt und versucht, mir in den Kopf zu hacken. Sicher hat sie Heimweh. Die Arbeit ist natürlich stinklangweilig, aber ich habe mich entschlossen, diesen Monat durchzuhalten, damit ich dem Abgeordneten sein Geld zurückgeben kann. Diese Geldgeschichte ist mir ein wenig undurchsichtig geworden, denn ehe der *Þingmaður* zurück in die Hauptstadt fuhr, bat er mich um einen kleinen Kredit von der Summe, die er mir geliehen hatte, damit er seine Schulden bei Rikka bezahlen könne. Manchmal esse ich bei ihr, eher der Abwechslung halber als aus Hunger, wenn mich die Gesellschaft im Schornsteinhaus – Stalin winkt, Hanna winkt – wieder einmal verrückt macht.

Manchmal esse ich der Kleinwüchsigen zuliebe auch mit ihren Vögeln: Rosinengrütze, rosinengespickte Innereien, Rosinenkuchen. Sie scheint sich überwiegend von Rosinen zu ernähren, ebenso wie die Rotdrosseln, die sie bei sich durchpäppelt. Mehrmals am Tag streut sie ihnen Leckereien auf den Treppenstufen aus. Sie fressen nichts anderes mehr, sind dick und fett geworden, und mittlerweile, jetzt gegen Ende des Sommers, zwängen sie sich sogar durch das einen Spalt weit offenstehende Fenster, wenn die Schalen einmal leer sind. Überall auf den Regalen, Tischen und Stühlen sind helle Kleckse, der Ausstoß des Rosinenfutters. Ansonsten versucht sie es bei jedem, der männlichen Geschlechts ist. Zur Zeit erwartet sie mich am Wohnzimmerfenster, wenn ich von der Arbeit nach Hause komme, und hält eine dampfende Tasse Tee und ein Rosinenbrot bereit. Den Tee nehme ich an und bemerke einen weißen Klecks auf ihrer Schulter, als sie mir die Tasse auf den Tisch stellt. Dann streichelt sie mir die Backe, ehe sie Platz nimmt, und ich sehe ihr zwanzig Minuten beim Häkeln zu, bis sie sagt: »Neunzehnhundertdreiundzwanzig.«

Ich liege hier unter der Schräge und lausche dem Regen, der auf das Wellblechdach trommelt. Die Regentropfen fallen auf das gesamte Landesviertel. Kein Stück Wiese oder Schuppendach bleibt trocken. Von jedem Stein, von jedem Pfahl spannt sich ein nasser, glitzernder Draht zwei Kilometer hoch in den Himmel. Einmal rührte ich mit der Feder an diese silbernen Saiten, doch jetzt liege ich nur mit Schwielen an den Händen hier unter dem Giebel und höre die Tropfen aufs Dach prasseln. Hunderttausend Fingerschnipser von oben. Und doch sind es nicht die gleichen Tropfen, die auf die Schultern des Bauern auf Heljardalur fallen, auf die halb durchnäßten Wollschultern des Heljardalsbauern.

Hrólfur marschierte durch Gesträuch, über Heidekraut und Moos, flach am Boden liegendes Gras, Storchschnabel und Steinbeeren. Grasbüschel. Höckeriges Gelände. Ein alter Bauer in Gummischuhen. Was hatte er vor? Das wußte er selbst nicht. Er kontrollierte Zäune, spähte zum See hinüber, hörte etwas aus der Scheune bis hier hinab ins Starke Moor, dachte einen Moment, der Hund ginge wieder um, aber dann war es doch nur der Junge, der heulte wie ein Hund. Er war wie vom Teufel besessen. Immer nur am Heulen und Toben, ha. Der Bauer trat einen losen Brocken Erde unter dem Drahtzaun fest und ging weiter am Zaun entlang, weiter durch noch mehr Regen. Es ist doch etwas anderes, über eigenen Grund und Boden zu laufen. Es ist ein Unterschied, zum letzten Mal über das eigene Land zu gehen.

Die Regentropfen fielen auf seinen Rücken wie auf Sumpfboden. Dieser Mann konnte nicht naß werden. Ihm wurde nie kalt und erst recht nicht heiß. Dieser Mann war eins mit seinem Land. Und nun hatte er es verloren. Er hatte seinen lebenslangen Krieg gegen die Zeit und gegen die Gesellschaft verloren, gegen die Dummheit und die verrückten Neuerungen, gegen die Hetze und gegen das ganze Jahrhundert, dieses Jahrhundert, das über ihn gestülpt worden war wie die Tasse über die Fliege. Und egal, was du tust, all deine Träume, deine ganze Arbeit und deine Flügel stoßen am Ende immer gegen die Innenwände ihrer Epoche. Die Zeit ist die Scheide und dein Leben ein Schwert. Wer sie verläßt, riskiert es zugleich. Entweder man wird unsterblich oder bleibt auf der Strecke. Hrólfur hatte sein ganzes Leben über die Hand am Schwertgriff. Wer immer mit dem Schlimmsten rechnet, dem wird es auch zustoßen.

Woher kommt das Unglück? Steckt es in der Zeit? Ist es das, was sich hinter ihr verbirgt und manchmal zwischen den Sekunden aufrülpst? Oder kriecht es einfach an Land wie ein unschuldiger Seehund? Ein speckfettes, (h)armloses Unglück, dem die Ahnungslosigkeit aus kugelrunden Augen guckt? Das einem dann bis auf die kalte Heide hinauf hinterherwatschelt, ein Untier mit Lungen und Schwanz?

Irgendwer, irgendwas, die Zeit, seine Brüder, ein Fels im Breiðdalur, der Mond über der Bucht, das Leben selbst hatte ein schwarzes, totes Pferd in seiner Seele abgeladen und darauf acht tote Welpen, eine alte Studentenmütze, eine britische Treibmine, hundertfünfzig Schafe und drei Zuchtböcke geschichtet und zuletzt noch ein einziges Wort, geschrien in der Scheune: Papa! Manchmal echote es durch den dunklen Saal, der seine Seele war, und danach hallte es noch lange in dem Sprengsatz, obwohl er drei wohlgehörnte Leiber darauf gepackt hatte; er legte noch einen vierten obenauf und warf sich dann auf drei gestohlene, knochenharte Düngersäcke, die er ebenfalls darin aufbewahrte. Eine Weile starrte er den Kadaver von Blindur an und spuckte dann kräftig in die Studentenmütze, die zur Hälfte in einer öligen Lache auf dem Boden lag in diesem menschenverachtenden Schuppen. Jeder Mensch ist ein Bauwerk. Jedes Individuum besteht aus einem dreihundert Quadratmeter großen Betongebäude im Rohbau mit Erdgeschoß, Obergeschoß und einem weitläufigen Keller. Jeder Mensch, der auf Erden wandelt, bewegt sich auch durch dieses Gebäude. Treppauf, treppab, durch lange Korridore, um aufzuräumen und zu putzen, um nach dem Wetter zu sehen oder um zu heizen.

Hrólfur stapfte die Treppe hinauf, feuchtmodrige Stufen aus der dunklen Mistgrube hinauf ins Erdgeschoß. Der Fußboden dort war trocken, aber beinah ebenso kalt wie im Keller, und keine der Glühbirnen hatte Strom. Er ging den Gang entlang, bis er zu einer schwindsüchtigen Tür kam, die kaum noch in den rostigen Angeln hing, und schob sie auf. In dem Zimmer dahinter regnete es, und auf dem Fußboden wuchsen Gesträuch, Heidekraut und Moos, flach am Boden liegendes Gras, Storchschnabel und Steinbeeren. Grasbüschel. Er ging hinaus in das wellige Gelände.

Das Mädchen wird sich schon wieder einkriegen. Bestimmt. Sonst sollte sie besser das Gewehr nehmen und mir ins Bein schießen. Dann ginge es mir besser. Wenn etwas an einem frißt, gibt es kaum Wohltuenderes als eine Ladung von zwanzig Schrotkörnern ins Bein. Um die Aufmerksamkeit abzulenken. Oh, ja, ha. Vielleicht hängen mich die Idioten morgen auf. Gut möglich.

Mit dumpfem Ton schlug der Regen auf seine Mütze: Der

Resonanzton seines ganzen Lebens. Und das war jetzt vorbei. Die Gesellschaft hatte den Einsiedler besiegt. Er hatte sein Land verloren. Wie gibt man sich am besten geschlagen? Läßt man sich schreiend in ein Auto abführen? Läßt man den Kopf hängen und gibt auf nichts mehr eine Antwort? Oder streitet man alles ab und bedankt sich bei den Leuten für all die Unterstützung, die man erfahren hat? Oder macht man es wie der weise Njáll, der sich in seinem brennenden Haus schlafen legte? Oder wie Adolf und geht mit einer Zeitbombe ins Bett? Oder nimmt man sich den roten Bart ab und fängt an, Rock und Rohl zu hören?

Man verwandelt sich in ein Pferd. Selbst ein geschlagenes Pferd behält seine Würde. Niemand bemitleidet ein Pferd. Hrólfur war zum Pferd geworden, das Reden hatte er vollkommen eingestellt, seit er vor einem halben Monat »Danke für's Essen« gesagt hatte. Einen Tag stand er an die Wand gedrückt und starrte zwei Stunden reglos in die Gegend. An einem anderen stellte er sich neben die beiden Klepper, die noch da waren, und drehte wie sie den Hintern gegen den Wind. Er stand neben ihnen im Windschatten des Pferdestalls, furzte mit ihnen und dachte vor sich hin. Er tat so gut wie alles wie sie, nur Gras fraß er noch nicht.

Der letzte Tag in Heljardalur. Eine merkwürdige Vorstellung. Doch er wußte, daß nach ihm niemand mehr hier leben würde. Wenn er den ehemaligen Besitzer recht kannte, würde der es nicht einmal selbst wieder tun, und heutzutage nahm niemand einen landwirtschaftlichen Betrieb neu auf, der nicht von einer eigensinnigen Frau oder einem tyrannischen Vater dazu getrieben wurde, und schon gar nicht so weit ab von bewohnten Gegenden. Und wenn sich die Zukunft folgerichtig aus der Gegenwart ergab, aus dieser eingerichteten Behaglichkeit mit ihren Einheitspantoffeln und Einbauküchen und Einliegern und Einlagen und Einbindungen, dann würde sich hier in den nächsten tausend Jahren niemand mehr niederlassen.

Einen Hof wüst fallen zu lassen war genauso, wie einen nahen Freund zu verlieren. Nur schlimmer noch. Denn wer stirbt, ist tot, der hat sein Leben gelebt und vielleicht nicht einmal ganz umsonst, doch so ein Tal, ein solches Stück Land existiert weiter und zu keinem anderen Zweck, als um dem Wind Gras zum Spielen zu geben. Solches Land brach fallen zu lassen war das gleiche, wie den zu verlassen, den man liebte, wenn man ihn liebte und wenn man von ihm geliebt wurde. Und das tut niemand. Deshalb ist das der schwerste Abschied im Leben: seinem Tal Lebewohl zu sagen.

Hrólfur war zwar zum Pferd geworden, aber bei diesem überwältigenden Gedanken blieb ihm dennoch fast das Herz stehen, als er an seinem allerletzten Morgen auf den Hof trat. Für einen Menschen war das mehr als man fassen konnte. Und zu viel, um sich davon trennen zu können. Er brauchte fünf Minuten, um noch einmal sein ganzes Land mit den Augen abzustreifen. Dann ging er in den Kuhstall und erschoß Huppas Kalb.

Eivís war das alles egal. Sie wollte fort. Zum Teufel mit diesem Höllental, das seinen Namen mit Fug und Recht trug! Und, ja, all dieses verdammte Zeug verkaufen, den Traktor, den Hänger, die Pferde, Kühe und Hühner, das Küchengerät, die Betten, den Kochherd, was auch immer … Die Tage der Selbstvorwürfe waren vorbei, und sie sah die Dinge nun klarer, erlaubte sich unverstellte, reine Wut. Ja. Sie würde sich nur langsam von diesem Mann losreißen können, den Händen ihres Peinigers entrinnen und dieser Zwangsjacke der Natur, diesem Kälteloch, in dem sogar das Gras Mühe hatte, zu wachsen, und in dem manches Schneefeld nicht einmal im blauen Sommer schwand. Ja, die Sommer hier waren blau und nicht grün, und selbst die Krähenbeeren hatten eine Gänsehaut. An diesem letzten Morgen molk sie mit ungestümer Kraft. Freiheit! Am Abend würde sie frei sein. Wie unglaublich, sich das vorzustellen! Ein neues Leben unten in Fjörður. Dieses Leben war doch nicht ganz verloren. Während sie mit den Milchkannen fast ins Haus tanzte, summte sie das neueste Lied, das ihr Bruder ihr beigebracht hatte: *»Hau matsch isde doggi inde windo?«* Es lag mittlerweile etwas Frauliches in diesen Hüften. Der Bubikopf war frisch nach der neuesten Mode geschnitten. Ihr Bruder hörte sie ins Haus kommen und bellte zweimal nach dem Refrain. Durch zehn gräßliche Schlager waren sie sich näher gekommen. Und sie hatte ihm versprochen, daß er einen neuen Hund bekommen sollte, wenn sie nach Fjörður kämen. Vísa, liebe Vísa.

Wo aber sollten sie wohnen? Vater sagte nur »ha«. Eivís hatte angenommen, sie könnten erst einmal bei Þórður unterkommen, doch sie hatte ihren älteren Bruder weit überschätzt. Solange er abwesend war, hatten sich Gerüchte zu spannenden Geschichten ausspinnen lassen. So hieß es einmal an der Mauer des Sammelpferchs: »Hör mal, dein Bruder Þórður ist echt ein Genie mit dem Messer. Aus sechs Metern Entfernung kann er einem Hering den Kopf abwerfen. Willst du 'nen Zungenkuß?«

Als es dann aber soweit war, zeigte sich, daß Þórður vor allem ein Säufer war und sonst gar nichts und daß er sich außerdem auf die Färöer davongemacht hatte. Zudem war das *Sjóhús* selbst für eine noch so kleine Familie nicht geeignet. Statt dessen kamen sie erst einmal im Grünen Haus bei Þuríður Beck unter. Sie: Eivís, der Junge und die Großmutter. Das hatte Eivís so entschieden. Was der verfluchte Satan, der glatzköpfige Rotbart, vorhatte, wußte sie nicht. Es war ihr auch scheißegal. Sie sprach nicht mehr mit ihm. Er redete nicht mit ihnen.

»Ich spreche mal mit Runólfur«, hatte sie ihn zu Großmutter sagen hören, was immer das auch bedeuten sollte. Wenn es nach ihm gegangen wäre, hätte er sie natürlich in einer der ungeheizten Baracken der Engländer auf Eyri untergebracht oder unter einem der Luxus-Trockenfisch-Gestelle unten am Fjord. Sofern er ihnen nicht eine geräumige Höhle in der Missetäter-Wüste spendiert hätte. Zur Hölle mit diesen Bergen und Hochflächen und diesem ewig kalten Wind. Sie sehnte sich nach Meer und Windstille und einem Haus und Licht und Wärme. Die letzten Tage hatte sie an nichts anderes gedacht als an saubere weiße Bettwäsche und weiße, glänzendlackierte Fensterrahmen wie die im Grünen Haus. Wie mochte es eigentlich sein, so das ganze Jahr über zu wohnen? In der Küche gab es sogar einen Wasserhahn, aus dem heißes Wasser kam.

»Och, in der Beck-Sippe hat es schon immer böse Zauberer gegeben«, hatte das Mensch dazu bemerkt.

Þuríður war eine große, ernste Frau um die Fünfzig, die in ihrem Leben so viele Beerdigungen besucht hatte, daß sie keine Alltagskleider mehr anzog, sondern stets in Tracht herumlief. Ihre Haut war weiß wie Milch, kühl und weich wie Käse. Sie legte sich in Falten über ihr Gesicht und hing ihr unter dem Kinn wie eine Wamme, als hätte sie mehr als genug davon. Insgesamt betrachtet hatte sich ihr Gesicht gut gehalten, es hatte es sich auch ein Leben lang im Haus gutgehen lassen dürfen, ihre Seele aber war ein kaltes, salziges Meer. Auf ihm hatte sie Mann und vier Söhne verloren.

»Du kannst es dir ansehen. Es ist das hinterste Zimmer.«

Ihre Stimme klang wehklagend und heiser wie die eines Schwans am Himmel, und jedem Satz folgte ein Pfeifen aus der Lunge. Ihre Schwiegertochter lebte bei ihr, eine Telephonistin mit zwei Kindern und einem Mann auf See, sowie ein älterer Bruder mit einem Sprung in der Schüssel, Geirharður Beck. In jungen Jahren hatte ihn schwerer Liebeskummer befallen, und seitdem verfolgte ihn die fixe Idee, er sei ein illegitimer Enkel Napoleon Bonapartes. Die Familie kam von Slétta im Norden, und eine alte Überlieferung besagte, im ausgehenden neunzehnten Jahrhundert hätte dort einmal ein adeliger Schiffseigner aus Frankreich während eines Unwetters logiert. Als die Liebe den zwanzigjährigen Geiri verließ und statt dessen in die Hauptstadt heiratete, versuchte er, ins Wasser zu gehen, kam aber mit jener Legende wieder an die Oberfläche und teilte seiner Angebeteten die Neuigkeit brieflich mit: Wollte sie wirklich einem französischen Adelssproß den Korb geben? Geiri sah gar nicht so durchgedreht aus, eher wie ein schweigsamer grauer Herr. Nur die Hosen saßen immer zu hoch beziehungsweise waren stets zu kurz: ein internationales Kennzeichen Geisteskranker.

Wenn Þuríður Beck in schwarzem, langem Mantel und Tracht freitags auf den Friedhof ging, war nichts anderes zu sehen, als daß sie die heldenhafte, vielleicht nicht ganz typische isländische Seemannswitwe war. Dabei war Þuríður Beck eine der ganz wenigen Frauen in Island, die vom Schreiben lebte. Selbst ich hatte das vergessen, bis ich die Anzeige unten im Kaufladen sah:

»*An Türen geklopft* – ein neuer, spannender Liebesroman von Jóna Hanson, Autorin der beliebten Geschichten um die Abenteurerin Rita Becker (*Die Frau mit den Handschuhen* und *Traum von einem Mann*), in der Übersetzung von Þuríður Beck.«

Traum von einem Mann. Vielleicht hatte das Mädchen die letzten Nächte auf dem Hochlandhof deswegen kaum mehr Schlaf gefunden. Es war zur Frau geworden. Es hatte sein Geschick in die eigenen Hände genommen. Vierzehnjährig, konfirmiert und voll erwachsen, sowie mit einem schrecklichen Erlebnis weit hinter sich. Außer Sichtweite. Es war seltsam, aber es kam ihr jetzt so vor, als wenn nie etwas geschehen wäre. Sie konnte sich kaum erinnern. Und versuchte es auch gar nicht. Sie hatte niemandem davon erzählt, weder Gerða noch Großmutter und erst recht nicht dem kleinen Grímur. Niemandem außer dem Arzt.

Der Distriktsarzt in Fjörður war ein Amerikaner namens Donald T. Emmerich, einer von drei Soldaten, die hier im Land Wurzeln schlugen, nachdem sie eine Einheimische geheiratet hatten. Ein überaus vertrauenerweckender Mensch von der unschuldigen Sorte, mit der man gern Sinfonieorchester besetzt.

So unterrichtete er auch an der Musikschule und hielt jeden Sonntagabend ein Konzert in der Kirche. Dabei saß er allein im Chor und spielte Englischhorn, die Oboe mit dem birnenförmigen Schallbecher. Ich saß eines Abends dabei und hörte, wie er Eivís' Traurigkeit in Töne verwandelte. Diese Sonntagskonzerte des Doktors waren so etwas wie der Arztrapport der vergangenen Woche.

Donald saß in seinem weißgestrichenen Sprechzimmer und erklärte ihr mit amerikanischem Akzent, daß man so etwas eine Vergewaltigung nenne. Sie ließ ihn das Wort viermal wiederholen, ehe sie begriff, was gemeint war.

Das Mädchen von der Hochheide hatte das Wort Vergewaltigung nie gehört, wußte aber natürlich alles über Vergewaltigungen, sie trug siebenhundert Vergewaltigungen in sich, die Schändungen ihrer Mütter und Großmütter und Urgroßmütter. Sie wußte sogar, wie man sie ertrug: Indem man den Körper verließ. Die Seele machte sich davon, während der Körper seine schlimmsten Stunden durchmachte. Es tat ein bißchen weh, aber das war nicht weiter schlimm. Er tut es mir ja nicht an, denn das bin gar nicht ich. Ich bin gar nicht hier. Und wenn ich zurückkehre, werde ich wieder rein und wie vorher. Nichts kann einer guten Seele etwas anhaben. Nichts kann eine reine Jungfrau besudeln.

Doch das Leben ist ein strenger Lehrer, der darauf besteht, daß man jede einzelne Stunde anwesend ist, selbst die, denen man offiziell fernbleiben darf. In den Wochen danach sprang der Vorfall in der Scheune Eivís an wie ein streitsüchtiger Teufel. Er sprang ihr vom Stalldach in den Nacken, stieg aus dem Jauchegraben, erwartete sie an der Ecke des Pferdestalls, wisperte ihr abends aus dem Kopfkissen ins Ohr. Sie hatte ihren Körper in einer schweren Stunde verlassen können, aber die Stunde verließ sie nicht. Sie holte sie nun in kleinen Portionen fünfmal am Tag wieder ein. Große Brocken schneidet man am besten in kleine Happen. Und nach und nach gelang es ihr, alles zu schlucken. Eine Woche lag sie zu Bett, in der zweiten fiel es ihr schwer, auf dem Melkschemel zu sitzen, in der dritten hatte sie Verdauungsprobleme, aß wenig und sprach nichts. Als ihr Körper vergessen hatte, tat sie es auch, verbannte das verzerrte Gesicht ihres Vaters aus ihren Gedanken und sah es nicht mehr, blickte beim Essen höchstens ihren Teller und den kleinen Jungen an. Ihren Vater sah sie nie wieder. Selbst wenn sie jeden Morgen und jeden Abend mit ihm am selben Tisch saß. Warum ging sie nicht einfach fort? Das fragte sie manchmal das Kalb: »Warum gehe ich nicht einfach?« Das Kalb antwortete mit großen Augen: Ich werde noch vor dir gehen.

Nach und nach wurde ihr alles klar. Sie sah die Dinge nicht länger mit großen, verständnislosen Kalbsaugen. Jetzt sah sie, daß das, was geschehen war, mit Sex zu tun hatte, einem Wort, das sie von dem kleinen Danni an der Friedhofsmauer auf Mýri aufgeschnappt hatte, einem Wort, das sie vorher noch nie gehört hatte und dessen Bedeutung sie nicht kannte. Obwohl man es nicht verstand, begriff man doch, daß es mit Nacktheit zu tun hatte und primitivem Trieb, als wäre es ein geheimes Schlüsselwort für das Leben selbst, ein hartes Wort, von dem sie jedoch auch wußte, daß es eine wehe Zärtlichkeit umfaßte. Ein kaltes Wort für siedendheiße Dinge. Ein hartes Wort für Weiches. Und genauso war es über sie gekommen: hart über weich, erhärtet an ihre weichste Stelle.

Selbst Tiere schauten weg, wenn sich ihre Eltern derart betätigten. Niemand will Zeuge der niederen Triebe werden, die sein eigenes Leben anstießen. Und niemand will unter dem gleichen Verlangen keuchen. Eine Vergewaltigung durch den eigenen Vater war das Schlimmste, was einem Mädchen widerfahren konnte. Sie, Eivís, hatte das durchgemacht. Das zukünftige Leben war dagegen leicht. Im letzten Sommer hatte so mancher im Tal sein Leben gelassen. Schafe, Böcke, ein Hund. Und ihre Kindheit. Sie begrub sie in aller Stille. Nur der Arzt spielte Englischhorn.

Das Gedächtnis ist wie ein Moor. Es verschluckt die schweren Dinge und hebt die kleinen und schönen: Überall steht weißes Wollgras. Wer aber versucht, einen alten Eisenkessel oder einen Traktor zu heben, wird selbst untergehen.

[35]

Sie kamen in drei Jeeps, einem Pritschenwagen und vier Traktoren, einer mit Hänger, wie Invasionstruppen die Heljardalsheide herab. Und besetzten das Land.

Das Wetter war passend. Sieben faule Winde trieben von Osten je sechzehn gekräuselte Wolken vor sich her. Die Sonne ließ sich herab, ihr Licht auf sie zu werfen. So war der August in Island. Der Sommer hatte keine Lust mehr.

In diesem hochgelegenen Trakt hatte es seit 1923 keine Zwangsversteigerung mehr gegeben, als man Jens auf Grunnavatn in Unterwäsche aus dem Haus trug und er dazu krähte: »Wer trägt ein schöneres Vaterland?«* Die Alten lachten noch heute darüber.

Was macht mehr Spaß, als sich am Unglück anderer zu weiden, besonders wenn man die Betreffenden gut kennt? Wir haben eine verflixte Vorliebe für so etwas eingebaut, eine gemeine Schadenfreude, unsere Freunde gedemütigt vor uns am Boden zu sehen. Der gesamte Bezirk war versammelt. Vom Gemeinderatsvorsitzenden auf Mýri bis hin zum Kaufmann in Refsárdalur. Der Sýslumann hatte sich damit begnügt, zwei Vertreter zu entsenden: Käse-August und dessen Assistenten.

»Na, ich habe jedenfalls nie ein schöneres Vaterland gesehen als das, in dem Jens auf Grunnavatn an dem Tag steckte, an dem sie ihn aus seinem Haus trugen, ho ho«, sagte ein alter Mann an der Wand des Vorbaus. Dort standen einige beisammen und rauchten: Sigmundur auf Melur und zwei lachende Burschen von Ytra-Hof mit Pickeln auf der Stirn sowie der o-beinige alte Mann mit den Händen in den Taschen. Auch Baldur auf Jaður stand dabei, rauchte aber nicht, und der alte Efert auf Undirhóll kam gerade langsam um die Ecke, mit Hut und Spazierstock und weit offenstehendem Mund, das Gesicht gräßlich verzerrt, so kam er um die Ecke gesegelt wie ein Mann mit einer Totenmaske. Die beiden Burschen starrten ihn an, während der alte Mann weiter von Jens erzählte. Irgendwer hatte dem Undirhóllsbauern einen Stadthut aufgesetzt, aber er sah trotzdem noch immer ziemlich bäurisch aus. Endlich klappte er den Mund zu, biß die zahnlosen Felgen aufeinander, öffnete den Mund wieder und ließ ein langgezogenes »Haaaa?« ertönen.

»Donnerwetter, haben sie dich feingemacht! Stock und Hut steht ihm gut«, grinste Sigmundur.

»Jau«, meinte der Alte, »man kommt ja nicht alle Tage zu so einem Aufgebot, he, he.«

Die Jungen mit der Pickelstirn hielten sich die Bäuche und unterdrückten das Lachen.

Sigmundur griente: »Aufgebot? Wenn das mal nicht eher ein Angebot ist.«

»Haaaa?«

»Wie gut ist denn der Farmal?« fragte Baldur auf Jaður.

»He, he, was ist denn mit den Jungens los? Haben sie Magengeschwüre?« fragte Efert und guckte die beiden an.

»Och, wenn das mal nicht vom Rauchen kommt«, sagte der o-beinige alte Mann mit Namen Áki auf Vað.

»So, so. Trotzdem ist es was ganz anderes, die jungen Spunde rauchen zu sehen wie erwachsene Männer, als wenn sie wie die Paviane Gummi kauen …«

Die beiden jungen Männer wollten gar nicht älter werden, sie hatten auch so ihren Spaß und bekamen weitere Magengeschwüre. Der eine auch einen Hustenanfall.

»Oh, Gesundheit, mein Junge«, sagte der Alte von Undirhóll.

Über ihnen wurde das Küchenfenster aufgerissen. Eine heisere Frauenstimme ertönte: »Sigmundur, hast du etwa Tabak gekauft?«

Der gestandene Bauer auf Melur drehte sich um und blickte zum geöffneten Fenster auf.

»Nein, nein, Áki hier hat mir eine Zigarette angeboten.«

»Und, hast du auch zwei bekommen?«

Er gab keine Antwort. Sie sahen, wie Hrólfur von den Schafställen über die Hauswiese heraufkam.

»Ach, da kommt der Gute ja«, stellte Efert fest.

»Ob du zwei von ihm bekommen hast, habe ich gefragt«, insistierte die Stimme aus dem Küchenfenster.

Die Männer schwiegen und sahen den gebeugten Bauern näher kommen. Hrólfur hatte von seinen Außengebäuden Abschied genommen und in die Scheune gepinkelt. Es war eine alte Sitte in Island, daß ein Bauer, der sein Land aufgab, in die Scheune pinkelte. Damit wurde das Land in nächster Zukunft unbewohnbar, und es brachte regenreiche Sommer für die nächsten dreitausend Jahre. Langsam und mit schweren Schritten kam er über die Wiese, die Wartenden traten von einem Fuß auf den anderen. Zwei Hunde liefen Hrólfur entgegen, schnupperten an ihm, erkannten den Geruch eines besiegten Menschen und liefen davon, rieben die Nasen im Gras, suchten nach einem besseren Geruch. Sigmundur schnippte seine Zigarette fort, die beiden Jungen nahmen noch einen Zug unter gefurchten Pickelstirnen, kreuzten dann die Arme. Das Lachen stieg noch immer in ihnen hoch wie eine beginnende Übelkeit.

»Sigmundur, ich habe dich etwas gefragt!« scholl es aus dem Küchenfenster.

Der eine der beiden Burschen sah zum Fenster auf, dann auf Sigmundur. Der Saisongehilfe auf Vað kam mit einer dunkelgrünen Flasche Selbstgebranntem und reichte sie Áki. Er ließ sie herumgehen.

»Ah, der ist gut.«

Von der windgeschützten Giebelseite des Wohnhauses zog ein besonderer Duft herüber, der wunderbare Tabaksgeruch, der entsteht, wenn bei neun Grad im Freien geraucht wird. Die Hunde hatten eine unbekannte Parfümspur gefunden und folgten ihr über die Hauswiese, aber der Mann mit dem roten Bart war nur noch wenige Schritte vom Haus entfernt. Wie trat man vor seine Freunde, wenn die eigene Existenz zum öffentlichen Skandal geworden war? Hrólfur trat vor sie, wie sich ein Pferd einer Gruppe von Menschen nähert: Er blickte starr vor sich hin, ohne jemanden anzusehen, blieb vor ihnen stehen, ließ einen fliegen, spuckte aus und wischte sich den Bart mit dem Handrücken.

»Grüß dich, lieber Hrólfur«, sagte Baldur auf Jaður.

Das war so ziemlich das Ärgste, was Hrólfur in seinem Leben gehört hatte. Er spürte, wie sich in seiner Magengrube etwas Kostbares von einem hohen Felsabsatz stürzte mit einem Schrei, der um so schrecklicher klang, je weiter er sich entfernte. Zu einem gelben Löwenzahn an der schmutzigweißen Hauswand sagte er: »Sind hier Leute aufgekreuzt, um ein Geschäft zu machen?«

»Oh, nein, he, he, das wohl kaum«, kläffte Efert.

»Du siehst jedenfalls schon ganz nach Geschäftsmann aus, ha, mit Stock und Hut«, gab der Heljardalsbauer zurück und sah seinen Nachbarn an.

»Oho, mit Stock und Hut, he, he, Stock und Hut …«, echote der mit Hut und Stock.

»Es ist traurig, so in die Bredouille zu geraten, und die Wahrheit ist, daß die Menschen unterschiedlich damit fertig werden«, sagte Baldur voll Verständnis und Mitleid. »Aber so, wie ich dich kenne, wirst du dich wieder in die Höhe arbeiten.«

Die beiden selbst waren erbärmliche Krauter: Efert hatte für die Wolle von seinen räudigen Schafen seit zwei Jahren keine Krone mehr bekommen, und Baldur steckte bis zu den Ohren in irgendwelchen Versuchsbeeten, züchtete irgendwelches Unkraut, Rüben und Radlieschen, oder wie das Zeug hieß. Jemand, der sich nur die kurzbeinige Rasse als Vieh hielt, sollte am besten gleich den eigenen Kohlkopf in seinen Garten pflanzen. Und Sigmundur war ein sterbenskranker Mann. Das sah man doch schon von weitem. Mit einem schwarzen Fleck auf dem Ohr. Die Nacht hatte ihn für sich markiert, ihn gebissen. Warum war er noch nicht gestorben? Seine alte Mehlmotte mußte ihn erst noch richtig ausnehmen mit ihrem nörgelnden Geiz, die alte Trockenfunz.

»Was sagst du, Hrólfur, soll der ganze Ramsch auf einmal verkauft werden? Das Vieh und die Maschinen?« fragte Sigmundur.

»Ha, ja, warum nicht?« sagte er und verzog den Mund, daß seine Zahnlücke sichtbar wurde. Dann trat er an die Hauswand, bückte sich und pflückte den Löwenzahn, zu dem er vorhin gesprochen hatte. »Ja, alles, bis auf den hier. Den werde ich wohl behalten.«

Sie sahen ihn an. Wie schlecht es diesem Mann stand, eine Blume in der Hand zu halten. Hrólfur sah auf den Löwenzahn in seiner sommersprossigen Faust und kam zu dem Ergebnis, daß Pferde keine Blumen pflücken. Also schmiß er die gelbe Blume weg und zeigte Verlegenheit, wie es männliche Männer tun. Ein gutes Pferd stolpert über einen Wiesenhöcker, ein Wal verschluckt Netzschwimmer, und sie fühlen sich richtig bescheuert hinterher. So sagte er: »Ihr bedient euch beim Kaffee«, und verschwand um die Hausecke.

Jón Guðmundsson kam aus dem Kuhstall wie ein verwunderter Vogel Strauß: Ein lang aufgeschossener Mann mit schmalem Gesicht, der seine Extremitäten nicht ganz unter Kontrolle zu haben schien. Selbst seine dünnen, tassenförmigen Ohrmuscheln standen ihm weit vom Kopf ab. Über einem langen roten Hals ragten weiße Haare in sämtliche Richtungen. Er ließ deutlich erkennen, daß es nicht leicht war, in diesem Körper zu wohnen. Er war aus der Hauptstadt angereist. Der frühere und neuerliche Eigentümer von Heljardalur. Er hatte Hrólfur das Tal verkauft und es jetzt mit Hilfe guter Freunde wiederbekommen. Jón war seit dem Sommer '38 nicht mehr auf dem

Hof gewesen, als er seinen verstorbenen Vater abholte, und Hrólfur hörte ihn gerade sagen: »Und diese Gebäude da?«, wobei er mit dem Kinn auf die Schafställe wies. Er unterhielt sich mit seinem Anwalt, einem kleinen, hinterhältigen Kerl mit Oberlippenbärtchen, Käse-August und dessen Assistent. Sie traten einer nach dem anderen aus dem Kuhstall. Hrólfur wollte ins Haus, doch der Gemeinderatsvorsitzende von Mýri betrat nun den Hof, begleitet vom Bizepsfernfahrer Ásbjörn und seinem Kumpel Skeggi, dem alten Gísli von Ytra-Hof und zwei Halbwüchsigen, die Eivís noch immer nicht gefunden hatten. Wo steckte sie überhaupt?

»Tag, Hrólfur, das sieht ja wirklich ordentlich aus bei dir«, meinte Gísli, ein Mann mit breitem Brustkasten über dünnen Stelzenbeinen, der an einen Rotschenkel erinnerte.

»Jaja, sollten wir nicht langsam anfangen?« sagte August, als er zu ihnen trat. Man begrüßte sich. Der Anwalt hieß Steinar, der Assistent Marinó L. Karlsson. Jeder hat seinen Namen zu tragen. Jón, der Hrólfur um einen ganzen Kopf überragte, gab ihm die Hand und sagte, es tue ihm leid, daß es ein solches Ende nehmen müsse, aber jetzt führe kein Weg mehr daran vorbei. Als nächstes werde man es auf dem Hof mit »Pferdezucht« versuchen.

»Ha.«

Laut Gesetz war der Vorsitzende der Landgemeinde mit der Durchführung der Auktion zu betrauen, doch wie sich herausstellte, wußte keiner so genau, wer Vorsitzender der Hochtälergemeinde war, und so wurde beschlossen, ihn an Ort und Stelle zu wählen. Die Wahl war geheim, Wahllokal das Generatorhäuschen. Gewählt wurde Jóhann Magnússon, Mýri, mit 13 Stimmen. Zwei Stimmzettel waren leer, Hrólfur Ásmundsson, Heljardalur, eine Stimme. Das war eine peinliche Angelegenheit. »Wer, zum Teufel, will mich hier verarschen, ha?«

Jóhann würde natürlich einen guten Gemeindevorsitzenden abgeben, aber er war ein völlig ungeeigneter Auktionator.

Eivís kam mit ihrer Freundin Gerða und der lebenslustigen Hólmfríður auf Melur die Treppe vom Schlafboden herab. Alle kauten sie Kaugummi. Die Melfriede hatte ihnen brühwarm berichtet, was sich alles auf dem letzten Ball auf Barmahlíð abgespielt hatte. Der Svenni von Magga Sjó hatte sich mit ihr in die Büsche geschlagen und sie anschließend gefragt, ob sein Freund auch mal dürfe. Sie hatte gefragt, wen er meine, und er hatte gesagt, Ranni, der habe zwar eine Hasenscharte, sei aber sonst ein prima Kerl, und sie könne ja dabei die Augen zumachen oder ihm den Mund zuhalten, wenn sie wolle. *Olrait*, hatte sie gesagt und draußen im hohen Gras gewartet, während der Svenni von Magga Sjó seinen Kumpel holte. Der hätte ihr anschließend 200 Kronen in die Hand gedrückt, »ohne daß ich ihn drum gebeten hätte, ehrlich«. Sie hätte gar keine Ahnung gehabt, daß dabei etwas herausspringen könne, und wollte jetzt ihren Freundinnen zu überlegen geben, sich solchen gelegentlichen Nebenverdienst einmal durch den Kopf gehen zu lassen, der die Zukunftsaussichten eines jungen Mädchens merklich aufbesserte. »Ich meine es ernst, man braucht doch gar nichts dabei zu tun. Nur anständig die Beine breitmachen und … na ja, ist gar nicht so schlimm, eigentlich. Habt ihr euch schon mal vögeln lassen?«

Hólmfríður sah sie an über ihr Stupsnäschen und die Babyspeckbäckchen, die noch so unendlich weit vom Geschlechtsleben entfernt schienen. Eivís errötete und sah Gerða an, die nur noch größere Augen machte.

»Du wirst rot, Vísa? Dich haben sie also auch schon gehabt.«

»Nö.«

»Doch, klar, ich sehe es dir doch an. Wer war es? Bárður der Landwirtschaftler?«

»Ich weiß nicht mal, wovon du redest.«

»Wollt ihr ein Gummi?«

»Ja. Hast du welche? Von wem?« fragte Gerða.

»Von Svenni«, sagte Melfriede und reichte ihnen ein dickes Paket Kaugummi in grünem Papier und Aluminiumfolie.

»Wie ist er eigentlich? Mein Bruder Doddi behauptet, seine Mutter hätte ihn als Kind in die Heringstonne fallen lassen.«

»Ich kann mal mit ihm reden. Er macht es bestimmt auch mit euch, wenn ich ihn drum bitte. Er ist echt *naiß*.«

»*Naiß*? Was ist das?«

»Na ja, netter Kerl oder so.«

»Bist du denn nicht in ihn verliebt?«

»Natürlich nicht. Ich hab ihn doch gehabt.«

Drei blühende Rosen. Schreiten eine Treppe hinab. Ein Bild, das niemals gemalt wird. Die Küche war voller Frauen. Eivís stellte überrascht fest, daß sie ihrer Großmutter auf die Nerven fielen. Sie beugte sich über den Herd und sagte: »Nein, also bitte, ich mache den Kaffee.«

Geirlaug: »Wie ist es, Mädchen, wollt ihr nicht auch etwas?«

Nein, sie kauten Kaugummi. Man konnte doch nicht mal richtig sprechen, wenn man *tschuing gam* im Mund hatte, geschweige denn Kuchen oder Brot essen. Sie verließen die Küche. Lehrer Guðmundur stand im Gang. Reiner, rotbefleckter Junggeselle. Was hatte er hier zu suchen? Sie ließen Eivís bei ihm zurück.

»Hallo.«

Sie nahm das Stück Kautschuk aus dem Mund.

»Hallo.«

»Das ist wohl wirklich der letzte Notbissen.«

»Wie bitte?«

»Na ja, zu einem solchen Entschluß greift man doch erst in letzter Not. Das verstehen wir alle.«

»Mir ist das völlig egal. Du brauchst uns nicht zu bemitleiden. Ich bin nur froh darüber.«

Wie? War das das gleiche Mädchen wie das zu Beginn des Sommers oben im Bunker? Außerdem kaute sie dieses Zeugs.

Beide blickten sie auf den Kaugummi in ihrer Hand. Ach, wie er voller Mitleid war. Was war er doch gut und langweilig. Wie hatte sie nur einen ganzen Winter lang in ihn verliebt sein können? Guck dir bloß diese bescheuerten roten Flecken auf seinen Backen an! Von wegen Knutschflecken! Kleine-Jungs-Flecken waren das. Da fuhr er nach Kopenhagen, und das einzige, was er unternahm, war, die Höhe des Runden Turms nachzumessen. Was wußte er schon vom Leben? Er wußte, wie lang, breit und schwer es war, und hatte es doch nie richtig angegangen. Sie bemerkte, daß draußen auf dem Hof zwei Jungen zu ihr herübersahen. Ihr Bruder Grímur kam aufgeregt angelaufen: »Hast du so ein Gummi zum Kauen? Im Ernst? Wo hast du das her?«

»Von Fríða.«

Und schon schossen die beiden Knirpse, Grímur und Danni, davon, um mit dem Freudenmädchen zu verhandeln. Melfríður ließ sie in der Scheune dafür bezahlen. Sie mußten ihr gleichzeitig an den Brustwarzen saugen.

»Aber es kommt keine Milch«, meinte Danni nach drei Minuten.

»Was meinst du, was ich bin? ’ne Kuh?«

Huppa wurde aus dem Kuhstall geführt wie ein Sträfling. Die Hunde hatten zurückgefunden und liefen schnuppernd zwischen den Leuten herum, die auf dem Hof einen Halbkreis vom Vorbau zum Kuhstall gebildet hatten. Eine leere Holzkiste wurde vor den Pritschenwagen gestellt, und Sigmundur half dem frischgebackenen Gemeindevorsitzenden hinauf. Jón linste auf einen kleinen Zettel in seiner Hand.

»Und jetzt wird als erstes die Kuh Huppa aufgerufen …«

»Lauter!« kam es von der Wand des Vorbaus. »Wir verstehen nichts.«

»So? Na, dann jetzt also die Kuh Huppa. 200 Kronen.«

Assistent Marinó hielt die Kuh am Führstrick, die unablässig den Kopf schüttelte, als erschiene ihr das Mindestgebot viel zu niedrig. Rotz und Zunge. Eivís merkte, daß sie diese ganze Versteigerungsaktion doch nicht vollkommen gleichgültig ließ. Fünf Sommer hatte sie dieses Wesen jeden Morgen und jeden Abend gemolken. Sie blickte zu ihrem Vater hinüber. Er saß beim Generatorhaus auf einem halb in die Erde eingelassenen Öltank und schien sich vollständig von dem Geschehen um ihn herum abgekoppelt zu haben. Er sah geradeaus, gewissermaßen durch die Menschen hindurch, auf seine Hochlandweide. In der Stalltür tauchte Hólmfríður auf. Grímur und Danni stahlen sich an ihr vorbei und mischten sich neugierig unter die Menge auf dem Hofplatz.

»190 Kronen«, sagte Óskar, der Sohn Baldurs auf Jaður.

»180«, kam es von Gísli auf Hof.

Der Gemeindevorsitzende zwinkerte aufgeregt hinter seinen dicken Brillengläsern und blickte wieder auf den schmuddeligen Zettel in seiner Hand. »Jetzt weiß ich gerade nicht, ob wir uns hier in die richtige Richtung bewegen … aber nach meinen … Unterlagen beträgt der Wert der Kuh mindestens 200 Kronen …«

»Hä? Was sagt er?«

»… fangen wir bei 200 an.«

Womöglich hatten die Leute das Prinzip einer Auktion nicht ganz begriffen.

»200 Kronen«, sagte Hólmfríður auf Melur.

Die Kuh muhte auf, und die Leute gafften auf das kleine Mädchen mit der kräftigen Stimme, dem langen Haar und diesem lasziven, drallen Körper, das mit stolzer Miene in der Stalltür lehnte und schneeweißen Kautabak kaute.

»Was soll das?« fauchte seine Mutter.

»Ich habe Geld«, sagte es.

»Was das soll, habe ich gefragt.« Málmfríður ging über den Hofplatz auf ihre Tochter zu.

»210 Kronen, wenn das Mädchen inbegriffen ist«, rief der Saisonarbeiter auf Vað, und einige lachten auf, die sich schon mit ein paar Schlucken aus dem Flachmann in Stimmung gebracht hatten.

»Gut, und jetzt also … wenn niemand mehr bietet«, sagte Jói wieder einmal in diesem »Jaja«-Ton, der alles gleichmachte, »zum Ersten, zum Zweiten und …«

Er wollte die Kuh tatsächlich dem mißratenen Luder von Melur zuschlagen, da fragte ihn ihre Mutter, ob er eigentlich noch ganz bei Trost sei, und schubste die Frieda in den Stall zurück, wo die beiden lautstark miteinander zu streiten begannen. Geiz und Großzügigkeit gerieten sich in die Haare. Geschäftssinn war das einzige, was die unberührte Jungfrau ihrer Tochter beigebracht hatte.

Huppa wurde für 200 Kronen Óskar auf Jaður zugeschlagen. Eivís sah zu, wie die Kuh an ihrem Vater vorüber die Hauswiese hinabgeführt und dort an den Hänger gebunden wurde, und sie bedauerte ihn fast. Für zwanzig Minuten in der Möse von Melur hatte der hasenschartige Heringsfischer mal eben so viel verpulvert, wie ihr Vater sich in zwei Sommern und zwei Wintern mühsam erarbeitet hatte. So viel bedeutete also 1 »Kuhwert«. Sie sah zur Heljardalsheiði hinauf. Die Wolken glichen ausgerollten Lagen von Biskuitteig. Seltsam diese Zeit, die jetzt auch hier angebrochen war. Dann merkte sie, daß der jüngere der Burschen von Jaður sie noch immer beobachtete. Sollte sie ihn vielleicht einmal drüberlassen, damit sie Huppa für Vater und Großmutter zurückkaufen konnte?

Gísli auf Ytri-Hof kaufte fast alle Gerätschaften für einen Apfel und ein Ei. Efert ersteigerte eine Schaufel für 5 Kronen. »Oh, wenn's hart wird, muß man den Männern ins Kreuz hauen.« Die jungen Kerle hielten sich wieder die Bäuche. Es gab wenig Aufgeregtes bei dieser Auktion außer den kleinen Periskopen dieser Burschen, die still jede Bewegung von Eivís überwachten wie russische Spionage-U-Boote. Sie spürte ihre Blicke, ließ sich von ihnen umkreisen wie von blauen und braunen Planeten, achtete aber sorgfältig darauf, ihnen nie direkt zu begegnen. Sie waren doch nur junge Fohlen, denen die Mähne in die Stirn hing und mit spärlichem Flaum auf den Wangen. Sie wußte nicht einmal, wie sie hießen. Ihre Namen mußten ihnen erst noch aus der Stirn sprießen. Warum hatten sie nur diese gräßlichen Pickel?

»Geilpickel« hatte ihr Bruder Þórður sie genannt, »Melkpusteln« sagte ihre Großmutter. Sie verstand weder das eine noch das andere. Trotzdem und zu ihrem eigenen Erschrecken begann sie sich im stillen auszurechnen, daß sie all die jungen Männer hier lediglich je zweimal an sich heranlassen mußte, um genug Geld zu verdienen, damit ihr Vater weiter sein Land behalten konnte, Großmutter ihr Tal und der kleine Grímur munter in der Scheune seinen Armeesender empfangen und die Lieder mitsingen konnte. Das war schon seltsam. Und es fühlte sich sehr eigenartig an, so darüber nachzudenken. Sie würde einen Tag dazu brauchen, höchstens zwei. Und vielleicht würden sich Fríða und Gerða anschließen. Sie würden eine wohltätige Sammlung für ihren Vater veranstalten und einen Tag mit gespreizten Beinen in der Scheune auf Heljardalur liegen. Dann könnten sie das Tal leicht auf einen Schlag zurückkaufen und den Rest ihres Lebens dort wohnen bleiben. Es waren wirklich merkwürdige Zeiten angebrochen.

Warum dachte sie so? Wie konnte ihr nur derartiges in den Sinn kommen? Sie wurde rot – genau in dem Moment, in dem einer von diesen beiden Magengeschwür-Kandidaten von Ytri-Hof vorbeikam und die vermeintliche Bestätigung dafür erblickte, daß sie in ihn verknallt war –, und sie schob diesen ganzen Mist weit von sich. Nein, ihr Vater hatte sämtlichen Kredit, den sie zu vergeben hatte, längst verspielt. Was dachte sie sich eigentlich? Wollte sie vielleicht als Soldatenhure enden? Nein, ganz gewiß nicht. Sie war nicht wie Fríða. Nein, da war nichts mehr zu retten. Das Tal war gründlich zerstört, und alle wissen, wer es getan hat, dachte sie und ließ der Auktion ihren Gang.

Als alles außerhalb des Wohnhauses unter den Hammer gekommen war, Kühe, Pferde, Hühner und Traktor, Mäher und Wirbelwender, Zaumzeug, Sattel, Milchkannen, Melkeimer, Schubkarren, Mistgabeln, Heugabeln, Heurechen, Heuwagen und zwei Pferdelasten Vorjahresheu, in das jemand gepinkelt hatte, da war es fast Abend. Die Leute waren hungrig geworden. Die Sonne kam hervor und schien den Leuten geradewegs ins Gesicht, warf waagerecht ihre Strahlen auf leere Bäuche. Das Mensch öffnete all seine Schränke und holte jeden Bissen heraus, der sich darin noch fand. Es hatte ja doch keinen Sinn, noch etwas davon aufzuheben. Das letzte Abendmahl auf Heljardalur wurde draußen auf dem Hof gereicht. Man hatte die Tische hinausgetragen und mit Tüchern gedeckt, und die Frauen richteten nun alles darauf an, was die Großmutter fand: acht große Schlachtwürste, ein anständiges Stück vergorenen Hai, vier Flaschen frische Milch, drei winteralte und angeschnittene geräucherte Lammkeulen, vier getrocknete Schellfische von 1951, frisch aufgekocht, dazu eine Schüssel halb kalter Kartoffeln, ein Laib Brot, Butter, Kekse, Trockenfisch, ein Klecks Sauerquark und zwei heißgemachte Töpfe, in dem einen vier Liter Hafergrütze, in dem anderen ebensoviel Kakaosuppe: Festmahl auf Heljarkot. Unter freiem Himmel. Fast ein Hauch Italien lag darüber, obwohl nach isländischer Sitte alle standen. Nur für die ältesten Männer gab es ein paar Stühle. Fliegen zierten sehr schnell Quark und Fisch. Die Kinder schlabberten um die Wette Kakaosuppe und stopften sich mit Keksen voll. Es war doch herrlich, Leute an den Bettelstab zu futtern!

Der Heljardalsbauer stand dabei und sah zu, wie Efert auf einem Stück geräucherter Lammkeule herumkaute. Sie sahen sich für einen Moment in die Augen, zwei alte Freunde, dann nickte der Greis und verzog sein Gesicht zu einem zahnlosen Grinsen. Hrólfur hatte keinen Appetit und ging ins Haus, auf den Boden, wo er anfing, die Betten zu durchsuchen, während die Leute mit einem Stück Hai in der Hand und Grütze im Magen um die Hausecke gingen, um sich das Schauspiel am Himmel anzusehen. Für die Verdauung gibt es kaum etwas Förderlicheres als einen schönen Sonnenuntergang. Und im August sind die Sonnenuntergänge am allerschönsten. Wenn die Wolken lange genug im Backofen des Sommers gebacken haben: Der Teig ist aufgegangen, die Form quillt über, und die Sonne beleuchtet die weichen Wolkenstaffeln wie eine Vitrinenbeleuchtung von hinten, so daß sich üppiges Backwerk abzeichnet.

Es war aber nicht zu leugnen, daß die Leute nach dem Essen noch immer hungrig waren und wie verzückt die Süßigkeiten am Horizont anstaunten. Dieses Tal war wirklich hoffnungslos. Selbst als es komplett leergegessen war, verließen die Menschen es noch hungrig.

Die Sonne ging hinter dem Rand der Heide unter, und Jói bestieg wieder die Kiste. Jetzt wurden die Haushaltsgegenstände aufgerufen, Möbel, Hausgerät. Man hatte alles ins Freie getragen, bis auf den Herd und das Bett der alten Frau. Es war ihnen unter den Händen auseinandergebrochen, sobald sie es angerührt hatten, so als hätte es nur ihr Schlaf noch zusammengehalten, und jetzt lag es wie eine zusammengefallene Lunge auf dem Fußboden ihres ansonsten völlig kahlen Zimmers. Die Betten auf dem Schlafboden waren fest eingebaut. Tief vergraben in einem von ihnen fand Hrólfur alte, vergilbte Papiere, zwei oft zusammengefaltete, dicht beschriebene Seiten, ein Brief:

»Liebe Jófríður! Meine Liebe! Ich weiß, daß du dir nicht vorstellen kannst, wie sehr ich dich vermißt habe …«

Er blätterte um auf die letzte Seite. Die Schrift lief wie eine dünne Schnur, er kannte sie nicht. Unten drunter stand: »Alles ist relativ, nur die Liebe nicht. Tausend Küsse! Dein L.«

Ha.

Die Lastwagenfahrer hatten versucht, den schwarzen,

schwedischen Herd zu bewegen, doch er war zu schwer für sie und überdies fest in der Wand verankert.

»Och, das bringt doch sowieso nichts, das alte Ding feilzubieten«, hatte das Mensch dazu gesagt. Sie verfolgte die Versteigerung und hielt ihren Rührlöffel fest. Der Gemeindevorsitzende erhielt nun höhere Gebote. Baldur und Efert überboten sich um die dänische Pendeluhr, und Áki auf Vað erstand 27 Jahrgänge der Zeitschrift des Schafzüchtervereins. Hingegen wollte niemand Hrólfurs Kleiderhocker haben.

»Dann nehme ich ihn«, sagte Málmfríður.

Hrólfur hörte es durch das halb geöffnete Fenster, obwohl er oben auf dem Boden auf dem dreifachen Sterbebett saß und die Äste in den Dachlatten betrachtete. Jeder von ihnen glich einem Gesicht. Einige von ihnen kannte er gut, und sie schnitten ihm tief ins Herz.

Es wurde noch einmal hervorgehoben, daß der neue Besitzer des Tals, Bankier Jón Guðmundsson, für sich keinen Nutzen darin sah, etwas von der Einrichtung zu übernehmen, denn es sollte hier ein großer Pferdehof aufgebaut werden. Dazu mußte selbstredend alles neu möbliert werden. Ja, er brauchte natürlich Möbel von anderem Format als die alte Alla. Der Assistent Marinó konnte ihm trotzdem den Herd aufschwatzen. Endlich war wirklich alles versteigert, da griff Ostur Haraldsson, genannt Käse-August, nach dem Löffel in der Hand der Alten und wollte den als letztes auch noch anbieten.

»Oh, das bringt Unglück, den hat meine Mutter von einer Elfenfrau bekommen«, log die Alte. Der Löffel war ein Hochzeitsgeschenk. Þórður auf Bakki hatte ihn als Zwanzigjähriger für seine Braut geschnitzt, und sie trug ihn seit sechsundsechzig Jahren in ihrer Schürze, hatte mit ihm in vierundzwanzigtausend Töpfen Hafergrütze gerührt. Der Löffel war in etwa so mit ihr verwachsen wie ihr kleiner oder Mittelfinger. Der Rechtsanwalt nahm ihn gleichwohl an sich, um zu taxieren, was dieses weich abgegriffene Utensil wohl einbringen könnte, als irgendein Spaßvogel mit Triumphgeheul aus dem Kuhstall gesprungen kam und den Rundfunkempfänger über dem Kopf schwenkte:

»Rundung! Rundung!«

Es war Brandur auf Undirhóll, der geistig behinderte Sohn von Efert und Berta.

»Rundung, höre!«

Damit übergab er Jón das Gerät und brabbelte sich über den ganzen Hof: »Rundung, höre!«

Der Gemeindevorsitzende stellte das Radio vor sich auf die Kiste.

»Tja, und jetzt weiß ich nicht so recht. Sagen wir 400 Kronen.«

Grímur drängelte sich durch die Menge nach vorn und starrte mit blutrotem Gesicht das Gerät an. Wer hatte ihn verraten? Danni? Danni, das Schwein! Wie hatte der Idiot von Undirhóll das Radio in der Scheune entdeckt? Er hatte doch nicht … das konnte doch nicht . . . das war …

Grímur sprintete über den Hof auf den Auktionator zu und riß das Gerät an sich, wußte dann aber nicht recht, wohin damit, denn zwei Männer kamen auf ihn zu.

»Hör mal, Junge!«

Die unwillkürliche Reaktion des Jungen bestand darin, das Gerät einzuschalten. Ein paar Sekunden vergingen, dann lief es warm. Grímur blickte Ostur und Marinó an und brüllte ihnen entgegen: »NEIN!«, bevor ein wilder Rocksong losdröhnte, Gitarre, Saxophon und Gesang: *I'm like a one-eyed cat / Peepin' in a sea-food store* … Die beiden Männer und der Rest der Menge erschraken. Auf ein solches Getöse waren sie nicht vorbereitet. Was war das? Der Junge begriff, daß er sie überrumpelt hatte, und legte nach: Plötzlich stand er da, als wäre der Heilige Geist in ihn gefahren. Er begann herumzuwirbeln, sich zu schütteln und zu wackeln, den Kopf kreisen zu lassen und mit den Beinen zu zappeln. Die Leute sahen ihn entgeistert an. Was war das denn? Er reckte ihnen das Radio entgegen. Sie wichen zurück wie vor einem bösen Geist. War der Junge besessen? Jetzt stellte er das Gerät auf dem Hof ab und legte noch wilder los. Er drehte regelrecht durch. Staub wirbelte unter seinen Füßen auf. Und dann schrie er den Besuchern, die noch weiter an die Wand des Vorbaus oder des Kuhstalls zurückwichen, entgegen:

I SAID SHAKE RATTLE AND ROLL!
I SAID SHAKE RATTLE AND ROLL!
I SAID SHAKE RATTLE AND ROLL!
I SAID SHAKE RATTLE AND ROLL!

Ostur sprach für die meisten, wenn nicht für alle, als er es wagte, sich Beelzebub zu nähern und ihm laut und entschieden entgegenzuschleudern: »HÖR AUF!«

Dann gingen sie auf den Jungen zu und versuchten, ihn zu bändigen. Er fiel in sich zusammen, beugte sich über den Kasten, was die größte Lautstärke minderte, und brach in lautes Weinen aus.

Die Schleusen öffneten sich. Das Tal füllte sich mit Tränen. Sieben Jahre war Grímur alt geworden. Sieben magere Jahre. Endlich kamen all die Tränen.

Der arme kleine Kerl. Eivís beugte sich über ihn und versuchte ihn zu trösten, doch nichts konnte diese Tränenflut stoppen, die vor sieben Jahren ihren Anfang genommen und sich seitdem Monate und Jahre in Bächen und Flüssen aufgestaut hatte und nun Landzungen und Sandbänke und einen ganzen Hofplatz überschwemmte.

Es tut gut, zu weinen. Aber nicht vor dreißig Zuschauern. Dann weint man nur noch mehr. Er weinte und weinte und weinte nur noch mehr darüber, daß er weinte. Ein unaufhörlicher Tränenstrom.

Für jeden Tag, der vergeht, bildet das Leben eine Träne, hält sie zurück, sammelt sie, um etwas auf der hohen Kante zu haben, wenn es einmal richtig schwer wird, aber dann kann eine lange Zeit vergehen, ohne daß sich etwas Gravierendes ereignet, bis auf einmal die Dämme brechen. So war dieses Weinen.

Grímur selbst konnte nicht im geringsten verstehen, weswegen er in einem entscheidenden Moment so urplötzlich vor der ganzen Gemeinde zusammenbrach und eine halbe Stunde lang heulte. Sein Vater war vom Dachboden heruntergekommen und tätschelte ihm den Kopf. Seit damals schauten er und Eivís einander zum ersten Mal wieder in die Augen. Ein kurzer Blick, doch drei Kilo schwer. Der Junge spürte es und weinte noch mehr, Hrólfur trug ihn ins Haus. Oma zauberte eine Tasse Kakaosuppe herbei, obwohl sämtlicher Kakao im Tal aufgebraucht und der Herd kalt war. Grímur wurde auf die Küchenbank gesetzt und durfte sein Radio bei sich haben, Eivís legte ihren Arm um ihn, die Leute guckten, und eine ältere Frau sagte: »Es ist schlimm, wenn es einen derart überkommt.« Dann gingen die Leute wieder nach draußen, es reichte, der Tag war zu Ende.

»So was habe ich mein Lebtag nicht gesehen. Das war ja, als würde der Teufel Butter schlagen.«

Draußen wurde es allmählich dunkel. Die jungen Männer hatten Kühe, Stühle, Hühner und Matratzen auf den Pritschenwagen verfrachtet. Gísli war in ihm gekommen. Der Rest wurde auf dem Hänger hinter dem Traktor verstaut, und die Leute stiegen auch noch auf oder quetschten sich in die Autos und auf die Hängerkupplung. Efert saß mit offenem Mund am Steuer des McCormick Farmal, Berta auf dem Kotflügel wie auf einem Damensattel. Eivís und Grímur wurden zu Geirlaug hinten in Jóis Jeep gesteckt. Auch Danni saß dort, guckte aber angelegentlich aus dem Fenster, das schlechte Gewissen in Person. Jói half dem Mensch auf den Beifahrersitz, und sie hatte schon beide Hände am Türholm, als sie plötzlich sagte: »Nein, ich muß mich noch ein wenig zurechtmachen«, und noch einmal im Haus verschwand. Vielleicht wollte sie den Einbúi noch ein letztes Mal durch die angelaufene Scheibe des Küchenfensters sehen. Sie schritt den Konvoi entlang, drei verschiedene Geländewagentypen, dann Farmal Cub, International- und Ferguson-Traktoren, die aus den hochragenden Auspuffrohren dunkle Rauchwolken in die Abendstille pufften. Die Leute sahen ihr nach: Eine alte Frau in Stiefeln, Strumpfhosen und knielangem Rock, kleiner, speckiger Haube und noch immer vorgebundener Schürze. Man folgte ihr mit Blicken, wie das kleine Frauchen da – etwas verlegen, weil sie die anderen warten ließ – an den Fahrzeugen und Hängern vorbeischritt und im Vorbau verschwand.

Die jungen Männer sahen sich auf dem Hänger nach Eivís um. Stand sie vielleicht ebenfalls darauf? Ja, da ist ihr Vater. »Nein, sie sitzt bei Jói im Jeep«, sagte einer von ihnen. Und alle blickten sie über das Tal, den See, die Wiese und die Hänge, und alles sah so leer und öde aus, und alle dachten den gleichen Gedanken: Wie konnte ein so ärmliches Tal eine solche Schönheit hervorbringen? Und alle bekamen sie das gleiche Zittern in den Kniekehlen.

Sie hätte bloß eines ihrer Lachgrübchen verkaufen müssen und hätte zwölf solcher Täler dafür erhalten. Aber vielleicht hatte sie schon beide verkauft? Heute waren sie jedenfalls nicht zu sehen gewesen, oder? Doch so nah war niemand an sie herangekommen. Sie guckten in die Augen der Kühe und dachten weiter darüber nach, aber keiner traute sich, den anderen zu fragen. Jungen redeten untereinander nicht über Lachgrübchen.

Die Alte blieb länger fort, als sie angekündigt hatte, und Eivís lief noch einmal hinein, um ihr behilflich zu sein. Es war seltsam, das leere Haus zu betreten. Traurig. Sie fand ihre Großmutter in ihrem alten Bett, das jetzt zusammengebrochen auf dem Fußboden lag. Das Mensch hatte sich hineingelegt und lag kerzengerade da, die Hände auf der Brust gefaltet und um den Rührlöffel geschlossen. Eivís sah es auf den ersten Blick: Sie war tot.

Die vergilbten Wände wirkten merkwürdig glatt. Das Glas im Fenster sandte ein mattes, angelaufenes Schweigen aus. Ihre Seele hatte sich auf den Scheiben niedergeschlagen. Eivís stand über ihrer Großmutter und sah in ihre offenstehenden Augen, die starr und ohne Ausdruck waren. Der Mensch darin war verschwunden. Sein Herz war gebrochen. Das Mädchen verharrte einen Augenblick, blickte dann an die Zimmerdecke und sah das letzte, was seine Großmutter gesehen hatte, ließ einen Herzschlag aus, trat ans Fenster und zeichnete, ohne nachzudenken, ein Kreuz auf die beschlagene Fensterscheibe.

Sie zuckte zusammen und fuhr herum. Der Aushilfsarbeiter von Vað beugte sich über die Leiche, schloß ihr Augen, Mund und Nase. Er wußte offenbar, wie man mit Toten umging. Sie kniete sich neben ihn und strich der Großmutter über die Stirn, die gerade erkaltete, und sie dachte, daß sie das schon früher hätte tun sollen. So hätte sie etwa am Vortag gut zu ihrer Großmutter sein sollen. Da trat Hrólfur in den Türspalt und sagte: »Na, was ist denn … nu?«

Dann kamen Geirlaug und Grímur, und da begann Eivís laut zu weinen. Grímur blickte seine Schwester mit trockenen Augen an. Er hatte keine Tränen mehr übrig und überließ es seiner Schwester, sich in Frieden auszuweinen. Er wandte sich der alten Frau zu, streichelte ihr unablässig über den Handrücken und murmelte wie in einer uralten Litanei: »Liebe Oma, meine liebe Oma, liebe, liebe Oma …«

Das Gesicht der alten Frau blieb unbewegt. Die Nase ragte aus ihm hervor wie eine Felsnase aus einem zerklüfteten Hang und hatte nichts von ihrer Würde verloren. Die Züge um den Mund wirkten endlich versöhnlich, den Löffel hielt sie fest in ihren Händen. Es war leicht zu sehen, daß diese Frau nicht zum ersten Mal gestorben war.

Sie nagelten die Bodenbretter des Bettes unter ihr zusammen – Grímur sah ihre Mundwinkel unter den Hammerschlägen erzittern – und trugen sie darauf hinaus, spannten eine Plane aus der Scheune über sie und banden sie so auf den Dachträger von Jón Guðmundssons Limousine.

Es war dunkel geworden, als das Totengeleit endlich aufbrach und sich den Anstieg zur Heljardalsheiði hinaufwand. Ganz hinten auf dem letzten Wagen saß Hrólfur und hielt sich mit beiden Händen am Ende der Ladefläche fest. Es schüttelte ihn hin und her, und er mußte an sein Schaf Glóa denken, als er zum letzten Mal ins Tal hinabblickte.

Jetzt war es aufgegeben. Jetzt war es nichts mehr wert. Jetzt waren all seine Bedeutung und sein Sinn und Zweck gestorben. Jetzt war niemand mehr dort. Nur der Kritiker im See. Und ich.

[36]

Alles hat ein Antlitz. Jeder Stein besitzt eine Seele. Und in jeder Blume schläft ein Gewissen, rein. Jedem Tropfen Feuchtigkeit ist es eigens aufgegeben, das hervorzuheben. Von jedem Steinchen, von jedem Fleckchen Moos, jedem Halm spannt sich ein Silberdraht in den Himmel. Und manchmal können wir diese Saiten sehen, doch spielen können wir nie auf ihnen, in unseren Händen werden sie zu Tränen. Nur Gott hinter dieser Welt kann einen goldenen Strahl auf die Silberdrähte werfen, so daß daraus ein farbenprächtiger Bogen wird. Gemacht von des Meisters Hand.

Alles hat ein Gesicht, jeder Stein hat eine Seele, und die kleinste Blume ist mit einem höheren Zweck verbunden. Das glaube ich. Alles hat einen Sinn. Und alles hängt mit allem zusammen. Alles, was du machst, macht dich. Die Lüge ist ein schwarzer Vogel mit einem bösen Herzen, der nirgends stillsitzt und ständig von einer Gelegenheit zur nächsten flattert.

Alles hat Ohren. Und die steinige Hochfläche zählt zehntausend Augen, und das Tal ist mein größter Hörsaal. Mein ganzes Volk schaut auf mich, wie ich am Rand der Hel stehe und über meine Zukunft nachdenke.

Ob Stalin niemals seines Namens überdrüssig geworden ist? Schlug er eine Zeitung auf, stand sein Name sechsmal auf jeder Seite. Saß er unerkannt in der U-Bahn, wurde sein Name in der Reihe hinter ihm in jedem vierten Satz genannt. Wo immer er ging, auf Hausfassaden und Giebeln, in Sporthallen, in ehemaligen Kirchen, auf Türmen, Eisenbahnwaggons und Lastwagen, auf Speisekarten und Streichholzschachteln, überall sah er seinen Namen und sein Gesicht. Manchmal winkte er vom Rücksitz sich selber zu, seinem Konterfei auf einem Hochhaus, dann bog er um die Ecke und sah eine leere Häuserwand und dachte: Da, da fehlt ein Bild von mir, womöglich ein Relief, ja, ein Relief von mir in einem Kornfeld, die Hand auf die Brust gelegt und umgeben von fortschrittsbegeisterter Sowjetjugend, süßen kleinen Mädchen vom Lande. Ich muß das noch für den Jahrestag der Revolution veranlassen. Ich werde telephonieren. Boris hat sicher die Nummer.

Ich war meinen Namen satt. In der letzten Zeit hatte ich keine Zeitung mehr aufgeschlagen, aus Angst, meinen Namen darin zu finden. Ich empfand Widerwillen gegen meinen eigenen Namen, ertrug ihn schlichtweg nicht mehr und bedauerte es zunehmend, ihn geändert zu haben. Einar J. Grímsson. Getauft war ich auf den Namen Einar Jörgen Ásgrímsson. Einar war der Name meines Großvaters väterlicherseits. Jörgen hieß ich nach einem Dänen, dem Landvermesser Jörgen Friis Hansen, der sich meinen Eltern als Wohltäter erwies. Er verließ das Land, als ich noch zu klein war, um eine Erinnerung an ihn zu haben, aber meine Eltern sprachen stets gut von ihm und meinten, sein Name würde mir Glück bringen. Ich änderte ihn aus patriotischen Gründen. Er versah mich mit einem dänischen Stempel, der einen im letzten Jahrzehnt Islands unter der dänischen Krone nicht gerade salonfähig machte. Ich änderte ihn also in Jóhann, wofür es keinen anderen Grund gab als den, daß es gut klang. Meine Mutter nahm es schweigend hin, und auch Vater ließ sich nichts anmerken, obwohl auf einmal ein Grímsson aus mir geworden war. Einar Jóhann Grímsson. Ein junger, beschlagener Engländer, den ich vor dem Krieg einmal im Zug nach Stockholm kennenlernte, meinte, Ásgrímsson wäre auf internationalem Parkett ein schlechter Name. Und Grímsson konnte man sich viel leichter merken: Hamsun, Ibsen, Björnson, Grimson. Liegt doch auf der Hand. Papa las gerade mein erstes Buch, als er starb, meinen neuen Namen auf der Brust. Habe ich ihn verraten? Wenn ja, dann mußte es wohl sein. Jeder Mann muß seinen Vater umbringen. Jeder erschafft sich sein eigenes Leben. Doch dann bekam ich den Namen auch satt. Er war eine Kinderei, die ich mein ganzes Leben mit mir herumschleppte. Angeberei und Anmaßung, die ich nicht mehr loswurde. Die Nachfolger von Tómas sorgten dafür, daß mein Name mindestens jeden zweiten Tag in den Medien des Landes erwähnt wurde. Ein neu aufgelegtes Jugendwerk, eine neue Übersetzung ins Färingische, eine Vertonung meiner Gedichte, ein Hilfsfonds mit meinem Namen, Lesungen in Gymnasien, Vorträge in irgendwelchen Hotelsälen. Mein Gesicht auf Plakaten, meine Signatur im Großformat, mein Name in aller Munde. Sicherlich war damit ein Teil meines Traums in Erfüllung gegangen, aber dann ist es auch Zeit, von der Bühne abzutreten. Tómas' Nachkommen wollten aber nichts davon hören, obwohl ich ihnen versicherte, daß ihre Einkünfte bei meinem Ableben mächtig steigen würden. Sie sorgten dafür, daß jedes Jahr ein Buch von mir erschien. Manchmal war es nur die Erstveröffentlichung von kindlichen Fingerübungen, die besser niemand zu Gesicht bekommen hätte, ein andermal eine alte Kurzgeschichte, die sich mit Großschrift und fünf Zentimeter breitem Rand auf 100 Druckseiten aufblasen ließ. Ich konnte nicht das Radio einschalten, ohne daß sich irgendwelche Bibliothekswissenschaftler über meinen Einfluß auf die nachfolgende Generation ausließen. Ach, wenn es doch nur so gewesen wäre! In Wahrheit fiel die Nachkriegsgeneration wie Napalm in die Literaturgeschichte. Sie verschoß ihr ganzes Pulver, um jegliche überkommene Form in Schutt und Asche zu legen: Das Erzählen ist tot! Der Reim ist tot! Und die Dramatik gleich auch. Sie hielten sich für modern und versuchten zugleich, populär zu sein; liefen in Rollis und weiten Schlabberpullovern durch die Gegend, ließen das Haar in sämtliche Richtungen wachsen und folgten ihm dabei, rannten jedem neuen Namen nach, der ins Land kam. Andauernd redeten sie von »Kunst«, sie schlugen der »Kunst« eine Bresche, sorgten sich um die »Kunst«. Doch wer am heißesten liebt, hat am wenigsten Theorien über die Liebe.

Es war die Generation, die den Leser allein auf seinem Kopfkissen zurückließ, sich von ihm weg ins Dunkel der Nacht schrieb und morgens mutterseelenallein in einem Lavafeld zu sich kam. Dann ließen sie sich von den Kindern abholen und sprangen aus deren Auto, indem sie riefen: »Die Menschen lesen nicht mehr!«, und schüttelten die Fäuste gegen »den Kapitalismus, der den Menschen das Lesen abgewöhnte«. Menschen, denen es keinen Spaß machte, monochrome Flächen als Gemälde zu betrachten, leere Seiten in Gedichtbänden oder das Schweigen im Theater und Romane, die in einem menschenleeren Zimmer spielten. Die Atombombe wurde nie wirklich auf uns abgeworfen, aber sie radierte jegliches menschliche Leben in Gedichten und Bildern aus. Mit fünfzig rieben sich diese »Künstler« die Augen und sahen, daß sie nichts hinter sich zurückgelassen hatten als verbrannte Erde. Da versuchten sie, dem noch rasch abzuhelfen, und begannen Geschichten mit Handlung und Gedichte mit Reim zu schreiben, aber da war es natürlich zu spät.

»Künstler«, die nichts konnten. Grau geworden, standen sie mit großen Kinderaugen da und ließen sich lieber Preise verleihen als gar nichts. Es gibt kaum etwas Schlimmeres, als mit siebzig festzustellen, daß man sein Leben schlecht genutzt hat. Ich nutzte meins gut, aber es lief trotzdem schlecht.

Ich war der Dichter, der dem falschen König diente.

Dabei hatte ich selbst einen Roman über einen solchen Dichter geschrieben, über *den* mittelalterlichen isländischen Skalden, der dem Traum nachhing, in der Gunst eines Königs zu stehen, vor ihn hinzutreten und ihm eine *drápa* vorzutragen, mit ihr den König Norwegens zu preisen, der anschließend erfreut in die Hände klatschte und sich dann zu seinem Ratgeber beugte und ihm zuflüsterte: »Nett, diese Isländer. Wir sollten das Land unbedingt einnehmen.« Der Ratgeber nickte und schnippte mit den Fingern.

Ich selbst suchte den Fürsten der Finsternis auf und schrieb ein ganzes Buch ihm zu Ehren. Er dankte es mir, indem er mir mein ein und alles nahm, den zündenden Funken.

Kristján Jónsson, der Bruder von Friðþjófur Jónsson, saß im Moskauer Butyrka-Gefängnis, 31 Monate und 12 Tage. Er war ein großer, starker Mann. Die ersten 26 Tage hielt man ihn in der sogenannten »Kiste«, einer Zelle, die einen Schritt nach vorn und einen zur Seite erlaubte (auf den Abort), aber nicht genügend Platz bot, um im Liegen die Beine auszustrecken. Es war auch nicht vorgesehen, daß man in der Kiste schlafen sollte. Die Verhöre, die jeweils acht bis zehn Stunden dauerten, wurden auch in den Nächten fortgesetzt, sechsundzwanzig Nächte in Folge. An den Wochenenden dauerten sie vierundzwanzig Stunden, und Stjáni mußte die ganze Zeit über stehen. Er war ein starker Mann. Das längste Verhör zog sich über zweieinhalb Tage hin, ohne Unterbrechung, ohne Essen, ohne Pause, ohne irgend etwas, das sich menschlich nennen ließe. Die Wärter versuchten Kristján zu einem Geständnis zu foltern. Er war ein starker Mann. Gestand nichts. Keine Verschwörung. Keinen Trotzkismus. Ein aufrechter und überzeugter Kommunist durch und durch. Die Partei war über allen Zweifel erhaben. Das Ganze mußte ein Mißverständnis sein. Auf deutsch schrieb er einen Brief an den »lieben Genossen Stalin«. Während sich die Schlinge um seinen Hals bereits zuzog, schrieb der Häftling Briefe an den »lieben Galgenstrick«. Oh, wie perfekt war dieses System! Was für ein Genie dieser Stalin war! Uns griff man an, weil wir Täuschungen aufgesessen waren, dabei verlor nicht einmal die Fliege, die in seinem Netz zappelte, ihren Glauben an ihn.

Wir erfuhren erst später davon. Ich erfuhr erst später davon. Erst nachdem die Mauer gefallen war: Kristján Jónsson starb am 12. Dezember 1941 in Zelle 292 des Butyrka-Gefängnisses. Er starb nicht allein. 47 andere Häftlinge ebenfalls, in einer 6-Mann-Zelle. Er starb an Unterkühlung. Man hatte ihn im Frühling verhaftet, in kurzärmeligem Hemd und dünner Jacke, und er hatte im Gefängnis keine andere Kleidung erhalten. An dem Tag, an dem er starb, betrug die Temperatur in Moskau 36 Grad unter Null. Er war 36 Jahre alt. Der rote Stjáni starb am einzigen, was Isländern etwas anhaben kann, an Kälte. Er war ein großer, starker Mann.

Ehre seinem Andenken. Es hatte etwas anderes als Schweigen verdient. Er hätte es verdient gehabt, für etwas anderes zu sterben als für die Lüge seines Abweichlertums. Ich hätte den Tod verdient, weil ich Lobeshymnen auf seinen Mörder sang.

Kristján ist für unser aller Sünden gestorben. Unsere größte Sünde war, so zu tun, als hätte er nie existiert.

Ein Vierteljahrhundert schwieg ich über die Verhaftung des Genossen Axel Lorens; dabei war ich dabeigewesen. Am 1. Mai 1938 um Mitternacht im Zimmer 247 des Hotel Lux. Es war üblich, Leute unmittelbar vor dem Schlafengehen zu verhaften. Die Müdigkeit macht die Menschen kooperativer, hieß es wahrscheinlich. Schlaflosigkeit war einer der subtilsten Beiträge des Sozialismus zur Kunst des Folterns. Nach einer ganzen Woche ohne Schlaf löst sich das Ich auf. Bis dahin ist man meist zu einem überzeugten Sozialisten geworden. Und opfert sich für die Partei.

Es klopfte dreimal an die Tür, und Axel erstarrte sofort. Mußte sich eine Zigarette nehmen. Legte das Päckchen weg. Ich erinnere mich gut. Wir hatten bei einem abendlichen Gespräch zusammengesessen und uns über einen Artikel unterhalten, den ich gerade unter der Hand hatte. Über die Prozesse gegen Bucharin & Co. Wenn überhaupt möglich, war er noch mehr als ich von der Rechtmäßigkeit der Urteile überzeugt. Trotzkisten, Konterrevolutionäre, Agenten. Im Zimmer stand nur ein schäbiges Bett. Schwere, vergilbte Gardinen waren vor das Fenster gezogen. Gelegentlicher Verkehrslärm drang von der Straße herauf. »Man darf es den Kapitalisten nicht leicht machen«, sagte Axel und griff nach dem Papirossi-Päckchen. Dann klopfte es dreimal. Wir sahen uns an, sagten nichts, aber wir wußten: Der Tod hatte angeklopft. Ich stand auf und öffnete ihm. Der Tod sah ziemlich lebensmüde aus: Müde, bleich und dick, in einem schwarzen Mantel, unausgeschlafene Augen, so kam er herein, setzte sich, ohne ein Wort zu sagen, nahm sich eine Zigarette, ließ sich von Kristján Feuer geben. Der Gehilfe des Todes trug einen gleichartigen Mantel, hatte aber finstere Augenbrauen und ein blatternarbiges Gesicht. Nachdem er die Tür geschlossen hatte, bezog er davor mit verschränkten Armen Posten. Der Tod nahm einen tiefen Zug aus der Zigarette und blies den Rauch ebenso langsam wieder aus; dann sagte er mit tiefer Stimme etwas zu seinem Assistenten, der in höherer Tonlage antwortete. Natürlich waren sie beide Mitglieder im Männerchor des NKWD. Baß und Tenor. Der erstere wandte sich an Stjáni und fragte nach seinem *Propusk*, seinem Ausweis. Er las ihn mit melancholischen Augen durch und fragte dann, wer ich sei. Es fühlt sich recht ungemütlich an, wenn der Tod nach einem fragt. Ich reichte ihm meinen Paß mit erteiltem Ausreisevisum der Sowjetregierung. Ich wollte in ein paar Tagen nach Stockholm abreisen.

»Bitte sehr, Gaspodin«, sagte er nach einem kurzen Moment und gab mir den Paß zurück. Dann wandte er sich wieder an Stjáni und meinte: »Du wirst uns begleiten.« Damit stand er auf.

Kristján zog sich die Jacke über. Draußen auf dem Gang mit den gelben Wänden und roten Teppichen sagte er zu mir zum Abschied: »Es ist sicher nur ein Mißverständnis.«

Dann sah ich ihn hinter dem Tod und seinem Gehilfen die Treppe hinuntergehen. Ich blieb vor der Tür von Zimmer 247 zurück, erstarrt, aber optimistisch. Einen Tag später stand ich wieder da und blickte auf die versiegelte Tür. Seitdem stand ich immer wieder da. Einmal im Jahr. Am 1. Mai.

Am Rednerpult.

Manches Mal stand ich danach am 1. Mai am Rednerpult und sprach vom Abenteuer im Osten und dem Alptraum im

Westen. Davon, wie dumm die Finnen waren, weil sie unbedingt unabhängig werden wollten, und welches Glück es für die Hälfte der Polen bedeutete, als Russen sterben zu dürfen. Über die Effektivität des sowjetischen Justizwesens und die gute Ausnutzung der Gefängniszellen. Und davon, daß jeder, der den Sozialismus bekämpfe, den »Konsequenzen seiner Parteinahme für den Kapitalismus ins Auge sehen müsse, auch wenn sie tödlich sein sollten«. Davon, wie kinderlieb die Sowjetunion sei.

Lena Billén suchte mich drei Tage später auf, in meinem Zimmer im Hotel Nationalnaja, ein bißchen weiter die Gorkistraße hinab als das Lux. Die Gänge rochen nach sauren Zwiebeln. Der Himmel war seit drei Tagen blau. Ich hatte das Rauchen angefangen. Das Päckchen, das Kristján auf dem Tisch in seinem Zimmer liegengelassen hatte und das ich vergessen hatte, ihm zu geben, war fast leer. Ich hatte es in der Hand gehalten und ihm den Gang entlang nachgesehen. Es war ein nahezu ungenießbares Kraut. Seitdem Kristján verschwunden war, hatte ich nicht einen Buchstaben schreiben können. Ich lief nur im Zimmer umher und rauchte. Die Hitze war unerträglich. Aus dem Fenster sah man zwei Türme des Kremls.

Ich war froh, daß ich es Lena nicht sagen mußte. Sie wußte bereits Bescheid und noch eine Menge mehr. Auch sie sollte heute, morgen oder übermorgen verhaftet werden und kam gleich zur Sache, sie flüsterte, bat mich, flehte mich unter Tränen an, die kleine Nina aus dem Land nach Hause oder sonstwohin zu bringen. »Irgendwohin, wo Menschen leben«, sagte sie. Wo Menschen leben. – Das werde ich nie vergessen. Dabei schaukelte sie vor Nervosität das Kind auf den Knien. Das sonnige kleine Mädchen lachte mich an, die dunkelhaarige, kleine Dame, die noch ihr ganzes Leben in den kleinen Händchen hielt und zukünftige Enkelkinder an allen zehn Fingern abzählen konnte. Ich nahm einen schmerzenden Zug. Hustete. Lena wiegte die Kleine. Eine Mutter, den eigenen Tod drohend vor Augen, wiegte ihr Kind. Sie hatte falsche Papiere und Dokumente besorgt, alles sehr illegal und sehr umsichtig gemacht. Nina Asgrimsson. Es fiel ihr alles aus den Händen, ich hob es auf, sie wickelte sich ihre Halskette um die Finger, ihre Lippen zitterten. Diese bourgeoisen Lippen. Für eine Woche oder zehn Tage sollte ich an dem Mädchen Vaters Statt vertreten. Mit dem Zug nach Leningrad, dann über Helsinki nach Stockholm zu den Großeltern, Sven und Charlotta Billén, Birger Jarls gata 21c. Ich konnte mit Kindern nicht umgehen. Die Sowjetunion dagegen war kinderlieb. Es war ein entscheidender Augenblick meines Lebens. Uns allen stehen irgendwann diese dreißig Minuten bevor, in denen wir entscheiden, ob wir Mann oder Maus sein wollen. Ich brachte meine damit zu, vier russische Nikotinröhrchen zu rauchen. Bat um Bedenkzeit. Sagte, ich würde mir die Sache durch den Kopf gehen lassen. – Alles nur, um diese Frau so schnell wie möglich loszuwerden. Sie brachte mich in große Gefahr, indem sie sich hier bei mir blicken ließ. Was dachte sie sich eigentlich dabei?

Ich lief lange durch diese grobschlächtige und zusammenhanglose Stadt, in der alles seine Grenzen kennen muß; wo eine Straße eine Straße ist und sich nicht um die Häuser schert und nur etwas von sich her macht, wenn ein Auto auftaucht, und wo es nie zu einer unvorhergesehenen Begegnung kommt. Alles ist so kalt und fern, streng und förmlich, so sowjetisch, so unrussisch. An den Bürgersteigen sah man, daß zwischen den niedrigsten Chargen im Hochbauamt und den höchsten im Tiefbau mindestens drei Jahre lange Wartelisten lagen. Ich lief auf den großen Straßenringen wie eine Katze um den heißen Brei. Um meine rote Grütze. Ich war den ganzen Tag unterwegs und verwünschte abwechselnd die Frau, das Zeitalter und mich selbst. Es war ein ungeheures Risiko! Und ich hatte noch nicht einmal mein erstes Buch veröffentlicht. Ich hatte doch noch so viel vor im Leben!

Ich entschloß mich, lieber eine Maus zu sein, die Menschen

entwirft, als ein Mensch, der eine kleine Maus rettet. Was bedeutet schon ein Menschenleben gegen die Literatur? Ein Mensch lebt doch nur ein Menschenalter, höchstens …

Ich war 26 Jahre alt. Wann wird man reif und erwachsen? Ich riskierte mein Leben nicht für ein fremdes Kind. Bekennen konnte ich das erst 24 Jahre später. Im Mai 1938 drehte ich drei Menschenleben den Rücken zu. Friðþjófur hatte vier Gründe, mich zu hassen. Aber warum, um alles in der Welt, mußte die Großmutter auch ausgerechnet Charlotta heißen? Wozu all diese schwedischen Frauen und halb-isländischen Kinder? Trieb Gott seinen Spott mit mir? Durchschaute ich den Stalinismus? War ich ein schlechter Mensch?

Warum ließ ich nicht vom Irrglauben ab, nachdem er vor meinen Augen drei Menschen ans Kreuz geschlagen hatte?

Wahrscheinlich lag es an einer Mischung aus Trotz und Feigheit. Ich traute mich nicht und wollte meiner Selbsttäuschung und meinem Irrtum nicht ins Auge sehen. Oder war es womöglich einfach nur pure Dummheit? Dumm genug waren wir schließlich alle. Nützliche Idioten. Skandinaivisten. Þórbergur schwor, sich aufzuhängen, wenn Stalin einen Pakt mit Hitler eingehen sollte. Natürlich konnte man diesem Versprechen seinerseits ebensowenig trauen wie den anderen, die der ausgekochte Trottel von sich gab.

Gegen Abend suchte ich Lena in ihrem Zimmer im Stadtviertel Arbat auf und blieb lange genug, um auf dänisch fünfmal »leider« zu sagen. Sie sagte, sie könne es gut verstehen, und brach dann in ein heilloses Schluchzen aus, für das sie sich auf schwedisch selbst ausschimpfte, und biß dann die Lippen zusammen. Wie hatte eine solche Frau in ein derart teuflisches Spiel geraten können? Wie konnte sich eine solche Nymphe in dieses Labyrinth des Satans verirren? Sie war nach Spanien gereist – es galt damals als aufregend, verwundete Freiwillige im Kampf gegen Franco zu pflegen –, von dort kam sie nach Moskau auf die Lenin-Schule, wo sie Axel Lorens kennenlernte. Er wurde wegen Trotzkismus angeklagt, sie als Agentin. Nach dreißig Stunden Folter unter der sogenannten »Fingernagelpresse« hatte Kristjáns Leiter bei der Komintern lieber seinen Namen preisgegeben als gar keinen. In der Hoffnung, wenigstens den Nagel am Ringfinger behalten zu dürfen. Als Beweismaterial gegen Lena galten ihre Mitschriften aus der Lenin-Schule. Sie war eine eifrige und wißbegierige Schülerin, aber schreiben zu können war verdächtig: zu bürgerlich. Im Gefängnis erwies sie sich als zäher, als wir glaubten: Obwohl man sie insgesamt sechs Tage und Nächte ohne Schlaf und Essen auf einem Stuhl sitzen ließ, brach sie nicht zusammen. Nicht einmal, als man sie vier Stunden lang an Händen und Füßen fesselte und ihr mit einer Feder in der Nase kitzelte. Laut Solschenizyn muß das eine hundsgemeine Foltermethode sein, ungemein schmerzhaft. Es soll sich anfühlen, als würde einem direkt ins Gehirn gebohrt. Die Schülerin aus Schweden hatte ihre Notizen sorgfältig angefertigt, sie konnte sie nicht verleugnen. Am Ende war es ihre bürgerliche Erziehung, die sie zu Fall brachte: Sie konnte nicht die Unwahrheit sagen. Nicht einmal, um endlich eine Gänsefeder in ihrem Gehirn loszuwerden. Lena Billén beendete ihr Leben in einem der kommunistischen Vernichtungslager in Sibirien – wahrscheinlich im Jahr 1942 – nach einem kurzen Durchlauf durch das sowjetische Straflagersystem. Auch die kleine Nina wurde in Haft gehalten, um ihre Mutter zu einem Geständnis zu bewegen, sie erwies sich bei den Verhören jedoch als unkooperativ. Das änderte sich erst, als sie längere Zeit in Gefängnissen verbracht und gelernt hatte, sich auszudrücken.

Die Sowjetunion war kinderlieb.

»Der Tod eines einzelnen Menschen ist traurig, der Tod von Millionen nur eine Zahl auf einem Blatt Papier.« Ich kannte drei von ihnen. Drei Staubkörner, die bei der großen Säuberung weggepustet wurden. Nach den letzten Zahlen des KGB waren es insgesamt 4,2 Millionen. Die Sowjetunion: Das

Himmelreich des Todes, errichtet auf der toten Theorie eines mausetoten Mannes. Sein Leichnam war die größte Sehenswürdigkeit des Landes, sein Grab die meistbesuchte Touristenattraktion. Auf dem Dach seines Mausoleums befand sich die höchste Ehrentribüne des Staates: Dort stand derjenige, der die meisten Menschen umgebracht hatte, und wurde von denen bejubelt, die er noch umbringen sollte. Auf dem Parteikongreß '37 wurde er von 1900 frisch gewählten Delegierten gefeiert. Ein Jahr später war die Hälfte von ihnen tot. Je näher man an den großen Führer heranrückte, um so größer die Lebensgefahr. Jede Beförderung glich einem Todesurteil. In den verantwortlichen Positionen saßen nur tote Männer. Am Ende war der Leib der Nation ebenso einbalsamiert wie Lenin.

Am Abend des 10. Mai 1938 trat ich aus dem Hauptbahnhof in Helsinki und verstand zum ersten Mal das Wort »Freiheit«. Ich strich mir über den Kopf, mein Haar war schütter geworden. Auf der Esplanade verkaufte ein kunstakademisch aussehendes Mädchen in quergestreifter Bluse Eis. Es zog die Schultern hoch und lächelte mit harten finnischen Grübchen über seine eigene Unbeholfenheit. Vermutlich war es ihr erster Tag als Eisverkäuferin. Sie sah ganz niedlich aus, und ich weiß noch, wie ich mich freute, daß sie nach der Arbeit ohne einen Schatten nach Hause gehen und am Abend einschlafen konnte, ohne daß ihre Träume am folgenden Tag auf einer ZK-Sitzung durchgesprochen wurden. Aber ich vergaß schnell. 18 Monate später setzte sich die Rote Armee Richtung Esplanade in Marsch, und ich mahnte die Finnen mit meiner Feder, ihr den Weg zu zeigen.

WARUM, UM ALLES IN DER WELT, MUSSTE ES SO KOMMEN? Warum mußte unser gutherziger Traum von einer gerechten Verteilung des Reichtums zu diesem Alptraum werden? Kommunismus ist stets in Diktatur ausgeartet. Von Kuba über Korea bis nach China. Die Halbwertszeit von Revolutionen beträgt zehn Jahre. Zehn Jahre nach der Französischen

Revolution war Napoleon Kaiser. Zehn Jahre nach der Russischen Revolution war Stalin Kaiser. Vierzig Jahre nach der Kubanischen Revolution ist Fidel Castro immer noch Kaiser. Trotzdem tauchten im Pflegeheim manchmal junge Männer auf, die zeitweilig in der Wäscherei arbeiteten und von einem alten Mann ein Buch signiert haben wollten, wobei ein Glühen in ihre Augen trat, wenn sie erwähnten, daß sie »ebenfalls« Kommunisten seien. Kindsköpfe gibt es immer wieder.

Vom ersten Tag an trug der Kommunismus den Keim des Todes in sich. Wer das Böse bekämpft, indem er Mord rechtfertigt, hat selbst den Tod verdient. Der Kommunismus war Faschismus als Liebe verkleidet. Der Unterschied zwischen Stalin und Hitler bestand darin, daß Stalin der bessere Propagandist war. Weltherrschaft, sagte Hitler. Weltfriedensherrschaft, hieß das bei Josef. Hitler war dagegen weltgewandter als der Bauerntölpel Stalin, der feinere Ästhet, wenn's ums Morden ging: Er sortierte seine Opfer nach Rasse und Sexualverhalten. Koba machte keine Unterschiede bei seinen Morden. Lange genug entschuldigten wir uns damit, daß die Zeit uns gezwungen hätte, uns im Kampf gegen Hitler auf die Seite Stalins zu stellen. Wir bezogen Position an der Seite des Teufels im Kampf gegen seine Großmutter.

Wie hatte es so kommen können? Darüber habe ich mir viele, viele Jahre den Kopf zerbrochen. Verstanden habe ich es nie. Einer Erklärung am nächsten gekommen bin ich vielleicht in einer Cafeteria auf dem Laugavegur, zehn Jahre nach meiner eigenen großen Säuberung, meiner eigenen Entlausung. Ich hatte eine Verabredung mit Björn Leifsson, einem ehrenwerten Mann und über vierzig Jahre Vorreiter der sozialistischen Bewegung. Die Mädchen in der Cafeteria waren außergewöhnlich gut aufgelegt an diesem Tag, und obwohl ich über sechzig war, war ich noch immer der ungekrönte König des Flirtens mit der Bedienung. Sie hatten ihren Spaß mit mir, denke ich. Jóhanna, die mir Kaffee nachschenkte, war eine richtige Stößel-Dora*, sie lachte noch immer über einen Scherz mit der Frau an der Kasse, als sie die Tasse auf den Tisch stellte und sagte: »Oh, entschuldige, du wolltest Milch in den Kaffee, nicht wahr?«

»Nein, nein, schon gut, mit deinem Lachen schmeckt er viel besser …«

»Wie? Ach, hahaha. Nein, ich gehe lieber und hole die Milch.«

Damit ging sie in ihrem schwarzen Rock, unter dessen weißer Schürzenschleife sich die prallen Hinterbacken abzeichneten. Ich beugte mich zu Björn und meinte: »Na, die sind heute aber gut in Stimmung.« Dabei sah ich lächelnd zur Theke hinüber. Ich sah, daß Björn ebenfalls hinblickte und, ohne den Mund zu öffnen, ein »äh-hmm« von sich gab, dann schaute er mich wieder an und setzte genau an der Stelle wieder ein, wo wir unterbrochen worden waren:

»Ich kann einfach nicht sehen, daß sich unsere linke Regierung wirklich für eine Besserung der Lebensbedingungen des einfachen Volkes einsetzt …«

Es lag daran, wie er die Bedienung ansah, wie er »äh-hmm« sagte und wie er das Gespräch wiederaufnahm, daß ich den Eindruck bekam, er selbst hatte am einfachen Volk nicht das geringste Interesse. Er verachtete diese Menschen. Das einzige, was ihn interessierte, waren Ziffern auf einem Blatt Papier.

Lange später traf ich einen angesehenen Vertreter der Linken, den es erst in fortgeschrittenem Alter zum erstenmal auf einen Pferderücken verschlagen hatte. Der gute Mann war über seine einzigartige Erfahrung voll und ganz aus dem Häuschen und redete von nichts anderem. Am liebsten wollte er, daß sich alle Isländer ein Pferd anschafften, daß die Reiterei unsere kriegerische Ertüchtigung würde, ja, eigentlich müßte jeder dazu verpflichtet werden, einen Teil des Tages auf einem Pferderükken zu verbringen. »Das tut den Menschen gut.« Es tut den Menschen gut, so zu werden wie ich.

Ich schrieb einen kurzen Artikel darüber. Ohne seinen Namen zu erwähnen. Wütend rief er mich an: »So etwas kannst du nicht machen! Das darfst du so nicht sagen!« Du darfst nicht anders denken als ich.

Am Ende mußte ich beichten. Am Ende zwang ich mich selbst, eine Beichte abzulegen. 24 Jahre nachdem ich Axel Lorens, Lena Billén und Nina Jónsson unter den Mantelschößen Stalins verschwinden gesehen hatte, schrieb ich einen kurzen Aufsatz über jene schwarzen Tage im Mai. Es ließ sich nicht länger aufschieben. Die Geschichte hatte kurz zuvor ihr Urteil gefällt: Stalin war ein überführter Verbrecher. Ich versuchte, vor meiner eigenen Tür zu kehren. Aber der Schmutz ließ sich nicht abwaschen. Ich versuchte, ihn mit schönen Worten zu übermalen, aber er blickte überall wieder durch. Man stellte mich nicht vor ein Gericht, aber das Urteil der Geschichte zog mich herab. Mein besseres Gewissen setzte sich gegen die inneren Antriebe durch, die es bekämpften, das Herz verurteilte den Verstand zu drei Monaten freiwilliger Wiedergutmachung: Ich schrieb ein Buch. Ein dünnes Buch, das eine schwere Last von mir nahm. *Zimmer 247* erschien 1962. Die Wahrheit macht euch frei, aber die Lüge hatte mir besseren Schutz gewährt. Wer endlich die Wahrheit sagt, bekennt damit, daß er gelogen hat. Natürlich bestand meine Arbeit darin, den Menschen Geschichten von Menschen vorzulügen. Aber aufzustehen und mich freimütig als Lügner zu bekennen, kostete mich das Vertrauen anderer und meiner selbst. Als mir klar wurde, daß ich dreißig Jahre lang im Dienst des Teufels gestanden hatte, verlor ich den Mut. Stalin stahl mir den beseelten Funken. Meine Schriften bekamen einen falschen Klang. Drei Jahrzehnte hatte ich in vorderster Front gestanden, die Debatte gelenkt, am Steuer der vorwärtsrollenden Zeit gesessen, und jetzt hatte man mir den Führerschein abgenommen. Von diesem Zeitpunkt an waren alle meine Bücher tote Fische. Es half gar nichts, daß ich ihnen immer ausgefallenere Titel verlieh. Was für eine Plackerei! Ich brauchte weitere zwanzig Jahre, ehe ich die Zeit wieder in den Griff bekam, und ich hatte es gerade erst geschafft, als man mich aus dem Schwimmbad des Lebens verwies.

In jeder Blume schläft ein Gewissen, rein. Und die Welt ist für gute Werke geschaffen. Der Same fällt nur einmal zur Erde, und jedes Blatt prägt das Aussehen der Blume: Sie erschwindelt sich nicht den Weg zur Blüte. In meinen jungen Jahren erlitt ich einen Unfall und trug die Narbe, bis sie unter Altersfalten verschwand und niemand sie mehr sah. Zufälligerweise lebte ich in einem kleinen Land mit einer kurzen Geschichte, wenig Mut, noch weniger Ausdauer und am allerwenigsten Gerechtigkeitsempfinden: Ich wurde weiterhin verehrt und mußte mich selbst richten. Niemand ist Richter in eigener Sache, doch meine Sache wandte sich gegen mich, und mein eigenes Gewissen wurde mein Richter. Ich verurteilte mich selbst. Behaupte ich und verbeuge mich auf grünem Hang, neige mich vor einem ganzen Tal voller Menschen: 4,2 Millionen Steine haben mir zugehört.

Alles hat eine Seele.

[37]

Ich stand für eine Weile am Ufer des Hel-Sees und betrachtete den vollen Saal, das leere Tal. Ich bin noch einmal hergekommen, vielleicht um das Haus ein allerletztes Mal zu sehen, vor allem aber, um noch einmal Auto zu fahren. Mit etwas Geschick war es mir gelungen, von einer meiner Figuren unten in Fjörður eine Limousine geliehen zu bekommen. Einen alten roten Buick, der sagenhaft gut lief.

Ein Fischmaul ragte aus dem Wasser und schien etwas sagen zu wollen. Es sah aus, als wäre es Friðþjófur. Wieder und wieder versuchte er mir etwas zuzurufen, das nach »Verd …« klang, aber er konnte die Worte nicht über Wasser halten. Ich zog die Jacke aus, krempelte die Ärmel auf und beugte mich vor, um ihn aus dem Wasser zu ziehen.

Es sah aus, als würde er ertrinken.

Ich griff ins Leere. Doch aus dem verzweifelten Zorn des Kritikers stiegen drei Forellen auf, drei tote Fische. Ich fischte sie aus dem Wasser und legte sie ans Ufer. Sie waren unterschiedlich groß. Der kleinste wog höchstens zwei Pfund. Friðþjófur schien komplett untergegangen zu sein, und ich beschloß, mir keine weiteren Gedanken über einen ertrinkenden Fisch zu machen, sondern hakte den Forellen den Finger hinter die Kiemen und nahm sie mit zum Wagen.

Der rote Buckel, der auf dem Hof stand wie ein gestrandeter Wal, paßte erstaunlich gut zu diesem verlassenen Gehöft. Schön, diese alten Autos, aber es war doch nicht ganz ohne, sie über weite Strecken zu fahren mit dieser schmalen Schießscharte als Frontscheibe.

Im bewachsenen Gelände zwischen Hof und See stieß ich auf einen Mann. Er war ziemlich alt, hatte ein längliches Gesicht und lag, in einen teuren Anzug gekleidet, im Gras. Was war das nun wieder? Ich blieb vor ihm stehen und sagte: »Hallo!«

Er hatte einen Arm über sein Gesicht gelegt. Ich legte die Fische neben mich ins Gras und beugte mich über ihn. War es vielleicht Efert? Hatte ich womöglich vergessen, ihn nach der Auktion auf seinen Traktor zu setzen? Ich stieß ihn an. Vielleicht war er tot.

»He. Schläfst du?«

Nein. Er bewegte sich ein wenig.

Ich sagte noch einmal: »Schläfst du?«

Er nahm den Arm vom Gesicht, und ich sah, daß es Friðþjófur war. Ja, leck mich … Was tat der denn hier? Ein Fisch auf dem Trockenen? Er hatte seine Brille nicht auf und starrte mich lange an, ehe er sagte: »Was?«

Er hatte noch immer den gleichen großen Schädel, sah noch immer so mager, totenblaß und eiskalt aus. Das Haar leuchtend grau, die Finger wie vertrocknete, bleiche Pflanzenwurzeln. Ich fragte ihn, wo er gesteckt habe und wieso er hier liege; aber er war augenscheinlich noch nicht wieder ganz von dieser Welt und stellte mir die gleichen Fragen. Wo er sich befinde, wie er hierhergekommen und wer ich sei. Ich muß sagen, daß ich fast ein warmes Gefühl für ihn empfand. Er tat mir leid. Zum einen war er richtig alt geworden, und zum anderen konnte ich eine gewisse Freude nicht verhehlen, einen alten Bekannten von jenseits wiederzusehen. Trotz allem. Er stöhnte ein Weilchen vor sich hin, bis plötzlich ein Licht in seinen stahlgrauen Augen aufging und er mich fragte: »Einar? Einar Jot?«

Ich bejahte, und er freute sich sichtlich über diese Auskunft. Was war aus dem ganzen Haß geworden? Ich half ihm auf die Beine. Er war äußerst schwach, aber ich war auch nicht der Mann, einen so langen Kerl auf den Arm zu nehmen, selbst wenn er nur noch Haut und Knochen war. Mit viel Mühe und Ächzen bekam ich ihn endlich in die Höhe und legte mir seinen Arm um die Schultern. Das war noch schwieriger, weil ich die Forellen nicht zurücklassen wollte. Endlich setzten wir uns in Bewegung und gingen langsam Schritt für Schritt auf den Hof zu. Die Fische baumelten an seiner Seite. Wir schwiegen, bis wir den Hofplatz erreichten. Da fragte er mich mit brüchiger, alter Stimme:

»Warst du angeln?«

»Ja, oder eigentlich nein. Die hier waren schon tot«, antwortete ich und wollte es schon aufgeben, das lange Elend weiterzuschleppen. Aber gut, ich konnte ihn ja nicht einfach liegen lassen. Nur, was zum Teufel hatte er hier zu suchen? Es war eine ziemlich vertrackte Angelegenheit, den langen Kerl in einen Buick Roadmaster, Baujahr '51, zu falten. Was für lange Staksen er hatte! Irgendwann schaffte ich es und ließ den Motor an. Wir glitten davon, über die Hauswiese hinab und dann hinauf zur Heljardalsheiði. Autor und Kritiker im Auto einer der Figuren des fraglichen Werks.

»Ein altes Auto«, bemerkte er und musterte mit müden Augen das Armaturenbrett.

Als wir den Hang erreichten, wo mich vor Zeiten der blonde Junge fast gelähmt im Vorjahresgras gefunden hatte, begriff ich endlich, was los war. Ich besah mir Friðþjófur, der neben mir auf dem Beifahrersitz durchgerüttelt wurde, und wollte ihm mein Beileid aussprechen, doch dann entschied ich, es wäre das beste, wenn er selbst drauf käme, und außerdem war ich mir nicht sicher, wie ich es ihm beibringen sollte. Es war nicht ganz einfach, jemanden von seinem eigenen Ableben zu informieren, und außerdem sagte man nicht »herzliches Beileid« zu einem frisch Verstorbenen.

[38]

Nach August kommt September, aber muß nach September unbedingt noch etwas kommen? Könnte der August nicht einfach mittendrin aufhören? Ach, wenn der August doch nur ein Fallbeil wäre, das vom Himmel herabsauste und den verdammten Monat mittendurch schnitte. Dann dürfte der niedrige Wald bluten, das Laub dürfte fallen, und die Dunkelheit dürfte noch den hintersten Winkel füllen.

Wenn man nicht mehr leben möchte, sind die Monate mit den langen Namen die schlimmsten. Man will sie gar nicht kommen sehen. September. Dann kommen drei weitere, ebenso lange und Nummer vier, fünf, sechs und sieben. Und die mußte sie alle austragen. Wenn doch der Winter nur ein Fallbeil wäre, das vom Himmel fiele, weiß, kalt und frostbeschlagen, und die Monate zerhackte, die Zeit und eines Menschen Hals. Sie war im zweiten Monat. Es gab keinen Zweifel, wer der Vater war. Und doch war es schwerer, sich das Leben zu nehmen, wenn in einem ein neues Leben heranwuchs. Gibt es keine Gerechtigkeit? Wie war das Leben eigentlich gedacht? War kein … gab es keine … gab es keine Regeln in diesem Leben?

Sie lag im Bett im hintersten Zimmer des Grünen Hauses, lag dort wie gelähmt, seit der Arzt ihre Schwangerschaft bestätigt hatte, und schaute durch Tränen zum Fenster hinaus. Warum schüttelte der Baum so heftig sein Laub? Warum hielten sich die Tropfen so lange an der Fensterscheibe, ohne nach unten zu laufen? Ob Þuríður dieses Bild mit den zwei Kätzchen im Korb selbst gestickt hatte? Warum Kätzchen in einem Korb? Wenn es uns schlechtgeht, steht ein Fragezeichen hinter jedem Regentropfen, jedem Kreuzstich, jedem Blatt. In jeder Ecke erblicken wir Fragezeichen, das alltägliche Schweigen der Welt ruft uns tausend Fragen zu, und wir wissen, daß es keine Antwort gibt. Darum geht es uns noch schlechter.

Sie hatte nicht gewußt, daß es solche Schwermut gab. Daß es einen derartigen Schmerz gab. Daß eine unsichtbare Dunkelheit existierte. Es war noch schlimmer, als sich vom eigenen Vater in der Scheune vergewaltigen zu lassen. Das hier war eine andere Art von Vergewaltigung. Diesmal kam sie von innen heraus. Und darauf konnte sie nicht reagieren. Sie fühlte sich gelähmt und legte sich ins Bett. Eine ganze Woche lang. Mußte sie diesen Monat zu Ende bringen? War es nicht einfach genug? Sie wurde doch bald fünfzehn, und das war eine wirklich lange Zeit. Sie hatte das Leben kennengelernt. Neun Jahre waren ihr mit ihrer Mutter vergönnt gewesen und 15 Sommer auf dem Lande. Sie hatte Melken gelernt und wie man schlechtes Essen herunterschlingt und in beißender Kälte aufwacht. Sie hatte ebenso den Butterduft der Liebe wahrgenommen, und ihr Vater hatte sie in die Reize des Liebeslebens eingeweiht. Ihre Großmutter war auf eine schöne Weise gestorben, ihr Bruder war ein lustiger Kerl, und in jüngster Zeit hatte sie einige Nächte in einem richtigen Ort schlafen dürfen. Sie hatte einen Volksschulabschluß und war sogar konfirmiert. Sie konnte ruhig sterben. Es ging nur um das Kind. Sollte sie darauf Rücksicht nehmen und mit dem Sterben bis nach der Geburt warten? Plötzlich fielen ihr zwei alte, abgenutzte Zeilen ein, die ihr die Großmutter manchmal vorgesagt hatte, wenn sie traurig war:

Brüder Gottes dir bereiten ein Bett,
und Broderie ist dein Kissen.

Bei Oma war immer alles merkwürdig. Hatte Gott irgendwelche Brüder? Nein, wohl kaum. Sie begann zu weinen. Manchmal weinte sie drei Stunden, ohne aufzuhören. Dann kam Þuríður mit heißer Milch oder Milch, in der Rentierflechte aufgekocht war, oder Tee und Keksen, französischen Biskuits oder welchen, die irgendwo angetrieben waren, oder mit Zwieback und Kakaosuppe und Schmalzkringeln, und Grímur stand dabei und sang ihr das neueste Lied vor, das er oben auf dem Berg aufgeschnappt hatte.

Der Empfang war im engen Fjord nicht so gut wie oben auf der Hochheide. Meist mußte er mindestens zweihundert Meter den Hang hinaufklettern, ehe er seinen Amisender hören konnte. Heute war er ganz ausgekühlt und durchnäßt zurückgekommen. Er hatte eine ganze Stunde auf seine Musik warten müssen. »Irgendein Kerl hat die ganze Zeit gequatscht.«

Das Radio machte den Jungen aus dem Heljardalur in Fjörður sogleich beliebt; außer Danni begleiteten ihn noch drei weitere Jungen täglich den Berg hinauf. Eines Tages gerieten sie unter seltsame Typen, die sie beschimpften und sie baten, um Gottes Willen diesen Krach abzustellen. Ob sie denn wirklich glaubten, ein Armeesender würde in die isländische Natur passen, und ob Jazzmusik wirklich die richtige Untermalung für die Stille der Fjorde sei. Hervar aus dem Steinhaus sagte, es seien Wesen aus dem Verborgenen Volk gewesen. Das konnte gut sein, denn sie trugen ganz merkwürdige Kleidung. Bunte Ganzkörperanzüge in hellen Farben. Jetzt aber hatten sie eine neue Stelle mit guten Bedingungen gefunden, wo sie ungestört Radio hören konnten. Von dort hatte man auch einen guten Blick über den Heringskai und die Landebrücken.

»Sieh ju läter äligäter«, summte Grímur seiner Schwester ein bißchen scheu und ohne rechte Melodie vor. Fast lächelte sie ein wenig; drehte sich dann aber zum Fenster und hielt nach dem Fallbeil Ausschau. Sie hatte keine Ahnung, was eine Guillotine war, stellte sich aber vor, der Herbst solle kommen wie ein scharfes Messer. Als sie den Kopf wieder vom Fenster wandte, stand der verrückte Geiri mit gesenktem Kopf in der Zimmerecke gegenüber dem Bett wie ein Buster Keaton in langen Unterhosen, starrte sie an und sagte ernst: »Der Wagen wird um Mitternacht bereitstehen. Um Mitternacht.«

»Geiri! Aber Geiri! Laß sie in Frieden, mein Guter. Sie ist krank«, tönte es durch die offene Zimmertür aus der Küche. Dort saßen die Frau des Hauses und ihre Schwiegertochter, die mit ihrem zur See fahrenden Mann und zwei schüchternen Mädchen das Obergeschoß des Grünen Hauses bewohnte. Sie war eine spatzenhaft kleine Frau in Kriegsbemalung und redete wie ein Maschinengewehr. Símona hieß sie. Vor dem Krieg waren Männernamen für Frauen in Island nichts Unübliches, denn Männer kamen häufiger ums Leben als Frauen. Aufgrund ihrer angeborenen Neugier auf die Probleme anderer hatte Símona ihre Lebensstellung in der Telephonvermittlung gefunden. Tagsüber zwischen 9 und 17 Uhr liefen sämtliche Telephongespräche des Ostlands durch ihre Hände. Sie war das perfekte Fräulein vom Amt: Neugierig, mit einem guten Gedächtnis und strenger Moral ausgestattet. Schien ihr ein Gespräch sich der Gürtellinie zu nähern, kündigte sie rasch eine »Störung der Verbindung« an und unterbrach das Gespräch, wenn der Betreffende ihre Verwarnung nicht beachtete. Zwischen ihren Schichten trieb sie gewaltigen Aufwand in der Küche, kochte Marmelade und Innereien, backte für den halben Ort Kuchen und schmierte Brote für sämtliche Klassenkameraden Grímurs. Sie legte Wert auf einen gut geführten Haushalt und äußerte sich abfällig über Frauen, die »Bäckereibrot« kauften. Manchmal flitzte sie wie ein kleiner, geschwinder Vogel mit einem frisch gebackenen Hefezopf oder Muffins zu den Nachbarn, wenn sie Witterung von einer neuen Klatschgeschichte dort bekommen hatte.

Abends saß sie bei ihrer Schwiegermutter in der Küche, und die beiden süffelten aus kleinen Gläschen einen mächtig starken Selbstgebrannten mit Johannisbeer-Aufgesetztem, den die Trachtenfrau heimlich im Keller brannte und den Spaßvögel gern Cognac Napoleon nannten. Hatte die Hausfrau einmal einen Kuchen anbrennen lassen – was nicht so selten vorkam –, mümmelten sie dazu Keks-Treibgut, das Gunnar, Þuríðurs

Sohn und Símonas Mann, einmal in unerschöpflicher Menge draußen bei Urðir gefunden hatte. Es war unglaublich, wie hart Kekse sein konnten, die im Meer getrieben hatten. Símona zermalmte sie mit lautem Krachen zwischen den Zähnen, während Þuríður kleine Zigarillos paffte. Das Rauchen bekam ihr stets schlecht, aber wahrscheinlich war es der Schriftsteller, der in ihr steckte und nie recht herauskam. Er schickte lediglich ein paar Rauchzeichen in die Außenwelt und ließ sich währenddessen von der Telephonistin die Gespräche des Tages wiedergeben. Zusammen wußten Schwiegertochter und -mama alles von allen im Osten.

»Was is'n mit Gísli auf Meðhús? Is' der immer noch krank?«

»Die kleine Silla kommt morgen mit der Spätmaschine und bringt ihm seine Medizin mit.«

Am dritten Tag diagnostizierte die Telephonistin Eivís: Liebespocken. Die roten Flecken auf Lehrer Guðmundurs Backen hätten inzwischen bestimmt Herzform angenommen. Kam er nicht nächstes Wochenende? Er sollte doch im Winter in Fjörður Unterricht geben. Þuríður hörte sich alles mit halbgeschlossenen Augen und einem kleinen Rauchwölkchen an. Das Doppelkinn hing ruhig unter ihrem Kinn.

»Der kleine Mummi …?«

Eivís schwieg. Sie konnte es niemandem sagen. Keinem Menschen auf der Welt. Sie konnte nicht einmal verraten, daß sie schwanger war, geschweige denn mehr. Der Arzt war der einzige, der Bescheid wußte. Wegen zwei Wochen anhaltender Bauchschmerzen, die bei der Beerdigung ihrer Großmutter begonnen hatten, war sie zu ihm gegangen. Mit einem Würgen im Hals war sie hinter dem Sarg der Großmutter aus der kleinen Torfkirche auf Mýri gekommen und hatte über dem offenen Grab einen Magenkrampf bekommen, sich aber noch zurückhalten können. Bis die ersten Schaufeln Erde ins Grab geworfen wurden. Dann hatte sie sich übergeben müssen, und

Erbrochenes hatte sich rot und gelb über den weißen Sarg ergossen. Die Leute waren erschrocken, niemand wußte genau, was das bedeutete, aber ganz sicher etwas Schlechtes. Ja, es war kein schöner letzter Gruß, den das Mensch erhielt. Efert, Geirlaug, Málmfríður, Gerða, Baldur, Hildur die Wirtschafterin, Grímur, Berta, Hólmfríður, Sigríður, Sigmundur, Hrólfur und Jói schauten betreten ins Grab, auf den Sargdeckel mit der Kotze. Was war zu tun? Eivís war kreuzunglücklich und brach in Tränen aus. Der neue Pastor mit den Kinderaugen versuchte zu trösten: »Trauer kann auf mannigfaltige Art aus einem herausbrechen.«

In der nächsten Woche betrauerte sie ihre Großmutter jeden Morgen auf diese Art. Vielleicht kam ihr selbst ein Verdacht. Diese unregelmäßigen Blutungen waren doch bedenklich. Es kam vielleicht nicht mehr ganz überraschend für sie, als Donald ihren Verdacht bestätigte, und doch trafen sie die beruhigenden Worte aus dem weichen, aber ausdrucksvollen Gesicht des Amerikaners wie Faustschläge. Angeschlagen ging sie nach Hause und legte sich ins Bett. Gelähmt, konnte nichts bewegen bis auf die Augen, die sie nach oben zu Gott richtete: Warum? Warum sie? Sie hatte die schlimmste Erfahrung in der Welt durchgemacht, und jetzt war sie dazu verurteilt, jeden Tag und jede Nacht ihres Lebens daran erinnert zu werden und ihre Folgen großzuziehen. Es war ihr auferlegt worden, eine Frucht des Bösen in diese Welt zu setzen. War das etwa Gottes Plan? Was im Bösen gezeugt wird, soll zum Guten geboren werden?

Es mußte einen Weg geben.

Sie hatte versucht, dem Arzt zu sagen, wer der Vater des Kindes war. Er hatte nicht danach gefragt, aber diese großen, weichen Ohren verlangten geradezu nach der Wahrheit. Doch sie brachte es nicht über die Lippen. Jeder einzelne Buchstabe des fraglichen Worts steckte in ihrem Mund fest wie ein Zahn. Wie brachte man es fertig, sie auszusprechen? Es ging nicht. Sie mußte sich damit begnügen, den Schmerz durch die Augen nach außen zu lassen. Doch er war zu groß für einen noch so jungen und schmalen Leib: Spät am dritten Tag brach er urplötzlich in lautem Schreien aus ihr heraus. Sie wurde selbst davon überrascht, tat dann aber nichts, um es zurückzuhalten. Sie schrie, so laut sie konnte. Þuríður kam herein und nahm das Mädchen in den Arm. Es schluchzte, zitterte und bebte, war nicht zu trösten. Ein 14 Jahre altes Kind in den Armen eines halben Jahrhunderts. Die Frau strich ihm über die Stirn. Die Telephonistin stand im Türrahmen, in der einen Hand ein Schnapsglas, mit der anderen hielt sie mühsam den Schwachsinnigen zurück. »Na, komm, Geiri, ist gut.« Grímur stand mit großen Augen zwischen ihnen, und die schüchternen, stillen Mäuslein vom Dachboden steckten ihre Näschen zwischen die Stäbe des Treppengeländers. Þuríður bat sie, die Tür zu schließen. Dann saß sie bis zum Abend breithüftig auf dem alten, selbstgebauten Bett, allein mit ihrer jungen Untermieterin, die sie im Arm hielt und streichelte, und sagte »soo, ja« und atmete heftig durch die Nase. Eivís drückte sich nach und nach immer fester an diesen breiten Busen und umklammerte die kräftige Frau, die sie kaum kannte. Dabei fühlte sie, daß diese Frau größer war als Heljardalur samt der gleichnamigen Heide. In diesen Armen kam sie zur Ruhe, es fühlte sich so an, als könnten ihre kühlen, weichen Hände alles verstehen. Sie hob die Augen zum Gesicht der Frau auf und sah, daß es überall mit feinen blonden Härchen bewachsen war.

Nach einer Stunde sagte Þuríður: »Dein Papa war's, nich?«

Frauen verstehen einander. In der Bauchhöhle des Mädchens löste sich der Schmerz und floß ihr nun ungehindert aus den Augen und aus dem Mund wie Wasser aus einer Quelle, ein reiner, klarer Schmerz. Das tat gut. Sie fühlte sich viel besser. Am liebsten würde sie die ganze Nacht in diesem Schoß liegen. In einer solchen Stunde war eine Frau wie diese noch viel mehr wert, als es eine Mutter sein konnte. Seinen Nächsten kann man nie alles anvertrauen. Ihr Verständnis mischt sich immer mit

Vorwürfen: »Wie konntest du nur so etwas tun, Kind?« In einer solchen Situation ist es gut, eine Frau zur Seite zu haben, die über zwei ganze Breitengrade an Verständnis für das Leben verfügt. Wie hatte sie es nur erraten können? Viel später erhob sich die Seemannswitwe, breitete eine Decke über Eivís, löschte das Licht und ging leise hinaus. Símona stand mit großen Augen auf dem abgedunkelten Flur, flüsterte: »Ich habe den Jungen bei dir schlafen lassen«, und starrte ihre Schwiegermutter an.

»Ach, es ist nur die Schotterkrankheit«, sagte die Hausfrau und rauschte mit raschelndem Rock in die Küche.

Símona folgte ihr auf dem Fuß: »Die Schotterkrankheit?«

»Ja, ganz die Symptome.«

Am nächsten Tag war Eivís auf den Beinen und schniefte durchs Haus wie ein kranker Hase. Lange saß sie in der Küche und schaute zum Fenster hinaus, beobachtete, wie drei Gleichaltrige zum Kai hinausschlenderten. Eine von ihnen kannte sie. Sicher waren sie noch nicht von ihren Vätern mißbraucht worden. Ihnen stand das noch bevor, sie waren noch Kinder. Als Símona von oben kam, stand sie auf und ging in ihr Zimmer. Es war unangenehm, sich von diesen Vogelaugen anstarren zu lassen. Auch Þuríður saß in ihrem Zimmer und übersetzte. Der große Schreibtisch stand am Fenster, das auf die Hauptstraße wies. Mittlerweile fiel das Laub von den Bäumen, und die Straße war besser einzusehen. Passanten spazierten wie frisch übersetzte Personen aus einem Buch über Þuríðurs Tischplatte. Sie blickte auf und sah Hrólfur kommen. Zu Fuß, zögerlich, den Himmel musternd. Sie sah, daß er seine Augen möglichst verstohlen zum Grünen Haus herüberwandern ließ. Ein bemitleidenswerter Mann, gebeugt von den Strapazen des Lebens, ein ausdrucksloses, totes Gesicht unter ausgeblichener Kappe und Herbstfarbe im Bart. So ging er seines Wegs und zog eine Schleppe von Selbstmitleid hinter sich her. Über eine staubige Schotterstraße.

»Armer Kerl.«

Hrólfur hauste in einer alten Armeebaracke draußen auf Eyri am Nordufer des Fjords, dem Grünen Haus fast gegenüber. Die Briten hatten sie gleich am ersten Tag ihrer Ankunft gebaut. Erst gossen sie einen Zementsockel, richteten darüber ein halbrundes Stahlgerüst auf und verkleideten es dann mit Wellblech. Eine leidliche Unterkunft für den Sommer, absolut hoffnungslos im Winter. Die Engländer konnten keine Häuser für isländische Verhältnisse bauen, aber es half ihnen, daß sie daran gewöhnt waren, bei Frost zu schlafen. Diese Geizhälse! Die Isländer kleiden ihre Häuser innen mit Wolle aus. Trotzdem standen diese notdürftigen Baracken immer noch, fünfzehn Jahre später, und boten denen Obdach, die das Leben auf die Straße gesetzt hatte. Sie waren niemandes Eigentum. Der Krieg hatte sie gebaut, und manche führten noch immer ihren Krieg. Hrólfur fluchte nicht länger auf die Engländer, als er den rissigen Zementboden betrat und sich in einer Hälfte der letzten Baracke einrichtete, die nah am Wasser stand. In der Giebelseite befand sich eine quietschende Eisentür, in jeder der beiden Längsseiten saß ein sechsfach unterteiltes Fenster. In einem waren zwei Scheiben zerbrochen. In diese Behausung zog der alte Bauer mit all seinem Hab und Gut in einem Leinensack. Er hatte eine Weile auf einem Holzklotz gesessen, als er eine stattliche Ratte wieselflink zu diesem Fenster hinaufklettern sah, wo sie versuchte, sich durch eine geborstene Scheibe zu zwängen. Ihr Hinterteil war aber noch fetter, und ihr langer Schwanz schlug wie ein wild gewordenes Pendel, bis sie sich endlich durch den Spalt quetschen konnte. Im anderen Teil der Nissenhütte hausten drei Schafe, von denen niemand wußte, wem sie gehörten. Eine Woche später waren sie bei Hrólfur eingezogen. Da war es etwas wärmer, und man hatte Gesellschaft, obwohl der Bauer noch nie so verweichlichte Viecher gesehen hatte, die sich schon im August freiwillig im Stall aufhielten. Aber es waren auch nur jämmerliche Fjordbewohner und Meerschafe, ha, salzgraue Tangfresser und Strandläufer.

»Mäh.«

»Ha.«

Eines Abends erschienen Bárður und Skeggi mit dem Pritschenwagen und mit Tisch und Stühlen und anderem Hausrat.

»Vielleicht kannst du was davon gebrauchen, Hrólfur«, meinte der Agronom. Der Bauer erkannte den Eßtisch aus der guten Stube auf Heljardalur wieder. Ein Bein war abgebrochen. Er war nicht länger Manns genug, sich Bárður zu widersetzen.

»Jau, vielleicht …«, sagte er leise und ließ sie das Zeug in die Nissenhütte tragen. An der Zwischenwand stand ein alter Kanonenofen mit einem langen, senkrecht nach oben ragenden Ofenrohr und davor ein alter Sessel, den Hrólfur am Ufersaum gefunden hatte, angenagt von frei herumlaufenden Pferden. Bis auf eins waren sämtliche Feldbetten irgendwann geklaut worden, und auf dem schlief er nun. Ausgerechnet er schlief in einem englischen Feldbett. Wenn es eine klare Nacht gab und er den Kopf auf dem Kissen ein wenig drehte, konnte er durch die Fugen zwischen den Wellblechplatten den Sternenhimmel sehen. Er erinnerte sich, daß ihm eine alte Frau im Heim seiner Kindheit auf Steinnes als kleinem Jungen einmal erzählt hatte, die Sterne seien die Lichter der kleinen Bauernhäuser am Himmel, und er erinnerte sich auch noch, daß er seinem Heiðar die Geschichte weitererzählt hatte. Jetzt lag sie mit ihm auf dem Grund der Hel. Der Barackenbewohner schloß die Augen und dachte an seinen kleinen, rothaarigen Jungen, ertrug es aber nicht und öffnete sie wieder.

Es war, wie in einem großen Saal zu schlafen. Am höchsten Punkt vier Meter Deckenhöhe, und in heftigen Windböen kreischten die Blechplatten wie in einem alten Theaterstück. In einer Nacht mit heftigem Unwetter kamen die Schafe, stellten sich vor sein Bett und betrachteten in der Dunkelheit diesen kahlen Mann mit dem Bart unter der Bettdecke, die zusammen mit einem dreißig Jahre alten Kissen aus Gänsedaune sein einziges Gepäck für dieses neue Leben im Fjord darstellte. Er drehte sich langsam auf die Seite und schaute den Schafen in die Augen. Sie glänzten vor Hunger. Sobald er konnte, baute er in einer Ecke einen Pferch für sie und ließ sie hinaus, wenn er frühmorgens zur Arbeit ging. Sie grasten sich den Hang hinauf.

Jeden Morgen ging der verachtete, einsame Mann durch den ganzen Fjord und durch den Ort, am Grünen Haus vorbei, hinaus zum Kai. Anfangs hatte man ihn als Faßbinder eingestellt. Jeden Abend ging er den gleichen Weg zurück, ein einsamer, elender Mensch, und schaute zum Grünen Haus hinüber. Einmal sah er seinen Grímur am Fenster. Sein Herz stockte wie ein Diesel mit Zündaussetzer, der anschließend eine schwarze Wolke aus dem Auspuff rotzt. Er hörte Lärm im Haus und sah zu, daß er weiterkam. Er trug einen Beutel aus Sackleinen mit etwas Fischmehl darin, das er seinen Schafen mitbrachte. Das wirkte immer. Alle drei standen im Nieselregen aus Südwest an der Barackenwand und warteten auf ihn. Am zehnten Tag kam ihm das mutigste entgegen und schnupperte am Fischmehlsack. Ihm wurde warm in der Brust. Er nannte das Schaf Jóra. Allerdings niemals laut. Die anderen taufte er in Gedanken Glóa und Vísa. Ein Mann mit seinen drei Frauen. Ha. Ja, stimmt, sage ich. Er war das geworden, was er sein ganzes Leben sein wollte: Ein Bock im Schafstall.

»Armer Kerl.«

Þúríður schaute weiter durch das Fenster und prägte sich das Bild dieses gebeugten Mannes mit graurotem Bart und langer Schleppe ein, der die Straße des Lebens entlangschlich, als hätte er sein Recht dazu verwirkt. Jeder einzelne Schritt sah aus, als würde er ihn ohne Berechtigung tun. Wer andere verletzt, verletzt sich selbst am meisten, dachte sie, als die Tür hinter ihr knarrte. Sie drehte sich um. Eivís stand in Wollrock, Bluse und Strickjacke schüchtern im Türrahmen und lehnte die Schulter dagegen. Ihr Leib war prall vor Leben, alle Linien wölbten sich wie Kronblätter am Tag, bevor die Knospe aufspringt. Ihr Gesicht war blaß und schön, die Haut hell und weich und vollkommen rein wie auf Porzellan gemalt, darüber das schlafverwühlte Haar fein und dunkel. Es war nicht im mindesten zu sehen, daß das Leben dieses hübschen Mädchens zerstört worden war.

»Komma rein, Kind.«

Das Mädchen hatte die Hände in die Rocktaschen gesteckt und verzog den Mund unter seinem festen Näschen, das bald nicht mehr nach oben stupsen, sondern ganz gerade werden würde. Þuríður schraubte die Kappe auf den Füllhalter und streckte die Hand aus. Eivís ließ sich auf der Kante eines schönen Stuhls nieder, ohne die Hände aus den Taschen zu nehmen, und schlug die bestrumpften Zehen übereinander. Neben ihr auf dem Boden und auf dem Tisch standen einige große und üppige Topfpflanzen. Tageslicht füllte den Raum und verlieh allem ein friedliches Aussehen. Die Übersetzerin erhob sich schnaufend, ging zur Tür und schloß sie sorgsam. Dann setzte sie sich wieder auf ihren Schreibtischstuhl, sah das Mädchen an und fragte, ob es wisse, was eine Abtreibung sei. Eivís antwortete, sie habe das Wort schon einmal gehört. Danni hatte ihr davon erzählt, wie seine Schwester einmal schwanger geworden war. Wußte eine ganze Menge, der Knabe. Þuríður fragte, ob sie für sich selbst einmal die Möglichkeit erwogen habe. Sie meinte, ja, ob es aber nicht gefährlich sei.

»Doch, riskant is es, aber nich sehr.«

»Wer … Donald macht es doch nicht, oder?«

»Nein, Tómas.«

»Ist er Arzt?«

»Nee, Automechaniker. Sehr geschickter Mann.«

»Automechaniker?«

»Ja. Er hat unsrer Símona hier eins weggemacht. Einwandfrei.«

»Aber sie sagt, so etwas kostet zwölftausend.«

Þuríður bat sie, sich keine Sorgen wegen des Geldes zu machen; im übrigen würde sie niemandem zu einem solchen Eingriff raten, doch andererseits sei sie gerade erst vierzehn und habe das Leben noch vor sich.

Eivís war den Tränen nahe. »Ja, ich weiß.«

»Denk mal in Ruhe drüber nach, Mädchen.«

Sie brauchte nicht nachzudenken. Eine Woche später suchte sie Stellas Tommi im Keller des Hauses *Edinborg* auf. Þuríður saß oben und trank mit Stella Kaffee. Nein, wahrscheinlich trank sie keinen Kaffee; sie saß schweigsam in der Küche und wiegte sich vor und zurück, unruhig und angespannt. Ich sah es durch das Fenster, als ich an diesem Abend am *Edinborg* vorbeiging, diesem niedlichen Puppenhäuschen mit Licht in allen Fenstern. Kurz zuvor war ich Grímur auf der Hauptstraße begegnet. Er sah mich merkwürdig an und hielt etwas unter seinem Pullover versteckt. Ich sah ihm nach, wie er über die Brücke ging. Er schlich sich zu seinem Vater, um ihm etwas zu essen zu bringen. Mit einem Laib gekochten Roggenschwarzbrots und einem Stück Butter trat er in die Baracke. Sein Vater saß in dem angenagten Fjordsessel und lächelte schwach: »Ha? Na so was, grüß dich, mein Freund ...«

Der Junge reichte ihm sein Lieblingsessen: Eine dicke Scheibe Brot mit Butter.

»Warum wohnst du nicht bei uns im Grünen Haus?«

»Och, ich glaube, ich passe nicht in solche Häuser; und irgendwer muß sich auch um die da kümmern«, antwortete sein Vater in sorglosem Tonfall und wies mit dem Kopf auf die Schafe, die in ihrer Ecke herumliefen und harte Kötel auf den Zementboden fallen ließen.

»Wo hast du die denn her?«

»Och, die waren schon hier.«

Sie saßen eine Weile beisammen und lauschten dem Abend. Stille enthält mancherlei Geräusche: Ein Wasserfall, die Heringskocherei, ein Lastwagen am jenseitigen Fjordufer, das Trappeln der Schafe.

Dann sagte Grímur: »Vísa ist seit längerem krank.«

»So?«

»Ja, sie ist in Umständen.«

»Was? In Umständen?«

»Ja. Manchmal schreit sie sogar.«

»Und was … wie … Hat sie das selbst gesagt? Daß sie in Umständen ist?«

»Nein. Sie sagt nichts. Dannis Schwester meint, sie ist schwanger.«

»Was sagst du da, Junge? Ha. Was ist das für ein Unsinn?«

»Sie will's nicht haben, das Kind.«

»Wie bitte?«

»Nein. Tommi macht es weg.«

»Tommi? Welcher Tommi?«

»Der Tommi von Stella. Tommi in Edinborg. Es wird ausgesetzt.«

»Ha?«

Der alte Bauer starrte seinen Sohn entgeistert an. Das war zu viel für ihn in so kurzer Zeit. Er wußte nicht, ob er saß oder stand, sein Blick fiel auf einmal auf das Brot und die Butter auf seinem Schoß, das Taschenmesser in seiner Hand. Dann wieder auf den Jungen. Kinder besaßen keinerlei Taktgefühl.

»Und wer ist …?« hätte Hrólfur beinahe gefragt, besann sich aber und wurde knallrot im Gesicht. Mit fliegenden Händen strich er sich fingerdick die Butter auf eine Scheibe Brot, die er sich auf einmal in den Mund stopfte. Grímur schaute seinen Vater erstaunt an und grinste dann: »Wow, das war aber ein großer Happen.«

»Mmhm.«

Zur gleichen Zeit stand ihre Tochter beziehungsweise Schwester in einem Kellerraum auf der anderen Seite des Fjords. Der Keller war aus Beton gegossen, mit dicken Wänden und niedriger Decke. Der Boden war mit glänzender Lackfarbe grün angestrichen, die Wände waren weiß, alles pedantisch sauber. Über eine Liege hatte Stella ein reines Laken gebreitet. Vor dem Fenster war das Gras gelb, die Straße grau und der Fjord silberblau. Die Bergwand dahinter war hellblau und hatte doch schon einen Stich ins Dunkelblaue, denn es hatte zu dämmern begonnen. Das gesamte Szenario war durch und durch isländisch: Alles so nackt und so überwältigend in seiner schlichten Sachlichkeit. Alle wesentlichen Dinge des Daseins an einem Ort vereint: Das Haus, der Strand, die Berge, das Meer und das Mädchen, das Leben, und Gott wusch sich in einer Ecke die Hände. Tómas war ein kräftig aussehender Handwerker von gut fünfzig Jahren, noch beweglich und ausdauernd in seinem untersetzten Körper, das Gesicht jedoch eher häßlich und kaum noch Haare auf dem Kopf, dafür um so mehr auf den Armen, die er fünfzehn Minuten lang schrubbte, ehe er ein Paar dünner grüner Gummihandschuhe überzog.

Zu allem Unglück sah Eivís durch das Kellerfenster die Armeebaracke am anderen Fjordufer. Eine weiße Möwe flog vom Ufer auf. Im Namen des Vaters, des Sohnes und des Heiligen Geistes. Dann kam Stella, eine breithüftige, liebenswürdige Frau auf Pantinen, und zog die gelbe Gardine vor das Fenster. Dann bat sie Eivís freundlich, Hose und Schlüpfer auszuziehen. Sie zog sich in eine Ecke zurück und hörte, wie das Besteck auf dem Tisch ausgebreitet wurde. Metall klang auf Holz und Metall auf Metall. Als sie sich umdrehte, erblickte sie eine Zwinge auf dem Tisch und daneben eine stählerne Schüssel mit allerlei befremdlichen Nägeln und Zangen, langen Stricknadeln mit ringförmigen Verdickungen an einem Ende – alles Gerätschaften, um das Leben hervorzuziehen. Sie konnte den Blick nicht von dieser Zwinge wenden, die kaum anders aussah als die, die sie im Sommer in der Werkstatt draußen beim Kai gesehen hatte. Unbewußt griff sie nach dem Saum ihres Pullovers und zog ihn tiefer auf die Schenkel herab. Stella bat sie, sich auf die

Liege zu legen. Auch die Kellerdecke war weiß gestrichen. Eivís nahm aus den Augenwinkeln wahr, daß Tómas eine Spritze gegen das Licht hielt.

Er sagte: »So, das tut jetzt vielleicht ein bißchen weh«, und stach ihr in die rechte Hüfte.

»Jetzt müssen wir einen Moment warten. So, ja.«

Eivís schloß die Augen, und es war, als hätte ihr Tómas einen ganzen Film injiziert. Auf der Innenseite ihrer Lider lief ein Film ab. Sie sah an die Kellerdecke und durch sie hindurch, sie sah von unten Þuríður auf ihrem Hocker in der Küche über ihr. Sie sah der Trachtenfrau unter den weiten schwarzen Rock, und darunter lag ein ganzes Tal mit einem alten Bauernhof, es rauchte aus dem Schornstein, und der Fluß, der durch das Tal strömte, war rot, im Gras lagen vier Kinderleichen, und eine männliche Stimme sagte: »Ja, ich passe auf, Mama.« Das Bild wanderte weiter ins Tal hinein; aus dem Hof traten zwei Frauen, eine alte und eine junge, Eivís kannte sie, und zusammen trugen sie fünf tote Neugeborene. Am Fluß trieb ein Mann weiße Kreuze in die Erde, die Kamera folgte ihm, und das Tal wurde enger und enger und dunkler und dunkler. Der schwarze Rock war wie der Himmel über einem, bis man zu einer Spalte kam; da wuchs dürres und graues Gestrüpp um einen kleinen Wasserfall, und davor stand ein Kreuz, und daran hing ein Mann in Islandpullover mit Bart. Er stellte sich als Jesus Kristján Guðjónsson vor und sagte anschließend:

»Alles hat Augen. Alles hat ein Gesicht. Alles hat eine Seele. Die, die aus Bösem Gutes macht, ist die Mutter des Guten.«

Eivís schlug die Augen auf, und das Bild verschwand. Sie fühlte, daß etwas Hartes und Kaltes in ihre empfindlichste Stelle hineingetrieben wurde. Vielleicht hatte sie von Vergewaltigungen vorerst genug, jedenfalls richtete sie sich auf die Ellbogen auf und sah den Mechaniker mit der Zwinge zwischen ihren Beinen hantieren.

Sehr klar und entschieden sagte sie: »Nein, nicht.«

Tómas guckte sie an und fragte: »Was?« Doch Stella sagte: »Ruhig, Schätzchen, leg dich wieder hin«, und zu Tómas: »Wir müssen sie festbinden.«

»Nein, ich kann es nicht … Ich kann das nicht.«

Jesus Christus hatte ihr aufgegeben, das zu sagen. Der Jesus Christus, den Þuríður unter ihrem Rock hatte.

»Nein, ich kann nicht. Ich kann das nicht tun.«

»Schon gut, Kleines.«

Als sie wieder im Grünen Haus war, begann das Mädchen aus neue zu weinen. Sie weinte zwei Stunden lang, ging dann nach draußen und stand allein im Dunkeln vor dem Haus *Edinborg*, als ich von einem nicht sehr beschwingten feuchten Abend im *Sjóhús* zurückkam. Ich war etwas angetrunken und traute mich deshalb zu fragen: »Ist was?«

Sie antwortete nicht und schaute mich nicht einmal an.

»Ist etwas?«

Schweigen.

»Eivís.«

Es überraschte sie, ihren Namen zu hören, und sie blickte mich an. Auf ihrem Gesicht waren sechzehn widerstreitende Gefühle zu lesen.

»Kennst du mich nicht?« fragte ich.

»Ich weiß nicht.«

Oh, was für eine dünne Stimme.

»Du hast mich doch schon mal gesehen.«

»Ja. Vielleicht kennen wir uns …«

Sie wollte am liebsten nicht mitten in der Nacht mit diesem besoffenen Kerl auf dem Heimweg sprechen, aber ich dachte, es würde ihr gut tun, zu reden.

»Ich war doch bei euch.«

»Oben in Heljardalur?«

»Ja, und auch … Bin ich irgendwie häßlich zu dir gewesen?«

»Du?«

»Ja, du mußt entschuldigen …«

»Was?«

»Ach, nichts.«

Wir schwiegen eine Weile, bis ich sagte: »Þuríður ist eine gute Frau.«

»Ja. Ich weiß«, sagte sie und begann wieder zu weinen, konnte sich nicht beherrschen. Auch mir traten Tränen in die Augen. So standen wir beide unter einer trüben Straßenlaterne im Dunkel auf der Strandgata und hörten die Verdauungsgeräusche der Heringsfabrik unten am Fjord. Nach einigen Minuten raffte ich mich auf, zu sagen: »Du darfst trotzdem nicht den Glauben verlieren. Es kommt schon alles in Ordnung.«

»Ja«, antwortete sie, wischte sich die Augen und zog die Nase hoch. Die Mutter des Guten.

»Gute Nacht«, sagte ich und trottete weiter Richtung Schornsteinhaus.

[39]

Friðþjófur hatte Arbeit im staatlichen Schnapsladen gefunden. Der erholte sich ja schnell! Es war erst zwei Wochen her, seit ich ihn oben im Heljardalur im hohen Gras gefunden und hier in Fjörður der Krankenschwester übergeben hatte. Ich selbst hatte fast einen Monat gebraucht, um mich vom Sterben zu erholen. Der lange Schlacks dagegen war nach nur fünf Tagen aus dem Krankenhaus entlassen worden und arbeitete schon wieder! Frisch und rüstig sah er aus und schien sich gut ins Leben in Fjörður einzuführen, sogar einen Bekannten hatte er sich schon angelacht, mit dem ich ihn einmal am Fjord entlang promenieren sah.

Was hatte das nun wieder zu bedeuten? Sollte ich diesen Mann denn nie loswerden? Hatte ein Schriftsteller kein Anrecht darauf, Frieden vor seinem Kritiker zu finden? Nicht einmal nach dem Tod? Woher bekam Friðþjófur das Recht, in meinem Buch weiterzuleben? Und wie war das, gab es überhaupt keine Aufnahmekriterien für diese Bücherwelt? Konnte denn jeder Hinz und Kunz nach eigenem Belieben (und Ableben) in diesem Werk aufkreuzen? Waren diese Leute da oben im Berghang vielleicht verstorbene Leser? Dann könnte Fjörður am Ende ein ziemlich übervölkerter Ort ohne genügend Unterbringungsmöglichkeiten für all die Menschen sein, die auf die eine oder andere Weise mit dem Buch verbunden waren.

Und warum mußte er ausgerechnet Arbeit im Schnapsladen bekommen? So war ich gezwungen, ihm mehrmals in der Woche zu begegnen. Ich hatte nämlich angefangen zu trinken.

Der staatliche Monopolladen stand draußen am Kai, und ich versuchte, so viel auf einmal zu kaufen, wie ich nur in den Ort tragen konnte. Sechs Flaschen Rotwein pro Tour. Drei brauchte ich, um richtig was zu merken, und die anderen drei, um den Pegel zu halten. Totsaufen konnte ich mich ja nicht mehr. Woran es auch liegen mochte, jedenfalls war Rotwein das einzige, was bei mir Wirkung zeigte. Stärkeres Zeug wärmte mich zwar innerlich auf, versickerte dann aber ohne weitere Folgen in dem Einbaum, den mein Körper darstellt. Mit Rotwein war es dagegen ähnlich wie mit Kaffee, irgendwie rötete er meine Muskeln.

Friðþjófur war ein schrecklicher Verkäufer. Die Inneneinrichtung des Ladens war uralt und gemütlich, doch es wurde noch über die Ladentheke bedient. Er holte stets nur eine Flasche auf einmal, brauchte ewig, um die Preise einzutippen, und wenn er mir das Wechselgeld herausgab, guckte er anzüglich auf die sechs Flaschen und sagte übertrieben freundlich: »Bitte sehr, und viel Vergnügen!« – Arschloch.

Ich gab mein gesamtes Geld für Wein aus. Ich hatte nicht die Absicht, das alte Huhn dafür zu bezahlen, daß es mir nachstellte. Sobald die Aushilfskraft für den Sommer wieder auf die Schulbank in die Hauptstadt zurückgekehrt war, hatte ich eine Anstellung bei der Wochenzeitung *Austfirðingur* bekommen. Zusammen mit Emil Guðmundsson, dem netten Kerl, der mir den roten Buick geliehen hatte, saß ich oben unter dem Dach des Genossenschaftsladens. Durch die Wand hörten wir, wie sich Bauernberater Bárður am Telephon aufregte. Unsere Büros stießen aneinander. Es machte mir Spaß, wieder einmal in die Tasten einer schwarzen Underwood zu hacken, aber ansonsten war mein Arbeitseifer dahin. Nur der Rotwein konnte die schwarzen Nächte in Schach halten. Für einen Mann, der sein Leben der Dichtung gewidmet hatte, war es nicht einfach, sich innerhalb der Schranken der Wahrheit zu halten: »Die Boote aus Fjörður machen guten Fang«, »Neuer Lieferwagen für den Konsum«, »Vorzüge der Elektrifizierung erwogen«. Nach drei Tagen schrieb ich einen Artikel mit der Überschrift »Ich langweile mich bei der Arbeit«. Ein sehr witziger Beitrag, den ich in der Schublade verschwinden ließ. Am nächsten Tag brachte ich eine Flasche mit und versteckte sie in der gleichen Schublade. Endlich verstand ich all die alten Alkoholiker, die aus meinem Leben gestorben waren. Sie hatten es durchschaut; sie blickten durch seine Nähte und sahen ein loderndes Feuer brennen. Der Sinn hinter dem Ganzen stand in hellen Flammen. Sie soffen sich blind, und die Welt war wieder heil. Nach drei Flaschen verschwamm der Fjord vor meinen Augen, und ich konnte für eine Weile vergessen, unter welchen Umständen Eivís zustande gekommen war, und in der Hoffnung leben, sie vielleicht am Abend zu sehen, auf dem Weg nach Brekka, um Milch zu holen, oder Kaugummi kauend mit zwei Freundinnen vor dem Kiosk.

Emil bewahrte in der unteren Schublade eine Pistole auf, ein Souvenir aus dem Krieg, sowie eine Schachtel Patronen. Eines Abends nahm ich sie mit mir auf einen Berg, um mich zu erschießen. Ich kann nicht ernsthaft behaupten, daß mir die Kugel durch den Kopf gegangen sei.

Was kann man machen?

Was kann man anderes tun, als dieses Leben zu leben, das genauso ist wie alle anderen, mit dem Unterschied, daß es vor mir liegt wie ein aufgeschlagenes Buch. Ich hatte einfach zu viele Nächte zwischen diesen Bergen wach gelegen. In den endlosen Stunden war mir die ganze Geschichte wieder eingefallen, und ich sah jetzt, daß sämtliche Fäden in ein und demselben Netz zusammenliefen: Ich war die sturzbesoffene Spinne, die sich im eigenen Netz verfangen hatte und nur noch zwischen Büro, Hotel und Schornsteinhaus hin- und herwankte. Ich arbeitete, um mich vollaufen lassen zu können, und ich ließ mich vollaufen, um arbeiten zu können. Das Gehalt reichte genau für drei Flaschen am Tag. Es war ein perfektes Leben. Es war ein beschissenes Leben.

Ich begann die guten, alten Zeiten in den Cafés zu vermissen, als ich noch jung und nüchtern war, noch nicht gestorben war und bereits alles gesagt hatte. Mit meinem Freund Garðar im *Uppsalir* oder *Skáli* … Ganze Tage konnten wir dort verbringen, uns unterhalten und über die letzten Poeten vom Lande herziehen, die gerade frisch in die Stadt gekommen waren – gezeichnet von langanhaltenden Bauchschmerzen, weil ihnen ein schlechtes Buch im Magen lag –, oder wir konnten die bildenden Künstler verreißen, diese schweigsamen Malerkittelchen. Wir waren die Pioniere, die ersten Kaffeehausbohemiens des Landes, obwohl sich keiner von uns diesen Ort zur Lebensaufgabe machte wie unsere Nachkriegspoeten und abstrakten Maler, die sich alle nichts zu sagen hatten. Die wenigen Male, die man sich noch dort blicken ließ, war es totenstill im Raum. Da saßen sie mit ernsten Mienen unter ihren Baskenmützen und rauchten Pfeife – und das taten sie hervorragend. Es war gut, sie im Café *Tröð* zu wissen. Da machten sie wenigstens keinen künstlerischen Bockmist.

»Sie sind stinkfaul und haben den dazu passenden Stil kreiert«, bemerkte der stets positiv denkende Tómas dazu.

Ich betrachtete die Gruppe und erblickte Stubenhocker aus allen Jahrhunderten, behäbige Morgenrockträger, die nichts aus der Ruhe brachte, Dorfphilosophen aus Mesopotamien und Handtuchwärter aus dem alten Rom, Schreiber vom Hof Ludwigs XIV. Hier waren sie Dichter und Künstler geworden. Diese Art Mensch ist immer gleich, auch wenn die Zeit ihr neue Kleider verpaßt. In früheren und schwierigeren Jahrhunderten waren isländische Dichter Landpfarrer mit schneesturmverwitterten Nasen, die morgens dichteten, um etwas Wärme in den Leib zu kriegen, dann den Tag über zur Arbeit in den Stall oder ins Heu gingen und in den langen Nächten bei Kerzenschein Byron oder Shakespeare übersetzten. *»Wie Blätter im Herbst auf vereistem Feld / lagen die Heiden tot, die Sonne fiel aufs Fjell«* – Männer, die nie schliefen und mit sechzig an Altersschwäche starben. Zu festlichen Anlässen schwammen sie zu Pferd durch vier Gletscherflüsse, damit sie vor einen König treten und ihm ein Preislied vortragen konnten. Heutige Dichter … ließen sich von der Frau mit dem Auto zur Darmspiegelung kutschieren. Besaßen nicht einmal selbst den Führerschein. Mit Pfeifenrauch und Pariser Klatsch hatten sie allen Heldengeist aus der Dichtung vertrieben, allen Wagemut und alle Tüchtigkeit, Einsatzwillen und Arbeitseifer, jeglichen Geist und das große Tabuwort der letzten Zeit: alle Männlichkeit. Manchmal, wenn mir etwas Pferdemist für einen Text fehlte, schlug ich ihre Lyriksammlungen auf, und mir sprang eine »geflügelte Leere« entgegen. Es mußte schon angenehm sein, einer Dichterschule anzugehören, die es einem durchgehen ließ, Wüsten mit Vögeln zu vergleichen. Na ja, daher konnten sie es sich erlauben, ganze Tage im *Café Tröð* zu versitzen.

Ich betrat das Café und grüßte sie zuvorkommend. Höflichkeit gegenüber Kollegen war mir eine lebenslange unangenehme Begleiterin. Immer war ich nett zu ihnen. Reine Verstellung. Ich bemitleidete sie. Sie konnten nichts, die Ärmsten. Und bei einem, der schon am Boden liegt, tritt man nicht nach, sondern grüßt ihn höflich – was natürlich gewisse Risiken nach sich ziehen konnte: Man bat mich um einen Besuch im Atelier, es fehlte noch ein passender Titel zu einem Werk. Mit Geschick und Geflunker gelang es mir, diese Herausforderung auf einen Kaffeefreund abzuwälzen, und ich amüsierte mich köstlich, vor mir zu sehen, wie der gewichtige Dichter bei der Vernissage die gewichtigen Bilder des gewichtigen Künstlers interpretierte. Zeigefinger auf der Kinnspitze, und mit tiefer Stimme: »Stimmung I«, »Stimmung II« und »Herbststimmung«. Warum machten sie so etwas? Ein paar schwarze Schrägstriche auf blauem Grund und dazu ein gelbes Dreieck. Das Schlimmste in diesem ländlichen Winzkaff von Reykjavík lag darin, daß man als Bauerntölpel angesehen wurde, wenn man sich gegen abstrakte Kunst aussprach. Ich zog es vor, zu schweigen und zu lächeln. Hinter diesem Lächeln zerbrach ich mir den Kopf, warum sie mir, um alles in der Welt, so viel

Achtung zollten. Ich stand doch für alles, wofür sie nicht saßen.

Ich gehörte keiner Generation an. Ich stand immer für mich. Ein einziges Mal versuchte ich, einer Partei anzugehören, und das war mein größter Fehler. Statt mit politischer Sehunschärfe war ich mit künstlerischer Scharfsicht ausgestattet. Und damit war es mir auferlegt, allein zu stehen. Allein gegen den Strom, gegen die Verrücktheiten der Moderne, die Lüge, die »Avantgarde«. Allein in entlegenen Tälern. Allein in großen Städten. Allein schritt ich harte und helle Straßen hinauf, auf glänzend polierten Schuhen an glasharten Gebäuden vorbei, und nur die Kälte war meine Begleiterin, strich mir über die Wangen. Mein Gesicht war knastertrocken und die Sonne glänzte auf meinem Schädel. Allein wandelte ich vierzig Jahre auf breiten Trottoirs, bis mich in Göteborg zwei Finnisch sprechende Mädchen auf der Straße ansprachen und fragten, ob ich nicht ein isländischer Schriftsteller sei. Sie zogen ein Buch aus der Tasche und baten um ein Autogramm. Ich gab es mit Freuden und fühlte dabei, daß sich vierzig Jahre Einsamkeit gelohnt hatten.

Meine Fjorddepression kam von meiner Einsamkeit. Ich war schon mit vereistem Herzen durch ein ganzes Leben gegangen, und jetzt stand mir ein noch viel längeres und kälteres bevor, denn hier war ich nicht in Begleitung meiner Kreativität. – Ich hatte versucht, ein Buch zu schreiben, aber es fühlte sich so an, als wollte ich mein eigenes Kind schwängern. Das Papier, auf dem ich zu schreiben gedachte, hatte ich mir doch schon selbst ausgedacht. – Ein ewiges Leben ohne Liebe stand mir bevor. Ehrlich gesagt fand ich das ungerecht. Ich hatte Besseres verdient.

Nach einem Monat bei der Zeitung und einigen alkoholfreien Tagen der Sparsamkeit konnte ich mir endlich andere Kleidung kaufen und brachte die alte in die Reinigung. Da wurde mir bewußt, wie chemisch rein mein Leben verlaufen war.

Ich war dazu geschaffen, zu schaffen. Es war mir nicht gegeben, ein Leben zu leben, sondern eins zu schreiben. Schon als kleiner Junge begriff ich, daß zwischen mir und dem Leben ein Graben verlief. Der Bach darin rieselte Tag und Nacht an meinem Ohr, und nur im schönsten Spiel konnte ich ihn vergessen; sonst saß ich da und hörte ihm zu, beim Essen, draußen auf dem Hof, in den Bergen. Ein kleiner, klarer Bach, der mich munter überallhin begleitete. Ich hörte ihn, ich sah ihn auch zuweilen, aber nie gelang es mir, mir die Hand in ihm naß zu machen. Was wollte er mir sagen? Das zu verstehen, kostete mich achtzehn Jahre. Achtzehn Jahre, um über einen Bach zu kommen. Das Gras auf der anderen Seite war natürlich grüner.

Da war etwas, das mich rief. Wenn ich die Kühe von der Weide holte und sie mit ihren Schwänzen die Fliegen fortwedelten, winkte mir irgendein Teufel, etwas von mir zu geben. Erst wußte ich nicht, was, doch dann kam es eines Abends bei der Heuernte über mich: Ich lag mit einigen anderen Kindern mit Blasen an den Händen und roten Backen in einem Heuschober und schaute in den Himmel, da sagte ich mit meinen neun Jahren urplötzlich wie Hermann aus Nonkaten: »Ihr weckt mich, bevor Gvendur aufwacht!« Es kam vollkommen plötzlich und überraschend. Der Satz hatte eine Geschichte, doch er traf mich wie ein Pfeil vom Regenbogen, exakt bei passender Gelegenheit und im richtigen Ton. Die anderen Kinder schütteten sich aus vor Lachen. Mich überliefen vier Farben aus einem fernen Bogen, ein völlig unbekanntes Glücksgefühl. Ich versuchte alles, um es noch einmal hervorzulocken, aber es ging daneben. Die anderen Kinder lachten nicht. Ich fand die Saite nicht wieder, die mir den unerwarteten Pfeil geschickt hatte. Sie lag weder in jenem Heuschober draußen auf der Wiese, noch in den anderen und auch nicht in der Scheune oder auf dem Búrfell. Ich versuchte, sie wieder zum Klingen zu bringen, indem ich schrecklich sentimentale Kurzgeschichten verfaßte, aber es brachte alles nichts. Weitere neun Jahre mußte ich warten, ehe der Regenbogen wieder einen Pfeil auf mich abschoß. Da erhob ich mich vom Grippelager wie der heilige Sebastian: Mit achtzehn Pfeilen in meinem schmalen Leib. Das einzige, was ich noch tun mußte, war, sie mir einzeln herauszuziehen und hintereinander zu einer Geschichte aufzureihen.

Und wie Sebastian begriff ich, daß ich für sie meine eigenen Pfeile opfern mußte. Wem eine Gabe Gottes zuteil wird, der muß die Gaben der Menschen aufgeben. Amor hatte mich an allen möglichen Stellen getroffen, nur nicht im Herzen. Ich verliebte mich in die ganze Welt, und vor mir lag die lebensgroße Aufgabe, diese Liebe zum Ausdruck zu bringen. Manche verbringen ihr Leben damit, um ein Herz zu kreisen. Ich schoß wie ein einsamer Meteor quer durch das Sonnensystem, verglühte schließlich am eigenen Himmel und fiel in einem kalten Tal zu Boden.

Ich wußte, daß ich mich nie in nur eine Frau verlieben konnte. Gut, verlieben vielleicht, sie lieben nie. *I was made to make everything but love*, schrieb ich einmal einer schottischen Freundin, einer von den drei äußerst wunderlichen Frauen in meinem Leben, die mich unbedingt in die Fesseln der Ehe schlagen wollten. Ich gab ihnen einen Korb, lebte aber trotzdem – ja, trotz allem – stets in der Hoffnung, der einen, richtigen zu begegnen. Vielleicht wartete sie auf mich hinter einer Gardine in London, Heather Mills oder Millingham, eine Intelligenzbestie mit gescheiteltem Haar, die sich in spanischer Literatur auskannte. Oder war sie vielleicht die junge Polin, die so mädchenhaft den Bürgersteig entlanghüpfte, während mich die Straßenbahn zum zentralen Platz von Wroclaw, in die entgegengesetzte Richtung, fuhr … Oder schlief sie letzten Endes vielleicht ruhig und siegesgewiß in ihrer Liebe zu mir als herzensreine Jungfrau im Norden auf Oddeyri? Oder war sie am Ende vielleicht doch diese? Diese Moderatorin des Kulturfestivals in Reykjavík, die mich auf der Bühne ankündigte? Ihre

Augen sagten: Ja, vielleicht; aber ihr Lachen war eine Spur zu höflich, und nach jedem Satz legte sie die Unterarme auf den Tisch wie Besteck. Für mich war sie zu gesetzt. Ich wollte Reinheit und Liederlichkeit in einer Frau, fand eine solche Synthese aber nur ein einziges Mal in meinem Leben, in einem kleinen Dorf im Südosten Spaniens. Entweder waren die Klugen klapperdürr oder intelligent bis zur Nasenspitze. Aber gut, wahrscheinlich waren es alles nur Ausreden. Wer wird meckern, wenn die große Liebe mit einem häßlichen Zeh auftritt?

Erst als ich endlich sämtliche Hoffnungen aufgegeben hatte, konnte auch ich in den Stand der Ehe treten. Allerdings könnte man es besser mit dem Witwerstand samt angeschlossener Aktiengesellschaft für die Produktion von Nachkommen vergleichen. Beide (dessen bin ich mir ziemlich sicher) hatten wir keinerlei Illusionen über die Liebe mehr, und darum verlief unsere Ehe glücklich und freundschaftlich. Meine Ragnhildur fragte mich nie, ob ich sie liebte, und deshalb konnte ich sie lieben.

Sie arbeitete in einer Reinigung auf der Garðarstræti. Ich ging jeden Freitag dorthin, um meine gebügelten Hemden und vielleicht auch Hosen abzuholen. Eines Tages waren die Hemden noch nicht fertig, und sie bot mir an, sie nach Geschäftsschluß bei mir vorbeizubringen. Ich wohnte doch auf der Ránargata? Es erschien mir angebracht, sie auf einen Kaffee hereinzubitten. Sie nahm an und kochte ihn ganz vorzüglich. Mein Herz war eine Tasse, die Liebe der Kaffee. Als er fertig war, war ich ganz hingerissen von dieser Frau, von der ich in der Reinigung Breiðfjörð so gut wie keine Notiz genommen hatte, obwohl sie mich dort seit zwei Jahren bediente. Nach dem Kaffee war die Begeisterung verflogen, doch nachdem ich sie zur Tür geleitet hatte und wieder in die Küche kam, war meine Tasse so unendlich leer.

Das war im Oktober '63, jenem Monat, der unter alternden Schriftstellern den Namen Nobelber trägt. Denn in diesem Monat wird verkündet, wer den Nobelpreis für Literatur erhält.

Drei Jahre vorher hatte ich an einem Autorentreffen in Athen teilgenommen und miterlebt, wie verbiestert sich ältere Männer in diesem Monat aufführen. Dreißig von uns waren im Konferenzsaal versammelt, als die Mitteilung eintraf, und ich sah mit eigenen Augen, wie sie ihren Stolz herunterwürgten und gleichzeitig versuchten, den aufwallenden Neid zu unterdrücken: Was? Wieso denn der? Es sah aus, als würde ich mich auf einem internationalen Kongreß von Kapaunen sämtlicher Vogelarten befinden: Da saßen Strauße, Papageientaucher, Krähenscharben, Eistaucher und Knutte, viele mit Brillen, reckten lange Hälse und ließen darin zusammen mit dem Adamsapfel ihre Hoffnung auf den höchsten aller Preise auf- und abwandern. Am Abend uferte die Konferenz in ein sinnloses Besäufnis aus. Saint-John Perse? Wer, zum Teufel, war das denn? Französischer Diplomat und Lyriker? So? Nie gehört. Nur ein einziger in der Gruppe hatte ihn gelesen und meinte, es sei hoch akademischer, völlig lebloser französischer Schwulst.

»Vollkommen unverständlich«, sagte er.

»Na, dann ist es ja verständlich«, sagte ein ebenfalls erschienener Brite.

Ich entschloß mich, keinesfalls so zu werden wie sie, nicht so bitter wie sie. Drei Jahre später hatte ich die Fünfzig überschritten und gehörte zum Klub. Zu den Kapaunen. Mir fehlte etwas. Stalin hatte mir mein Selbstvertrauen geraubt und natürlich ebenso alle Chancen auf den Nobelpreis, und das Mädchen aus der Reinigung war gegangen, und der Kaffee war alle, und zu allem Überdruß hatten sie am gleichen Tag einem unaussprechlichen Griechen den Preis verliehen. Diesen Marmorschädel trug ich das ganze Wochenende mit mir herum, das zu den traurigsten und einsamsten meines ganzen Lebens zählt. Ich beendete es mit einem Telephongespräch spät am Sonntagabend. Zum erstenmal rief ich ganz spontan eine junge Frau an. Ich hatte mir im Traum nicht vorgestellt, wie unterhaltsam es sein konnte, eine Frau ins Kino einzuladen.

Wir sahen *Viridiana* von Buñuel. Ich erinnere mich nicht an eine einzige Sequenz aus dem Film. Film ist die Kunstform des Vergessens. Man sieht sich einen Film an, um sich selbst für eine Stunde zu vergessen; dann vergißt man auch die Stunde.

Achtzehn Jahre lagen zwischen uns. Kurzsichtige hielten das damals für viel, Tatsache aber war, daß der Altersunterschied eines der wenigen Dinge ausmachte, die wir gemeinsam hatten. Ragnhildur Eyjólfsdóttir war eine liebe Frau, anständig und eine ehrliche Haut, doch komplett ohne Eigenschaften: Die perfekte Ehefrau. Sie war wie isländische Hausmannskost, nie so gut, daß man scharf auf sie wird, aber auch nicht so schlecht, daß einem der Appetit vergeht, und außerdem immer zur rechten Zeit fertig. Eine bessere Frau hätte ich mir nicht wünschen können. Sie war der Sechser in meinem Leben. Den Nobelpreis bekam ich nie, aber sie. Meine Ranga. Wer erinnert sich dagegen heutzutage noch an einen griechischen Dichter namens Giorgos Seferis? Ich frage ja nur.

In unserer siebenunddreißigjährigen Ehe ist sie genau einmal aus der Haut gefahren. Das war 1973. Ich hatte darüber gemeckert, daß die Glühbirne im Wohnzimmer noch immer nicht ausgewechselt worden war, und sie kurz darauf gebeten, den Fernseher für mich anzustellen – eine ganz natürliche Bitte, dachte ich, denn es war im Zimmer nicht mehr hell genug zum Lesen. Durch diesen kleinen Zwischenfall lernte ich, wie man den Fernseher anstellt, und wir hielten Frieden bis zum letzten Tag. Was sah sie eigentlich in mir? Einmal erwähnte sie, es sei schön, mich von meinen Spaziergängen heimkommen zu sehen, aber das kam sicher nur von der Befürchtung, der alte Mann könnte sich verlaufen. Sie war nicht unhübsch und hatte sicher viele Chancen, gab sich aber mit mir altem Knacker zufrieden. Oh, ja, sie liebte meine Bücher. Der Text war die tragende Wand in unserem Haus. Auf der einen Seite saß ich und schrieb ihn, im anderen Zimmer saß sie und las. Er trennte uns voneinander, aber ohne ihn wäre das Dach eingestürzt.

Wir hatten zwei Söhne, Gunnar und Helgi. Beide gingen sie zum Studieren nach Amerika, und Gunnar kam nicht mehr zurück. Er studierte etwas so Bedeutendes wie Marktwirtschaft und wurde ein Businessmogul an der Wall Street. Das Schicksal von uns alten Kommunisten war schon komisch: alle unsere Söhne wurden Spezialisten für Kapitalismus in den USA. Wenn mir 1938 in Moskau jemand vorhergesagt hätte, mein Sohn würde einmal Dollarkönig an der Börse des Satans, hätte ich mir von den Spezialisten des Sozialismus den Stecker rausziehen lassen. Vielleicht hat Gunni das geahnt und ist deshalb gleich vor meinem Bannwort zum Goldenen Kalb geflohen. Vielleicht war es nur die andere Seite der gleichen Medaille: Moskau '38 und New York '88. Dann würde Brad Þór, sein Sohn, folgerichtig 2018 nach Teheran gehen und einer der Wortführer der islamischen Anti-Computer-Revolution der Zukunft werden. Was der Vater verachtet, sucht sich der Sohn. Mein Vater war ein Landmann, der nie die Vorstellung begriff, Menschen könnten allein von Worten leben. Ich verstand nie den isländischen Bauern. Wahrscheinlich schreibt man immer nur Bücher über das, was man nicht versteht.

Obwohl meine beiden Jungen nach meiner großen Reinigung zur Welt kamen, erhielten sie natürlich beide ihre Portion »sozialistischer Erziehung«; und obwohl es weder an Essen, Kleidung oder neuesten Automarken zum »Rumheizen« mangelte, gab es in der Melabraut auch klare Regeln: Kein Ami-TV! (Später besaß Gunnar Anteile an einem amerikanischen Sender.) Klare Stellungnahme gegen die Besatzung Islands und die fortgesetzte Stationierung amerikanischer Truppen in Keflavík. (Helgi übernahm später den gesamten Autohandel mit ihnen.) Keine albernen Ballspiele im Garten! (Helgi spielte später im FC Reykjavík.) Keine überflüssigen Geburtstagspartys, äußerstenfalls eine gemeinsame Einladung für sämtliche Geburtstage. (Gunnar betrieb später jenseits des großen Teichs für eine Weile einen Partyservice für vertrottelte Senioren.) Ton abstellen, solange im Fernsehen Reklame läuft! (Gunnar studierte in den USA u.a. Werbepsychologie.) Der 1. Mai wurde jedes Jahr feierlich begangen. (Helgi war der erste, dessen Geschäft am Kampftag der Arbeiterklasse geöffnet hatte.) Ich legte ihnen ausführlich meine Einstellung zum Geld dar: Nur kulturlose Banausen hatten daran Interesse, ich selbst war in Finanzdingen ein Analphabet. Sie machten Geldfragen zu ihrem Spezialgebiet. Ich versorgte sie mit Büchern, sie verkauften sie gegen Alkohol. Ich empfahl ihnen, sich mit dem Heiraten Zeit zu lassen. Mit 25 hatten sie beide Familie und Kinder. Bei den Mahlzeiten schimpfte ich auf die Amerikaner. Sie sind beide Amerikaner.

Irgendeine andere Revolution hat meine Kinder gefressen.

Immerhin konnte ich meinen Jungen die Wahrheit eintrichtern, daß die Menschen immer weniger vom Leben verstehen, je älter sie werden. Welch unseliges Jahrhundert war mir zugedacht!

Die Geschichte unserer Linken im Westen während des zwanzigsten Jahrhunderts ist die Geschichte eines Menschen, der sich gezwungen sah, alles runterzuschlucken, was ihm lieb und teuer war: Den Glauben an die Sowjetunion und die Menschenliebe Stalins, die Überzeugung vom Lügen der Rechtspresse in den Westmächten und den Glauben an die ökonomische Überlegenheit des Sozialismus, den Widerstand gegen die NATO, Forderungen nach der Verstaatlichung privater Unternehmen und staatlicher Lenkung in den meisten Bereichen, den Kampf gegen private Eigenheime, Privatautos, Schnellimbisse, Hollywood-Schinken und den Golfsport ... all das mußten wir abschreiben, bis nichts mehr übrig war als eine nebulöse, jämmerliche Idee von »sozialem Denken«. Am Ende stand sie für nichts anderes mehr als für die Zwangsmitgliedschaft in den Gewerkschaften, die mein Sohn Helgi als die letzte Diktatur des Proletariats bezeichnete. Manchmal versuchte ich meinen Jungen so etwas wie historische Notwendigkeit zu erklären, doch sie hatten, wie immer in rosigen Zeiten, kaum Interesse an Geschichte.

Fünfzig Jahre lang haben wir Jahr für Jahr die falschen Entscheidungen getroffen. Wir trugen unsere Anschauungen zur Sparkasse, während die Rechten mit den ihren in Aktien spekulierten. – Aktien? Was war das? – Die Verbesserungen, die wir Arbeiterfreunde erkämpften, stärkten lediglich das westliche System, gegen das unser Kampf gerichtet war. Und sie schufen gesellschaftliche Neuerungen, die eine neue Zeit anstießen. Wir hinkten stets Jahre hinterher. Das einzige, was wir konnten, war, wie ausgehungerte Hunde hinter dem langen Zug herzuhecheln und die veralteten Ideen aufzuschnappen, die vom Rad der Zeit fielen. Wir erkannten sie wieder, waren wir doch mit unseren eigenen Erzeugnissen durchaus vertraut, und wir versuchten unser möglichstes, sie wieder hinunterzuschlucken, ehe die nächste unserer Ideen vom Zug der Zeit herabfiel.

Vor Chruschtschows Aufdeckung von Stalins verbrecherischem System war der bitterste Brocken, den ich persönlich zu schlucken hatte, der, daß meine Enkelkinder Amerikaner waren. Ich glaube, ich habe mich nie mit diesem zu Weihnachten und im Sommer aus sämtlichen Ecken dringenden Kauderwelsch abgefunden. Brad, Judy und Denver. Denver Grimson – was für ein Name! Meine Schwiegertochter Tracey gab sich alle Mühe, mich alten Mann mit isländischen Brocken aufzuheitern: »Jau, wir sehe dein Bucher at Barnes & Noble.« Aber verschwiegert fühlte ich mich nie mit ihr.

Ragnhildur flog in die Staaten und ließ sich auf der 72. Straße Ost in einer Luxuswohnung im vierzehnten Stock verstauen, gemeinsam mit einer mexikanischen Köchin, die mein Sohn für wenig Geld auf dem texanischen Sklavenmarkt erstanden hatte. Ich selbst reiste zu der Zeit nicht mehr ins Ausland; das Reisen machte mich schrecklich depressiv. Ich bedauerte diese fremden Menschen, die in ihren großen Staaten, in diesen wimmelnden Ameisenhaufen ein sinnloses Leben führten, das ohne jede Bedeutung war. Es widerte mich an, zu sehen, wie sie in ihren kurzen Hosen, über und über behaart an ihren kurzen Beinen, verschwitzt, aber höflich und so langweilig verständnisvoll gegenüber ihren Nachbarn, so unendlich vorurteilsfrei, durch die endlosen Gänge all ihrer Flughäfen trippelten, durch die Schiebetüren und Ankunftshallen, die die Zeit den Völkern der Welt errichtet hatte, damit sie sich gegenseitig besuchen konnten, damit unbedeutende Menschen andere unbedeutende Menschen trafen. Vielleicht hatte ich nur ein Problem damit, daß sich meine Söhne zu Samentropfen im Menschenmeer dieser Welt gemacht hatten, die trotz Hitlers und Stalins gewaltiger Anstrengungen schon wieder übervölkert war. Vielleicht lag der Grund für das fehlende Verständnis zwischen mir und den Jungen aber auch einfach darin, daß ich in ihren ersten Jahren fast immer abwesend war. Ich vertrug kein Kinderweinen.

Helgi kehrte übrigens später heim und heiratete eine Isländerin. Ja, sie waren so fix, ihre Liebe zueinander zu finden, wie es lieblos gezeugte Kinder meist sind. Immerhin trafen wir uns in unserem gemeinsamen Interesse für Autos. Helgi arbeitete bei einem Automobilimporteur, war erst für die Finanzen zuständig und vor meinem Ableben zum Geschäftsführer aufgestiegen.

»Aber Vater, man muß es draufhaben, sein Geld für sich arbeiten zu lassen«, sagten sie. Das hatte ich nie drauf. Ich war mit der Vorstellung groß geworden, daß Werte durch Arbeit erworben werden und nicht einfach so auf den Bäumen wachsen. Sie standen an ihren Panoramafenstern, hakten die Daumen hinter ihre Hosenträger und sprachen in schnurlose Telephone, während sie zusahen, wie Hochhäuser in den Himmel wuchsen und einstürzten, während ihr Geld »für sie arbeitete« und zu Hause die mexikanische Haushaltssklavin … Irgendwie schafften sie es trotzdem, sich »chronische Erschöpfung« zuzulegen.

Natürlich lag es am Zeitunterschied zwischen Erdgeschoß und sechzigstem Stock. Den überwanden sie viermal am Tag.

Waren es wirklich meine Söhne? Ja, beide hatten dünnes Haar, und Helgi war sogar ein noch größerer Querkopf als ich. Ragnhildur hätte mich niemals betrügen können, selbst wenn ich sie dazu ermuntert oder sogar aufgefordert hätte, wie Joyce es auf der Suche nach neuen Erfahrungen, neuem Romanstoff mit seiner Frau tat. Meine Ranga war voll und ganz undramatisch und ohne Spannung. Sie lächelte wie die Sonne, war geduldig wie die Sonne, hübsch auf den Beinen wie die Sonne, und sie warf Schatten wie die Sonne. Mit all dem kannst du dich bestens arrangieren. Und sie verschwand wie die Sonne; wenn ich ihr Wolken ins Gesicht paffte. Sie sank herab wie die Sonne, aber nie vor dem Abend, wenn sie alles erledigt hatte. Und sie schlief wie die Sonne; hinter den sieben Bergen.

Wir heirateten im Mai 1964. Es war ein überaus bürgerliches Ritual. Zu jener Zeit war eine Hochzeit etwas, dessen man sich schämte. Eine kirchliche Trauung mit ihrer Pferdekutschenromantik und Turteltaubengehabe war in linken Kreisen verpönt. Standesamtliche Eheschließungen waren andererseits mit kaum weniger Kommunistensentimentalitäten und »Wir sind doch keine Spießer«-Snobismen durchtränkt. Ich versuchte, die Sache mit minimalem Aufwand über die Bühne zu bringen, überredete einen Standesbeamten, an einem Dienstag etwas länger in seinem Büro zu bleiben, und wartete dort mit ihm, bis Ranga von der Arbeit kam. Der eigentliche Vorgang dauerte fünf Minuten, dann lud ich sie, ihre Eltern, zwei kichernde jüngere Schwestern und einen gelackmeierten ehemaligen Verlobten zum Essen ins *Naust* ein. Tómas trank einen Cognac mit uns, mein Bruder Torfi schickte ein Telegramm: »Fünfzigjährigen ist alles möglich …« stand darauf.

Diese Ehe – ursprünglich gedacht wie die NATO: Als Verteidigungsbündnis gegen die Feinde im Osten, die mich damals weder im Schlaf noch im Wachen in Frieden ließen, obwohl sie längst tot waren – erwies sich als ein ebenso glückliches Unternehmen wie sein Vorbild und überlebte sämtliche Mauern, die der Junggeselle in mir zwischen dem Schlimmsten und dem Besten in meinem Leben errichten wollte. Mit ihrem Wohlwollen riß Ranga sie ein.

Am Sonntagmorgen betrachtete ich ihren nackten Rücken. Ich verband die Linien zwischen ihren Muttermalen und fand mein Sternzeichen. Das war sonderbar. Sie trug die Fische auf ihrem Rücken. Sind Frauen mit dem Sternzeichen ihrer Männer markiert? Wer legt fest, wie die Rosinen im Teig verteilt werden? Dann drehte sie sich um und war einfach hinreißend. Auf den Höfen um die Liebe herum wohnen die unterschiedlichsten Wonnen. Ihr Lächeln war mein Frühstück. Ich habe ihr natürlich nie gesagt, daß sie meine Fische auf dem Rücken hatte. Vielleicht hätte ich es tun sollen. Es war sicher hartherzig von mir. Ich konnte mir nicht denken, daß sie es womöglich verstehen würde. Vielleicht war ich ebenso für sie markiert? Hatte ich vielleicht mein ganzes Leben einen Widder auf dem Buckel getragen?

Das größte Verdienst von Ranga aber bestand darin, mich vor dem Terror des Telephons abzuschirmen und jeden Morgen die Zeitungen durchzusehen. Vor dem Mittag nahm ich keine Schmähungen mehr entgegen. Allerdings wandelte sich diese Durchsicht im Lauf der Jahre zu einer Zensur allzu großer Lobhudeleien, denn nach und nach wurde ich zu einem Heiligen, und sie durchstöberte regelmäßig alle Tageszeitungen, Wochenmagazine, Fachzeitschriften und lokalen Blättchen des Landes auf der Suche nach Beiträgen über meine Werke, Journalistenschmeicheleien oder Memoiren alter Bekannter. Auf einmal galt es nämlich etwas, meinen Namen zu erwähnen. Zuletzt aber hielt ich es nicht mehr aus und bat sie, mich zu warnen, bevor sie eine Zeitung aufschlug. Sie tat alles für mich. Auf langweiligen Empfängen (wie es die meisten Empfänge in Island waren mit ihren unzähligen Westentaschenpoeten und unentdeckten Talenten, interviewversessenen Schmierenkolumnisten und unkritischen Verehrern, wenn auch einigen attraktiven Botschaftergattinnen, die mich allerdings geringschätzten) konnte ich sie einsetzen, um mich loszueisen. Ich gab ihr ein kleines Zeichen, und sie erhob sich und sagte daraufhin: »Jaja, Einar, ich glaube, es wird langsam Zeit für uns.« – Die Leute konnten es übelnehmen, wenn sich der erste Schriftsteller Islands in ihrem Haus langweilte. Dafür kam Ranga völlig unverdient in den Ruf, ein rechter Drache zu sein. Später dann half sie mir durch meine alljährliche Nobelpreisdepression, die von Jahr zu Jahr schlimmer wurde und mich nicht unbehelligt ließ, obwohl mir die Verleihung des Jahres 1969 ein wenig Ruhe verschaffte. Da war es mir ziemlich egal, einen Preis nicht zu bekommen, den man einem Samuel Beckett verlieh. Gleich im nächsten Jahr war es mit der Ruhe vorbei. Solschenizyn war vielleicht kein Mann von Talent, aber ein honoriger Mann und zu Recht mit der Auszeichnung bedacht worden. Keiner kam einen längeren Weg nach Stockholm. Die nächste Verschnaufpause kam erst ’82, als die Reihe an García Marquez kam. Wer hätte sich nicht für diesen Magier gefreut?

Ein spanischer Kollege riet mir, das beste Mittel gegen die Nobelpreisdepression bestehe darin, sich einen Frack zu kaufen. Ich verstand es erst, als ich mir selbst einen Frack zulegte. Es hatte etwas Wohltuendes, in blank gewienerten Schuhen und Frack vor einem Spiegel zu stehen. Allerdings war nicht leicht zu erklären, worin dieses Wohltuende eigentlich bestand. Wahrscheinlich half einem der Aufzug, die Eitelkeit zu durchschauen, wie lächerlich der Kapaun in seinem schwarzweißen Kleid aussah. Nicht zuletzt, wenn man selbst dieser komische Vogel war. In den schweren Tagen eines jeden Oktobers, wenn jeder Telephonanruf den Anflug eines schwedischen Akzents in sich barg, zog ich meinen Frack an, den ich sonst nie trug. Es war wohl das einzige Mal, daß mir wirklich der Verdacht kam, ich sei verrückt geworden, als ich mich eines dunklen Oktobermorgens vor dem Spiegel dabei erwischte, wie ich im Frack meine Rede hielt, meine Nobelpreisrede auf schwedisch. Natürlich hatten wir alle unsere vermaledeite Rede parat, hatten im Lauf der Jahre immer wieder daran gefeilt, sie umgeschrieben und verbessert. Am Ende war meine verdammt gut geworden. Aber da war es natürlich mit dem Preis vorbei. Da waren sie längst dazu übergegangen, ihn nach Hautfarbe und Geschlecht, dem Proporz der Kontinente und was weiß ich zu verteilen. Da durfte sich ein alter, weißer Kommunist, bitte sehr, wieder ganz hinten anstellen. Die Nobelpreisrede des Jahrhunderts wurde nie gehalten, und natürlich konnte ich sie auch nirgends veröffentlichen. Es gab kein Organ für die Nobelpreisreden von Schriftstellern, denen der Preis nicht verliehen worden war. Nach und nach nahm ich die Glanzstücke daraus und schmuggelte sie hier und da in Festreden ein, zur Weihnachtsfeier bei Lions, auf der Hochzeit meiner Tochter Helga, zur Eröffnung Schwedischer Tage im Aussichtsrestaurant *Perla*. Ich muß gestehen, daß ich die Rede bei diesem Anlaß sogar vollständig vortrug. Es ging um jetzt oder nie. Die Hunde sollten endlich erfahren, was ihnen entging. »Sehr nette Rede« war das einzige, was sie dazu sagten. Dann gingen sie dazu über, meinen Frack zu loben. Wie ungewöhnlich es heutzutage doch sei, und dabei so kleidsam, jemanden im Frack zu sehen.

Ich habe ihn nie wieder angezogen. Ich habe mich nicht einmal darin beerdigen lassen, obwohl es doch höchst passend gewesen wäre. Ich hatte meine Ranga gebeten, mir einen schlichten Dreiteiler anzuziehen, ein weißes Hemd, aber keine Krawatte. Das war eine Art privater Protest gegen den Tod oder gegen Gott oder gegen beide. Ich wollte mich den beiden Kumpanen sauber gekleidet reisefertig präsentieren, ihnen aber auch nicht zu viel Ehre erweisen. Sie aber ließen sich beide nicht blicken, und ich landete bei Hrólfur.

Mein Leben ohne Liebe war zu Ende, und Hrólfur nahm mich in die Arme. Hrólfur … mit all seiner Liebe.

[40]

Die Combo Magnús Björnsson spielt in der *Fjarðarbúð* zum Tanz auf. Ich sitze an einem Tisch nahe der Bühne. *»Die Magd von Bauer Gísli auf Gröf macht sie alle verrückt ...«* Wie war das, habe ich das geschrieben? Der Sänger ist ein Bulldozerfahrer aus dem Reyðarfjörður, sein Menjoubärtchen erinnert an Haukur Morthens* und macht die Stimme erträglicher. Es wird mächtig viel getrunken. Einige sind noch in der Lage zu tanzen. Dichter Zigarettenqualm. Die meisten haben sich feingemacht. Die Frauen haben den ganzen Tag mit den Haaren auf heißen Eisen gelegen. Jede Zeit hat ihre krausen Ideen. *Fjarðarbúð* ist eine alte Armeebaracke, die größte, die noch steht, nahe dem Anleger in der Mitte des Fjordendes. Die erhöhte Bühne für das Orchester am einen Ende der Hütte, der Ausgang am anderen. Das Wellblech ein Triumphbogen über Lärm, Rauch und onduliertem Haar. Von einem rot angelaufenen Paar, das mit am Tisch sitzt und Orangenlimonade aus einer Flasche süffelt, bekomme ich eine Zigarette. Ich versuche, mir nicht die Laune vermiesen zu lassen, während ich rauche. In der Baracke ist es glühend heiß. Dicke Luft, von Schweiß gesättigt.

»Na, hallo! Sag mal, hast du nicht den Artikel über den Wal geschrieben?« Ein Mann mit wehender Stirntolle brüllt das auf mich herab, während er sich mit der anderen Hand an seiner Tanzpartnerin festhält. Er sieht aus wie jemand, der bei stürmischer See etwas über die Reling seines Schiffes ruft. »Emil meint, du seist der beste Journalist, dem er je begegnet ist.«

Manchmal hatte ich schon Artikel für Neuigkeiten fertig, von denen ich wußte, daß sie sich bald ereignen würden. »Angetriebener Wal im Loðmundarfjörður« gehörte dazu. In der Monotonie hatte ich mich ein paar Tage lang damit beschäftigt, ihn zu schreiben, während sich der todessüchtige Wal noch damit abstrampelte, an Land zu kommen. Ich hatte Emil den Artikel wohl ein wenig zu früh gezeigt. Ich drehte mich um und sah, wie die Haartolle wieder in den Tanz gezogen wurde, dann fiel mein Blick auf Eivís: Sie stand am Rand des Saals und blickte mit ernstem Gesicht über die Tanzfläche. Mein Herz machte einen Satz. Wie konnten sie eine vierzehnjährige Blume in dieses Sodom und Gomorrha einlassen? Wahrscheinlich aus dem gleichen Grund, aus dem ich sie in meine Gedanken eingelassen hatte: Sie sah aus wie siebzehn. Es ging mir wie früher schon einmal, vor ein oder zwei Leben: Ich konnte mich nicht von meinem Stuhl erheben. Gelähmt. Und ich, dem es nie an Worten mangelte, wurde auf einmal so einfallslos wie meine Freunde, die abstrakten Maler. Ich griff nach der Rotweinflasche, nahm einen Schluck und stopfte sie wieder in die Jackentasche. Natürlich war Alkohol hier drinnen auf dem Ball verboten, aber nach guter isländischer Sitte durfte man gegen sämtliche Regeln verstoßen, solange man es unauffällig tat. Es war nicht leicht, in jeder Innentasche eine Flasche Rotwein hereinzuschmuggeln. Die zogen ganz schön runter. Aber diese alten Jacken waren noch mit kräftigem Zwirn genäht, und das kam mir wohl zupaß.

Der Bulldozerfahrer hatte die Platte gewechselt: *»Oh, hör, meine kleine Liebste, Gedichte schreib' ich für dich …«* Das galt jetzt als ruhiges Stück. Die konnten aber auch spielen, diese Handwerker. Jedenfalls rissen sie die Leute mit. Ein Lächeln unter jeder schweißtropfenden Braue. Das einfache Volk begeistert sich immer für Amateurkünstler. Wirklicher Kunst mißtraut es stets, viel lieber mag es die Mittelmäßigkeit, die aus seinen eigenen Reihen kommt, denn sie läßt ihm die Hoffnung, vielleicht selbst einmal »Künstler« zu werden. Obwohl ich bei meinem Volk einigermaßen Anerkennung fand, erreichte ich niemals die Auflagenzahlen von Sportlern, Ministerpräsidenten oder erfolgreichen Unternehmern, die in ihrer Freizeit ein bißchen schrieben. Aus ihren Büchern lasen die Leute vor allem eins: Wenn der das kann, kann ich das womöglich auch.

Bárður tanzte mit einer volltrunkenen Krankenschwester mit angespitztem Pyramidenbusen. Seine Brille glänzte, ebenso die Schweißperlen auf seiner Stirn. Ich kannte die Schwester. Das Schornsteinhaus lag nicht weit vom Krankenhaus entfernt. Sie war ein raffiniertes Flittchen, ließ manchmal ihre Brüste auf Patienten hängen. So sagte man. Es war bestimmt gelogen. Der Landwirtschaftsspezialist konnte alles, nur nicht tanzen, stampfte aber in Hemdsärmeln mit ihr umher wie ein Pferd mit einem toten Reiter. Es macht nie einen guten Eindruck, Menschen in verantwortlicher Position in aller Öffentlichkeit betrunken zu sehen. Vor mir tanzten zwei ebenfalls besoffene Matrosen einen recht gewalttätigen Klammerblues miteinander. Auf Landgang ist alles willkommen. Eine Frau von mittlerer Statur in schwarzem Wickelrock warf sich auf den Stuhl mir gegenüber, offenbar hatte sie von der anhaltenden Sauferei den Kanal voll. Der Akkordeonspieler sah grinsend zum Gitarristen auf. Beide trugen sie identische Jacketts, die ihnen schlecht standen, weinrote Blazer mit aufgestickten Initialen auf der Brust: MB. Der Sänger hob sich mit einer schwarzen Fliege ab, während die übrigen graue Krawatten trugen. Ich sah Eivís in meine Richtung kommen. Rasch legte ich mir einen Satz zurecht. Sie war schon an mir vorbei, ehe ich mir etwas Passendes ausgedacht hatte. Ein Mädchen mit ausrasiertem Nacken in blauem Kleid folgte ihr. Sie selbst trug einen einfachen Rock und Pullover. Schönheit ist immer schlicht gekleidet. Sie spähte konzentriert über die Tanzfläche, nahm keine Notiz von mir. Dann baute sie sich zusammen mit dem blauen Kleid neben dem Podium auf. Beide drehten dem singenden Bulldozer mit Fliege und Menjoubärtchen den Rücken zu. Jetzt oder nie. Ich stand auf, balancierte die Flaschen in meinen Taschen aus. Die mittelgroße Frau packte mich am Ärmel und zog mich zu sich herab. Erst jetzt sah ich, es war Gunna Tröð. Eine schweißnasse

Locke klebte ihr in der Stirn, und sie lallte mich undeutlich an. Jemand zwickte mich und sagte laut und aufmunternd: »Na, die alte Schabracke rumgekriegt?« Ich blickte auf und sah, daß es der dämlich grinsende Hundsfott von den Seitenrängen des Lebens war. Er tauchte in der wogenden Menge unter, und ich nutzte die Gelegenheit, mich von Gunna loszueisen und ebenfalls Richtung Bühne zu drängeln. Sie standen noch da. Eivís sah ein wenig griesgrämig den Tanzenden zu, hatte aber in Wahrheit den Kopf voll von den Ereignissen des Vortags. Mit einem mathematischen Vorwand unter dem Arm war sie nach der Schule zu Guðmundur gegangen. Er wohnte im Nansenhaus, einer giftgelben Wellblechbude am Hang nahe dem *Sjóhús*. Schon lange, bevor er die Tür öffnete, war er knallrot angelaufen; er hatte sie die Strandgata heraufkommen sehen. Sie erkannte sogleich, daß es nicht klappen würde, log ihm aber vor, sie könne die Rechenaufgaben nicht, und nahm die Einladung zu einem dünnen Kaffee an, setzte sich auf einen blauen Hocker am Küchentisch mit Plastikdecke und sah zu, wie er sich über einem kleinen Rafha-Elektroherd das Gesicht aufbrühte. Vier unerträgliche Stunden lagen vor ihnen. Aus sturer Pedanterie ging er jede einzelne Aufgabe durch und sah ihr dabei höchstens zweimal in die Augen. Zum ersten Mal, als sie nach zwei Stunden kurz dazwischenfragte: »Wem gehört eigentlich dieses Haus? Dir?«

»Nein, das Haus wurde 1935 von einem Guðbrandur Magnússon gebaut, der damals als Kapitän hier lebte und nach dem Krieg in die Stadt zog. Es ist nach einem Norweger benannt, dem das zum Hausbau verwendete Holz gehörte. Er wollte damit seiner dänischen Verlobten ein Haus bauen, ertrank aber vorher. Jetzt gehört das Haus Sjöfn Ellevsen. Sie arbeitet bei der Telephongesellschaft. Ich miete es zeitweilig von ihr.«

Zum zweiten Mal sahen sie sich in die Augen, als sie ihm in der Tür des kleinen Windfangs einen Abschiedskuß gab. Es war spät, und sie schwiegen einen dunklen Augenblick, ehe sie ihm den Kuß auf den Mund drückte, einen Kuß, der etwas mehr war als Lippe auf Lippe: Sie hielt ihre Lippen etwas länger als nötig auf seine gepreßt. Sie war sich nicht sicher, ob er ihre Zunge gespürt hatte, ehe sie sich löste. Plötzlich brach sie den Versuch ab, ihren Lehrer richtig zu küssen. Eine Warnung stieg in ihr auf: Sie würde ihn nie wieder loswerden. Außerdem konnte sie ihm das nicht antun. Sie konnte ihm kein Kind anhängen, ihn benutzen, wie ein Krimineller jemanden für sein Alibi benutzt. Dazu war Guðmundur zu gut. Sie verabschiedete sich und ging mit sechzehn schwierigen Rechenaufgaben komplett durchgerechnet unter dem Arm nach Hause; die eine große Aufgabe aber blieb ungelöst. Er stand am gardinenlosen Fenster wie ein Mann, der alles ausrechnen kann, nur Frauen nicht.

Sie hatte Zeit, sich alles noch einmal durch den Kopf gehen zu lassen, während ich mich anpirschte. So vorsichtig bewegte ich mich durch den Raum auf sie und die Bühne zu. Mir war wie einem Mann mit einer Maus im Herzen. Trotzdem stand ich irgendwann vor ihr. Ich warf dem Sänger auf dem Podium einen raschen Blick zu, und er lächelte kurz zurück, bevor er sang: *»Der braune Glanz unter deinen Brauen kann mir so liebevoll ins Auge schauen …«* In all meinen Leben hatte ich mich nicht so mies gefühlt. Ich schob mich zwischen Bühne und Tanzfläche näher wie ein Vater, der kürzlich seine Tochter vergewaltigt hat. Jetzt sah sie mich an, mit einem düsteren Blick. Ich fragte sie laut: »Wie geht es Þuríður?« Sie schaute mich an, als würde ich Hrólfur heißen.

Uns sind neun Leben gegeben, aber nur ein Satz. Das gleiche hatte ich schon 1933 einem Mädchen im Tanzcafé *Bára* gesagt: »Wie geht es Guðríður?« Das Mädchen aus dem Nordland wohnte bei Guðríður Thoroddsen in der Bergstaðastræti. Neun Leben sind uns gegeben, aber stets der gleiche Lebenslauf. Und die Liebe machte mich einfallslos.

»Gut«, antworteten sie beide.

Wie konnte eine Vierzehnjährige so herzlos antworten? Mich schauderte. Ich war wieder 22 und alle Lebenserfahrung aus mir gewichen. An dieser Antwort war überhaupt nichts gut. Um den Preis all meiner kleinen Leben hätte ich keinen zweiten Satz hervorstammeln können. Sie schmetterte mich mit ihren Augen ab, diesen kleinen, dunklen Tropfen, die alles bewahrten, was sie in ihrem Leben gesehen hatten. Du solltest diese schönen Quellseen nicht mit deinem Gesicht verunreinigen, das so bleich war, daß es ihre Farbe aufgehellt hätte, wie es ein Tropfen Milch im Kaffee tut.

Wie kommen wir eigentlich darauf, daß Frauen uns Männer ansehen könnten?

Ich ging auf die Toilette und leerte die Flasche aus meiner linken Innentasche. Ein schemenhafter Bewohner der Westfjorde pinkelte ins Waschbecken und sah mich im Spiegel an. Er schüttelte ab und packte mich dann bei den Schultern. Er war sich sicher, beim Teufel, daß ich der Bruder seines Halbbruders Hálfdán aus Bíldudalur wäre. Er hatte etwas von einem Seevogel an sich wie alle Vestfirðingar, schweißnaß, mit vorquellenden Augen, und die Lippen von salzigen Küssen geschwollen. Er hatte 700 Báras* geküßt und roch nach drei Heringsfangzeiten.

An diesem Abend war Eivís die geballte Lebenserfahrung aller Frauen. In ein kleines Samenkorn passen sämtliche Informationen, aus denen einmal ein Baum wird. Sie wußte genau, was sie tun mußte. Sie wartete erst einmal ruhig ab. Und kaute zusammen mit der im blauen Kleid Kaugummi. Sechs junge Kerle kamen, um sie aufzufordern, aber sie waren ihr alle zu jung. Der siebte begnügte sich mit dem blauen Kleid. Eivís saß allein an ihrem Tisch und behielt die Tanzfläche im Auge wie eine Katze den Mäuseball. Es dröhnte. *»Hæ Mamboó …!«*

Endlich entkam ich dem Kraftpaket aus dem Westen, öffnete die Toilettentür jedoch überraschend in einen anderen Saal. Erst bemerkte ich es gar nicht, doch der Sänger sang russisch oder polnisch, und das Publikum sah sehr slawisch aus. Die Baracke war jetzt würfelförmig, und die Frauen waren kegelförmig. Es wurde noch mehr gesoffen als in der *Fjarðarbúð*. Ich floh wieder aufs Klo und durch die andere Tür hinaus, landete auf einer norwegischen Volkstanzveranstaltung: Die Musiker trugen rote Bommelmützen, die Wände dicke Balken, und kaum jemand hatte etwas getrunken, doch, zwei Färinger hinten an der Wand. Hatte man mich also endlich ins Norwegische übersetzt! Nach so vielen Jahren. Ein kurzgewachsener Hinterwäldler mit bärtigem Hals in Hardangerstrickjacke wies mich höflich darauf hin, daß sich mein Schlipsknoten gelockert hatte. Es dauerte drei Minuten, ehe ich begriff, was er mir sagen wollte. Währenddessen fiel sein Blick auf die Rotweinflasche in meiner Innentasche, und er bekam einen Ausdruck, als sähe er in eine andere Welt.

Wieder entfloh ich auf die Toilette und war froh, meinen Vestfirðingur wiederzusehen. Mittlerweile hatte er einen jungen, grauhaarigen Mann am Wickel, dem er von Hálfdán aus Bíldudalur erzählte.

»Er hat sieben Halbbrüder, aber keiner von denen ist mein Bruder. Klar? Er ist der einzige von den Brüdern, der auch mein Bruder ist. Kapierst du?«

Ich nutzte die Gelegenheit, um die halbe Flasche Rotwein zu trinken, und stopfte sie zurück in die Tasche. Der Kerl aus den Westfjorden verstummte und sah mich an. Der Grauhaarige nutzte die Chance, sich in seinem Griff ein wenig Luft zu verschaffen. Ich rülpste kräftig und winkte ihnen zum Abschied.

Als ich endlich zum dritten Mal vom Klo kam, sah ich Eivís von hinten unter Bárðurs Arm. Sie stützte ihn auf dem Weg zum Ausgang. Ich folgte ihnen. Die Türen standen offen. Eine Warteschlange stand in beleuchtetem Dunkel und Herbstkälte bis hinaus auf die Stufen. Ich machte mich von hinten an den besoffenen Dämlack heran und versuchte sie auseinanderzubringen.

Ich: »Du hast kein …«

Sie: »Hör auf! Misch dich nicht ein! Hau bloß ab!«

Er: »Eh, hör mal!«

Das Handgemenge erreichte die Außentreppe. Ich war nicht ganz so betrunken wie der Herr Agronom und schaffte es, ihn die Treppe hinab auf den Vorplatz zu schubsen. Die Flasche fiel mir aus der Tasche, zerschellte auf den Zementstufen und verwandelte sich in Blut und Scherben, während Bárður das Gleichgewicht verlor und schwer rücklings auf den Kies krachte. Zwei Männer oder junge Kerle packten mich fest von hinten, ich konnte sie nicht sehen, schlug aber in ihren Armen um mich. An der Barackenwand zwangen sie mich zu Boden. Es waren Skeggi und Ásbjörn, der mit dem Bizeps.

»Ach, das ist der Journalist«, hörte ich Skeggi sagen. Sie ließen mich los; ich bekam wieder Luft, strich mir das Haar zurecht und sah, wie Eivís dem Idioten auf die Beine half. Zusammen taumelten sie über den Vorplatz. Ich sah sie zwischen zwei stromlinienförmigen amerikanischen Straßenkreuzern hindurchgehen, die diesem ungleichen Pärchen zu Ehren wie zwei Delphinskulpturen aufgereiht standen.

Sternhagelvoll und mit zerrissenem Jackett saß ich an der Barackenwand und sah ihnen nach, wie sie in der Dunkelheit verschwanden. Zwischen ihnen lagen 150 tote Schafe.

Der grinsende Hundsfott – ausgerechnet – kam mit meiner heil gebliebenen Brille und murmelte etwas von »Liebesscherz«. Ich winkte ihn weg.

Was andere tun, ist ihre Sache. Irgendwo in der Dunkelheit spielen zwei Herzen einen vierhändigen Walzer, den du nicht hörst. Oder vielleicht hörst du ihn auch, tanzt aber nicht dazu. Irgendwo weit vor deiner Küste, doch vielleicht noch in der Dreimeilenzone deines Herzens, füllt ein Schiff seine Laderäume und ein anderes sinkt. Wer weiß? Und du erfährst vielleicht nicht mehr davon als von einer Möwe, die an Höhe verliert, von einem Wal, der später bei dir an Land treibt, ein großes, erschöpftes Herz nach Kämpfen in der Tiefe von eines anderen Blut. Wer weiß?

Was andere tun, ist ihre Sache. Es betrifft dich nicht, aber es trifft dich. Eifersucht beflügelt die Phantasie. Neid ist ein großer Dichter. Was andere tun, ist ihre Sache. Aber du machst es viel schöner für sie. Ihr Handgemenge ist in deiner Vorstellung von mehr Liebe erfüllt als in ihren Körpern. Das Leben ist nur eine ungenügende Umsetzung der Gedanken dahinter. Ihre Küsse sind auf deinen Lippen so viel leidenschaftlicher als auf ihren. Jede ihrer Berührungen schmerzt hundertmal mehr in deiner Brust als sie ihnen Wollust gibt. Mit ihrem Stöhnen stichst du dich. Deine Erinnerung an ihre geschlechtliche Vereinigung ist stärker als ihr eigenes Erleben. Die Eifersucht macht uns alle zu Monstern. Wir vollziehen Liebesakte für andere, schwitzen ihren Schweiß, toben an ihrer Statt, versetzen uns tiefe Wunden mit zweitausend Stichen von Fleisch in Fleisch.

Während sie schlafen.

Es fiel mir so ein. Bárður liegt in seinem Doppelbett im Keller des Weißen Hauses auf dem Bauch und schnauft leise Schnarcher über die Bettkante. Eivís liegt wach an seiner Seite, zwischen ihm und der Wand, hat die Hände auf der Brust gekreuzt und starrt an die Decke. Sie trägt Büstenhalter, Wollunterhemd und Schlüpfer und wirft einen Blick auf den betrunkenen Mann, der in seinem grünbraunen Hemd eingeschlafen ist. Sie wartet. Denkt nach. Der Fjord füllt das einen Spalt geöffnete Fenster mit salzigem Brausen. Die schäbige Gardine bauscht sich hin und wieder über ihrem Kopf. Der August ist vorüber, und das Fallbeil war noch immer nicht auf ihr erbärmliches Leben gefallen. Sie hatte aufgehört, daran zu denken. Statt dessen hatte sie in letzter Zeit häufiger ins Wasser gehen wollen. Es war nur so kalt. Vielleicht sterbe ich bei der Geburt. Es kommt sicher immer noch vor, daß Frauen bei einer Geburt sterben. Das wäre das beste. Das Kind würde leben, und ich sterben. Sie starrte an die weißgestrichene, aber dunkle Zimmerdecke über sich und mußte daran denken, wie sie eine Woche zuvor auf einer Pritsche im Keller des Nachbarhauses gelegen hatte. Warum hatte sie den Abbruch abgebrochen? Das war nicht sie, die den Rückzieher gemacht hatte. Es war dieser bärtige Mann im Islandpullover, der ihr den Weg gezeigt hatte. Mit ausgebreiteten Armen stand er wie ein Polizist mitten auf der Kreuzung von Leben und Tod und zeigte Frauen den Weg. Plötzlich stieg in ihr das Bild eines Kindes auf, das bei Sonnenschein aus einem offenen Haus gelaufen kommt. Ein kleines, blondes Köpfchen, das ruft: »Mama, da ist ein Mann in der Küche!« Ein seltsames Bild, aber zum ersten Mal bekam sie, das Mädchen Eivís, den Wunsch, ein Kind zu bekommen. Dieses Kind zu bekommen.

Der Mann an ihrer Seite regte sich.

Er wohnte in schlechteren Verhältnissen als die beiden Geschwister. Ein Raum in einem Kellerloch, Bett und zwei Stühle, Nachttisch, 30 Bücher auf dem Fußboden – Hamsun & Co. – und ein paar Kartons in einer Ecke. Gegenüber dem Bett hing eine Karte des Ostlands an der Wand, über und über bekritzelt, schien ihr. Er konnte die Namen sämtlicher Höfe und Bauern im Ostland auswendig, hatte sie gehört. Sie hatte gedacht, er sei reich. Doch er hatte einen steilen Weg vor sich. Es wurde davon gesprochen, daß er einmal Abgeordneter werden könnte. Jedenfalls befand er sich im Aufstieg aus diesem Keller.

Sie drehte ihm den Kopf zu und wartete darauf, daß er aufwachte. Er hatte sich auf den Rücken gedreht, öffnete endlich die Augen und sah sie an. Völlig verdutzt, sie in seinem Bett zu finden. Er war es nicht gewohnt, aus einem Traum in einem noch besseren zu erwachen. Wie war es nur dazu gekommen? Moment … ach ja! Sie sah ihm ernst in die Augen und zog seine Hand zu sich unter die Decke, legte sie unter ihr Hemd auf die bloße Hüfte. Der Landwirtschaftsberater setzte ein blödes Grinsen auf und stieß ein kurzes, verlegenes Lachen aus. Er wußte nicht, wie er die Gunst einer Frau zu nehmen hatte. Dem Lachen folgte eine heftige Fahne, dann fühlte sie seine kurzen, aber lange studierten Finger über ihren Bauch gleiten.

Auf dem Weg nach Hause schob ich mich am Lattenzaun um die Kirche entlang.

»Hallo, wart mal! He! Reporter. Warte!«

Es war Gunna. Gunna Tröð. Sie holte mich ein und griff nach meiner Jacke, ich wankte rückwärts gegen die Zaunlatten. Es war verdammt kühl geworden, und im Licht der Straßenlaternen war zu sehen, daß auch der Fjord eine Gänsehaut hatte.

»Wohin gehst du? Nach Hause? Kann ich nicht mitkommen? Sonst komm du mit zu mir! Ich habe Genever.«

Geschmuggelter holländischer Genever war das feinste Gesöff, das hier zu haben war. Sie war nicht mehr ganz so betrunken wie vorhin. Gunna Tröð hieß Gunna Tröð, weil sie in Tröð wohnte; aber man nannte sie auch Gunna Geil. Sie war von Natur aus eine Hure, konnte aber, weil der Ort so klein und überschaubar war, ihrer Berufung nicht nachgehen und machte es daher umsonst. Sie hatte einfach Spaß daran, sich nehmen zu lassen, und hatte ganze Schiffsbesatzungen mit ihrem lustvollen Leib erfreut, der mittlerweile ein wenig üppig geworden war. Die Brüste hingen ziemlich auf Halbmast, und der Bauch wölbte sich, doch moderner Sexualforschung zum Trotz war ihre Attraktivität mit jedem Kilo gewachsen. Eine geheimnisvolle, magnetische Anziehungskraft steckte in diesem weichen, wallenden Leib, die jeden Mann in eine Umlaufbahn zwang und seinen Kometenschweif in die Höhe. Sie machte jeden zu einem alten Ford und brauchte nicht lange an der Kurbel zu drehen, bis er ansprang. Sie griff nach meiner. Um Himmels willen! So also angelte sie sich ihre Kerle. Packte sie einfach an der Rute. Man konnte nicht mehr viel machen, wenn man auf diese Weise begrüßt wurde. Mit der einen Hand an meinem Hosenstall und der anderen am Zaun preßte sie sich an mich, einen Kopf kleiner, mit großen Kulleraugen, kein unansehnliches Gesicht, wenn auch nicht gerade schön, dunkelhaarig und ein wenig sommersprossig; eingehüllt in Schals, Röcke, Schleier, Gürtel, Bänder, Halsketten, Broschen, Schnallen, Nadeln, Locken und Klammern. Weiche Falten und ein außergewöhnlich, verdammt außergewöhnlich guter Geruch. Sie war um die Fünfzig und im ganzen Fjord für ihre Liebeskünste bekannt. Manchmal gab sie regelrecht mit ihren einzigartigen Fertigkeiten an: Die einzige Frau im ganzen Norden, die einem Mann volle Befriedigung verschaffen könne, ohne sein Glied zu berühren.

»Nur mit einer Hand«, sagte sie und streckte mit spielenden Fingern ihre Hand vor.

»Ach, komm Gunna, hör auf!«

»Nein, im Ernst. Soll ich's dir zeigen?«

Dann zog sie einen mit ihm in der Hand hinters Haus oder auf die Toilette. Fünf Minuten später kam er mit einem verzückten Lächeln auf den Lippen zurück.

»Darf ich als nächster?« fragten seine Kumpel.

»Wenn ihr mir einen ausgebt.«

Guðrún auf Tröð kannte den männlichen Körper wie ihre Handfläche und konnte auf seiner Flöte spielen wie auf einer Fanfare. Mußte nur das Mundstück streicheln, um einen Ton herauszubringen.

»Aber, Gunna, wieso nur einzigartig im Norden?«

»Na ja, es soll da eine Nutte in Hamburg geben, die das auch kann, sagt jedenfalls Doddi. Du weißt schon, der Doddi von hier, der Junge mit dem Messer …«

All das ging mir durch den Kopf, während wir uns ziemlich heftig abknutschten. Mein lieber Schwan, ich war ganz schön heiß geworden. Sie war ja auch so warm und weich und wohlriechend. Meine Hand war unter die sieben Schals gekommen. Ich war in die Welt eingetreten, die entsteht, wenn sich zwei Menschen küssen, und die manchmal mit vorgefaßten Meinungen gar nichts mehr gemein hat. Ich war nicht mehr überrascht, daß es mich nach dieser Haut verlangte, nach diesem Fleisch, diesen Brüsten, diesen Lippen … Sie war mit ihrer Hand in meiner Hose angekommen. Sie hatte begonnen, mit mir zu spielen.

Wir gingen in die Kirche. Sie spielte Isländisch Horn, mit einer Hand. Ich kannte das Stück, obwohl es sehr lange her war, seit ich es zuletzt gehört hatte. Und ich hatte immer angenommen, die Unsterblichkeit sei ein keusches Leben.

Der Mond lugte langsam über den hohen Rand der Berge und schrieb matten Glanz auf die Wellblechdächer der Ortschaft, auf das Dach der Kirche und auf den Halbbogen der Ballbaracke, die jetzt still dastand. In der kalten Nacht schlief – oder schlief auch nicht – siedend heißes Leben. Auf dem Friedhof lagen leblose Leichen, und eine bemitleidenswerte Möwe schwebte die Hänge entlang fjordauswärts. Niemand würde sehen, wie die Strahlen des Mondes auf ihrem Weg zur Erde für einen Moment auf ihrem Gefieder verweilten. Welchen Wert hat etwas, das niemand sieht? Ein gelber Dorsch im Meer, ein Veilchen auf der Heide. Ein Tal voll mit grauem Bewuchs …

Ich ging heim, an der gescheckten Kuh vorbei, die noch immer ihre wiederkäuende Schicht im Nachtdunkel schob. Im Schornsteinhaus glomm schwacher, gelblicher Lichtschein aus dem Fenster der Alten. Als ich hereinkam, rief sie nach mir: »Bjarni! Lieber Bjarni!«

Ich tat ihr den Gefallen und öffnete ihre Tür. Jóhanna lag in ihrem Bett wie eine alte Puppe im Bett eines Zwergs: Graue Zusseln auf einem hohen Kissen und nackte Schultern, weiche Runzeln liefen von ihnen abwärts wie Falten in einem Seidenunterrock. Auf der Bettdecke etwas Vogeldreck. Sie blinzelte mich an und lächelte.

»Weißt du, wonach mir gerade ist?«

»Nein«, antwortete ich so kurz angebunden wie möglich.

»Weißt du, wonach mir gerade ist?«

»Nein.«

»Das weißt du nicht? Kannst du dir nicht denken, wonach mir gerade ist?«

»Nein, kann ich nicht.«

»Mir ist nach Liebemachen.«

Ich bemerkte einen wippenden Schwanz auf dem Kleiderschrank und fragte, ob ich den Vogel nicht hinauslassen solle, aber sie meinte nein. Sie hatte es sich zur Gewohnheit gemacht, ihre Lieblingsdrossel über Nacht bei sich einzusperren. Irgendwelche nächtlichen Freuden mußte sie wohl aus der Gesellschaft ziehen. Ich schloß die Tür hinter ihrem aufreizenden, achtzigjährigen Jungmädchenlachen und ging hinauf zu mir.

In Fjörður war Flut, und Eivís hörte das Gluckern des Fjords durch das kleine Fenster. Sie lag wie aufs neue jungfräulich neben diesem Mittdreißiger, der kräftiger war, als sie gedacht hatte. Es war schnell vorbei gewesen und hatte nicht so weh getan wie beim ersten Mal. Sie war froh, es ging ihr gut, sie gehörte wieder zu den Menschen. Den Büstenhalter hatte sie nicht ablegen wollen. Er rätselte immer noch, wie alt sie war. 16 oder 17.

»War das das erste Mal?«

»Nei … doch, eigentlich schon.«

»Wie meinst du das?«

»Ach nichts … Doch, das erste Mal mit einem Mann.«

»So? Und sonst? Mit einem Bock, einem Stier? Hehehe.«

»Ja. Hehe.«

Sie schwiegen eine Weile, lagen auf dem Rücken, müde, aber glücklich, nachdem sie getan hatten, was ihnen aufgegeben war zu tun. Die Mutter Gottes und ihr Liebhaber. Sie lagen da und schauten an die Decke. Die Kinder der Erde sehen zu Gott auf und beten: Hat er sein Wohlgefallen an ihnen oder ist er ihnen gram?

»Kennst du eigentlich diesen Journalisten? Wie heißt er noch mal?« fragte er.

»Ich glaube, Einar. Nein, ich kenne ihn nicht, obwohl er andauernd versucht … Er behauptet, er habe bei uns oben im Tal gewohnt. Aber das war ein ganz anderer Einar. Der hier ist bloß ein Säufer.«

»Ja, aber Emil meint, er sei ein verdammt guter Journalist. Er hat eine Menge guter Artikel geschrieben.«

»Toni sagt, er hätte beim Ball drei Flaschen Rotwein bei sich gehabt. Der ist doch nicht normal …«

»Nein. Ich hatte immer den Eindruck, er könne mich nicht leiden.«

»So? Hat er etwas über dich geschrieben?«

»Nein. Einfach nur, wenn ich ihm im Genossenschaftshaus über den Weg laufe. Sie haben ihr Büro gleich neben meinem. Aber er ist ganz offensichtlich in dich verknallt.«

»Na, das kann ich mir kaum vorstellen.«

»Ja, hast du denn keine Ahnung? Der halbe Ort ist doch in dich verknallt.«

»Echt?«

»Ja, deshalb verstehe ich auch nicht, weshalb du ausgerechnet bei mir gelandet bist.«

»Nein, ich eigentlich auch nicht.«

Sie sahen sich an und grinsten. Er beugte sich über sie und küßte sie. Das war ihr erster Kuß.

[41]

Der Winter tastete sich die steilen Hänge herab, eines Morgens waren sie zur Hälfte weiß. Und wie der Sommer, so war auch der Hering aus dem Nordatlantik verschwunden, und alle Nachtwachen reduzierten sich auf die übliche Tagschicht. Hrólfur wußte nicht mehr, welche Stellung er bei *Sjósíld h/f* überhaupt noch innehatte. Einen Tag ließ man ihn alte Fässer reparieren, an einem anderen wurde er an Bord eines Frachters geschickt, um dort die Reling zu streichen. Ein schreckliches Los für einen selbständigen Bauern, mehr oder weniger willkürliche Anweisungen von jüngeren Vorgesetzten entgegennehmen zu müssen, die übers Meer schaukelten, aber noch nie auf einen Berg gepinkelt hatten. Dabei waren die Werktage noch Feiertage im Vergleich zu den Sonntagen. Hatte Gott vielleicht am siebten Tage ruhen müssen, so galt das noch lange nicht für jeden. Für einen Fünfundfünfzigjährigen, der sein Lebtag noch keinen Sonntag freigenommen hatte, war ein Ruhetag eine Qual. Er stand in der offenen Tür seiner Nissenhütte und schaute über das aufgewühlte, eisgraue Meer. Wozu füllte die Helligkeit einen ganzen Fjord, wenn man sie nicht zum Arbeiten nutzte? Beschäftigungslosigkeit war der größte Feind des Menschen. Wenn er einen ganzen Vormittag auf den Fjord gestarrt hatte, sah er schwarze Streifen. Sie fielen schräg vom Himmel und schnitten vor seinen Augen tief ins Meer wie kleine schwarze Rauchbomben. Was, zum Teufel, war das? Er rieb sich kräftig die Augen. Die Streifen waren eine Zeitlang rot, wurden dann aber wieder schwarz. Jedem von ihnen folgte ein böser Gedanke.

Er suchte sich Beschäftigungen, um die Zeit zu vertreiben.

Er fand einige morsche Latten und baute daraus einen besseren Pferch für seine Frauen, dichtete ein kaputtes Fenster mit

Säcken ab. An einem Sonntag im Oktober traf ich ihn auf der Dorfstraße mit einer ganzen Pferdelast Heu auf dem Rücken. Tief gebückt ging er nach Eyri hinaus und sah mich nicht. Oh, ja, wenigstens einen Tag in der Woche durfte er Bauer sein.

Am Abend saß er in seinem Fjordsessel vor dem brennenden Herd und schnitzte sich aus einem Stück Treibholz einen Löffel, während er darauf wartete, daß der Dosenfraß in der Pfanne heiß wurde. Dosenfutter war ein echter Segen. Da ertönte vom anderen Ende der Baracke ein leises Rascheln. Jenseits der Trennwand wurde etwas hin und her gerückt. Ab und zu war eine menschliche Stimme zu hören: »So, so, so ...« Verdammt noch mal! Später am Abend klopfte es an der Stahltür, und Hrólfur sah sich gezwungen, einen komischen Kauz in sein Gewölbe ohne Strom zu einzulassen.

Ein schlanker Mann in Gummistiefeln wünschte einen guten Abend. Als er in den Lichtschein trat, sah man, daß er etwa im gleichen Alter war wie der Barackenbauer, jedoch bedeutend schwächer: Eingefallene, bleiche Wangen mit spärlichem Bartwuchs wie Drahtwolle, die Augen tief im Schädel wie zwei im Schatten dösende Hunde, vorstehende Zähne. Auf dem Kopf eine komische Mütze, die Hrólfur etwas sagen wollte. Die beiden Männer sagten wenig. »Jau, jau«, sagte der eine, während sich Hrólfur wieder in seinen Sessel fallen ließ. Der Neuankömmling setzte sich vorsichtig auf das matratzenlose Bettgestell, ließ noch zwei weitere »Jaus« folgen, blickte dann in den Winkel und sagte:

»Schafe.«

Die Schafe standen stumm in ihrer Ecke und starrten den Gast an. Seine Stimme klang etwas gepreßt. Hrólfur kannte sie. Und den verteufelten Mannsteufel auch! Eine Studentenmütze war es. Was, zum Satan, hatte der hier zu suchen? Der alte Landstreicher Lárus. War er noch nicht oft genug in sein Leben gestiefelt?

»Was machst du denn hier?«

»Tja, ich bin halbwegs auf dem Weg in die Stadt, aber die *Esja* fährt erst am Donnerstag.«

Die *Esja* fuhr jeden zweiten Donnerstag, aber der dazwischen paßte Lárus stets irgendwie besser. Er richtete sich im anderen Teil der Baracke ein, war jedoch längst kein so geschickter Handwerker wie Hrólfur. Nie kam er richtig mit dem Rauchabzug zurecht, schlief auf einem Lager in der Ecke wie ein Hund, aß, was am Fenster gefror, besaß nur das Wenigste und hatte keine Schafe, mit denen er sich an den Abenden unterhalten konnte. Daher kam er oft zu Hrólfur herüber, der das überhaupt nicht ausstehen konnte und ihn mit Dickfelligkeit und Schweigen abwimmelte. Warum, zum Teufel, konnte man nicht einmal seine Ruhe haben? Das Leben war doch auch so schon schwer genug. Aber Lárus war ein gewiefter Streuner, der längst jegliche Selbstachtung aufgegeben und sein ganzes Leben auf die Gleichgültigkeit von fremden Menschen gebaut hatte. Er ließ sich nicht zweimal vor die Tür schweigen, sondern drei- und viermal, fünfmal und sechsmal und kam jedesmal um so aufgekratzter zurück.

»Na, wie geht's, wie steht's? Ist es bei dir nicht auch kalt?« Die typische Taktik des Bettlers: Sich genau nach dem zu erkundigen, was ihm selbst fehlte.

Ein unangenehmer Nachbar. Wie kam dieser Mann nur durchs Leben? Indem er es leicht genug nahm. Indem er nichts anderes lebte als die eigenen Schrullen. Indem er fest an Einstein und die Relativitätstheorie glaubte. Aber jetzt hatte er nicht mehr viel Kraft. Das Leben hatte ihm die meisten Flausen aus dem Kopf geschlagen und einige Zähne dazu. Die vorderen aber waren noch vollzählig und gelb, was ihm zuweilen das Aussehen eines Minks oder eines Fuchses verlieh. Vor allem wenn er eine Prise nahm, daß die Nasenlöcher schwarz wurden. Das irrsinnige Leuchten aber war aus seinen Augen verschwunden. Sein Kampf ums Überleben war zu hart, als daß sich eine geistige Verwirrung auf Dauer bei ihm wohlgefühlt hätte. Zu viele verirrte Nächte, zu viele Tage mit leerem Magen, zu kalte Nachtlager. Er hatte sein bißchen Vernunft zusammennehmen müssen, um über die Runden zu kommen. Doch sie reichte nicht, um die Baracke zu heizen.

Das allerschlimmste aber war, daß Hrólfur nach zwei Monaten des Zusammenlebens den Sonderling zu mögen begann. Es ließ sich kaum erklären, doch aus den gleichen Gründen, die vor Zeiten seine Frau zu dieser ausgemergelten Gestalt hingezogen hatten, empfand nun auch Hrólfur so etwas wie Nachsicht gegenüber diesem Mann, der ihm einmal als schwach im Kopf erschienen war, jetzt aber nur noch schwach auf der Brust wirkte. Es lag vor allem an seinem Geruch. Dieser unerklärliche, vermaledeite Zimtduft, den ihm anscheinend der Allmächtige geschenkt hatte und der stets um ihn war. Selbst jetzt. Obwohl Lárus in einer muffigen Armeebaracke schlief und beim Aufwachen so manches Mal einer Ratte ins Auge blickte und kaum etwas anderes aß als vergammelten, harten Fisch, den er aus den Trockenschuppen der Gemeinde klaute, ging dieser exotisch verführerische Duft von ihm aus. Der Geruchssinn des Heljardalsbauern war noch nicht völlig verstopft, und manchmal nahm er durch den Heugeruch, der ansonsten Tag und Nacht die Baracke ausfüllte, diesen Duft eines Menschen wahr. Er hatte etwas willkommen Feminines an sich. Milchreis aus einem alten Topf ergoß sich über Hrólfur, gekocht hinter den sieben Bergen. Ab und zu gab er dem anderen etwas ab. Und nachdem brutale Wüstlinge aus dem Fjord zweimal mitten in der Nacht an Lárus' Ende der Baracke ein Mädchen vergewaltigt hatten, ohne daß der Alte etwas anderes hätte tun können, als zuzuschauen, und ohne daß sie Notiz von ihm nahmen, durfte er am folgenden Wochenende im anderen Ende übernachten.

»Ja, von den gesegneten Kreaturen geht Wärme aus«, sagte Lárus nach dem Aufwachen am nächsten Morgen und nickte gutmütig und anerkennend mit dem Kopf in Richtung der drei Wollöfen in der Ecke.

In jener Nacht träumte Hrólfur einen wilden Traum: Jófríður selig erschien ihm mit entblößter Brust und nackten Schenkeln und erlaubte ihm, in einer prächtigen Scheune aus Beton sein Vergnügen an ihr auszutoben. Die Empfindung war stärker, als wenn sie leibhaftig in die Baracke und unter seine Bettdecke gekommen wäre. Eine zum Greifen deutliche Erscheinung. Man vergißt wieder, was man gesehen hat, aber man behält, was einem erscheint. Hrólfur konnte es nicht bestreiten; lange über den Sonntag hinaus war er von dieser plötzlichen, überaus fleischlichen Erscheinung wie verhext und hatte seine Jófríður tatsächlich nie mehr geliebt als an diesem Tag sechs Jahre nach ihrem Ableben. Wahrscheinlich war es einfacher, eine solche Frau nach ihrem Tod zu lieben, denn da bestand keine Gefahr mehr, daß sie einen betrügen könnte. Zwei ganze Wochen lang holte er immer wieder angenehme Bilder aus diesem Traum hervor, und es kam zu einem der seltenen Male, an denen sich dieser Mann in der Ecke beim Pferch selbst befriedigte. Glóa, Vísa und Jóra taten so, als würden sie es nicht sehen.

In einer Nacht mit schrecklichem Wetter Anfang Dezember ließ er den armen Streuner wieder zu sich ein. Sie saßen eine Weile vor dem offenen Ofen, und der mit den Hasenzähnen unterhielt den Rotbart mit schlüpfrigen Geschichten über die Briten in der Besatzungszeit. Sie lachten sogar etwas gezwungen miteinander darüber, ehe sie unter dem dröhnenden Blechdach einschliefen und Jófríður in den Träumen erschien. Beiden.

Zum ersten Mal wachte Hrólfur in Fjörður beinahe fröhlich auf. Den ganzen Tag hatte er eine nackte Frau vor Augen, und es machte ihm nicht das geringste aus, daß er ihn damit zubrachte, den ranzigen Belag aus einem Lebertrantank zu kratzen. Es war geradezu so, als wäre Jófríður wieder da. Gegen Abend begann es zu schneien, und den Bauern packte Unternehmungslust. Anstatt nach einem dunklen Tag im Tank gebückt am Grünen Haus vorbei zu seiner Baracke zu schlurfen, setzte er sich in die Bar des Hotels und bestellte einen Klaren.

Um diese Tageszeit hatte die Bar etwas von einem Pferch an sich, in dem sich die vereinzelten Seelen zusammendrängten, auf die nach einem kalten Tag zu Hause keine soßenduftende Küche wartete. Während die Satten essen, saufen die Hungrigen. Vor dem Flaschenregal stand eine schmalgesichtige, grauhaarige Frau und bestand auf Vorauszahlung, ehe sie die Luft aus einem Glas ließ. Sie hatte zwei tiefe Falten in den Mundwinkeln und zwei noch tiefere unter den Augen und trug einen boshaften Gesichtsausdruck zur Schau wie Menschen, die vom Unglück anderer leben. Zwei angesäuselte Männer unterhielten sich lebhaft am Fenstertisch in der Ecke, an der Theke hing ein rot gesprenkelter Mann mit großer Nase und üppigem Haar, der Hrólfur spöttisch ansah:

»Ach nein, der Barackenbauer …«

Die beiden Angetrunkenen in der Ecke kannte Hrólfur nicht, und daher setzte er sich allein an einen Tisch. Den Anorak behielt er an. Er stützte die Ellbogen auf und bereitete eine Prise vor. Die anderen sprachen von einer Frau, die noch kommen wollte. Meinte er zu hören. Irgendwo tief unten in Hrólfurs Seelenbett hatte ein feuchter Traum die Hoffnung auf eine neue Frau geweckt, eine Hoffnung von der Größe einer Maus am Boden eines zwanzig Meter hohen Lebertrantanks, aber das hallende Raspeln ihrer Nagezähne füllte trotzdem den ganzen Tank. Vielleicht hatte er sich aus dieser Hoffnung heraus hier hineingesetzt, oder vielleicht wollte er auch nur das Andenken seiner toten Frau feiern. Er wußte es selbst nicht so genau. Jedenfalls war er irgendwie gehobener Stimmung.

Schließlich nahmen die beiden Betrunkenen Notiz von ihm, kamen an seinen Tisch, stellten sich vor und sprachen ihm ihre Anerkennung aus: »Du bist ein echter Kerl! Hältst Kühe in einer Nissenhütte. Darauf kommen nur die richtig Harten! Rindviecher in einer Army-Baracke … Mister Rolf! Prost!«

»Es sind gar keine Kühe …«

»Rindvieh in ’ner Baracke. Was Besseres hab ich noch nie gehört«, wiederholten sie in regelmäßigen Abständen, und einer von ihnen gab eine Geschichte zum Besten, wie er mit seinem Kumpel einmal zur Jagd auf Wildgänse gegangen war. Die Gänse waren abgestrichen, und während der Jagdgenosse gerade zum Pinkeln an einem Graben stand, erschien der Bauer und fragte, ob sie nicht ein Pferd für ihn erschießen könnten, wo sie nun schon einmal mit ihren Gewehren da seien. Er selbst sei zu alt und blind dazu.

»Und, peng, hab’ ich den Gaul erledigt. Mit einem Schuß. Da kommt mein Kumpel zurück und fragt, was, zum Teufel, ich denn da machen würde. Ob ich komplett durchgedreht sei. Ich sage, man hätte mich gebeten, das Vieh zu erledigen. Da will er nicht hinter mir zurückstehen, schnappt sich meine Flinte und ballert auf die nächstbeste Kuh los. Paff, hat sie einfach abgeknallt. Er hat die verdammte Kuh erschossen! Hahaha. Du bist echt Klasse, Mann. Willst du nicht einen ausgeben?«

Hrólfur befand sich in selten gehobener Stimmung und tat, was er sonst nie tat: Er spendierte beiden ein Glas. Seins hatten sie auch ausgetrunken, als er von der Theke zurückkam. Die beiden Männer waren recht unterschiedlich. Der eine hatte etwa Hrólfurs Alter, ein mageres Gesicht und eine schorfige Nase, das Haar stand ihm in einem einzigen Wirbel vom Kopf. Auf seinem Handrücken trug er eine tiefe Narbe, als hätte ihn jemand übel gebissen. Er behauptete, er sei an einem zu heißen Ofen eingeschlafen. Der andere, der die Geschichte mit der Kuh erzählt hatte, war zwischen dreißig und vierzig, sehr viel kräftiger gebaut, mit dicken Armen und dünnem Haar, der Mund groß und vorgestülpt wie der Schnabel einer Löffelente. Sein Name war Erling, der des anderen Eyjólfur. Nach und nach holte Hrólfur kräftig auf, aber sie schienen keineswegs noch betrunkener zu werden. Gleich, ob ihnen Hrólfur noch zwei weitere Schnäpse ausgab oder andere Gäste sich in der

Hoffnung spendabel zeigten, die Krakeeler würden endlich tot unter den Tisch fallen, so hielten sie sich wacker über Wasser, wenn sie auch auf dem Weg zum Klo gegen immer höhere Wellen anschaukeln mußten.

Die Zahl der Gäste nahm im Lauf des Abends zu, und die dunkle, holzgetäfelte Gaststätte im Keller des Hotels wurde geradezu »*naiß und kosy*«, als sich erst einmal dicker, ungefilterter Zigarettenqualm über alle Tische legte und die nackten, gelben Glühbirnen wie matte Geistesblitze glommen. Gunna Tröð hatte ihren Stammplatz auf einem Hocker an der Bar. Hrólfur war nicht zu besoffen, um diese Hüften und Schenkel, die schon so mancher betätschelt und danach mit einem Heiligenschein verhüllt hatte, eingehend zu mustern. Erling mit dem Entenschnabel rief ihr zu, sie solle sich zu ihnen setzen, er wolle ihr den Barackenbauer vorstellen, aber sie meinte, den würde sie schon kennen, und rauchte weiter ihre pralle amerikanische Zigarette, stieß dann über einen Witz des Mannes mit der großen Nase ein hustendes Raucherlachen aus. Die langgesichtige Wirtin pflegte ihre versteinerte Miene. Erling erging sich in Lobeshymnen auf Gunna Geil, nannte sie ein Genie und kannte nur eine Frau, die ihr in sexueller Hinsicht das Wasser reichen konnte, und zwar die Jóra auf Sel, Jófríður auf Mýrarsel.

»Die Jóra, die war wahnsinnig. Umwerfend. Mann, die hatte … also, so was hab' ich noch nie gesehen! Die hatte vielleicht ein paar Brüste … Ich … also, na ja … Eyvi, du erinnerst dich doch noch an sie, oder? Wart mal, wie ging denn noch mal diese Strophe auf sie? Mensch, Eyvi, du mußt dich doch noch an sie erinnern! Weißt du noch, wie ihr Macker und ihr Vater sie einmal beide in den Ort begleiteten und wir sie im Laden trafen? Sie war ja um einiges älter als wir … Also da waren, warte … ich war dabei und … ja, ich … und Gundi Gashaus … und wir haben uns mit ihr auf den Lagerboden verdrückt. Eine echte Schönheit, die Frau, und, Mann, die war vielleicht scharf …«

»Jóra? Welche Jóra? Jóra Hura? Hähä. Jóra die Hure«, äffte Eyvindur.

»Ah, jetzt fällt's mir wieder ein:

Ich bestieg die geile Jóra
mit den Riesentitten.
In das Loch der Hure
sind die Eier gleich mit reingeglitten.«

Erling verzog gerade seinen Schnabel zu einem breiten Grinsen, als ihm vier Zähne aus dem Kiefer flogen. Aus der schorfigen Nase seines Kumpans schoß Blut. Hrólfur sah überrascht auf seine blutige Faust – die tiefen Abdrücke der Zähne darin schmerzten –, ehe er ihm einen weiteren Schwinger verpaßte, diesmal direkt unter die Kinnspitze. Der untersetzte Mann flog zurück und landete mit einem schauerlichen Krachen in seinem Nacken auf dem Boden. Das Blut floß nur so aus ihm heraus.

Hrólfur war aufgestanden. Mit gespreizten Beinen stand er über dem niedergestreckten Mann und wollte den Drecksack am liebsten noch weiter vermöbeln, ha! Doch er zögerte. Alles Grau war aus seinem roten Bart verschwunden, auch die Wangen waren rot angelaufen, der kahle Schädel weiß. Dann schnaufte er heftig durch die Nase und sah zu dem mit der blutigen Nase hinüber, der starr auf seinem Platz saß und verdattert den Berserker ansah, offenbar nicht willens, seinen Kumpel handgreiflich zu rächen. Ein schmieriger Kerl mit Schnauzbart wieselte herbei. Er fuchtelte vor Hrólfur herum und versuchte mit unsteter Stimme, beruhigend auf ihn einzureden. Gunna Tröð glitt gemächlich von ihrem Hocker und beugte sich über den blutigen Entenschnabel, den Hrólfur mit zwei Hieben in eine Welt geschickt zu haben schien, in der das Herz nur noch zum Gottesdienst schlägt und die Lunge zweimal in der Woche Luft holt. Gespanntes Schweigen herrschte auf einmal in dem Kellerraum, sämtlicher Alkohol war auf einen Schlag aus den Köpfen verflogen, als hätte jemand einen Schalter umgelegt. Die Blicke wanderten zwischen Hrólfur und der Leiche hin und her. Eyvindur stöhnte auf, als er an sich herabsah und die blutigen Vorderzähne auf seinem Pullover erblickte. Hrólfur sagte mit geschlossenem Mund »Ha« und verließ die Gastwirtschaft, wischte das Blut von seiner tauben Hand an dem lebertranfleckigen Anorak ab.

Auf seinem Weg um den Fjord fiel leise der Schnee. Im Grünen Haus war noch Licht, und es tat ihm auf einmal wohl, seinen Grímur in warmen Händen zu wissen. Und seiner kleinen Eivís würde es natürlich sehr gefallen, zu erfahren, daß ihr Unvater nun zu allem Überfluß auch noch ein Mörder war.

In der Erwartung, der schwarze Polizeiwagen würde hinter ihm herkommen und plötzlich aus diesem weißen Dunkel auftauchen, zwei kräftige, schwarz gekleidete Beamte, die das Leben noch vor sich hatten, würden ihn festnehmen und aus diesem Fjord, aus diesem Leben abführen, ging er langsam heimwärts. Aber nichts geschah. Nur der Schnee fiel weiter in dicken Flocken, es herrschte jetzt dichtes Schneetreiben, das die Dezembernacht erhellte wie gefrorenes Licht vom Himmel, und unter ihm lief nur ein einzelner Mann in Anorak und Kapuze, die Fäuste in der Tasche geballt, eine von ihnen blutig. Auf seinem Weg über die Brücke hatte er schon kleine Schneehäubchen auf seinen Schultern gesammelt, dann ging er mit zusammengekniffenem Gesicht am Friedhof und an der *Fjarðarbúð* vorbei und blickte zum Anleger hinab. An seinem Ende stand ein Laternenpfahl. In seinem Lichtkegel fielen erleuchtete Flocken, als kämen sie direkt aus der Laterne.

Der Barackenbauer ging auf den Steg hinaus – aus der äußeren Bucht flogen zwei Lachmöwen auf – und blieb an seinem Ende stehen, starrte in die stille, salzige See. Unpassend für einen Hochlandbauern, sich im Meer zu ersäufen, dachte er, aber egal … Wie angefroren stand er mit den Fäusten in der Tasche da, der Schnee setzte sich weiterhin auf seine Schultern und die Kapuze und flüsterte ihm zu, aufs Meer hinauszusehen. Er tat es. Und sah, wie der Schnee langsam, aber zielsicher vom Himmel fiel und sich in dem Moment auflöste, in dem er die Wasseroberfläche berührte. War das Leben etwas anderes als Schneefall auf Wasser? Leise rieseln wir zur Erde, die uns schluckt, ohne den geringsten Laut von sich zu geben. Wie unbedeutend das war. Wie unbedeutend und leicht und rasch getan es war, zu verschwinden. Hrólfur wollte verschwinden. Binnen eines Augenblicks schmelzen. Schluß mit diesen schwarzen Streifen! Schluß mit diesen Höllenqualen! Schluß mit diesem Kind und dem Kind, das es trug, mit diesem Kind, das ich schlug und schwängerte und vergewaltigte, schwängerte, vergewaltigte … diesem Kind, dem Mädchen, der Kleinen, die das Schönste war, was ich in meinen Bergen je besaß … ach, ich kann nicht mehr, will nicht mehr, habe jetzt auch noch jemanden umgebracht …

Die kleinen Schneehäufchen fielen von seinen Schultern, als es ihn auf einmal schüttelte wie einen Mann im Dunkel, der lautlos und schneeweiß aus einer höheren und besseren Welt fiel. Er fiel auf die Knie, ohne die Hände aus den Taschen zu nehmen, und kniete eine Weile steif da, hörte langsam auf zu zittern und wiegte sich vor und zurück, beugte sich über den Steg und wieder zurück, über den Steg und zurück. Es brauchte nur so wenig, sich fallen zu lassen. Die Laterne beleuchtete einige Quadratmeter Meeresfläche, und es war ein schönes Zusammentreffen, wie der beleuchtete Schnee die dunkle Oberfläche küßte. Unten im Wasser trieb eine Qualle. Auch das war ein schöner Anblick, sie halb durchsichtig und erleuchtet durch das kühle Grün schweben zu sehen, und plötzlich fiel ihm ein, daß Lárus gesagt hatte, Qualle hieße auf färingisch Walspucke. Bestimmt hatte er dort einmal für eine Fangzeit angeheuert, aber nein, der war nicht mehr zur See gefahren als er, die alte Landratte, ha, mit ihren beiden linken

Händen; trotzdem wußte er alles mögliche über wichtige und unwichtige Dinge. Walspucke. Was für ein passendes Wort. Schon manches Mal hatte er das eine oder andere dieser merkwürdigen färingischen Wörter aufgeschnappt, die ganz ähnlich wie die isländischen klangen und einem doch einen herzerfrischend neuen Blick auf die Dinge und die Welt öffneten. Walspucke. Da unten trieb sie im Salzwasser, zugleich leuchtend schön, weißlich transparent und schleimig. Hrólfur blickte hinüber zur Landzunge jenseits der Hafenbucht. Da war doch Licht in seiner Bude! Der Sonderling schnüffelte also auf seiner Seite herum. Hölle, Tod und Teufel, jetzt ging das Frettchen aber zu weit! Der bärtige Bauer stand auf und marschierte los. Er hatte vollkommen vergessen, was er gerade noch tun wollte.

»Eins der Schafe hat so jämmerlich geblökt, daß ich … Den ganzen Abend über, schrecklich laut, und ich wollte doch nur …«, stammelte Lárus, als sich Hrólfur auf der Schwelle den Schnee abschüttelte. Die Schafe glotzten ihrem Leithammel entgegen und traten zwei Schritte zurück. Alle drei. Sie erkannten ihn nicht gleich mit diesem weißen Bart.

»Soo. Welches denn?«

»Das da, da drüben.«

Es war Jóra.

»Und was hast du gemacht?«

»Na ja, ich habe versucht, ihm was zu fressen zu geben, aber das half nicht, es hielt sich weiter dran mit Blöken, jammerte und jammerte in einem fort, bis ich …«

»Na, was?«

»Bis … ich ihm die Geschichte von deiner Glóa erzählte, wie du sie mir erzählt hast.«

»Ach.«

»Ja, aber das half auch nicht. Es hörte erst auf, kurz bevor du kamst … Das arme Vieh.«

»So, so.«

»Ja, das hat es wohl gespürt. Was das angeht, sind die Biester doch ungeheuer clever. Warst du auf Nachtschicht?«

»Wie? Nein.«

Hrólfur zog den Anorak aus und warf den Ofen an, schüttelte das Futterheu auf, fühlte einen Schmerz in der rechten Schulter und sah eine Weile seinen Tieren zu; sie blickten ihm in die Augen. Dann wusch er sich mit dem eiskalten Wasser in der Baracke die Hände und nahm sich von dem gekochten Roggenbrot. Lárus saß dabei, wollte gehen und doch auch nicht. Er verstand es prima, uneingeladen in fremden Häusern zu sitzen und so zu tun, als wäre er gar nicht da. Er hielt die Klappe, spleißte ein Tau auf und flocht die Stränge wieder zusammen. Nachdem Hrólfur 15 Minuten ins offene Feuer gestarrt hatte, sagte er plötzlich laut und ohne eine Regung: »Es kommt daher, daß du aussiehst wie ein Mink.«

»Wie bitte?«

»Es ist, weil du aussiehst wie ein Mink.«

»Wie ein Mink?«

»Jau. Deshalb hat sie nicht aufgehört zu blöken.«

»So? Tja … hm … wie ein Mink … hm, na ja … da sagst du was.«

Es verging eine Stunde, ehe Lárus die Baracke verließ und in sein Ende hinüberwechselte. Der Kerl hat getrunken, sagte er sich, ehe er nicht einschlief. Schneehelle in den Fenstern. Schneebeladene Hänge darüber. Jemand hatte ihm einmal gesagt, ein solcher nächtlicher Schneefall sei konzentriertes Mondlicht. Er enthalte Energie, aus der man Strom gewinnen könne. Licht enthielt er jedenfalls.

Hrólfur schlief gut in jener Nacht. Obwohl er es nicht fertiggebracht hatte, sich selbst umzubringen, hatte er wenigstens jemand anderen umgebracht. Er erwachte mit einer Fahne. Hatte das Gefühl, als hätte man ihm vier Zähne ins Gesicht geworfen. Ging im Dunkeln zur Arbeit. Mit dem Vorabend in den Adern. Der stille Fjord nahm sich seltsam aus im weißen

Griff des Landes, er spiegelte nichts, schluckte das lebertrangelbe Licht der Laternen in langen, senkrechten Zügen. Der Schall konnte oft weit tragen an solchen stillen Wintermorgen in einem engen Fjord am äußersten Nordrand des Atlantiks. Der Schmerz in der rechten Schulter hatte zugenommen, und er konnte fast nicht arbeiten an diesem Morgen, stand den Tag aber durch, indem er in dem Tank nur mit der Linken schaufelte und kratzte. Nach einer späten Kaffeepause wurde er abgeholt, zur Polizeiwache.

Es war eine Enttäuschung zu erfahren, daß Erling gar nicht tot war. Er lag bewußtlos im Krankenhaus. Der Polizist war auch Sportlehrer an der Schule, langbeinig und hager. Er verhörte den Barackenbauer und nahm ein Protokoll auf. Hrólfur gestand, dem Mann im Rausch zwei heftige Schläge ins Gesicht verpaßt zu haben. Der Streit wäre wegen einer Frau ausgebrochen, über die er sich nicht weiter äußern wollte. Die Hosen des Sportlehrers waren zu kurz, und Hrólfur starrte auf seine bloßen Schienbeine, während er weitere Fragen nach besagter Frauensperson brummend abwimmelte.

Trotz seines Geständnisses wurde Hrólfur routinemäßig zu sieben Tagen Untersuchungshaft verurteilt, nach drei Tagen jedoch auf freien Fuß gesetzt. Selbst die Polizei sah ein, daß das Leben dieses Mannes ohnehin eine Art Geiselhaft war. In unerschütterlicher Sturheit hatte der Bauer in dieser Zeit neunmal gefordert, man müsse ihn zum Füttern zu seinen Schafen lassen. Einen solchen Mann konnte man nicht auf 14 Quadratmetern einsperren, einen, der es gewohnt war, seinem Tagwerk in einem ganzen, weiten Hochlandtal nachzugehen.

In der ersten Nacht fand er wegen seiner drei Lieblinge keinen Schlaf. Würde ihnen das Frettchen zu fressen geben? Aber der blöde Hund hatte ja nicht die leiseste Ahnung vom Füttern. Na ja, er würde es wohl immerhin versuchen, wie er es am Vorabend auch getan hatte. Was war diese halbe Portion nur für eine nichtsnutzige Kreatur! Und trotzdem hatte seine Jóra …

Am Tag nickte er dreimal ein und in der folgenden Nacht bekam er eine gute Mütze voll Schlaf, aber es machte ihm verdammt zu schaffen, daß keine Geräusche von den gesegneten Tieren zu hören waren. Hrólfur stellte fest, daß er noch nie im Leben allein geschlafen hatte. Die dritte Nacht in der einzigen Gefängniszelle in Fjörður war vermutlich die schwerste in seinem Leben. Er hatte es aufgegeben, ständig ans Füttern zu denken, und vertraute nun darauf, daß sich das Frettchen irgendwie um die Tiere kümmern würde, und so fand er zum erstenmal Zeit und Muße, über den Sinn des Lebens nachzudenken. All die übrigen zwanzigtausend und fünfundsiebzig Nächte seines Lebens hatten ihn andere Sorgen in den Schlaf gesungen, die alltäglichen Kümmernisse vor dem nächsten Tag. Der tägliche Kampf ums Überleben hatte ihn glücklicherweise vom Nachsinnen über den Sinn des Lebens abgehalten. Jetzt aber begriff er endlich, wie es diesen Städtern ging: schlecht. Ihr Leben war zu einfach. Sie mußten nicht morgens in aller Herrgottsfrühe aufstehen, um den Tod von der Hauswiese zu vertreiben.

Verzagtheit und Depressionen waren sicher bloß Einbildungen und Folgen von Faulheit. Die Leute hatten nicht genug zu tun. Wie konnte man beispielsweise so etwas wie »Polizeibeamter« sein? Vormittags brachte man kleinen Kindern das Laufen bei, und am Nachmittag fragte man erwachsene Menschen, warum sie am Vorabend einen gehoben hatten. Schade, daß das Blut einen so weiten Weg bis hinauf in seinen Kopf hat, dachte der tatkräftige Bauer und sah wieder die langen Beine des Polizisten vor sich.

Hrólfur bilanzierte sein Leben und sah, daß es schlimm darum bestellt war. Es war eine einzige Niederlage. Sein ganzes Leben hatte er sich unermüdlich abgestrampelt, auf eigenen Füßen zu stehen, weg von anderen, sein eigener Herr, frei. Jetzt saß er in einer Zelle. In einem engen Fjord. Aus der Weite der unbesiedelten Einöde in die Enge des Knasts, aus dem Hochland in Haft. Er hatte sich für seine Tiere aufgeopfert. Jetzt würde man ihn selbst für ein Tier halten. Wegen eines Kindes, das vermutlich nicht einmal von ihm war, hatte man ihn zur Heirat genötigt. Und wegen eines weiteren, das ganz sicher nicht von ihm war, hatte er endlich seine langersehnte Freiheit erhalten. Er hatte diese Frau nie geliebt, aber wegen ihres Verlangens nach anderen Männern hatte er sie lieben gelernt. Liebe aus Eifersucht ist vielleicht keine reine Liebe, aber sicher auch eine Art von Liebe. Jófríður hatte ihm eine Menge Nebenbuhler geliefert, eine ganze Anzahl von Männern, die er mit seinem Haß verfolgen konnte, und das hatte er ausgiebig getan. Hrólfur war ein Mann, der zu hassen verstand. Doch jetzt mußte er mit einem von ihnen eine Baracke teilen, eine Baracke, die zu allem Überfluß auch noch von den Briten erbaut worden war, dem Volk, das er am meisten von allen haßte, das ihm die Qual aller Qualen bereitet und ihn schließlich in sein Verderben gestürzt hatte. Jetzt lag er mit gezerrter Schulter krumm und lebensmüde auf einer harten Polizeipritsche in frostkalter Nacht und stöhnte und dachte an die Frau, die er nie geliebt hatte, die zu lieben ihm andere beigebracht hatten und die er, wie er erst jetzt begriff, tatsächlich liebte. Sechs Jahre nach ihrem Tod hatte die Anwesenheit eines ihrer früheren Liebhaber sie ihm so stark ins Gedächtnis zurückgerufen, daß er nun zweimal täglich an sie dachte. Lárus hatte ihm beigebracht, sie zu lieben. Über den Tod hinaus. Vielleicht war die Welt am Ende wirklich relativ. Auf dem Grund der Seele dieses geplagten Bauern lag sie nackt im Heu: Jófríður. Er dachte an sie. Und sie war die einzige und das einzige, was ihn auf andere Gedanken bringen konnte, weg von all diesen schwarzen Rauchsäulen und schrägen Strichen, die selbst hier im Finstern zu sehen waren. Er schloß die Augen und versuchte, so gut er konnte, sich ihren Anblick auf dem Totenbett in Erinnerung zu rufen, sah aber nie mehr als ihren rechten Arm von der Schulter bis zum Ellenbogen vor sich. Ausgerechnet. Dieses fahlgelbe Fleisch … Am Morgen hatte er eine Strophe fertig:

Endlich denk' ich warm an dich.
Jetzt hätt' ich dir geschrieben.
Die große Liebe wärst du für mich,
wärst du am Leben geblieben.

Wahrscheinlich reimte man so, wenn man zwanzig Stunden wach gelegen hatte.

Wahrscheinlich war das die eigentliche Aufgabe von Gefängnissen: Menschen aus der gewohnten Bahn ihres Lebens zu reißen und sie zu zwingen, ihm selbst und allem, was sich dahinter verbarg, ins Auge zu sehen – sofern sich etwas dahinter verbarg. Die Menschen sind vor allem darauf bedacht, ihre Beschäftigungen so über den Tag zu verteilen, daß nichts Darunterliegendes sichtbar wird. Sie betreiben Flickschusterei. Jeder kann das Leben leben. Das Problem ist, stillzusitzen und es zu betrachten.

Nach zwei Wochen erwachte Erling aus dem Koma und erzählte nie wieder Anekdoten. Nach den neuen Bestimmungen wurde er zu 75% invalide geschrieben. Diese Neuigkeiten erschütterten Hrólfurs Gewissen nicht. Wer damit angibt, anderen übel mitgespielt zu haben, hat selbst Übles verdient. So ist das Leben. So muß das Leben sein. Ha.

[42]

Der Bezirksrichter wurde vom Wetter in der Hauptstadt festgehalten, anschließend jenseits der Heide. Der Vorfall wurde über die Feiertage unter Schnee begraben. Weihnachten rieselte weiterhin auf die 912-Seelen-Gemeinde hernieder. Irgendwer wollte etwas zudecken. Eivís erhielt von Símona einen Mantel geliehen und ließ sich höchstens zwischen Berufsschule und dem Grünen Haus blicken. Sie war jetzt im fünften Monat, und man konnte schon etwas sehen. Ihre Klassenkameraden nahmen den Bauch gut auf und hänselten sie nicht: Die Jungen hatten noch an ihrer Enttäuschung zu kauen, und die Mädchen beneideten sie, weil sie ein Kind erwartete von … ja, von wem? Wer war der Vater? Bárður?

»Nein, es ist schon vorher passiert, oben auf dem Land. Egal, ihr kennt ihn sowieso nicht.«

Guðmundur kam den Gang entlang und ging an ihnen vorüber. Sie schwiegen, bis er im Lehrerzimmer verschwunden war. Die Flecken auf seinen Wangen gingen jetzt ineinander über wie Nord- und Südamerika auf der Landkarte, was immer das zu sagen hatte.

»Ist es nicht schwer, so schwanger zu sein?«

»Nein, nein, vielleicht am Anfang.«

»Ich möchte auch ein Kind haben, aber Mama meint, man solle damit warten, bis alle Weisheitszähne da sind, sonst könnte das Kind zahnlos bleiben«, sagte ein fülliges Mädchen mit krausem Haar in einem grünen Mantel.

Zehn Tage vor Weihnachten kam Eivís auf dem Weg vom Arzt zurück in den Ort die verschneite Straße entlang, als sie endlich ihrem Vater begegnete. Es war ein ruhiger, klarer Frosttag, sie trug den dunklen, langen Mantel von Símona mit dem hellbraunen Pelzkragen und sah ausgesprochen damenhaft aus.

Sie sah, wie ihr dieser gebeugte Mann im grüngrauen Anorak mit seinem unansehnlichen Bart entgegenkam, und was hatte er bei sich? Er zog etwas hinter sich her. Einen Schafbock. Sie ging langsamer, ihr Herz ging schneller. Zu beiden Seiten der Straße lag hoch der Schnee aufgeschaufelt. Es gab kein Ausweichen. Sie ging wie auf Schienen, und ein anderer Zug kam ihr entgegen. Es mußte mit einem Zusammenstoß enden.

Was sagt man zu seinem Vater, der einem ein Kind gemacht hat? Was sagt man zu seiner Tochter, der man ein Kind gemacht hat?

Hrólfur drehte sich zu dem Bock um und zog an dem Strick, der um seine Hörner gebunden war. Der Bock war aber nicht faul und sprang an dem Bauern vorbei, so daß er sich wieder umdrehen mußte, verdammt noch mal, und da war sie, ja, das ist sie, mich laust der Affe! Wie spießbürgerlich sie aussieht. Man könnte meinen, sie wäre die Tochter des Bezirksrichters. Mann, was geht mir auf einmal die Pumpe! Ja, Kobbi, ganz ruhig jetzt, ha. Es sah ja fast ein bißchen peinlich aus, sich so von einem Bock ins Schlepptau nehmen zu lassen, also beschleunigte der Bauer seine Schritte. Es trennten ihn kaum noch zehn Meter von seiner Tochter.

Scheiß der Hund drauf! Früher oder später mußte man ihr ja einmal über den Weg laufen.

Egal, soll er doch sehen, was er angerichtet hat!

Eivís, vierzehn Jahre alte Schülerin in der zweiten Klasse der Berufsschule von Fjörður und im fünften Monat schwanger, knöpfte den Mantel auf und schob das Bäuchlein vor, gab ihm reichlich Raum, sich zu wölben. Streckte ihm geradewegs den Bauch entgegen. Er blickte vor sich auf die Straße, führte den Bock Kobbi neben sich. Als nur noch etwa drei Meter zwischen ihnen lagen, zwang ihn etwas wie eine unterirdische Macht, aufzublicken, und er tat es: Sie sahen einander in die Augen, eins, zwei, drei Schritte, und es war vorbei. Vier Augen in sechs Grad Frost. Ein ziemlich kalter Blick. Als er an ihr vorüber war, drehte er sich um, und sie überrumpelte ihn, tat das gleiche. Einen Augenblick verharrten sie und sahen sich noch einmal an. Ihre hellen Wangen waren von der Kälte rot angelaufen, sie öffnete den Mund, als wollte sie etwas sagen, er wartete … und es kam ein dunkles Brummen. Oder kam es von dem Widder?

Ihre Herzen schlugen in verschiedene Richtungen, und beide brauchten zweihundert Meter, um sich zu erholen. Zwanzig Sätze schossen ihr durch den Kopf, die sie ihm hatte sagen wollen. Zwanzigmal dankte er dem Bock, daß sie nichts gesagt hatte.

Kobbi war nur zu geil darauf, die drei Schafe in der Baracke zu vergewaltigen. Innerhalb von neun Minuten hatte er drei Samenergüsse. Gewaltige Kraft steckte in diesen Hörnern, doch er produzierte ja nur Salzwassersperma, ha. Lárus aber hatte die Hosen voll vor diesem Potenzbolzen und fragte, ob er die Schafe nicht verletzen könne.

»Och, manchmal muß man sie ordentlich 'rannehmen, da sind sie hinten mit Wolle zugewachsen.«

»Glaubst du, es macht ihnen Spaß?«

»Ha? Na, bestimmt. Wie es jedem Weib Spaß macht, ab und zu mal richtig …«

Er verstummte, erinnerte sich plötzlich an den Brief, den er unter der Matratze auf dem Schlafboden in Heljardalur gefunden hatte. Der Bock war fertig und schnaufte auf sehr menschliche Weise.

»So, ja, guter Junge!«

»Er hat eine kurze Halbwertszeit«, meinte der alte Relativitätstheoretiker.

Vor dem Kaffee brachte Hrólfur Kobbi zurück, geleitete ihn durchs Dorf wie ein Vater, der seinen Sohn vom Puff abholt. Der Bock gehörte einem Mann aus Breiðdalur, Konráð auf Bergen. Er nahm kein Geld, doch der Barackenbauer mußte sich als Gegenleistung zu ihm setzen – einem weißhaarigen und weißbärtigen Kauz mit roten Wangen – und sich bis spät in die Nacht Geschichten von seinen Brüdern und seinem Vater anhören. Viele, viele Jahre hatte er nichts von ihnen gehört, und sie interessierten ihn herzlich wenig. Aber es war ja nett zu erfahren, daß sein älterer Bruder vor zwei Jahren an Tuberkulose gestorben war und der andere bei einer Rauferei einen Finger verloren hatte. Bald vierzig Jahre war es jetzt her, seit Hrólfur Ásmundsson an einem sonnigen Tag mitten im Krieg Breiðdalur hinabmarschiert war, weg von zwei Giebeln, zwei Hunden, zwei Brüdern und zwei Müttern. Hin zu drei Schafen. Vor vierzehn Jahren hatte ihn nach zweimonatigen Umwegen ein Brief in Mýrarsel erreicht, in dem ihm seine Mütter den Tod des Vaters mitteilten. Ásmundur war bei einem der ersten heftigen Herbstregen auf dem Weg zwischen Breiðdalsvík und dem Stöðvarfjörður unter einen Erdrutsch geraten. Man bekommt das über sich, was man unter sich läßt, hatte der Rotbart gedacht und sich gefreut, dann hatte er es aber doch bemerkenswert gefunden, daß der Alte ausgerechnet im Hang von Kambanes verunglückt war, wo er als flaumbärtiger Jüngling von steiler Halde herab ihn zuletzt gesehen hatte. Ganz kurz sah er ihn noch einmal vor sich, ein versteinertes Gesicht, das mit dem Blutschwamm aus der Schlammlawine gezogen wurde, dann versenkte er den schrecklichen Anblick rasch wieder und fragte:

»Was ist denn aus meinen Müttern geworden?«

Schöne Frage für einen Fünfundfünfzigjährigen. Vielleicht war er der einzige freie Mensch des Landes. Mit sechzehn hatte er seiner Familie den Rücken gekehrt. Das tat man nicht in Island. Und er hatte Glück gehabt, hatte es getan, ehe die Kommunikationsgesellschaft entstand. Heutzutage war es immer möglich, jemanden zu finden.

Der Weißhaarige war letzten Sommer südwärts ins Lón gereist und auf dem Rückweg durch Breiðdalur gekommen. In Steinnes übernachtete er bei zwei Frauen mit Namen Rannveig. Sie hatten von der Notschlachtung auf Heljardalur gehört und gefragt, ob er Hrólfur in Fjörður gesehen hätte.

»O ja, ich habe ihn ein paarmal auf dem Weg zwischen dem Kai und der Sandbank gesehen, habe ich geantwortet«, sagte der alte Mann und reichte Hrólfur ein paar neugestrickte Fäustlinge. »Sie baten mich, dir herzliche Grüße auszurichten.«

Der ehemalige Heljardalsbauer ging in die Kälte hinaus und zog die schafbraunen Wollfäustlinge über. Sie waren ein wenig zu klein. Genauso wie sein Körper für das aufwallende Gefühl in ihm zu klein war: Es rann ihm aus den Augen.

[43]

Die Zeit beschäftigt sich mit vielerlei. Die Berge müssen geputzt und geschrubbt und in Weiß gekleidet werden, alle Bäche müssen entwässert, der Himmel aufgeräumt und die Anweisungen für den nächsten Tag müssen erteilt werden, und ein kleines Wesen ist zu formen, Nase und Gesicht.

Alles zur gleichen Zeit.

Ich brachte die langen Winterabende rum, indem ich zu Hause lag und Shakespeare las. In dem kurzen Bett unter dem Giebel, mit einer kleinen Lampe auf dem Tisch, die Hacken gegen den warmen Kamin gestemmt, der gegen Morgen langsam erkaltete. Ich schlug etwas auf, blätterte, las und naschte im Shakespeare. Am Ende war er mein einziger Zeitvertreib. Ich konnte zu gut Isländisch, um mich auf Dauer mit unseren ansonsten ordentlichen Sagas zu begnügen. Was wir nicht verstehen, ermüdet uns. Was wir verstehen, legen wir aus der Hand. Was wir ahnungsweise verstehen, fasziniert uns. Unsterblichkeit bleibt immer ein wenig unbegreiflich. Wir haben reichlich Zeit, zu versuchen, sie zu begreifen. Unsterbliche Autoren sind die, die wir gern in der Unendlichkeit lesen. Das heißt, wir Unsterbliche.

Zu aller Glück und Erbauung barg die Bibliothek in Fjörður eine nicht allzu alte Gesamtausgabe der Werke des Meisters. Es war die Trinity-College-Ausgabe: *The Complete Works of William Shakespeare* in einem Band. 1264 Seiten. Die letzten hundert waren allerdings herausgerissen worden. Jemand hatte Hunger auf die Sonette bekommen. Jedenfalls wurde das meine Bibel. Ich mußte lediglich einmal im Monat in die Bibliothek, um die Leihfrist zu verlängern. Gegen Mitternacht war ich meist wieder nüchtern und konnte mich in die hunderttausend Zeilen verlieren, die uns der kleine, glatzköpfige Meister aus der Provinz hinterlassen hatte. Das vielschichtigste Lebenswerk eines Menschen – abgesehen von dem Stalins da auf dem Regal vor mir, den ich auf keinen Fall zurücksetzen möchte. Er berührte zwar nicht so viele Menschen wie Shakespeare, aber die, die er berührte, berührte er um so tiefer.

Im Schnitt erschuf William 20 Charaktere pro Werk. Macht 680 Personen in 34 Werken. Ein stattliches Familientreffen, das allerdings in volltrunkenem Gemetzel enden würde, wenn es denn jemals stattfände. Ich hatte das alles durchgerechnet, mich auf alle möglichen Rechenkunststückchen eingelassen. Nachdem ich in einem Rutsch Heinrich IV., V., VI. und VIII. gelesen hatte, begann mich die Zahlenspielerei mehr und mehr zu faszinieren. Ich rechnete aus, daß sämtliche Stücke zusammen 105.217 Zeilen umfaßten. Gab man dem Meister 17 Arbeitsjahre, machte das 17 Zeilen täglich. Ehrlich gesagt, fand ich das nicht sonderlich viel. 17 Zeilen am Tag. Ganz schön faul, der Gute.

Meine durchschnittliche Leistung lag bei 1700 Worten pro Tag.

Nach der Heinrich-Serie las ich auf gut Glück andere Stücke und war in *Antonius und Kleopatra* so weit gekommen, bis der Held in ihren Armen stirbt und ihre erste Reaktion darauf mit den Worten endet: *»And there is nothing left remarkable / Beneath the visiting moon.«* Weiter kam ich nicht. Weiter konnte man nicht kommen. Ich schlich mich nach unten, hinaus in den verharschten Schnee, und es paßte: Ein frischer Mond glänzte am Osthimmel. Ich zog mir den Schuh an und ging zurück ins Haus. Verdammter Ewigkeitsdämon. Immer muß er einen foppen.

Das alte Ferkel in einem ebenso. Nach Neujahr, als ich von der ganzen Genialität und der Suche nach klaren Worten die Nase voll hatte, stürzte ich ab. Emil, mein Kollege bei der Zeitung, lieh mir ein pornographisches Wörterbuch für die Werke des »Wilden Willis«, wie ihn irgend so ein cordjackengekleideter Intellektueller in der Stadt genannt hatte. Emil hatte die Kladde in einem der Quartiere der Royal Army in einer Zwischenwand gefunden. Es war eine erkaltete und abgegriffene, alte Schwarte, an die ich gern noch einmal den angefeuchteten Finger legte, und so verbrachte ich lange, stürmische Winternächte auf der Suche nach pornographischen Stellen in Shakespeares Werken. Es gab mehr als genug von ihnen. 69 Wörter für die Vagina, 45 für den Penis, 335 für den Vorgang selbst. Das machte ein neues Wort an jedem Tag des Jahres abzüglich einen Monat Sommerferien. Kein Wunder, daß er nicht mehr als 17 Zeilen am Tag geschrieben hatte.

Ehrlich gesagt, war ich von der schieren Menge schweinischer Wörter überrascht. Die Zeit hatte sie in zu viele Kostüme gesteckt, und kein Schwanz war so lang, daß er durch vier keusche Zeitalter (darunter das viktorianische) bis zu uns vorragte. So war das mit der Kunst. Der Ruhm verlieh ihr Leben, und der Ruhm machte sie tot. Ich wette, Mozart hat sich kaputtgelacht, als ihm die Idee kam, eine Oper damit beginnen zu lassen, daß ein Figaro den Zollstock absingt, während er das Ehebett ausmißt. Als ich das letzte Mal die Hochzeit sah, grinste nicht einer der Opernbesucher, als der Bariton voll Inbrunst lostönte: *»Cinque … dieci … venti … trenta …«* Kunst entsteht mit einem Lächeln, wird unter Gelächter geboren, wächst in Freuden auf, überdauert in warmem Angedenken, aber stirbt unter dem gemessenen Applaus feierlicher Mienen, die besagen: »Das ist Kunst.« Sogar der knochentrockene Michelangelo hatte heimlich seinen Spaß, als er sich selbst als baumelnden Hautsack in die Sixtinische Kapelle malte. Vielleicht grinste Papst Paul III. schwach, als er das *Jüngste Gericht* zum erstenmal erblickte, seitdem aber bestimmt kein einziger Tourist. Sogar der steife Kafka löste große Heiterkeit aus, als er seinen Freunden die soeben vollendete Geschichte von Gregor Samsa vorlas. Aber die Parteichefs des Modernismus breiteten rasch ihre Löschdecken über dieses Feuer. Aus »Hi, hi« wurde »Wie? Wie?«

Ich hatte überhaupt vergessen, was für ein versauter Hund dieser »Schwan von Avalon« gewesen war. Die Kunst begann als dreckiges Gelächter. Niemand nahm sie ernst. Erst später erkannten die Leute, daß es sich um Kunst handelte; da hörten sie auf zu lachen. Die Menschen sind doch verrückt.

Obwohl mein Blut inzwischen mehr als 160 Jahre alt war, waren meine Glieder auf ihre alten Tage wieder jung und vorwitzig. Allerdings war dieses pornographische Wörterbuch das einzige pornographische Material in diesem ganzen Fjordleben, abgesehen von einigen Broschüren in der Apotheke, und es brachte nicht gerade die Bettdecke zum Abheben. Das meiste bei Willi waren doch ziemlich abgedroschene Zoten. Ausdrücke wie »Niederlande« für den Bereich unterhalb der weiblichen Gürtellinie. Manches auch bedenkenswert wie etwa »Hölle« und »Nichts« für das gleiche Ding. Interessant auch, zu entdecken, daß »fuck« schon im Sanskrit kräftig gebraucht wurde: »fukshan« = Schuft. Was sich aber hinter »nose-painting« verbarg, das der Autor des Wörterbuchs als eine bestimmte Praxis des Sexualverkehrs ausgab, konnte ich mir beim besten Willen nicht vorstellen. Außer … ja, außer … Was man zuweilen für ein Blindfisch sein konnte!

Shakespeares Glieder hießen Schwert, Horn, Lanze, Rübe, Fischkopf … alles mögliche bis auf eins. Sie hießen niemals Speer.

Seinen eigenen Trichter wollte er nicht in diese Flasche stecken. Jetzt hatte ich auch schon angefangen, in den schlüpfrigen Ausdrücken des großen Meisters zu denken. Die Werke selbst hatte ich längst beiseite gelegt, doch allmählich prägte sich mir der Wortschatz des Wörterbuchs ein. Mir kam das als Wort, was ich nicht am Ort hatte. Ich begann davon zu träumen, im dunklen Wald ins Horn zu blasen, doch aus Angst, der Geschichte etwas anzuhängen, beschloß ich, nicht mit den Hacken gegen das Fußende zu treten, sondern lediglich Weißes zu spucken.

Die jungen Burschen meiner Gedanken klopften wieder an die Hirnrinde. Geilheit breitete sich in meinem Kopf aus. Eine Erektion nach dem Tod hatte allerdings etwas Erbärmliches. Oder konnte ich etwa noch Kinder zeugen? Den lieben, gliedlangen Tag lag der Sexualtrieb auf der Lauer und grüßte jeden, der die Treppe heraufkam, mit militärischen Ehren: in Habachtstellung. Selbst wenn es bloß Emil war. Schritte auf der Treppe weckten Hoffnungen. Im Laden unten arbeiteten sehr ansehnliche Verkäuferinnen. Manchmal kamen sie mit Annoncen für die Zeitung. »Obst und Gemüse eingetroffen.« Ja, das junge Gemüse stand da; unseres war nur etwas kurz geraten. Wir lehnten uns auf knarrenden Stühlen zurück und sahen ihnen nach, wie sie die Treppe wieder hinabgingen. Manchmal stießen unsere Hinterköpfe zusammen, und wir stöhnten gequält auf wie Hunde, denen eine Töle fehlt. Ich hatte völlig vergessen, wie einen zwanzig Jahre junge Geilheit peinigen kann. In Wahrheit stand der gesamte Arbeitstag unter diesem Druck: Würde heute ein Mädchen mit einem Brustkorb heraufkommen? Ob das Gemüse eingetroffen war? Hatten sie gestern nichts Neues in Dosen bekommen? Sollte heute wirklich keine Anzeige aufgegeben werden? Am Ende gingen wir so weit, daß wir, als die Straße über die Hochheide einmal Mitte März für vier Tage unpassierbar war, die Anzeige der Konsumgenossenschaft ein wenig umtexteten: »Haben noch nicht bekommen, worauf wir sehnlich warten.«

Emil war ein prima Kumpel. Er war der Typ Mensch, den ich immer beneidet hatte: Das Leben war ihm scheißegal, und er tat nur das, wonach ihm gerade der Sinn stand. Ich blieb zurück mit meiner Pflicht. Meinem Schreiben. Emil hätte gut und gern aus dem Redaktionsbüro schlendern und in der nächsten Trawlerluke verschwinden können, um Wochen später in Grimsby an Land zu gehen und Zuhälter in Soho zu werden oder beim Geheimdienst Ihrer Majestät anzuheuern. Er war ein freier Mensch. Und ein hervorragender Reporter: Mit einem guten Näschen sowie ein blitzschneller Maschinenschreiber, sein Stil war allerdings ein wenig stereotyp. »Es wird allgemein davon ausgegangen, daß Höskuldur auf seinem Posten in der Partei keine Wurzeln schlagen wird.« Diesen Ausdruck verwendete er fast in jedem Artikel. »Ebensowenig dürften die Schüler der Grundschule in der Fúsabaracke als ihrer ›Turnhalle‹ Wurzeln schlagen.« – Das war O-Ton Emil, der Ende '56 Grímur Hrólfsson für eine ganze Woche landesweit bekannt machte, indem er ein Bild des achtjährigen Blondschopfs mit den hohen Wangenknochen unter der Schlagzeile brachte: »Er trägt beide Zeitungen aus.«

Der kleine Grímur erleichterte seine zusehends schwerer werdende Schwester und den Haushalt im Grünen Haus, indem er im Ort die Zeitungen austrug. Er erledigte das nach der Schule, wenn das Postauto aus dem Hérað eingetroffen war, und machte seine Sache gut. Sein Eifer trieb ihn sogar über die politischen Grenzlinien der Zeit hinweg. Er war der einzige Zeitungsjunge des Landes, der in seinem Job politisch nicht Stellung bezog und beide Blätter austeilte: Den *Willen*, das Organ der Sozialisten, und den *Morgen*, das Blatt der Konservativen. Emil fand das bemerkenswert und schrieb einen Artikel darüber. Zwei Tage später erhielt Grímur zwei erboste Telegramme, eins von jeder Zeitung, in der beide Redaktionen von ihm forderten, die Verbreitung der »Übertreibungen und Lügen« des jeweiligen politischen Gegners augenblicklich einzustellen. Es waren harte Zeiten, und zwischen ihnen stand nun ein weicher, kleiner Junge. Mit bebendem Herzen trug er an diesem Tag die Zeitungen aus und tat unwillentlich das, was ihm noch nie unterlaufen war: Er stopfte den *Morgen* ins Haus der Kommunisten und den *Willen* in den Briefschlitz des Fischfabrikanten. Das heizte die Stimmung kräftig an. Am nächsten Tag liefen zwei weitere Telegramme ein, in denen der Zeitungsjunge für seinen unverzeihlichen Irrtum hart angegangen wurde, der ehrenwerte und geschätzte Parteimitglieder in die mißliche Lage versetzt hatte, den Blickwinkel des jeweils feindlichen Lagers kennenzulernen. Grímur heulte sich in den Schlaf und träumte von Zungen, die sich aus sämtlichen Briefschlitzen des Ortes streckten. Am nächsten Morgen weigerte er sich, überhaupt eine Zeitung auszutragen. Þuríður redete mit ihm. Die Frau in Tracht witterte die Gelegenheit und gab telephonisch zweimal die gleiche Meldung in die Hauptstadt durch. Am folgenden Tag war sie in beiden Zeitungen zu lesen.

Der Wille: »Die Reaktion enthüllt ihr faschistisches Gesicht! Der *Morgen* droht einem Zeitungsjungen!«

Der Morgen: »Die Fänge des Kremls reichen weit: Ein Volksfeind in Fjörður.«

Grímur schulterte beide Schlagzeilen und trug sie aus. Müde kam er nach Hause und wusch sich die Druckerschwärze von der rechten und der linken Hand. Die politischen Auseinandersetzungen der Zeit färbten das Wasser schwarz.

Vor allem bei den Anhängern der Bauernpartei und den Sozialdemokraten avancierte er für eine Weile zum Helden. In der Schule wurde er zu so etwas wie dem Star der Klasse. Das Lernen fiel ihm leicht, in Isländisch zeigte er Talent und war der ungekrönte König für alles Amerikanische. Selbst Balli und sein kleiner Bruder Sonny stiegen jetzt den Berghang hinauf, um mit ihm und Danni den Amisender und die neuesten Rhythmen der Zeit zu hören. Bei leichtem Schneetreiben im Februar hörten sie zum erstenmal Elvis Presley. Dieses Vibrato traf sie durch den Schneefall vom Himmel herab, wie eine andere Stimme einmal jemand anderen auf einem anderen Berg getroffen hatte. Dem Oberhalbstarken Brillantinen-Balli fiel beinahe das Kaugummi aus dem Mund, und er gaffte entgeistert über den aufgewühlten Fjord, nachdem er *»Hart bräjk Hotel«* gehört hatte. Er verstand ein wenig Englisch und erklärte den anderen auf dem Weg nach unten, was der Text besagte. Es sei sehr schwer drüben, in der Armee Urlaub zu bekommen. Ohne das neue Idol jemals gesehen zu haben, schlenderten sie danach unwillkürlich anders durch die Straßen. Und alles hatten sie Grímur zu verdanken. Ihm gehörte der Kasten, ihm gehörte Elvis und ihm gehörte diese Ära.

Er genoß sein Ansehen. Als die Jungs von Sessa in Miðbúð kurz vor dem Þorrablot-Essen das Radiogerät aus dem Grünen Haus klauten, war die allgemeine Entrüstung darüber im Ort so groß, daß Balli nicht einmal an die Tür klopfen mußte, und schon rückten sie mit eingekniffenem Schwanz das Gerät heraus.

»Keiner tritt Grímur aus dem Grünen Haus auf die blauen Wildlederschuhe, ist das klar?« sagte der coolste Typ der Ortschaft und warf Kopf und Haar zurück, aber vorsichtig, weil er nicht sicher war, ob die Brillantine die Stirntolle halten würde. Dann nahm der kleine Sonny das Gerät an sich, und sie fuhren damit die 13 Meter zum Grünen Haus, in einem sechs Meter langen, türkisblauen Oldsmobile, Baujahr 1946.

Aus gegebenem Anlaß und zur Wiedergutmachung erhielt der kleine Radioredakteur einen Ehrenplatz im Programm für das Þorrablot: unmittelbar nach dem Essen. Grímsi zögerte anfangs, ließ sich dann jedoch überreden. Sein Freund Danni hatte alle von seiner Genialität überzeugt. Er hatte gesehen, wie er sich selbst in ein Radio verwandelte. *»Grímur Hrólfsson, Radio Boy«* hieß es im Programm. Auf englisch hörte es sich besser an. Das traditionelle Essen von sauer eingelegtem Fleisch und Innereien in der Mitte des Winters wurde in der *Fjarðarbúð* veranstaltet, und es war die spannende Frage, ob die Empfangsbedingungen dort gut genug sein würden. Sie waren es gewöhnt, dafür auf die Berge klettern zu müssen, aber Dannis Vater, der Funker Skúli, hatte behauptet, je mehr Menschen sich in der Baracke versammelten, um so besser sei der Empfang.

»Das schafft Magnetismus. Wir haben alle Nickel in uns.«

Das Haus war ausverkauft, und die ersten Proben verliefen verheißungsvoll. Fast alle Einwohner des Ortes mit Ausnahme des stummen Elli, der alten Jóhanna, Geiri Bonapartes, Þuríðurs und des Barackenbauern draußen auf Eyri drängten sich an drei langen Tischreihen mit weißen Tüchern, die sich von der Bühne durch den Saal erstreckten. Þorrablót. Das große nationale Fressen in einer britischen Armeebaracke. Dieser eine Abend im Jahr, an dem wir Isländer uns erlauben, das Beste unserer Schafe zu verzehren: ihre Köpfe und Hodensäcke. Es war merkwürdig, aber wir waren das einzige Volk auf der Welt, das noch die größten fleischlichen Leckereien zu schätzen wußte: Die Augen der Lämmer und die Hoden der Böcke. 200 gesengte Köpfe lagen auf den Tischen des kleinen Versammlungshauses und waren jeweils in zwei Hälften zersägt worden. Ein Auge, die halbe Zunge und zwanzig Zähne pro Person. Von den Hammelhoden gab es bedeutend weniger, und sie waren in dünne, rundliche Scheiben geschnitten worden. Sehr erhellend, einen Blick in diese verborgene Welt tun zu können.

Ich saß nahe der Bühne Emil und seiner Verlobten Ásta Einarsdóttir Möller gegenüber, einer aschblonden Telegraphistin mit einem angenehmen Lachen, aber unerträglicher Brille. Manchmal mußte man doch staunen, was Menschen in ihrer häuslichen Umgebung so um sich herum ertrugen. Eivís saß am Nachbartisch zur Saalseite bei ihren Freundinnen, dem Blauen Kleid und dem Grünen Mantel. Von meiner Warte sah sie wie das blühende Leben aus; die Serviette verdeckte das Bäuchlein. Grímur machte sich natürlich in dem Raum hinter der Bühne in die Hosen, und auch das Orchester Svavar Sigurmundsson lungerte da herum mit Zigaretten und dreckigen Witzen. Sie versuchten neue Wörter für das zu bilden, was heimlich in den Schlafzimmern des Landes getrieben wurde, aber noch keinen Ausdruck in der Landessprache gefunden hatte: Fellatio. Das waren noch keusche Zeiten. »Einen strammen Max schlucken« war noch das Versauteste, was ihnen einfiel.

Ich grinste mir einen und wäre am liebsten nach Hause gegangen, um im pornographischen Wörterbuch nachzuschlagen, ob meine Koryphäe vielleicht auch einen witzigen Ausdruck für den Strammen Max bereithielt. Emil war in ein Gespräch mit einem alten Fischer mit Haaren in der Nase versunken, und ich hatte keine Lust, mich mit Ásta zu unterhalten. Neben mir saß ein Bankangestellter, der seinen Schafskiefer so säuberlich abgenagt hatte, daß ich lieber kein Gespräch mit ihm riskierte. Glücklicherweise begann jetzt das »Bunte Programm«. Es mußte allerdings geändert worden sein, denn als erster wurde Bárður angekündigt. Hatte er sich doch irgendwie vorgedrängt, der Schuft! Begann auch gleich mit einer Wahlrede reinsten Wassers und zählte sämtliche positiven Neuerungen auf, für die sich seine Partei in den nächsten Jahren in diesem Landesviertel stark machen wollte.

»An erster Stelle ist da die Aufdämmung der Jökulsá á Dal am Kárahnjúkur zu nennen. Für uns Bewohner der Ostfjorde ist es schließlich kein Geheimnis, daß es hier bei uns bald zuwenig Strom geben wird, vor allem, wenn man an die ständig wachsende Zahl neuer Beschäftigungsmöglichkeiten in den Fjorden denkt. Die alten Hausrezepte taugen da wenig, beim Heizen zu sparen und in den Nächten die Straßenbeleuchtung auszuschalten, wie kürzlich hier vorgeschlagen wurde. Von Männern, die nie die dunklen Nächte erlebt haben, wie wir sie hier in Fjörður kennen; Männer, die wie die Lachmöwe sind: Man sieht sie nur im Sommer.«

Die Leute wußten, auf wen er anspielte, und ließen ein behäbiges, breites Lachen ertönen. Der junge Landwirtschaftsberater redete wie ein waschechter Austfirðingur, hatte sich seinen Nordlandakzent abgewöhnt und den Saal bald in der Hand. Die Leute waren fertig damit, den auf den Tellern liegenden Schädeln die Gesichtszüge wegzuknabbern, und trugen nun selbst die gleichen Züge: saßen da wie eine Schafherde und lauschten ihrem guten Hirten. Je länger die Rede dauerte, um so mehr fragte man sich, ob da nicht ein Mann der Zukunft sprach. Den Leuten gefiel, was er sagte, und er sagte, was den

Leuten gefiel. Sie hatten gemeinsame Interessen. Der Leithammel denkt zuerst und vor allem an sich, und die Herde darf froh sein, daß er das tut.

Ich beobachtete Eivís. Zweimal warf sie einen Blick auf die Bühne, hielt ihn aber ansonsten die ganze Zeit vor sich auf den leeren Teller gerichtet. Woran mochte sie denken? Sicher daran, daß sie ihm noch etwas heimzuzahlen hatte. Zweimal hatte er sie aus dem Laden abgeführt, sie mit eisernem Griff um den Ellbogen die Treppe hinauf in sein Büro gezerrt und ihr dort wortreich und lautstark erklärt, welche Regeln es in der isländischen Gesellschaft gab. Vor allem hätten minderjährige Mädchen keine Männer zwischen ihre Beine zu locken. » ...Und wenn du auch nur im entferntesten daran denkst, mich anzuzeigen, dann sollst du wissen, daß du hier im Ort keine Wurzeln schlagen wirst. Ist dir das klar?«

»Wurzeln schlagen?«

»Ja. Du kannst deine Þuríður fragen, was das bedeutet, und dann bin ich sicher, daß du keine Dummheiten mehr machen wirst. Wie bist du eigentlich darauf gekommen? Ich ... ich verstehe das nicht. Manchmal kann man euch Weiber einfach nicht verstehen. Ich dachte ... Ich habe angenommen, du wärst mindestens siebzehn. Aber vierzehn! Also ... und dann bist du auch noch schwanger. Dann bist du, zum Teufel noch mal, einfach schwanger!«

Er versuchte, seine Stimme etwas zu dämpfen, wußte ja, daß Emil und ich mit vier Ohren gleich jenseits der dünnen Bretterwand saßen. Ich tippte ein bißchen auf der Schreibmaschine, um ihm nicht das Gefühl zu geben, wir würden lauschen. Emil sah mich mit großen Augen an.

»Und erzählst keinem was davon! Sagst mir nichts ... ehe es zu spät ist. Das hätte sich doch in aller Stille regeln lassen, Eivís. Ich hätte das für dich arrangieren können, aber du läßt keinen ... Du sagst niemandem, daß ich der Vater bin. Ist das klar? Niemandem. Absolut keinem. Überleg dir mal, welche Konsequenzen das haben würde! Versuch dir das vorzustellen! Ich bin ein toter Mann, wenn das rauskommt. Erledigt. Die Karriere, die Arbeit, alles, was ich mir vorgenommen habe … Schluß, aus, vorbei. Begreifst du das? Du darfst es niemandem sagen.«

»Gut.«

»Und von wem ist das Kind dann?«

»Was meinst du?«

»Wer soll dann der Vater sein?«

»Hm? Tja, ich weiß nicht. Ich … sage, ich wüßte es nicht.«

»Das geht nicht. Du … Nein, ich werde jemanden finden. Ich werde einen Mann auftreiben. Mach dir darum keine Sorgen! Und wenn das Kind erst mal da ist, geben wir es in die Stadt.«

»In die Stadt?«

»Ja, Minderjährige dürfen keine Kinder haben und erst recht keine aufziehen. In der Stadt gibt es eine Einrichtung, die das übernimmt. So etwas kommt öfter vor, und viele … Mach dir keine Gedanken, es wird gut für die Kinder gesorgt. Alles geht nach den neuesten Erkenntnissen über Gesundheit und Ernährung. Du kannst nicht … Ich meine, du bist erst vierzehn. Du mußt noch in die Schule und du mußt arbeiten, im Hering vielleicht, und ich … So eine vertrackte Sache, aber … wir kriegen das schon hin. Es kommt alles in Ordnung, das verspreche ich dir. Ich kümmere mich darum … Paß auf, das einzige, was du noch tun mußt, ist das Kind zu bekommen. Ich erledige den Rest.«

»Aber ich …«

»Eivís, hör mir zu! Verstehst du denn nicht, was du mir angetan hast? Was du mir damit antust? Ich bin erledigt, kaputt, wenn du … Eivís, ich bitte dich … Du erzählst niemandem davon.«

»Nein, aber in die Stadt …?«

»Ja, du wirst noch einsehen, daß das die einzige Möglichkeit ist. Die Regeln sind so und die Gesetze ebenfalls. Wenn ein Mädchen unterhalb der Volljährigkeit ein Kind bekommt, dann ist es die Pflicht der Gesellschaft, diesem Kind zu helfen, es zu versorgen und es großzuziehen … Soziale Sicherung nennt man so etwas, *folkesikring og dette er …*«, fiel er kurz ins Norwegische. »Das heißt, wenn jemand unter die Räder zu kommen droht, reichen ihm alle helfend den Finger, und aus vielen einzelnen Fingern wird eine große helfende Hand, verstehst du? Das ist die Idee hinter dem nordischen Volksheim. Das Leid des einzelnen ist die Verantwortung aller. Und deshalb braucht sich in der Gesellschaft der Zukunft niemand mehr zu opfern. Niemand muß sich mehr für seinen Nächsten opfern, denn dieses Opfer wird auf alle verteilt. Jeder knüpft seine Masche zu dem großen Netz der sozialen Absicherung.«

Eivís sah zu ihm auf, als er jetzt in braunem Schurwollanzug, grünem Hemd und roter Krawatte auf der Bühne der *Fjarðarbúð* stand und seine erste Wahlkampfrede hielt. Der norwegisch geprägte Zentrumsmann redete wie ein echter Sozialdemokrat. Einer der Konservativen im Saal rief: »Stand dieser Mann überhaupt auf der Tagesordnung?«

Zwei betrunkene Sozialisten aus der entgegengesetzten Ecke stimmten ein, und ein Sozi im Sonntagsstaat nahe der Bühne fragte, ob man nicht endlich den »Radiojungen« aufs Podium bitten sollte. Der Vorschlag wurde mit rauschendem Beifall aufgenommen, den Bárður geschickt auf sich bezog. Er verbeugte sich und dankte für die gute Aufnahme.

Grímur war gleich nach dem Essen für seinen riskanten Auftritt bereit, und er und Danni wünschten den verdammten Bauernverdummer dafür auf den Mond, daß er sich ins Programm gedrängt hatte und so lange quatschte. Sie standen im Gang vor dem Umkleideraum und ließen das Gerät bei geringster Lautstärke warmlaufen. Zu Beginn der Rede waren die Bedingungen bestens, und auch die Lieder hätten super gepaßt, wenn sie gleich auf die Bühne gekommen wären; jetzt aber kam nur monotones Rauschen aus der Kiste. Ah, jetzt! Es war Rosemary Clooney. Ach du Schande, hoffentlich lande ich nicht in so einem Frauengewimmer und muß mir einen abträllern wie ein Weib, dachte Grímur. Die Moderatorin des Abends, Guðbjörg Káradóttir, eine Frau mit nettem Lächeln und Haarspange, steckte den Kopf in den Gang und sagte mit großen Augen und übertrieben deutlichen Lippenbewegungen: »Jetzt ihr.« Dann war sie wieder verschwunden. Die beiden Jungen erstarrten und hörten, wie sie draußen durch die Lautsprecher ankündigte: »Radioboy und sein Assistent Danny Boy, bitte sehr!«

Der Saal antwortete mit donnerndem Applaus. Das hörte sich aufregend an.

Grímur schritt als erster auf die Bühne, und Danny verschwand hinter einem schwarzen Vorhang, der im Hintergrund des Podiums hing. Dort stellte er das alte Ferranti-Radio auf den Tisch vor einem großen, stahlgrauen Mikrophon und drehte die Lautstärke höher. Erst war noch undeutlich ein amerikanischer Schlager zu hören, der in lautem Rauschen unterging. Grímur stand unbeweglich steif auf der Bühne. Sie war hell beleuchtet, der Saal abgedunkelt. Da stand er vor einer gewölbten Höhle voller festlich gekleideter Gäste und wußte nicht, was er tun sollte. Er drehte sich um, wandte ihnen den Rücken und ging zwei Schritte auf den Vorhang zu, da krachte auf einmal eine Stimme aus dem undeutlichen Rauschen. Ein amerikanischer Sprecher sprach den Abspann zu Rosemary Clooney und kündigte den nächsten Song an. Ältere Frauen im Saal wußten nicht so recht, um was für eine Veranstaltung es sich eigentlich handelte, als sich der Junge da vorn plötzlich umdrehte und in Zungen zu reden begann. Eine erwachsene, ausländische Männerstimme schien ihm aus dem Mund zu sprudeln, und dann kam sozusagen unter seinen Füßen ein ganzes Orchester hervor. Grímur begann im Takt zu wackeln, tanzte wie ein Lahmer, dem gerade das Gehen zurückgegeben wurde: schlaff, lässig, als könne er jeden Moment umfallen. Der Rhythmus vibrierte, ein leicht schleppender Beat. Grímur hatte das Stück noch nie gehört, es setzte mit Pfeifen ein, also pfiff er einfach mit, bis alles wieder in Rauschen unterging. Es war wirklich ein äußerst riskanter Bühnenauftritt. Grímur hörte auf zu tanzen und verlegte sich darauf, den Nebel zu mimen, der dieses Rauschen von sich gab, dichtesten Nebel. Mit wabernden Fingern ließ er ihn auf das Publikum zufließen. Ein Schaudern ging durch den Raum. Die Leute kannten ihren Ostfjordnebel. Dann hob er sich plötzlich, der Rhythmus klang wieder durch, diesmal begleitet von einer Gesangsstimme. The Radio Boy verwandelte sich zurück in einen Tänzer und Sänger. Die Leute raunten anerkennend, als der Knirps exakt wie ein zwanzigjähriger Amerikaner sang, und ihre Mienen nahmen einen noch schäfischeren Ausdruck an, sie glotzten wie die Schafsköpfe. Danni stand auf seinem Posten beim Vorhang und beobachtete das Gerät, während er seinen Freund zu Tommy Steeles *Singin' the Blues* improvisieren sah. Hinter der Singstimme setzte eine zweite mit Pfeifen ein, und nun pfiff und tanzte auch Danny Boy, bis wieder absolut isländischer Nebel fiel und sich die beiden Jungen in Gespenster verwandelten. Das war schon eine seltsame Vorführung. Am Ende standen die Leute von den Sitzen auf und klatschten den Jungen zu. Hoch über dem kleinen Ort im Fjord tanzte das Nordlicht über den klaren Himmel.

Grímur hatte wieder einmal die Aufmerksamkeit der Ortsbewohner auf sich gezogen. Die meisten zerbrachen sich den Kopf, wie er das wieder angestellt hatte, manche sahen den Teufel am Werk, ein hagerer, eingefleischter Kommunist nahm die beiden Jungen beiseite und hielt ihnen eine Gardinenpredigt, wie sie nur diese amerikanische Popkultur verbreiten und an diesem volkstümlichsten Abend des Jahres einen verdammten Imperialistentanz aufführen könnten.

»Was meinst du, was dein Vater dazu gesagt hätte, wenn er euch an dem Abend gesehen hätte?«

»He, Valli, grüß dich, Mann! Das war doch prima, was die Jungs da gezeigt haben«, mischte sich ein angetrunkener Mann mit Hängekinn ein. Der Kommunist drehte sich zu ihm um und begann einen Streit über Politik. Die Jungen sahen mit großen Augen zu, es roch nach einer Prügelei.

»Du bist doch ein Amerikanerarschkriecher, Gústi Schafskopf«, rief Valli außer sich.

»Mein lieber Valli, du betest Stalin an wie einen Gott …«

»Halt die Klappe mit deinen Lügen aus der Rechtspresse!«

»Ihr Kommunisten glaubt doch alles, was man euch vorsetzt. Ihr hättet sicher auch dem Mädchen aus dem Stöðvarfjörður geglaubt, das behauptete, noch Jungfrau zu sein. Es hatte zwar schon ein Kind, aber das war ja nur soo klein. Haha!«

Valli ging auf ihn los, und andere gingen dazwischen, um sie auseinanderzubringen. Die Kritik von links aber saß in Grímur, und er begann wieder an Heljardalur, seine Großmutter und Grettir den Starken zu denken. Vielleicht hatte der Rote Valli recht. So hatte er zum Beispiel völlig aufgehört, Strophen auf Isländisch zu reimen. Statt dessen ahmte er nur noch amerikanisches Zeug nach, zwar absolut unverständlich und geschliffen, aber trotzdem war nichts davon in der Schulzeitung abgedruckt worden. Vielleicht sollte er zur Muttersprache zurückkehren. Rundfunk-Grímur schickte ein Gedicht zum Winter-Lyrikwettbewerb der Fjörðurjugend ein. Sein Beitrag war umstritten und erhielt nicht den eigentlichen Hauptpreis; doch er bekam eine Anerkennung der Jury als »Originellster Beitrag«.

Oma hatt' 'nen Rock
und Mama hatt' 'nen Rock.

Papa hatte Kokk, den Bock.
Rock.

Vielleicht gab es keinen besseren Weg, die Zeit zu deuten. Vielleicht war Grímur Hrólfsson der erste isländische Beatdichter. Wäre interessant gewesen, Friðþjófurs Meinung zu diesem kurzen Gedicht zu hören. Manchmal kam er zu uns in die Redaktion und reichte selbst eines zum Abdruck ein. Die Bohnenstange schien ihre Unendlichkeit hier an diesem Ort verbringen zu wollen und bemühte sich, ihre Unsterblichkeit mit Gedichten zu rechtfertigen. Ja, er konnte schreiben. Seine auf dem von mir fabrizierten Papier fabrizierten Gedichte waren sogar viel besser als sein Moosgereime in der anderen Welt. Der Kritiker war endlich selbst zum Autor geworden. Schade nur, daß es niemand zur Kenntnis nahm, außer mir und zwei alten Damen im *Skothús*, die allerdings gegen Ende des Winters in einer Lawine ums Leben kamen.

Ich war nicht in der inneren Verfassung, seinen Ergüssen etwas entgegenzuhalten, und ließ sie alle drucken. Ich schuldete diesem Mann ein halbes Leben. Wir sprachen wenig zusammen, gingen aber höflich miteinander um. Ich hatte nichts mehr zu sagen, und er war offensichtlich froh, nichts mehr nachdrücklich wiederholen zu müssen. In seinem Schweigen lag das Wissen um einen geistigen Sieg, darüber, daß ich ewig in seiner Schuld stand und es mich sieben Leben kosten würde, davon freizukommen. Wie es aussah, war mein Verbrechen größer, als wenn ich seinen Bruder und sein Kind kaltblütig selbst ermordet hätte. In jeder Tat liegt ein wenig Heldenmut, im Schweigen aber immer nur Feigheit.

Es tat mir weh, ihn mit dem Mantel über dem Arm die Treppe heraufkommen zu sehen – er hatte ihn bereits unten im Laden ausgezogen, immer tadellos und mit besten Manieren. Das Haar aus der hohen Stirn nach hinten gestrichen, grüßte er und erkundigte sich nach Neuigkeiten, etwa ob wir der Meinung wären, daß man die Wahlen für das Frühjahr ansetzen würde. Ohne weitere Worte überreichte er mir dann mit formvollendeter Handbewegung Worte auf einem Blatt; mit schöner

Handschrift geschriebene Gedichte, die immer sensibler wurden, weiche Gedichte gegen die Härten des Lebens wie die flaumlose Wange eines Jünglings. Wir waren beide wieder jung geworden.

Ich war ein Zwanzigjähriger mit seiner gesamten Vergangenheit vor sich. Tag und Nacht sah ich sie. Jeden Sonntagmorgen stand die kleine heilige Familie vor mir im gelben Zimmer, Kristján und Lena mit der kleinen Nina. Kristján beugte sich ein wenig aus dem Mansardengiebel vor und warf hin und wieder Blicke auf den kleinen Stalin auf dem Regal, der ihn um keinen Preis sehen wollte. Sie sahen genauso aus, wie ich sie zuletzt gesehen hatte. Nur daß der rote Stjáni nun einen Vollbart trug. Er wurde von Sonntag zu Sonntag länger. Ich sah sie an, das Kind, den Bart, und von unten drangen die dümmlichen, aber reinen Orgelklänge des Rundfunkgottesdienstes herauf, und es roch lecker nach altem Lammfleisch. Die alte Jóhanna bereitete ein romantisches Mittagessen für zwei Personen vor. Mich schauderte vor meinem Ruhetag genauso wie Hrólfur.

[44]

Eines Tages stand er auf den Stufen des Schornsteinhauses: Hrólfur persönlich. Er klopfte. Jóhanna bat ihn in die gute Stube, aber dort wollte er unter keinen Umständen hinein. Er drehte in dem engen Vorbau seine Mütze in der Hand, als ich die Treppe herabkam, und wollte etwas mit mir besprechen. Ich war platt. Er roch nach Schafstall und hatte den Schweiß hinter den Ohren stehen. Es schnaufte vernehmlich in seiner Nase, wenn er den Atem ausstieß. Ich gab ihm die Hand: legte Porzellan in eiserne Pranke. Ich hatte gedacht, er wäre größer als ich, und vielleicht war er das auch einmal, aber die Zeit hatte uns in gegensätzliche Richtungen gezerrt.

Er sah zu mir auf und fragte, ob ich nicht der richtige Mann sei, Einar, der Reporter beim Nachrichtenblatt. Er sagte, er hätte Gutes von mir gehört, ich wäre ein Mann, der sich auszudrücken wüßte, und ich wäre doch der, der bei dem Ball im letzten Herbst auf den Agronomen losgegangen sei. Ich gab zu, was ich zugeben konnte. Er verstummte, biß sich mit den vorstehenden Zähnen auf die Unterlippe und blickte auf die Mütze, die er in seinen Birkenfingern hielt. Langsam stieß er die Luft aus und sah mir dann in die Augen. Sein linkes war noch immer wie frostig beschlagen, hatte aber inzwischen mehr das verwaschene Blau warmer Quellen angenommen. Das Gesicht wirkte ledrig und unbewegt, die äußerste Schicht der Haut war ausgetrocknet, hart und abgestorben. Es war unübersehbar: dieser Mann hatte Schweres durchgemacht. Es war lange her, seit ihn der Schneesturm blankgefegt hatte. Oder litt er neuerdings an Schuppenflechte? Ich wußte es nicht. Er sah mir in die Augen und sagte, er brauche jemanden, der ihn vor Gericht verteidige, einen Anwalt könne er sich nicht leisten, und auch mir könne er kein Honorar zahlen, es sei denn, ich würde mich mit einem Lammrücken am Ende des Sommers zufriedengeben. Ich erkundigte mich teilnahmslos nach der Angelegenheit und setzte wenigstens ein neugieriges Gesicht auf, während er mir von Erling, Elli von Magga und Alli berichtete, den ich manchmal unten am Ufer beobachten könne; einen fetten, stummen, menschlichen Seehund, der mit großen Augen über den Fjord spähte und auf die britischen Besatzungstruppen wartete. »Die Engländer kommen«, sei der letzte Satz, der in seinem Kopf übriggeblieben sei.

»Ich habe ihm den Verstand ausgeschlagen und ein paar Zähne dazu ... Ich habe so gut wie nichts vorzubringen, mein Fall ist nicht zu verteidigen, aber man hat mir vorgeschrieben, mit einem Verteidiger zu erscheinen, so hieß es jedenfalls, und ich habe mir gedacht, dir würde das vielleicht Spaß machen, ha.«

Der Prozeß war für Mitte Juni anberaumt. Ich sagte, ich würde mir die Sache überlegen. Wenig später stand ich am Wohnzimmerfenster und sah diesem menschlichen Klotz nach, wie er den kurzen Anstieg zum Haus hinabging. Der schmale Stieg war naß und matschig, der Bauer ein dunkler, um den Magen zusammengekrampfter menschlicher Knüttel, der langsam vor dem schmuddeligen Aprilwetter dahintrieb. Es sah aus wie eine Kohlezeichnung von van Gogh. Unter all seinen Bildern lag ein schwerer Winter.

»Hat er nichts angenommen?« fragte Jóhanna in meinem Rücken.

»Nein, er hat nie etwas angenommen«, sagte ich abwesend.

»Ist er nicht Bauer? Einer, dem man den Hof weggenommen hat?«

»Er hat auch nie jemanden um etwas gebeten ...«

»Ja, so sind diese Sturköpfe. Aber attraktiv ist der Gute.«

»Wie bitte?« fragte ich und drehte mich um.

»Attraktiv, sagte ich.«

Mit diesen Worten und 14 Pfannkuchen auf einer Platte

kam die alte Frau aus der Küche. Sie hatte sie rasch in die Pfanne geworfen, während mir der Bauer sein Anliegen vortrug, und stellte sie jetzt auf den Wohnzimmertisch. Ich wandte mich noch einmal zum Fenster, legte die Ellbogen auf die Fensterbank. Die halblangen Gardinen rochen nach Staub. Ich war im Traum nie auf den Gedanken gekommen, Hrólfur als sexuelle Lockung zu betrachten. Als attraktiv. Ich hatte ihn nie mit den Augen einer Frau gesehen. Vielleicht war das ein Fehler. Da ging er. Mister Austurland 1920. Vielleicht war es seine Standhaftigkeit, die ihn anziehend machte. Manche Frauen sind für männliche Sturheit empfänglich. Die Unerschütterlichkeit verhieß vielleicht auch Unerschütterliches an anderen Körperteilen. Was dachte ich mir bloß? Die Alte litt doch an jungfräulicher Hysterie. Vor dreißig Jahren hatte sie einem Bjarni aus dem Borgarfjörður ihre Gunst verweigert und schluckte immer noch an dieser bitteren Pille. Kaum etwas war schlimmer als eingetrocknete Mannstollheit.

Der nasse, gelbliche Fleck unterhalb des Hauses war von verharschten weißen Schneehaufen umgeben. Ich sah, daß der Frost aus dem Boden sproß wie Gras. Der April war ein sonderbarer Monat. Drei Schneeammern flitzten über den Fleck, als würde jemand schnell und heftig mit den Augen zwinkern. Auf dem schneefreien Fleck vor dem Alten Haus stand immer noch die buntscheckige Kuh und muhte. Wenn ich im Winter an ihr vorübergegangen war, hatte ich oft ein schlechtes Gewissen. Ich hatte vergessen, sie in den Stall zu schreiben.

Ich sah hinauf in die Berghänge. Es saßen noch immer Leute da, allerdings waren es bedeutend weniger geworden; höchstens zehn hockten noch vereinzelt da, dick eingemummelt und doch zitternd und verfroren. Die Anorakgekleideten waren vollständig aus dem Ort verschwunden, seit dem Sommer hatten sie mir keine Fragen mehr gestellt, und ich hatte auch keine weiteren Schnüffeleien bemerkt. Erst Anfang April waren zwei tiefere Bedeutungssucher aus der Stadt gekommen und für ungefähr eine Woche in den Fjord getaucht. Sie suchten irgendeinen vagen, tieferen Sinn, den die britische Armee hier in einiger Tiefe hinterlassen haben sollte. Ich schrieb einen kurzen Artikel darüber.

Weshalb war Hrólfur zu mir gekommen? Die einzig mögliche Erklärung war unsere gemeinsame Verachtung gegenüber Bárður. Im Jahresrückblick des *Austfirðingur* hatte ich den Landwirtschaftskarrieristen, seinen Kaffeekonsum und seine schleimige Art durch den Kakao gezogen, daß es sich gewaschen hatte. Bárður war ein talentierter Politiker und verfügte über die Fähigkeit, die für diesen Menschenschlag unerläßlich ist: nichts tun zu können. Ganze Tage in Küchen beim Kaffeeklatsch mit Bauern und Bäuerinnen verplauschen zu können. Dieses ewig fragende Kindergesicht schien für alles Interesse entwickeln zu können, selbst für die Verdauungsprobleme von Mensch und Tier. Am Ende kannte der Agronom jeden Wähler der Austur-Fjarðarsýsla mit Namen sowie seine Sorgen und seine Krankheitsgeschichte. Natürlich würde er einen ausgezeichneten Althingsmann abgeben; die wichtigste Aufgabe von Abgeordneten aus der Provinz bestand zwar in jenen Jahren darin, Medikamente aus der Hauptstadt zu besorgen, doch selbst dazu hätte er sich bestimmt besser geeignet als der alte Tóti, der immer ganzheitlich dachte und die Telephonleitung nur in Notfällen besetzen wollte.

All das verwurstete ich in meinem Artikel über den »Leib- und Wirtschaftsberater«, und jeder wußte, von wem die Parodie stammte, auch Hrólfur und sogar Bárður. Der Musterschüler sparte sich seinen Zorn auf mich und die Zeitung jedoch auf. Meinetwegen konnte er ihm im Hals steckenbleiben. Doch er hatte genug Grütze im Kopf, um die brodelnde Grütze im Topf seines Zorns erst einmal vom Feuer zu nehmen. Er brauchte uns noch. Es nützte ihm, bei uns noch etwas gut zu haben. Das hörten wir ihn selbst durch die Wand am Telephon sagen. In der Osterwoche war es soweit. Bárður kreuzte mit einer Bombe auf, die so heiß war, daß er sie selbst kaum in der Hand halten konnte. Er packte sie bei uns auf den Tisch und fragte, ob wir uns trauten.

Küchen-Rikka hatte jetzt Nägel mit Köpfen gemacht und mit Bárðurs Hilfe freundlichst beim Rechnungshof darum gebeten, daß die Schulden, die der Herr Abgeordnete bei ihr hatte, endlich beglichen würden. Er stand mittlerweile mit den Mahlzeiten von zwei Sommern bei ihr in der Kreide. Sie erhielt einen bitterbösen Brief zur Antwort, in dem die geldgierige Küchenmamsell aus dem Osten heftig dafür angegriffen wurde, daß sie einem ehrenwerten Abgeordneten unterstellte, geldwerte Leistungen erschleichen zu wollen. In der Anlage folgten Kopien von Essensrechnungen der Sommer 1954/55, die für den Abgeordneten Þórarinn Jónsson beglichen worden waren. Aus dem Kopf der Rechnungen ging hervor, daß sie von der *Abendmahl-AG Gaststättenbetrieb Rikharða Guðmundsdóttir, Hammershøj, Fjörður, Austur-Fjarðasýsla* stammten. Die Wirtin erinnerte sich sehr wohl, daß sie dem alten Thingabgeordneten die Rechnungen in der Hoffnung ausgestellt hatte, ihn damit endlich zum Zahlen zu bewegen, aber selbstverständlich trugen sie nicht ihre Empfangsunterschrift. Mit anderen Worten: Der Abgeordnete des Wahlkreises hatte seine Auslagen für die Mahlzeiten vom Rechnungshof erstattet bekommen, das Geld aber nicht an die eigentliche Empfängerin weitergeleitet.

Trotz all seiner grauen Zellen konnte sich Bárður kaum bremsen. Schnell und erregt redete er mit erhitztem Gesicht auf uns ein, die alten Aknenarben glühten. Am Tag, nachdem er uns die Kopien der Rechnungen überreicht hatte, sammelte sich wieder heller Eiter in einem Pickel nahe der Nasenwurzel. Der Zeitpunkt hätte nicht besser gewählt sein können. Nur wenige Tage vorher hatte eine sogenannte »Koalition der Angst« Neuwahlen für den kommenden 24. Juni erzwungen. Wenn man die Affäre richtig handhabte, rückte für Bárður ein Parlamentssitz in Reichweite.

Ich erinnerte mich, daß mir der alte Thingmann mit einem Kredit aus der Patsche geholfen hatte, als ich ihn am meisten nötig hatte. Allerdings hatte er von diesem Kredit selbst einen »Kredit« für sich einbehalten, seiner Behauptung nach, um seine Essensrechnungen zu begleichen, die er aber in Wahrheit noch immer nicht bezahlt hatte. Ich aber hatte meinen Kredit drei Monate später in voller Höhe an die Landwirtschaftsbank zurückzahlen müssen. Þorarinn schuldete also auch mir Geld. 3200 Kronen. Ebensoviel wie er Rikka schuldete. Eine höchst undurchsichtige Angelegenheit, das Ganze. Der Herr Abgeordnete hatte sich hier den ganzen Winter über nicht blicken lassen. Über meinen Anteil an der Affäre ließ ich kein Sterbenswörtchen verlauten, ich wollte auf keinen Fall da hineingezogen werden.

Statt dessen hatte Emil etwas zu der Sache beizutragen. Der alte Abgeordnete schuldete der Zeitung noch Geld für Anzeigen, in denen er letzten Sommer das Parteivolk zu Versammlungen zusammengetrommelt hatte. Er hatte sich mit der Auskunft verabschiedet, die Partei würde die Kampagne bezahlen, und selbstverständlich hatte sie ihm die Auslagen erstattet. Der Kerl war offenbar der reinste Geldsumpf. Wir beschlossen, ihn trockenzulegen.

Bárður schlug vor Entzücken fast hintenüber, als er am nächsten Freitag die Zeitung aufschlug und unseren Artikel über »Das letzte Abendmahl des Þórarinn Jónsson« darin fand. In den folgenden Tagen wurde die »Essensaffäre« pausenlos und landesweit in den Medien breitgetreten. Alle drei hörten wir uns das Interview an, das unser parlamentarischer Vertreter in den Mittagsnachrichten des staatlichen Rundfunks gab. Zu seiner Entlastung führte er sein hohes Alter ins Feld, es sei reine Vergeßlichkeit gewesen, die zum Teil von der schlechten Durchblutung seiner Beine herrühre, und dann ließ er den Satz fallen, der sofort in jedem noch so entlegenen Fjord des Landes zur stehenden Wendung wurde:

»Irgendwo müssen Hungernde doch essen.«

Und dann erging er sich in langen Auslassungen über seine selig dahingegangene Ehefrau und ihre außergewöhnlichen Kochkünste. »Meine Jakobína war eine ganz ausgezeichnete Köchin, woran sich gewiß noch viele erinnern ... eine wirklich einzigartige Köchin, und nur wenige können kochen wie sie. Ihre größte Stärke war, aus den geringsten Dingen noch ein köstliches Essen zu zaubern.«

Zwei Wochen später legte Þórarinn sein Abgeordnetenmandat nieder. Der Kandidatenausschuß setzte Bárður Magnússon auf Platz 1 der Landesliste für die kommende Wahl. Das einzige, was die Freude trübte, war die Folge, daß Bárður nun oft halbe Tage bei uns in der Redaktion herumhing, weil er uns beinahe als so etwas wie seine Freunde betrachtete. Ich verachtete ihn. Ich verachtete ihn von Beginn an, und das war vielleicht mein Fehler.

[45]

Der Frühling kommt aus dem Hintern eines Schafs.

Zwei vorwitzige Nüstern schnuppern durch die hauchdünne, beschlagene Fruchtblase. Wir sehen, wie sie vor diesen Atemzügen vor- und zurückflappt, bis sie reißt und das Leben zum erstenmal die Lungen füllt. Die Hülle ist geplatzt, und der Frühling streckt seinen nassen Kopf heraus. Ein schleimverklebter, blinder Kopf ist es, der zusammen mit zwei Vorderbeinen hinten aus dem Schaf ragt und nicht weiß, wohin er geht oder wo er überhaupt gelandet ist. Ist das der Anfang oder das Ende? Himmel oder Hölle? Er wartet eine Weile und denkt nach. Die letzte Gelegenheit, alles abzubrechen. Aber es ist nicht mehr möglich, mit dem Werden aufzuhören, wenn man erst einmal den Kopf in diese Welt gesteckt hat. Von hinten drückt etwas nach, etwas, das noch nachkommt, ein zusammengepreßter Körper und vier knochendürre Beinchen.

Was bin ich? Ein Lamm?

Es schlängelt sich aus dem Schaf, das auf die Beine kommt und sich umdreht, um das Endprodukt eines Winters zu betrachten, die tiefere Bedeutung seines Lebens. Eltern lieben ihre Kinder, weil sie aus ihren tiefsten, geheimen Körperhöhlen stammen, an die sie selbst niemals herankommen. Das Schaf beschnuppert Fruchtblase und Nachgeburt und beginnt sofort, von seiner Hinterlassenschaft zu fressen, das Lamm reinzulekken.

Und das Lamm liegt da wie das allererste Leben auf der Erde, genauso, wie es schon vor hunderttausend Sommern dagelegen hat. Das alltägliche Wunderwerk, befleckt von der eigenen Empfängnis, blutrot und rosa und zitternd, feucht und haarig, bebend vor Angst. Zerbrechlich wie das Leben. Vor allem aber endlich wie das Leben. Keine vorstellbare Kraft hätte dieses Wesen anders zu uns bringen können als so, wie es hier lag. Vom Herzschlag bis zur Färbung, von der Augenfarbe über die sprossenden Hörner bis zu den vollendeten Klauen – alles war genau so, wie es sein sollte. So war das Leben. Und das war das beste daran.

Das Leben ist wie es ist. Und es ist gut.

Der Kopf des Lamms ist jetzt trocken, und es hebt ihn zum erstenmal. Es betrachtet seine vier Beine, als hätte es solche Gerätschaften noch nie gesehen, und dieses Vieh, das es unablässig abschlabbert, ebensowenig. Aber wahrscheinlich ist niemand wirklich überrascht, die eigene Mutter zu sehen. Den Vater betrachtet man dagegen mit forschendem Blick. Er ist dunkelbraun, hat keine Hörner und Wolle nur rund ums Maul. Außerdem kann er auf zwei Beinen stehen. Jetzt ist das Lamm vier Minuten alt, und die Mutter stupst es, will auch die andere Seite sauberlecken. Plötzlich steht das Lamm auf, ist völlig verblüfft, daß es auf diesen vier Staksen stehen kann, dann schwankt es, fällt beinah um. Doch es bleibt stehen, starrt sinnend in die Luft: Wo bin ich hergekommen? Ich war doch irgendwo anders. Jemand hat mich zu Boden fallen lassen. Wo bin ich jetzt? – Es guckt auf das Gepäck, das es in die Welt begleitet hat und jetzt neben dem Gatter liegt: Ein Beutel voll Blut, an dem das Schaf weiter knabbert. Ist das wirklich so lekker? Das Lamm versucht sich einen Vorderlauf zu lecken, schüttelt sich aber. Niemand mag die eigene Fruchtblase. Es versucht, zu mähen, hat aber den Hals noch voller Schleim und bringt lediglich einen Ton heraus, der dem Laut zu Anbeginn der Welt ähnelt.

Wenn es nichts Neues unter der Sonne gibt außer uns selbst, wirkt alles altbekannt. Nichts kommt unerwartet. Wir wissen alles und wissen, wo alles ist. Es ist kein Nachdenken, das ein gerade erst zur Hälfte saubergelecktes Lamm dazu bringt, sich auf die Knie zu legen und die Zitzen am Unterbauch der Mutter zu suchen. Es ist ein sechstausend Jahre alter, haariger, schleimiger Nervenstrang, der aus dem Rückenmark hinab in den ersten und tiefsten Brunnen des Lebens führt, der alles Wissen birgt, das unter all unseren Handlungen und unter allem Bewußtsein liegt. Das Wissen, das uns mit einem kühlen Hauch des Morgengrauens weckt, das uns gähnen läßt, um das letzte Licht des Tages zu schlucken, das uns anhält, aufzustehen, wenn ein Fremder den Raum betritt, das uns auf der letzten Bankreihe im Bus allein vor uns hinlächeln läßt, das uns eine Vorahnung von einem bevorstehenden Vulkanausbruch fühlen läßt und sämtliche Filme schneidet, die in unserem Traumkino laufen, das uns eine Erektion verschafft wie im Handumdrehen oder als würde ein Wal aus dem Meer auftauchen. Das Wissen, das unser Wesen und all unsere unerklärlichen Verhaltensmuster erklärt, das unsere Därme knurren und das Kalb muhen und das Lamm an die Zitzen unter seiner Mutter krauchen läßt.

Es saugt und schluckt.

Die ersten Schlucke kommen nie wieder. Der Zweibeiner aber hat nur eine Zitze, und aus der kommt nur Tee, den er hin und wieder in einer Ecke bei ihnen abschlägt, dampfend heiß und schön goldgelb. Doch dieses Lamm ist kein teeversessener Engländer, sondern ein durch und durch isländisches Wollknäuel, das sich am Ende seines ersten Erdentags in seinem Schicksal einrichtet: Es wohnt an einem harten Felsen mit seiner Mutter und zwei dicken Freundinnen von ihr, die sehr schlecht riechen. Der Himmel ist gewölbt und grau, und manchmal donnert es kräftig in ihm. Der zweibeinige Zottelbart sorgt für die Nahrungsbeschaffung und bringt Mama und ihren Freundinnen merkwürdiges Essen, dem Lamm aber nichts. Und jetzt ist es dunkel geworden. Der liebe Gott muß die Augen geschlossen haben. Man sieht nichts mehr. Die Schafe haben sich hingelegt, und das Lamm liegt bei seiner Mutter und findet die Welt soweit in Ordnung. Nur um sein Reisegepäck macht es sich Sorgen. Mama hat es aufgefressen.

In der Nacht wachte Hrólfur siebenmal auf. Siebenmal, um

nach diesem Lamm zu sehen. Seit einem Jahr hat er sich nicht mehr so wohl gefühlt. Lammzeit in einer Wellblechbaracke. Natürlich war es nichts im Vergleich mit hundert Schafen im Stall. Aber selten hatte sich der alte Bauer so über ein Lamm gefreut wie über dieses, das seine Jóra frühzeitig an einem schattigen Morgen Ende April zur Welt brachte. So ein strahlend weißes, kleines Bockslämmchen, das er nach seinem Vater taufte: Kobbi Kobbason. Noch nie hatte Hrólfur ein Lamm getauft.

Sein Barackenbruder Lárus war gerade in seiner Hälfte beim Aufräumen, einer Art Frühjahrsputz, und hatte Holzabfälle und einen alten Sprungrahmen zum Ufer hinabgeschleppt, sich bei Hrólfur Benzin geliehen und einen lodernden Scheiterhaufen entfacht. Jetzt saß er auf einem Stein, ein gebeugter Mann an einem Feuer. Auf der anderen Seite des Fjords lag der Ort, stattliche Häuser, Anleger, Rauch aus dem hohen Schornstein der Kocherei. Es war ein dämmeriger Abend, wie die Abende im April sind. Die See lag endlich ruhig nach all den Schneestürmen um und nach Ostern. Ein Flug Eiderenten war im Fjord gelandet, und der Erpel richtete sich immer wieder auf dem Wasserspiegel auf und breitete die Flügel aus. Das sah schön aus. Die Möwe stürzte sich von der Höhe der Berghänge und schwebte knapp über der spiegelglatten Wasserfläche. Es fehlten immer nur zwei Millimeter, daß sie nicht ihr Spiegelbild berührte. Nie mehr und nie weniger. Eine echte Pedantin.

Die Schneefelder in den Bergen standen auf nassen Füßen, und die Wasserfälle in den Hängen waren die einzigen, die einen Laut von sich geben durften. Der Fjord verwandelte sich in einen hohen Saal mit spiegelblankem Boden und klarer Akustik.

Wenn einem der Winter alle Lebensfreude aus dem Leib geprügelt hat und zusätzlich vier Zähne aus dem Gewissen, und wenn er im Herzen ewigen Schneesturm wehen läßt und einem die Kinder darunter verschüttet, dann vergißt man an einem solchen Abend endlich die langen, grauen, naßkalten Tage. Island ist ein solches Land. Island ist wie ein unverbesserlicher Alkoholiker, der sich systematisch abfüllt mit Schauern und Wolkenbrüchen, mit Schnee- und Hagelschauern, Schneeböen und Schneefegen, Sturm und Staubsturm, Frost und Föhn, einen halben Monat lang, drei Wochen, dann kommt er von der Tour zurück und legt sich ans Ufer, wird ruhig und still, brabbelt romantisch vor sich hin – das schönste und beste Land der Welt. Für einen Abend, zwei Tage ... Dann beginnt die nächste Tour. Island ist ein Penner, und die Isländer sind seine Kinder, geduldig und genervt.

Der Heljardalsbauer hatte sich endlich selbst gefunden in diesem Fjord, und er fühlte sich so wohl, daß er sich dafür schämte. Das verhieß nichts Gutes. Doch der Abend war schön, und diese verdammte See endlich friedfertig. Er holte den billigen Fusel hervor, den er in einer alten Socke in der Zwischenwand versteckt hatte, und ging zu Lárus und dem Feuer hinab, das sich mit gelblichem Schein gegen das Silberblau des Meeresspiegels abhob. Kies und Kleinholz knirschten laut unter seinen Füßen, als er über die Böschung hinabschritt. Die Wärme kitzelte in der Nase und auf den Wangen. Ein Stück hinter seinem Leidensgenossen ließ sich Hrólfur auf die Fersen nieder.

»Ah, ist das schön warm.«

»Wie? Ja ...äh, schön warm ... das Feuer.«

Immer diese Muffe, die er vor einem hat, ha. Nichts war jämmerlicher als ein Kerl, der am liebsten unsichtbar blieb. Hrólfur nahm einen Zug aus dem alten Flachmann und reichte ihn Lárus, der ein erstauntes »Oh« hören ließ, ehe er die Flasche ansetzte und ziemlich ungeschickt einen tiefen Schluck nahm. Die aufsteigende Hitze schlug sich auf seinen stoppeligen, eingefallenen Wangen nieder. Beide stießen einen Seufzer aus, und Lárus gab eine Relativitätsbeobachtung über das Feuer zum besten, wie es jedesmal abbog, wenn es in die Nähe der Sonne kam; etwas, das natürlich die meisten tun würden, wenn sie an seiner Stelle wären. Der Rotbärtige war so abgestumpft, daß er sich den ganzen Blödsinn mit einem Grinsen anhörte und ins Feuer starrte. Dann schwiegen sie beide und blickten wie hypnotisiert in die Flammen. Beide sahen dasselbe Bild darin. Das gleiche Bild brannte in ihren Herzen. Das winterlange Zusammenwohnen hatte in den beiden ungleichen Männern das einzige heraufbeschworen, was sie gemeinsam hatten: Die Frau, die ihnen jedes Wochenende im Traum erschienen und die jeden Samstagabend durch ihre Köpfe getanzt war.

Wenn es uns gutgeht und ein schöner Augenblick von uns Besitz ergriffen hat, sprechen wir endlich aus, was wir schon lange sagen wollten. Ohne es zu merken, sagte Hrólfur unvermittelt zu sich, Lárus und dem Feuer: »Ja, sie war gut …«

Lárus sah ruckartig wie ein Vogel zu diesem Fels von einem Mann mit Flammen im Gesicht, auf diesen Wollbart und diesen Gletscherschädel; dann blickte er mit matten Vogelaugen wieder ins Feuer und sagte: »Ja, sie war … gut.«

»So unglaublich weich.«

»Ja, weich und hell …«

Damit war das Gespräch zu Ende. Das Bewußtsein übernahm wieder die Kontrolle, und sie schwiegen lange, diese beiden alten Männer an Feuer und Meer. Es knackte laut in ihren Herzen. Hrólfur war ganz seltsam zumute. Er fühlte sich gut und zugleich auch unwohl. Sicher, es tat gut, im Alter mit einem Mann zu reden, der sein Ding vor Zeiten einmal in die eigene Frau gesteckt hatte, aber war man nicht verrückt, daß man so etwas tat? Sollte ich ihm nicht einfach den Schnaps über den Kopf gießen und ihn ins Feuer stoßen? Aber es lag doch eine gewisse Erleichterung darin, es endlich einmal ausgesprochen zu haben, Teufel noch mal; ich mag den dämlichen Hund doch irgendwie, dieses verdammte, zimtduftende Frettchen, das wirklich um nichts zu beneiden ist, diese arme Socke, ha. Aber da jammert doch ein Lamm, das Neugeborene. Klägliches Blöken drang aus der offenstehenden Barackentür hinter ihnen, und für einen Moment dachte der Bauer, ein Kind weinen zu hören, aber das war eine Täuschung, es war nur das Lamm, das arme kleine Vieh, das mit dünnem Stimmchen sein erstes Blöken von sich gab. Kobbi Kobbason. Am besten, ich gehe mal hin. In der Zeit des Lammens wird jeder Mann zur Mutter.

»Hier, genehmige dir noch einen. Ich geh mal nach dem Rechten sehen.«

Es war weiter nichts. Nur ein winziges Lamm in einem dunklen Pferch und drei weise Schafe, die am Heu zupften. Alle sahen zu ihm auf, als er in die Baracke trat. Er schüttelte ihnen das Heu auf und rieb etwas menschliche Wärme in das Neugeborene – doch, doch, es war inzwischen vollständig trokken –, dann murmelte er zwei unverständliche Strophen, verstummte nachdenklich und ging wieder zur Tür. Es war dunkel geworden. Er lehnte sich gegen den Türrahmen und schaute nach draußen, zum Feuer am Ufer und dann rechts zum Ort am Ende des Fjords hinüber. Er faßte sich mit der Rechten ans Kinn und strich sich ein paarmal über den Bart.

Am nächsten Tag kam Grímur, um das neue Lamm zu sehen und Lárus überzählige Exemplare von *Wille* und *Morgen* zu geben. Das tat er manchmal. Der alte Relativitätsprofessor blätterte gern in den Auslandsnachrichten und dem Neuesten aus Forschung und Technik. Die erste Raumfahrt stand bevor. Manchmal diskutierten die Barackenbrüder über das Thema. Lárus war entschieden dafür, doch der erdverbundenste Mann der Welt meinte, es würde bestimmt nichts Gutes bringen, wenn die Menschen damit anfingen, »dem Alten da oben Ragetten in den Arsch zu schießen, ha«.

Diese Ausgabe des *Morgens* war allerdings voll von Chruschtschows Rede auf dem zwanzigsten Parteitag, in der er Stalins Verbrechen anprangerte. Tag für Tag wurden neue Einzelheiten veröffentlicht, Zahlen der Opfer bekanntgegeben und Hinrichtungsarten beschrieben. Im *Willen* kein Wort darüber.

Die Sozialisten entwickelten das Schweigen zu einer Kunst. Hrólfur las schon lange keine Zeitungen mehr. Er las jeden Morgen die Berghänge. Die Schneefelder hatten die ganze Nacht daran gearbeitet, neue Bedeutungen hervorzubringen, geheime Zeichen der Natur, die der Bauer wohl verstand. Ganz allmählich begann er auch das Meer lesen zu lernen. In Wahrheit war es das wichtigste Nachrichtenmedium in diesem Fjord. Wenn man sich frühmorgens an den Haaren aus dem Bett zog und noch schlaftrunken in den dunklen Morgen hinausging, stand es auf dem Meer geschrieben, wie man sich fühlte, wie es allen im Ort ging. Die Seele kann aufgewühlt, voll weißer Kämme, hochgehend, geriffelt, kaltblau, stillgrau oder silberglatt sein, aber sie ist immer salzig. Wenn er kaputt von der Scheißkocherei nach Hause kam, warteten die Abendnachrichten auf ihn. Er las sie aus den Augen der Schafe.

Grímur war sehr niedergeschlagen. Der Rote Valli hatte ihn am Vortag abgepaßt und ihm die Hölle heiß gemacht, weil er üble Nachrede und die Lügen des *Morgens* über den Genossen Stalin in jeden zweiten Haushalt trage.

»Er hat gesagt, wir hätten es Stalin zu verdanken, daß Hitler tot ist.«

»Ja, das ist nun ausgesprochen relativ«, meinte Lárus.

Der Zeitungsjunge erzählte, der Kommunist aus dem *Báruhús* hätte sich so aufgeregt, daß er ihm den Packen mit dem *Morgen* abgenommen und gedroht hätte, ihn in den Bach zu werfen, wenn er nicht aufhörte, auch dieses Blatt der Reaktion auszutragen.

»Er sagte, niemand könne zwei Herren dienen.«

»Und was hast du gesagt?« fragte sein Vater.

»Ich hab gesagt, ich würde nicht dienen, sondern nur meine Arbeit machen.«

Der Vater fragte, ob er am heutigen Tag wieder ausgetragen habe, und der Junge meinte, ja, er hätte den *Morgen* an der Ecke des Kaufladens deponiert, ehe er am *Báruhús* zustellte. Da aber hätte Valli ihn ausgemeckert, weil er am Tag der Arbeit arbeitete.

Am 1. Mai hätte niemand zu arbeiten. Grímur hatte ihn gefragt, ob er seine Zeitung dann also nicht haben wolle, und er hätte sie trotzdem genommen.

»Ja, ja, die Bolschewisten können ganz schön kompliziert sein«, sagte Lárus.

»Vísa hat das Kind gekriegt.«

»Was?« sagte Hrólfur überrascht.

»Einen kleinen Jungen, heute nacht. Ich wollte es dir sagen.«

»Soso«, meinte Lárus.

»Was sagst du da? Einen kleinen Jungen?« fragte Hrólfur.

»Ja.«

»Und was …? Wie …?«

»Die Schwester meinte, er sähe genauso aus wie ich. Nur daß er ein Kainsmal hat.«

»Was?«

»Ja. So einen roten Fleck auf dem Kopf. Ich hab ihn gesehen.«

Plötzlich sah Hrólfur wieder Heljardalur vor sich. Herbstduft lag in der Luft, und die Berge hatten keine Farbe mehr. Er machte sich auf die Nachsuche, da kam Trýna, ja, komm, meine Beste, und er tastete nach der Flasche Milch in der Tasche. Es war reichlich Jófríður darin, und sie hatte ihn freundlich verabschiedet – warum bloß? … Nein. Neinnein, so sollte man nicht … nein, so nicht …

Vor langen Jahren war er bei der Nachsuche weit in der Haugseinöde seinem Gott begegnet. Er grinste ihm verfroren aus einer Schneewehe entgegen. Ein isländischer Hütehund war es, steifgefroren. Hrólfur grub ihn aus dem Schnee. Der Hund stand wie ein Standbild, am Boden festgefroren. Ein tiefgefrorener Hund, der einem blindwütigen Schneesturm entgegengrinste, auf ewig zu Eis erstarrt im Gegenwind des Lebens. Eine eingefrorene Momentaufnahme aus der Geschichte der Hochlandwüsten.

Da brach auch in Hrólfurs Adern ein Sturm los, herbstete es plötzlich in seinem Bart. Ein roter Fleck auf dem Kopf. Ein Kainsmal. War das nicht nur folgerichtig? Hatte er etwas anderes erwartet? Hatte er sich die Sache nicht durch den Kopf gehen lassen? Doch. Nein. Ja. Neun Monate Untersuchungshaft abgeschlossen mit einem Lebenslänglich-Urteil. Ein ganzes Leben lag vor ihm. Aber sie war ja nicht seine Tochter. Wie zum Teufel hieß er noch mal, ihr dreimal verfluchter Vater? Hatte er nicht womöglich in dieser Nissenhütte geschlafen? Das Leben war ein einziger, greller Alptraum. Und mein Gott gefroren. Ein steifgefrorener Hund in der Wüste. Vielleicht sollte man heute abend mal kurz in die Kirche gehen und die Augen im Chor weinen lassen, wenn sie können, bevor ich das Altarbild herunterreiße und die ganze verdammte Hundehütte in Brand stecke, ha!

Hrólfur stand auf, ihm wurde schwindlig, er sah einen roten Fleck vor den Augen und wankte zum Pferch in der Ecke hinüber. Eine unwillkürliche Reaktion des Bauern, sich zu seinen Nächsten zu flüchten. Er lehnte sich auf das Gatter, starrte seine Geschöpfe an.

Nein, vielleicht gehe ich lieber morgen hinauf nach Mýri, grabe meine Jófríður aus, um sie noch einmal in die Arme zu nehmen, und lege mich dann selbst in die Kiste, bitte den guten Jói, ein bißchen geweihte Erde über uns zu schaufeln, ha.

Alles hat Augen, jede Stunde ihr Gesicht, jede Minute Mund und Nase.

Ach, vielleicht warte ich doch lieber bis zum Herbst und lasse mich dann mit meinem Kobbason hier stromschlachten. Dann können sie mich auch an einen Haken hängen, nachdem der Kopf abgetrennt und zum Kochen bei Gusti im Schuppen gelandet ist. Vielleicht bekäme ich das Gütesiegel für beste Qualität, ha, fett durchwachsen, wie ich bin, und mit schwer hängendem Hodensack, obwohl der Schwanz natürlich ungenießbar ist, so kurz wie er …

Alles hat Augen, jede Stunde ihr Gesicht, jede Minute Mund und Nase.

Aber warum hatte er sich ausgerechnet damals in der Scheune so verteufelt lang machen müssen? Ich ahnte doch nichts von dem Bündnis zwischen Hand und Hoden, dachte, es wäre nichts … Es kam völlig überraschend über mich, ich wußte nichts von der Verbindung zwischen Blut- und Samengefäßen. Oh, verfluchte Lügen, ha! Sicher habe ich meine Jóra durch die Jahre mehr oder weniger regelmäßig genotzüchtigt … so hieß das doch. Aber sie hatte ja auch ein teuflisches Jucken in sich, diese rossige Stute, das sie in der Scheune zu roher Lust kitzelte. Man versteht so herzlich wenig in diesem Leben. Am wenigsten die Weiber und sich selbst. Ich bin ein schlechter Mensch. Bin ich schlecht?

Ha.

Alles hat Augen, jede Stunde ihr Gesicht, jede Minute Mund und Nase. Sie haben sich an deinem Lebensweg aufgereiht, diese Stunden und Minuten, und sie verfolgen jeden deiner Schritte. Sie sind die Augenzeugen der Zeit. Und selbst wenn du einer von ihnen die Augen zuhältst, kommt sie über dir erneut zum Vorschein, und ihre Augen werden dich für den Rest deines Lebens verfolgen.

Aber sie ist nicht meine Tochter. Ich habe mich für dieses Kind abgerackert, ich habe es an Vaters Statt angenommen. In ihren Augen bin ich ihr Vater. Sicher ist sie meine Tochter. Ich bin ein schlechter Mensch.

All diese Gedanken schossen ihm durch den Kopf. Wie trockenes Stroh durch das Heugebläse. Es dauerte keine halbe Minute, bis er zu dem Ergebnis kam: Er war ein schlechter Mensch.

Hrólfur fühlte, wie seine Speiseröhre, sein Verdauungstrakt, die Därme, all seine Eingeweide zu einer langen Schlange wurden, die sich in ihm ringelte. Es tat weh, wenn er sich bewegte. Grímur kam zu ihm, stieg auf die unterste Querlatte des Gatters und hielt sich oben neben seinem Vater.

»Lämmer sind so schnell fertig«, sagte der Junge.

Vor hundert anderen Sätzen hörte ihn sein Vater nicht und sagte nur: »Ja.«

War Grímur etwa auch nicht sein Kind? O doch, ganz bestimmt. Er hatte Sommersprossen und die deutliche Lücke zwischen den Vorderzähnen, obwohl sein sonniges Gemüt sicher nicht von seinem dunklen Wintertageblut stammte. Aber wer weiß schon, wie das Leben seine Knoten knüpft. Jede Stunde hat ihre Augen und ihr Gesicht, und jene Stunde war offensichtlich blond und fröhlich und rein gewesen. In wem brachte die Gegenwart dieses heiligen Geistes keine inneren Glocken zum Klingen, außer bei einigen verknöcherten Bolscheviren in der Austurgata, die wie die Widder waren: Ihre Hörner wuchsen im Kreis, während die Revolution ihre Kinder in einem tiefhängenden Beutel sammelte. Grímur war höchstwahrscheinlich sein Sohn, doch das Neugeborene von Eivís war das einzige Kind in seinem Leben, das eindeutig sein Geburtsmal und das seines gebrandmarkten Geschlechts trug. Das einzige Kind, das er nie hatte haben wollen, das hatte ihn.

Hrólfur hatte einfach zu viel Schlimmes in seinem Leben durchgemacht, um den Roten Valli und seine Genossen in ihrem gerechten Kampf gegen die Heringsoligarchie zu unterstützen. Jemandem, dem drei- und vierfaches Unrecht in seinem Leben angetan wurde, fiel es leicht, ein weiteres zu schlucken. Es brauchte schon etwas mehr als eine sozialistische Revolution, um das Leben dieses Mannes in Ordnung zu bringen, das verschüttet lag unter den Kadavern von knapp zweihundert Schafen, einem Hengst, drei Kindern, einer Frau, ihren dreizehn Liebhabern und einem Tal. Wenn man in der Hölle lebt, ist der Kommunismus so harmlos wie die Pfadfinderbewegung.

Was zum Teufel aber mag wohl im Kopf meines Mädchens

vorgehen? Hoffentlich hat sie Grips genug, über all das den Mund zu halten. Die Sünden der Väter bringen die Töchter zur Welt.

»Und? Liegt sie im Krankenhaus?«

»Vísa? Ja. Sie muß ein paar Tage dableiben, meint Þuríður. Sie ist zur Zeit krank. Das war sie auch, als Símona ein Kind bekam.«

»Wie bitte? Wer denn nun?«

»Ich meine Þuríður. Sie ist krank. Warum nur können die Lämmer denn schon so bald aufstehen?«

»Ach, die … die armen Biester leben halt nicht so lange.«

»Jawohl, die Geschwindigkeit des Blutes ist bei ihnen eine ganz andere«, warf Lárus ein. Er war zu ihnen ans Gatter getreten und schaute in den Pferch. Halt die Klappe, Frettchen, ha!

»Kristján kann jedenfalls nicht gleich laufen«, sagte Grímur.

»Kristján?«

»Ja. So heißt der Kleine.«

»So. Kristján …? Ist er schon getauft?«

»Nein. Eivís hat nur schon bestimmt, wie er heißen soll.«

Kristján? Was sollte das denn bedeuten? Hrólfur kannte keinen Menschen, der diesen Namen trug. Wahrscheinlich einfach nur so aufs Geratewohl ausgesucht. Wieder nur so ein verdammter, höllenblöder Unsinn! Wie sollte auch ein gerade erst konfirmiertes, kleines Mädchen selbst schon einem Kind einen Namen geben? Ha? Und wessen Sohn sollte der kleine Knirps sein? Grímur hing neben ihm am Schafsgatter, den Kopf zwischen zwei Querstangen, und reckte den Arm nach dem kleinen Lamm im Pferch.

»Kibba, kibb, kibb, ja, komm schon.«

Das Lamm rührte sich nicht. Es stand dicht bei seiner Mutter und schaute abwechselnd auf Hrólfur, Grímur und seinen ausgestreckten Arm. Kobbi Kobbason. Er hatte das Leben noch vor sich. Ganz deutlich war er der Sohn seines Vaters und des

Augenblicks, in dem er entstanden war. Der dritte Samenerguß in neun Minuten. Die wollige Folge des weißen Büchsenknalls in den dunklen Schoß. Er hatte den Augenausdruck seines Vaters, der eben nur ein kurzbeiniger Fjordstubben war und keines Bauern würdig, aber hier in diesem Meereskaff war nichts Besseres aufzutreiben gewesen. Hrólfur mußte an seinen eigenen Vater denken. Jeder Vater ist auch ein Sohn und ein Sohn ein Vater. Niemand bastelt sich seine eigene Nase.

Sie sahen sich in die Augen. Der Bauer und das Lamm.

Zwei Tage alte, glänzende Augen. Sie schienen schon die ganze Welt gesehen zu haben, die Geschichte der Erde. In ihnen spiegelte sich ein Mittfünfziger mit rötlichem Bart. Manchmal öffnete er die Tür und ließ so einen Lichtreflex in diesen dunklen Augen entstehen, die drei Tage und vier Tage alt wurden und zusahen, wie der Bauer vier weitere Augen aus dem nächsten Schaf zog. Und sie verfolgten, wie er über den Barackenboden stapfte, vor und zurück, immer wieder. Vor dem Gatter blieb er abrupt stehen. Seine Unruhe spiegelte sich in der frischen, glänzenden Seele.

Dann kam er zu ihnen in den Pferch. Das Lamm drückte sich in eine Ecke wie ein Tier, das sich vor dem Menschen fürchtet. Er packte es und klemmte es sich zwischen die Beine. Dann setzte er ihm etwas Hartes zwischen die Augen.

Fünf Tage alte Augen sahen ihren siebten Tag.

[46]

Das Schaf läßt sich auf alle viere nieder und das Lamm hinten rausflutschen. Es kann nicht anders. Männer aber haben den Frauen beigebracht, flach auf dem Rücken zu liegen, um einen Kopf herauszupressen, der größer als ein Lämmerschädel ist. Es war für sie auf diese Weise bequemer zu assistieren. Doch es war keine geringe Anstrengung, ein Kind auf diesem Weg fast nach oben aus sich herauszudrücken. Wäre es nicht besser, sich hinzuhocken und es nach unten herauszulassen? Wie Schafe, Kühe und Pferde, dachte Eivís, als wäre sie die erste Frau, die ein Kind zur Welt brachte. Sie sprach ihre Gedanken aber nicht laut aus, weil sie genau wußte, daß sie eben nicht die erste Frau auf der Welt war, die derartiges durchmachte, und sie wußte ebenfalls genau, daß dieses ihr erstes und letztes Kind sein würde. Noch einmal würde sie die Tortur nicht durchmachen. Also tat sie einfach alles, was ihr der Gynäkologe sagte. Der Mann wollte eben, daß die Frau ihr Kind in der gleichen Stellung zur Welt brachte, in der er sie zuletzt liegengelassen hatte.

Hinter dem Arzt, einem friedliebenden Mann, der eine deutliche Vorliebe für das Schachspielen hegte, stand eine mittelalte Hebamme mit Doppelkinn und strenger Miene, die zu besagen schien, dieses Kind solle sich dafür schämen, daß es sich so kurz nach der Konfirmation schon unter einen Kerl gelegt hatte. Und jedesmal, wenn Eivís sie ansah, schämte sie sich dafür, ein Kind zu gebären. Entschuldige die Umstände, dachte sie, ich werde es nie wieder tun. Vielleicht war es dieses strenge Gesicht der Hebamme, das den Geburtskanal zuhielt. Jedenfalls wollte er sich bei Eivís nicht weiten. Oder war es das Becken selbst? Vielleicht war ein fünfzehn Jahre junger Beckengürtel einfach noch nicht für eine solche Aufgabe eingerichtet. Noch nie hatte das Mädchen so viel Widerstand verspürt. Es war, als wäre die ganze Welt gegen sie und hätte sich in ihr breitgemacht; und wenn sie es nicht schaffte, sie wieder herauszupressen, würde sie sterben. Der Vater des Kindes war absolut gegen die gesamte Schwangerschaft, Bárður war ein geschworener Gegner der Geburt, eigentlich hatte sich auch Þuríður gegen sie ausgesprochen; und allem Anschein nach wollte sogar das Kind selbst nicht hinaus in diese Welt. Der Hebamme stand es ins Gesicht geschrieben, daß sie von dem ganzen Unfug nicht begeistert war. Und ich wollte es doch auch nicht … Warum habe ich es dann getan? Aahhh!

Als Kristján endlich auf diese Welt kam, hatte Eivís sie verlassen. Sie fühlte nur noch, wie ein roter, schleimiger Klumpen aus ihr herausrutschte, den man gleich darauf mit allen Risiken und Krankheiten, die so ein neuer Erdenbürger aus dem Jenseits mit sich brachte, aus dem Kreißsaal entfernte. Nach siebentausend Jahren hatte die Menschheit endlich kapiert, daß es am besten ist, auf dem Rücken liegend zu gebären, und daß für die Mutter kaum etwas gefährlicher ist als ihr neugeborenes Kind. Nicht daß es sie besonders gelüstet hätte, ihm die Fruchtblase abzulecken und die Nachgeburt zu fressen; doch als ihr wieder klare Gedanken zu Kopf stiegen wie Alkohol, überlief sie ein eiskaltes Gefühl: Alles für die Katz! Alles umsonst. Die ganze Plackerei nichts weiter als ein schweres Kreuz, das ich neun Monate geschleppt habe und jetzt anderen überlasse. Wem?

Blieb die Menge an Schwierigkeiten in der Welt nicht konstant?

Wo gingen sie mit ihm hin? Warum durfte sie ihn nicht sehen? Und wenn es nur gewesen wäre, um ihn zu begrüßen … ihm einen Gruß zuzuwerfen, ehe er ins Leben hinausging. Aber so sollte es offenbar nicht sein. Sie machten das ja nicht zum ersten Mal wie sie.

Eivís lag allein auf Zimmer 4 im Krankenhaus von Fjörður und fühlte sich, als könne sie alles, sich nur nicht bewegen. Wer gebiert, wird selbst wiedergeboren. Wer alles getan hat, was sie konnte, kann alles. Sie griff nach dem Wasserglas und spürte für einen Moment, daß es nicht aus Glas, sondern aus diesem neuen Plastikmaterial war. Alles würde von nun an leichter. Alles würde leicht bis auf dieses eine: ein Kind zu haben und es doch nicht zu haben. Was hätte sie tun sollen? War es recht? War richtig falsch und falsch richtig? Hatte sie nicht genug getan? Hatte sie nicht aus Schlechtem Gutes gemacht? Hatte sie nicht dem Leben geschenkt, was das ihre zerstört hatte? War sie nicht deshalb gut? Warum fühlte sie sich dann so schlecht? War sie Mutter des Guten oder des Bösen?

Ihr Denken flog hoch über dem Ort wie ein wilder Vogel, der alle zehn Sekunden seine Gestalt wechselte. Einmal war es ein Rabe, dann eine Möwe, ein Schneehuhn, ein Merlin, eine Amsel, eine Eule, ein Zaunkönig, eine Ente, ein Schwan. Alle zehn Sekunden ergriff ein neues Gefühl von ihr Besitz. Jetzt fühlte sie sich wieder wie unmittelbar nach der Vergewaltigung. Sie wollte darum bitten, daß man das Kind zu Hrólfur in die Baracke brachte, mit besten Grüßen, deine Eivís. Das wäre sicher eine schöne Überraschung gerade zur Lammzeit, und vielleicht bekäme er es hin, den Säugling seinem Lieblingsmutterschaf unterzuschieben. Pfui, wie häßlich, so zu denken. Sie wollte einfach nur ihr Kind in den Arm nehmen und sonst gar nichts. Nein, das stimmte nicht. Sie war herzlich froh, dieses fleckige Lamm endlich los zu sein, dieses unreine Leben, das sie mit aller Kraft aus sich herauspressen mußte wie ein uninspirierter Schriftsteller. Nein, das war auch nicht richtig. Sie wollte es stolz und erhobenen Hauptes in einem offenen Kinderwagen durch die Straßen des Ortes schieben, um allen zu zeigen, daß sie jetzt eine erwachsene Frau war und Kinder bekommen konnte. Nein, nein. Sie wollte sie nie wiedersehen, diese Frucht des Bösen mit ihrem bösen Mal auf dem Kopf. Weg mit ihm! Weg mit diesem Kind! Weg! Weg!

Sie hatte neun Monate Zeit gehabt, um sich an den Gedanken zu gewöhnen, aber wahrscheinlich brauchte sie noch einmal neun Jahre dazu.

Nur eins ist in dieser Welt noch schmerzlicher, als Leben zu gebären: Geboren zu werden. Sicherheitshalber hat uns der Herr aber für diese Zeit Verstand, Gedächtnis und Bewußtsein gelöscht. Wir bekommen sie erst zwei Jahre später wieder. Doch im Unterbewußtsein wissen wir alle, daß das Schlimmste überstanden ist. Der große Schmerz liegt hinter uns und das einfache Leben vor uns. Wer das bezweifelt, wird unter Qualen sterben. Plötzlich sah sie das alles mit neugeborenen Augen. Sie konnte ihren Haß, ihre Scham doch nicht auf ein unschuldiges Kind übertragen. Sie hatten ihr den Kleinen gleich nach der Geburt weggenommen und ihn nur ein einziges Mal ihr und Grímur gezeigt. Den kleinen Gezeichneten.

»Nicht so nah ran! Er ist doch so empfindlich.«

Ein Tag war seitdem sicher vergangen. Wie mochte es ihm jetzt gehen? Sie wollte ihn gern wiedersehen. Nein, sicher war es besser, wenn er glaubte, die rothaarige Frau in dem weißen Kittel wäre seine Mutter.

Die Zimmerdecke war weiß. Auch die Zimmerdecke war weiß. Alles hier war weiß. Bis auf den Fleck auf dem kleinen Köpfchen. Seltsam. Das Bett war weiß, das Nachthemd, das sie trug, war weiß, die Wände waren weiß, und die Schwester war weiß. Wahrscheinlich deshalb, weil der Tod schwarz war. Schwester Sigríður hatte eine so helle Haut, daß ihre Muttermale wie aufgemalte Farbkleckse aussahen. Das gleiche galt für die Rothaarige. Sjöfn. Sie hatte tausend winzige Sommersprossen. Als hätte Gott sie mit Sonnenuntergängen gepudert. Vielleicht sind wir alle nur Brotlaibe unter der Sonne; wir Dunkelhaarigen bloß etwas länger gebacken als die anderen. Die rothaarigen Laibe wurden vor dem Ofen vergessen. Ihre Haut ist wie ausgetrockneter Teig, und die Sonne ist schon aus dem Ofen entwichen, als Gott eingreift und eine Handvoll Abendrot über diese Laibe mahlt. Als die Reihe an Papa kam, war das rote Gewürz schon aufgebraucht. Ja, genau. Papa hatte nur noch wenige Sommersprossen abbekommen, und sonst war er so ein roher, ungebackener Mann.

Trug der Kleine vielleicht deswegen dieses Mal auf dem Scheitel? War es eine Art Sühne? Waren alle Kinder dieser Art so gezeichnet? Ein handflächengroßer, roter Fleck auf dem Kopf, wie ein herabgefallener Heiligenschein, der zu lange gebacken wurde, oder wie das Käppchen, das der Papst trug. Hm, bedeutete es also vielleicht etwas Gutes? Den Namen hatte sie jedenfalls schon seit langem ausgesucht. Ein bärtiger Mann in Islandpullover, der unter einem schwarzen Rockhimmel in einem grünen Tal am Kreuz hing, war der Namenspatron. Und der hieß Kristján. Jesus Kristján. Zu komisch. Er hatte gesagt, er heiße Jesus Kristján Guðjónsson, doch Þuríður hatte ihr geraten, den ersten Namensteil wegzulassen. Es könnte sich als schwierig herausstellen, diesen Namen zu tragen.

»Der Kleine wird auch so noch genug zu tragen haben.«

Sie waren davon ausgegangen, daß es ein Junge würde, weil Símona, die Telephonistin, gesagt hatte, die meisten Frauen im Ort wären dieser Meinung. Sie sollten recht behalten. Ein kleiner Junge war auf die Welt gekommen. Und die Welt hatte einen Platz für ihn gefunden. Þuríður litt an einem heftigen Gichtanfall und konnte das Neugeborene nicht in die gleichen Fjordarme schließen wie seine Mutter. Eivís war fertig mit sich und der Welt und am Ende vielleicht sogar froh, dieses Problem loszuwerden, diese lebende Erinnerung an einen Alptraum mit einem roten Mal auf dem Schädel. Sie wußte es selbst nicht. Sie wagte nicht, darüber nachzudenken. Andere hatten ihr die Entscheidung abgenommen, und weiter gab es nichts dazu zu sagen. Das Leben war, wie es war.

Als sie in einem zu großen, hellblauen Morgenrock wie eine Gichtkranke zur Toilette schlich, schleifte sie eine Frage hinter sich her: War ihr nicht wirklich genug damit auferlegt, daß sie das Kind ihres Vaters austragen mußte?

Eine klapprige alte Frau mit weißen Haaren und in einem ebenfalls weißen Nachthemd saß auf dem Gang und las diese Frage, die an ihr vorüberging. Als Eivís von der Toilette zurückkam, griff sie sie am Ärmel und sagte halblaut mit brüchiger Stimme: »Mich hat man auch weggegeben. Es wird schon alles gut.«

Vielleicht sagte sie es zum ersten Mal. Vielleicht versöhnte sich eine Achtzigjährige endlich mit ihrem Leben, als sie dieses halbe Kind von einer Geburt so erschöpft sah. Vielleicht begriff sie endlich, wie sich ihre Mutter gefühlt hatte, als sie sie – vierzehn Jahre alt – im April 1874 in einer Schiffskoje vor den Westmännerinseln zur Welt gebracht hatte. Wer weiß? Eivís verstand erst, was die Alte gesagt hatte, nachdem sie schon wieder eine halbe Stunde in ihrem Bett lag.

Aber sie gab nichts weg. Sie wurde etwas los, ließ es sich wegnehmen.

Es war in vieler Hinsicht gut, die richtigen Leute zu kennen. Dann brauchte man sich keine Sorgen zu machen. Es war ein glücklicher Umstand, daß Bárður Oberschwester Sigríður kannte. Sie hatten auf einem Ball miteinander getanzt und waren sich beim Þorrablót noch näher gekommen. An einem schimmliggrauen Morgen hatten sie zusammen in einem zerwühlten Bett gelegen, und er hatte ihr von dem Problem erzählt, das das Mädchen aus dem Grünen Haus seit acht Monaten mit sich herumtrug. Sigríður berichtete ihm daraufhin von einem perfekten Kinderheim, das die Stadt Reykjavík seit nunmehr zwei Jahren unterhielt und das viele alleinstehende junge Mütter aus ihren seelischen Nöten erlöst hätte. Die Kinder wurden dort zunächst für ein, zwei Jahre aufgenommen, in denen sich die Mütter nach einem Mann umsehen konnten, oder sie wurden anschließend an andere Eltern vermittelt. Eivís war ja noch ein Kind, selbst ein mutterloses Geschöpf, ihr Vater vollkommen abgebrannt und mit einem Fuß im Gefängnis. Und Þuríður würde es wohl nicht mehr lange machen.

»Von wem hat sie das Kind denn?« fragte die Krankenschwester und warf ihm von der Seite einen Blick zu.

»Keine Ahnung. Es wird behauptet, Lehrer Guðmundur könnte der Vater sein. Ich weiß es nicht ...«

In Zimmer 4 wurde eine eilige Taufe abgehalten, ehe die rothaarige Sjöfn mit leuchtender Stirn und dem Kleinen im Arm über die Hochheide zu einem zweimotorigen Flugzeug fuhr. Der Pastor war ein falscher Fünfziger mit zittrigen Händen, der einmal ein großer Freund weltlicher Freuden gewesen war, die Freude aber hatte ein böses Ende genommen. Zwanzig Jahre lang hatten ihm Gewissensbisse seitdem die Lippen zusammengepreßt und ihm mittlerweile einen Zug um den Mund verliehen, den Uneingeweihte für einen Ausdruck seiner beständig reinen Seele und von Christi Vergebung hielten. Vielleicht trank er aber noch immer. Jedenfalls befand sich auf seinem rechten Handrücken eine große, kaum verheilte Wunde, und es fiel nicht leicht, ihm zuzusehen, wie er Wasser über den kleinen Kopf mit dem roten Fleck goß.

Eivís saß im Bett und folgte der Zeremonie mit einem veränderten Gesicht: glatt von der Eiweißschicht, die das Leben werdenden Müttern für einige Monate verleiht, während das Eigelb Gestalt annimmt. Sie war vor kurzem 15 geworden und sah zu, wie Oberschwester Sigríður ihr Kind über die Taufe hielt. Hinter ihr stand Sjöfn, schon im Mantel, und schaute aus dem Fenster. Der Bus ging in zwanzig Minuten. Mehr Personen waren nicht anwesend. Eivís blickte abwechselnd auf die dunkelrote Wunde auf der Hand des Pfarrers, auf den hellroten Blutschwamm auf dem Kopf des Kindes und auf die rostroten Haare von Schwester Sjöfn. Was wollte das alles besagen, all dieses Rot?

Kristján Jónsson wurde der Kleine getauft. Jón war der gewöhnlichste Name in Island, der Kleine aber der Sohn des ungewöhnlichsten Mannes in Island. Insofern paßte es. Dann wurde er zum Flugzeug gebracht. Ja, Eivís war froh. Sie wollte dieses Kind nie wiedersehen. Schluß mit Schwäche, Krankheit und Schmerzen! Weg mit dem roten Fleck! Konnte sie nicht einfach ihr Leben zurückbekommen, wie es vorher gewesen war? Die junge Mutter legte sich auf die Seite und ließ den Blick durch das Fenster die Bergwand hinaufwandern. Vielleicht sah sie mich, wie ich gerade quer über den Hang hinabstieg.

Am nächsten Tag wurde sie entlassen. Das war das schwerste. Da kam es über sie. Eine Mutter geht nach der Geburt allein nach Hause. Kaum etwas kann schlimmer sein. Weniges schwerer. Ihre Schritte schwerer als noch vor einer Woche, als sie mit dickem Bauch ins Krankenhaus kam. Die geschotterte Straße lag naß und kalt im kühlen Sonnenlicht, in den Wiesen steckte noch Frost; in den Gärten lag der Müll vergangener Stürme. Die Bäume trugen schon alle Zeichen des Frühlings an diesem schönen 4. Mai. Jeder Zweig strotzte vor kräftiggrünen Knospen. An der nächsten Straßenecke stand Geiri mit offenem Mund. Gutmütig lächelte sie ihm zu, als sie näher kam. Er richtete sich auf, schloß den Mund und verneigte sich höflich vor ihr. Vielleicht war der grauhaarige Geisteskranke der einzige Mensch im Fjord, der wußte, wie man eine junge Frau aus englischem Adelsgeschlecht behandelte. Sie sah ihn genauer an, blickte in seine graublauen Augen und sah trotz allen Respekts, den er ihr erweisen wollte, nichts als leeren Wahn und Blödheit. Die Leere, die sie in seinen Augen las, übertrug sich auf die Häuser vor ihr und dann auch auf die Bergwände am Fjord entlang: Wie erbärmlich dieser kleine Ort war und wie ärmlich das Leben hier. Selbst den Bäumen fiel es schwer, hier Blätter auszutreiben. Es war nicht angenehm, den Ort seiner Träume so zu durchschauen, und obwohl sie im Innern eine Leere verspürte, war sie voll neuer und komplizierter Empfindungen.

Am nächsten Haus begegnete sie ihrer Freundin im grünen Mantel. Sie hielt eine Milchkanne in der Hand, sollte schnell etwas für ihre Mutter besorgen und verschonte sie mit lästigen

Fragen. Statt dessen teilte sie ihr mit, daß die Matheprüfung auf übermorgen verschoben sei und sie ihr ihre Mitschriften leihen könne und, ja, genau, willkommen zurück vom Krankenhaus! Im Innern mußte Eivís leise stöhnen, als sie das Wort »Matheprüfung« hörte. Sie hatte wahrlich Aufgaben lösen müssen, bei denen ihr keine Mathematik half, und war gerade durch eine der schwersten Prüfungen in der Schule des Lebens gegangen. Wenn einen das Leben selbst etwas lehrt, werden die Lehrer klein und bedeutungslos. Sie blieb eine Weile auf der Straße stehen und sah ihrer Freundin nach, wie sie in den Ort latschte. Sie war ein bißchen pummelig und hatte einen eigenartigen Gang: Ihr Oberkörper bewegte sich überhaupt nicht beim Gehen, sondern glitt dahin wie ein Schiff in stillem Gewässer. Eivís hatte das früher nie bemerkt, stellte aber jetzt auf einmal fest, daß ihre Freundin eine echte Dorftrutsche war, und von sich selbst glaubte sie, in einer falschen Welt gefangen zu sein, unter lauter dummen Menschen, die entweder schwachsinnig waren oder nicht einmal anständig gehen konnten. Plötzlich entdeckte sie, daß man in diesem Fjord gar nicht den Horizont sah. Die Bergwände standen so dicht, daß man aufsehen mußte, um den Himmel zu sehen. Vor einem Jahr noch hatte sie es so empfunden, daß ihr der Fjord nach all den grausam kalten Winden im Hochlandtal Schutz bot, jetzt aber schnürte er sie ein wie ein Gürtel. Ein windzerzauster Wolkenbausch löste sich am Osthimmel allmählich auf. Sie blinzelte in den Sonnenschein und sah ein kleines rotes Gesichtchen vor dieser Wolke in den blauen Himmel auffliegen. War das nicht etwas zuviel des Guten? Sie hatte den Kleinen so heftig aus sich herausgepreßt, daß er den ganzen Weg nach Reykjavík flog. Natürlich würde man sich um ihn kümmern. Aber trotzdem dachte sie an ihn.

Von der anderen Seite des Fjords drang plötzlich ein Knallen von Motoren herüber, und sie dachte, wie laut sich das erst dort anhören mußte. Wie laut da drüben, wie leise hier. Es war alles eine Frage der Entfernung. Sie erinnerte sich, wie ihr Bruder

Þórður ihr einmal die Relativitätstheorie erklärt hatte. Jetzt begriff sie sie endlich. Auch wenn ihr das Herz vor Sehnsucht spränge, würde ihr kleiner Sohn nie davon erfahren. In seiner Vorstellung würde sie ewig eine Eismutter mit einem Eisherz bleiben. Diese Familie war ein für allemal auseinandergerissen und in alle Winde zerstreut worden. Kristján war jetzt im Süden, Mama oben auf Mýri unter der Erde, Þórður saß auf den Färöern, was immer er dort treiben mochte, und Papa war im Land des Schweigens verschwunden. Sie würde ihn nie wieder sehen, selbst wenn sie ihn einmal wiedersähe. Und was war wohl aus diesem schlanken, komischen Schriftsteller geworden, der einige Winter bei ihnen gewohnt hatte? Er hatte sie einfach verlassen. Wie gut, daß sie wenigstens ihren Grímur bei sich hatte. Ihn würde sie nie ziehen lassen. Er war ihr Bruder, ihr Sohn, Vater und Mutter.

Er kam die Stufen des Grünen Hauses herabgehüpft und fiel aus allen Wolken, sie zu sehen.

»Durftest du nach Hause?«

»Ja.«

»Und wo ist der kleine Kristján?«

»Wo gehst du hin?«

»Zu Papa. Mit den Zeitungen für Láruzarus.«

»Wer ist eigentlich dieser Láruzar … us?«

»Er ist Professor. Muß alle Zeitungen lesen. Er sagt, er muß sich auf dem laufenden halten, was die Relativisten sagen.«

Sie ging ins Haus wie ein Gespenst, sagte Símona »Hallo« und legte sich ins Bett. Sie atmete tief und drehte sich zur Wand, als Geiri anklopfte und fragte, ob sie viele Männer verloren hätte. Lange starrte sie die weiße Wand an, das Fußende des Bettes, den Fensterrahmen, den Grat der Berge, die Wolken am Himmel. Es kam ihr alles gleich erbärmlich vor, und zugleich hatte sie das Gefühl, alles habe Augen.

Alles hat Augen. Neugeborene Augen.

[47]

Die Barackentür stand offen, und drinnen lag eine Pfütze. Eine schwarze Pfütze. Grímur stieg in seinen Turnschuhen darüber hinweg, bekam aber doch etwas rote Farbe an die Ferse. Es mußte also Blut sein. Er hatte solche Blutlachen früher schon gesehen und erkannte nun, daß eine feuchte Spur aus der Ecke zur Rechten kam. Auf dem leicht geneigten Zementboden mußte das Blut von dort zur Tür geflossen sein. Der Junge ging an dem blutigen Rinnsal entlang und sah durch die Gatterstäbe, daß ein totes Lamm im Pferch lag. Und noch ein zweites. Er legte die überzähligen Zeitungen auf den schmierigen Holztisch und kletterte auf eine Querstange, um besser in den Pferch gucken zu können. Da lagen sie alle mit einem blutigen Stern auf der Stirn. Alles Leben war aus ihnen gewichen. Jemand mußte sie erschossen haben.

Um Gottes willen! Wo war Papa?

Dann sah er ganz hinten in der Ecke einen Stiefel. Er sprang vom Gatter und ging in die Wohnecke, wo der Herd stand und das Bett seines Vaters. Ein Teller, Essensreste, ein Kanten Brot, ein Stück Trockenfisch, Tassen, Messer, ein benutztes Glas und ein einzelnes Paar Hosen, alte Gummigaloschen … Er brach ab, ging wieder zurück zum Pferch, langsamer als vorhin, zögernd. Er bückte sich und spähte zwischen den Gatterstäben hindurch; sah die Sohle eines Stiefels und die Borte eines Pullovers. Nein. Nein … Es war, als ob ihn der Herzschlag die beiden untersten Querlatten hinauftrieb. Von da aus sah er, daß sein Vater im hintersten Winkel lag, und in seinem Gesicht war noch anderes Rot als das von seinem Bart.

Draußen war herrlicher Sonnenschein.

Ein kleiner Blondschopf in dunkelblauem Pullover schaute über den Fjord. Die See war blau. Leicht gekräuselte, blaue See in leichter Brise. Eine vereinzelte Welle schäumte weiß. Er sah auf seine Schuhe. Scheiß Blut an der Hacke! Er … Plötzlich fiel die Sonne vom Himmel und er fing sie. Es kam ihm so vor, als müsse er sie unbedingt auffangen. Sie war eine blendendweiße, glühende Kugel von der Größe eines Fußballs, aber er konnte sie nicht festhalten, dazu war sie zu heiß. Trotzdem durfte er sie nicht auf die Erde fallen lassen, er steckte die Hand unter seinen Wollpullover und versuchte sie damit in der Luft zu halten, doch so, daß der Pullover nicht verbrannte. Es war fast eine Zirkusnummer. Bis die Sonne plötzlich wieder an den Himmel sprang und dort blieb.

Grímur war zu Tode erschöpft. Er versuchte, wieder zu Kräften zu kommen, bürstete die Sonnenstrahlen aus seinem Pullover und stellte fest, daß sein Vater tot war. Papa tot. Papa war tot.

Scheiße, wo steckte Lárus? Scheiß Gott, wo ist Lárus?

Grímur bog schon um die Ecke, da fiel ihm ein, daß er die Zeitungen drinnen bei seinem Vater gelassen hatte, und er wollte umdrehen, um sie zu holen. Doch dann sah er die Blutlache auf dem Boden vor dem Gatter vor sich. Er konnte nicht noch einmal über diese Lache steigen. Plötzlich wurde er von völliger Hilflosigkeit überwältigt. Er konnte nichts mehr tun. Er konnte nicht einmal über diese Lache steigen. In seinem Unterleib meldete sich ein schreckliches Gefühl, das er nicht kannte, etwas, das ihn weinen lassen wollte, aber er konnte nicht. Nur ein dicker Kloß stieg ihm in den Hals. Er wußte nicht, was das war, und es machte ihn nur noch hilfloser. Er drehte sich um und blieb vor der Baracke abrupt stehen. Was? Was war geschehen? Und was saß ihm da im Hals? Als wäre ein Geist in seinem Bauch erwacht und hätte sich bis in seinen Hals hinauf ausgedehnt und drücke jetzt von innen zu. Zwei Raben kamen mit Gekrächz von einem Grashügel oberhalb der Baracke geflogen. Grímur bog um die Hausecke, zwischen zwei Hütten hindurch, und ohne das Wellblech zu berühren, spürte er, wie unangenehm es war, in diesem trockenen Wetter dagegen zu kommen. Ballis Bruder Sonný hatte einmal mit dem Fingernagel auf ähnliche Weise den matten Lack von der Motorhaube eines alten Ford auf dem Kai gekratzt. Lárus' Ende der Baracke war leer. Selbst sein Krempel war verschwunden, das wenige, was er besaß. Die kleinen Keksdosen mit Vergangenheit, Gegenwart und Zukunft darin waren verschwunden, der Schlafsack … alles weg. Das einzige, was zurückgeblieben war, waren zwei sorgsam aufgeschichtete Stapel mit alten Zeitungen, *Der Morgen* und *Der Wille.* Das war eigenartig.

Es kam ihm nicht länger eigenartig vor, als er wieder aus der Baracke trat. Lárus hatte seinen Vater umgebracht. Jetzt versteckte er sich hier irgendwo, und Grímur würde ihn ebenfalls kaltmachen. Er jagte zum Fjordufer hinab und versteckte sich dort hinter einem alten, halb verfallenen Schuppen zum Trocknen von Fisch. Keuchend spähte er durch die weit auseinander stehenden Latten zur Baracke hinauf und versuchte zu unterdrücken, daß ihm das Herz auch noch den Hals abschnürte.

Oh, es war alles so … alles war so … furchtbar.

Verfluchter Lárus. Er hatte immer gewußt, daß er ein hinterhältiges Frettchen war. Erst hatte er Vater erschossen und dann seine Tiere. Auch die Lämmer. – Wie sollte er jetzt in den Ort zurückkommen, ohne daß ihm der Heckenschütze auflauerte? Nach einer halben Stunde kam ein alter Armeelaster rumpelnd die Straße am Fjord entlang. Grímur konnte nicht sehen, wer darin saß. Nach einer Stunde hatte er endlich das Schluchzen besiegt, aber es war ihm auch kalt geworden. Diese Trockenschuppen waren Paläste des Windes. Sie waren eigens für den Wind gebaut worden, damit er hindurchblasen und die harten Fische dörren konnte, die dort hingen und mit trockenem Klopfen aneinanderklapperten. Weiter gab es nichts. Nur den Wind, der in den Ohren brauste, das Geräusch der Wellen, die ans Ufer schlugen, und das Gekreisch der Möwen, das von den Abflußrohren mit den Fischabfällen von der anderen Seite des Fjords herübergellte. Der Schatten der Berge wanderte langsam über den Fjord und erreichte schließlich das Ufer und den Schuppen. Grímur fühlte, wie ärmlich dieser Teil der Welt nun auf einmal war, seitdem sein Vater vor ihm die Augen geschlossen hatte, vor all den Wellen, Hängen und weißen Vögeln.

Es ging auf sieben Uhr zu, als der Lastwagen endlich zurückkam. Jetzt sah er, daß dieser Kriegs-Magnús am Steuer saß. Er hatte Kies geladen. Grímur nutzte die Gelegenheit und rannte auf den Laster zu. Er achtete genau darauf, ihn immer zwischen sich und den Baracken zu haben, damit Lárus ihn nicht abknallen konnte wie eine Gans auf der Wiese. Das Dieselungeheuer hielt an, und der Beifahrer öffnete hoch oben seine Tür. Grímur kletterte weinend an Bord und war in Sicherheit. Er sagte kein Wort, saß nur bis zum Ort neben ihnen und schniefte. Vor Dannis Haus sprang er fast noch während der Fahrt ab, platzte dort beim Abendessen herein und rief: »Man hat Papa … Papa ist …«

Unterdrücktes Schluchzen hielt ihn vom Sprechen ab. Das verdammte Gespenst im Hals drückte wieder zu. Er weinte nicht, konnte aber einfach mitten im Satz nicht weitersprechen. Dannis Vater Skúli war ein kräftiger Mann mit ordentlich gescheiteltem Haar. Gleich nach dem Essen ging Skúli mit seinem Kollegen Böðvar, der im Nebenberuf auch Polizist war, hinaus nach Eyri. Danni wurde strengstens verboten, mitzukommen, und so blieb er neben seiner Mutter und seinen Schwestern am Tisch sitzen und sah zu, wie Grímur süße, rote Suppe mit Zwieback löffelte. Dann begleiteten sie ihn zum Grünen Haus, wo Dannis Mutter leise mit Símona redete. Sie guckten äußerst ernst, aber ihre Gesichter drückten auch eine heimliche Freude über die große Sensation aus, wie eben bei Leuten, die wissen, daß sie als erste vom Tod eines Menschen erfahren, der ihnen nicht nahestand. Eivís lag in ihrem Bett und meinte, alles hätte Augen.

Sie fanden den Barackenbauern auf dem Rücken liegend neben seinen toten Kreaturen. Vielfacher Mord im Schafstall. Sein Gesicht war übel entstellt. Die Kugel war durch den Mund eingedrungen und an der linken Schläfe wieder ausgetreten. Seine Rechte hielt eine alte Schafspistole fest umklammert. Auf dem Boden in der Ecke fanden sich ein paar Patronenhülsen. Der übliche Stallgeruch mischte sich mit Verwesungsgestank aus den Adern und Eingeweiden zweier Arten. Trotzdem wollte Polizist Böðvar einen Mord zunächst nicht ausschließen, bis man die Leiche spät am Abend auf einem offenen Pritschenwagen in den Keller des Krankenhauses brachte, wo fünf Mann versuchten, dem festen Griff des Bauern die Pistole aus der Hand zu winden. Der Tod hatte ihm augenscheinlich geholfen.

Hrólfur war in Stiefel, Wollpullover und seinen alten, graugrünen Anorak gekleidet, als man ihn fand. In der Baracke lag weder ein Abschiedsbrief noch sonst eine Nachricht, doch in einer der Anoraktaschen entdeckte Skúli auf der Rückseite einer Konservendosenbanderole eine ungelenk hingekritzelte Strophe.

Fern am Meer erging es mir schlecht;
ich ersehnte mit Leide,
zu hören wieder einmal recht
den Schwanengesang auf der Heide.

Die Strophe sollte in der Zeitung erscheinen. Ich war schokkiert von diesen Neuigkeiten. Ich hatte mich halbwegs darauf gefreut, ihn vor Gericht zu verteidigen. Ich hatte sogar schon ein glänzendes Plädoyer für meinen Schützling vorbereitet. Statt dessen schrieb ich einen Nachruf auf ihn. Es kam mir so vor, als hätte ich mein halbes Leben mit diesem Mann verbracht. Es hört sich vielleicht unglaubwürdig an, aber die Nachricht von seinem Tod erfüllte mich mit Trauer. Niedergeschlagen kehrte ich ins Schornsteinhaus zurück und brachte es nicht einmal über mich, dem alten Maulwurf zuliebe gekochten Schellfisch mit Rosinen zu essen, statt dessen ging ich gleich hinauf zu mir und lag dort nachdenklich bis nach Mitternacht wach. Ich hatte endlich den Schlüssel zu meinem Zimmer in einer Schublade in der Küche gefunden und konnte mich nun einschließen. Die Alte kam nicht mehr zu mir nach oben, und ich hatte ein Abkommen mit ihr getroffen: Statt dessen durfte sie mich nach dem Abendessen zehn Minuten befummeln. Ich blieb am Eßtisch sitzen, und sie stellte sich hinter mich, legte meinen Kopf an ihre Brust und streichelte meine Wangen. Manchmal legte sie auch ihren Kopf auf meine linke Schulter und flüsterte mir ins Ohr: »Mein Prinz. Mein siegreicher Prinz.«

Sicher ließ sich das als Prostitution bezeichnen (für die Wangentätschelei erhielt ich Kost und Logis), aber es war kein größerer Schacher mit meiner Zeit, als ich ihn auch in meinem früheren Leben betrieben hatte: Ich hatte mich daran gewöhnt, mich bis zu den Ohren zu verkaufen, aber niemals unterhalb davon. Ich gestattete Menschen, mich dafür zu bezahlen, daß ich mir ihre Geschichten anhörte.

Ich lag im Bett, dachte an Hrólfur und fühlte, daß ich vollkommen erschöpft war. Der Tod des Heljardalsbauern lähmte mich. Eine fast lebenslange Müdigkeit machte mich fertig. Gegen Mitternacht trat das Wunder ein, daß ich Schlaf fand. Endlich, endlich. Ich schätze, ich habe etwa zwei Stunden die Augen zugemacht. Dabei träumte ich.

Ich träumte, Hrólfur stand vor Gericht. Er war wegen niederträchtigen Verhaltens angeklagt, und ich war zu seinem Verteidiger bestallt. Staatsanwalt war niemand anderer als Franz Kafka. Er hatte zwei Assistentinnen, die mir unbekannt waren. Auf dem Richterstuhl saß Friðþjófur Jónsson. Der Prozeß fand im Sitzungssaal des Bezirksgerichts statt, wie mir schien, einem hübschen, alten Haus nahe dem *Sjóhús*. Die Zuhörer saßen und standen an der Wand nahe der Tür. Durch zwei Fenster fiel gleichmäßiges, kaltes Tageslicht ein. Sie gingen hinaus auf einen nebelgefüllten Fjord. Friðþjófur saß an der Stirnseite des Konferenztisches in einer Richterrobe, die nicht schwarz, sondern weiß war und äußerst dandyhaft aussah. Es war nicht zu übersehen, daß dieser Richter stockschwul war. Er schien den Fall auch eher weltmännisch als fachmännisch behandeln zu wollen. Die Storchenbeine unter der Robe übereinandergeschlagen und das lange Gesicht in bekümmerte Falten gelegt, saß er zurückgelehnt auf seinem Stuhl. Die hohe, geschwollene Stirn schneeweiß vor Unparteilichkeit oder Dummheit.

Hrólfur und ich saßen, Seite an Seite und ein paar Stühle von ihm entfernt, mit dem Richter am gleichen Tisch und wandten den Fenstern den Rücken zu. Hrólfur trug seinen üblichen Islandpullover, in dem überall Halme hingen, und sein Bart war mit Reif überzogen, er selbst dagegen schwitzte aus allen Poren und war puterrot im Gesicht. Uns gegenüber saß also Herr K. mit seinen beiden Gehilfinnen und seinem Klienten, Erling Entenschnabel. Ganz offen gesagt sah dieser Juristenklüngel alles andere als vorteilhaft aus: Die eine der beiden Frauen platzte bald aus einem zu engen Kostüm, in das sie sich gequetscht hatte, und trug zudem eine unheimlich dicke Brille, die ihr ein intelligentes und zugleich vulgäres Aussehen verlieh. Erling war noch immer ohne Zähne und gaffte Friðþjófur mit tranigen Augen und offenem Mund an.

Anstatt mit seinem Holzhammer auf den Tisch zu klopfen, klingelte Friðþjófur zur Eröffnung der Verhandlung leicht mit einem albernen Glöckchen, das an einem kleinen Galgen vor ihm auf dem Tisch stand. Dann forderte er den Vertreter der Anklage auf. Kafka erhob sich von seinem Sitz. Er trug einen piekfeinen schwarzen Anzug und eine pechschwarze Seidenkrawatte, sein schwarzglänzendes Haar war mit Brillantine straff nach hinten gekämmt. Er sah mehr nach einer Ameise als nach einem Käfer aus. Er sprach Deutsch, und die Sexbombe mit der Brille dolmetschte in eine slawische Sprache, wahrscheinlich Tschechisch. Erling sah seinen Anwalt einmal, die Sexbombe zweimal an, und die andere Frau wischte ihm etwas Geifer aus dem Mundwinkel. Friðþjófur setzte eine unerträglich intelligente Miene auf und nickte zu allem, was sein Abgott sagte, obwohl er natürlich kein Wörtchen davon begriff. Als Herr K. endlich zum Ende kam, war ich außer mir vor Wut. Friðþjófur gab mir mit seinen langen Fingern ein Zeichen, und ich erhob mich.

Ich begann meine Verteidigung damit, daß ich ein Glas Wasser ergriff und es Franz Kafka über den Kopf schüttete. Damit hatte er offenbar nicht im mindesten gerechnet, und seine beiden Assistentinnen sprangen sogleich auf. Erling hatte in seinem Leben nicht so etwas Komisches gesehen und brach in ein schallendes, dreckiges Lachen aus. Friðþjófur klingelte mit seinem Glöckchen, und zwei Gerichtsdiener, Ásbjörn und Skeggi, packten mich wie Schraubzwingen. Ich sah, wie Herr K. kohlschwarze Finger bekam, als er sich damit durch das nasse Haar strich, und ein schmales schwarzes Rinnsal floß ihm über die Stirn herab, als ich aufwachte.

Trotz allem erwachte ich frisch und ausgeruht, und einen kurzen, täuschenden Moment lang glaubte ich, das Leben liege vor mir. Dann fiel mein Blick auf den Stalin im Regal, und ich trat ans Fenster, sah die Leute oben im Hang, die wenigen jedenfalls, die noch übrig waren. Wahrscheinlich war das Buch schon wieder zu lang geworden, wie all die anderen auch. Den Rest der Nacht brachte ich damit zu, den Prozeßtraum noch einmal zu redigieren, und begann meinen Arbeitstag dann damit, den Nachruf auf Hrólfur Ásmundsson zu verfassen.

»In einem Restaurant am New Yorker Times Square führten uns unsere Wege zum ersten Mal zusammen …« Der Artikel ging mir nicht gerade leicht von der Hand.

Irgendwann kurz nach dem Krieg war ich in den USA. Weshalb, weiß ich nicht mehr. Und wie ich mit dem Kommunistenvisum im Paß reingekommen bin, wäre Stoff für ein eigenes kleines Radiofeature. An einem eiskalten Februarabend saß ich jedenfalls über einem mageren Essen bei Howard Johnson's, eine der großen Restaurantketten damals, und sah aus dem Fenster. Und da ging er leibhaftig draußen vorbei: Hrólfur aus dem Heljardalur. Im Verlauf von drei Atemzügen stand er vor mir, mit Namen und Bart, zog in einer Art Einkaufskarre ein ganzes Tal hinter sich her: Ein Obdachloser, dem alle Nächte seines Lebens ins Gesicht geschrieben standen und der trotzdem ungebrochen gegen den Polarwind ankämpfte, der alle Werbezettel und Ausverkaufsplakate westwärts die 47. Straße entlangwehte. Großartiger Blick. Aus dem Fenster eines Restaurants am Times Square. Auf der anderen Straßenseite begann die Wüste. Eine weiße Wüste. *The Great White Way.*

Ich sah ihn den Broadway hinab verschwinden.

Jetzt war er von seinem Höllental verschluckt. In die Marginalien der Geschichte verschwunden. Unter den weißen Talar des obersten Kritikers. Ich erinnerte mich noch, wie Friðþjófur damals über ihn geschrieben hatte. Es war ein trauriges Kapitel, aber ich stellte fest, daß ich noch ganze Sätze daraus auswendig wußte.

»Obwohl die Hauptfigur Hrólfur einer traditionell realistischen Erzählweise verhaftet bleibt und de facto eine der besten isländischen Antworten auf die Helden des Sozialrealismus darstellt, läßt sich nicht bestreiten, daß dem Autor Zeichnung und Deutung dieser Gestalt wohlgelungen sind. Hrólfur ist ebensosehr eine Verkörperung des isländischen Bauern, wie der Autor selbst fortan als *der* isländische Schriftsteller anzusehen ist. Mit diesem Roman hat Einar Jörgen Grímsson oder E. J. Grímsson, wie er sich nunmehr zu nennen beliebt, dem isländischen Bauern ebenso wie sich selbst ein Denkmal gesetzt, das die Zeiten überdauern wird.«

Große Worte, und im Licht der Geschichte erscheinen sie sogar noch größer. Sie waren ihm gar nicht zuzutrauen. Im Kielwasser der Moskauer Enthüllungen hatte ich ihm zwei Jahre zuvor in einem privaten Schreiben alles offenbart, was ich über das Schicksal seines Bruders und von dessen Frau und Tochter im blutroten Osten wußte. »Ich hoffe, diese Informationen mögen von einigem Nutzen sein.« Es ließ sich, verdammt noch mal, einfach nicht auf anständige Weise ausdrükken! Unmöglich. Es war und blieb die Beichte eines Feiglings. Eine reuige Robbe robbt in Hoffnung auf Vergebung an Land. Und weiß, daß am Ufer ein Erschießungskommando auf sie wartet. Er hätte mich hinrichten können, aber er verschonte mich, wie Hamlet König Claudius auf dem Betschemel verschont. Er gestattete mir, weiterzuleben, mit einem Lügenfleck auf dem kahlen Schädel. Warum? Bei nächster Gelegenheit setzte er mich sogar auf den Dichterthron. War das purer Hohn? Oder gehörte er zu den großen Menschen, die sich über persönliche Querelen hinwegsetzen und über die Fechtkunst ihres Gegners begeistern können, während der ihnen das Schwert aus den Eingeweiden zieht? Ja, vielleicht war Friðþjófur diese große Seele. Nur, wie konnte ein so kleiner Dichter eine so große Seele haben? Tja, ich war wohl der lebende Beweis für das Gegenteil.

Der Versuchung, meinen Namen breitzutreten, hatte der

blöde Hund allerdings nicht widerstehen können. Ich wünschte ihm dafür die Pest an den Hals. Aus der nachtragenden Vergeltungssucht des Konservativen und der Kleinlichkeit des Afterpoeten sorgte er dafür, daß ich regelmäßig neben dem Bild, auf dem ich angetrunken und gebauchpinselt neben W. H. Auden zu sehen war, als Jörgen in Erscheinung trat.

Ich bin Friðþjófur an jenem Tag um die Mittagszeit begegnet. Ich fragte ihn, ob ich ihm die Hand schütteln dürfe. Er erlaubte, und ich dankte ihm endlich für sein Urteil. Er freute sich und meinte, er wäre noch immer stolz darauf. Das Buch würde seinen Platz behaupten. Und hier stand er nun und verbrachte sein Nachleben in diesem druckergeschwärzten Werk der Kälte. Werke, die weiterleben, werden von vielen in die Hände genommen.

Obwohl die Fingerabdrücke nicht zu sehen sind, bleiben sie doch haften. Ein Kritiker, der ein neu erschienenes Buch beurteilt, muß damit rechnen, daß es wächst und wächst, bis es ihn verschluckt. Und dann könnte es besser sein, nicht allzu vernichtend über diesen Bauch geschrieben zu haben. Friðþjófur hatte offensichtlich Glück, diese Welt seinerzeit nicht verrissen zu haben.

Manchmal rechnen Menschen im Eingang einer Buchhandlung miteinander ab, zwischen Tür und Angel sozusagen, die Biographie Swifts in einer Plastiktüte, eine unbezahlte Rechnung in der Tasche, oder auf den Treppenstufen des Postamts, vor einem Kiosk. Ich mußte wegen einer Notiz für die Zeitung ins Hotel und traf auf dem Bürgersteig davor mit Friðþjófur zusammen. Er kam natürlich vom Mittagessen. Wir standen an diesem eisgrauen Maitag – die Kälte fraß an der Nase – eine Weile draußen vor dem Hotel und machten endlich reinen Tisch. Ich fragte ihn, ob er mich nicht eigentlich gehaßt hätte, als er jene Kritik verfaßte, und wie er sich um alles in der Welt zu einem solchen Urteil hatte durchringen können.

»Wenn der Kritiker ein Urteil fällt, ist er kein Mensch, sondern Gott«, antwortete er, und es stand mir wieder leibhaftig vor Augen, wie mir dieses Homogehabe immer auf die Nerven gegangen war. Er trug wieder die weiße Robe.

»Aber deine Mutter? Hat es sie nicht …?«

»Mama hat es selbstverständlich ins Grab gebracht. Die Ungewißheit hat sie langsam, aber sicher aufgefressen. Manche behaupten, Krebs habe vor allem seelische Ursachen, und die Angelegenheit war ganz sicher Krebs an ihrer Seele. Sie träumte so gut wie jede Nacht von ihm.«

»Tatsächlich? Wann ist sie denn gestorben?«

»1948. Sie war stark, ebenso wie mein Bruder Stjáni …«

»Du hast sicher die Akten gelesen, nachdem sie freigegeben wurden.«

»Nein, das habe ich mich nie getraut, aber mir ist davon erzählt worden.«

»Tja, hm … man hatte ja keine Ahnung … Es war ja viel schrecklicher, als man sich hatte vorstellen können …«

»Ja«, sagte er ruhig und unbeteiligt, und ich kannte diesen Tonfall. Es gibt kaum etwas Peinlicheres, als Leuten zuzuhören, die vor einem in der Hoffnung auf Vergebung voller Schuldgefühle und Selbstbezichtigungen Geständnisse ablegen. Ich kannte das aus eigener Erfahrung. Er wollte nichts mehr davon hören. Das alles war schmerzhaft genug für eine Vergangenheit und eine halbe Zukunft gewesen. Und mit diesem einen Wort, mit diesem einen unbeteiligten, vollkommen ruhigen und so durch und durch zivilisierten »Ja« hatte er sein Urteil über mich als Mensch gesprochen. Und gleichzeitig seine Größe gezeigt. Obwohl ich gerade meine größte Demütigung erlebte, fühlte ich mich innerlich so befreit – mir war mit einem Wort die größte Last meines Lebens abgenommen worden –, daß ich mich für einen Moment vergaß und zum kompletten Idioten machte. Ich fragte ihn: »Eines habe ich immer wissen wollen … Sag mir doch bitte, warum … habt ihr immer dieses eine Photo von mir in der Zeitung gebracht?«

»Du sahst darauf so bourgeois aus. Deshalb«, gab er zurück, grinste und sagte, er müsse sich jetzt beeilen, der Alkoholladen öffne um eins wieder.

Das Leben ist wie ein Buch. Und das Buch ist wie eine Straße. Einen Abschnitt, an dem man ein halbes Jahr gearbeitet hatte, legte man an einem halben Tag zurück. Es kostete mich ein halbes zweites Leben, ehe ich endlich mit Friðþjófur von Mann zu Mann reden konnte. Von totem Mann zu totem Mann. Wir verabschiedeten uns, und er bog in die Aðalgata. Ehe er um die Ecke verschwand, rief ich ihm noch nach, ich hätte vergessen, ihm eine Neuigkeit mitzuteilen. Hrólfur sei tot. Man hätte ihn am Vortag tot in seiner Baracke gefunden. Selbstmord. Der alte Kritiker nahm es leicht und rief spöttisch zurück: »Gut, aber er lebt weiter. Wird am dritten Tage wieder auferstehen. Das solltest du wissen.«

Jetzt wußte ich jedenfalls wieder, warum ich diesen Kerl einfach nicht ausstehen konnte. Immer dieser penetrante Besserwisserton. Anstatt ins Hotel ging ich zum Wasser hinunter und schaute über das ruhige Hafenbecken und den wellengeriffelten Fjord. Noch ein weiterer Satz über das Leben kam mir in den Sinn: Das Leben ist wie ein Fjord, nur dort aufgewühlt, wo es tief ist. Manche bevorzugen seichtes Wasser über allem, möchten lieber Berge gespiegelt sehen als schwankende Schiffe. Möge es ihnen wohl bekommen. Irgendeine Salzmöwe flog über mir dahin, und ich dankte ihr für die Tiefsee-Einsicht, dann fiel meine Aufmerksamkeit auf einen fetten, dunkelroten Kater, der vor mir am Ufer entlangstolzierte. Ich war noch immer erleichtert nach dieser Aussprache und wünschte ihm einen guten Tag, er aber murrte, ohne mich eines Blickes zu würdigen, zurück: »Quatsch mich jetzt bloß nicht an! Ich bin so satt.«

Ich sah ihm nach, wie er mit hängendem Bauch zum Anleger strich, seiner Zukunft entgegen, und drehte mich wieder um, blickte über die Aðalgata. Friðþjófur war hinter dem Hotel wieder zum Vorschein gekommen und ging auf dem Weg zur Arbeit den Fjord entlang. Er stolzierte mindestens so blasiert wie der Kater, den Kopf in die schwache Brise gereckt. Sein ziemlich langes Haar flatterte. Den Mantel trug er über dem Arm. Wie, zum Teufel, konnte dieser hoch aufgeschossene Homo in einem meiner Bücher leben? Wenigstens war es mir gelungen, den Wind zu schreiben, der meinem Widersacher um die Ohren blies. War das kein Erfolg? Doch, es war ein Erfolg. Ich versuchte Stolz in meine Wunden zu reiben. Ein Autor fängt mehr Fliegen in seinem Netz, als er sich vorstellt. Ich blickte dem Kritiker meines Lebens genauer nach und dachte, ohne nachzudenken: Da ging ein glänzender Vertreter des Menschengeschlechts.

Ich betrat das Hotel, doch mein Gesprächspartner, ein Mitarbeiter der Elektrizitätsgesellschaft, war im Restaurant nirgends zu sehen. Ich fragte an der Rezeption nach ihm, doch er hielt sich auch nicht in seinem Zimmer auf. In einer Ecke des Speisesaals saß eine kleine Familie über ihre Suppenteller gebeugt. Jetzt sah ich, daß es Kristján, Lena und die kleine Nina waren. Er hatte sich den Bart abgenommen, und sie wirkten sehr vergnügt. Ich dachte daran, zu ihnen zu gehen und ihnen zu sagen, daß sie nicht umsonst gestorben waren. Ihre Verhaftung wäre eine gravierende Erfahrung für mich gewesen. Ihr Verschwinden hätte mich zu einem ernsthafteren Menschen gemacht, zu einem besseren Künstler. Im Grunde sei es ihnen zu verdanken, daß es dieses Buch gebe, das ein Eigenleben führen könne. Sie wären nicht umsonst gestorben. Aber ich überlegte es mir anders und ging zurück ins Büro.

[49]

Emil zeigte mir ein altes Zeitungsinterview mit Hrólfur, das aus Anlaß der Wiederbesiedlung von Heljardalur im Herbst 1945 im *Austfirðingur* erschienen war. Ein Photo zeigte das kahle Tal mit schwarzweißem Geröll und niedrigen Grauweiden, Schneeflecken auf den Bergen und einem unverputzten Steinhaus mit einem See im Hintergrund. Hrólfur äußerte sich zuversichtlich über seinen Hof und erklärte, bis an sein Lebensende dort bleiben zu wollen. Ansonsten ließ sich der Einödbauer fast nur über weltgeschichtliche Ereignisse aus und erklärte, er könne dem Krieg oder der britischen Armee nicht dankbar sein, auch wenn die Durchschnittstemperatur im Ostland in den Jahren nach 1940 um ein Grad gestiegen sei. Er sagte, der Sommer sei gut gewesen und die Nachsuche im Hochland erfolgreich. Die Schafe in den höheren Lagen seien im allgemeinen besser als die Tiere im Tiefland, sie hätten nämlich längere Beine und seien abgehärteter. Und wenn auch das Schlachtgewicht in den Hochtälern vielleicht niedriger sei, so hätte das Fleisch doch mehr Geschmack und deshalb einen höheren Preis pro Lamm verdient. »Aber für die Herren ist Fleisch gleich Fleisch und ein Kilo ein Kilo.«

Es war eine ziemlich traurige Lektüre. Der Heldenbauer hatte seine eigene Schafrasse gezüchtet. Das war sein Lebenswerk und sein Meisterstück. In jeder Schlachtsaison aber verschwand sein ganz besonderes Erzeugnis im gemeinsamen Fleischwolf des Bauernverbands, und das sogar ohne Qualitätsauszeichnung, denn seine Schafe waren selten fett genug. Er war der französische Winzer, der seinen St. Emilion-Jahrgang mit der Suppe der übrigen Massenerzeuger, seinen Freunden, zusammenschütten mußte. Sein Streben und seine Zuchtverbesserungen, sein ganzes Leben und seine ganze Freude: vergeblich.

Ich vergaß mich für zehn Minuten und machte mich mit fliegenden Fingern an eine an das Landwirtschaftsministerium gerichtete Anklageschrift, ich ging 50 Jahre in der Zeit zurück, erfüllt von heiligem Zorn und der Begeisterung, eine spitze Feder zu führen, mußte schon bald ein zweites Blatt in die Maschine spannen, und sah nur zu rasch, daß hier tatsächlich alle Blätter beschrieben waren, wie das Mensch gesagt hatte.

Ich änderte die Anklage in einen kurzen Nachruf mit der Überschrift: Hrólfur Ásmundsson 1900–1956. Dann saß ich lange da und blickte auf diesen Namen und die Jahreszahlen und dachte an meinen eigenen Grabstein:

Einar Jóhann Grímsson 1912–2000.

Was mochten die Menschen daraus lesen? Wie würde das Urteil der Geschichte ausfallen? In jedem Jahr wurden aufs neue Urteile über alle vergangenen Jahre gefällt, über sämtliche Lebensläufe und über alle Menschen. Der Prozeß der Geschichte tagte permanent. Jede Sekunde begann mit einem Hammerschlag: Die Verhandlung ist eröffnet. Ein Schriftsteller konnte noch hundert Jahre nach seinem Tod leben, während sein Verfahren die Instanzen durchlief. In jedem Jahr schaffte es ein älterer Leser, daß das Todesurteil noch ausgesetzt blieb; dann aber starb auch der letzte von ihnen und damit ebenso der Autor. Ja, ja. Am Ende würde auch mich wie alle anderen das Todesurteil ereilen; aber bis dahin mußte ich hier im Fjordverlies schmachten. Wie lange, ließ sich kaum sagen. Selbst Shakespeare war nicht außer Gefahr, daß einmal der letzte Vorhang für ihn fallen könnte. Nur die Kollegen Jesus Christus, Homer und Vergil machten sich längst keine Sorgen mehr über den Tod. Es mag sein, daß mich einige zukünftige Dummköpfe einmal wegen politischer Verirrungen anklagen werden – die Zeit war ja so moralisch geworden, als ich abtrat –, aber ich schätze mich glücklich, daß ich meine Werke und Charaktere überwiegend von kurzlebigen Weltanschauungen freigehalten habe. Doch selbstredend werden sie es versuchen. Sollen sie nur. Man lebt nur einmal, wird aber vielfach verurteilt. Dabei ist mir nicht einmal klar, was das härtere Urteil ist: Hier beim Rotweinsüffeln zu versauern oder in einem anständigen Grab zu ruhen, bei Frostgraden in richtig geweihter Erde.

Emil ist vor langem nach Hause gegangen, ich aber sitze noch am Schreibtisch – aus meiner eigenen Werkstatt – und blättere in alten Jahrgängen des *Austfirðingur.* Blättere durch die Geschichte: Hofbesitzer, Hühnerfarmer, Milchmägde und viele dänisch klingende Frau Hansens, Nachdenkliches und Nachrufe, Anzeigen für Kohle, Salz und einen Ball auf Eyri. Der Ostersturm '27, der Erdrutsch von '35. Alles vergilbt und vergangen. Die Zeit war der Feind meines Lebens. Mit dem Bleistift als Lanze kämpfte ich gegen sie an. »Nein, ich möchte nur noch ein Stündchen länger arbeiten.« – Das vergebliche Flehen zu allen Zeiten. Und dann bleibt deine Uhr stehen, und der Bleistiftstummel wird allen jungen Männern der Zukunft gezeigt.

Ich blättere weiter. Eigentlich furchtbar, das alles anzusehen. Vergilbte Hochzeitsphotos und Meldungen über begabte Kinder. So werden wir alle auf den gelben Seiten der Geschichte versammelt und setzen dazu altehrwürdig steife Gesichter auf; unsere Namen werden von Legenden umwoben und von allerlei skurrilen Mißverständnissen verklärt, unser Leben leuchtet im Licht der zeitlichen Distanz wie ein Märchen, in Leder gebunden landet es in der Nationalbibliothek wie eine Inkunabel – unser Leben, das ebenso unbedeutend wie alle anderen Leben war, die noch gelebt werden. So lächelte auch ich der Ewigkeit entgegen, die all ihre Helligkeit und all ihre Schwärze aufwandte, um mich auf die Seiten der Geschichte zu drucken, all jenen kommenden Generationen zu ewigem Schrecken, die wissen, wie erbärmlich ihr Leben ist und bleiben wird, und die niemals auch nur in die Nähe des goldenen Lebens kommen werden, das mir zuteil wurde. Ha, ha. Das Leben ist am besten, wenn andere es gelebt haben.

»Das mir zuteil wurde.«

Natürlich nimmt jeder für sich in Anspruch, die Zeit, die ihm »zuteil« geworden sei, sei eine ganz besondere Epoche, »eine Zeit großer Veränderungen«. Trotzdem wage ich zu behaupten, meine Epoche war die verrückteste von allen. Selbstverständlich spricht hier meine Arroganz, die Überheblichkeit, die mir meine Zeit eingegeben hat. Aber, beim Bart des Teufels, mir wurde das schwerste Jahrhundert der Weltgeschichte »zuteil«. Ich bitte alle verwässerten Generationen, die nach mir kommen werden, dies im Hinterkopf zu haben, wenn sie über mich und mein Leben ihr Urteil fällen.

Das zwanzigste Jahrhundert war das Jahrhundert der Endlösungen. Der großartigen Entdeckungen, der unglaublichen Fortschritte. Der größenwahnsinnigsten Experimente. Der Experimente mit Menschen. Das arrogante Jahrhundert, das sich allen anderen überlegen dünkte und das sie auf den Misthaufen der Geschichte warf, ihre Erkenntnisse, ihr Wissen und ihre Werte. Das Jahrhundert, dem die Geschichte der Menschheit minderwertig erschien und das deswegen versprach, eine neue und bessere zu schreiben.

Sicher waren wir alle die Bibel leid, aber wollte sie jemand im Ernst gegen das Geheul der Beatles eintauschen?

Das zwanzigste Jahrhundert kam noch mit dem Pferdewagen daher, verschwand aber auf einem Laufband in einem langen Gang. Entweder brachte es einen um, ehe man geboren wurde, oder verlieh einem ein endloses Leben. Ein Jahrhundert der Extreme. Das Jahrhundert, das unsere Bäuche mästete und unsere Seelen fraß. Das Jahrhundert, das die Kirchen leerte und die Kühlschränke füllte. Das Jahrhundert, das den Sex anbetete, aber Kinder geringschätzte. Das Jahrhundert, das Christus vom Kreuz nahm und ihm befahl, in ein Mikrophon zu brüllen. (Das tat er nur zu gern; froh, sich nach zweitausend Jahren an der Wand endlich einmal austoben zu dürfen.) Das Jahrhundert, das das Lesen einstellte, aber jedem, der lesen konnte, eine Tastatur vor die Nase stellte. Das Jahrhundert, das uns aus dem Dreck zog, um ihn uns auf Video zu zeigen. Das Jahrhundert, das alle Gebote auf ein einziges reduzierte. Das Jahrhundert, das Hitler gebar und Gott tötete.

Die Menschen glaubten natürlich nicht mehr an den toten Kerl, jedenfalls nicht, solange sie selbst am Leben waren. Aber wenn sie erst einmal ein paar Tage tot waren, kamen sie ihm unter die Augen gekrochen und ließen sich auf seinem Acker begraben. Was für eine Bigotterie!

»Ich habe nie an Gott geglaubt«, prahlten manche lauthals in ihren Kaffeehäusern, dann aber baten sie ihre Alte, einen Gottesdienst im Dom zu bestellen, wenn es ans Sterben ging. Ich mochte Gott immer gut leiden, nur seine Nachsicht ging mir auf den Keks. Wieder und wieder gab er den Leuten eine Chance, ihre Entscheidung noch einmal zu überdenken, bis zum letzten Atemzug und sogar noch in der Kiste. Nur die Toten glaubten heutzutage noch an ein Leben nach dem Tod. Die anderen lebten, genossen das Leben, lebten in vollen Zügen, lange und ausgiebig, mit dem einen Ziel, glücklich zu werden. Dein kleines, persönliches Wohlergehen war das Maß aller Dinge und das höchste Ziel des Lebens. Bedeutsameres gab es nicht in dieser Welt.

Die Menschen glaubten an sich selbst. Das Jahrhundert, das mit Massenaufmärschen, Großdemonstrationen, Revolutionen und kameradschaftlichster Verbundenheit in den Schützengräben begonnen hatte, endete in Fernseh- und Computerzimmern. Jeder allein vor seinem Bildschirm. Das Jahrhundert der Massen wurde zum Schluß das Jahrhundert des Einzelgängers. Jeder wurde zum Individuum, Eigenheimbesitzer, Grundbesitzer mit Sommerhausgrundstück und Angelgewässer, Golfplatz, Luxuskarosse, Havanna, Cognac, drei Ehefrauen und drei Kindern mit jeder von ihnen sowie ebenso vielen Auslandsreisen pro Jahr. Jeder Arbeiter wurde Chef seines eigenen Lebens. Ein Mann, ein Auto. Ein Mann, ein Computer. Ein Mann, ein Telephon. Ein Mann, immer einsam. Und doch nie wirklich allein, immer erreichbar. Alle standen mit allen in Verbindung, nur nicht mit sich selbst.

Die Technik nahm uns unsere Visionen ab. Verwirklichte sie. Kleidete sie in andere Gestalt. Wir kannten sie nicht wieder. Aus der Weltherrschaft des Kommunismus wurde die Weltherrschaft der Kommunikation. Proletarier aller Länder vernetzt euch! Aus Stalins Netz wurde das Internet der Amis.

Unter dem Strich erreichten wir mit Gier mehr als mit Güte. Die Lektion der Epoche: Unter dem Zeichen des Guten schlägt das Böse am brutalsten zu. Was sich so vollmundig anhört, bekommt man am Ende voll um die Ohren gehauen. Gutes konnte böse sein. Wir waren so kindisch, zu glauben, daß alle solche Kinder wären wie wir. Blind an das Gute zu glauben, dient dem Bösen.

Unter weißen Segeln der Unschuld segelten unsere Schiffe hinaus aufs Meer der Völker, doch wir gerieten in unbekannte Stürme und scheiterten schließlich in der Brandung der Zeit an fremden Gestaden. Es spülte uns an Land, und wir waren Schiffbrüchige in einer Gesellschaft unter dem Gesetz des Dschungels. Bärtige, halb irre gewordene Männer, manche noch mit dem brennenden, blendenden Salz des Sozialismus in den Augen, andere schon geistig ausgebrannt und körperlich Wracks. Sie ließen sich in den Sand fallen und starrten hohl auf die Informationsflut und -ebbe. Wir waren Außenseiter, komische Käuze in diesem Land des Dschungels, in dem all unsere Feinde gesiegt hatten, Menschen ebenso wie Ideen. In dem nur die Geeignetsten eingestellt, die übrigen auf die Straße geworfen wurden wie in einem Privatunternehmen. In dem nur noch der Preis galt, und in dem das einzige, was nichts kostete, Omas Schmalzkringel daheim blieben. Jeder einzelne Schreiner, Elektriker, Verseschmied, Arzt oder Reinigungstechniker war ein eigenständiges Unternehmen mit Gewinn und Performance, noch die kleinste Branche ein Universum für sich mit eigenen

Stars, Verbandspolitikern und Massenmedien: *Der Drucker, Der Klempner, Haarreport, Schweißerblatt* und was weiß ich noch.

Im Gegenzug rotteten sich alle zusammen, waren gemeinsam arme Schweine: Der Verband der Zuckerkranken, der Sehbehinderten, der Rentner und Pensionäre, die Vereinigung der Depressiven und jede Menge Krebsvereine. Sie wollten mich zum Ehrenmitglied in einer Gesellschaft für Schlaganfallgeschädigte machen. *Wir Gestorbene* oder *Wir Sterbende* hieß sie, oder so ähnlich. Menschen definierten sich über ihre Krankheiten, gingen ganz in ihren Gebrechen auf. Jedes heroische Aufbäumen war verschwunden und vergessen. »Versammeln wir uns heute abend und reden wir darüber, wie schlecht es uns geht.«

Die Leute richteten sich ihre eigene kleine Welt ein, in der sie alle Stars sein konnten, und jede dieser Welten war nur eine unter tausend ebenso winzigen. Als hätte jemand die alte, zerbrechliche Welt fallen gelassen. Alle Gemeinschaft in Scherben. Irgendwann würden wir die alte Einzelhof-Bauerngesellschaft wiedererstehen sehen, indem jeder sich auf seiner »Heimatseite« hielt, seinem privaten Massenmedium! Großartig! Keiner sah mehr über den eigenen Tellerrand.

Vom Nationalstaat zum Personalstaat. Das Jahrhundert, das die Nationen vereinte, zersplitterte ihre Bürger. Die Ich-Epoche war angebrochen. Die Menschen glaubten nur noch an sich und an alle, die an sie glaubten. Die Leute rannten in Selbsterfahrungskurse, zu Psychologen und Egologen, zu Séancen mit Medien und zu Wahrsagerinnen, um mehr über sich zu erfahren, über ihre Zukunftsperspektiven, darüber, was die Toten von ihnen dachten, was das Ego dazu zu sagen hatte, und sie kamen aus diesen Nachrichtenagenturen des Nabels mit hundert Sätzen auf den Lippen, die alle mit »Ich« begannen.

Meine Mutter und mein Vater verzichteten auf alles, was sie sich hätten leisten können. Meine Kinder verbrauchten mehr, als sie sich leisten konnten. Ich stand dazwischen: Ein unwilliger Gast in einem enthemmten Zeitalter. Achtundachtzig Jahre Rückschritt.

All unsere linken Witze waren bitterer Ernst geworden: Was der Einzelne verdiente, gab vielen Brot. Ganze Berufsgruppen lebten von den Schwächen des Nächsten, ganze Branchen waren entwickelt worden, um den Leuten ihr Geld abzuluchsen. Wir, die dieses Jahrhundert eingeläutet hatten, arbeiteten noch daran, eine Gesellschaft aufzubauen. Jetzt waren Generationen am Ruder, deren einziger Ehrgeiz darin bestand, sich mit der Einstellung von Blutsaugern den eigenen Bauch vollzuschlagen. Diätärzte, Gedankenentbinder, Versicherungsmakler, Klatschreporter. Das war noch eine der Freuden des Alters: andere ungehemmt und von Herzen zu verachten.

Ja, das Leben war leicht geworden, aber das war vielleicht das schwerste.

Alles, was Einsatz und Tüchtigkeit verlangte, wurde als verkehrt und wertlos angesehen. Schnell verdientes Geld schätzte man am höchsten. Wer für die wenigste Arbeit das meiste Geld einsackte, war der Held des Tages. Clever genug, uns andere über den Tisch zu ziehen. Die Arbeit als solche war allen gleichgültig, es ging nur um den Lohn. Und der Verdienst war mittlerweile unabhängig von der geleisteten Arbeit. Die Leute legten die Hände in den Schoß und sahen zu, wie ihr Geld für sie arbeitete.

Künstler arbeiteten mit dem Kopf, nicht mit den Händen. Sie überpinselten die Kunstgeschichte mit monochromem Rot und wurden dafür in den Illustrierten der Welt gepriesen. Wie tief! Wie schlicht! Wie genial! Wogegen die Wahrheit lauten mußte: Wie flach! Wie simpel! Wie banal! Natürlich sahen sie es am Ende selbst, wenn sie ihren Stil gründlich satt hatten. Dann hängten sie sich auf oder schossen sich eine Kugel durch den Kopf, um nicht weiter groben Unfug produzieren zu müssen. Selbstmord war ihr verzweifeltster Versuch, für die Ewigkeit ernst genommen zu werden, ein Recht zu haben, neben van

Gogh zu hängen, der sich allerdings aus ganz anderen als materiellen Gründen erschossen hatte. Die Roten strichen die Geschichte der Menschheit rot an, in Amerika übermalte man die Kunstgeschichte.

In irgendeinem unseligen Museum in den Staaten ging ich durch diese Geschichte, von Rembrandt bis Rothko. Es war der Weg von der Genialität zum Banausentum, von Kunst zu Kunsthandwerk.

Vor Rembrandts Selbstbildnis als Sechzigjährigem stand ein Mann ungefähr im gleichen Alter. Das Bild setzte ihn herab, machte ihn zu einer lächerlichen Figur. Kunst läßt uns klein wirken.

Vor dem roten Geklecksе Rothkos stand eine Gruppe Japaner. Sie waren um den halben Erdball geflogen, um eine rote Fläche mit einem hellroten Farbfleck zu sehen. Hoffentlich kommen sie wieder heil nach Hause, dachte ich. Ihre Präsenz war dem Werk klar überlegen. Unwillkürlich betrachtete man diese fernöstlichen Gesichter. In ihnen lag das Leben, von dem die tote rote Fläche nicht einen Funken aufwies.

Rembrandt sah mich an. Ich sah Rothko an. Der eine war lebendig, der andere tot. Der eine malte mit Könnerschaft, der andere zog es vor, sein geringes Können zu übertünchen. Kein Wunder, daß er sich erschossen hatte, die arme Socke!

Die Kunst des zwanzigsten Jahrhunderts war unbedeutend. Man hatte keine Angst vor Rot, Blau und Gelb. Picasso malte ein Meisterwerk, ansonsten pinselte er seine Frauen ebensoschnell herunter, wie er seinem Pinsel in ihnen Erleichterung verschaffte. Balthus hatte weniger Talent, aber mehr Geduld. Er und Giacometti versuchten immerhin etwas, obwohl ich mich nie des Eindrucks erwehren konnte, daß die Kunstwerke des Letztgenannten in etwa so aussahen, als hätte sie ein Samuel Beckett im Keramikkurs fabriziert. Dabei waren sie noch ein künstlerischer Höhepunkt im Vergleich mit dem, was danach kam. Wir luden irgendeinen weltberühmten und saudummen

Kunstbullen, an dessen Namen ich mich nicht erinnere, nach Island ein, damit er Steine auf die Insel Viðey verfrachtete und wir hinüberfahren konnten, um sie zu bestaunen. Ein anderer tauchte hier auf, sammelte ebenfalls Steinchen im Osten und ließ sie in die Stadt schaffen, wo er sie in einem der weißen Tempel der Kunst kreisförmig auslegte, damit der Staat sie ihm für teures Geld abkaufen konnte. Diese Typen führten sich auf wie Götter; sie brauchten Steinen nur ihre Hand aufzulegen, und schon wurde Kunst daraus. Michelangelo würde ihnen die Köpfe zermalmen, wenn sie sich erdreisten sollten, sich mit ihren unbehauenen Steinen in die Kunstgeschichte drängeln zu wollen!

Komponisten überreichten uns Werke, die »Schweigen« hießen und waren. Die Jugend füllte es, indem sie ihre Hormonproduktion vertonte. Am Ende ernannte man dieses Getöse zur Musik des Jahrhunderts. Architekten flohen vor Hitler, begingen aber gleichfalls Verbrechen gegen die Menschheit; sie entwarfen Hamsterkäfige für Menschen und asphaltierten einige tausend Jahre glänzender Architekturgeschichte mit Minimalismus und Bauhaus-Faschismus. Sie designten, was das Zeug hielt, und wir mußten darin wohnen. Im Unterschied zu Hitler und Stalin würden sie und ihre Schmutzstaffeln Menschen noch lange nach ihrem Tod quälen. Dichter zerlegten die Dichtkunst in ihre Atome*, bis sie sich vollständig auflöste. Am Ende las niemand mehr Gedichte, bis auf die, die dafür bezahlt wurden, die Kritiker. Theaterdichter verfaßten Bühnenstücke, die selbst der Schauspieler nach sechs Wochen Probe noch nicht verstand. Vielleicht half es, sie auf acht Wochen zu verlängern. Vielleicht mußten wir alle noch zweihundert Jahre leben, um all die Verrücktheiten zu begreifen, die dieses Jahrhundert Kunst nannte. Vielleicht war der Film die Kunstform dieses absurden und zerrissenen Zeitalters. Aber würden zu Chaplins und Fellinis 500. Geburtstag nicht alle Filme so unkenntlich und verblichen sein wie Leonardos *Abendmahl*?

Es gab noch einige wenige Autoren, die versuchten, Geschichten auf die gute, alte Art zu erzählen. Ich war Nummer 82.

Alles wurde in diesem Jahrhundert auf den Kopf gestellt. Alles wußte es besser. Die Diktatur des Proletariats war besser als die Demokratie der Bürger. Die Diktatur der Arier besser als die der Vermischten Staaten. Die freie Liebe sollte die Liebe ersetzen. Gruppensex war die Vollendung der Familie als Lebensform.

In meinem tiefsten Inneren hegte ich die Hoffnung, dieses Jahrhundert sei nicht der große Sprung nach vorn, den alle gebetsmühlenartig beschworen, seit der erste Zeppelin in die Luft gegangen war, sondern ein Schritt zur Seite. Nach seinem Ende würde die Entwicklungsgeschichte der Menschheit wieder einsetzen.

Ich verachte dieses Jahrhundert. Ich verachte all seine Werte, all seine Lösungen und all seine Resultate. Wir kämpften für eine ökonomische Besserstellung der einfachen Leute und bekamen statt dessen ihre Alltagskultur übergestülpt. Ich finde mich einfach nicht damit ab, daß das Ergebnis dieser hundertjährigen Rechenaufgaben ein tätowierter Amerikaner ohne Sprachvermögen sein soll, mit Kaugummi im Maul, Klapperschlangenmusik in den Ohren, Pornofilmen vor den Augen, Wunderdrogen in den Adern und einem idiotischen Grinsen auf den Lippen. So sah der Held des Tages aus, der mein letzter wurde. Das Vorbild, das meinen Geburtstag prägte, den 12. März 1912, war der geschliffene britische Gentleman in Dreiteiler, Lackschuhen und Gamaschen, mit Schirm und Melone. Ein Mann, der seinen Tag zwischen Flanieren, Teetrinken, geistreicher Konversation und Lektüre verbrachte. Ein Mann, der selbstverständlich seinen Homer und Vergil kannte, sich aber auch mit jüngeren Autoren wie Ibsen und Tschechow vertraut machte. Der Niedergang der abendländischen Kultur führte von der Akropolis hinab ins Neandertal, wo jeder Höhlenmensch in seiner Grotte lag und die Ideen über seinen Bildschirm flackern ließ, ohne sich eine eigene Ansicht von ihnen zu bilden, ohne weiter auf sie zu reagieren als andere Bilder abzurufen, ohne sich zu bewegen, außer um den Bauch zu füllen oder die Blase zu leeren. In hundert Jahren schafften wir es auf Pantoffeln, das zu verlieren, was unsere Vorväter über zweitausend Heiden, durch zweitausend Stürme, in zweitausend Jahren auf ihren Schultern von Mann zu Mann getragen hatten. Wir warfen es gedankenlos in den Abfall. Ach, jetzt ist es auf der Müllkippe gelandet.

Das zwanzigste Jahrhundert sah auf alle anderen herab. Jahrhundert der Überheblichkeit. Jahrhundert des Pöbels. Wer sich auf ihn verstand, wurde sein Führer. Wer die Dummheit beider nicht begriff, wurde ihr Opfer.

Ich trieb von den einen zu den anderen. Vom Volk vor die Führer, mit den Hilferufen der Opfer in den Ohren.

War ich ein schlechter Mensch? Nein, die Zeit war schlecht.

[50]

Er war eine Woche alt und lag zusammen mit zwanzig anderen Kindern in der Kinderkrippe. Die Decke war weiß gestrichen, das Bett war weiß, die Bettdecke war weiß. Die Frau war weiß, in weißer Tracht. Und auch die Milch war weiß, obwohl es keine Muttermilch war. Wußte er das? Vermißte er seine Mutter? Hatte er eine Vorstellung davon, was eine Mutter war? Was weiß so ein sieben Tage alter Junge? Er weiß alles, weiß aber nichts davon.

Kleine, fragende Lämmeraugen am Grund einer weichen Wiege unter einem weißgestrichenen Himmel. Wenn man so will, war es einer der besten Plätze für eine wiedergeborene Seele: Gar nicht mal so unähnlich einem weiß gestrichenen Sargdeckel.

Die Kinderkrippe *Weißes Land* war in Fragen des Kinderschutzes Mitte der fünfziger Jahre eine der fortschrittlichsten Anstalten der Hauptstadt. Muff und Schmutz der Armeleutebehausungen aus den Barackenjahren waren ausgefegt und weiß überstrichen worden. Den Kindern wurde fern von allen Eltern in beheizten Zimmern und sauberen Betten ein glückliches Zuhause eingerichtet, denn für Kinder, die in ungeklärten Verhältnissen zur Welt gekommen waren, gab es kaum etwas besseres, als die ersten beiden Jahre unter der Obhut der Stadtverwaltung ruhig in ihren Bettchen zu liegen und über alles nachzudenken. Für perfekte Sauberkeit und Hygiene wurde gesorgt. Es wurde an alles gedacht, nur nicht an die Seele, denn es war nicht wissenschaftlich erwiesen, ob es sie überhaupt gab. Ein neues Geschlecht wuchs gemäß wissenschaftlichen Erkenntnissen heran. Das einzige, was es unterwegs brauchte, waren eine heiße Flasche und ein sauberes Handtuch.

Alles war gut im *Weißen Land.*

Sonntags kamen die Mütter zu Besuch, um ihre Kinder zu sehen. Ihre Ziehmütter in den weißen Trachten hielten sie hinter einer Glaswand in die Höhe, und die leiblichen Mütter versuchten durch Tränen hindurch Blickkontakt zu ihren kleinen Stöpselchen zu bekommen. Aus Angst vor Erkältungen und anderen Krankheiten galt es nicht als angebracht, daß die Mütter ihre Kleinen selbst in den Arm nehmen durften. – In der Tat waren die meisten dieser Eltern schreckliche Unglücksraben, die verschwitzt nach der Rackerei unter der Woche und streng nach den Samstagnächten des Lebens draußen rochen. – Aus den gleichen Gründen wurden die Kinder rund ums Jahr in geschlossenen Räumen verwahrt, in denen man nie die Fenster öffnete. Diese Maßnahmen waren durchaus erfolgreich, denn die Kinder im *Weißen Land* bekamen nie einen Schnupfen. Durch ihre Anstrengungen, aus der Tiefe der Wiege heraus einmal etwas anderes als die weiße Zimmerdecke zu sehen, fingen sie vielleicht an zu schielen, und sie wirkten geistig zurückgeblieben, wenn sie mit anhaltender Aufenthaltsdauer allmählich damit begannen, eine eigene unverständliche Lallsprache zu entwickeln, weil die Schwestern nie mit ihnen redeten, aber sie bekamen nie einen Schnupfen.

Der kleine Junge war jetzt eine Woche alt, doch am Sonntag blieb er in seinem Bettchen liegen wie an allen anderen Tagen, denn ihn kam niemand besuchen. Seine Mutter saß in der ersten Bank einer Kirche in den Ostfjorden, und sein Vater lag vor ihr auf dem Boden, in einem Sarg. Sein Bruder und Onkel saß zwischen der Mutter und einer großgewachsenen Seemannswitwe und wippte mit dem Fuß. Er beobachtete den Pfarrer, der der Gemeinde und dem Sarg den Rücken zudrehte, als wäre er beim Pinkeln, und warf zwischendurch immer wieder einen Blick auf seine Schwester. Wollte die eine Träne wirklich nicht abfallen?

Eivís wollte nicht weinen. Sie wollte diesen Mann nicht beweinen. Sie begriff diese vermaledeite Drüse nicht, die sicher von irgendwas oder irgendwem ferngesteuert wurde. Warum? Warum füllten sich ihre Augen wie ins Eis gehackte Löcher mit Wasser? Lag es am Sarg? Lag es an der Kirche? Kam es von der Zeremonie selbst? Oder war es schon allein der Altar? Stiegen ihr die Tränen in die Augen, weil sie ein artiges Mädchen war und es hier von ihr erwartet wurde, zu weinen? Sie dachte an den Mann, der in dem Sarg lag, und wie komisch er manchmal sein konnte, wenn er die Großmutter aufzog. »Ist seit fünfzig Jahren nicht mehr besprungen worden, ha.« Oder wie er sie abends in den Schlaf gestreichelt hatte. »So, mein kleiner Augenstern.« Es war furchtbar, sie erinnerte sich nur noch an seine guten Seiten. Sie spürte, wie Þuríður ihr den Kopf zuwandte, und tat das gleiche. Sie schauten einander in die Augen, und da endlich strömten die Tränen. Þuríður, der einzige Mensch auf der Welt, der verstand, wie sie sich fühlte, und sogar besser als sie selbst wußte, woher diese Tränen stammten. Aus der Stadt.

Es ist nicht leicht, ein Kind zur Welt zu bringen und es wieder zu verlieren und gleich am Tag darauf auch den Vater zu verlieren, der gleichzeitig der Vater des Kindes war, und dabei hier auf seiner Beerdigung zu sitzen, die Seele leer bis auf ein seltsames Gefühl des Vermissens im Herzen, und gleichzeitig sind all diese Leute um einen herum. Es war, als würde ihr alles genommen. Als hätte man ihr bereits alles genommen. Eivís blickte starr auf diesen schönen, weißen Sarg, der in so vollständigem Gegensatz zu allem stand, was den Gestorbenen ausgemacht hatte. Diese weißen Blumen … es war ihr, als hörte sie ein »Ha« aus dem Sarg. Es ist nicht leicht, den Haß auf Menschen am Leben zu halten, die tot im Sarg liegen. Er hatte ihr ein Kind geschenkt. Ja, er hatte ihr doch ein Kind geschenkt. War es nicht übereilt gewesen, dieses Kind wegzugeben? Ein in Sünde gezeugtes Kind kommt doch unschuldig zur Welt. Ist es nicht so? In der Frucht des Bösen steckt der Kern des Guten.

»Und ob ich schon wanderte im finsteren Tal …«, sagte der

Pfarrer. Mit tränennassen Augen sah sie auf und nahm auf einmal das Altarbild hinter ihm wahr. Es war gut zweihundert Jahre alt. Eine sehr niederländische Kopie in vierter Generation von Caravaggios meisterlicher Darstellung des ungläubigen Thomas: Jesus Kristján mit entblößtem Oberkörper zeigt dem Jünger seine Wunden.

Jesus, Kristján … Die Tränen liefen ihr aus den Augen wie Weihwasser, und sie biß die Lippen zusammen, sonst hätte sie laut aufgeschrien. Die leere Höhle in ihrem Leib war nun mit einem Sehnen angefüllt, das heraus wollte. Sie wußte, was sie wollte, wußte, was sie zu tun hatte. Den einen erschlägt der Tod, den andern schärft er. Gewißheit ist alles, was es braucht. Jawohl, sie war eine Mutter des Guten.

Irgendwo im Hintergrund begann der Doktor in sein Englischhorn zu blasen. Es war das Thema aus Sibelius' *Schwan von Tuanela*. Der Doktor verwandelte sich in einen weißen Schwan und brachte das ganze Denken eines Wesens zum Ausdruck, das sein ganzes Leben auf den schwarzen Wassern um die Insel Tuanela kreist, wo der Tod zweimal täglich seine Kundschaft in Empfang nimmt. Die Fähre kommt jeden Tag um 10 und um 18 Uhr. Eivís griff nach der Hand ihres Bruders, damit sie nicht ganz in diesem schwarzen Meer der Tränen versank. Dann hob der grauhaarige Pastor seine Hände und machte das Zeichen des Kreuzes. Seit der Taufe war die Wunde auf seinem Handrücken zur Lippe hinaufgewandert. Gott weiß, was ich mir dabei gedacht hatte. Ich saß recht weit hinten in der Kirche, gleich hinter Bárður, der noch immer seinen feinen Anzug trug, den er sich aus der Stadt hatte kommen lassen, als klar war, daß er auf den ersten Listenplatz seiner Partei kommen würde. Seitdem war er ein unheimlich aufgeschlossener Mensch. So auch jetzt: Vor dem Trauergottesdienst hatte er draußen auf den Stufen der Kirche gestanden und jeden, der kam, beim Handschlag mit beiden Händen umfaßt und allgemein das Gefühl vermittelt, es wäre sein Vater, der hier beerdigt wurde.

»Schön, daß du gekommen bist«, sagte er zu jedem.

Für einen Einsiedler wie Hrólfur war die Beerdigung viel zu zahlreich besucht. Und zu feierlich war sie auch für jemanden, der Begräbnisse nie hatte leiden können. Es hätte vielleicht besser zu ihm gepaßt, mit einem Stein um den Hals ins Meer zu springen, um hier nicht anwesend sein zu müssen, aber er haßte die See zu sehr, um ihr zu erlauben, ihn zu verschlingen. So lag er jetzt hier unter einem Sargdeckel, der kostbarer war als irgendein Möbelstück, das er je zu Lebzeiten besessen hatte – mit einer Pistole in der Hand. War sie etwa geladen? Wäre ja nicht schlecht, wenn man im Jenseits noch den einen oder anderen Schuß im Magazin hätte. Für den, der einem das alles eingebrockt hatte, ha.

Es wäre zu weit gegangen, alle Teilnehmer an der Beerdigung als Trauernde zu bezeichnen. Man nahm entweder aus Pflichtgefühl an ihr teil oder weil man einfach gern auf Beerdigungen ging. Niemand hier beweinte den Verstorbenen. Eivís weinte über einen anderen Verlust, und Grímur war noch zu jung, um zu weinen. Seine Psyche hatte die Körperfunktionen noch nicht unter Kontrolle. Und Lárus war spurlos aus dem Fjord verschwunden. Vielleicht fand sich eine gewisse Trauer in den ehemaligen Nachbarn, die wegen des traurigen Anlasses aus den Hochtälern gekommen waren. Jói hatte sich ebensowenig verändert wie sein Jeep; seine Frau aber war inzwischen ganz grau geworden. Von der Rückbank kletterten der alte Efert und Baldur auf Jaður, noch ein wenig besser auf den Beinen, sowie Gerða auf Mýri, mittlerweile sehr weiblich gerundet und einer dieser Menschen, die die Augen zusammenkneifen müssen, um aus der eigenen Haut zu gucken. Sie sah auf den ersten Blick recht glücklich aus. Eivís begrüßte sie allerdings ein wenig anders als beim letzten Mal. Ihre Freundin war schließlich inzwischen Mutter und Witwe geworden. Eivís freute sich, Geirlaug wiederzusehen, und nahm sie fest in den Arm. Im Winter hatte sie manches Mal an sie gedacht und an alles, was sie ihr über sich und Frauen allgemein gesagt hatte. Sie hatte das Gefühl, diese patente Frau enttäuscht zu haben, indem sie schwanger wurde, und bereute es nun sogleich, nicht an der Matheprüfung teilgenommen zu haben.

»Ihr schafft das schon, noch dazu bei meiner lieben Þuríður«, meinte die Frau auf Mýri.

»Aber sicher«, bekräftigte Jói.

»Er war ja nun auch wirklich kein Fjordmensch, unser Hrólfur«, sagte Efert.

»Nein, und das Klima hier unten ist ganz anders als oben im Hérað«, verkündete Baldur.

Ich stellte mich ihnen vor, und sie grüßten ohne sonderliches Interesse zurück. Einfältig sahen sie aus, wie einfache Leute immer, wenn man sie in Sonntagskleidung steckt. Während man auf Hrólfurs Leben zurückblickte, kam mir der Gedanke, ein Interview mit Efert zu machen und es in der Zeitung zu bringen. Damit vertrieb ich mir die Zeit, während der Pfarrer die Jahreszahlen herunterrasselte:

»1945 zog Hrólfur mit seiner Familie nach Heljarkot im Heljardalur und wohnte dort bis 1955, worauf er seinen Aufenthalt nach Fjörður verlegte …«

Ich war schon lange von diesen isländischen Pastoren fasziniert, jenen geistlosen Geistlichen des Heiligen Geistes. Es hatte etwas Perfektes, wie sie ihr Geschäft versahen. Niemand konnte etwas daran finden, aber man konnte dabei auch nichts empfinden.

Gunna Tröð saß auf der anderen Seite des Mittelgangs in der gleichen Bankreihe wie ich. Schwarz gekleidet wie eh und je, zur Feier des Tages ein paar Schals mehr, warf sie mir einen Blick zu. Ich rekapitulierte, weshalb sie zur Beerdigung erschienen war: Sie hatte in der letzten Weihnachtsnacht in beiden Enden von Hrólfurs Baracke ihre Dienste geleistet. Wahrscheinlich hatte ich deshalb keine Lust mehr auf sie. Einmal war genug. Einmal hatte sie es in einer stürmischen Nacht um

Ostern doch geschafft, mich zu sich nach Hause zu locken. Wir saßen lange zusammen und pichelten Genever, während der Schneeregen gegen das Wellblech klatschte, und sie erzählte mir von ihren Vorläuferinnen in den Fjorden.

»Die Franzosen kamen manchmal in die Fjorde, wenn draußen schwere See herrschte. Auf schwarzen Schiffen mit schwarzen Segeln und selbst kohlschwarz, hehe … Die Männer hier hatten eine Heidenangst vor ihnen. Sie nagelten die Fenster zu und verboten ihren Frauen und Töchtern, das Haus zu verlassen. Sie durften nicht einmal raus aufs Plumpsklo. Eine Gemeinheit dieser Schufte! Doch dann kam der Nebel. Absolut dichte Waschküche. Man sah nicht die Hand vor Augen. Und irgendwo in dieser Suppe lag dieser schwarze Segler. Der Herr des Hauses ging mit der Schrotflinte zu Bett … Als er am Morgen aufwachte, lag in jedem Bett ein Franzose, hahaha.«

Sie konnte prima Geschichten erzählen, bekam mich damit aber doch nicht ins Bett. Ich mochte einfach nicht in der gleichen Furche pflügen wie die Barackengenossen.

Sie warf mir also einen Blick zu, und ich konnte nicht leugnen, daß die Erinnerung an unser kleines Weihespiel hier in der Kirche meinen kleinen Spitz auf Trab brachte. Gunna, dieses verflixte Luder, war doch immer die gleiche. Meine Reaktion bestand darin, Friðþjófur, der mit so langem Hals und stieselig wie immer zwei Reihen vor mir saß, stur auf den Nacken zu gucken.

Weitere Kirchenbesucher, die die Bänke füllten: Símona, der nette Guðmundur, Grímurs Freund Danni und seine Eltern, Skúli und Margrét, Wachtmeister Böðvar und der alte, weißhaarige Bauer, dem der Widder Kobbi gehörte. Als letzte kam die alte Jóhanna, meine Wirtin, die mühsam über die Schwelle stolperte und sich in die letzte Reihe setzte; gekommen, um sich von einem dahingegangenen Sexsymbol zu verabschieden. Dann saßen da noch zwei vorarbeiterhaft aussehende Männer von *Sjósíld* in der ersten Reihe, und neben ihnen zwei jüngere Männer mit Stirntolle, auf die ich erst aufmerksam wurde, als sie aufstanden, um gemeinsam mit den Heringsarbeitern den Sarg hinauszutragen. Der eine von ihnen war Þórður junior, der andere trug einen schwarzen Lederblouson. Er war ein großer, gutaussehender blonder Mann, den ich nicht kannte. Ich hatte auch nicht gewußt, daß Þórður wieder im Ort war. Sein Gesicht wirkte reifer. Er trug lange Koteletten und einen neuen Zug um den Mund. Selbstsicherheit lag in seinen Augen. Wir schritten andächtig hinter ihnen aus der Kirche. Draußen sah ich, daß Ásbjörn und Skeggi mit Schaufeln an einem frisch ausgehobenen Grab warteten. Ich sah zum Himmel auf und erinnerte mich, wie schwer es mir damals gefallen war, mir das richtige Wetter für Hrólfurs Beerdigung auszudenken. Drei Tage lang trug ich das Problem mit mir herum, bis ich, wenn ich mich recht entsinne, den richtigen Himmel auf einem Regal in der Garderobe des Hotels Borg entdeckte.

Jeder bekommt das Wetter, das er verdient. Hrólfur wurde unter einem hohen Himmel zu Grabe getragen. Hoch über dem Ort lag eine ungewöhnlich dunkle Wolkenbank – wie ein Deckel über den Bergwänden –, überragt von einem dicken Cumulus, der seinen Schatten über den ganzen Boden des Fjords warf. Die entfernteren Berge Richtung Meer lagen dagegen in hellem Sonnenlicht, und auch die schneegefleckte Heide war im oberen Teil hell beleuchtet, dahinter schimmerte es weiß von vereisten Schneefeldern. Ein frischer Wind wehte über den Friedhof, und oben schossen weiße Möwen vor der dunklen Wolkenwand dahin. Vereinzelte Haarsträhnen wehten um den priesterlichen Kopf, und der Wind spielte mit dem Bommel an Frau Becks Trachtenkäppchen. Ich befand mich ziemlich weit hinten im Leichenzug, hielt mich aber aus alter Neugier am seitlichen Rand. Eivís und Grímur folgten als erste dem Sarg und hielten sich an der Hand. In Fjörður hatte man schon reichlich beerdigt, und so versuchten sich die Leichenträger zwischen alten Kreuzen und Grabsteinen hindurch zu schlängeln. Der Barackenbauer schien sehr schwer zu sein, obwohl es nur ein kurzer Weg war, und es gab nur vier Träger. Einer von ihnen stolperte plötzlich und ließ den Sarg fallen. Es war der lange Blonde, Þórðurs Freund. Der Sarg fiel zu Boden. Mit der vorderen Ecke schlug er auf die gegossene Umrandung eines Grabs, und gleichzeitig ertönte ein Schuß. Die Trauergäste schraken zusammen. Die Träger setzten den Sarg ab, und die Leute schauten sich eine ganze Weile ratlos an, ehe ihnen klar wurde, was geschehen war. Der Schuß war aus dem Sarg abgefeuert worden. War der Mann etwa doch nicht tot? Im Kopfende des Sargs befand sich jetzt ein deutlich sichtbares Loch. Es war niemand verletzt worden, aber viel hatte nicht gefehlt. Auch ich war nah an der Schußlinie, aber wahrscheinlich war der Sarg stark genug gekippt, so daß die Kugel über unsere Köpfe flog und nicht mich oder den Nächstbesten traf.

Die Leute waren völlig bestürzt, als ihnen aufging, was sich da ereignet hatte. Lebte die Leiche etwa noch? Efert trat den Rückzug zur Kirche an. Geirlaug und Gerða ebenfalls. Þuríður zog Eivís zur Seite und rief Grímur zu sich. Símona sah zu, die alte Jóhanna aus der Schußlinie zu bringen. Þórður kratzte sich am Kopf. Der Pfarrer war hinter einem Grabstein in Deckung gegangen. Bárður sah mich an. Donald, der Arzt, beugte sich über den Sarg und steckte einen Finger in das Ausschußloch.

Nach einer kleinen Auseinandersetzung zwischen Arzt, Dorfsheriff, Pfarrer und Sohn wurde beschlossen, den Sarg sicherheitshalber an Ort und Stelle noch einmal zu öffnen. Niemand wollte es verantworten, einen Lebenden zu begraben, noch dazu einen äußerst wütenden. Frauen, Kinder und alte Leute kamen in die Kirche. Ásbjörn holte einen Schraubenzieher aus der Sakristei, und Böðvar und Skúli schraubten den Deckel ab. Der gutaussehende Blonde bezog neben dem Pastor Stellung. Þórður biß sich auf die Lippen, als der Sargdeckel abgenommen wurde und er seinen Vater mit durchschossenem, bleichem Schädel und blauer Haut im Sarg liegen sah. Der Bart war noch brandrot. Die isländischen Nationalfarben zierten und ehrten ihren stärksten Vertreter für sein Lebenswerk im Dienst des Landes. Er war in einen Islandpullover gekleidet und offensichtlich mausetot. Ein amerikanischer Arzt bestätigte das. Es war nichts als ein dummes Mißgeschick gewesen. Und doch hinterließ dieser absonderliche Vorgang, einen Sarg auf dem Friedhof noch einmal zu öffnen, bei allen Anwesenden einen bleibenden Eindruck. Offenbar selbst bei dem, der in der Kiste lag. Natürlich hatte noch nie jemand eine Leiche so kurz vor der Beerdigung gesehen, unmittelbar bevor sie der Erde übergeben wurde, und es war ziemlich überraschend für uns, den Heljardalsbauern noch einmal so präsent zu sehen. Die meisten von uns dürften ihren Leib am Tag der Beerdigung verlassen haben und ihr höchstens aus großer Entfernung beiwohnen. Nicht so Hrólfur. Er lag hier höchst leibhaftig in seinem Sarg. Sein ganzer Hochlandtrotz saß ihm noch unter die buschigen Brauen gehämmert, obwohl eine Pistolenkugel mit beträchtlicher Geschwindigkeit unter ihnen entlanggeschossen war. Die Seele brauchte mindestens sieben Monate, um sich aus diesen verkrümmten und verdrehten Strängen zu lösen, aus diesem knorrigen Treibholzstubben. Plötzlich ließ er die Pistole fallen. Mit einem dumpfen Laut polterte sie auf den Boden des Sargs. Wir schraken heftig zusammen, begriffen dann aber schnell. Der Rückstoß hatte seinen Griff gelöst.

»Jaja, der schießt auf keinen mehr, der Gute …«, sagte der weißhaarige Eigentümer Kobbis.

Hrólfur hatte endlich aufgegeben. Jetzt war es endlich möglich, ihn unter die Erde zu bringen. Die Sonne kam hinter dem hohen Wolkenhut hervor, den der Himmel zu Ehren des Toten zog, und wir alle bildeten uns ein, ein friedlicher Zug glitte über das Gesicht des Verstorbenen. Die Sonne schien auf einen Toten. Das war etwas wert.

Friðþjófur kam aus der Kirche langsam über den Friedhof auf uns zu. Als er uns erreichte, war der Sargdeckel wieder aufgelegt. Niemand sagte ein Wort, und keiner wagte es, die Pistole an sich zu nehmen. Der nette Guðmundur ging und holte die anderen, und dann wurde die Beerdigung fortgesetzt. Man ließ den Sarg ins Grab hinab. Wieder verschwand ein Mensch von der Erdoberfläche.

Eivís weinte nicht mehr. Sie wußte nun, wozu es sie gab. Mit gesenkten Köpfen umstanden wir das Grab. Ich registrierte, daß der Blonde schwarze Stretchhosen mit einem unter den Fersen durchlaufenden Gummiband trug. Die Hose steckte in abgelaufenen schwarzen Schuhen, die jetzt recht staubig waren. Meine Schuhe glänzten wie nie zuvor, ich hatte sie erst am Morgen geputzt. Vorne auf der Kappe lag ein spiegelnder Glanz. Ich vergaß mich für einen Moment und warf mich in die Brust. Auf meinen Schuhen spiegelte sich ein ganzer Tag, ein hoher Himmel, ein Fjord, Berge, ein ganzes Land. Das alles hatte ich auf meine Schuhe geschrieben. Aber wer hatte die Schuhe geschrieben?

Ich sah auf. Die Sonne hatte sich verzogen.

Auf der anderen Seite des Grabes fiel mein Blick auf den grinsenden Hundsfott von den Seitenrängen des Lebens. Ich hatte ihn schon in der Kirche bemerkt, aber selbst hier konnte er sich nicht sein dämliches Grinsen verkneifen. Dunkle Haare, dichte, schwarze Brauen und kräftiger Bartwuchs.

Die Zeremonienmeisterin Þuríður blies zum Leichenschmaus, und Símona setzte für siebzehn Gäste Kaffee auf und schleppte vier mächtige Torten herbei. Seit dem letzten Begräbnis hatte das Grüne Haus nicht so viele Gäste gesehen. Geiri stand Ehrenwache am Kuchentisch in der Wohnzimmerecke, und die kleinen Stummfilmchen von oben verfolgten alles von der Treppe aus. Ich meinte, allen eine gewisse Erleichterung anzumerken. Wahrscheinlich waren wir alle froh, daß ein schwieriger Mensch sein Ende gefunden hatte. Ich bemerkte, daß wohl kaum jemand Hrólfur so tief betrauerte wie Friðþjófur. Jedenfalls konnte es niemand verhindern, daß er das Wort ergriff. Er baute sich an der weißlackierten Tür auf, und dann zückte dieser schmalgesichtige, schräge Vogel, den kaum jemand hier richtig kannte, einen handschriftlichen Nachruf. Es machte Spaß, die Gesichter der alten Bauern zu betrachten. Efert, Jói und Baldur musterten skeptisch diesen Schöngeist aus einer anderen Welt. Verlas er da ein Grußtelegramm, oder was? Aus den Augen von Þórður und seinem Freund las ich dagegen so etwas wie brüderliches Verständnis, sobald sie den Kritiker ansahen. Er war einer von ihnen. Und da erinnerte ich mich endlich an den Blonden. Er stammte von den Färöern. Das Gedicht war ganz ordentlich, vor allem wenn man bedenkt, daß Friðþjófur an der poetischen Behinderung litt, ausschließlich über den Herbst dichten zu können, und wir den 7. Mai mit seiner hellen Nacht schrieben.

Hrólfur

Der Himmel hat das Land in ein Leichentuch gehüllt,
und die Nacht macht Weiß zu Schwarz.

Die schneebedeckten Berge sind schwarz und schwarz die Wiesen,
die Bauernhäuser schwarz gestrichen – Wände, Dächer, Fenster –,
auf der Scheunenrampe wächst schwarzer,
schwarzer Löwenzahn.

Das Tal, das wir nicht aufsuchten,
steht dunkel rund ums Jahr.

Bis du kommst und in deinen Augen entzündest
zwei alte Kerzen.

[51]

Þórður hatte sich einen Winter lang auf den Färöern aufgehalten. Durch irgendeine Laune des Schicksals landete er in Klakksvík und lernte dort das Friseurhandwerk. Unter nebelverhangenen, steilen Hängen lernte er einen dreißigjährigen Mann namens Olivur Højdal kennen, und gemeinsam entdeckten sie ihre *samkind*, wie man das auf färingisch nannte. Sie fingen etwas miteinander an, verließen die auf ihre Anständigkeit bedachte Inselgruppe im Atlantik mit Kurs auf das große Island und stiegen hier an Land wie die ersten Siedler: unser erstes Schwulenpärchen.

Natürlich dachte niemand im Traum daran, daß sie etwas miteinander hatten. Die Vorstellung, daß ein Mann mit einem Mann ins Bett gehen könne, kursierte vielleicht in ein, zwei Kellerwohnungen in der Hauptstadt, aber doch nicht hinter den sieben Bergen, draußen auf dem Lande. Der Vatnajökull war noch rein und unbefleckt, wie man auf Photos aus diesen Jahren sehen kann. In den Augen der Ortsansässigen waren Þórður und Olivur einfach nur gute Freunde. Doch in einem so kleinen Ort spielt jeder eine Rolle. Mit ihren feschen Frisuren und frischen Gesichtern änderten die beiden sogleich das Straßenbild. Die Leute hatten ihre Vorbehalte. Wenige Tage nach der Beerdigung begannen die beiden Freunde damit, in Hrólfurs alter Baracke eine Mischung aus Café und Friseursalon einzurichten. *Skarven* stand auf einem handgemalten Schild über der Tür. Wir berichteten darüber in der Zeitung, wohl wissend, daß der Laden kaum den Juni überstehen würde. Sogar der progressive Bárður fragte: »Café? Was, zum Teufel, ist das denn?«

Die Baracke stand auch zu weit draußen auf Eyri, und obwohl Þórður sogar seine Schwester dazu überreden konnte, bis in den Abend hinein hinter der selbstgebauten Theke zu bedienen, wollte sich kaum jemand »Haarschnitt und Kaffee, 35 Kronen« verpassen lassen. Das einzige, was *Skarven* zustande brachte, war, den beiden komischen Vögeln Spitznamen einzutragen. *Skarv* auf färingisch heißt eigentlich Kormoran; doch zur Unterscheidung nannte man Þórður die Krähenscharbe und den langen Färinger Kronenkranich. Der Name paßte ausgezeichnet zu seinem langen Hals und der Haartolle, die ihm wie ein Federschopf um den Kopf stand. Obwohl die biederen Landleute noch keinerlei Vorstellung von schwulem Verhalten hatten, traf die Sprache wieder einmal den Nagel auf den Kopf.

Ich hatte ja ein perfektes Alibi, den ganzen Eröffnungstag bei ihnen zu sitzen, widerlich schlechten Kaffee zu trinken und Eivís geschlagene vier Stunden lang anschauen zu dürfen. Andererseits war ich dadurch auch gezwungen, mich mit Friðþjófur zu unterhalten, der natürlich zum ersten Stammkunden der Cafébaracke avancierte. Es hing immer noch ein muffiger Geruch nach Schimmel und Schafprodukten in dieser gewölbten Behausung, doch wir saßen da wie zwei Männer von Welt im Exil und redeten in größter Eintracht über gemeinsame alte Freunde wie Garðar den Paradiesvogel und andere, während ich das Mädchen beobachtete und er die Jungs. Manchmal kam Grímur, um uns zu unterbrechen.

»Du brauchst nicht zum Haareschneiden, aber er«, sagte er und zeigte auf Friðþjófur.

Krähenscharbe & Kronenkranich kamen und gingen, zündeten Lampen an und sahen in den Spiegel. Es war überaus peinlich, Friðþjófur mit dem Färinger ein aufgeplüschtes Homodänisch reden zu hören, endlos lange und gebildete Substantive, die den Klakkswikinger sicher zu ihm nach Hause und ins Bett locken sollten. Damit war auch das befremdliche Gefühl verbunden, einen Kritiker mit einer eigenen Romanfigur schäkern zu sehen. Offen gesagt waren sie sich ziemlich ähnlich: Friðþjófur und das Olivchen. Sie sahen aus wie ein Paar. Eivís erlangte nach dem vielen Weinen allmählich ihre alte Schönheit wieder. Der Mutterspeck war noch nicht ganz wieder verschwunden und stand ihr ausgezeichnet. Die Brüste waren prall wie Milcheuter. Ach, du meine Güte, was sage ich denn da?! Ich versuchte solche Gedanken zu verdrängen, indem ich in die Ecke sah, in der ihr Vater gestorben war.

Am Tag nach seiner Beerdigung war ihr Vater noch einmal gestorben. Símona hatte nicht länger an sich halten können. Die kurzsichtige Frau mit den großen Augen. Þuríður war zu Bett gegangen, und die beiden saßen allein in der Küche vor dem viergeteilten Fenster voll von dem kalten Mitternachtslicht des Frühlings. Eivís tunkte einen harten Keks in ein Glas Milch; Símona saß mit über ihrer Vogelbrust gekreuzten Armen bei ihr und ruckte mit dem Kopf mal zum Fenster, mal zum Tisch oder der Wanduhr, dem Glas Milch und wandte sich schließlich dem Mädchen zu: »Jaja, gut, daß das alles vorbei ist.«

»Ja«, gab Eivís gedankenlos zurück und sah vor sich hin, ehe sie fortfuhr: »Wahrscheinlich ist es gut, daß er weg ist.«

»Ja, und du hast ja auch keine Ursache, übermäßig um ihn zu trauern.«

»Wie?«

»Naja, ach, ich sag' das nur so.«

»Was?«

»Na, du weißt doch sicher … oder etwa nicht?«

»Was denn?«

»Das von deinem … Vater.«

»Nein, was meinst du?«

»Daß er nicht dein Vater ist.«

»Wie bitte?«

»Ja, er ist … er war nicht dein Vater.«

»Wie? Nicht mein Vater?«

»Nein. Dein Vater war ein Soldat.«

»Ein Soldat?«

»Ja, ein Soldat.«

»Woher weißt du das?«

»Ich weiß es. Das wissen doch … alle.«

»Alle?«

»Ja.«

Eivís starrte sie lange Zeit an, dann schlug sie die Hand vor den Mund und stürzte in ihr Zimmer. Die andere Frau blieb wie ein Papagei, der sich verplappert hat, allein am Küchentisch zurück. Sie ließ die Augen über den Boden schweifen, ehe sie anfing, in ihrem Käfig zu fuhrwerken. Sie deckte den Tisch ab, wischte und machte den Abwasch. Mit zitternden Händen. Das Gesicht vom Abstreiten verzerrt. Das elendeste Weib auf der Welt. Klatschweiber funktionieren wie eine Lunge, sie müssen alles von sich geben, was sie aufgenommen haben. Für Símona war es eine ebenso unwillkürliche wie körperliche Betätigung. Sie konnte einfach nichts dafür. Einen ganzen Winter hatte sie damit hinter dem Berg gehalten. Für sie war das eine beachtliche Leistung. So funktionierte doch einfach eine Telephonschaltzentrale. Sie konnte ja nicht auf ewig stumm sein.

Ich kannte das Gefühl. Bei den Uraufführungen im Nationaltheater nahm ich regelmäßig als letzter meinen Platz ein. Wie bei dem Tratschweib Símona war mein Geltungsdrang fast körperlich. Ich hätte mir eher dichtes, schwarzes Kraushaar wachsen lassen, als diesen Teufel aus meiner Seele zu verjagen. Sobald auf einem Empfang ein Photograph auftauchte, drehte ich ihm das Gesicht zu und hatte ein Lächeln parat. »Kinn hoch, Brust raus! Ja, so.« Diese Anweisung von Fúsi Ásgeirs befolgte ich immer. Jede unserer Schwächen ist eine fehlgeleitete Stärke. Selbst Mozart mußte sich zweimal am Tag sagen lassen, was er für ein Genie war. Kritikern traute ich nie, aber wenn meine Leser ein ganzes Buch totschwiegen (was zweimal vorkam) und ich nicht einmal meine Ranga dazu bringen konnte, es zu loben, dann war ich für das nächste Jahr unausstehlich. Natürlich lernte sie schnell, alles zu loben, was ich schrieb. Sie war ja nicht dumm. Aber sie grüßte sämtliche Leute, wenn sie sich zur Theaterpremiere in meinem Schlepptau durch die sechste Reihe zu unseren beiden Sitzen in der Mitte schlängelte. Sie grüßte nach rechts und nach links: »Guten Abend, guten Abend, guten Abend!« Peinlich. Darüber waren wir doch erhaben. Herr und Frau Autor Islands. Selbst der Präsident und die First Lady ernteten nicht das gleiche ehrfürchtige Schweigen, wenn sie den Saal betraten. Bei zwei Gelegenheiten weigerte ich mich, vor ihnen hineinzugehen. Ich tat es ihnen zuliebe. Ich wußte, daß das Volk mehr Respekt vor mir als vor ihnen hatte. Oh, was für ein schönes, unwiderstehliches Geräusch, zu hören, wie sich 500 Menschen in seidenraschelnden, langen Kleidern und mit Programmheften in den Händen von ihren Plätzen erhoben. Tausend Augen waren auf mich gerichtet. Ich glaubte, ich hatte etwas erreicht im Leben.

Eivís stand in ihrem Zimmer und starrte aufs Bett. Schaute zum Fenster hinaus. Ihr Leben in vier Ausschnitte gerahmt von einem weißlackierten Kreuz samt Rahmen: Vater, Vater, Sohn und Heiliger Geist. Heiliger Ungeist. Deshalb also fühlte sie sich so. Deshalb litt sie so. Als wäre sie hier nicht zu Hause, sondern eine Gefangene der falschen Berge. Sie war eine halbe Engländerin. Wieder starrte sie für eine Weile das Bett an. Nein, sie wollte sich nicht auch noch dafür hineinlegen. Reichte es nicht? Wieviel sollte ihr denn noch auferlegt werden? Ein Soldat! Stanley … Er hieß bestimmt Stanley. Egal, wie oft sie sich den Namen still vorsagte, es klang einfach überhaupt nicht nach dem Namen ihres Vaters. Wahrscheinlich mußte sie auch diese neue Erkenntnis erst neun Monate lang mit sich herumtragen, ehe sie ihr ins Auge sehen konnte. Sie besprach die Sache mit Þuríður, die sehr erschrak und ihr eilends versicherte, daß das Geheimnis zwischen ihnen auch wirklich noch ein Geheimnis war. »Jau, jau, davon wird nie jemand erfahren.« Dann rauschte sie in die Küche und fiel heftig über ihre Schwiegertochter her. Eine Woche wechselte sie kein Wort mit ihr. Es war ein Bild des Jammers, den kleinen, flugunfähigen Vogel in kurzem Mantel mit gebrochenem Schnabel zur Telephonzentrale tippeln zu sehen. Er hielt sie allerdings nicht davon ab, den Fall in aller Offenheit mit ihrer Kollegin am Schalttisch zu erörtern. Am Abend war Eivís' wahre Vaterschaft in jedem Haushalt in Fjörður zweifach bestätigt.

Hrólfur war also nicht ihr Vater. Er war nicht ihr Vater, sondern nur der Vater ihres Kindes. Änderte das etwas? In ihren Augen blieb er ihr Vater, er war es ihr ganzes Leben gewesen und sein ganzes Leben und … nein, jetzt war es genug. Nach vier Tagen stellte sie das Nachdenken über ihre Vaterschaften ein. Es gibt Grenzen dafür, was man auf seinem Weg in die Zukunft an Gepäck aus der Vergangenheit mitnehmen kann. Jetzt war es genug. Das Mädchen ging unter den Schotterhalden entlang hinaus nach Eyri und sah in diesem holprigen Schotterweg seinen eigenen Weg, den Verlauf seines Lebens. Sie war niemandes Tochter mehr. Sie war jetzt nur noch eine Mutter.

Sie ging geradewegs in die noch im Aufbau begriffene Kaffeebaracke. Es war das erste Mal, daß sie einen Fuß hineinsetzte. Olive war dabei, das Schild zu malen, das sie über der Tür anbringen wollten. Þórður hatte einen halben Tag damit zugebracht, die Buchstaben in eine Treibholzplanke zu schnitzen, und war gerade damit beschäftigt, einen Spiegel aufzuhängen. Grímur beobachtete genau den Pinsel und erklärte seiner Schwester, was *Skarven* auf isländisch bedeutete. Ohne sich umzublicken, forderte Eivís ihren bärtigen Bruder auf, sie an den Strand zu begleiten, und erklärte ihm dort, daß sie in der Kinderkrippe in Reykjavík ein Kind hätte. Einen zehn Tage alten Jungen, zu dem sie um jeden Preis zurück wollte. Ob er ihr die Fahrt in die Stadt bezahlen könne? Þórður blickte erst über den Fjord, dann hinauf zur Nissenhütte und schließlich auf seine Schwester, die er zuletzt vor acht Jahren einschlafen und aufwachen gesehen hatte, und eine ihm gänzlich unbekannte Art von

Wohlbehagen durchströmte ihn. Sie suchte Hilfe bei ihm! Er hatte wieder eine Familie. Er konnte helfen. Er war zum Mann geworden. In Gedanken subtrahierte er alle Rasierwasserflaschen und Kaffeetassen, die er hatte kaufen wollen, und umarmte seine Schwester, ohne ein Wort zu sagen. Eivís war ganz verdattert, aber auch angenehm überrascht, wie gut es sich anfühlte, die stützende Hand eines Bruders im Rücken zu haben. Sie umarmten sich fest und lange. Dann bog er den Kopf zurück und sah ihr in die Augen, meinte, er würde sie nach dem Wochenende persönlich begleiten.

Der Samstag im *Skarven* hatte etwas von einem Abschiedsabend, obwohl der Laden gerade erst eröffnet worden war. Grímur kam mit seinem Radioapparat und durfte bis in den Abend hinein bleiben. Die Amisongs durften erschallen, zuckersüße Schnulzen gemischt mit rockenden Hormonsalven, die ich trotz der großen Verachtung, die ich für derartige »Musik« empfand, in den Roman eingestreut hatte. Ein Autor muß seinen eigenen Geschmack verleugnen. Friðþjófur setzte sich zu mir, und Eivís strahlte wie nie zuvor. Es war ihr letzter Abend, bevor die Dinge wurden, wie sie fortan sein sollten. Das hier war erst die richtige Begräbnisfeier. Ich nahm Emil aus der Redaktion mit, und obwohl ich das Saufen weitgehend eingestellt hatte, hatte ich doch drei Flaschen Rotwein dabei. Friðþjófur brachte die teuerste Flasche Cognac mit, die er in seinem Schnapsladen auftreiben konnte. Olivur gab färingischen Selbstgebrannten aus. Im Lauf des Abends sahen mehr und mehr Gäste herein. Gunna Tröð mit ein paar Mannsbildern im Schlepptau. Eivís' Freundinnen, schüchtern und mit geröteten Wangen, wollten »nur mal gucken«. Junge Männer aus der Fischfabrik und Heringsausnehmerinnen, frisch aus dem Süden eingetroffen. Grímur stand an der Tür Schmiere und sagte Bescheid, wenn die Scheinwerfer des Polizeiautos auftauchen sollten.

Zu den amerikanischen Schlagzeugrhythmen entfaltete der Alkohol seine schönste Wirkung. Es wurde ein Wahnsinnsbesäufnis. Der Abend draußen war klar und eiskalt, in der alten Army-Baracke aber wurde es ganz schön heiß. Zigarettenqualm und lautes Gelächter. Die Männer taumelten zum Pinkeln ins Freie und verschwanden wieder im Innern. Bárður ließ sich in seinem Parlamentarieranzug blicken, stand eine Weile unsicher bei der Tür und verschwand dann wieder. Gunna machte sich an uns heran und versuchte zum zehnten Mal, Friðþjófur anzubaggern. Ich sah, daß ihre Hand in seiner Hose verschwunden war. Er blickte drein wie ein Amtsrichter, den man zu bestechen versucht, verblüfft und beleidigt auf einmal. War der Unterschied zwischen einer Frauen- und einer Männerhand wirklich so groß? Ich versuchte mir vorzustellen, was ich wohl für ein Gesicht machen würde, wenn mir der Prinz von Färöer das Patschehändchen in den Hosenstall schieben würde. Gunna brachte es tatsächlich fertig, Gunna mit der flinken Hand. Plötzlich spürte ich ihre tastenden Finger auf meinem Bauch, konnte ihre Hand aber gerade noch zurückziehen, ehe sie anfing, den Speer zu schütteln.

»Deiner ist wohl so heilig, daß man ihn höchstens an einem geheiligten Ort rausholen darf, was? Sollen wir mal rasch in die Kirche gehen?«

Sie konnte doch ein echtes Schandmaul sein! Die Leute hatten zu tanzen begonnen, da entdeckte ich den netten Guðmundur. Was hatte der denn hier zu suchen? Ein ausgelassenes Heringsmädchen mit kräftiger Stimme zog mich auf die Füße, und ich schob mit ihr übers »Parkett«, wandte meine Augen dabei aber nicht von Eivís, die mit ihrem Bruder Þórður tanzte. Der Kronenkranich tanzte mit Friðþjófur. Emil mit Gunna Tröð. Guðmundur mit dem Grünen Mantel. Sie tanzte, wie sie ging: ohne daß sich ihr Kopf bewegte. Aufrichtige und ausgelassene Freude war über die Leute gekommen. Plötzlich drehte irgendein Amateur an den Knöpfen, und Radio Reykjavík platzte in den Saal: Tanzmusik instrumental und vokal. Ein schneidender Trompetenstoß, dann langsame Jazztakte und schließlich eine dunkle, ungeheuer kräftige Frauenstimme. Ich kannte sie. Hallbjörg Bjarnadóttir! Oh, wie lang, lang war das her! Und was für eine Stimme: *»Björt mey og hrein / mér unni ein / á ísa köldu landi.«* Ein Schauer der Begeisterung lief durch die Tanzenden, und in mir sprang solche Freude auf, daß ich es wagte, Eivís um einen Tanz zu bitten. Sie war zu fröhlich, um mir einen Korb zu geben. Wunderbares Lied von Hallbjörg! Und ein wunderschöner Moment. Wir tanzten langsam und eng. Ich war einen halben Kopf größer als sie, beugte ihn aber zu ihr hinab, näher und näher, bis sich meine und ihre Wange berührten. Ihre Weichheit war nicht von dieser Welt, sondern aus einer anderen, und ich war glücklich, mit ihr in Berührung zu kommen. Für diesen kurzen Augenblick konnte ich mich vergessen. Für eine halbe Minute war ich Mensch unter Menschen. Ich atmete tief den Duft ihrer dunklen Haare. Sie rochen nach Sagogrütze mit Zimt. Als das Lied zu Ende war, kam ich wieder zu mir, schämte mich, lächelte ihr in die Augen und überließ sie dem nächsten, dem netten Guðmundur. Ich setzte mich noch auf ein Weilchen und beobachtete die beiden, doch dann merkte ich, daß es genug war.

Ich stand auf und mußte plötzlich an die drei Schafe denken, die hier einen ganzen Winter verlebt hatten, während ich in die kalte Frühjahrsnacht hinaustrat. Nicht weit von der Baracke traf ich den grinsenden Hundsfott. Er war auf dem Weg zur Party und fragte mich, ob ich auf dem Heimweg sei. Ich bejahte, und er sagte darauf: »Jebb, Ende gut, alles gut. Ich richte Grüße aus.« Dazu grinste er so breit wie nie.

Ich trottete nach Hause, den ausgelassenen Lärm der anderen noch hinter den Ohren. Ein Nebelschleier folgte mir in den Ort.

[52]

Bis zum Morgen las ich Shakespeare und wurde sein Wortgeklingel nun endlich herzlich leid. Konnte er denn nicht einen Satz von sich geben, ohne schon wieder genial werden zu müssen? Ich stand auf und trat ans Fenster. Der Nebel wallte wie weißer Zauber durch den Fjord heran und verschluckte die Spitze der Mole und die äußersten Häuser auf der Landzunge. Auf einmal fiel mir die lange zurückliegende Äußerung eines alten Seemanns aus Dalvík wieder ein: »Die Schriftsteller sollten schreiben, was ein Seemann in Seenot gern lesen würde.«

Ich musterte die Werkausgabe auf dem Bett. Es war genau das, was Shakespeare schrieb. Jede einzelne seiner hunderttausend Zeilen war als *die* großartige Schlußpointe gedacht. Das konnte einem auf den Wecker gehen.

Ich sah noch einmal aus dem Fenster. Der Nebel wurde rasch dichter, und der Ort war schon fast in ihm verschwunden. Nur das Krankenhaus war von hier aus noch zu sehen, und die oberen Hänge der Berge jenseits des Fjords, doch beides verschwand rasch. Schließlich sah man gar nichts mehr, und der Nebel füllte das Fenster wie weiße Dunkelheit. Er quoll ins Zimmer wie Rauch. Das war eigenartig. Ehe ich mich's versah, war der Raum von eiskaltem Nebel erfüllt. Ich sah buchstäblich die Hand vor Augen nicht. Nur wenn ich sie dicht vors Gesicht führte, konnte ich sie in diesem weißlichen Grau, das mir sogar in die Nase stieg, erfühlen. Ich hatte Mühe, zu atmen. Oder war es nur Einbildung? Ich bekam Angst. Was ging hier vor? Ich nahm die Brille ab und putzte sie. Es änderte nichts. Ich tastete mich an der Fensterbank entlang zum Bett und ließ mich daraufsinken. Die Decke fühlte sich kalt an, und als ich darunterlag, überlief mich ein kalter Schauer. Trotzdem blieb ich liegen, Augen, Mund, Nase in schwarzem Eisnebel ertränkt.

Lange lag ich unter der Decke, ohne daß sich der Nebel verzog. Im Gegenteil, er schien noch dichter zu werden. Ich wußte, daß der Nebel in den Ostfjorden wirklich eine dicke Waschküche sein konnte, aber ich hatte wohl etwas übertrieben, und jetzt rächten sich diese Übertreibungen. Zum ersten Mal seit meiner Zeit auf dem Schlafboden in Heljardalur war mir kalt. Meine Kleidung war klamm. Mußte ich jetzt endlich wirklich sterben?

Ich ließ noch Zeit verstreichen. Mir war ganz schön langweilig. Ich mußte an Eivís denken. Wo mochte sie jetzt sein? Wie endete die Geschichte? Plötzlich sah ich die beiden Halbgeschwister in dem Kinderheim in Reykjavík vor mir, ein bißchen schüchtern, aber doch entschlossen. Þórður führte das Wort. Er sprach mit einer weißgekleideten Frau im Glaskasten, die in einem Verzeichnis blättert und dann sagte:

»Jawohl, Kristján Jónsson, geboren am 1. Mai 1956.«

Ende gut, alles gut, hatte der grinsende Hundsfott gesagt. Wer war der Mann eigentlich? Andauernd wollte er mir etwas sagen, und immer drückte er sich auf sehr seltsame und doch bekannte Art und Weise aus. Dabei konnte ich mich keineswegs daran erinnern, ihn geschrieben zu haben. War er vielleicht ein Besucher aus einem anderen Werk?

Der Nebel war inzwischen so undurchdringlich geworden, daß ich mich damit begnügte, einen klaren Verstand zu behalten. Ich wollte etwas lesen, konnte aber die Buchstaben nicht mehr sehen. Das Weiß in der Luft verschmolz mit dem weißen Papier. Ich legte Shakespeare beiseite und führte meine bebenden Fingerspitzen an die Brille. Obwohl ich spürte, wie sie die Gläser berührten, konnte ich sie nicht sehen. Es war grauenhaft. Ich wußte nicht mehr, ob meine Augen offen oder geschlossen waren, und mir war himmelangst. Was war hier eigentlich im Gange? Es war aus mit mir. Ich wagte nicht, den Mund zu öffnen, aus Angst, meine Lungen könnten sich mit derart dickem Nebel füllen, daß ich daran ersticken mußte. Ich traute mich kaum noch zu atmen. Doch. Wahrscheinlich wollte ich noch ein bißchen leben.

In meiner Verzweiflung wühlte ich mich aus dem Bett und kroch über den Boden auf die Tür zu. Ich setzte keine Hoffnung darein, daß der Nebel im Erdgeschoß lichter sein könnte, und wußte eigentlich gar nicht, warum ich nach unten wollte. Vielleicht glaubte ich, es wäre immer noch angenehmer, bei der Alten zu hocken, als hier in der dunkelsten Hölle, die je ein Auge erblickt hatte. Es dauerte eine geraume Weile, ehe ich die Tür fand. Ich war ein Blinder, der auf allen vieren kroch. So tastete ich mich in noch dichterer weißer Dunkelheit nach unten. Als ich ein paar Stufen geschafft hatte, begann ich Stimmen zu hören. Da unterhielten sich Leute. Ich fühlte mich sehr erleichtert und eilte die letzten Stufen schneller hinab, fand auch gleich den Türgriff. Ich öffnete die Küchentür. Drinnen herrschte klare Sicht. Am Tisch saß ein Paar, und ein weiteres, jüngeres stand an der Anrichte. Es dauerte ein paar Atemzüge, ehe mir dämmerte, daß das nicht Jóhannas Küche war. Es war die Küche in Heljardalur. Ich erkannte den alten schwedischen Herd wieder.

»Könntest du bitte die Tür zumachen. Es kommt so ein kalter Luftzug herein«, sagte die jüngere Frau an der Anrichte zu der, die an der Wand nahe bei der Tür saß, die ich geöffnet hatte. Sie beugte sich herüber und schloß sie.

Der Nebel auf meiner Brille kondensierte zu Tropfen. Ich nahm sie ab und wischte sie an der Jacke ab. Dabei merkte ich, daß die Jacke vom Eisnebel plitschnaß war. Ich blieb für einen Moment mitten im Raum stehen, schüttelte mich und sagte dann endlich:

»Guten Tag.«

Niemand erwiderte meinen Gruß. Ich bückte mich ein wenig, um aus dem Fenster zu sehen. Kein Zweifel. Draußen lag schönstes Sommerwetter über dem Heljardalur. Wie sollte ich das jetzt verstehen? Auf einem Parkplatz ein gutes Stück vom

Hof entfernt standen drei Fahrzeuge. Soweit ich beurteilen konnte, alles neueste Modelle. Zwei japanische Geländewagen, anthrazit und schwarz, und ein roter Kombi. An den Parkplatz konnte ich mich nicht erinnern. Ich wurde neugierig und ging nach draußen. Der Sonnenschein verjagte mein Frösteln. Was hatte das alles zu bedeuten?

Ich ging zu den Autos. Ein beleibter Mann kletterte aus dem anthrazitgrauen Jeep und reckte sich. Ich hörte ihn sagen: »Na, das ist aber ein verdammt großes Tal. Viel größer als man meinen möchte.«

Er sprach zu einer kraushaarigen Frau, die aus dem roten Wagen stieg. Ein Subaru, glaube ich. Ja, doch. Ich trat näher und sah jetzt, daß der anthrazitgraue ein Toyota LandCruiser war. Das waren die stärksten Geländewagen zu der Zeit, als … Moment mal, jetzt komme ich nicht mehr mit.

Der Fahrer des Subaru stieg aus und redete ins Auto hinein, zu den Rücksitzen. Er wollte die Kinder herauslocken.

»Also, nun stellt euch nicht so an. Hier gibt es Kakao und Pfannkuchen.«

Es schien den Leuten nicht das geringste auszumachen, daß ich sie anglotzte wie ein hornloses Schaf mit Brille. Ich drehte mich um und sah zum Hof zurück. Das Haus war frisch gestrichen, weiß mit rotem Dach. Auf einem Schild in meiner Nähe stand:

Heljardalur. Von Meisterhand. Kaffee und Kuchen. Geöffnet täglich 10–18.

Das war ja erfrischend.

Hinter mir hörte ich Motorengeräusch und drehte mich um. Ein weiteres Fahrzeug, ein weißer, kleiner Japaner holperte auf den Parkplatz und stellte sich neben den roten. Durch die Windschutzscheibe sah ich, daß am Steuer eine vierzig-, fünfzigjährige Frau mit Sonnenbrille saß. Auf dem Nummernschild stand SCHNUCKEL, und da wußte ich endlich wieder, in welcher Welt ich gelandet war.

Sie und ein Junge stiegen gleich aus, und auch die Jeepbesatzung kam auf mich zu. Ich bekam plötzlich Angst vor all diesen Menschen aus der Gegenwart und zog mich hastig zum Haus zurück. Ohne nachzudenken, flüchtete ich in die Küche, grüßte noch einmal, ebenso vergeblich. Ich setzte mich einfach auf einen freien Hocker am Tisch, gleich bei der Tür, die zum Boden hinaufführte.

Die Küche war noch so gut wie unverändert in dem Zustand, in dem das Mensch sie zurückgelassen hatte. Doch es war alles sauberer und roch besser. An dem schwarzen Herd stand diese junge, lebhafte Frau mit dem üppigen, aschblonden Haar und backte Plinsen in einer schwarzen Pfanne. Ein krummer Mann mit Schürze stellte Kaffeebecher auf den Tisch, der ein gutes Stück größer war als Hrólfurs alter Küchentisch. Das andere Paar von vorhin hatte daran Platz genommen, die Frau mit dickem Hintern und kleinem Kopf gleich neben mir und dann ihr Mann mit großer Nase, grau umstandenen Geheimratsecken und brauner Haut, die um die Augen noch dunkler war. Ich bemerkte, daß man unter dem Fenster in meinem Rücken einen Heizofen installiert hatte, und lehnte mich zurück, damit meine Sachen trocknen konnten. Die anderen unterhielten sich über den Gastbetrieb.

»So, so. Sieh mal an … Und wie lange macht ihr das hier schon?« fragte der Nasenbär.

»Das ist unser dritter Sommer«, antwortete die junge Frau munter und wandte sich wieder ihrer Pfanne zu.

»Jau, jau. Und? Wie läuft's so?«

»Doch, doch. Es braucht natürlich Zeit, bis sich so etwas rumspricht.«

»Jau, jau. Es liegt ja nicht gerade am Weg.«

Der gebeugte Schürzenträger kam mit einer vollen Kanne Kaffee und stellte sie auf den Tisch. Ich fragte ihn freundlich, ob ich mir eine Tasse nehmen dürfe, erhielt aber keine Antwort.

»Es sieht tatsächlich genauso aus, wie man es sich vorgestellt hat, als man das Buch las«, sagte die breitgebaute Frau mit dem kleinen Kopf.

»Ja, ja. Das beruht alles auf Tatsachen und wie es sich wirklich zugetragen hat«, meinte die junge Pfannkuchenbäkkerin.

»Ach, wirklich?« fragte der kleine Kopf und drehte sich zur Tür.

Die Frau aus dem weißen Schnuckel-Auto schob sich die Sonnenbrille auf die Frisur, als sie in die Küche trat. Sie hatte dunkles und kräftiges, hochtoupiertes Haar und trug eine weiße Daunenweste. Ihre Stimme war überaus kräftig:

»Guten Tag! Hier duftet es ja vielleicht, mh …«

Diese schnuckelige Dúlla gehörte offensichtlich zu der Sorte Frau, die mir im menschlichen Farbspektrum am entferntesten stand: Die unaufhörlich quatschende Betriebsnudel. Aber komisch war es schon, irgendwie hatte ich stets eine Schwäche für diese Wanderarbeiterinnen der heutigen Zeit in ihren kleinen Fiats mit einem Tank voller Gelächter und dem Kofferraum voller Histörchen. Diese kleinen, untersetzten, quirligen Frauen, die stets und überall unterwegs waren, waren irgendwie sexy. Dúlla baute sich an der Anrichte auf, als würde sie dieses bescheidene Pfannkuchenunternehmen abseits der großen Straße betreiben, und lockte ihr Doppelkind: »Gabríel Logi, komm doch! Sei nicht so schüchtern!«

Ich bat den Schürzenträger noch einmal um »Kaffee mit«, aber wieder umsonst. Es schien hier eine stille Übereinkunft zu geben, mich zu ignorieren. Jetzt trat die Geländewagensippe ein. Ein kegelförmiger Mann ohne Hals und eine breitschultrige Frau im Yogaanzug. Hinter ihnen ein depressiver Teenager unbestimmten Geschlechts und zwei kleinere Kinder, ein Junge und ein Mädchen. Die Pfannkuchenbäckerin kam mit einem Teller voll warmer Plinsen lächelnd an den Tisch, begrüßte die Jeepfahrer und wies ihnen Plätze an. Sie sah auf eine frische Art richtig gut aus. Auf ihrer linken Wange saß ein großes, gewölbtes Muttermal, an dem ich ganz sicher unschuldig war. Obwohl ich immer noch nicht hungrig war, hätte ich gern diese leckeren Pfannkuchen probiert, wollte aber keine unnötigen Illusionen auslösen. Schließlich hatten alle bis auf Dúlla Platz gefunden, doch die Pfannkuchenbäckerin zeigte auf meinen Hocker und sagte: »Da ist noch einer frei.«

Ich konnte gerade noch aufspringen, ehe sie nach dem Hocker griff und ihn von der Heizung abzog. Ich retirierte in die Ecke bei der Stiegentür und schaute der Dúlla in den Ausschnitt, als sie sich bückte. Stramme Brüste.

»Moment«, sagte die Pfannkuchenfrau. »Setz dich noch nicht. Ich glaube, da ist etwas Feuchtes auf dem Hocker. Ich wische es eben ab.«

Sie wischte mit einem Lappen einen dunklen Nässerand vom Hocker, und Dúlla setzte sich auf ihre dicken, weichen Batzen und rief Gabríel Logi, daß er sich auf ihren Schoß setzen könne. Er kam angetrottet, wollte aber lieber stehen bleiben und verfolgte mit gesenktem Kopf, wie der Schürzenträger mehr Tassen auf den Tisch stellte.

Es war unübersehbar: Ich war zum zweiten, wenn nicht zum dritten Mal tot. Und jetzt obendrein noch komplett unsichtbar. Mein Gott, war das langweilig! Ich bückte mich und sah durch das Fenster, daß ein weiteres Auto auf den Platz fuhr. Ein beliebter Ort. Ich hatte nichts davon mitbekommen, daß mittlerweile Eintritt verlangt würde. Welcher Idealismus bei diesen netten Menschen! An der Wand hing ein gerahmtes Gedicht. Ich konnte es von meinem Platz aus nicht lesen, nur die Überschrift: Eivís.

»Von wo kommt ihr denn?« fragte der Nasenbär den Geländewagenfahrer.

»Wir kommen von Herðubreiðarlindir und wollten unbedingt mal vorbeischauen. Eine Freundin meiner Frau war schon mal hier und …«

»Jau, es ist richtig schön geworden, tolle Leistung«, unterbrach der mit der Nase.

»Und ihr? Woher kommt ihr?« fragte Mr. Jeep.

»Wir waren auf einem Verwandtentreffen südlich im Breiðdalur und bummeln jetzt ganz gemütlich Richtung Norden. Morgen fahren wir vielleicht runter ins Tiefland.«

»Jau, jau. Ganz schön was los hier oben, was?« fragte der Jeepfahrer den Schürzenträger. Der stellte ihm einen Becher vor die Nase.

»Ja, das Geschäft lief nicht schlecht«, antwortete er dann.

»Also, ich finde es richtig zauberhaft, hier zu sitzen«, rief die Jeepfrau mit Raucherstimme. »Man sieht diese Eivís und wie sie alle hießen geradezu vor sich.«

»Ja, ein wundervoller Autor, dieser Einar Jóhann«, sagte Dúlla. Mein süßes Schnuckelchen.

»Na ja, er ist natürlich auch unser bester Schriftsteller. Da kann man sich lange umsehen. Wie war das, haben wir nicht sogar in London ein Buch von ihm gesehen?« fragte der Nasenbär seine Frau.

»Ja, doch; da war ein Buch von ihm und auch so eine Liste. Über die hundert besten Schriftsteller der Welt. Und er war Nummer … was war er noch? Nummer vierundachtzig oder fünfundachtzig, glaube ich.«

»Ja, nicht wahr? Ich erinnere mich. Der hatte Weltformat«, sagte der braune Nasenbär.

»Ach was, in dem Buch wurden sie nur alphabetisch aufgeführt. Wir haben es hier nebenan«, sagte die Pfannkuchenbäkkerin mit Autorität in der Stimme.

Das waren Neuigkeiten.

»Ich finde, er versteht uns Frauen so gut«, meinte die Raucherstimme.

»Ja, eigenartig. Dabei war er doch so lange Junggeselle. Er war doch schon fünfzig, ehe er geheiratet hat«, wußte Frau Nasenbär.

»Jaja, diese Geschichte mit der aus dem Nordland hat ihn so mitgenommen. Wie hieß sie denn noch mal?« fragte Dúlla.

»Meinst du Ásdís Ólsen?« fragte die Pfannkuchenbäckerin. Sie hatte sich wieder an der Anrichte postiert. Der Name kam mir bekannt vor.

»Ja, genau. Sie war seine große Liebe. Er hat sich nie davon erholt, daß sie ihn abgewiesen hat. Sie hat später darüber geschrieben, diese … Ach, wie hieß sie denn noch mal?« fuhr Dúlla fort.

»Ásdís Ólsen. Warte mal, sie war doch die Frau von … na! Die Frau von … Tómas, dem Verleger von Herðubreið, oder?« fragte der Jeepfahrer.

»Ja, richtig«, stimmte der kleine Kopf zu, die Frau des Nasenbärs.

Gottverdammtundzugenäht, was waren denn das für Klatschgeschichten?!

»Tja, so ist es doch oft mit Männern, die ihren richtigen Vater nicht kennen. Sie halten sich nah bei der Mutter und daher verstehen sie uns Frauen besser«, behauptete Dúlla. Was für ein schreckliches Weib war das eigentlich? Sie trug eine goldene Kette um den Hals, an der Buchstaben baumelten. Ich sah nicht, was sie bedeuteten, aber sicher stand da ebenfalls DÚLLA.

»Den richtigen Vater nicht kennen? Was soll das heißen?« fragte die Pfannkuchenbäckerin. Die Frau war sympathisch.

»Na, ihr habt doch davon gehört, oder nicht? Dieser Einar war nicht Ásgrímsson«, verkündete Dúlla, aber keiner der Anwesenden hatte je diesen Blödsinn gehört. Einer dieser Ignoranten fragte: »Ásgrímsson? Er war doch Grímsson.«

Dúlla klärte ihn auf: »Getauft war er auf den Namen Einar Jörgen Ásgrímsson. Jörgen nach seinem Vater, einem dänischen Landvermesser, der damals in Grímsnes unterwegs war. Das wissen alle im Südland. Es hat nur keiner laut gesagt, denn er war nun mal der, der er war, und so …«

»Moment; dann war er ja ein halber Däne?« erkundigte sich die Jeepfrau mit Tabakakzent.

»Ja, ja. Das hat man ihm doch von weitem angesehen. Seinen Brüdern sah er überhaupt nicht ähnlich. Er war ganz anders als sie. Ich kannte seinen Bruder Torfi und ich weiß noch, daß er mir selbst einmal gesagt hat, sie seien Halbbrüder«, verriet die teuflische Dúlla.

Ach so.

Ich blickte aus dem Fenster und sah mein Leben in einem anderen Licht. Dann bemerkte ich, daß auf der Fahrspur von der Heljardalsheiði ein alter Traktor mit einem schiefen Heuwagen herabgeholpert kam. Ich verfolgte ihn eine Weile, während das Schnuckelvolk weiter aus dem Nähkästchen plauderte. Am Steuer saß ein kleingewachsener Mann, und auch auf dem Hänger schienen sich Menschen zu befinden. Eine frühere Fahrt über die Holtavörðuheiði stieg vor meinem inneren Auge auf, und ich vergaß mich eine Zeitlang.

Als ich mich wieder umwandte, waren die Pfannkuchengäste verschwunden. Die Küche war leer und sah auf einmal ziemlich verwohnt aus. Die Farbe an der Wand verblaßte vor meinen Augen und eine andere, mattere kam zum Vorschein. Ein muffiger Geruch füllte die Luft. Ich stützte mich mit einer Hand auf dem Tisch ab, und während ich mich auf den Hocker sinken ließ, sah ich, daß sie alt geworden war. Aha.

Ich sah noch einmal aus dem Fenster. Die Autos waren verschwunden, und über den Feldweg kam dieser alte, rote Traktor gerumpelt. Ich erkannte jetzt, daß Jói auf Mýri am Steuer saß. Auf dem Hänger standen Hrólfur, Jófríður und drei Kinder, schien mir. Den Gemeindevorsteher schüttelte es das letzte Stück bis zum Hof, und ich hörte, wie das Traktorgeräusch hinter dem Haus verschwand, in dem ich saß. Mein Herz klopfte schnell.

Ich hörte, wie er den Motor abstellte, dann wurde die Tür aufgestoßen. Ein kräftiger, rothaariger Junge von vielleicht zehn Jahren stürmte herein. Er erschrak, als er mich sah. Im Türrahmen hinter ihm erschien ein kleines, dunkelhaariges Mädchen mit großen Augen und schmutzigen Wangen, wunderschön. Der Junge rannte sogleich wieder aus der Küche, sie aber schaute mir noch kurz in die Augen, ehe sie ihm folgte. Ich hörte den Jungen draußen auf dem Hof brüllen:

»Papa, Papa, da ist ein Mann in der Küche!«

Mein Herz klopfte noch heftiger, als ich hörte, wie Hrólfur in den Vorbau kam und sagte:

»Was für ein Unsinn, ha.«

Oslo, Grimstad, Hrísey, Reykjavík, 1999–2001

Anmerkungen des Übersetzers

Im Ausland lange unbemerkt, hat die isländische Gegenwartsliteratur längst den Anschluß an die international gängigen literarischen Trends vollzogen, und trotz der geringen Bevölkerungszahl der Insel schreibt die jüngere Schriftstellergeneration in Reykjavík derzeit vor allem eins: Großstadtliteratur. Hallgrímur Helgason war bislang einer der radikalsten Modernisierer in dieser Richtung. Mit seinem Romanerstling *Hella* (1990) nahm er erstmals den authentischen Slang der Straßenkinder auf den Großparkplätzen vor Reykjavíks Shopping Malls in die isländische Literatur auf, und *101 Reykjavík* wurde mit seinem in Kneipen und vor Computern und Videos abhängendem Antihelden Hlynur Björn selbst im Ausland ein Kultbuch der Slacker-Szene. Derlei Bücher haben es bei ausländischen Lesern vielleicht auch deshalb leicht, weil ihre Welt andernorts bekannt, nachvollziehendes Hineinversetzen recht problemlos möglich ist.

Mit dem jetzt vorliegenden Roman ist jedoch offenbar auch für Hallgrímur Helgason die Zeit der Rückbesinnung auf das eigene literarische Erbe gekommen. Es dürfte keinem Leser verborgen geblieben sein, daß der Roman in weiten Teilen eine kritische Auseinandersetzung mit dem 20. Jahrhundert und seiner Literatur darstellt, seiner isländischen Literatur wohlgemerkt. Das bedeutet, der Roman ist gespickt mit Anspielungen und Verweisen, die dem isländischen Leser meist unmittelbar verständlich sind, vom deutschen jedoch ohne Hinweise und Erklärungen vielleicht kaum wahrgenommen würden. So haben viele Isländer, obwohl der Name nirgends genannt wird, das Buch als einen pünktlich zu seinem 100. Geburtstag erschienenen Schlüsselroman über Islands einzigen Nobelpreisträger, Halldór Laxness, gelesen. Eine hitzige Debatte mit nicht weniger als 30 Besprechungen und Kritiken in den ersten Monaten nach Erscheinen brach darüber aus, bis der isländische Ministerpräsident – in seinen Freistunden selbst Schriftsteller – *Vom zweifelhaften Vergnügen, tot zu sein* in seiner Neujahrsansprache im Fernsehen eines der wichtigsten literarischen Ereignisse der letzten Jahre nannte (kurz bevor er von Hallgrímur im satirischen Jahresrückblick an gleicher Stelle gehörig durch den Kakao gezogen wurde).

Natürlich verbietet es sich, den Roman nun in der deutschen Übersetzung mit einem Apparat erläuternder Fußnoten zu überfrachten – das ungestörte Lesevergnügen wäre dahin, das Kontinuum der literarischen Fiktion ständig unterbrochen. Ebenso unerquicklich wäre es, wenn der Übersetzer den Leser gewissermaßen an die Hand nähme und ihm die notwendigen Kommentare im fortlaufenden Text durch eingefügte Appositionen und dergleichen unterschöbe. Derlei didaktisches Übersetzen wirkt schnell penetrant und besserwisserisch. Da jedoch selbst im Fall von *101 Reykjavík* nachträglich Stimmen laut wurden, die sich Erklärungen zu Anspielungen auf ganz speziell isländische Verhältnisse gewünscht hätten, haben wir uns im vorliegenden Fall entschlossen, dem Roman einige wenige Erläuterungen nachzustellen. Vor allem wäre darauf hinzuweisen, daß eine Lektüre von Halldór Laxness Roman *Sein eigener Herr* das Lesevergnügen des vorliegenden Romans um eine ganze Sinnebene bereichern würde.

»Hier tropft Dummheit von jedem Halm« variiert einen allen Isländern bekannten Ausspruch aus der frühen Geschichte des Landes. Nachdem der erste Wikinger aus Norwegen, der versuchte, auf der neuentdeckten Insel dauerhaft zu siedeln, diesen Versuch abbrach, weil er nicht genügend Winterfutter angelegt und all sein Vieh verloren hatte, kehrte er erbost in seine Heimat zurück und taufte die unwirtliche Insel: Eisland. Einem seiner Begleiter aber fiel etwas Attraktiveres ein. Er verkündete

nach Auskunft des isländischen *Buchs von der Landnahme,* »in Island tropfe Butter von jedem Halm. Deshalb nannte man ihn Thorolfur Butter.«

»Frauen sterben, Kinder sterben, die Seele stirbt wie sie.« – Eine weitere Anspielung auf einen kanonischen Text aus dem alten Island: »Besitz stirbt, Sippen sterben, du selbst stirbst wie sie«, heißt es in der Spruchdichtung der Lieder-Edda (in der Übersetzung von Felix Genzmer).

Irrsinns-Tobbi war ein isländischer Dichter des 17. Jahrhunderts, über dessen Leben wenig bekannt ist. Jedenfalls verfaßte er eigenwillig-schnurrige Gedichte, derentwegen er von vielen als geisteskrank angesehen wurde. Andere glaubten, ihnen wohne die Kraft von Zauberformeln und Prophezeiungen inne. Heute klingen seine Nonsens-Gedichte überraschend modern, und es hat sich gezeigt, daß in vielen eine durchaus nicht schwachsinnige Kritik versteckt ist. Das vermeintlich unsinnige Wortgeklapper machte Tobbi jedoch für die Obrigkeit unangreifbar.

Die Engelwurz und der Dichter am Hornbjarg setzen wiederum eine Episode aus der mittelalterlichen isländischen Literatur voraus, aus der *Fóstbræðra-* oder Schwurbrüder-Saga. Darin besteigen die beiden Titelhelden auf der Suche nach eßbarer Engelwurz *(Angelica archangelica)* ein steiles Bergplateau über dem Meer. Der eine von ihnen hat seinen Beutel bald gefüllt und legt sich zum Schlafen nieder. Der andere rutscht beim Sammeln aus, stürzt über die Bergkante in den Abgrund und kann sich in luftiger Höhe gerade noch an einem der kräftigen Pflanzenstengel festklammern. Seinen Bruder zu Hilfe zu rufen, ist er zu stolz. Erst als dieser aufwacht und nach ihm ruft, ob er denn noch immer nicht genügend Pflanzen gesammelt habe, antwortet er: »Wenn die hier heraus ist, bin ich fertig.« – Halldór Laxness schrieb mit *Gerpla* (dt.: »Die glücklichen Krieger«)

nach dem Zweiten Weltkrieg eine zutiefst ironische Parodie auf diese Saga und ihr Krieger- und Heldenpathos.

Sörli ist ebenso wie *Rauður* ein Pferdename; das ganze also ein Witz des Erzählers über die Bauern auf ihren Pferdefuhrwerken.

Mr. Rasskinnsson ist der »Sohn der Arschbacke«, *Garðarholm* der erste Name Islands nach seiner Umsegelung durch den schwedischen Wikinger Garðar um 870.

Gunnar auf Hlíðarendi ist der populärste Held der isländischen Sagaliteratur. Der unfehlbare Bogenschütze konnte von der Übermacht seiner Feinde erst getötet werden, als sie, nachdem seine Bogensehne gerissen war, das Dach seines Hauses abdeckten und ihn mit herabstürzenden Balken bewegungsunfähig einklemmten.

Nachttrolle sind bekanntlich nachtaktiv. Fällt der erste Strahl der aufgehenden Sonne auf sie, erstarren sie zu Stein.

»Wer trägt ein schöneres Vaterland?« Hier ist ein Markenname zum Allgemeinbegriff geworden wie bei uns *Tempos* für Papiertaschentücher. *Föðurland* war der patriotische Name jener warmen Baumwolloveralls, die früher in Island (und vielen Wildwestfilmen) als Unterwäsche getragen wurden.

Stößel-Dora ist die breithüftige und unermüdlich Torten auftragende Haushälterin von Pfarrer Jón Prímus in Halldór Laxness' Roman *Seelsorge am Gletscher.*

Haukur Morthens (1924–92) war *der* entfernt an Clark Gable erinnernde Charmeur, Troubadour und Schlagersänger Islands in den fünfziger Jahren.

700 Báras küssen kann man wohl nur im Isländischen, denn dort bedeutet das Wort Welle, ist aber zugleich ein (nicht sonderlich geläufiger) Frauenname.

Ebenso stehen in Island *Atome* nicht nur für physikalische Einheiten, sondern – spöttisch gemeint – auch für eine erste Gruppe von Dichtern, die in den vierziger Jahren, also in zeitlicher Nähe zum Abwurf der ersten Atombombe, als Modernisten in ihren Gedichten erstmals auf die Verwendung von Reim und Alliteration verzichteten und damit die traditionelle Lyrik in ihre Atome »zerbombten«.

Die Übersetzung wurde gefördert mit einem Aufenthaltsstipendium der EU im Ostsee-Übersetzerzentrum Visby/Gotland und ausgezeichnet mit dem Anerkennungspreis der Dialog-Werkstatt Zug

Klett-Cotta
www.klett-cotta.de
Die Originalausgabe erschien unter dem Titel »Höfundur Íslands« im Verlag Mál og menning, Reykjavík 2001

Printed in Germany
Schutzumschlag: Uli Cluss, Stuttgart
Gesetzt aus der Bembo 10,75 Punkt von
Typomedia GmbH, Ostfildern
Gedruckt und gebunden von AZ Druck und Datentechnik, Kempten
ISBN 978-3-608-93901-9

Zweite Auflage, 2010

Der Autor:
Hallgrímur Helgason, 1959 in Reykjavík geboren, wo er auch heute lebt. Nach dem Studium an der Hochschule für Kunst und Kunstgewerbe in Reykjavík besuchte er ein Jahr die Kunstakademie in München. Seit 1982 arbeitet er als Autor und bildender Künstler. Sein erster Roman erschien 1990. Den internationalen Durchbruch brachte ihm »101 Reykjavík« aus dem Jahr 1996, der kurze Zeit später auch verfilmt wurde, wie zuletzt auch sein vorletzter Roman »Rokland«.

Der Übersetzer:
Karl-Ludwig Wetzig, Jahrgang 1956, erhielt für die Übersetzung dieses Romans den Preis der Dialog-Werkstatt Zug. Er war sechs Jahre lang Lektor an der Universität Reykjavík, übersetzt aus allen nordischen Sprachen und ist selbst Autor von mehreren Bildbänden und Herausgeber literarischer Anthologien. Er lebt in Göttingen.